京门风月

❷ 锦绣笙歌

[上]

西子情 | 作品
XI ZI QING WORKS

江苏凤凰文艺出版社
JIANGSU PHOENIX LITERATURE AND ART PUBLISHING, LTD

图书在版编目（CIP）数据

京门风月. 2，锦绣笙歌 ：全2册/西子情著. —
南京：江苏凤凰文艺出版社，2015
ISBN 978-7-5399-8259-5

Ⅰ.①京… Ⅱ.①西… Ⅲ.①长篇小说－中国－当代
Ⅳ.①I247.5

中国版本图书馆CIP数据核字（2015）第077468号

书　　名	京门风月 2 锦绣笙歌
作　　者	西子情
出版统筹	黄小初　侯　开
选题策划	李文峰　风染白
责任编辑	姚　丽
文字编辑	风染白
责任监制	刘　巍　江伟明
出版发行	凤凰出版传媒股份有限公司 江苏凤凰文艺出版社
出版社地址	南京市中央路165号，邮编：210009
出版社网址	http://www.jswenyi.com
经　　销	凤凰出版传媒股份有限公司
印　　刷	北京海石通印刷有限公司
开　　本	700×980毫米　1/16
字　　数	550千字
印　　张	34
版　　次	2015年12月第1版，2019年6月第4次印刷
标准书号	ISBN 978-7-5399-8259-5
定　　价	59.80元（全二册）

影视版权抢订热线　13911704013
江苏凤凰文艺版图书凡印刷、装订错误可随时向承印厂调换

目录（上）

CONTENTS

京门风月

目录（下）
CONTENTS

京 门 风 月

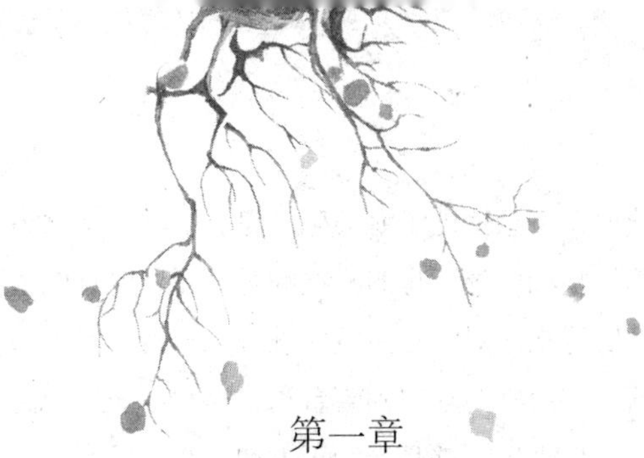

第一章
聘礼

京　门　风　月

每日这个时辰，秦铮应该是在英亲王府落梅居后院的场地练武。

今日竟然来了她海棠苑后院的海棠亭！

谢芳华看着秦铮，清俊隽永，如花胜华，姿色瑰丽，满亭海棠花加起来，也不及一个他。她怔了怔，目光染上几分恍惚。

秦铮本来脊背靠在树干上，仰着头，目光微带懒意地看着东方天空。但是在谢芳华出现在门扉的第一时间，他倏地转过头来，目光直直地看向了她。

谢芳华顿时收回视线，反射性地垂下了头。

秦铮双眸随着她垂头的动作眯了眯，须臾，嘴角勾起，绽开一抹柔和的笑意，抬手跟她打招呼："早啊！"

早？谢芳华皱眉，的确是早！但他是不是还没分清这是哪里？她定了定神，抬起头，面色平静自然地看着倚在海棠树干上的他："铮二公子大早上怎么跑来了忠勇侯府？"

且还悄无声息地进入了她的海棠亭，难道满府的隐卫都是摆设？连吱一声的人也没有？侍画、侍墨也没发现？

"想你就来了！"秦铮往日深黑色的眸子在海棠花的映射下染上琉璃色，他看着谢芳华，话语自然地道，"原来，等待未婚妻起床竟是一件挺美好的事情。"

谢芳华蹙眉："你是怎么进来的？"

"走大门！"秦铮坦然答道。

谢芳华看着他："就算你走的是大门，但又如何进得了我这海棠亭？"

虽然前日谢云继悄无声息地进了海棠苑，但那是因为品竹等人被宫里的柳妃、沈妃给调走了，被留下的侍画和侍墨不是谢云继的对手才让他有机可乘。经过前日晚上的教训，侍画、侍墨、品竹等八人对海棠苑重新进行了一番布置，将各自的房间分别安置在八个方位的一个角落，将海棠苑守得固若金汤，连她都能感受到三步一桩的暗哨。可是秦铮竟然还能悄无声息地进来，并且光明正大地坐在这里不被发现，让她不得不重视起来。他的武功她自以为清楚不过，但是也不足以不惊动任何人。

若是忠勇侯府和她的海棠苑这般好进的话，这么多年来，她没在家的事情也不会不被人发现了。

秦铮微笑，懒洋洋地道："海棠苑外是布置了许多护卫，但是拦不住我。倒不是没人发现，而是我有爷爷的令牌。"话落，他伸手入怀，掏出一枚令牌，在谢芳华的面前抖了抖，得意地道："这个你认识吧？有了它，谁敢拦我？"

谢芳华清楚地看到他手中拿的的确是出入忠勇侯府的令牌，而且这块令牌不同于府中人普通的出入令牌，而是爷爷特制的令牌，她和哥哥手里各有一块，代表身份，能随意调遣府中护卫。她顿时蹙起眉头："爷爷怎么会给你这个令牌？"

秦铮扬眉："自然是爷爷喜欢我。"

谢芳华眉头拧紧，暗骂了一声，若是他有爷爷给的这块令牌，侍画等人就算见他闯入也不敢拦他。她有片刻沉闷，对他伸出手："将令牌拿来，我看看是不是真的，也许是你伪造的也说不定。"

秦铮呵了一声，不但不给她令牌，反而将令牌揣进了怀里，一副我看透你不安好心的表情道："你当爷傻吗？给了你就再拿不回来了。我才不上当。这个自然是真的，不信你去问爷爷。"

谢芳华没得逞，深吸了一口气："铮二公子，容我提醒您，那是我爷爷！"

"我以前喊老侯爷，喊谢爷爷，左右不过是一个意思。如今我喊爷爷，他高兴着呢。"秦铮眸光清亮，凝视着谢芳华，对她道，"你站那么远做什么？过来！"

谢芳华站着不动。南秦京城贵裔公子哥里，若说爷爷对谁看得上眼，怕也就是秦铮了。他的离经叛道、不羁世俗、轻狂张扬都让老头觉得这才是少年该有的血气，喜欢他，给他令牌让他从今以后自由出入忠勇侯府也不奇怪。既然令牌已经给了他，再纠葛也拿不回来，谢芳华看着他问："今日是初二，你就没有事情可做？"

"皇叔给满朝文武都沐休了七日的假，上书房的课自然也不用上了；正当年节，各府都是吃喝玩乐串亲戚，的确没什么事情可做。"秦铮动了动身子，随着他晃动，海棠花簌簌飘落，风吹起，轻飞乱舞。

谢芳华见他华贵锦袍沾染了海棠花瓣，如轻粉点缀，让他的姿容更加清贵瑰丽，她撇开头："就算没事情可做，你也不能总耗在忠勇侯府。"

秦铮笑了一声，看着她眸光轻闪，没说话。

谢芳华本来想来海棠亭练武，却不料秦铮等在这里，便打消了念头，转身往回走。

她刚抬步，秦铮便从树干上跳了下来，脚沾地之后，随意地拍了拍衣袍，向外走去。

谢芳华不理会他，回到海棠苑，进了屋。

侍画、侍墨跟随谢芳华进屋，一个侍候她洗脸，一个侍候她梳头。

秦铮尾随谢芳华来到海棠苑，堂而皇之地跟随她进了屋。

谢芳华从心底升起无奈。她回家三日，竟依然无法摆脱秦铮在她面前转悠，他到底想做什么？她忍着脾性道："铮二公子，举南秦，或者说举天下，是不是从来没有听说过有人在大婚之前就将未婚妻的闺阁当作自己家一样随意进出的事儿？"

秦铮见她已经净完面，坐在了菱花镜前梳妆，他走到她身边站定，看着侍墨为她梳头，扬了扬眉，张狂不屑地道："是没有这样的规矩！但爷何曾守过规矩？爷就做这第一个随意出入未婚妻闺阁的人，谁又能将我如何？"

谢芳华闻言忍无可忍，忽地对他出手。

掌风凌厉，若是不躲开，势必要伤筋动骨。

秦铮自然不会等着挨打，他瞬间错开身，躲开了谢芳华的一掌，转眼间就退出了一步外。

侍墨本来站在谢芳华身后为她梳头，不料谢芳华突然动手，慌乱中，扯掉了她一缕青丝。

谢芳华本来还想再出掌，但是头皮微微一痛，便住了手，扭头看向身后。

侍墨脸一白，顿时跪在了地上："小姐恕罪，奴婢不小心……"

"笨手笨脚的丫头，留之何用？来人，拖下去乱棍打死！"秦铮忽然恼怒地轻喝。

侍墨身子一颤，未出口的话再也不敢说了。

谢芳华顿时沉下脸，冷冷地看着秦铮："这里是我的忠勇侯府，我的闺阁，我的人，秦铮，你要耍公子哥的脾气，回你的英亲王府去！要想乱棍打死人，也别在我这里说。"

秦铮一噎，转回头，瞪着谢芳华。

谢芳华沉住怒气，对早已吓得不知所措的侍墨摆摆手："起来吧！不关你的事儿。"

侍墨不敢抬头，默默地站起了身。

"继续梳！"谢芳华吩咐。

侍墨稳了稳心神，重新拿起梳子，比之前更小心翼翼地为谢芳华梳头。

谢芳华不再看秦铮，当他不存在。

“谢芳华，你觉得爷总是出现在你面前碍眼是不是？”秦铮见谢芳华开始对他视若无睹，顿时恼怒，“爷就是要日日出现在你面前，让你……”

“秦铮兄！”此时，海棠苑外传来谢墨含熟悉的声音。

秦铮顿住话，看向门外。

只见谢墨含走了进来，身后跟着听言。他沉着脸不再言声，看着那二人走来。

“秦铮兄，听言说有事情，四处找不到你，找到了忠勇侯府，我猜你也是来了这里。怕耽误了正事儿，便带他过来找你了。”谢墨含来到门口，挑开帘幕，进了屋。屋中僵硬的气氛让他心思微动，但并未表露于面，温和地笑道：“你快问问什么事儿吧！听言急得都快哭了。”

秦铮闻言怒气不减，对站在门口的听言质问：“找我什么事儿？”

听言听出秦铮正在发怒，暗骂自己来得不是时候，但是能找到公子就是万幸了，立即苦着脸道：“清河崔氏来人了，是那个人亲自来的，要将我抓回去，如今正在跟小姑姑谈呢。我不想回去，但是我说的话不算数，公子，你得救救我啊……”

秦铮眉目有些冷：“你父亲亲自来的？”

“就是他！”听言哭丧着脸，“若是别人来，我至于没有做主的权力吗？”

“那就回去吧！”秦铮转过身，冷言道。

听言顿时睁大眼睛，急得跺脚：“公子，您不要我了？我不要回去！我早就说过我不回去，您不是也答应了吗？您可不能在这节骨眼儿上反悔啊……”

秦铮不理听言，重新走到谢芳华身边，对侍墨道：“将木梳给我。”

侍墨手一颤，对刚刚的事情仍心有余悸，抓着木梳的手僵在空中，不知道该不该给。

秦铮眯起眼睛，看着侍墨：“就算这里是忠勇侯府，我秦铮说杀谁，也是眨眼之间的事情。就算你家小姐也保不住你，你信不信？”

侍墨顶不住秦铮的凌厉，后退了一步。

谢芳华彻底怒了，腾地站起身：“秦铮，她不过是个婢女，你为难她做什么？”

“从今以后，除了亲人外，让你护着的人，为了他（她）为难我、给我脸色的人，我都为难。她不是第一个，也不是最后一个。”秦铮从侍墨手里夺过木梳，侍墨不敢抗衡，只能任他将木梳夺去。他沉着脸看着谢芳华：“乖乖坐好！让我给你梳头。”

谢芳华从来没有见过这样的人，他明明就是一个缠人鬼。

“坐下！”秦铮上前一步，双手按在谢芳华肩上，用力将她按在椅子上。

谢芳华额头突突跳了几下。

秦铮将侍墨梳了一半的青丝散开，拿着木梳，一下一下地梳着她柔软的青丝。清俊的脸上毫无表情。

谢墨含也从未见过这样的秦铮，别说这般给一个女子梳头，就是说一句话也要看他心情。今日他几乎怀疑自己的眼睛花了，可眨了眨，眼前的一幕还没有消失，妹妹安静地坐在菱花镜前，他安静地站在她身后给她梳头，二人一坐一站，一前一后，丝毫不觉得违和怪异，反而自然流畅。

站在屋内的侍画和被秦铮欺凌得心有余悸躲在一旁的侍墨以及站在屋门口哭丧着脸的听言，都齐齐屏住呼吸，屋内屋外，除了秦铮拿着梳子梳头发出的丝丝沙沙声响，再没有半丝声音。

寂静中，梳头发的声音被衬托得分外清晰。

谢芳华的心口随着秦铮手的动作跳了跳，之后透过镜子看着他清俊无表情的脸，那跳跃的地方又倏地冷却平静。

大约足足用了两炷香的时间，秦铮给谢芳华梳了一个有些歪斜的云髻。

谢芳华的怒气早已在寂静中被磨得消散殆尽，看着镜子皱眉，不满地道："你这是梳的什么头？歪七扭八的，我怎么能顶着这样的头出去？"

秦铮看着镜中的人儿，美好的容颜雅致如画，可歪斜的云髻的确为她减去了两分美感，他毫无表情的脸上染上了一抹不自然，撇开头，解释道："一回生二回熟，我多练习几次，就不这样了。今日……你且先将就了吧！"

谢芳华瞪眼："不行！我凭什么将就？重梳！"他不是要梳吗？就让他梳个够！

秦铮眸光闪了闪，扭过头，问她："真重梳？"

"嗯！"谢芳华肯定地点头。

"好，那就重梳吧！"秦铮伸手，轻轻撤了簪子，勾弄几下，一头费劲梳好的青丝披散开来。他重新拿起梳子，重新梳头。

谢芳华闭上眼睛，等着他慢慢地梳。

谢墨含看着二人，暗自摇摇头。两人如此，显然容不得他人插手。即便他身为哥哥，但一个是妹妹，一个是秦铮，他就算插手，也拦不住、化解不开，只能走到一旁椅子上坐下。

侍画醒过神，给侍墨使了个眼色，侍墨立即走到桌前为谢墨含斟了一杯茶，悄悄地出了房门。

谢墨含慢慢地喝着茶，同时耐心地等着二人。

门外听言见此张了张嘴，又乖觉地闭上，忽然觉得公子怕是魔怔了。不知道从何时起，公子忽然近起女色来了，一个是听音，一个是忠勇侯府的小姐。过年这几日，公子给了听音三日假，她似乎从人间消失了一般，而公子却得了个圣旨赐婚的未婚妻。

两盏茶后，秦铮重新给谢芳华梳了一个云髻，放下手，对她道："睁开眼睛看看，这回可满意？"

谢芳华睁开眼睛，看向镜子，的确是一回生二回熟，这回秦铮梳得好多了，云髻很正，不歪不斜，但是她偏偏不想满意，皱眉道："太紧了，我头皮不舒服。"

谢墨含喝茶的动作顿了顿。

"那就再重新梳！"秦铮轻巧地扯掉了簪子，转眼一头青丝滑下，他二话不说，重新梳了起来，没有丝毫不耐烦。

谢芳华重新闭上眼睛等着他梳好。

听言在门外唏嘘了一声。除了听音，他还没见过公子对谁如此言听计从，难道出现一个例外就会有第二个例外？忠勇侯府的小姐也会是公子的例外？

谢墨含重新又给自己倒了一杯茶，仍未开口。

又过了两盏茶后，秦铮再次梳好了一个云髻，这一次的自然是不歪不斜同时不紧绷，且根根青丝被缠绕得极其乖巧，没有任何一根青丝落下。

"再睁开眼睛看看，这回如何？"秦铮对谢芳华询问。

谢芳华睁开眼睛，看了一眼，心中暗自腹诽，人若是聪明，果然是学什么会什么，但是她偏偏鸡蛋里挑骨头，看看他耐性到底有多少。她撇嘴道："的确是不歪不斜，不扭七扭八，也不紧绷，但是这个样式的云髻被你梳了三次，我看着都腻了，不想要这个了。"

秦铮挑眉："那就给你重新换个样式！"话落，随手扯掉了簪子和发带，一头青丝散下。他很是干脆，没有任何不满。

谢芳华再度闭上了眼睛等着。

听言张大了嘴巴，半晌，连喘气都忘了。忠勇侯府的芳华小姐这不是明摆着在折腾公子吗？可是公子向来都只有他折腾别人的份儿，哪里容得别人折腾他？今日怎么就任人随意折腾了？

谢墨含放下茶盏，也有些看不过去了，但到底还是没说话。

又是两盏茶后，秦铮重新换了个云髻，对谢芳华道："睁开眼睛看看，这个是不同样式的。你觉得怎样？"

谢芳华睁开眼睛，这回的确是换了新的样式，青丝盘成了数遭，高高绾起，露出她纤细的脖颈，虽然珠翠未戴，但是分外娇人。她抿起嘴角，沉默片刻，说道："昨日英亲王妃来忠勇侯府时不就是梳的这个头吗？如今放在我脑袋上，你不觉得太……"

"这个我竟忘了，那就重来！"秦铮不等她说完，勾手撤掉了簪子，青丝再次滑落。

谢墨含扭开头，看向窗外。

听言默默地背转过身子，看着外面的天空，怀疑里面的人真是他家公子吗？他莫不是找错人了？里面那个人只不过是披了公子的皮囊而已，否则怎么能半个多时辰过去了，还没发作呢！

然而，秦铮依然没有丝毫不耐烦，重新拿起梳子，继续换了一个样式梳头。

谢芳华这回没闭眼睛，见他动作越发流畅，丝毫不扯疼她头皮，更不扯掉她一根头发。南秦京城贵裔的公子哥，尤其是秦铮这样的高门贵裔公子，谁会动手干侍候人的活？他们觉得这是低人一等。自古以来，男人的手除了拿书卷笔墨便是骑马拿剑，可是偏偏就有这样一个人，处处不理会世俗规矩，不论身份和地位，固执地做着自己想做的事情。

又是两盏茶时间，秦铮在谢芳华的目光下重新梳好一头云髻，看着她道："这次如何？你若是不满意，我们可以再换。"话落，他柔和地补充道："我自小就看兰姨给我娘梳头，她会的所有样式，我都会，开始不熟练，但是次数多了，也就熟练了。开始梳不好，但是梳得多了，也就梳得好了。"

谢芳华看着镜子不说话。

谢墨含终于回过身，低低地咳嗽了一声，提醒道："再梳的话，就过了早膳的时间了。"

秦铮扭头瞅了谢墨含一眼，手按在谢芳华的肩上，微微一笑："过了早膳的时间又有什么关系？爷不饿！"

"你不饿我饿了，就这样吧！"谢芳华终于败下阵来，无奈地摆摆手，她的好脾性遇到秦铮总要打个对折。这个人就是有本事让她气也不是怒也不是。

"好，那就听你的。"秦铮扔了梳子，转身走到谢墨含对面坐下，对他道："给我倒一杯茶！"

谢墨含笑着看了他一眼，给他倒了一杯茶。

秦铮大约是真的渴了，不顾茶热，端起来一饮而尽，之后放下杯子，毫不客气地指使谢墨含："再来一杯。"

谢墨含又给他倒了一杯。

秦铮再度一饮而尽，之后放下茶盏，手又指了指空杯子。

谢墨含意会，又给他满了一杯。

秦铮又喝了，见谢墨含依然拿着茶壶，他摆摆手："不要了！"

谢墨含放下茶壶，看了谢芳华一眼，见她已经从镜子前站起身，对她道："既然早膳的时间已经过了，就不必去爷爷那里折腾了，在这里用膳吧！"

谢芳华点点头。

"秦铮兄想吃什么？"谢墨含问秦铮。

"随意！"秦铮揉揉手腕，丢出两个字。

谢墨含看了他手腕一眼，拿了那么长时间梳子，手腕不疼才怪。他忍住笑意，对外面吩咐："将早膳端来这里！"

"是！"侍画、侍墨应声，连忙去了。

听言在门口纠结半晌，觉得公子已经不是以前的公子了，若是他还想留在他身边吃穿不愁，什么烦心事儿也不用做不用想的话，那么只有一条路可走了。于是，他立即趁机道："两位姐姐，我也跟你们一起去帮忙端早膳吧！"

侍画、侍墨脚步一顿，对看一眼，不知如何回应。

"我在我们英亲王府的落梅居里，干了多年端菜端饭的活，熟得很。"听言道。

侍画、侍墨见屋内的人没有反驳，基于他是铮二公子的小厮，齐齐点了点头。

听言立即乐呵呵地跟在二人身后去了厨房。

谢芳华向外看了一眼。清河崔氏来人抓听言回去，尤其来人还是听言的亲生父亲，也就是清河崔氏的二老爷，今日是大年初二，如此刚过了年就急急赶来京城，难道是清河崔氏有了什么变动不成？否则，不管听言多年，为何如今如此急迫地要听言回去？秦铮看了谢芳华一眼，对她指了指他身边的椅子。

谢芳华对于他的反客为主白了一眼，坐在了谢墨含身边。

秦铮没得她好脸色，也不以为意。

谢墨含对于这二人如今如此僵硬的相处情形也是有预料的。他的妹妹多年来一直在无名山，养成了沉静稳重有些孤寡的性子，同时也养成了对感情淡漠凉薄的姿态，除了亲人，怕是很难有什么情感让她触动牵扯；而秦铮则是霸道张狂，只要认准一件事情就势在必得，性情莫测，阴晴不定。多年来看似呼朋引伴，但骨子里的孤傲和孤僻使得能让他费尽心思寻人相处的时候少之又少。所以，这样的两个人，如今撞在一处，纠缠在一起，可想而知。

一个是恨不得退避三舍，躲瘟神一般地躲着一个人不想靠近。

一个是恨不得步步紧逼，日日缠着看着一个人搁在眼前才放心。

这样两个人，他都觉得头疼，但同时又觉得，若不是这样的秦铮，又有什么样的男人才能让妹妹打开心门?

这样一想，一时间竟觉得这场婚约不知是对还是错了！

"哥哥，你今日没有什么事情要做吗？"谢芳华伸手去拿茶壶，打算倒一杯水，秦铮抢先一步拿到手里，斟了一杯水递给她。她看了秦铮一眼，默默地接了过来。

谢墨含将二人的动作看在眼里，笑了笑："本来昨日定了让钱家班子今日再开唱，英亲王妃和六婶母继续听戏，可是早上英亲王妃派人来传话，说今日英亲王府有客到访，不方便再过来，我就没有什么事情了。"

谢芳华点点头。

"秦铮兄呢？听说英亲王府来的客人是清河崔氏的人，你是不是应该回去看看？"

谢墨含看向秦铮。

秦铮嗤了一声，不屑地道："不过是拿一个儿子的命回去救另一个儿子而已，有什么可看的。"

谢墨含一怔："你说的是你身边的听言？清河崔氏来的人是急着要他回去救人？"

秦铮点头，手轻轻叩在桌案上，不以为然地道："清河崔氏虽然是诗礼传家的清流大族，但到底私底下也有着不为人知的肮脏事儿。同样是亲生的儿子，但到底是死了娘的儿子比不过没死娘的儿子。一个成了亲的，一个就注定是捡来的。"

"清河崔氏的二老爷我见过一面，诗书气很浓，风流清傲，应该不是那等人，同样是儿子，他该不至于糊涂到拿一个儿子的命去换另一个儿子的命才是。"谢墨含疑惑，"他不是一直坚持嫡庶之道，待听言成年，就让他回去执掌家业吗？"

"书读多了，日日死抠着书卷，就变成呆子了。"秦铮哼了一声，"他是一直坚守嫡庶之道，但也正是因为如此，才惹急了他续娶的夫人。听言一直在我身边，有我娘做依靠，一旦回了清河，继承清河，她的儿子怎么办？所以，便不惜用自己一个儿子的命，来下了圈套，诱回听言，除去他。"

谢墨含一惊："清河崔氏二老爷续娶的夫人竟然如此心狠？我记得她生了两个儿子一个女儿吧！舍的是小儿子？将他如何了，才需要听言去救？还要以命抵命？"

"血毒，听说过吗？"秦铮看向谢墨含。

谢墨含面色微变，低下头："知道一点儿。"

"你呢？可知道？"秦铮看向谢芳华。

谢芳华眸光沉了沉。当年她爹娘就是中了血毒而死，那一桩十几年前的意外不过是血毒而已。她面色不变，摇摇头，冷静地道："不知道。"

秦铮深深地看了她一眼，转回头，继续道："中了血毒者，大罗金仙来了也难救活。唯一的办法就是以血换血，以血替血，以血养血，以血补血。可是即便这样，不是百分百匹配的血，也是难救活。古往今来，没有一个中了血毒能够救活的人，不过是多搭一条人命罢了。"

"这么说清河崔氏二老爷家最小的公子中了血毒，需要人救，但为何非听言不可？"谢墨含不解，"我知道是需要亲人的血才能换血，可是他亲哥哥岂不是是比听言这个哥哥更适合百分之百的血体？"

秦铮道："话是如此说，但是你不知道的是，听言吃过一株雪莲。他的血能解毒，而别人的血却不能。"

谢墨含了然："原来如此！"

"可是血毒怎么可能是区区一株雪莲就能解的毒？愚蠢！"秦铮冷笑了一声。

谢墨含沉默片刻，问道："既然如此，你刚刚还说让听言回……"他话音未落，闻到了一阵饭菜香，向外看了一眼，见侍画、侍墨、听言三人端着饭菜回来了，住了口。

“人家亲爹来要，我能阻止得了？”秦铮坐正身子。

谢墨含想着清河崔氏是英亲王妃的娘家，听言是清河崔氏的嫡子，他若是强留的话，清河崔氏那边对于子嗣有难秦铮却不放人见死不救的事情自然要怨在她身上，那样的话，就撕破脸皮了。虽然秦铮天不怕地不怕，但也需要顾忌英亲王妃，那毕竟是她的母族。想到此，暗暗叹了一声。

“世子，小姐，饭菜端来了！”侍画在门外轻声道。

“端进来吧！”谢墨含摆摆手。

侍画、侍墨二人端着饭菜进来，听言犹豫了片刻，也跟着走了进来。

三人放下饭菜碗碟，侍画、侍墨退了下去。

听言却苦着脸站在秦铮身边，小心翼翼地喊：“公子……”

秦铮瞥了他一眼：“我刚刚的话你没听到吗？”

“我不回去！”听言倔强地站在秦铮面前，固执地道，“当年我来到英亲王府时，就想过了，这一辈子再也不回清河崔氏。我虽然不聪明，但我也不傻，我知道，只要我回去，准没活路。公子，您难道真想看着我回去送死？”

秦铮本来拿起了筷子，闻言啪的一声将筷子打在了听言的身上，怒道：“你在爷身边待了多少年？就学了这么点儿出息？你回清河就只会送死？”

听言被打了个正着，秦铮虽然用的是一双筷子，但是也下了力道，他被打得挺狠，闻言哇的一声哭了。

谢墨含一呆。

谢芳华嘴角抽了抽。说哭就哭，还跟个孩子一般，让她觉得，听言不是秦铮的小厮，倒像是他的儿子。虽然是从小一块儿长大，可是心眼儿怎么就一个长左一个长右了？一个让人想起来就头疼，一个则是离不开娘的孩子般脆弱。

“滚出去！”秦铮踹了听言一脚。

听言不但不躲，还顺势抱住秦铮的脚，哭得眼泪横流：“公子，虽然我跟在您身边学了多年，可就是骑马也赶不上您啊。清河崔氏明里光鲜，背地里乌七八糟，我回去不是送死是什么？公子，您不能不管我啊。您若是不管我，我可就真的死了啊。”

“爱死不死，你这样的废物，死一个少一个。”秦铮骂道。

听言摇头，哭着道：“我是有点儿废物，但也不是那么废物啊，您好好想想，我不是一无是处的，我会烧火，会劈柴，会打扫院子，会端菜，会拾掇屋子，会在您跟前跟后跑腿，更会给听音煎药，我煎药从不糊锅，连孙太医都夸奖我煎的药药效正好，越来越会了……”

谢芳华见听言提到了听音，微微垂下头。

谢墨含看了听言一眼。

秦铮本来想再伸脚踹走听言，听到听音的名字，眸光忽然动了动，扫了谢芳华低垂的眉目一眼，慢悠悠地道："这样说来，你也不是没用！"

"对，我不是没用！"听言连连点头。

"这样吧！你既然是我的小厮，跟了我多年，当初我娘将你带离清河，转手给了我，我也能转手送给别人是不是？"秦铮手支着额头，漫不经心地道，"你一日没离开英亲王府，一日还是我的小厮，还受我的支配，是不是？"

听言一呆，抬起挂着泪痕的脸看着秦铮。

秦铮撤回被他抱着的脚，随口道："从今日起，我就将你送给我的未婚妻吧！"

谢芳华身子一僵，抬头看向秦铮。

秦铮对她露出微笑，柔声道："你身子骨不好，需要人侍候，但依我看，你屋子里侍候的这几人从小就练武，应该没怎么好好地学过侍候人的活计吧？所以，侍候起人来笨手笨脚。哪里像听言，他从小做的就是侍候人的活。你这院子里的人，还真是没一个能赶得上他的。"

听言顿时蒙了，呆呆地看着秦铮："公……公子，您要将我送人？"

"怎么，难道你想回清河？"秦铮挑眉。

"不想！"听言立即摇头。

"既然不想回去，就别多话！"秦铮训斥道。

听言立即闭上了嘴。

"子归兄，我娘昨日和老侯爷以及你商量了采纳之礼的事情了吧？"秦铮问向谢墨含。

谢墨含也有些蒙，看了谢芳华一眼，见她没说话，他点点头："商量了，虽然大婚还要三年，采纳之礼一般都是要大婚前才下，目前只是定了婚约，只需交换信物即可。但是王妃说她喜欢妹妹，想早点儿落实关系，以后相处起来，关系才能更和睦，便不按规矩了，十日之后就下采纳之礼。"

"那好，听言就算我提前给你下的第一批采纳之礼。"秦铮愉悦地道。

谢芳华竖起眉头，提醒他："采纳之礼有送人的吗？我怎么没听说过？"

"以前可能没有，以后就有了。你是我要娶的媳妇儿，我说给你什么礼就给你什么礼。谁敢说出个不字来？"秦铮嚣张地哼了一声，一锤定音，"就这么办了！"

谢芳华想着他可真会将麻烦扔给她。

"滚起来，给我去那边桌案上拿笔墨来，我现在就立字据，将你送给她做采纳之礼。"秦铮又踢了踢听言。

听言看看谢芳华，又看看秦铮，不太灵光的脑子滴溜溜地转着。以公子今日不厌其烦地给忠勇侯府的芳华小姐梳头来看，一定是很重视芳华小姐，将他给芳华小姐做采纳之礼的话，将来芳华小姐总要嫁给公子，那么他还会随着嫁妆再陪送回去。这样一来，等芳华小姐嫁了，他还能再回到公子身边，顿时欢喜地站了起来："是，我这就去拿！"

"等等！"谢芳华喊住听言，对秦铮道，"你问过我同意了吗？"

"芳华小姐，少夫人，您可不能不收留我啊，我求您了。"听言不等秦铮开口，立即就扑向谢芳华。

谢芳华顿时头疼。

秦铮挥手拦住他，训斥："磨蹭什么？还不快去拿！"

听言知道不能像抱秦铮的脚一样去抱谢芳华的脚，立即扭过身，屁颠屁颠地去拿笔墨纸砚。

秦铮接过笔墨纸砚，大笔一挥，很快便写好一张字据，随后从怀中掏出印章，重重地盖在了字据上。之后，他将字据递给谢芳华："给你，我的第一笔聘礼，你可要收好了！"

谢芳华看着秦铮和递到她面前的字据，沉默片刻，缓缓地接过字据，看了一眼，对秦铮问："如今你将他当作聘礼给我，若是清河崔氏来我府上要人呢？"

秦铮摊摊手，一副莫可奈何的样子："那就是你的事儿，不是我的事儿了！"

谢芳华闻言心里暗骂了一声恶人。

秦铮借聘礼之由将听言给了她，也就借此摆脱了自己的干系。清河崔氏再拿他质问不得，想要夺回听言，只能来找她要人。至于她给不给，就是她的事情了。

谢墨含本想阻止这件事情，不愿谢芳华惹上麻烦，但一想到若秦铮不以这个方式将听言给她，听言就没有理由继续留在英亲王府，总归是一条人命。所以，见谢芳华接过字据，他虽然觉得头疼，但到底是没阻止。

"多谢芳华小姐，多谢少夫人！"听言喜极而泣，一连对谢芳华作了好几个揖。

谢芳华扭头看了听言一眼，对他道："既然你如今是我的人了，就要喊我小姐。而不是芳华小姐，更不是少夫人。若是从现在起，你改不了口的话，那么，这个字据我就立即撕毁，或者，若是有人来找我要你，我就随意将你送人。"

听言小脸一变，看向秦铮。

秦铮不看听言，重新拿了一双筷子，吃起饭来，看他的表情，饭菜吃得极其香甜。

听言明白公子这是做了甩手掌柜，真的不管他了，立即垂下头，要多规矩有多规矩，要多乖巧有多乖巧地点头："是，小姐！从今以后，您吩咐什么，我就做什么。唯您马首是瞻，只要您不再将我送人，我就是做牛做马也甘愿。"

谢芳华点点头，将字据收入怀里，对外面喊了一声："侍画！"

“小姐！”侍画应声走了进来。

“听言从今以后就是咱们忠勇侯府的人了，归属海棠苑。你先带他熟悉熟悉府里的情况，然后……”谢芳华思索了一下，对侍画吩咐道，“就安排他看管后院的海棠亭吧！他在英亲王府的落梅居有经验，相信在海棠亭也能伺候好那些海棠树。”

听言闻言眼睛一亮：“小姐，我一定能将海棠侍候好。”

谢芳华摆摆手。

“听言，你跟我来吧！”侍画对听言招呼一声，出了房门。

听言立即蹦蹦跳跳地跟着侍画出了房门，早先来忠勇侯府的愁云一扫而空，欢喜可想而知。他虽然从没想过会来忠勇侯府做小厮，但如今发现芳华小姐人真的很好，竟然愿意出手救他，从公子手中接过他这个麻烦，就足够他忘记公子没疼宠三两日就抛下听音另娶芳华小姐的怨怼了。

“秦铮兄，你如此做，可是给妹妹找了个麻烦。”谢墨含虽然没阻止，但是该说的话还是要说，他可不同意他真的撒手不管，给他妹妹扔来一个烫手山芋。

秦铮勾了勾唇，得意地瞟了一眼谢墨含：“子归兄，就算是我给她找麻烦，也得她乐意接收麻烦才是，一个巴掌拍不响。”

谢墨含一噎，看向谢芳华。

谢芳华瞪了秦铮一眼：“你赶紧吃饭，吃完饭赶紧离开。”

秦铮点点头，也不再惹她不快，更不再腻味，痛快地道：“好说！”

谢芳华慢慢地拿起筷子，优雅地吃着饭。

谢墨含见此也不好再说什么。

不多时，三人吃过早膳，侍墨、品萱进来将剩菜残羹都收拾下去，三人倒了茶，分别漱了口。又坐了片刻，谢墨含站起身来，对秦铮道：“我送你出府！”

秦铮点点头，放下茶盏，站起身。

二人一先一后出了房门。

走到门口，秦铮忽然回过头，见谢芳华依然坐在桌前，窗外的阳光从浣纱的格子窗射进来，打在她身上脸上，柔软纤细的身段在阳光下显得分外娇弱窈窕，雅致清丽的面容盈润有光泽，他眸光凝定地看了片刻，闪了闪，轻声道：“你以后若是见外人，千万别忘记戴面纱。”

谢芳华偏头向不远处的镜子看去，镜子中映出她半个影像，容姿盈润清透，没有半丝病态，她收回视线，淡淡道：“不用你提醒。”

秦铮笑了笑，眸光似乎清亮了一点儿，语气蓦地温柔道：“我很高兴我未婚妻的病症在我面前不受半丝阻碍。”

谢墨含忽然看不过去他的作态和话语，伸手打了他一拳。

秦铮并未躲开，甘愿挨了一拳，依然心情愉悦地对谢墨含道："我知道你早就想揍我了。这一拳让你打。"

谢墨含又气又笑："我不止是想揍你一拳。你可知道？"

"当然！"秦铮哈了一声，须臾，建议道，"我最近没人陪着练剑，手也痒了，若不然这样，我们先去你的院子里较量几招。"

"你不回英亲王府处置听言那件事情？"谢墨含问。

"一会儿再回去！人既然来了，就一时半会儿走不了。若是走了更省心。"秦铮道。

"好！"谢墨含应承。

二人很痛快地一拍即合，一边说着一边出了海棠苑。

谢芳华看着谢墨含和秦铮有说有笑地离开，心思百转千回。依她对哥哥的了解，哥哥虽然心细如发，甚是聪明，但自小被养成了平和淡漠的性子，与人相处都保持几分警惕。在秦铮面前倒是例外。

在桌前坐了半晌，谢芳华站起身，出了房门。

外面阳光明媚，风吹来，虽然还有些凉，但已经夹杂着些春日的暖意了。果然是即将要立春了。过了立春，春天便真正来临了。

第二章

筹谋

京　门　风　月

品竹、品青、品萱、品妍、侍蓝、侍晚等人见谢芳华出了房门，都齐齐露面迎了过来。

六人给谢芳华见礼，谢芳华摆摆手。

品竹先站起身，紧张地小声道："小姐，您不知道，铮二公子一来这里，奴婢都不敢露面。向来假扮惯了您，我怕他识破我假扮您的身份，他太聪明了，眼睛也太毒了。"

谢芳华眉梢动了动，笑了笑："你尽管出来，在他面前……"顿了顿，她无谓地道："不必怕他。"

品竹一怔，不太明白地看着谢芳华。

谢芳华意味不明地看着院中冬日里萧条的景色道："有一种人，只要被他盯上，在他面前，无论你做什么，都是破绽，越是隐藏，破绽越多，越会被他看透，倒不如不隐藏，该如何就如何。"

品竹似有了悟："奴婢明白了。"

品萱等人也齐齐地点点头，心中想着，铮二公子的确是这样一种人。

"你们该做什么做什么去吧！我在海棠苑里随意转转。"谢芳华摆摆手。

几人齐齐颔首，让开了路，做各自的事情去了。

谢芳华在海棠苑里慢慢地走着。离家多年，回京两个月，回海棠苑数次，今日她才第一次得以好好地重新熟悉自己这座院子。

前世，她从没离开过这座院子半步，十六七年的光阴里，这座院子便是一生。

今生，她去过别人可能一生都没去过的漠北，关山迢递，千山万水，沟沟壑壑，漠北的风雪夹杂着风沙，一路上经历无数地方无数的风土人情，她全部看遍。

所以，前世今生到底是不一样的！

必须不一样！

半个时辰后，谢芳华立在一处高墙的墙壁前，看着墙壁上涂涂画画的印痕，尽管被岁月侵蚀淡了痕迹，但依然能清晰地看到所画的轮廓。两个小人儿的身影，是哥哥和她。这是当年哥哥在父母离开后不久，抱着她蹲在这个墙壁角落流着泪画下的。

那时候，哥哥才几岁，她才刚会走。

一转眼，如今哥哥十八了，她也十六了，都长大了！爷爷老了！

想要守护住自己的东西，就要不顾一切，否则，这偌大的忠勇侯府，爷爷的荣福堂，哥哥的芝兰苑，她的海棠苑，还有观景暖阁，都会毁于一旦，伴随着“谢”这个姓氏消弭于历史长河。

谢芳华在墙根的石头上坐了下来，缓缓伸手摸着墙壁。今生发生过的事情，她都能记得清楚，前世的记忆却记得分外的少，且越来越淡薄了。

不过记不起来也没什么不好，没有什么比活着更好。

就这样静静地坐着，时间每流走一分，她都觉得是上天的厚赐。

侍画和侍墨走过来，见谢芳华静静地倚着墙壁坐着，脸上安静而平和，她们不忍心打扰，刚想退出去，谢芳华已经抬头向她们看来，她们只能走过来轻轻地喊了一声：“小姐！”

谢芳华看着二人，轻声问：“将听言安置妥当了？”

二人齐齐点头，侍画道：“安置妥当了。本来英亲王府和忠勇侯府也不远，只隔了一条街。而自小咱们家世子又和铮二公子关系不错，听言也是时常随着铮二公子来咱们府里，对咱们府里很是熟悉。所以，如今来咱们府里，也不陌生。”

谢芳华点点头。

“关于看顾海棠亭，他的确如小姐所说，悉心得很。”侍墨接过话道，“依奴婢看，以后便不用世子每个月跑来几次亲自照料海棠亭了，有听言就够了。”

谢芳华笑了笑：“这些年辛苦哥哥了。”

“小姐您说错了，世子虽然辛苦，但更是浪费了不少补药好药才是，给您的那些药，都喂了海棠。”侍画笑着道。

侍墨也顿时笑开了：“不错，正因为日日拿本来给小姐喝的好药喂着，咱们海棠亭的海棠才能长得如此茂盛，不畏严寒霜雪。更有甚者，这些年能瞒住京中世人，都是这海棠树的功劳，因为长年累月用药，开出的海棠花，都带着一股隐隐的药香，香味和药味混合在一起，让外面的人不知道这药味是从小姐的闺阁里发出的，还是从海棠亭的满院海棠花发出的而已。”

“最开始的时候，因为时间短，药效可能还没侵入到海棠树的根茎，所以，海棠树还没发出药香味。世子为了掩人耳目，就每个月在小姐的闺阁里煎上几味药，有意发出药味。后来时间长了，那些海棠花起了作用，满院都是药味，就根本不用在小姐的闺阁里煎药了。是以，外面的人就渐渐觉得，小姐是得了了不得的大病，几乎常年用药。”侍墨捂着嘴道，“只不过碍于老侯爷和世子，外人不敢公然说，私下里却都在悄悄议论。”

“时间一长，药香味总不退，再加上小姐从来不出府，更是甚少在府中露面。所以，小姐得了大病的事情就坐实了。”侍墨道，“后来老侯爷和世子也忧心了，怕有朝一日小姐回来因被传扬的疾病难嫁，没想到铮二公子却是……”

“他回府了吗？”谢芳华打断侍墨的话问。

侍墨摇摇头：“还没回府，在世子的院子和世子较量武功。”

谢芳华抬眼看了看天色，蹙眉：“他们打算较量到什么时候？”

侍画和侍墨齐齐摇头：“刚刚我们路过芝兰苑，世子和铮二公子正在兴头上，怕是不到午时不歇了。”

谢芳华点点头。

“小姐，如今虽然快立春了，但是石头上还是冷的，您别久坐，还是换个地方吧！”一阵风吹来，有些冷，侍画建议。

谢芳华缓缓站起身：“那就回房吧！”

二人一左一右扶了她，往正屋走去。

刚回到正屋，侍书便从外院匆匆走来，站在门口，低声道：“小姐，大长公主府刚刚给您下了拜帖，邀请您去大长公主府吃茶。”

谢芳华一怔，问道：“什么时候？”

“今日下午！”侍书回话。

谢芳华蹙眉：“各府邀请的拜帖一般不都是提前几日下的吗？大长公主府的拜帖怎么当日送来？”

侍书连忙低声道：“小姐您这些年不在京中，有所不知，大长公主和别的府邸夫人不一样，做事向来全凭一时兴趣，她若是心情好，就会突然即兴做一点事情。若是觉得自己府邸独自热闹无趣，便会邀请些客人前去一起热闹。”

“所以，她这些年没少即兴下帖子了？”谢芳华挑眉。

侍书点点头：“是这样的。”

“这件事情你禀告过爷爷和哥哥了吗？”谢芳华犹豫了一下，问道。

“禀告过了！”侍书连忙道，“老侯爷说小姐想去就去，不想去就推了。”顿了顿，又道，“我去世子那里的时候，世子正在和铮二公子较量，听闻此事后说既然是大长公主邀请，您多年未曾融入京中贵妇圈子，若是您今日身体没有不适的话，可以去转一遭。世子他今日无事，也可以陪着您去。”

谢芳华闻言沉思片刻，道：“大长公主今日都给哪些府邸下了帖子？”

“还没去打听！”侍书摇摇头。

“去打听一下，回来告诉我，再做决定。”谢芳华摆摆手。

侍书点头，立即走了下去。

谢芳华坐在美人靠上，静静地想着今日大长公主的用意。前日宫宴上见了一面，她不觉得大长公主是那等在皇室娇生惯养下不知风雨的公主。就算性情上有着与寻常夫人不一般的随性，但也不是个简单的人物。

对于大长公主，她从心底谈不上喜欢。毕竟是因为这个女人，姑姑代替她远嫁去了比漠北还远的北齐。

据说当时姑姑是心甘情愿去的！但到底是背井离乡，离开自小生活的故土。

半个时辰后，侍书再次来到海棠苑，低声道：“回小姐，打听清楚了，大长公主府今日设了斗诗会行酒令，邀请了京中三品官员以上府邸的夫人小姐们。右相府的李如碧小姐，左相府的卢雪莹小姐，范阳卢氏的卢雪妍小姐，永康侯府的燕岚小姐，刑部侍郎府的……”

“去回话推了拜帖！”谢芳华听到这里，没兴趣地摆摆手。

“小姐不去？”侍书轻声问。

谢芳华嗯了一声。

侍书点点头，刚要离开，一位看守大门的小厮匆匆来到，侍书立即问：“什么事儿？”

那小厮立即停住，对侍书道：“宫里的秦怜郡主来了，说要见小姐。”

侍书一怔，转回头看向屋子里的谢芳华。

谢芳华自然听了个清楚，笑了笑，对外面道：“正巧了，你去回大长公主府的拜帖，就说秦怜郡主来做客，我今日抽不出空来，改日我身体好了也有了空闲再去大长公主府登门拜访。”

侍书点头，对那小厮挥挥手，小厮意会，二人连忙出了海棠苑。

“侍画，你去将秦怜郡主请进来。”谢芳华对侍画吩咐。

侍画应声，连忙走了出去。

谢芳华想了想，又对侍墨吩咐：“去端一碗汤药来，府里有松花粉吗？往汤药里头放一些。”

侍墨一愣：“咱们小厨房里一直随时备着汤药，我这就去给小姐端来。松花粉也有，但是世子说小姐对松花的粉过敏……”

“正因为我对松花的粉过敏，才要你去拿！”谢芳华笑了笑，“面对秦怜，我总不能再吃一味犯心悸心痛的药来对付她，可也不能这副完好的样子被她所见，她若是知道了，便瞒不住与她知近的人了。比如皇后，比如远在漠北的秦钰。必须想个法子。”

“奴婢这就下去给您拿来。”侍墨意会，连忙向小厨房走去。

谢芳华站起身，从橱柜里拿出一副棋盘，放在桌案上，摆开棋盘，径直一个人下了起来。

不多时，侍墨端来了一碗汤药，放在桌案上，顿时药味充满了整个屋子。

谢芳华皱了皱眉。

侍墨看了谢芳华一眼，将手里拿着的纸包打开，往汤药里洒了些松花粉，用筷子调匀，轻声道：“汤药是温的，小姐，您要喝吗？”

谢芳华点点头，端过药碗，喝了两口后轻轻放下。

侍墨目不转睛地盯着谢芳华的脸。只见汤药刚入她口，眨眼间，她的脸上、脖子上便起了一层细密的小红疙瘩，比那日宫宴的苍白如鬼更是不遑多让。她一惊，脱口喊了一声：“小姐……”

“没事儿，半日就会褪去！”谢芳华摇摇头。

侍墨松了一口气。

谢芳华拿过一旁的面纱盖在脸上，透过面纱，隐隐约约能看清棋盘，她继续摆弄棋子。

屋内院外分外安静。

过了片刻，侍画领着秦怜来到了海棠苑。

谢芳华听到脚步声抬头，见秦怜今日一身锦绣罗裙，没有宫里华丽的宫装，但也是上好的绸缎；没有戴太多的朱钗首饰，不是太过繁重；更没有穿小太监的衣服，显然不是偷偷溜出宫的，她收回视线，等着她进屋。

“唔，好大的药味！”秦怜走到院中，嘟囔了一声。

侍画微露讶异，但是很快便了然，一定是小姐做了安排，连忙低声解释道：“回怜郡主，我家小姐身体一直不舒适，您也知道，她大约正在喝药，所以药味才大了一些。”

秦怜点点头。

侍画来到门口，对里面禀告：“小姐，怜郡主来了！”

谢芳华嗯了一声，没从棋盘上抬头，自然更没迎出去。

侍画挑开帘幕，侧身请秦怜进屋。

来到屋门口，药味更浓了，秦怜不由得捏住了鼻子，话语出口的声音也顿时变成了嗡嗡声：“谢芳华，你早不喝药，晚不喝药，怎么偏偏我来了你正喝药？难闻死了！我最怕闻药味，你让我还怎么进你的屋。”

谢芳华从棋盘上抬起头，看向门口，隔着面纱，淡淡道：“抱歉了怜郡主，我不知道你这时候来我这里。若不然你回去，改日换个时间再来？我一般都是这个点吃药。”

秦怜顿时瞪眼，嗡嗡道：“我都来了，你竟然让我白跑一趟回去？我才不要！”

“那怎么办呢！我的药刚喝了两口。”谢芳华看了一眼一旁的大半碗药。

“那你快喝，你喝完，赶紧打开窗子，我再进去！”秦怜有些气恼地转过身，退出了门口两步，“我先在外面等一会儿，外面虽然有药味，但还能让人忍受。你那屋子里简直不是人待的。”

谢芳华笑了笑：“好，那你等一会儿吧！”话落，她继续下棋。

秦怜站在院中，等了半晌，屋内没传来动静，不由催促：“你好了没有？”

“药刚是热的，如今该是温了，我这就喝了。”谢芳华端起药碗，倒入了窗前的一盆兰花里，将空碗递给侍墨。

侍墨接过空碗，走到窗前打开了窗子。

随着窗子打开，一股浓郁的药味从屋内扑向了院外。

秦怜将本来已经放开的鼻子再次捏住，苦着脸道：“谢芳华，你喝的药怎么这么难闻？闻着就难受，你是怎么喝下去的？”

“你若是得了治不得的病，为了好起来，再难闻的药也会喝下。”谢芳华道。

秦怜呸了一声：“你少咒我！我才不会得什么大病，更不会喝这么难闻的药。”

谢芳华扯了扯嘴角，不再说话。

秦怜在院中等了半晌，觉得屋子里的药味挥散得差不多了，才抬步进了屋。刚到门口，便叫了一声：“怎么还这么大的药味？”

谢芳华抬起头，对她慢慢地解释道：“我常年喝药，你就算再等一个时辰进来，也会如此。”

“按理说，你常年灌药，你的身上也该有药味才是，那日进宫，我怎么没闻到你身上的药味？”秦怜不满地看着她悠闲地坐在屋内的水晶帘外。

“那日进宫，我特意沐浴了许久，又用了香料，才遮掩了些药味。”谢芳华道。

秦怜泄气地看着谢芳华，又在门口等了半晌，见药味仍挥散不去，只得无奈地捏着鼻子走进了屋。一边打量屋中的陈设，一边嘟囔：“你的闺阁比皇后娘娘的宫殿还要华贵。”

谢芳华不说话。谢氏嫡系一脉，繁衍几百上千年，发迹比南秦皇室都要早，谢氏钟鸣鼎食，膏粱锦绣，金尊玉贵，奢华尊荣，上千年的财富积累，白玉铺地，翡翠做景，水晶做帘，能有这等的奢华，也没什么可奇怪。

秦怜捏着鼻子在谢芳华的屋里将每个角落都仔细打量了一番后，回到她所在的桌前，对她撇撇嘴：“这么好的住处，日日被你用药味泡着，可真是浪费！”

谢芳华淡淡道：“我身子若是争气，也不至于被浪费了。”

秦怜哼了一声：“上天给每个人的福分都是有定数的，给了你好的出身，自然就在别处亏欠了你。你出身在忠勇侯府，还是嫡出小姐，比皇后公主的身份都尊贵，若还有一副好身子、一副好容貌，什么都让你占了的话，别人还怎么活？”

谢芳华笑了笑："说得是，所以，我心安理得地在这屋子里待着，没怨天尤人。"

秦怜翻了个白眼，伸手去扯她面纱："在自己屋里，在我面前，你还戴着面纱做什么？摘了吧！你那天见不得人的样子我和其他人早就目睹了，你如今还怕谁看？"

谢芳华伸手去挡，同时道："那天我是让大夫下了一剂强药，才遏制了些难处。"

"什么难处啊？今日你没喝一剂强药？来，我看看，还能有多吓人！"秦怜固执地打掉谢芳华的手，扯她面纱。

谢芳华有些不满，但到底是没强硬拦着，面纱转眼便被秦怜给扯掉了。

秦怜在扯掉面纱的一刹那看向谢芳华的脸，须臾，她睁大眼睛，惊呼一声，难以置信地看着她。

这么大一会儿工夫，谢芳华的脸已经布满红色的小疙瘩，连脖子耳朵都是潮红的疹子。

秦怜看着谢芳华，身子发抖："你……你……"

谢芳华镇定地看着秦怜，轻声道："吓到你了？我就说了不让你看的。"

"你……你怎么会是这样……"秦怜伸手指着谢芳华，难以接受，"难道你真如谢茵所说，得了……得了……"

"得了什么？"谢芳华挑眉。

"得了麻风！"秦怜深吸一口气。

谢芳华笑笑："我若得的是麻风就好了，麻风也不是治不得。我身体的怪病是难治之症，得长年用药。俗话说，是药三分毒，多年下来，我喝了无数的药，有些药残留在体内，排不出去，积成了毒素。是以，每隔一个月，便要用些药物来清理积存在体内的药毒。这样一来，药毒和体内的怪病冲击，就成了我现在这个样子。"

"你……你……"秦怜看着谢芳华，无言半晌，才问道，"你每日都是这副样子，才不敢出门？"

谢芳华摇摇头："以前是每日都这个样子的，但自从漠北的舅舅寻到了那神医，我吃了他的方子，现在便隔个三五日才这样了。"

秦怜点点头，轻舒了一口气："怪不得你这么些年都不露面呢！我若是你这副样子，我也不敢出门。"话落，她将面纱递给谢芳华，"你还是戴着面纱吧，太吓人了。多看你一眼，我今日怕是连饭也吃不下了。比那日你苍白得像鬼一样的模样更加吓人。最起码那日还能看，今日是不能看！"

谢芳华接过面纱，慢慢戴上，将脸遮挡住。

侍墨暗暗赞叹小姐机智，悄悄退到房门外，和侍画使了个眼神，彼此心照不宣。

秦怜见谢芳华戴好面纱，心颤过后，药味袭来，她再次捏住鼻子："你这屋子里忒不能待，我不要在这里待着了。你跟我出去。"

谢芳华放下棋子，看着她："我这海棠苑到处都是药味，哪里都不能待。"

“海棠亭呢？走，去你的海棠亭！海棠亭总比你的屋子好些吧？”秦怜似乎实在是受不了了，丢下一句话，扭头出了房门。

谢芳华站起身，跟在秦怜身后，缓缓出了房门。

秦怜出了门外，大吸了一口气，放开鼻子，对谢芳华道：“到你的屋子转一圈，就跟在鬼门关走了一圈一般，实在是憋死个人了。”

谢芳华笑笑。

“今日之前，我没来你的院子时，还时常想着忠勇侯府的嫡女比皇后公主都尊贵，她的闺阁该是什么样呢。今日见了，我才知道了，你这副病秧子的德性，才是最配你这闺阁的。这样不招人嫉妒。你若是好模好样地坐在这里，才是上天不公平。”秦怜道。

谢芳华抬头向天空看了一眼，上天对每个人都是公平的。前一世，她就为好模好样地生在这样的地方付出了代价。这一世，无非是福缘而已。

“海棠亭在哪里？”秦怜问。

“后院。”谢芳华随手一指。

秦怜立即当先一步向后院走去。

谢芳华缓步跟在秦怜身后，侍画、侍墨连忙一左一右扶住谢芳华。

秦怜回头看了谢芳华一眼，见她行走间婀娜多姿，纤纤柔柔，娇娇弱弱，呈弱不禁风的姿态，她撇撇嘴：“好好的一副容貌，被你毁了个极致。”话落，她不解地道：“我就不明白了。我哥哥他是不是没见过你这副尊容？若是见过，怎么还会想要娶你？”

“他是不曾见过！”谢芳华实话实说，但秦铮就算见到，也不会如秦怜一般被吓到。秦怜到底是单纯些，而秦铮，他……只怕是会立即研究个究竟出来。

“我就说嘛！”秦怜嘟起嘴，须臾，她又乐开了花，“我倒期待他若是看到你这副样子，会不会后悔得跳脚，恨不得立即去找皇叔取消了婚约。”

谢芳华眸光轻闪：“怕是不会！”

“那可不一定。”秦怜立即撇嘴，随即，又挠挠脑袋，哼道，“你说的也对，我哥哥那个人，只要认准了一件事情，就算天塌下来，他都要做。既然他要娶你，即便没看到你这副样子，怕也是早就猜到个大概了。他可是秦铮，什么事情能瞒得住他？”

谢芳华不说话。

秦怜又道：“不过我就奇怪了，那日我看你虽然脸色苍白如鬼，但还算是个美人，就算在李如碧面前，你也丝毫不逊色，可是今日一见，你跟美半点儿边都搭不上了。那日你的样子，他要娶你，还情有可原，今日你这副样子，他虽然没见过，但若是早知道的话，还要娶你，可就是疯了，不可理解。”

谢芳华看着秦怜，淡淡道：“他今日就在这府里，你若是奇怪，大可以去问问。”

“什么？你说我哥哥如今在忠勇侯府？”秦怜立即睁大眼睛。

谢芳华点头：“在我哥哥的芝兰苑！”

秦怜呆了呆，见谢芳华不像是说假，撇撇嘴：“我才不去，为什么要问他？就算他娶你不可理解，也不关我的事儿。以后是他跟你对看一辈子，又不是我。没准他就喜欢看着你这副丑样子自虐呢！”话落，继续转身向后院走去。

谢芳华看着秦怜的背影，不再说话。

不多时，二人来到了后院的门扉处，秦怜自己动手打开了门扉，冲了进去。

谢芳华慢步跟了进去。

“哇，海棠亭果然是名不虚传，好漂亮！”秦怜唏嘘赞叹地看着眼前的海棠亭，提着裙摆，围着满院的海棠树跑了一圈，之后停下脚步，回头对谢芳华道：“这里的确也有药味，但这有一股海棠味的药香，不但不难闻，还很好闻呢。”

谢芳华笑了笑。

“唔，去让你的婢女拿一壶酒来，我看这里的海棠树下都有暖炉，我们可以将酒温在暖炉上，摘些海棠花煮酒喝。”秦怜高兴地道。似乎忘了早先被谢芳华难看的容貌惊吓的事情。

谢芳华看着她，沉静地道：“你今日来找我，所为何事儿？难道只是来看看我？”

“我可不就是为了来这里看看你，找你玩嘛！还能有什么事情？”秦怜斜睨了谢芳华一眼，催促道，“快点儿吩咐你的婢女去拿酒啊！”

“去拿一壶酒来！”谢芳华对侍画吩咐。

侍画点点头，立即转身回去拿酒。

秦怜又围着海棠树转了一圈，之后坐在了亭子内的桌子前，感叹道：“你的海棠苑虽然满院的药味，但好在还有海棠亭这个地方，不全是难闻的药味那般难以忍受。”话落，她对谢芳华招手：“喂，你还站在那里干什么？赶快过来坐下啊！”

谢芳华走过去，坐在秦怜的对面。

风吹来，海棠树落下海棠花瓣，轻轻飘扬，面纱滑着脸庞轻轻飘动，渺渺如烟。

秦怜忽然直直地盯着谢芳华，看了她半晌道：“就这样子，不看你的脸，隔着面纱，忽隐忽现，发觉你可真是一个美人。”

谢芳华看着她。今日是大年初二，据她所知，初一到初五，宫里都会举办宴席轮番庆贺盛世太平的新年。四皇子如今在漠北，不在皇后身边，这样的年节里，最难受的莫过于思念儿子的皇后了。秦怜得皇后教养多年，按理说，这样的日子，理应陪在皇后身边才是，又如何会到忠勇侯府来找她玩。

“若是这样的画像画了去，不让人心动才怪。哪怕是原本只有三分的想法，也会变成十分了吧！”秦怜忽然低下头嘀咕了一句。

她的声音虽然轻浅，但是谢芳华却听了个仔细。她眯了眯眼睛，忽然问：“你要给我作画？”

秦怜忽然又抬起头，看着谢芳华，瞪眼道：“你的耳朵怎么这么灵敏？”

谢芳华不动声色地看着她：“你最好将今日来我这里的目的实话实说，否则我不敢保证以后我出现的地方，你都得消失得远远的。”顿了顿，见秦怜不以为然，补充道：“万一我以后嫁入了英亲王府，那么……你就有家不能回了。也许，比你哥哥对你下的禁令还要严苛。”

秦怜伸手指着她，气愤地竖起眉头：“你威胁我？”

谢芳华平静地看着她。

“你可真是被我哥哥看中的女人，不论外表德性，就是这副黑心肝也配他。”秦怜咬了咬牙，“我就告诉你又怎样？也不是什么不能说的秘密。”话落，她摊牌道：“我今日早上接到秦钰哥哥的飞鹰传书，要一幅你的画像。我那日没看清你，今日特地来仔细地看看你。”

谢芳华颦眉，秦钰……

除夕那日哥哥收到了漠北武卫将军舅舅的书信，透露秦钰想娶她的意思。

今日秦怜收到漠北军营四皇子秦钰的书信，要她一幅画像。

同样是飞鹰传书，日期相差不过两日，也就是一前一后隔了两日发出的。

当日哥哥在看到飞鹰传书时立即回了书信给舅舅，将她和秦铮被赐婚的消息传了过去。飞鹰最快也要十日后到达漠北军营，也就是说，漠北的舅舅和秦钰还不知道这则赐婚的消息。

“喂，你怎么突然不说话了？”秦怜从说出今日来的目的后，便紧紧地盯着谢芳华，不错过她丝毫动静，见她听完后静静坐着，久久不动，忍不住开口。

谢芳华看着秦怜娇媚纯澈的脸，淡淡道：“我和你哥哥圣旨赐婚了。”

秦怜嗤了一声：“我自然知道你和我哥哥圣旨赐婚了。不止我知道，如今南秦上下怕是都快传遍了！”

“两日的时间，也只能传出方圆千里，千里之外的地方，还是传不出去的。”谢芳华看着她，提醒道，“漠北戍边的军营就传不到这个消息，如今怕是也还不知道。”

“那又怎么了？早晚会传到的。”秦怜不以为然，不觉得这个有什么好说的。

谢芳华轻轻叩了叩桌面，古木桌面发出低沉的响声，她面无表情地道：“你在皇后身边教养多年，女子的画像，尤其是已经有了婚约的闺阁女子的画像，传到不是我未婚夫的男人手里代表着什么，总不会不知道。”

秦怜一怔，须臾，哼了一声：“那又有什么？我们南秦国风开放，民风开放，向来风流韵事屡见不鲜，谁家小姐闺阁里的画像传出去，被谁看到或者收藏，也是一件风月之事。这等事情多得是，你又不是第一个，也不是最后一个。”

“若是被你哥哥知道了呢？你说他会如何？”谢芳华挑眉。

秦怜面色一变，顿时瞪眼：“谢芳华，你不是不喜欢我哥哥吗？你还怕他知道？”

“我不是怕他知道，而是就算我不喜欢他，也不喜欢我的画像被人随意描绘出去。”谢芳华缓缓地站起身，有些凌厉地道，“况且我又是这么一副尊荣，你觉得我既然知道了你的目的，还会让你传出去？”

“你能拦得住我？”秦怜不屑。

“你可以试试！”谢芳华转身往回走。

秦怜立即站起身，伸手拉住她，皱眉道：“我答应了秦钰哥哥，做人不能言而无信。就你这副尊荣，我想秦钰哥哥也看不上。不过是月前京中对你的传扬热了些，牵扯了燕亭、永康侯府、范阳卢氏，传言流传到了漠北，他便对你产生了好奇。你怕什么？”

谢芳华停住脚步，隔着面纱沉静地看着秦怜。

秦怜被谢芳华看着，虽然隔着面纱，但她忽然也升起一种从头到脚被她的目光剥了个精光的凉飕飕的感觉，她受不住地后退了一步，胆寒地看着她：“你说话啊，这样看着我做什么？”

谢芳华收回视线，不说话，转过身继续离开。

秦怜上前一步，刚要再拉住谢芳华，又缩回手，跺脚道：“谢芳华，不就是一幅画像吗？你这么小气做什么！”

谢芳华不理会她，出了海棠亭。

走到门扉处，侍画正巧端着一壶酒来到，见谢芳华走出了海棠亭，轻声问：“小姐，您怎么出来了，这酒……”

“怜郡主想要温酒煮海棠，你去端给她吧！”谢芳华吩咐。

侍画向里面看了一眼，见秦怜气恼着一张小脸站在海棠亭里，点点头，端着酒走了进去。来到秦怜面前，对她不卑不亢地问：“怜郡主，酒端来了，您是继续在这里温酒煮海棠，还是跟随我家小姐回房？”

“温酒煮海棠！你去给我摘一捧海棠花来。”秦怜接过酒，放在了暖炉上。

侍画点点头，按照她的吩咐，走到一株海棠树下，摘了一捧海棠花，走到暖炉前，递给她。

“拿去洗洗！这样放里面脏死了。”秦怜没好气地道。

侍画看着她，解释道：“回怜郡主，我们府海棠亭的海棠最干净不过，尤其是久畏严寒，经受一夜霜露洗礼，最是芬芳。若是拿水洗了，芬芳反倒被浊掉许多。您确定要去洗？”

“那就直接放进去吧！”秦怜蹙眉，指指酒壶。

侍画掀开酒壶的盖，将一把海棠花瓣放入了酒里。

刚放入，淡淡的酒香便融合着海棠香飘了出来。

秦怜轻轻吸了一口气，有些眼馋地盯着暖炉上冒着淡淡酒气的酒壶道：“谢芳华人不怎么样，但是这满院的海棠可是真不错！好东西都被她享受到了。”

侍画站在一旁。秦怜没带婢女来，小姐刚刚没吩咐她回去，她只能守在一边侍候她。

不多时，酒香和海棠香愈发浓郁，秦怜挥手：“快点儿，帮我满一杯！”

侍画点点头，拿起酒壶，从桌底下的暗格里拿出干净的酒杯，给秦怜满了整整一杯酒。秦怜眉眼含笑，忘了刚刚和谢芳华的不快，捧住酒杯，迫不及待地品了一口，赞扬道：“好香！”

侍画退后一步，规矩地站在一旁。

秦怜一口气喝了半杯酒，脸颊渐渐染上红晕，她支着额头自言自语地道：“秦钰哥哥自小对我极好，我有求他必应。自从他去了漠北，便再也没有人对我那么好了。难得他经受了火烧宫闱被陷害的大难后没丧失志气。漠北那种地方风雪卷着风沙，情形恶劣，据说漠北戍边的军营更是疾苦，他自小没离开过锦绣繁华的京城，一定吃了不少苦，我却什么也不能帮他。好不容易能和他飞鹰传书通通消息，他第一次有求于我，要一幅画像，我怎么能让他失望？”

侍画垂下头，站在小姐的立场，她自然不希望小姐的画像外传。尤其是如今小姐和铮二公子有了婚约，小姐的画像若是传到四皇子手里，更是不太好。

秦怜嘟囔完一句话，又继续道：“我哥哥那个破人、烂人、坏人、恶人，最会的就是欺负我。从小到大没给过我几次好脸色。又霸着我娘只喜欢他一个。我有娘成了没娘，好事儿都让他占尽了。哼！”

侍画低垂着头默默地听着。

秦怜说完两句话，端起酒杯，将剩下的半杯酒一饮而尽，辛辣融合着酒香入喉，她的小脸一下子红如火烧，她放下酒杯，抱住脑袋，对侍画吩咐：“好喝，再来一杯！”

侍画抿了抿唇，看着她提醒道：“怜郡主，您再喝就醉了！”

“废什么话？快倒酒！”秦怜挥手训斥。

侍画只得又给她满了一杯酒。

秦怜继续端起酒杯，不多一会儿，一杯酒便又下了肚，她拿着酒杯，晃了一圈，又将空酒杯倒过来看，晕晕地道：“没了？”顿了顿，看了片刻，确定没了，说道：“再来一杯！”

侍画掂了掂酒壶，酒壶里剩余的酒也就还有一杯，便上前给她满上。

秦怜看着浅粉色的酒液顺着酒壶的壶口流入酒杯，看着看着，身子一晃，头一歪，躺在了桌子上。

侍画见状，放下酒壶，轻轻推了推秦怜："怜郡主？"

秦怜一动不动，满身酒味。

侍画又推了秦怜两下，确定她是醉了，转身出了海棠亭，回了海棠苑，禀告谢芳华。

"秦铮呢？还在咱们芝兰苑吗？"谢芳华坐在窗根下的躺椅上晒着太阳问。

"铮二公子似乎还没走！"侍画道。

"去告诉秦铮，他的妹妹在我这里喝醉了，让他来领人！"谢芳华懒洋洋地吩咐。

侍画点点头，出了海棠苑，去了芝兰苑。

谢芳华闭上眼睛，不太浓烈的阳光融合了清凉的风，不冷也不热，面纱遮挡，阳光亦不刺眼，她静静地想着事情。

不多时，侍画走了回来，对谢芳华低声道："小姐，铮二公子说不用管她，就让她醉着去吧！"

谢芳华蹙眉："还有别的话吗？"

侍画摇摇头。

"你们去将她扶到西厢的暖阁里休息。"谢芳华摆摆手。

侍画点点头，招呼了侍墨一声，二人便去了海棠亭。不多时，将秦怜从海棠亭扶了出来，安置在了西厢的暖阁里。

二人安置好秦怜，从西厢暖阁出来，侍书又进了海棠苑。

侍画见了侍书顿时笑了："侍书，小姐没回来时，多少日子也不见你来这里一次，今日你怎么总是往海棠苑跑？这一上午的，你都来了三次了！"

侍书叹了口气，苦下脸道："我也不想总是跑腿啊，这一上午，我的腿都快跑断了。世子早就吩咐了，不让别人来海棠苑传话打扰小姐，来海棠苑的事儿都交给我了。总是有事儿，不得消停，我能不总来吗？"

"又是什么事儿了？"侍画不满地道，"早上铮二公子折腾了一早上，然后怜郡主又来喝醉了，如今小姐刚休息片刻。"

侍书见谢芳华在窗根下闭目养神，无奈地低声道："是英亲王妃领着清河崔氏的二老爷来了。要见小姐！"

侍画一惊，这可是大事儿啊！小姐早上刚收了听言，这还没过中午人就找来了。

谢芳华慢慢地睁开眼睛，从躺椅上坐起身，看着侍书道："秦铮将听言给我的消息传去英亲王府了？"若不然为何英亲王妃会带着清河崔氏的二老爷上门？

侍书点点头："早先铮二公子和世子在比武较量的时候英亲王府就派了人来，让铮二公子带着听言回去，铮二公子说听言已经不是他的人了，他管不着。来人自然问明了情况，立马回去禀告英亲王妃了。”

谢芳华蹙了蹙眉，对侍书道：“你去回话，我身体不适，不见客！”

侍书犹豫：“这……可是英亲王妃亲自来的……”

谢芳华摆摆手：“那也是身体不适，不见客！”

侍书知道小姐说一不二，点点头，出了海棠苑。

谢芳华站起身，走回房间。进了屋，她忽然问：“刚刚在海棠亭怎么没见到听言？”

侍画立即道：“听言从昨日得到清河崔氏二老爷来要他的消息开始便一夜没睡，奴婢给他安置了房间，他受不住，倒头就睡下了。”

谢芳华点点头。

“小姐，清河崔氏的二老爷既然在大年节的来了京城，而且如今知道铮二公子将听言给了您的消息后又拉着英亲王妃来了咱们府里，您如今不见，要不奴婢去打探一下消息？看看……”

“不用，稍后英亲王妃就会来我这里。”谢芳华摇摇头。

侍画闻言不再说话。

过了片刻，果然如谢芳华所说，侍书领路，春兰扶着英亲王妃来了海棠苑。

侍画、侍墨对看一眼，看向谢芳华。谢芳华对二人示意，二人立即迎了出去。

英亲王妃进了海棠苑，满院的药香扑面而来，她倒没如秦怜一般受不了，而是和秦铮来海棠苑时一样，似乎闻不到满院的药味，若无其事地走了进来。

春兰却蹙了蹙眉。

“王妃，这里就是我家小姐的海棠苑了。”侍书停住脚步，见侍画、侍墨迎了出来，规矩地不再往里走。

英亲王妃点点头。

“奴婢侍画、奴婢侍墨，给王妃请安！”侍画、侍墨来到近前，齐齐对英亲王妃俯身行礼，低声道，“我家小姐身体不适，命奴婢二人出来迎接王妃，还望王妃勿怪！”

“都是自家人，她身子骨不好，理当不用那么多礼数。怪什么？起来吧！”英亲王妃摆摆手，往里面走来。

侍画、侍墨知晓英亲王妃大度，齐齐回到门口，抢先一步挑开门帘请英亲王妃进入。

第三章
亲热

京　门　风　月

随着帘幕挑开，屋中早先还没驱散的药香浓郁地飘出。

春兰忍不住咳嗽了一声。

“你怕药味，不用跟我进去了，等在外面吧！”英亲王妃对春兰道。

“王妃，奴婢哪里有那么娇气？还受得住。”春兰摇摇头。她不是受不住药味，只是觉得这海棠苑里药味太浓了，忠勇侯府的小姐身子骨这么弱，二公子非要娶，王妃纵容二公子鼎力相助，她自小看着二公子长大，实在是替他忧心芳华小姐的身子骨，将来可怎么好生育传承子嗣？

“若是不怕，就进去吧！”英亲王妃道。

春兰点点头，强忍着药味扶着英亲王妃进了屋子。

谢芳华从水晶帘后缓步走出，走一步，柔三分，弱三分，虚三分，病三分。见英亲王妃进屋，对她轻轻福了福，喊了一声：“王妃！”

英亲王妃甩开春兰，快走两步，上前扶起谢芳华，怜惜道：“昨日不是还好好的吗？我看你能走能动，姿态也还好，今日怎么又成了这副样子了？是耽误喝药了还是怎的？”

谢芳华顺着英亲王妃的手站起身，语气低软地道：“本来吃了舅舅传回来的药方是好一些了，可能这两日总是走动，太过劳累，折腾倦了，才又吃力难受了。”话落，她摇摇头，“您放心，我习惯了，无碍的。”

“我猜也是，你往年都不曾出门折腾，一直在闺阁里静养。今年你及笄了，不能再闭门不出了。而这京中的人都是多年不曾见你，好奇地想见见你。是以，折腾一番定是辛苦的。”英亲王妃叹了口气，拉着谢芳华反客为主地坐下身，对她道，“自己的身体要紧，什么事情都不如你的身体重要。你好好静养，我已经吩咐下去了，让英亲王府外面的线人帮着找寻漠北神医的下落，结合忠勇侯府和英亲王府的实力，一定给你找到那个神医治好你的病。”

谢芳华点点头：“劳烦王妃为我操心了。”

“说什么呢？你这孩子，何必如此见外？铮儿不惜得罪皇上，也要娶你，我的儿子我比谁都清楚，他若不是下了大决心，是不会如此做的。”英亲王妃拍着她的手道，“昨日我来忠勇侯府，本就想趁机与你说说知心话，奈何那个臭小子把你看得紧，没说成。今日我就把话儿说明白了。你既然与铮儿得了圣旨赐婚，就是我的准儿媳妇儿了。无论是三日，还是三年，都没大关系。你且宽心，铮儿虽然任性，但不是胡闹的孩子。你的身子骨不好没关系，慢慢治，总能治好的。”

谢芳华垂下头，得英亲王妃这样的母亲是秦铮几辈子修到的福分！

“秦怜呢？我听说她刚刚来了？”英亲王妃见谢芳华不说话，但是将话听到了耳里，笑着询问。

“她喜欢我后院的海棠，非要温酒煮海棠，贪杯喝醉了，在西厢暖阁里休息呢。”谢芳华道。

英亲王妃顿时笑开：“怜儿根本就不会喝酒，竟然跑这里来喝酒了？她可真是……”她摇摇头，似乎有些无奈，问道：“初一到初五都是宫里喜庆的大日子，她根本就不该出宫，今日却出宫了，没回英亲王府，却来这里找你，你可问了，她来找你什么事儿？”

谢芳华微微抬起头，轻声道：“说那日没仔细看我，今日来看看。”

“她是不是拿什么事情来为难你，你不好说？”英亲王妃看着谢芳华，“没事儿，你尽管说。她虽然没在我跟前长大，但她的性情我还是了解的。只为了仔细地看你，倒没必要撇下皇后出宫来找你了。”

谢芳华想着到底是英亲王妃，知子莫若母，知女莫过母。她的儿子女儿什么性情，她都心里透亮。她笑了笑，也不替秦怜隐瞒，诚实地道：“据说有人要我一幅画像，她来再仔细地看看我，画出来。”

英亲王妃一怔，随即揣测了一番，又向窗外看了一眼，脸上闪过某种表情，须臾，转过头来，突然问：“是四皇子秦钰？”

谢芳华不得不佩服英亲王妃，点点头。

“胡闹！”英亲王妃顿时一拍桌子，桌子发出啪的一声响。

谢芳华静静地坐在桌旁，既然英亲王妃知晓了这件事情，想看她如何处理。

英亲王妃气怒片刻，忽然沉静下来，奇怪地问：“四皇子怎么会突然要你的画像？就算他和铮儿自小不合，但你和铮儿有婚约的消息不过才两日而已，还传不到漠北去。”

谢芳华扯了扯嘴角，摇摇头：“我也不知道。”

“秦钰在漠北戍边待了有月余了，而漠北戍边看守的人是武卫将军，也就是你的舅舅。”英亲王妃正色地分析，“难道问题出在这里？还是铮儿在除夕夜之前时常往来忠勇侯府，被他留在京中的暗人透露出了消息？”

谢芳华不说话。秦钰虽然去了漠北，但是他总要留一部分人在京中做暗桩。

“从小到大，都多少年了，这两个孩子真是不省心！怜儿也跟着搅和，乱作一团。”英亲王妃叹了口气，有些头疼地揉揉额头，忽然道，“在自己的屋子里，怎么还戴着面纱，摘掉吧！”

“刚刚怜郡主来了见到就吓了一跳。”谢芳华道。

“我那日也没仔细地看你，今日也好好看看。”英亲王妃看着她。

谢芳华垂下头，抿了抿唇，伸手扯掉了面纱。

满脸潮红的小疙瘩让整张脸显得分外的吓人，春兰第一时间惊呼一声，倒退了一步。宫宴那日她见的芳华小姐可不是这个样子，今日怎么成这样了？

英亲王妃倒是没被骇住，只是愣了一下，奇怪地问：“宫宴那日还不是这样，现在怎么回事？”

谢芳华拿着面纱，将对秦怜说的话又给英亲王妃说了一遍。

英亲王妃听罢了然，心疼地将谢芳华的手握在手里：“你娘离开得早，你怎么就得了这难治的病？好好的孩子，真是苦了你了。”顿了顿，她宽慰地道：“总会治好的，你是个坚强的好孩子，这么多年都过来了，铮儿既然要娶你，就不会让你治不得的。”

谢芳华嘴角动了动，对于英亲王妃三句话离不开她的儿子的本事，只能点头。

“好了，你休息吧！改日你身子好些了，我再请你去英亲王府玩耍。”英亲王妃抹抹眼睛，松开谢芳华的手，站起身。

谢芳华缓缓站起身，点点头。

春兰立即上前搀扶住英亲王妃，向外走去。

谢芳华将英亲王妃送到屋门口，英亲王妃对她摆手：“不必送了，我自己走。”话落，她又笑道：“铮儿可是将听言作为第一笔聘礼给了你，且还立了字据？”

谢芳华点点头。

英亲王妃笑骂道：“这个死孩子，他倒是个有主意的，做了甩手掌柜，把麻烦推给了你。”话落，又叹息道：“听言这孩子也是个命苦的，我自然不想把他推回清河去送死。但这次若不回去，他以后可能一辈子也回不去了。如今他还小，跟在铮儿身边觉得好，但若是以后长大了，心智稳妥了，有了别的想法，清河族长和族中长老定会念他这次不救亲兄弟，再不会容他回清河族里了。”

谢芳华心思微转，的确是这个理儿。

“若是有能救清河那孩子血毒，又能不让听言受到伤害的方法就好了。”英亲王妃看着谢芳华，“你愿意接这麻烦事儿，证明你对铮儿也不是没有……”

“王妃，他送的是采纳的第一笔聘礼，总不能退回的。”谢芳华打断英亲王妃的话。

英亲王妃本来伤感，闻言蓦地笑了，附和道：“采纳的聘礼的确是不能退回的，你说得对。这件事情啊，我没法插手。可能清河我的二哥要在忠勇侯府留下，解决了这件事情再走。几百年下来，清河崔氏和谢氏总也有剪不断扯不断的联系，真正细究起来，倒也有亲戚关系。”

谢芳华目光动了动。

“春兰，你去把秦怜扶出来送回宫，她今日若是就这么睡在这里，皇后该担心了。”英亲王妃对春兰吩咐。

春兰应了一声，连忙去了西厢暖阁。不多时，便扶着醉醺醺不省人事的秦怜走了出来。

“走吧！”英亲王妃看了秦怜一眼，无奈地摇摇头，带着人转身离开。

谢芳华站在门口，揣测英亲王妃从进屋到离开的每一句话，半晌后，手覆上额头。

不多时，侍画、侍墨送英亲王妃离开后回来，见谢芳华站在门口不动，齐齐看着她。

“我去府里藏书阁一趟，你们守好门。”谢芳华将面纱盖上，对二人吩咐后出了房门。

二人齐齐点头。

藏书阁距离谢芳华的海棠苑极近，从后院的海棠亭走过去，不出一盏茶工夫，便可到达。忠勇侯府的藏书阁原本是在距离荣福堂最近的地方，但自从谢芳华记事起，因喜好读书，便央求忠勇侯将藏书阁挪到了她的海棠苑后面。

忠勇侯府的藏书阁自然是数百名一等一的护卫把守着。

谢芳华来到门口，从怀中拿出钥匙，开了锁，进了藏书阁。

藏书阁内每日都有专人打扫，不染纤尘。

谢芳华径直来到了医毒一栏，从最上方的一个暗格里抽出一本泛黄的书卷。盯着封皮上两个梵文的字看了片刻，缓缓地打开了书卷。

里面无一例外的是清一色的梵文。

她靠着书架蹲下身，一页一页仔细地翻看。

过了约半个时辰，藏书阁外传来轻浅的脚步声，不多时，那脚步声来到门口，畅通无阻地进了藏书阁。不大一会儿工夫，那脚步声便来到谢芳华面前。

谢芳华缓缓抬起头，看着谢墨含，脸色变幻不明，声音暗哑地喊了一声：“哥哥！”

谢墨含嗯了一声，蹲下身，看着她手里的书卷，声音也有些暗哑：“妹妹，你自小博览群书，将咱们藏经阁所有的书都读遍，独独差了这一本。我以为，你永远不会读它了。”

谢芳华握着书卷的手紧了紧，目光有些缥缈：“哥哥，若是我学了九分，注定九分都不成事儿，只差我最不愿意学的一分，才能成事儿，那么，我愿意刺骨焚心，也要将那一分学了。”

谢墨含眼眶湿了湿：“当年爹娘都因它而离开，若不是爷爷拦着，你早将这一卷书给撕毁了。”话落，他轻叹：“我的妹妹到底是长大了。再不是小时候了。”

“长大是要付出代价的。”谢芳华道。

谢墨含摸摸她的头，触到她头上遮着的面纱，蹙了蹙眉，伸手将面纱扯下，看到她的脸，愣了一下：“你这是……”

谢芳华将秦怜和英亲王妃先后见她的事情说了一遍。

谢墨含了然，蹲坐在地上，无奈地道：“明明好模好样的，却要装病，实在是难为你了。当年你离开后，我和爷爷也是没办法，才不得不称你体弱多病，需得日日在海棠苑用汤药。”

“这也没什么。若不是这副病弱的身体，也不能做许多事情。凡事有因就有果。如今我这副样子，有些人高高在上不屑于打主意才是。”谢芳华讽刺地笑了一声。

谢墨含点点头，脸色也有些昏暗：“今日其实你不必揽下听言这桩麻烦。秦铮就算是霸道，你若是不同意，他也是拿你没办法。”

“哥哥，我不是为了他。”谢芳华道。

谢墨含目光动了动：“秦铮和英亲王妃离开了，清河的二老爷却留在了咱们忠勇侯府。当他听说秦铮将听言给你当作聘礼时，甚是不信，经我证实，他才信了。说让你提条件，只要能放了听言跟他回清河，无论什么条件，他都答应你。”

“聘礼是要随我再带回英亲王府的，他不知道吗？”谢芳华放下书卷道。

“自然知道。”谢墨含叹了口气，“妹妹，可你这聘礼是个人啊，而且还是人家的儿子。”

谢芳华嗤笑了一声：“清河崔氏……到底内部也有些乌七八糟的事情侮辱贵门清流。”话落，又问道：“他是不是去拜见了爷爷？”

谢墨含点头：“是！如今去了爷爷那里。”

“晚上你告诉他，让他回去，三日之后，会有人去清河救他的儿子。”谢芳华道。

谢墨含一惊：“妹妹，你真的能让人救……解了血毒？”

“没有这卷书自然是不能，有了这卷书，自然就能了。被人研制出来的毒，总有一日也能被人找出破解之法。”谢芳华拿着书卷抖了抖，“既然当初没被我毁了，总是有缘法，它的缘法就在这里。”

谢墨含看向谢芳华手中的书册，有些忧心：“清河向来被皇室看重，历代皇后王妃大多出在清河崔氏。清河崔氏与皇室牵扯甚深，就我所知，这二老爷续娶的夫人的母族，是当今皇上已亡的亲母族妹。虽然皇上这些年来一直敬重德慈太后，将她尊为母后，以感激扶持他登基之功，但当年他登基时，也追封了生养他的吕贵人。吕这个姓氏虽然不及有名望的世家大族尊贵，但终归是当今天子的母族。所以，二老爷续娶的夫人算起来与皇上也是有些亲缘。若是你救了她的儿子，浪费了她苦心设计除去听言的心思，再被皇上盯上的话，麻烦怕是会更大了。”

谢芳华嘲讽一笑：“哥哥，我既然下定了决心，就没怕麻烦。”

“我知道你不怕麻烦，但我总忍不住担心你。南秦多少世家大族、显赫门第，除了我们忠勇侯府，还有多少荣华之家？多少势力此消彼长？南秦皇室能平衡诸多势力，暗中筹谋反策我们谢氏，不可小看南秦皇室的势力，当今皇上城府甚深，更不可掉以轻心。”谢墨含道。

谢芳华点点头：“哥哥且宽心，我做了多年的准备，不会不小心的。我之所以接收听言，不是想护他，也不是看秦铮，而是想用他。”

“用他？”谢墨含一怔。

“他是清河崔氏嫡系一脉的嫡出子孙，这个身份送到我面前，我不会浪费了。”谢芳华道。

谢墨含看着她：“你是想利用他牵连清河崔氏？”

“我想了，皇上想要除去谢氏，想给忠勇侯府、给谢氏安个罪名，没那么容易。谢氏牵扯多方势力甚深，总有利益牵扯，私下总有相互扶助之处。皇上想要拔除谢氏，就要先稳住或者维护住其余各族。”谢芳华分析道，“我就先给他打破了！让他举步维艰，动一下谢氏，就手疼脚疼，看他还如何下手？”

谢墨含心神一震，不再说话。

“哥哥去休息吧！我再看一会儿就回去。你今晚就按照我的话对二老爷说便是。另外，告诉他，他若是想要救儿子的话，就立个保密的字据，拿他最珍贵的一个秘密来换。三日之后，自然会有人去救他的儿子。若是他不同意，只求听言回清河崔氏的话，那么就让他死了那份心吧！古往今来，小厮婢女买卖互相送人正常，但没听说过将聘礼在不悔婚的情况下送人的道理。”谢芳华垂下头，继续看书卷，冷漠地道。

谢墨含沉默半晌，点点头，站起身：“好，听你的。”

“谢谢哥哥！”谢芳华笑了一下。

“傻丫头，谢什么！你一切的付出，都是为了谢氏，为了忠勇侯府，为了爷爷和我。这些本该是我做，我却不争气，都让你来做了。”谢墨含笑着摇摇头，试探地问道，“明日就是三日满了，你……还去英亲王府吗？”

谢芳华皱了皱眉，沉吟片刻，点头："去！"

谢墨含张了张口，似乎有什么话要说，但又有些难以启齿："秦铮他……你……"

"哥哥，做忠勇侯府的小姐太限制自由了。我除了能在小院子里看看海棠，煮煮酒，接待一下前来看我的人，什么也不能做。听音却不同。"谢芳华冷静地道，"不管秦铮他是何想法，如今我们已有了婚约，但凡有什么事情，只要牵扯了我，他也跑不了。所以，你有什么忧心都暂且搁下，且放心吧！"

"那就好！爷爷说得对，你心中都有主意和思量。反正如今你们也有了婚约，我就不劳神操心了。"谢墨含笑笑，抬步出了藏书阁。

谢芳华继续看着手中的书，目光随着书页，深且深，沉且沉。

一个时辰后，谢芳华将一卷书都看完，缓缓地合上书本，慢慢地将书卷每一处都摸索了一遍，才慢慢站起身，双手堆叠在一起，将书页夹在手中间，闭上眼睛，轻轻用力，书卷在她手中，一寸寸变黑，不多时，一卷完好的书卷便化成了黑色的纸灰。

她捧着纸灰，一步一步地出了藏书阁。

藏书阁外，她轻轻喊了一声："来人！"

看守藏书阁的一名护卫统领立即出现在她的面前，恭敬地道："小姐，您有事情吩咐？"

"去拿一个木匣子来给我。"谢芳华吩咐。

"是！"那人立即走开，不多时，拿回了一个木匣子，递给谢芳华。

"打开！"谢芳华看着木匣子道。

那人立即打开木匣子。

谢芳华上前一步，将手放进木匣子，纸灰顺着她手缝滑落在木匣子里，一丝一毫不剩。片刻后，她收回手，沉声吩咐："将这个木匣子放去祠堂我爹娘的牌位前。"

"是！"那人立即应声，恭敬地捧着木匣子去了大后方的忠勇侯府祖祀。

谢芳华向祖祀方向看了片刻，转身回了海棠苑。

当日夜晚，谢墨含和清河崔氏二老爷长谈到深夜，清河崔氏二老爷没有见到谢芳华，亦没有见到听言。他虽然书读得多了木讷，但不是真的什么也不懂，都是他的儿子，权衡之下，最后咬牙立了一张保密的字据。

当夜，那张字据被侍书送到了海棠苑。

谢芳华收到字据看了一眼，揣进了怀里，安然地躺下睡了。

第二日清早，天还没亮，二老爷便离开了忠勇侯府，起程回了清河崔氏。

同一时间，谢芳华收拾妥当，对品竹等人安排一番，悄悄地出了忠勇侯府。

清晨的街道上稀稀疏疏有三两人迹，谢芳华轻车熟路地来到了英亲王府后门口。

后门口一个人坐在矮凳上，晨曦里，倚着墙壁闭目养神。

清晨清冷的风丝丝凉寒地吹过，他的青丝、衣袂被风吹起，他穿着单薄的锦缎却仿若不觉得冷，静得如守门人一般。

但若真有人将他当作守门人便错了！他的身份守门人爬一百个天阶也追不上。

命中注定的身份！

谢芳华在距离门口三丈的地方停住脚步，无语地看着代替人守门的秦铮，英亲王府的铮二公子已经闲到这个份上了吗？来这里抢守门人的活？

“既然回来了，站在那里干什么？还不过来！”秦铮忽然睁开眼睛，直直地向谢芳华看来。晨曦雾色缭绕，他在冷风中显然待了许久，声音挂着一丝清寒的凉意，但清俊的脸上那一双眸子在睁开的瞬间却是璀璨得温暖且夺目。

谢芳华踌躇了一下，抿了抿唇，踱步走了过去，在距离秦铮三步远的地方站定。

“离那么远做什么？再近一些！”秦铮道。

谢芳华不太情愿，又往前走了一步。

“爷还能吃了你不成？”秦铮顿时瞪眼，“我就是想看看你，这三日不见，你是胖了还是瘦了。离家的猫儿知道归家了，外面的山林是不是也没什么可留恋的？”

谢芳华忍不住翻了个白眼。

秦铮伸手，一把将她拽到了他的面前，仔仔细细地打量她。

谢芳华想挣脱，被他紧紧拉住，只得无奈地任他打量。片刻后，见他仍不松手，忍着脾气提醒：“爷，大早上的，头没梳，脸没洗，又在冷风中吹了很久吧？您可没有什么可观性，别污浊我的眼睛了。”

“我……污浊你的眼睛？”秦铮抬起头，因为他是坐着，谢芳华是站着，只能仰着脸看她，隽秀好看的眉目挑起。

谢芳华点点头。

秦铮被气笑，伸手照着她脑袋拍了一下，嗤道：“胆子肥了，敢嫌弃我？离开我这几日山林里的老虎还是狮子给了你多大的胆子？爷怕你被人拦住回不来门，半夜睡醒了就来这里等你，你个小没良心的，不领情也就罢了，竟然还敢嫌弃我？”

谢芳华撇开头，轻轻哼了一声。谁用他等了？进不来就不进呗！

“走，侍候爷梳洗做饭去！听言被我送人了，以后他的活都你一个人干了。”秦铮松开谢芳华，站起身，背着手进了后门。

谢芳华深吸了一口气，拒绝道：“将听言送人的人又不是我，凭什么我一个人干？”

“讨价还价？”秦铮忽然回过头，瞥了谢芳华一眼。

谢芳华学着他扬起眉梢：“您选一个，听言的活一是您干，二是再找个人代替听言。”

“你拿什么和爷讨价还价？”秦铮勾起嘴角，有些危险地眯起眼睛。

谢芳华不惧地看着他，慢慢地道：“右相府的李公子对我说过，若是有朝一日在英亲王府落梅居里待不下去了，我可以去找他，他也许能帮忙！”

“你做梦！”秦铮顿时大怒。

谢芳华眨眨眼睛，温和地道：“是不是做梦，总要试试，右相府的李公子出身诗礼传家的清流门第，文人最讲究言而有信。我觉得他不是言而无信之人。”

“听音，离开三日，你的胆子果然肥了！”秦铮额头的青筋跳了跳，有隐隐发作之势。

“您的胆子也不小，在皇上面前当着所有朝中重臣的面在灵雀台逼婚强娶，您的壮举在整个南秦都传遍了，皇上虽然拿圣旨赐婚封了口，但该知道的人还是知道了。”谢芳华笑了笑，温和无害地继续说道，“我头上顶了个主母总是有些不舒服，您若是还想我揽下听言的活计来干，那么就生不如死了。这样活不下去人的落梅居，我总不能不想想脱离的办法。您说是不是？”

秦铮见她说了主母二字，眸光闪了闪，倏地气怒顿消，看着她缓缓笑了：“好，就依你，听言的活以后就我做了。爷可不想弄些碍眼的人进落梅居。”话落，他警告道：“不过你威胁我只准这一次，下一次爷再从你嘴里听到李沐清的名字，我就封了你的嘴！”

谢芳华见好就收，笑着点点头。

秦铮冷哼一声，转身向府内走去。

二人一前一后回到了落梅居。

满院落梅，冷风吹来，纷纷扬扬，无人打扫。

秦铮踩着落梅哼着小曲脚步轻松地进了院子。

谢芳华脚步停住，站在门口对着落梅居看了片刻，心神微晃。海棠亭满院的海棠相比落梅居满院的落梅，仿佛有什么东西一样又不一样。

“还不快进来，磨蹭什么？难道三日不见，你连怎么进门也忘了？”秦铮忽然回头，轻扬的眉目炫得人眼花缭乱。

谢芳华瞥了秦铮一眼，慢慢踱步，踩着落梅，进了院子。

这时，一白一紫两道身影嗖地跑了出来，转眼就到了谢芳华的脚边，一左一右，占据了她的两只脚，两只毛茸茸的脑袋对她连番乱蹭，这番情形叫人看来是对她分外想念。

谢芳华离开这三日还真是没有什么闲心想这两只小东西，乍一见这两只小东西如此亲热，不由得心里一暖，露出笑意，缓缓蹲下身，伸手摸这两只小东西毛茸茸的脑袋。

两只小东西得到她温暖的回馈，齐齐唔唔了两声，似在诉说想念，又似在抱怨她几日不见踪影。

谢芳华看着这两只小东西，养了这么多天，它们当初被刺的伤早已经好了，且似乎已经喜欢上了这里，待惯了，也不想着离开了。连畜生都有了感情，更何况人？

“给它们起个名字吧！”秦铮忽然道。

谢芳华抬起头，看着秦铮，给白狐和紫貂起名字？叫什么呢？

“天下间，白狐和紫貂千千万，起一个独一无二的名字。”秦铮看着她。

谢芳华眸光闪烁了一下，缓缓站起身，问道：“怎么起？是你起还是我起？”

“一人起一个！你起紫貂的名字，我起白狐的名字，如何？”秦铮眸光也跟着闪烁了一下，建议道。

“你狡诈若狐，白狐的名字确实该你起！”谢芳华轻轻嘀咕了一句。

秦铮弯了弯嘴角，本来要向屋里走的脚步转路去了书房：“你过来，我们各自拿笔墨将名字写出来，谁也不准模仿谁的。”

谢芳华站起身，跟着他走向书房。

打开书房的门，书房里浅浅地落了一层土灰，如院中满院的落梅一样。可见这里的主人这几日都没顾及理会自己的院子和屋子。

谢芳华看着书房，想象着屋里怕是也干净不到哪里去。这位公子爷向来有洁癖好干净，这几日不知道睡在了哪里。

秦铮进了书房后，皱了皱眉，掏出怀中的帕子抹了抹桌子，收拾出两块干净且对立的地方来，自己动手铺了纸墨，然后回头看着谢芳华，问：“想好了吗？”

谢芳华低头思索，紫貂，善于攀树，行动敏捷，视听灵锐，喜夜间觅食。她笑了笑，走到桌前，背着秦铮，提笔在宣纸上写了个“夜”字。

“写完了？”秦铮扭头问。

谢芳华伸手盖住字，道：“写了一半！”

秦铮嗤了一声，低头思索，片刻后，在宣纸上写了个“白”字。

谢芳华偏过头去看。

秦铮立即伸手捂住宣纸。

谢芳华收回视线，快速地在宣纸上又添了一个字。

秦铮也同时在宣纸上添了一个字。

须臾，两人落下笔，对看一眼，将手齐齐拿开，露出两个名字。

“紫夜！”

“白青！”

“破名字！”秦铮看到谢芳华的名字，鄙夷道，“没有用心，以觅食的习性而命名，就知道吃。”

谢芳华被气笑，不服地看着他：“白狐冬白夏青，人人都知道。你用青字，也没有用心，少来说我。”

“《山海经　南山经》曰：青丘之山，有兽焉，其状如狐而九尾，其音如婴儿，能食人，食者不蛊。”秦铮款款道，“青丘是狐山，狐之鼻祖，九尾白狐。我给它起这个名字，赋予瑞意。怎么就没用心？”

“白鱼赤鸟之符，黄金紫玉之瑞。天上紫府，金牀玉几。”谢芳华郑重地看着秦铮，“我也不是没用心。紫夜有哪里不好了？”

秦铮偏开头，眉目隐有笑意：“你这白鱼之说也算是对应我的白狐了。它们俩是一对，这样说倒也符合。算你过关了！那就这样吧！”话落，抬步走出书房，甩甩袖子道：“洗漱做饭去！饿死了。”

谢芳华闻言狠狠地碾了碾脚下的地砖，跟在他身后出了书房。

果然不出所料，进了房中，从外面的画堂，到谢芳华的中屋，再到秦铮的里屋，都如书房一样，处处布满尘土。

谢芳华揉揉额头，有些忍无可忍：“你怎么将屋子糟蹋成这样？处处都是灰土？大过年的，就没清扫吗？”

“爷这几日都没回来，清扫什么？稍后我们吃完饭，一起打扫。”秦铮道。

谢芳华想起除夕那日，他在城门守了一夜冷风，初一的时候进了宫晚上回府之后干什么去了？初二的时候，也就是昨夜，他明明和英亲王妃回府了，竟然也没回来？

秦铮站在洗手盆前净面，将清凉的水泼在脸上，半晌后对谢芳华伸手：“帕子！”

谢芳华将绢帕递给他。

秦铮擦了脸，坐在镜子前，招招手：“过来给我梳头！”

谢芳华看着他颐指气使的模样，很想问他，昨日在她的海棠苑，他不是爱给人梳头的吗？今日轮到自己的头怎么就不梳了？

“以后这里没了听言，就你我两个人了，我们要互相照顾。你先给我梳头，我再给你梳。”秦铮见她磨蹭不过来，慢悠悠地道。

谢芳华不领情，走到他身后，拿起木梳道：“奴婢不敢劳烦二公子。”

秦铮轻笑：“以为你胆子当真大了，会端架子了，原来还会自称奴婢？不错！”

谢芳华暗自唾弃，手下用力，秦铮皱了皱眉头，但显然心情极好，没有因她的故意而发作。

不多时，谢芳华给秦铮梳完了头，转身自己去净面。

秦铮坐在镜子前端看了片刻后缓缓站起身，看着谢芳华梳洗，片刻后，见她洗完，将帕子递给她。谢芳华毫不客气地接过，擦了脸，往门外走去。

秦铮一把拽住她：“你还没梳头！”

“您觉得我顶着梳好的头下厨房做饭炒菜，烟熏火燎之下，再出来还能见人？”谢芳华甩开他，没好气地迈出了门槛。

秦铮摸了摸自己的头，后知后觉地道：“照你这样说，我岂不是不能去给你烧火了？省得糟蹋你这一手梳好的头发？”

“不想吃甜死人的东西，您只管自便。”谢芳华头也不回。

秦铮看着她纤细的背影，磨了磨牙。他再也不想吃甜死人的东西了，只能跟着去了厨房。

一个做菜，一个烧火，不多时，小厨房中便飘出了饭菜香味。

四菜一汤一小锅米饭很快就做好，谢芳华洗了手，径直丢下这些回屋梳头。

秦铮对着小厨房的镜子照了照，见没弄乱自己的头发，便端了菜回屋。

谢芳华对着菱花镜梳好了头，走出里屋，便见秦铮早已悠闲地跷着二郎腿坐在桌前等她，身子靠在椅子上，一只手扶着椅子扶手，一只手放在桌子上轻轻地敲着，姿态分外惬意清闲，高门府邸贵裔公子的优雅丝毫没被他浪费。她脚步顿了顿，垂下眼睫，走到他对面坐好。

“吃吧！”秦铮递给谢芳华一双筷子。

谢芳华伸手接过，默默地开始吃饭。

往日在落梅居里，都是三个人一起用膳，今日少了听言，成了两个人。没有了听言在一旁絮叨多话，这一顿饭自然是吃得极为安静。

饭后，秦铮品着茶看着谢芳华：“以后屋子里的打扫归你，院子归我。”

谢芳华没有问题。

“以后书房归我，厨房归你。”秦铮又道。

谢芳华也没有意见。

“除了每个月你那几日不舒服的日子里，衣服都归你洗。”秦铮又道。

谢芳华想起上次她来癸水，脸腾地一红，撇开头。

“当然，你不舒服的那几日里，归我洗。”秦铮话音一转，见她露出羞愤的神色，他付之一笑，“以后我的衣服都归你缝制，不用绣坊了，我的帕子也由你缝制，不要劳烦我娘了。”

谢芳华顿时竖起眉头。

秦铮不等她开口反驳又道：“你比我多干些活，所以，为了补偿你，以后我每日上午去上书房、下午去校场都带着你出去放风，不再将你关在落梅居了。如何？”

谢芳华原本要反抗的不满顿时吞回了肚子里，这样自然最好不过，也就是说，她每日里都可以跟着他自由地进进出出了。她看着他，问道：“那琴棋书画和宴府楼大厨五位师父的教习呢？”

“年前你学那些日子已经出师了，够用了，不用他们了！”秦铮道。

谢芳华点点头：“王妃那里的针织女红呢？”

“我觉得你现在做的针织女红比我娘的还好，还用她再教？”秦铮挑眉。

谢芳华暗暗地松了一口气，只要不再日日对着英亲王妃，她宁愿下厨去做饭或者给秦铮缝衣服。

“皇叔给满朝文武沐休了七日假，初一到初七，还有几日可玩。”秦铮见她暗暗松了一口气，似乎了然她心中所想，露出笑意，站起身，痛快地道，“干活吧！”

谢芳华点点头。

秦铮出了房门，去了他的书房打扫。

谢芳华将桌子上的剩菜残羹碗碟收拾去了小厨房，又回来打扫房间。

一个时辰后，将秦铮的里屋，她的中屋，以及外屋的画堂都打扫得干净一新。

出了房门，见秦铮已经从小书房出来，开始挽起袖子，拿了扫把清扫院子满地的落梅，她便进了小厨房。

又一个时辰后，谢芳华打扫完小厨房出来，见秦铮也已经将院子扫完。

满院的落梅被清扫走，整个落梅居明窗几净，不染纤尘。

谢芳华站在门口看着落梅居，白青和紫夜在院中追逐玩闹，两个小东西都是通灵之物，也喜欢干净的居所，显然打扫一新的院落让它们也分外欢喜，一前一后，玩得不亦乐乎。偶尔在树缝间穿梭，偶尔互相抱着树干打转转。

秦铮扔了扫把，长舒了一口气，见谢芳华懒洋洋地倚着门框，微微挑眉：“累了？”

谢芳华摇摇头。

“既然不累，走，去我娘那里转一圈，让她知道你回来了。”秦铮道。

谢芳华看着秦铮，提醒道：“铮二公子，我又不是什么了不得的人物，回来了还要报备给王妃知晓。您自己去吧！”

秦铮轻哼一声：“你的确不是什么了不得的人物，但偏偏离开这三日，每日被我娘念叨一番。”

谢芳华伸手揉揉额头，在温柔端庄慈爱的英亲王妃面前她总是有压力。

秦铮进了里屋，换了一身干净的衣服，走出房门，对谢芳华命令：“去换衣服。我们这就过去！”

谢芳华不太情愿地进了中屋，重新换了一身衣服走了出来。

秦铮不太满意地瞅着她新换的衣服，皱眉道：“怎么这么素淡？再去换了！”

谢芳华皱眉：“哪里素淡了？梅花不都是带着三分粉七分雪一样的白吗？”

“我说换了就换了！你绣着梅花的衣裙总共有七件，大过年的，你偏偏挑了最素淡的一件来穿，还有理了？”秦铮强硬地道，“快去！给你半炷香时间。”

谢芳华转身回了中屋，从衣橱拿出一件分外鲜艳的盛开着红梅的衣裙换上。

镜子中顿时映出了一个艳得连她的容颜几乎都看不见，只看到了满身红梅的人儿。

走出房门，秦铮眸光转了转，盯着她的脸看了片刻，说道：“走吧！”

谢芳华跟在他身后，出了落梅居。

第四章
赏花

京　门　风　月

大年初三，新年的气氛自然还没过去，且更浓郁了几分。英亲王府依然处处见着年节的喜庆。满府的小厮婢女仆从都穿着新衣，来来往往一派和乐。

“二公子，听音姑娘！”远远见到秦铮和谢芳华，纷纷见礼。

秦铮点点头，面上是清俊但温和的笑，彰显着心情不错。

谢芳华一如既往地在外人面前规矩本分，不声不响。

二人走过，下人们三三两两聚在一处嘀咕。

一人悄声道：“二公子虽然被圣旨赐了婚，有了婚约，但是对听音姑娘看起来还是一如既往地好啊。”

“忠勇侯府的芳华小姐素来有病，身子骨弱，据说今早忠勇侯府又传出话来，经过年这几日折腾，芳华小姐好不容易好转了一点儿的病情又复发了，连床也不能下了，闺阁更不能出了。”一人接过话道，“真不明白这京中多少高门府邸的闺阁小姐，咱们二公子怎么偏偏看中了忠勇侯府的病小姐？这样的体格，能坚持到三年后大婚吗？”

“能不能坚持住不知道，但是这么多年了，忠勇侯府的小姐一直病病恹恹地没出什么事儿，想来啊，短时间内也出不了什么事儿。王妃和二公子不是吩咐下去了吗？让外面的人多方查找那位漠北的神医呢。”一个人道。

“哎，你们说咱们府这两位公子爷啊，大公子要娶的妻子左相府的卢小姐那是活蹦乱跳，能文能武，二公子要娶的忠勇侯府的小姐病病恹恹，连出府门都是困难。”一人道。

“刘侧妃这几日得了王妃的恩准，日日跑左相府，据说和左相夫人相处得极好。那一日听刘侧妃回来后说，卢小姐一准是个能生养的。”一人又道。

“二公子还要三年后！忠勇侯府小姐能不能生养还两说呢。”一人接过话道，“王妃这几日也跑了忠勇侯府几次，可每日回来，脸上都挂着忧色，八成是为了忠勇侯府小姐的病。”

“嘘嘘，这话可不能瞎说！”一人顿时打住众人的话。

众人齐齐醒过神来，这样公然地聚在一起谈论府中的两位公子爷和两位没过门的少奶奶，若是被王爷或者王妃以及大总管还有春兰抓到的确要被训斥。都齐齐住了口，散开了。

秦铮和谢芳华没走出多远，加之二人耳目本就敏锐，众人窃窃的话语自然听了个清楚。

秦铮冷笑了一声。

谢芳华没有什么情绪。秦铮和秦浩先后有了婚约，二人又是英亲王府两位公子爷，一位占了长，一位占了嫡，且面心都不和，众所周知。他们的婚事儿自然也会受到牵扯拿出来比较，所以，卢雪莹和她谢芳华自然也要拿出来说道一番了。

英亲王府闲谈的这几个人只不过是天下间的一个小部分，沧海一粟。如今遍布天下，怕是各个角落都在谈论着这件事情。

不多时，二人来到了英亲王妃的幽兰苑。

幽兰苑里热热闹闹，显然来了不少串门的客人。

谢芳华隐约看到了几位夫人，蹙了蹙眉，停住了脚步。

“怕什么？”秦铮回头看了谢芳华一眼，脚步不停，“她们又不吃人，就算吃人，有爷在，给你顶着。”

谢芳华撇撇嘴，继续往里走。

春兰从里面迎了出来，眉眼挂着笑意：“二公子，您来了！”

秦铮嗯了一声，随意地问：“娘这里来了不少客人啊，都谁在了？”

“监察御史府的王夫人，翰林院的郑夫人，右相府的李夫人，侍郎府的程夫人和宋夫人。”春兰逐一笑着道，“还有陪同几位夫人来的小姐。”

秦铮点点头。

“听音姑娘，你回来了？”春兰话落，对谢芳华热情地打招呼。

谢芳华笑着点点头，喊了一声：“兰妈妈！”

春兰一惊，立即睁大眼睛，不敢置信地看着她，惊喜地道：“你……听音，你会说话了？”

谢芳华嗯了一声。

“哎呦，太好了，你的哑症竟然治好了。”春兰一拍腿，转头对屋里道，“王妃，听音竟然会说话了。”

英亲王妃正在和几位夫人说话，说到逗趣的地方，都纷纷笑了起来。此时听到春兰的话，连忙止住笑，对外面疾声道：“是吗？快让她进来。”

众位夫人有没见过听音的，也都止住笑，好奇地向外看来。

秦铮别有深意地看了谢芳华一眼，当先进了屋，一如既往地张扬洒意，笑容可掬：“秦铮给几位夫人拜年了！”

“铮二公子越发隽秀了！”几位夫人齐齐笑着点头，对秦铮仔细地多看了两眼。这位在南秦京城横着走的少年公子，比他们各自的儿子都多了几分狂妄劲儿，但却不招人嫌，尤其是不招各府小姐们的嫌弃，反而多数闺阁小姐都心仪于他，就喜欢他的霸道张狂。只可惜，他偏偏选了忠勇侯府的小姐，碎了一地芳心。

“我看他是越发不像样子了！听音呢？快进来！”英亲王妃笑骂了一句，对门口缓慢进来的谢芳华招手。

谢芳华进了屋子，福了福身：“请王妃安，给各位夫人请安！”

“哎呀，真会说话了！”英亲王妃立即站起身，走到谢芳华身边，一把握住了她的手，眉目笑开，打量着她道，“怎么三日不见瘦了这么多？”

谢芳华笑了笑，不说话。

几位夫人都齐齐惊了一下，看着眼前的情形，虽然都听闻秦铮新收了个贴身婢女听音让英亲王妃极其喜欢，手把手地教东西，但也没想到堂堂王妃竟然亲自起身亲热地扶起她，都不由得对她高看了一眼，仔细打量起来。

尤其是站在几位夫人身后的小姐们，都认真地看着谢芳华，这个叫作听音的婢女从到了铮二公子的身边后可谓是名扬四海了。连宫里的皇上、皇后和太妃、娘娘们都对她甚是好奇。偏偏宫宴她没跟随秦铮进宫，而秦铮逼婚另娶了忠勇侯府的小姐，不由得让她们纷纷觉得到底是一个婢女，拴不住铮二公子的心。可是今日见秦铮带着听音来见英亲王妃，而她又受到英亲王妃如此的喜欢，再度让人另眼相看了。

“是不是吃了孙太医的药才见好转了？”英亲王妃拉着谢芳华问。

“孙太医的药是有了一定的功效，能够好转，也该是谢谢孙太医。”谢芳华颔首。

“明日便让铮儿带着你上孙太医府上道谢。”英亲王妃立即做了决定。

谢芳华偏头看向秦铮。

秦铮无所谓地道：“小事儿一桩，娘也给安排了，您累不累？”

“臭小子！我是替你高兴。听音会说话了，行事上方便许多。”英亲王妃瞪了秦铮一眼，“尤其是如今听言被你当了聘礼送出去了，你身边更缺了人手，听音岂不是要被你一个顶十个地使唤？”

秦铮满不在乎：“能者多劳！我费了好大的功夫培养她，难道让她百无一用才是好？”

英亲王妃被气笑："她总归是女儿身，你也要顾忌着点儿。"话落，她道："赶明日儿，从府中挑选几个机灵能干的人去落梅居侍候。"

"不要！"秦铮断然拒绝。

英亲王妃竖起眉头："你还真要将听音累坏了不成？"

"娘，到底谁是您的儿子？您放心，累不着她，若是累着她了，儿子还心疼呢！"秦铮摆摆手，"落梅居的活，我干一半，她干一半，总成了吧？"

"你的确是该分担些！"英亲王妃了解秦铮脾性，他说不要人，是怎么都不会要了。她叹了口气，转回头，对几位夫人笑着道："你们看看，他就是这副德行。明明是公子的身份，偏偏不拿自己当公子爷，尽做些让我操心的事儿。"

几位夫人连连摇头，对看一眼，都各自压下心思，笑着道："王妃哪里的话，铮二公子身份尊贵，但并没有手不能提肩不能挑。哪里像我们府邸那些少爷，总嫌伺候的人少，整日里一堆人围在跟前转都不嫌多。"

英亲王妃顿时眉目笑开："各有各的长处和短处，我这想操心的事儿操心不上，不想操心的事儿日日找上门。"

几位夫人闻言齐齐笑了起来，你一句我一句，纷纷说了些各自儿子身边的事儿。

谢芳华低垂着头，规矩地站着，无论是多少人明里打量，暗中窥视，都岿然不动。姿态不卑不亢，不喜不恼，不得意不失态。

"听音姑娘真是不错！怪不得铮二公子喜欢。"右相府的李夫人打量谢芳华片刻，夸奖道，"这样的人儿，让人看着就本分规矩，怪不得王妃也喜欢。"

"李夫人夸奖了，沐清兄呢？"秦铮接过话。

"他啊，在府中温书呢！"李夫人笑着道。

秦铮哦了一声："大过年的，怎么还温书？难道沐清兄今年是要拿个头名状元不成？"

李夫人笑了起来："他似乎是有这个意思。"

秦铮眸光缩了缩："可是稀奇了！竟然要和学子们争夺状元！"

英亲王妃讶异地看向李夫人："按理说，李公子从上书房学满课业，有人举荐，或朝中官员，或授业恩师，或世家族长，皇上就会给他安排官职，省了赶考，多少富家公子们都是这样的。依照右相的官位，百官之首，以及右相府的门第，李公子怎么也不会比别人差了官职。怎么会想着要走赶考一途？"

众位夫人也都好奇地看着李夫人。

李夫人笑了笑，叹了口气："右相府三代以来，秉持清贵门风，不比世家大族底蕴深厚。清儿那个孩子，自小便有着李家家风的文人清傲骨血。他说不走举荐，要和天下学子一样，走赶考。不想走担个依靠祖业和父辈才能出息的路。他爹支持他，我一个妇道人家，又怎么能阻止得了？”

众位夫人闻言齐齐唏嘘了一声。

“这孩子将来怕是会了不得！”英亲王妃赞赏道，“就依照这份魄力，也是差不了。尤其还聪明好学。你该高兴，可不用担心。”

“是啊！李公子自小就沉稳温和，彬彬有礼，有李相风骨。”程夫人笑着道。

“不错！”几位夫人齐齐附和。

秦铮撇撇嘴，哼道：“希望到时候别砸了右相的文人招牌才是！”

几位夫人的笑意齐齐一僵。

英亲王顿时笑骂：“你这个死孩子！盼不得别人好学？有本事你也去考一个状元回来给我！那样我就烧高香了！”

秦铮不屑：“状元算什么？手到擒来！”

“吹牛吧你！日日不学好，还状元呢！”英亲王妃瞪了秦铮一眼，挥手赶人，“去，去，去，别在我这待着了。看你碍我眼，尽说些我不爱听的话。”

“本来我也是带着听音来看看娘，您看我碍眼，我这就走！”秦铮站起身，说走就走，片刻不逗留，转眼就出了房门。

谢芳华自然不想在这里待，立即跟着他转身。

“你可以走，听音留下！”英亲王妃开口。

“娘缺少使唤丫鬟？”秦铮站在门槛处回头，瞅着英亲王妃。

“咱们府中没有小姐，这几位小姐好不容易来了一趟咱们府，总不能一直坐在这里陪着我们几个老婆子。我让她带着几位小姐去府中的院子里转转。”英亲王妃道。

秦铮皱眉：“让兰姨领着不就好了？我的听音怕是自己还会在府中迷路呢。怎么能领得了别人？”

“春兰得留在这里侍候我们，我让翠荷、翠莲陪着她去，你放心，丢不了她。”英亲王妃不容秦铮拒绝，“几位小姐都出身在高门大院的贵裔府邸，琴棋书画，诗词歌赋，都是上上筹，这些文雅的东西，听音都有涉猎，且可圈可点，拿得出手，其他人都不够格好好招待她们。我今日就借了你的人用，你不来我还正想派人去找你呢。如今既然来了，就别废话了！”

秦铮不太满意，但也不好再拒绝，有些不高兴地道：“您将她留在这里，我干什么去？”

“你？爱干什么干什么去！没事儿干的话就学李公子去书房温书去。”英亲王妃摆摆手，如赶苍蝇一般地赶秦铮。

秦铮眼皮翻了翻，转过来，瞅着谢芳华道：“别太磨蹭误了晚上做饭的时间！否则让爷饿了肚子，唯你是问！”

谢芳华点点头。

几位小姐对看一眼，彼此心照不宣。铮二公子这话哪里是对他的婢女说的，明明就是对她们说的，让她们不要转久了耽搁他吃饭。

“铮二公子放心吧！我们不会转太久的。”立在右相李夫人身后一直看着秦铮，却从秦铮进来便没得他看一眼的李如碧心里分外不好受，但还是强自忍着，温婉地笑着道。

“那就最好！”秦铮点点头，不给面子地出了幽兰苑，不多时，便消失了身影。

谢芳华独自被留在了这里，这才有时间打量几位夫人身后的小姐。

监察御史王大人府中的嫡出小姐王紫茗，翰林大学士郑大人府邸的嫡出小姐郑叶微，程侍郎府的嫡出小姐程玉屏，宋侍郎府的嫡出小姐宋芩冉，外加上右相府的小姐李如碧。她们分别是王芜、郑译、程铭、宋方以及李沐清的妹妹。

这些小姐她在宫宴那日并没有见到，唯一见到的就是李如碧了。这些人里，最漂亮的当然数李如碧，其次便是王紫茗和郑叶微了。程玉屏和宋芩冉虽然不是特别漂亮，但也当得是上等的美人。

真是环肥燕瘦，各有千秋。

秦铮离开，屋中有了片刻的安静。

“这个臭小子，真是被我惯坏了！”英亲王妃笑骂了一句，松开谢芳华的手，对她温和地道：“你今日刚回府，本该让你歇歇，但是这几位夫人和小姐都是贵客，不能怠慢了。你就替我好好招待几位小姐，回头啊，我给你厚赏。”

谢芳华笑了笑：“我什么都不缺，王妃有事只管吩咐。”

“你的确是不缺，但是该赏也要赏。”英亲王妃笑容漫开，“这几日那臭小子一直愁眉不展，你回来了，他才有了点儿人气和精气神。都是你的功劳。”

谢芳华垂下头。

“王妃，听音姑娘已经是咱们二公子的人了，也就是咱们王府的人了。以后日子还长着呢，不急这一时。”春兰出来给谢芳华解围，意有所指。

“也是！瞧瞧我竟然没你透亮，把这茬给忘了。那就这么着吧！”英亲王妃醒过神来，看着谢芳华的笑容更是柔和了，笑着摆摆手，慈爱地道，“你快带着她们出去吧！”

见英亲王妃总算结束了话题，谢芳华暗暗松了一口气，点点头。

“翠荷、翠莲，跟着听音姑娘点儿，她有什么吩咐，就按照她的指示做。”英亲王妃对外面吩咐一句，“看着点儿，别去危险的地方，更别出了什么纰漏，否则唯你们是问！”

“是，王妃！”翠荷、翠莲在外面连忙应声。

谢芳华对英亲王妃和几位夫人福了福身后看向几位小姐，语气清淡却不失平和："几位小姐请随我来！"

李如碧、王紫茗、郑叶微等五人互相看了一眼，点点头。

一行六人由谢芳华领着，缓缓出了幽兰苑。

"哎呦，依我看啊，这听音姑娘的姿态做派可是堪比大家闺秀了！你们看看，她们六个人走在一处，她竟然丝毫看不出是婢女。"程夫人目光追随着几人直至走得没影，忍不住称赞了一句。

"何止堪比大家闺秀？若是不知道的人，看着她可不就是大家闺秀吗？"宋夫人也道。

左相府的李夫人、监察御史府的王夫人、翰林大学士府的郑夫人虽然不愿意拿一个婢女与自己捧在手心里的心肝宝贝闺女比，但也说不出违心的话来。谢芳华的一行一止，一举一动，处处透着大家闺秀的气质做派。不卑不亢，不胆怯也不小家子气。更甚至，偶尔间流露出的姿态比这些小姐还要清贵雅致。怪不得英亲王妃和铮二公子都甚是喜欢地护在手心里。这样的婢女，就算是放在她们身边也是会高看一眼，多喜欢几分的。

英亲王妃见几位夫人夸奖听音，心里分外高兴，脸上更是挂了满满的笑意："来，我与你们说，这个听音啊，与我家铮哥儿……"

春兰扭开头，暗暗叹息。自从二公子和听音姑娘出了那档子事儿，王妃欢喜得跟什么似的，逮住谁都要说上几句，生怕别人不知道听音已经被二公子收房了。

公子将婢女收房这样的事儿在高门府邸大家宅院里不是什么新鲜事儿，但是搁在自小就不近女色，身边连一个侍候的婢女都没有的秦铮来说，就是新鲜事儿了。

一时间，英亲王妃说得带劲，几位夫人听着也津津有味。

贵裔门第府邸的夫人们聚在一起，不是赏花，就是聊天，闲话家常也无非是各府各院的新鲜事儿。何况都身为主母，都是有儿子的人，更能找到共同的话语，聊得愉快。

所以，幽兰苑的正屋画堂里几位夫人聊得甚是愉快。

早先离开的秦铮虽然没有听到英亲王妃和几位夫人聊些什么，但也能猜出个八九不离十。

带着李如碧等五位小姐去府里逛的谢芳华被后面五双眼睛齐齐地盯着，哪儿还提得起心思去猜测她们聊些什么。

这五位小姐里面，她知晓李如碧是极其喜欢秦铮的。

而其他四位小姐呢？今日既然大长公主府开了斗诗会，这几位小姐却没参加，陪着各自的娘亲来了英亲王府，未必就对秦铮没有想法。

虽然秦铮和忠勇侯府的小姐谢芳华已经圣旨赐婚了，但到底说起来，大婚还要三年，而她谢芳华在外人的面前又是那副病得随时都可能会踏入鬼门关的样子，所以，对于有些人来说，这个婚约的确是不足为惧的。

三年，在任何人来看都太漫长了。

“听音姑娘，您想带几位小姐去府中哪里转转？”翠荷见谢芳华出了幽兰苑后似乎没有什么目的地在走，轻声询问。

谢芳华停住脚步，收敛心思，看着李如碧等五人问：“几位小姐，你们是想随意地在府中转转，还是想去府中的哪个地方？”

李如碧等五人对看一眼，都齐齐沉默了一下。

谢芳华微笑，既然将她摆在这个位置，自然要以主人自居，她慢慢解释道：“英亲王府太大了，有东苑、西苑、南苑、北苑，每一处地方景色都各不相同。”

“据我所知，听音姑娘似乎才来这英亲王府没多久吧？最多不过月余。”李如碧看着谢芳华，缓缓开口，“铮二公子说你不熟悉这王府，难道是在说笑？”

谢芳华摇头：“他没说错，我的确是不太熟悉。但是大致的景色和方位我还是清楚的。”

“既然如此，不如听音姑娘就先给我们五人介绍下每处各有什么特别突出的景色，我们也可以好好选择。”李如碧见谢芳华站在那里，纤腰笔直，阳光下，有一种清贵的姿态和光辉，明明不太出彩的容貌却依然将她们几人比了下去，她有些不满地蹙了蹙眉，身子站直了些。

“翠荷姐姐，你来说吧！我没你熟悉得透彻。”谢芳华对翠荷笑笑。

“听音姑娘客气了，您就算没具体地转过王府各处，但王妃亲自教导您多日，想必也将府中的情况和各处的景色都与您说了。”翠荷得谢芳华称呼了一声姐姐，连忙后退了一步，既然听音被二公子收了房，虽然还没有立名分，但已经是主子了。如今又得二公子和王妃喜欢，将来的身份决计不是她们这些婢女可比的。于是话语不由得带着恭敬和谦卑，和听音初来时到底是不一样了。

“王妃是与我说了，但说得也简单，到底比不上你们这些在府中多年的老人。”谢芳华道。

“那就由我来给五位小姐说说府中景色，看五位小姐想去哪里吧。”翠荷笑着点点头。

“不必这位姑娘说了，就由听音姑娘说吧！我们就想听听听音姑娘眼中或者耳里熟悉的英亲王府。”李如碧摇摇头，打断本来要开口的翠荷。

翠荷怔了一下，看了一眼李如碧，又看向谢芳华。

翠莲在一旁看得清楚，这位右相府的李小姐看起来可不比右相府的李公子那般为人脾性好，平和有气度，显然她不怎么喜欢听音姑娘。更有甚者，对听音姑娘从见面便审视针对考量。

“你们说呢？几位姐妹？”李如碧看着其余几人，笑着问，“王妃刚刚一直在夸耀听音姑娘的才华学识，琴棋书画，诗词歌赋，偌大的英亲王府，只有听音姑娘拿得出手招待我们。我倒也想见识见识，不知几位姐妹意下如何？”

四人互相看了一眼，齐齐点头：“我们也想见识见识。”

“是王妃夸耀我了！自然比不上各位小姐们！”谢芳华明白李如碧的心思，喜欢一个人并没有错，只是落花有意流水无情罢了。越是聪明的女子，一旦栽在感情上，越是陷得深。尤其还是皇上有意她嫁给秦铮，让右相府和英亲王府联姻，可秦铮偏偏不选她，她心中如何能甘心。

“那就说说吧！我虽然来过英亲王府几次，但没人带领着不敢四处转悠。只到过英亲王妃的幽兰苑赏花！”程玉屏开口，对谢芳华和气几分。

宋芩冉也附和：“是啊，你快说！”

谢芳华点点头，缓缓道：“英亲王府与别的高门府邸布局也没有什么不同，东苑自然是主院，住着王爷和王妃。王妃喜好花，以兰花为最，是以，东苑最可观赏的就是花了。”

“这个不用你说，我们来过东苑数次，自然是晓得的，说别的。”李如碧道。

“李小姐别急，你想知道什么，我知道的，一定知无不言言无不尽。”谢芳华看了李如碧一眼，继续道，“西苑住着王爷的两位侧妃，四位侍妾，三位通房。刘侧妃喜欢美人蕉，吕侧妃喜欢虞美人。所以，西苑院落被一分为二，有两大风景，一半是美人蕉，一半是虞美人。但这个季节，是看不到花开的。”

“西苑也没什么意思！到底是王爷的后院，我们不方便去。”李如碧否决了。

谢芳华点点头，慢慢又道：“南苑和北苑来说，分别住着府中的两位公子。东西以东为贵，南北以北为尊。大公子虽然占着长子的名分，但到底不如二公子的嫡出身份尊贵。所以，南苑住着大公子，北苑住着二公子。”

几位小姐闻言顿时竖起了耳朵。

“大公子喜欢紫荆花。紫荆花的花期在冬春之间，正是这个时候。荆金花花大如掌，略带芳香，五片花瓣均匀地轮生排列，红色或粉红色，十分美好。据我所知，这南秦京城里，唯一种有紫荆花的地方，便是我们大公子所居住的南苑了。”谢芳华道。

“是啊，我听说了，这南秦京城有几所宅院是出了名的好。首屈一指的是英亲王府铮二公子的落梅居，再就是忠勇侯府谢芳华的海棠苑，然后就是忠勇侯府谢世子的芝兰苑，再就是右相府李公子的荷花塘，还有就是英亲王府大公子的紫荆苑了。”程玉屏心直口快地道，“我一直听说这几处院子好，可是一个还没去过呢！”

“别急，听音姑娘还没说完呢！”李如碧笑了笑，不甚在意。

“北苑自然便是铮二公子的落梅居了，落梅的品种是王妃从清河崔氏母族要来的传承几百年的绝种梅树，四季开花，常年不败。每当起风时，满院飘起的都是落梅。当得上落英缤纷了。”谢芳华笑道。

“哎呀，我早就想看看铮二公子的落梅居了！”宋芩冉欢喜地问谢芳华，“听音姑娘，不如你今日就带我们去落梅居吧！你不是住在落梅居吗？可是熟门熟路啊。”

其他几位小姐的眼睛都亮了亮。

谢芳华抿唇，迟疑地道：“我家二公子向来不喜欢生人打扰。就连府中的小厮婢女，也从来不敢在没有王妃或者二公子准许时进出落梅居。这件事情想必在南秦京城不是什么秘密。几位小姐应该是知道的。”

宋芩冉亮起来的眸子闻言顿时暗淡了下去。

李如碧咬了咬唇瓣，看着谢芳华道：“听音姑娘如今跟随铮二公子住在落梅居，也算是半个主人，难道这么点儿主也做不了吗？”

谢芳华看着她温和地笑道：“李小姐太高看听音了，我不过是个婢女，就算住在落梅居，也是因为铮二公子抬举，半个主人的说法过奖了，不过是侍候公子的附属而已，哪里有什么主人的权力？”

李如碧本来以为谢芳华得秦铮和英亲王妃抬举，心中定然得意，把自己身份摆高。没想到她却将自己贬低得一文不值，顿时失了言语。

“几位小姐若是真想看落梅居，这样吧！翠荷姐姐，劳烦你去落梅居问问二公子，能不能让我带几位小姐去观赏一番。”谢芳华笑着对翠荷道。

翠荷点头：“几位小姐若是真想看，我就去试着问问二公子。不过二公子脾性是出了名的差，大多时候，他是谁的面子也不买的，除非心情极好的时候才肯赏脸，但也要看是在什么地方。他自己的院子看得紧，十有八九是不成的，几位小姐到时候别着恼。”

“既然这样，我看还是不要去铮二公子的院落看落梅了。”王紫茗犹豫地说道。

“那我们去哪里？王妃明明说让人带着我们观赏王府，到头来东西南北四处苑落都不能看。那我们观看哪里？这可真是有意思。”李如碧微微沉下脸。

“南苑应该是可以去的，大公子喜爱紫荆，将整个南苑内外都种了紫荆树。不进大公子的院落，也是能看到紫荆花开的。”谢芳华微笑，“这样吧！我先带几位小姐去南苑转转，若是待翠荷问完了二公子，二公子同意的话，我再带几位小姐去落梅居如何？”

“我看这样合适，总不能在这里干等着。”程玉屏连忙点头。

宋芩冉也附和：“去南苑也好，总归我们都没见过紫荆花。”

王紫茗和郑叶微对看一眼，没有什么意见，齐齐看向李如碧。她们贵圈里相处得久了，三五日聚会得长了，这位李小姐的心思，自然都清楚几分。她虽然不如左相府的卢雪莹喜欢秦铮喜欢得天下皆知，不如永康侯府燕岚以燕亭是秦铮好兄弟妹妹的名头一口一个铮哥哥地叫着，但论心思，怕是最深的一个，隐忍地喜欢着，因为秦铮赐婚风波，才有了忍不住的态势。

"那就这样吧！"李如碧也不想太过为难谢芳华，毕竟她实在张弛有度，话语不卑不亢，待人和气有理，没有错处可找。若是纠缠下去，就有失她的教养和身份了，传出去惹人笑话。

"那就走吧！我没去过南苑，翠莲姐姐带路吧！"谢芳华对翠莲笑笑。

翠莲点头，想着这几位小姐要去南苑，南苑住着大公子，虽然大公子与左相府卢小姐有了婚约，但到底是未曾大婚。而几位小姐也未曾出阁，若是撞见了不太好。犹豫了一下，轻声问："听音姑娘，既然我们要去南苑，是不是该知会南苑的管事儿一声，毕竟今日是大年初三，朝中沐休，大公子不知在不在府里，若是在府里的话，万一撞见，不太好。"

"那就让人去知会一声吧！"谢芳华也不想遇见秦浩，若是提前知会了，秦浩就算有心难为她，但也该避着别人府邸未出阁的小姐才是。不好过分，不守礼数。

"灵儿！"翠荷闻言对左侧方躲在角落里聊天的两个小姑娘喊了一声。

"哎，翠莲姐姐！"其中一人连忙应声起身跑了过来。

"你去南苑一趟，对管事儿的林妈知会一声，若是大公子在府里的话，就请大公子避开些。听音姑娘和我得了王妃的吩咐，带着几位小姐去南苑看紫荆花，不好碰见。"

"是，我这就去！"那小姑娘立即点头，扒开腿飞快地向南苑跑了去。

翠莲在那叫灵儿的小姑娘跑远后对谢芳华低声道："这回叫灵儿去传了话，管事儿的林妈知道了的话，若是大公子在，定会禀告大公子，若是大公子不在的话，那就最好了。"

谢芳华点点头。

一行人向南苑走去。

走到半路，叫灵儿的小姑娘返了回来，上气不接下气地禀告："翠莲姐姐，听音姑娘，管事儿的林妈说了，大公子今日不在府中，可放心地过去。"

"好，辛苦你了！"翠莲笑着点头。

灵儿连连摇头，让开路。

"听说大公子的院子里住着一个美人。"程玉屏忽然好奇地道，"被大公子收房三年了，但是从来就在院子里藏着，没有带出去过。"

"玉屏妹妹，大公子院子的私房事儿，怎么是我们能随意谈论的？"李如碧看了程玉屏一眼，意有所指地道，"人和人怎么能比？英亲王府的大公子和二公子一个是侧妃生的，一个是王妃生的，不能比。这大公子和二公子身边侍候的人自然也不能比了。"话落，看向谢芳华，"你说是吗？听音姑娘？"

谢芳华点点头。

“这不是没有外人吗？说说怎么了？”程玉屏有些不服气，“将来我们要嫁人的话，夫婿身边的老人也是一个大关。据我娘说，听王妃的意思，刘侧妃等不及这门好亲事儿了。想在今年五月前大婚呢！可真是够急的。也就是说，卢雪莹等不到五月就要嫁来英亲王府了。以她的脾气，进门的第一件事儿岂不是要收拾那个被大公子藏着的美人？”

“照你这样说，听音姑娘可比大公子院子里藏着的那个美人依梦有福气了。最起码忠勇侯府的小姐弱不禁风，不至于如卢雪莹一般进门就找人晦气。”李如碧道。

程玉屏一怔，没想到李如碧转眼就将话扯到了谢芳华的身上，她转头看向被说到的主角。见谢芳华一脸淡然，不见恼意，忍不住瞪了李如碧一眼。铮二公子身边的人是那么好得罪的吗？依照如今这个听音如此受宠，她这般拖她下水，话语挤兑听音，保不准就会传给铮二公子，回头铮二公子动动手指头，就够她们受的，卢雪莹不就是一个活生生的例子吗？她可真不怕死，当着人面如此说话。

“忠勇侯府的芳华小姐在这南秦京中是个忌讳，能不能治好也要另说，我们还是别谈论了。以免招惹麻烦。”宋芩冉和程玉屏关系好，对李如碧拖谢芳华下水得罪听音也有些心里不快，连忙截住了这个话题。

王紫茗和郑叶微因着两人的家世门第，都是朝中的贵门清流，监察御史和翰林院向来不搀和朝中帮派之事，更是不搀和各府邸宅院嚼舌之事，所以，自然不接话，齐齐沉默。

谢芳华倒是不甚在意，无论是谢芳华，还是听音，左右不过一个她而已。

李如碧见没让谢芳华露出什么得意或者失意的情绪，心头微堵，暗暗想着看来能在秦铮身边侍候的婢女的确是不一般。如此深的心思和沉稳镇定的气度，她又是试探又是刺激，半晌也不见她被挑动，果然如哥哥所说，听音是他见过的所有婢女中不一样的。早就该知道，能得哥哥一句赞的女子，都是有些丘壑的。

几个人在沉默中来到南苑。

冬春交替，紫荆花正是盛开，满苑芬芳。入目皆是紫红的颜色，栉次鳞比，优美斑斓。

“这就是紫荆花吗？真漂亮啊！”程玉屏忘了早先的不快，笑着赞扬起来。

“从没见过这样紫红色的花，的确是很漂亮，怪不得能让英亲王府大公子的紫荆苑出名呢！”宋芩冉也赞赏欢喜地道，“如今还是春寒交替，万物还没复苏，这紫荆花就先开了。看着就赏心悦目。”

“据说当年英亲王爷出远门到南岭之南，英亲王府的大公子那时候才几岁，随同王爷去了。回来时带了几株植物，便是这紫荆花。十多年下来，就成了这满苑的紫荆树。这树的生命力可真是强盛。”王紫茗也露出微笑。

“这个事情我也知道，开始据说就几株小嫩芽，后来没想到它竟然根茎齐长，有树籽落在地上，也长出新的小树，如今繁衍下来，就蔓延整个南苑了。”郑叶微道。

“听音姑娘，你懂得琴棋书画，也精通诗词歌赋，想必是博览群书吧？不如就给我们讲解讲解这紫荆花，它都有哪些特点。”李如碧语气较之刚才和气了几分，但隐忍的针对还存在。

谢芳华点点头，看着满苑的紫荆树缓缓道：“紫荆花，又名红花羊蹄甲，叶片呈圆形、宽卵形，顶端裂为两半，似羊的蹄甲，故此得名。”

“这个名字可不好听！”程玉屏顿时笑了。

谢芳华也笑了笑，继续道：“紫荆花花期在冬春之间就不必说了，它终年常绿繁茂，颇耐烟尘，树皮可用作鞣料和染料，不易褪色；树根、树皮和花朵还可以入药。喜光，喜暖热湿润气候，不耐寒。”

几人齐齐点头，这些她们的确不知晓。

“它有一个典故。传说东汉时期，京兆尹田真与兄弟田庆、田广三人分家，所有财产已经分配完毕，余下一棵紫荆树意欲分为三截。天明，当兄弟们前来砍树时，发现树已枯萎，落花满地。田真不禁对天长叹：‘人不如木也！’从此兄弟三人不再分家，和睦相处，紫荆树也随之获得生机，花繁叶茂。”谢芳华又道。

几人齐齐睁大眼睛。东汉这个朝代与她们如今所处的朝代似乎很遥远，她们从来不曾涉猎关于很久以前朝代的书籍，这一刻，不得不对谢芳华佩服起来。李如碧的目光也露出几分佩服。

“听音姑娘真是好才学，怪不得我二弟喜欢你。”秦浩的声音忽然从身后传来。

谢芳华一怔。

几位小姐齐齐一惊，猛地转头看向身后。

只见秦浩从远处缓缓走来，显然是刚刚回府，他酷似英亲王的面容带着平和且易与人亲近的笑意，身上穿着不如秦铮那般华丽张扬惹人注目，但亦有一种令人折服的风采。

南秦京城公认的有才华的公子哥里，秦浩就占了一个席位。

英亲王府大公子虽然是庶出长子，但得英亲王爱护栽培，学业甚佳，下场应试，位列三甲。如今在户部的差事儿亦是肥缺，可谓是青年俊杰。只是可惜了他的身份是庶出。否则的话，可谓是个十全十美的好夫婿人选。

李如碧等人没想到秦浩会突然回来，且正巧被他遇到，对看一眼，都是知礼守仪的闺中女儿，虽然南秦国风相对开放，隔三岔五也聚在一起斗诗赏花等，但高门府邸里的小姐们也不敢太放开见外男，如卢雪莹、燕岚这般开放之流还是少之又少的。看了一眼秦浩后，都齐齐撇开眼睛，侧开身子，低下了头。

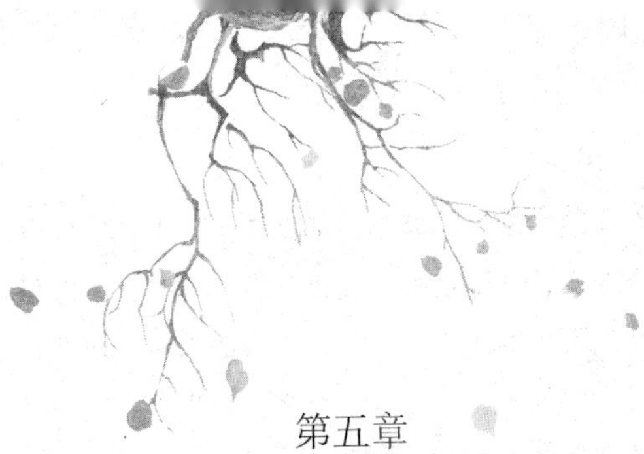

第五章
初吻

京　门　风　月

“大公子！”翠莲见秦浩竟然这时候回来了，连忙垂头见礼。

秦浩摆摆手，没有避开的意思，向这边走来，一边笑着道：“我刚刚回府给母妃请安时得知听音姑娘回府了。离开三日，听音姑娘看起来瘦了。”

谢芳华不答话，静静地站着。

“莫非是因为二弟与忠勇侯府小姐被圣旨赐婚之事？”秦浩略过几位小姐，目光定在谢芳华脸上，笑容不改，“如今不过刚被赐婚，距离大婚不还有三年吗？听音姑娘大可不必忧心。就算大婚了，只要二弟心向你，也会继续宠着你的。”

谢芳华皱了皱眉。秦浩见她后，开口闭口便是秦铮的圣旨赐婚，显然是故意的。她沉静地道：“奴婢不过是一个小小的婢女，主子宠是高兴，不宠是应该。”

秦浩闻言挑眉，须臾，似笑非笑地看着她：“果然是个妙人儿！如此看得开，比我院子里的依梦强多了。连我也忍不住喜欢你了。”

这话却是十分露骨了。

李如碧等几位小姐忍不住齐齐抬头看了谢芳华一眼，暗暗品味这句话中的意蕴。

“大公子这样的话若是叫依梦姑娘听见，指不定怎么伤心呢！”谢芳华撇开头，漠然地道，“王妃让我带着几位小姐在府中游玩一圈，大公子请便吧！”

“听音姑娘似乎没有自称奴婢？既然是婢女，怎么我呀我的？到底心里有没有摆正身份？”秦浩来到谢芳华面前，仿佛没听到她的话，盯着她，“还有，见到主子不下跪，这是谁教给你的规矩？”

谢芳华顿时竖眉。秦浩想她下跪？

“大哥，是我教给她的规矩，爹和娘都默许了。怎么？你有意见？”秦铮的声音忽然从斜侧方传来，冷冷道，“她是婢女没错，是我的婢女也没错，但从进府的那一日，只是我一个人的婢女，不是别人的！这个规矩难道大哥不知道？今日这是要帮弟弟教训我的女人？”

谢芳华没想到秦铮会来，此时听见他的话，立即向声音来源看去。

李如碧等几位小姐也向声音来源看去。

秦浩也倏地转过身，看向斜侧方。

只见秦铮缓慢地从紫荆花的缝隙中踱步而来，一双绒毛靴子踩在地上的落花和落叶上发出沙沙的响声，一步一步，明明如此优雅悠闲，少年清俊，却让人感觉像是踩在自己的脖子上，一阵凉飕飕冷冽冽之感。

秦浩眯了眯眼睛，看了秦铮片刻，忽然笑了：“二弟哪里话？女人还是要听话些好。都说长兄如父，既然弟弟遇上了有些错处，当兄长的自然要给予矫正一番。”

“大哥果然不愧和左相府的卢小姐是一家子，不是一家人不进一家门。”秦铮嗤笑了一声，“见到兄弟的女人，都忍不住想要开口教训。”话落，他不给面子地道：“在南秦京城的规矩里，我只听说尊卑之分，没听说在尊的面前要先长。大哥这是想要重新进我娘的肚子里投胎一番再出来教训我吗？就算你重新投胎，恐怕也晚了，再生出来也是弟弟，不是长兄。”

秦浩脸色倏地一变。当着这么多人，尤其还是京中几位高门府邸里的小姐们，秦铮是丝毫不给他面子。他忍性再好，也不禁露出微微戾气：“不过是一句玩笑话，二弟何必如此贬低为兄？南秦京城人人都知道你是嫡子，但也不要处处欺压庶出兄长。再说，为兄不止是兄长，也是朝廷命官。二弟，你如今已经为了娶忠勇侯府的小姐得罪皇叔了，被皇叔知道的话，还想再加上一笔罪责吗？皇叔正愁找不到你的错处呢，如今正巧了！”

秦铮闻言冷笑：“我的人，我的东西，是我的便是我的。我看该认清楚自己位置的人是大哥吧！别打不该打的主意，小心掉在坑里出不来。”话落，他扬眉，无所谓地道：“我得罪皇叔的地方多了去了，若是要打杀我，除夕宫宴那日在灵雀台就不会客气了。大哥若是闲得慌，随意去找皇叔告状，就说我欺负了你，欺负了朝廷命官。我连左相的马车都敢踏着过，还会怕了你？”

秦浩一噎，在秦铮面前，他的确没有优越感可加码，忍了忍怒意，平和地笑了：“二弟何必每次见到为兄都不给好脸色咄咄相逼？”

“是我咄咄相逼？”秦铮来到近前，伸手折了一株紫荆花递给谢芳华，玩味地道，“每次不都是大哥在欺负我的听音吗？怎么？想抢兄弟的女人？不怕传出去笑话？”

秦浩失语，须臾，不愿被秦铮嘲笑，看着谢芳华接过紫荆花，笑道：“喜欢欣赏不代表抢夺。二弟误会了！”

“但愿是我误会了！否则，别怪我没有再三提醒大哥，若是招惹了我这只小猫，她发了疯的话，你会吃不了兜着走！”秦铮冷哼一声，不再看秦浩，转而对谢芳华低柔地问：“喜欢紫荆花？”

谢芳华拿着紫荆花不说话。

“若是喜欢，就都折了去！爷的女人喜欢什么就要什么，何曾需顾忌？还用特意跑来这里看？只需要你和爷说一声，我就能满足你。”秦铮霸道且故意地道，“反正将来这英亲王府要给我继承，这府里的一砖一瓦，一草一木，都是我的。东苑、西苑、南苑、北苑，哪一处也跑不了，都要姓秦名铮。”

秦浩脸色顿时铁青。这是将他踩在脚底下，丝毫没有落脚之处了！秦铮可真是好！

李如碧等人感觉到了低沉凛冽的气息在秦铮和秦浩之间蔓延，脊背都不禁发出冷意。

而谢芳华静静地站在秦铮和秦浩中间，靠近秦铮身边，似乎丝毫没感觉到这种低沉冷冽的寒气。眉目沉静，姿态淡雅。

“嗯？怎么不说话？”秦铮低头柔声问。

谢芳华忽然将手中的紫荆花扔在了地上，抬起头，看着秦铮，露出纯净酣美的笑容，软声软语道：“谁喜欢紫荆花了？我就喜欢落梅居的梅花。若不是几位小姐想来这里看紫荆花，我连南苑的地儿都不踏进来一步。”

秦铮被她突然展露的纯净笑容给惊艳了一下，清俊的脸色倏地恍惚了几分，阳光似乎一下子穿透了紫荆树叶缝隙直直地射进了他的眼里，这一瞬间，他向来漆黑不见底的眸子涌上一缕刺目的亮光，让他的眸子从眸底深处发出璀璨的色泽。脑中嗡嗡反复的是他刚刚听到的话，让他觉得从心尖处都波涛汹涌起来。这是第一次，他突然觉得有一种难以克制的情绪在心坎上流窜，似乎要挣破束缚，流出体外。

谢芳华看着秦铮，被他的情绪感染，原本伪装的笑意不觉真实了几分。

就是这样太过真实纯粹的笑容，让秦铮再也克制不住情绪，胸腹起伏片刻，眸光猛地缩紧，青黑璀璨的眸子如深潭一般地吸住谢芳华的眸子。

他是秦铮，从来不会太过于隐忍而亏待自己。既然克制不住，便不再克制。

于是，他一把抱住了谢芳华纤柔的身子，转眼间便将她拉进了怀里。俯身，低头，在谢芳华还没反应过来的时候，微带丝清凉的唇转瞬便覆在了她娇嫩的唇瓣上。

谢芳华猝不及防，整个身子如被雷电袭击。

一双眸子猛地睁大，所有思绪，无论是黑的、白的，无论是天、是地，无论是云、是风，无论是紫荆花香，还是周围几位小姐的女儿脂粉香，忽然都辨认不清了。

天地间只有一个颜色，就是秦铮清俊至极的脸和他清凉清冽的少年气息。

整个南苑甚至整个英亲王府瞬间万籁俱静。

秦浩怎么也没想到秦铮竟然公然在这么多人面前亲吻他的婢女，孟浪至此。

李如碧的脸色倏地刷白，一双眸子瞬间失去了所有的光泽。知道是一回事儿，亲眼看到又是另外一回事儿。

王紫茗、郑叶微、程玉屏、宋芩冉以及翠莲，都呆怔在原地，一时间不知该做出何反应。

谢芳华的大脑嗡嗡作响，眼前零零点点的星光刺得她眼睛发疼，唇瓣传来的触感是如此的强烈，清冽的气息将她环绕，透过每一处气孔传入她身体的每一处，惹人心神晃荡且突然浑身无力，明明知道该推却，可是偏偏手脚僵硬浑身僵硬，如被一块大石压住。

幸好秦铮没有太过分，轻轻的一吻，唇瓣在撬开了谢芳华唇之后在她口中转了一圈，便缓缓地微带不舍地放开了她。

谢芳华突然被松开钳制，身子控制不住，酸软地向地上倒去。

秦铮一怔，立即又伸手揽住了她，看着她懵懂的模样，忽然欢喜地笑了，面如春风，语调轻扬愉悦："听音，你这副样子实在是太丢脸了，看来以后我们该多多练习。"

谢芳华醒过神来，猛地僵直了身体，脸腾地一红，羞愤地打开他的手，后退了一步，瞪着他，骂道："你……"

秦铮伸手捂住了她的嘴，截住她未出口的话，笑吟吟地看着她，柔声道："嘘，这里不是我们两个人的落梅居，你总该给爷留点儿面子，就算我一时控制不住在人前吻了你，也是情不自禁。你本来就是我的女人，别让人看了笑话。"

谢芳华看着他，一股怒气憋在心口，被他的手捂住，不上不下，气得额头青筋跳了跳，用力地打开他的手，转身进了紫荆林，顺着秦铮来时的路跑向了落梅居。

秦铮撤回手，悠然地看着谢芳华离开，唇瓣残留着她口中的味道，三分药香，七分甜美，他心口跳跃了片刻，极力地克制住情绪，将手放在唇边，食指按在唇瓣，其余手指微微蜷着，轻轻地笑了起来。

阳光突破层层叠叠的云层，绽放出世间最倾城的华艳。

秦浩从来没见秦铮如此笑过！

李如碧等五位小姐也从来没见秦铮如此笑过！

在英亲王妃身边侍候的翠莲也从未曾见秦铮如此笑过！

或者说，秦铮自已根本从来就没如此笑过！

笑声轻轻地在紫荆花开处飘荡着，微风吹来，紫荆花飘起，他的笑声似乎穿透了花瓣，让繁花轻飞起舞。

"二弟！当着这么多人的面，你未免太孟浪放荡了！"秦浩回过神，咳嗽了一声，终于忍不住开口，"诸位小姐都是未出阁的女儿家，你这般岂不是污浊了人家的眼睛！"

李如碧、王紫茗等五人惊醒，齐齐回过神，背转过身子。

秦铮收了笑意，看了一眼秦浩，目光略过李如碧等人，笑了笑，漫不经心不甚在意地道："谁家的府里没有藏着几套淫词艳曲？春宫美图？大哥是正人君子，可是你的依梦流了几个孩子了？喔，背地里床上翻滚不污浊，我当面这般宠爱我的女人就污浊了？好没道理！"

秦浩脸色一青。

李如碧等人从来没听过这等不着调且放荡不羁的话，都齐齐觉得困窘难堪。

"翠莲，送几位小姐回我娘那儿吧！紫荆花也看了，若是谁没看够，就嫁到我大哥的府邸来。想必我大哥是乐意之至的。"秦铮对翠莲丢下一句话，沿着谢芳华离开的方向离去。

秦浩脸色激起怒意，但是偏偏发作不得。

李如碧面色微微泛白，袖中的手紧紧地攥了攥。

王紫茗等四人心里一阵翻江倒海。虽然南秦京城的人都在说秦铮和秦浩兄弟不和，但她们身为女儿家，本来就与这二人极少碰面，自然从来不曾撞到这兄弟二人相处。今日可是给撞了个严实。秦铮当着她们的面孟浪放荡亲吻婢女，秦浩背地里搞掉了他通房的好几个孩子。这兄弟二人可真是让人连心底里有什么丁点儿的想法也给拔除了个精光，顿时觉得，英亲王府也没什么可观赏游玩的了。

"几位小姐，请随奴婢回王妃那里吧！"翠莲也觉得今日她可是开了眼界了，这两位公子每次撞到一起都不免口角争执一番，但今日这般特殊的激烈争执还是第一次。

王紫茗看向其他人，其他人也没了兴趣，恨不得快点儿离开这里，齐齐点头。

"劳烦带路！"李如碧稳了稳情绪，对翠莲开口。

翠莲对秦浩福了福身，做了个告退礼，带着李如碧五人按原路返回英亲王妃的院落。

不多时，一行人消失了身影。

转眼间，这一片空地上只剩下了秦浩一人。

秦浩脸色甚是难看，和英亲王酷似的面容铁青一片。每次和秦铮交锋，他都处于劣势，明明是大哥的身份，却是被他压在头上。他咬牙切齿半晌，阴狠地吐出一句话："等着！有朝一日……"

"公子！"依梦从远处走来，轻柔地喊了一声。

秦浩的话语顿住，抬起头，眸光凌厉地向依梦看来，阴阴沉沉，寒寒冷冷。

依梦强烈地感受到了秦浩极差的心情，她身子一颤，猛地停住了脚步，怯怯地看着秦浩。

秦浩盯着依梦看了半晌。女子身条纤细，轻纱包裹着玲珑的身子，缥缈似烟，怯怯的模样我见犹怜。他看着依梦，脑海中却浮现出听音的模样，同样的身条纤细，不盈一握，但绫罗绸缎加身，朱钗翡翠佩戴，秀气的面容沉静雅致，姿态不卑不亢中却无处不流露着贵气的姿态。同样是婢女，他的婢女是真真正正依附于他的婢女，而秦铮的婢女却是在秦铮面前从不露怯。他阴沉的目光又控制不住地沉了沉。

依梦虽然距离得远，但是敏感地察觉他的眸光气息变化，不自觉地又退后了一步。

秦浩倏地收起了一切情绪，面无表情地招手："过来！"

依梦定了定神，抬头看秦浩，恍惚中，似乎刚才的一切都是她的眼睛花了，看错了，他还是那个待人温和的大公子，但相处太久，她知道，她没看错。他不过是将情绪给藏了起来。但即便如此，她也不能不听他的话。于是，只能慢慢踱步走过来，浅浅柔柔，娇娇软软，一如他最喜欢的、最想看的样子。

"你出来做什么？"秦浩等依梦站在他面前，不带什么情绪地问。

依梦垂下头，轻声道："我听管事儿的林妈说听音得王妃吩咐，带着几位小姐过来南苑赏紫荆花，公子您不在，总归是客人，既然来我们南苑了，我就不该当作不知道，出来看看。"

秦浩点点头。

依梦没见他说话，抬起头，看着他，试探地问："公子，她们人呢？"

"走了！"秦浩道。

依梦点点头，靠近他一步，伸手抚平他微有些褶皱的衣襟，轻柔地道："您是回院子还是……"

秦浩忽然拦腰抱起她。

依梦低呼了一声，看着秦浩："公子，您……"

"回房！"秦浩低头对着依梦的唇瓣狠狠地压下，在她娇嫩的唇瓣上碾压了一番，才在她的娇喘中抱着她大步往自己的院子走去。

依梦窝在秦浩的怀里，一动也不敢动，她的手指在秦浩看不见的地方轻轻地颤着。

从英亲王妃吩咐听音带着几位小姐在府中游玩到几位小姐被翠莲送回幽兰苑，前后不足半个时辰。

英亲王妃依然和众夫人在聊天，没想到这些人这么快就回来了，顿时笑了："这几个孩子怎么这么快就回来了？府中不好玩吗？"

李如碧等人不知如何开口，只是齐齐沉默地笑了笑，一个个脸色怪异。

英亲王妃和几位夫人对看一眼，都齐齐心里奇怪。她伸手招来翠莲，问道："怎么回事儿？我不是让听音带着几位小姐玩吗？如今怎么她们自己回来了？听音呢？"

翠莲犹豫了一下，靠近英亲王妃，低头在她耳边低语了一番。

英亲王妃先是一怔，露出惊讶之色，须臾，微微染上怒意，再之后露出笑意，在翠莲禀告完后，她实在忍不住笑出了声。

几位夫人都疑惑地看着英亲王妃，见她径直笑，又都看向自家的女儿。

李如碧等五人自然不好如翠莲一个婢女一般在这里当着英亲王妃的面嚼舌头根子，都齐齐摇了摇头，用眼神表示回府再说。

程夫人却是心直爽快，看着英亲王妃问："我说王妃，什么事儿让你这么笑？也说出来让我们姐妹一块儿跟着乐呵乐呵呗！"

英亲王妃止不住地笑着道："哎呦，还能是什么事儿？自然是我家那个混小子。"

"铮二公子又做出什么壮举了？看来是好事儿，若不然你能笑得这么欢快？"宋夫人也开玩笑地道。

这南秦京城里，谁人不知道秦铮向来行事张扬，全凭喜好，想做什么就做什么，全无顾忌！世俗礼仪规矩在他的面前，就是摆设。当然他如果心情好，也是会规矩的。若是心情不好，就什么都别提了，什么事情都能做得出来。在所有人的眼里，他做出什么都不新鲜，每次都只当乐子听。

英亲王妃闻言也不瞒着，笑着将翠莲刚才对她耳语的经过说了出来。当然她简单地略过了秦浩，特意说了秦铮当着大家的面亲了听音的事儿。

几位夫人听着齐齐怔住，心里齐齐想着，当着这些闺阁小姐的面亲婢女，这铮二公子也实在孟浪了些。若是她们的儿子，怎么也要训斥一番不懂规矩，可是偏偏英亲王妃笑得跟花一般。这也未免太娇宠儿子了。

当然，英亲王妃宠儿子是出了名的！若不是德慈太后和她一直宠着，也不会养成铮二公子如今的性子。

"你们可能觉得我宠儿子，可是你们不知道前些年眼见着他成人，偏偏对男女情事儿没兴趣，无论是大家闺秀，还是小家碧玉，或者是丫鬟婢女，他从来都不多看一眼，可是将我愁死了。如今他总算开窍了，知道拐了喜欢的姑娘收房，也知道你侬我侬地调情了。男儿会干的事儿他如今都会干了，我这一颗心也总能放肚子里了。"英亲王妃毫不避讳地笑道。

几位夫人齐齐恍然，一时间也忍不住好笑起来。

若说这京中夫人们，哪个最操心？有儿有女，有庶出子嗣的夫人们都是差不多的，尤其是眼见着儿子成年，府中的小丫头们擦脂抹粉就盼着公子爷瞧上拖进房，真是各展身手、各用手段，暗中围着公子爷各个跟斗鸡一般。她们多数时间是对内院的小丫头们敲敲打打，看着防着，对儿子日日训导，耳提面命，生怕早早地糟蹋坏了儿子的身子。但偏偏啊，众夫人们操的心英亲王妃就操不上。她日日愁眉苦脸只盼着她儿子只要是女人就给拖进房一个。

英亲王妃这点儿心思，在南秦京城向来不是秘密。

如今她总算得偿所愿，到底是心花怒放，别说训斥了，表扬还来不及呢！

李如碧看着英亲王妃喜上眉梢欢心得满是笑容的脸，心里不是滋味。这样的英亲王妃，再加上那日所见那样的谢芳华，以及今日所见如此的听音，这英亲王府，秦铮身边，哪里还能再有别的女人插进来的位置？

可是多年喜欢，难道真的就放弃了？

若是能放弃，她也就好受了。可是偏偏心不受控制。

哪怕秦铮今日这般作态，当着众人的面，毫不顾忌，只温柔亲吻，满心喜欢地对一个婢女宠爱。放荡至此，不羁至此，孟浪至此，轻狂至此。但正因为这样特别，举南秦上下，怕是举天下，再不会有一个少年如他一般张狂轻扬，璀璨明亮，惹人注目。一眼看过他，已经再也看不进别的少年。如何剖骨焚心，将已经进入她眼中、心中的人挖除？

可是不挖除的话，又能怎样？

争夺？

别说父亲不允许，哥哥不允许，就今日坐在这里对秦铮和英亲王妃性情熟悉，也见过谢芳华和听音的娘亲也不会允许。依着右相府的清贵门风，不准许出现有女人自甘下贱抢夺之事。

可若不争夺，还想得到他的话，就只能等待。

秦铮和谢芳华要三年后才大婚，除非她三年间不订立婚约。可如今她早已及笄过了一年十六了，三年后，便是十九，就是大姑娘了。不，已经是老姑娘了。那个时候，若是等不到他的话，还有谁可以嫁？就算那时候再找，过了最好的年龄，她也难找到隽秀的好男子了。

可是不等的话，她又怎么能甘心？

从小她就知道，右相府门第清贵，门风清傲，父亲中庸之道甚得皇上喜爱。英亲王府忠心耿耿，得皇上器重恩宠，若说南秦还有哪个府邸最稳固的话，只会是右相府和英亲王府。御史台时常弹劾百官之错，看着清贵，但是哪日下台换了门第也不稀奇。而翰林院编纂文书，天子近臣，接触的都是些文书诏书史记等敏感政事，也不是那么巩固。忠勇侯府自不必说，早已成为了皇上的眼中钉。永康侯府日渐没落，依附皇权，不够资格和各府争锋。而左相府则是风头太盛，飘飘摇摇，虽然看着强硬，但有朝一日倒塌谁都不稀奇。所以，依着她日常耳濡目染所得出的结论，将来最可能联姻的府邸，就是右相府和英亲王府了。她是嫡女，秦铮是嫡子，若是联姻，除却皇权阻隔，两府也是门楣相当。是以，她便放任了对秦铮的喜欢。

左相府卢雪莹追着秦铮，将喜欢闹得满天下皆知的时候，她暗中讥讽嘲笑。

永康侯府的燕岚跟着卢雪莹一口一个铮哥哥的时候，她看着好戏。

可是，千算万算，她没算准秦铮，竟然不顾及皇上，不顾忌皇权，不顾忌皇室，更不顾忌身为宗室子孙的身份，偏偏选中了忠勇侯府的谢芳华。

更甚至，是他逼婚求娶的。

再有甚者，忠勇侯府自始至终没过问他身边婢女听音之事。或者可以这样说，以谢芳华孱弱的身子、三年大婚之期来说，她根本就不在意他身边这个被他宠上了天的婢女。

可是偏偏，她嫉妒得要死！忍不住屡屡针对那个婢女，看着他亲那个婢女，她几乎忍不住地想代替那个婢女。连她自己都觉得疯魔了，可笑可耻。

“行了，我们也在府中坐了许久了，也该告辞了。王妃如今是有了准儿媳妇儿，又有个听音在二公子身边解了你一直以来的心病，径直乐吧！”王夫人笑着站起身告辞。

郑夫人等人也跟着站起身，纷纷笑着应和。

英亲王妃一点儿也不掩饰她的开心，被几位夫人取笑也不着恼，笑呵呵地亲自送客。

几位夫人小姐款款地出了英亲王府的大门各自回府。

右相府的马车上，帘幕落下后，李夫人收起笑容，看着李如碧受伤的脸，沉下声音道：“碧儿，娘早就告诉过你，不要轻易动心，不要喜欢不该喜欢的人，你偏偏不听。如今怎样？尝到苦果了吧？”

李如碧紧紧地咬着唇，眼中泪光莹莹，分外委屈。

“你是不是始终不明白你要家世有家世，要才华有才华，要聪明有聪明，要美貌有美貌，为何铮二公子偏偏看不上你，反而选择了忠勇侯府的谢芳华？”李夫人指出症结。

李如碧抬起头看着李夫人，眼泪终于滚落，不甘心地低声道：“娘，您说对了，我就是不明白。我哪里不好了？秦铮他为何……连皇上都中意这门亲事儿，想着宫宴指婚，可是他偏偏……偏生在宫宴之前就径直一意孤行自作主张地定下了谢芳华，她一个病秧子，哪里是我……”

“住口！”李夫人猛地低喝，打断了李如碧的话。

李如碧没出口的狠话生生地卡在了嘴里，看着李夫人。

李夫人深吸了一口气：“你错了！不是谢芳华多好，也不是你多差，而是秦铮，他心里想的是什么。”

李如碧不太懂地看着李夫人。

“秦铮是谁？你哥哥聪明不？有没本事？可是连他都说看不懂秦铮。论才华、样貌、本事，秦铮哪一样输过别人？论心思，他也不比你哥哥少。论胆识，他向来张扬无忌，连皇上在他逼婚下气怒得砸了灵雀台也没将他如何。即便朝中老一辈重臣在皇上面前都没这份敢抬杠对着干的胆子。”李夫人一字一句地道，“所以，碧儿，他想娶谢芳华，肯定不是没有原因。而且就此事看来，他宁愿得罪皇上也要娶谢芳华，便是非娶不可了。”

李如碧闭上眼睛，眼泪顺着脸庞流下。

“这么多年，虽然咱们右相府门风清贵，你爹和哥哥都不同意你做出像卢雪莹那样张扬的事情，但是也不曾阻止过你，暗中了解你心思也没限制过你。可是你都不曾得秦铮另眼相看，也就是说，以前没有机会，以后也定是没有了。感情的事情，争也争不来的。”李夫人话落，见李如碧的眼泪如断了线一般，她怒道：“没出息！收起你的眼泪！”

“娘，已经放出去了的心如何还能收回来？”李如碧伸手抓住李夫人的袖子，低泣道，“您除了我爹，有没有喜欢过谁？您若是喜欢过，也就知道了。一旦喜欢了，就收不回来了。”

李夫人脸色一僵，面色现出几分恍惚，须臾，怒道：“谁说的？若是你明知道自己无望，还不收回心就是等死。还哪里能收不回来？”

李如碧一怔，抬起头，看着李夫人，微露讶异：“娘？您……”

李夫人掏出绢帕，给李如碧擦了擦脸，语气柔缓下来，低声道：“碧儿，喜欢一个人没有错，但若是得不到那人的喜欢还控制不住自己就是错了。一旦被嫉妒和得不到不甘心的心理控制，你就会钻入死角里。那么，后果就会难以想象。”

李如碧动了动嘴角，想说什么，在李夫人柔和的面色下却再也说不出什么。

“想想卢雪莹，她嫁给一个庶子的下场，足够你认清事实。”李夫人果断地道，“今日最后一次，娘允许你没有矜持和闺仪地不顾自己的身份与一个婢女计较，也允许你伤心啼哭一场。但下了马车，回到我们右相府，你就要给我好好地做回右相府的小姐。忘了秦铮！更忘了喜欢秦铮的事儿！”

“若是忘不了呢？”李如碧轻声问。

“忘不了也得忘！”李夫人命令道，“回府之后，你闭门反省一个月，抄佛经。”

李如碧低下头，再不发一言。

李夫人揉揉额头，想起了曾经自己年少时的一桩往事，今日她的女儿，何其像她？但她无论如何也不会让女儿步她的后尘。

右相府的马车之外，其他几个府邸的马车内也在谈论。王夫人、郑夫人、程夫人、宋夫人都觉得，以后若是去英亲王府串门的话，还是不要带上自家的女儿了。毕竟英亲王府两位公子都订立了婚约，她们的女儿还没许婚。今日这一桩事情让她们都认清了，英亲王府虽然门楣好，但到底也要有福气才能嫁进去。

而英亲王府里，英亲王妃送走了几位夫人小姐，便忍不住想到落梅居看看。

春兰笑着劝阻：“王妃，咱们二公子当着那么多人的面对听音姑娘做那样的事儿，听音姑娘面皮子薄，当时虽然没跟二公子闹，这会儿回了落梅居指不定怎么闹呢，依奴婢看啊，您还是暂且别去了。”

“也是……”英亲王妃想了想，笑着点点头。

谢芳华出了南苑，一口气跑回了落梅居，站在落梅居门口，冷风吹来，隐隐还有些温热的气息没挥散，她恼怒地跺了一下脚，背着身子靠着墙根闭上了眼睛。

两世里，第一次，她手足无措，也是她第一次经历了这种事情！

让她那一瞬间几乎想落荒而逃，就此出了英亲王府。但到底纷乱的思绪内一丝稀薄的理智阻止了她的想法，还是回到了落梅居。

落梅居分外安静，紫夜和白青大概是玩得累了，互相搂着脖子呼呼睡了。

没有了听言的落梅居，少了吵闹和那欢快穿梭的身影。

她静静地靠着墙根站着，许久，听到门外有熟悉的脚步声走来，那轻快、不曾掩饰的轻扬的脚步声似激在了她的心坎上，让她好不容易平静了的心又卷起汹涌。她咬了咬牙，忽然抽出腰间挽着的臂纱，对着进来的人打去。

秦铮刚到门口，便看到一条红白相间绣着梅花的绢绸对着自己打来，绢绸显然被灌注了气劲，不亚于一柄玄铁宝剑的威力，他一怔，随即恍然这是自己惹恼了那人儿了。嘴角微微勾起，笑意还没溢出唇瓣，身子一个轻轻翻滚，便避开了一记杀招。

谢芳华一击没得手，转眼便使出第二击。刚刚七分的劲顺势灌注了十分。

秦铮手中没有任何东西抵挡，刚避开第一招，无奈再度翻滚了一圈，灵巧地避开第二招。

谢芳华两招都没打到人，气怒上来，便围着他身体周围致命处接连出招。

秦铮左躲右避，前滚后翻，一时间连喘息的空当都没有。

一时间，一打一躲，二人在门口转眼间便闹作了一团。

谢芳华打定主意，今日不将他身上打出彩，她便不姓谢，否则难保这个浑蛋今日欺负了她第一次就不会再有第二次。

不知不觉，半个时辰过去了。

秦铮衣袍被凌厉的气劲刮破，由于来回在地上翻滚，沾染了地上的土，发丝被打乱，整个人灰头土脸，狼狈不堪。哪里还有一贯的贵裔公子爷的做派。

谢芳华犹不满足，心中的怒火难消，依然不罢手。

秦铮趁着喘息的空当看了谢芳华一眼，见她板着脸有一种不打死他不解恨的势头，有些泄气，忽然也不躲了，直直地站在了她的面前，认命地道：“好了，爷不躲了，爷欺负了你，让你打就是了。”

谢芳华没想到他突然站住，手中的绢纱已经打出，再来不及收回，也不想收回，于是绢纱如剑一般，砍在了他的胳膊上。嘶啦一声，锦袍绽裂，他的胳膊出现了一道口子。

因为太快，绢绸抽出来的时候，没沾染一滴血，相反，秦铮的胳膊顿时鲜血横流。

秦铮不躲不闪不避，硬生生接受了，只是皱了皱眉。

谢芳华心中虽然有气，但是到底也没想将他如何，见他胳膊被砍了一道很深的口子，没个十多日是好不了了，便住了手，抿唇看着他。

“不打了？”秦铮看向谢芳华。

谢芳华不言声。

“没解气的话，接着打！”秦铮对她道。

谢芳华冷笑一声：“我的初吻……从来不曾有人对我动手动脚过，今日被你如此欺负，就是打死你也不为过。”

秦铮微怔：“初吻？”

谢芳华撇开头不理他。

秦铮忽然笑了，看着她，懒洋洋地道：“你当爷的就不是初吻吗？”

谢芳华闻言睫毛颤了颤，嘴角抿成一线。

秦铮走近一步，站在谢芳华面前最近的地方，低头看着她，肯定地道：“我告诉你，爷从来没吻过别的女人，也是初吻！”

谢芳华脸上忽然染上潮红，从耳朵根子处慢慢爬上整张脸，忍不住一把推开了他，羞愤道：“秦铮，你的脸皮是什么做的？怎么这么厚！你的……你的初吻怎么能跟我的比？”

“为什么不能比？”秦铮看着她羞红的脸，觉得分外明丽。

“你的不值钱！”谢芳华骂了一句，转身往回走，她是疯了才跟他讨论这个。

秦铮一把拽住谢芳华的胳膊，又气又笑地道：“谁说爷的吻不值钱了？你出去问问，举南秦上下，是谁想吻爷就能吻得到的吗？是谁想爷亲爷就会亲的吗？就算我占了便宜，你也没亏不是？”

“你还说！”谢芳华死死地盯着他。

“好，我不说了！你看看，我的胳膊都被你伤了！这一吻的代价可真是比天还大了。”秦铮没好气地道，“以后不让你的衣服里挽着臂纱了，随手就能拿来当剑使。爷还想要命呢！”

谢芳华冷哼一声，打开他的手：“你活该！”

“是，我活该！”秦铮将血淋淋的胳膊摆在谢芳华面前，“这么深的口子，不包扎的话，流血都会流死。我吻了你，你打了我，我流了血，你给我包扎，今日的事情抹平了如何？”

“自己包扎！”谢芳华丢开他，进了内院。

秦铮站在原地看着她纤细的身影很快就进了正屋，收回视线，低头看向自己的胳膊，揉揉额头，径直笑了笑，也跟着抬步进了屋。

鲜血从落梅居的大门口一路滴答到主屋门口，地上的落梅被染得鲜红。

谢芳华进屋后，看到隐约熄灭的火炉，拿起两块炭火放入火炉内，便起身倒水喝。

秦铮进了屋，径直坐在火炉边上，不包扎，就那样亮着胳膊看着谢芳华。

谢芳华本来不想理会秦铮，但见他打定主意不自己包扎的模样，忍不住拧起眉头，怒道：“你到底想做什么？是不是非要将我欺负走，让我离开落梅居才算？”

秦铮眸光缩了缩，看着她：“欺负走你？你走哪里去？”

谢芳华忍着脾性道：“铮二公子，容我提醒您，我不是只有英亲王府这一个去处！”

“看来我的话被你忘了个一干二净！”秦铮似笑非笑地看着她，语气不快、不重，但是偏偏有一丝狠意，意有所指地道，“我若是不放你，除了英亲王府，你哪里也不能去！你去哪里，我就将哪里的府邸给掀了，你信不信？”

谢芳华看着他，她就不信了，忠勇侯府的门楣是那么好掀的吗？

“你可以试试！”秦铮动了动胳膊，鲜血忽然又流得快了些，洒了一地，他似乎不觉得疼，“除非，你就这么让我流血而死。那样你就解脱了。”

谢芳华撇开头，往中屋走去。

秦铮在她走到门口时道：“翠莲大约会将我们的事情禀告给我娘，她听了大约会不放心过来落梅居看看。你说她若是看到她的宝贝儿子受了伤，会怎么办？是抓你去幽兰苑教导，还是……”

“最好将我赶出去！”谢芳华道。

“恐怕不会！我娘和我一样，有一个毛病，就是谁惹了她，她就会黏着谁。”秦铮道，“让我想想，嗯，她若是看到了我这副样子，必定会寻根究底，我抵不住她，肯定会实话实说，然后，她念在我十分喜欢你，愿意受你的伤也不还手，她爱屋及乌，也舍不得伤你，唯一的办法，就是，大约会有两种，一种是将我们两个人挪到幽兰苑去住，另一种就是她搬来落梅居住。总之，以后会看着我们俩，让我们俩在她的眼前只能好，不能坏。”

谢芳华听着无语，但仔细想想，这还真是英亲王妃会干出来的事儿！她伸手揉揉额头，不由得被气笑了。从屋内拿了药箱子走出来，站在秦铮面前，板着脸道：“我给你包扎行了吧？公子爷！”

“就该这样！”秦铮得意地挑起眉。

谢芳华白了他一眼，放下药箱，打来一盆清水，动手扯了秦铮滚成黑灰色的外袍，给他清洗伤口，然后上了创伤药，抹了上等的不留疤痕的膏药后扯了纱布，给他包扎。动作极其娴熟利落。

秦铮静静地坐着，眼睛一眨不眨地看着谢芳华给他包扎，期间不知道想起了什么，漂亮的唇瓣紧紧地抿紧，清俊的脸色溢出冷峻的气色，须臾，又缓缓地放开，恢复了常色。

谢芳华自然懒得理会他都想些什么，给他包扎完后，收拾了药箱，便去洗手。

秦铮动了动胳膊，道了句：“没爷包扎得好！”

“明日换药你自己包扎！”谢芳华咬着牙道。

“偏不！就让你包扎！”秦铮摇头。

谢芳华又气又笑，也就英亲王妃能养出秦铮这样的儿子！气死人不偿命的！脸皮比城墙还厚，嘴比鹤顶红还要毒。她遇到他，且被他软硬兼施地威胁，也算是倒了八辈子的霉了。

“这件袍子算是废了，明日你再给我缝制一件一模一样的。”秦铮瞥了一眼扔在地上的衣袍说道，“这是娘给我缝制的，她特别喜欢的一件衣服，若是不见我再穿，一定会过问。”

谢芳华不言声。

秦铮当她默认了，身子懒洋洋地靠在椅背上，用完好的那只手臂喝着茶道：“我养伤这段日子，最少十日吧！怕是不能进厨房帮你烧火了，也不能打扫院子了，更不能穿衣铺床了，也不能打扫小书房了……”

谢芳华打断他的话：“爷，您只伤了一只手臂，不是双手都伤了！”

秦铮轻笑：“虽然如此说，但是总归不方便！”

“您可以接受王妃给的人手！”谢芳华提议。

秦铮嗤了一声：“才不要！”

谢芳华暗自唾弃了一声，不再理他。

这时，外面落梅居门口来了一个小厮，不敢进来，站在落梅居门口喊：“二公子，您在吗？”

“什么事儿？”秦铮向外看了一眼。

那小厮立即道：“监察御史府的王公子刚刚让人来传话，说他今日约了翰林大学士府的郑公子，宫里的八皇子，忠勇侯府的谢世子，右相府的李公子，还有侍郎府的程公子、宋公子，晚上申时一起去来福楼喝酒。”

“给爷推了，告诉他，爷不去！”秦铮摆手。

那小厮一怔。

“告诉他们，爷被我家的小猫给挠了，未来几日，谁也别来烦我！”秦铮不领情地道，“谁若是敢来烦我，就……绝交！”

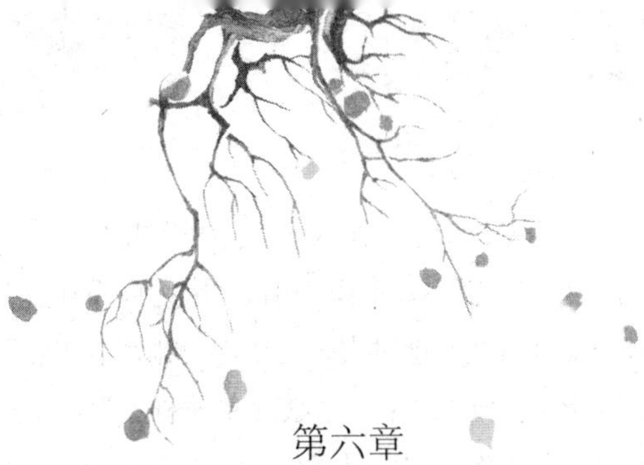

第六章

出京

京　门　风　月

谢芳华闻言猛地翻了一个白眼。绝交？可真有他的！

那小厮闻言连连应声，不敢耽误，匆匆离开回话去了。

秦铮悠悠然地跷着二郎腿，看着谢芳华挑眉不满："你那是什么表情？爷不去还不是为了你？三日没见了，爷想你想得紧，以后这些日子都在家里陪你。难道不好？"

谢芳华哼了一声，进了中屋。到底是不是三日没见，他心中清楚！

秦铮见她进了中屋，收回视线，看了一眼包扎得像粽子的手臂，扁了扁嘴角，放下茶盏，站起身，也跟进了中屋。

谢芳华站在窗前给那两盆仙客来浇水。

秦铮走到她身边，低头审视了一眼，慢悠悠地道："这两盆东西也不是那么娇气嘛！几日没人料理也没死。"

谢芳华回头瞅了他一眼："你很希望它们死吗？"

"当然不是，我是觉得终于让你发现它们其实也没那么需要你像伺候祖宗一样地伺候。你该高兴。"秦铮道。

谢芳华忍不住扑哧一声笑了。

秦铮弯了弯嘴角。

谢芳华分外认真仔细地将仙客来那些因为干旱而泛黄的叶子摘掉，再不如早些时候那般见到它们就退避三舍了。

秦铮站在她身后看了片刻，打了个呵欠，对她道："别弄了，既然三天干旱都没死，就死不了了。走，陪我睡觉。"

谢芳华瞪了他一眼，向窗外看了一眼天色，还早着呢！

“这几日我都没睡好。”秦铮嘟囔了一句，“因为你没在。”

“我到这里不过一个半月吧？您过去十几年都没睡好觉了？”谢芳华轻哼了一声。

秦铮揉揉额头，伸手去拉她的手：“那怎么能一样？”

谢芳华甩开他的手，警告他：“若是不想这只手臂也受伤，你最好别得寸进尺。”

秦铮皱了皱眉，放下手，蓦地瞪眼道：“你乱想什么呢？我不过是看你眼下也有青影，想你休息一会儿，我住里屋，你住中屋，各睡各的。不过是一同入睡而已。你既然不想，就算了。”话落，转身进了里屋。

珠帘翠幕哗哗脆响。

谢芳华转身盯着里屋晃动的帘幕看了片刻，慢慢地放下水壶，走到菱花镜前，果然见镜中的自己眼底有一片淡淡的青影，不太显眼，不仔细瞅根本就看不出来。她不由沉下脸，他对她看得有多仔细？连一点儿青影也发现了。眼睛可真毒！

里屋传出窸窸窣窣的脱衣声，凭感知，缓慢而费力。

谢芳华离开菱花镜，拿了一块干净的棉布，走出中屋，将画堂外地面上的血迹擦净。然后出了房门，看向院中，从大门口到屋门口，一道血线，触目惊心。她抿唇看了片刻，迈出门槛，提了半桶水，将青玉石砖上落着的已经干枯了的血迹逐一擦净。

不多时，便擦到了大门口，早先二人打斗的地方一摊血迹。

谢芳华刚蹲下收拾了片刻，便见英亲王妃由春兰陪同着远远走来，她蓦地想起，曾经的某一日，英亲王妃站在这门口，对她说了一番话，让她保证不伤害秦铮。她说好。可是……

她不由得头疼起来。

不多时，英亲王妃来到，站在还有些距离的地方就笑着对她道：“听音，你在门口做什么？”

谢芳华收拾完门口最后一滴血迹，将棉布扔进水桶里，缓缓站起身，福了福身，喊了一声：“王妃！”

英亲王妃笑着走到近前，一眼便看到了她身边的水桶，里面混着泥土的血水分外污浊，她顿时蹙眉：“哪里来的血？”

谢芳华垂下头，不言声。

“嗯？”英亲王妃关心地打量她，“出了什么事情吗？”

谢芳华想着若是实话实说英亲王妃会如何？恐怕会心疼儿子，对她不喜，说她言而无信。若是不实话实说的话，让她对着她撒谎，她还真撒不出来，关键是秦铮的伤可不轻，不是一日两日就能好的，早晚会看出来。她权衡片刻，硬着头皮道：“回王妃，是……”

“娘，您不是不让儿子在您面前碍眼吗？怎么一会儿不见，您自己倒送上门让我碍您眼了？”秦铮忽然从屋中走出来，抱着膀子站在门口，挑眉看着英亲王妃。

谢芳华一惊，猛地转身，只见秦铮已经换了一身干净的锦袍，宽服大袖，抱着膀子的模样镇定自若，根本看不出受伤的样子，她顿时住了嘴。

英亲王妃向门口看去，上下打量了秦铮一眼，嗔怒地道：“我听说你欺负了听音，惹了听音不快，不放心，过来看看。你个死孩子，巴不得娘离你远些是不是？”

秦铮莞尔一笑，忽然揶揄地看了谢芳华一眼，懒洋洋地道：“娘，她来癸水了，自己竟然不知道，弄了我的落梅居到处都是血迹，这么迷糊的女人，我欺负她都觉得下不去手。”

谢芳华一愣，须臾，反应过来，脸顿时黑了，猛地背转过了身子，她就算再迷糊，也不至于让癸水……滴得满院都是吧？他是怎么张嘴就说出来的？

英亲王妃显然也是第一次见这样的事情，不由睁大眼睛，愕然地看着秦铮和谢芳华。

春兰也呆了。

“行了，娘，您若是没什么事儿，就赶快回去吧！您在这里，忒碍事儿。”秦铮挥手赶人，又对谢芳华招手，“都擦完了吗？擦完了的话，还不快回来？站在那里干什么？”

谢芳华闭了闭眼睛，硬邦邦地道：“擦完了！”

“那就回来吧！”秦铮丢下一句话，转身进了屋。

谢芳华硬着头皮看了英亲王妃一眼，细若蚊蝇地道：“王妃，我……我进屋了！”

英亲王妃回过神来，看着她羞红了脸的模样，顿时笑了，摆摆手，和蔼地道：“快回去吧！既然来了癸水，就不宜操劳，也不宜干活，更不宜沾染凉水……”

“王妃，二公子自小被您教养带在身边，这些事情他大约都知道，都会告诉听音的。”春兰笑着插话道。

“也是！”英亲王妃拿出手帕掩嘴笑，“那个死孩子最是聪明，该学的，不该学的，他都学会了，该知道的，不该知道的，也都知道了。”话落，她转身将手搭在春兰手里，“行了，我们走吧！他们俩挺好，我们来了也是招人嫌弃。”

“奴婢就说让您放心，别白跑一趟，如今怎样？您亲眼见了，二公子和听音姑娘好得很，怎么会打架？”春兰笑着道。

“嗯，下次就知道了。俗话说，床头打架床尾和，我可真是老了，连这个道理也不懂了。”英亲王妃笑着叹息地摇头。

“您哪里老了？奴婢才是真比您老。”春兰摇头。

二人一边说着话一边离开了落梅居，走远了。

谢芳华站在落梅居门口，大口地舒了一口气。无论英亲王妃是相信还是不相信，也算是躲过一劫了。她提着木桶将脏水泼掉，洗干净手，进了屋。

秦铮已经回了自己的里屋，外屋的画堂和她的中屋并不见他的人影。

谢芳华想起他刚才抱着膀子，恐怕动了伤口，挑开帘幕，进了他的里屋。

只见秦铮已经躺在了床上，手臂搭在床头，这么半会儿的工夫，他已经睡着，呼吸均匀，显然这几日的确是没有睡好，如今在补觉。

谢芳华走到床前，低头检查了一下他的伤口，只见外围隐隐溢出些血迹，但还没到需要重新包扎的地步，便转身出了房门。

秦铮倏地睁开眼睛，看了她纤细的背影一眼，嘴角勾起，无声地笑了。须臾，满足地重新闭上了眼睛。

谢芳华出了里屋，在窗前站了半晌，眸光忽明忽灭，片刻后，抿了抿唇，出了房门，去了小厨房。

因为她前一阵子喝药，为了方便，听言在小厨房内储备了不少药材。

谢芳华走到药柜前挑挑选选了几样药材，放在砂锅里煎。不多时，隐隐药香便冒了出来。她坐在火炉旁守着。

半个时辰后，药煎好，谢芳华倒出了一碗，端进了屋。

径直来到里屋，走到床前，她声音压低，一手端着药碗，一手轻轻拍秦铮：“喂，醒醒，喝药了。”

秦铮唔了一声，幽幽醒来，眼睛眯开一条缝，看着她：“喝什么药？”

“你的伤口很深，不喝药的话会发炎，若是引起脓肿，引发高热，十日也养不好的，不但养不好，还容易留疤。”谢芳华轻声道。

秦铮皱眉，重新闭上眼睛：“那也不喝。”

谢芳华看着他，犹豫了一下，低声道：“我喂你。”

秦铮忽然睁开眼睛，直直地看着她：“确定？”

“你到底喝不喝？”谢芳华有些恼。

“喝！”秦铮忽然笑了，缓缓坐起身，闭上眼睛，张嘴等着她。

谢芳华将碗放在他嘴边，微微抬手，让汤药成细流之势慢慢地流入他口中。

秦铮的喉咙随着汤药入口有规律地动着，不躲不避，不吵不闹，分外乖觉。

不多时，一碗汤药下肚，谢芳华放下手，掏出绢帕给他抹抹嘴角，声音低浅：“睡吧！”

秦铮点点头，睁开眼睛，看着谢芳华，有些迷蒙不清。

谢芳华对他笑了一下，扶着他躺下，扯过被子，帮他盖在身上，且伸手拍了拍他：“做好饭我喊你。”

“你这药……”秦铮动了动嘴角，想说什么，却感觉头脑发沉，说了一半只能作罢，低低嗯了一声，沉沉地睡了去。

谢芳华见他很快就陷入沉睡，放下药碗，看了他片刻，挥手落下了床帐，转身出了里屋。

来到外屋，她迅速地将身上鲜艳的绫罗衣衫换成了一身素雅轻便的衣裙，在菱花镜前收拾片刻，走出了房门，不多时，出了落梅居。

绕过落梅居的后院，走了一段路，来到了一处小院落，谢芳华在门口敲了敲关着的木门。

“谁呀？”林七的声音从里屋传来，有些困倦之意。

“我！”谢芳华低声道。

里面半晌没声，之后，一串脚步声腾腾腾跑来，很快就打开了门，林七顶着一张困倦的脸看着谢芳华讶异地悄声道：“听音姑娘，您……您怎么找来了这里？”

“我知道你住在这里。有事情找你。”谢芳华看了林七一眼，她知道年节这样的日子，各府都沉浸在过年的喜庆中，府邸的下人们也要过年，闹得欢腾也是几夜不睡觉。如今林七显然也在补觉。

“您说，什么事儿？是要我去给忠勇侯府传话吗？”林七立即低声问。

“不是！”谢芳华摇摇头，“我是来找你帮我照看二公子两日夜。”

林七困意顿时醒了大半，讶然地看着她：“照顾二公子？二公子让您来找奴才的？”

谢芳华摇摇头：“他受伤了，且服了药，大约两日才会醒。我要离开两天出一趟门，这两日，就劳烦你看着他了。别让他出事儿，也别让人进了落梅居发现我不在。”

林七顿时一惊：“为什么？”

“他的伤是和我打架打的，英亲王妃还不知道，他需要养伤，我趁这两日外出办一件事情，两日后肯定回来。你只要在有人去落梅居的时候给我挡一下，就说二公子说了，这两日谁也不见，就行了。”谢芳华嘱咐道。

林七有些怯意：“这……这……照顾二公子……我做得来吗？”

“他这两日会昏迷不醒！你只需要看着别让外人进去，隔半日给他灌点儿水就行。”谢芳华道，“很简单的，不会太难。”

“您……您真的非离开两日不可？”林七不太有把握地道，“我怕我照顾不了二公子……您也知道，他实在是……”

“必须不可！”谢芳华肯定地道。

“好吧！”林七认命地垂下头。

谢芳华从怀中掏出一枚药丸递给林七，低声道：“若是不足两日时，你看到他有醒转的迹象，就给他服下这个。他就会继续睡。”

“这……会不会把人睡坏了？”林七胆战地接过药丸问。

谢芳华看着他的模样，想着秦铮可真是个恶人，都昏迷不醒了，还让人如此害怕。她忍不住笑道：“不会！你放心吧！”

“您两日后一定要回来啊，否则奴才的小命可就玩完了。”林七咬了咬牙，忍痛地接受，“您看在侍书的面上，也不能坑我。”

谢芳华点点头：“放心，不会坑你。一定会回来的！”

“那您赶快走吧！从后门走，我将我外出采买的令牌给您，您就不必去大厨房找人带您出去了，也不必跳墙了，万一惊动了府中的护卫就不好了。”林七将自己外出的牌子递给谢芳华。

谢芳华接过，不再逗留，向英亲王府的后门口走去。

林七见谢芳华身影消失，深吸了一口气，不敢耽搁，连忙收拾好自己小院子里的东西，去了落梅居。

林七进了落梅居内，一紫一白两个小东西跑了出来，对他张牙舞爪。

林七吓了一跳，连忙双手举起，低声告饶道：“是听音姑娘让我来的，两位祖宗，你们可别吃我……”

紫夜和白青通灵性，闻言唔了一声，围着他转了一圈，用鼻子嗅了嗅，似乎闻到了谢芳华找过他的味道，齐齐放过了他走开了。

林七松了一口气，拍着胸脯，几乎吓破了他的胆，暗自埋怨听音姑娘怎么就没说这里还有这两个祖宗在看家。

关了落梅居的门，林七蹑手蹑脚地进了正屋。

来到秦铮的里屋，悄悄挑开帘幕，只见真如谢芳华所说，帷幔里躺着深深睡熟的秦铮。

林七大着胆子来到床前，将帷幔挑开一道缝隙再三确认后，拍拍胸脯，将心放回了肚子里，打了个呵欠，便躺在了秦铮脚边不远处的矮榻上闭上眼睛睡了。

新年这几日里，他也的确是累极了，困倦得惨了。

谢芳华拿着林七的出入牌子，后门的守门人见了，很痛快地将她放出了府门。

出了英亲王府，谢芳华向城门走去。

大年初三，街上满是熙熙攘攘玩乐的人流。

谢芳华独自一人，脚步轻快，不多时就绕过了两条主街。在一处街道拐角处，她走得急，不想迎面碰到了一群熟悉的人，距离太近，她想躲开，已然来不及，不由得皱了皱眉，想着出门没看黄历。

“咦？这不是听音姑娘吗？”宋方眼尖地喊出声。

程铭也看到了谢芳华，顿时伸长脖子往她身后看：“听音姑娘，秦铮兄呢？是不是也出来了？怎么没见到他的人？”

秦倾本来走在后面，闻言立即上前了一步，看着她道：“秦铮哥哥呢？不是说今日不出来了吗？怎么又改主意了？”

王芜、郑译本来说着话，齐齐向谢芳华看来。

走在最后方的谢墨含和李沐清自然也看到了谢芳华，目光也齐齐定在了她的身上。谢墨含没见到秦铮，眸光略带询问，李沐清没看到秦铮，目光微带探究。

谢芳华很快便镇定下来，这些人都是人精，没几个傻子，她若是露出丝毫马脚，今日便不好脱身了，立即后退了一步，垂下头，规矩地道：“回几位公子，我家二公子没出来，我是出府抓药的。”

“咦？你竟然会说话了？”秦倾最先惊呼了一声。

王芜、郑译、宋方、程铭四人顿时也露出讶异的神色。

谢芳华低头笑了笑：“多亏了孙太医的医术，我的哑症才治好了。”

“这可真是一件喜事儿，秦铮哥哥先是被父皇赐婚了忠勇侯府的小姐，如今捧在手心里的听音姑娘又治好了哑症，怎么好事儿都让他给占了？”秦倾看了众人一眼，“你们说是不是？”

“可不是吗？”宋方附和。

“秦铮兄怎么了？让你出来抓药？”谢墨含温和地问谢芳华，在这里碰到妹妹，他可不认为她是出来抓药。

“二公子没事儿，是我身体不适。”谢芳华摇摇头。

“你身体不适？府中难道就没有抓药的人吗？秦铮兄怎么舍得让你出来？”宋方疑惑地看着谢芳华。

“听言被二公子当采纳之礼送给忠勇侯府的芳华小姐了。”谢芳华平静地回话，想着若是实话实说，怕是今日被这些人纠缠不好脱身了，只能用特殊方式，她咬了咬牙，暗暗下了狠心，小声但能让所有人都听见地道：“那个……我……我来了癸水，肚子疼……不好意思劳烦别人……”

几位公子从来没见过这般大胆敢将癸水说出来的女子，顿时一个个面面相觑，目瞪口呆地看着谢芳华。

谢芳华脸羞得通红，细若蚊蝇地道：“几位公子，事实就是如此，我能去抓药了吗？”

程铭和宋方立即让开了路，呆呆地道：“能，能，听音姑娘……慢走！”

秦倾毕竟比这些公子们的年岁还小，顿时一张脸涨成了猪肝色，见程铭、宋方让开了路，也立即从谢芳华面前跳开躲去了一边。

王芜和郑译这是第二次见到秦铮身边的听音姑娘，不是很熟悉，此时只觉得这姑娘实在大胆，怪不得让秦铮捧在手心里，依照秦铮的性情，就喜欢特别的女子。也连忙让开了路。

唯一没躲开的就剩下谢墨含和李沐清。

谢墨含想着妹妹真是来癸水了？没有福婶在跟前伺候，英亲王府的落梅居又没有婢女，果然是不方便。顿时心疼起她来。

李沐清则是根本就不相信谢芳华来癸水，看着她的模样，想着她连癸水都拿出来当借口了，这是有什么了不得的急事儿要去办？

“谢世子，李公子，劳烦让一下！”谢芳华看向依然堵着路的二人，低声开口。

谢墨含立即醒过神，让开了路。

李沐清深深地看了谢芳华一眼，笑了笑，温和地道：“听音姑娘只一个人出来的吗？看你气色极其不好，这样吧！我送你去买药，然后再将你送回去。如今天色晚了，万一你出什么事情的话，秦铮兄怕是会杀人。”

谢芳华眉心跳了跳，立即拒绝：“多谢李公子的好意，我多少还是有些防身术的，况且如今天色还亮着，我买了药就回府，不会出什么事情的。”

“不怕一万，就怕万一。”李沐清摇摇头，看向一旁的谢墨含，“子归兄，你说是吗？她一个女儿家，实在该小心一些。不明白秦铮兄怎么放心让她自己出来。”

谢墨含一心只觉得心疼妹妹，闻言点点头。

谢芳华无奈地看着她的哥哥，伸手揉揉额头：“李公子，真的不需要。”

“我与秦铮兄相交一场，若是燕亭在，他也不放心你这般一个人天色晚了还出来抓药。可惜他如今不在，我们既然遇到了你，总要有一个人平安将你送回府。”李沐清执着地道。

谢芳华有些无语。李沐清太过聪明，跟这样的人恐怕说什么也不管用了。

“不错，就让沐清兄送你去吧！”程铭摆摆手。

“沐清兄，我们先去来福楼，你快点儿回来。”宋方也立即道。

李沐清点点头，温和地对众人道：“你们不必等我了，我将听音姑娘送去英亲王府，若是天色晚了，就改日再与你们喝酒，不去扫你们的兴了。也或许秦铮兄留我在落梅居闲聊一番，就去不了了。”

“也好！”王芜笑着拍拍李沐清的肩膀，低声道，“沐清兄，你寻常不是爱多管闲事的人啊！如今怎么遇到这听音姑娘便与以前不一样了？难道你也对她……”

“我前几日得罪了秦铮兄，因为我妹妹，你们知道的。”李沐清滴水不漏地道。

王芜恍然，放开他：“今日我请客，你若是喝不上，我可不给你补回来。”

“过两日我请！”李沐清笑着道。

“那咱们走吧！”王芜招呼郑译、谢墨含、八皇子等人一声，抬步向来福楼走去。

谢墨含落后半步，看了李沐清一眼，李沐清对他点点头，他又看向谢芳华，谢芳华无奈地给了他一个安心的眼神。谢墨含也后知后觉地觉得似乎坏了妹妹的事儿，但事已至此，只能作罢，抬步跟着众人离开了。

众人走远，谢芳华沉下脸，看着李沐清，冷清地道：“李公子，我要出京城，难道你也要跟我去？”

“秦铮兄呢？你是怎么避开他出了英亲王府的？你就不怕他再恼？”李沐清答非所问。

谢芳华看了他一眼，人太聪明，实在是让人苦恼，头疼地道：“他受伤了，我给他服了昏睡的药，最少要两日醒。在他醒来之前，我已经回去了。”

李沐清笑了笑：“出城去哪里？”

谢芳华有些不耐，抬起头，提醒他：“李公子，这是我的私事儿，我想没必要告诉你。”

“可是真不巧，你的私事儿被我遇到了。”李沐清笑着道。

谢芳华郑重其事地看着他，认真地道：“李公子，这件事情你最好还是不要插手。否则右相府的清流门第也会因此被玷污，更也许会让你受到牵扯。”

“右相府没有那么清贵，我和我爹不太一样，不怎么怕受到牵扯。”李沐清对她道。

谢芳华挑眉：“这么说，你是要跟我去了？”

李沐清点点头，向走远了的谢墨含等人看了一眼：“这么些人都知道我要送你回府，若是不真的平安将你送回英亲王府，你出点儿什么事情的话，以后我怕是洗不清了。”

谢芳华深吸了一口气：“好吧，我去清河崔氏。”

李沐清一怔：“清河崔氏？”

谢芳华点点头：“快马加鞭，也要明日早上才能赶到清河崔氏。李公子，你确定你这贵体也要跟着我奔波操劳吗？”

李沐清思索了一下，温和无谓地道：“似乎是可以的。”

谢芳华见他打定主意要跟着，也不想再浪费口舌耽搁，点点头，抬步向城门口走去。

李沐清抬步跟上她。

二人一前一后，来到了南城门。

过了大年初一，城门白日里便开放了，百姓们有的亲戚住在城里，有的亲戚住在城外，来往穿梭拜年，傍晚时分，进出城的人流尤其多。

李沐清和谢芳华不受任何阻拦地出了城。

走出城外五里，在一处亭子边的柱子上拴了一匹马，谢芳华走上前，伸手解开马缰绳，翻身上马，对李沐清道："李公子，只有一匹马，你若是要跟着，恐怕得自己另想办法了。"

"好说！"李沐清温和含笑地点点头。

谢芳华双腿一夹马腹，也不等他，身下坐骑风一般地奔了出去。

李沐清见谢芳华走了，拇指和食指放在唇边打了个口哨，口哨响过后不久，一名侍从牵着一匹马来到了李沐清的身边。

"公子，您要出京城？"那人低声问。

李沐清点点头，接过马缰绳，翻身上马。

那人看着他，提醒道："相爷说明日早上要和您……"

"告诉父亲，就说我有事儿要出城一趟，两日后回来。"李沐清拦住他的话，双腿一夹马腹，身下骏马追随着谢芳华离开的方向而去。

谢芳华的马术自然是极好的，但李沐清的马术也不差。

所以，大约一前一后走到入夜时分，来到下一座城池，谢芳华等候排查过城门的时候，李沐清追上了她。

谢芳华回头看了李沐清一眼，没说话。

李沐清对谢芳华笑了笑，温声道："如今入夜了，这座城池距离下一座城池还有百里，若是我们不在这里用晚饭的话，恐怕到下一座城池的时候要饿肚子。"

谢芳华点点头。

二人一前一后交了通关文书，进了城。

在一处不太奢华的门面前，谢芳华往里面扫了一眼，只见里面人多热闹，想必饭菜比较好吃。拴了马缰绳，打算走进去。

李沐清立即伸手拉住她，低声道："这个产业是英亲王府的。"

谢芳华立即顿住脚步，抬头仔细地看了一眼门面。她对谢氏的经济脉络刚有了解，自然对京城其他府邸经营的门面不太了解，没想到这处门面是英亲王府的产业。

看来有必要回头让琴轻查查京中各大府邸都有哪些产业了。

"那一处门面是我家的，我们去那里吧！它的招牌菜是桂花鱼。"李沐清伸手指向前方不远处一处门面道。

"好！"谢芳华颔首。

二人一前一后，来到那处门面处。

拴了马缰绳，二人进了门口，店小二迎了出来，见到李沐清一愣，连忙恭敬地见礼："公子，您……怎么来了？"

"路过！"李沐清道。

“您请楼上雅间！”店小二打量了他身边的谢芳华一眼，连忙机灵地带路。

李沐清缓步上了楼。

谢芳华跟在李沐清身后也上了楼。

二人进了雅间坐定，店小二立即询问：“公子，您想吃什么？还是老规矩？”

“依照老规矩，另外多加一份桂花鱼。”李沐清道。

店小二一怔：“您吃桂花鱼不是容易起疹子吗？”

“她吃！”李沐清笑着指指身边的谢芳华，摆摆手，温和地道，“去吧！快一些！稍后用完晚饭我们还要赶路。”

店小二闻言了然，连忙应声，匆匆出了房门。

谢芳华打量这家门面陈设，想着原来清贵门第的右相府也有这样富华的产业，果然是不能太看表象。

李沐清将她的表情看在眼里，笑了笑：“右相府怎么说也是累积几代了，总要有些家底，清贵只是相对来说。况且，我爹喜欢清贵，我不怎么喜欢。”

谢芳华点点头，想起谢氏，相比较来说，右相府的确清贵多了。

不多时，店小二便端上来了四菜一汤，一壶酒。其中有一盘是桂花鱼，他直接放在了谢芳华的面前，然后道了句：“公子，这位姑娘，您二人慢用。”便退了下去。

“吃吧！”李沐清递给谢芳华筷子。

谢芳华点点头，接过筷子。

李沐清拿着酒壶满了两杯酒，一杯递给谢芳华，一杯放在自己面前。

谢芳华抬头看他。

李沐清温声道：“如今还没到立春的时候，看着天气是有些暖了，但还是有些冷。我们要骑马赶夜路，为了驱寒，多少喝一杯。”

谢芳华嗯了一声。

李沐清不再说话。

二人安静地吃着饭菜。

半顿饭的时候，楼下忽然传来一阵吵闹声，这间雅间是靠窗的位置，临街的所有情形都能一眼揽收在目。是以，楼下的吵闹声听得清楚，也会看得清楚。

二人同时偏头看向窗外。

只见楼下来了一群护卫，大约三十多人，簇拥着两名女子。这两名女子容色娇媚，身穿骑装，身段玲珑，即便是此时已经入夜，在门口灯火下也尤其醒目。

这两个女子谢芳华正巧认识，李沐清也认识。

一个是永康侯府的小郡主燕岚，一个是范阳卢氏的卢雪妍。

谢芳华眸光探寻了一圈，便收回了视线，想着燕岚和卢雪妍大过年的不在京城而出现在此地，怕是也如永康侯府派出去的多方人马一样，出来查找燕亭的下落。”

李沐清看了两眼，也收回视线。

二人继续安静用饭。

楼下依旧热闹哄哄，争执得不可开交。

谢芳华并没有心思理会燕岚、卢雪妍带着这些护卫在这一处门面前和掌柜争执什么，只是想着，依照时间算来，除夕那日午时燕亭离开京城，言宸帮助他避开永康侯府追查的人马，如今已经初三。三日三夜的时间，就算前往漠北的路难走，他们怎么也走出一千多里地了。

李沐清见谢芳华若有所思，并不打扰她，帮她夹了两块鱼肉放在碟子里。

谢芳华抬头看了李沐清一眼，没说话。

李沐清对她温和地笑笑。

不多时，楼下的声音愈发激烈，似乎有要打起来的势头，李沐清蹙了蹙眉，见谢芳华放下了筷子，他温声道：“不吃了？”

谢芳华点点头：“不吃了！”

李沐清也放下了筷子，斟了两杯茶，一杯递给谢芳华，一杯放在了自己的面前。

谢芳华端起茶杯，抿了一口，再次看向窗外。

李沐清也看向窗外，将手放在桌案上叩了叩，对外面喊：“来人！”

一个店小二立即跑了进来：“公子！”

“楼下是怎么回事儿？”李沐清问。

那店小二撇撇嘴，不满地道：“回公子，外面的人是永康侯府的小郡主和范阳卢氏的小姐，没有提前派人来咱们留香园预留落宿和席面。如今突然来了，说要包下咱们整个门面的所有客房。可是我们留香园已经客满了，难道要将客人都赶走吗？那以后还怎么做生意了？没见过这么不讲理的千金小姐。”

“包下整个留香园？”李沐清看着他。

“是！”店小二点头。

李沐清思索片刻，问道：“若是包下整个留香园的话多少银两？”

店小二一愣，连忙回话：“要两千两银子，可是不是银子的事儿，已经客满了啊……”

“你出去告诉掌柜的，就说我说了，若是燕小郡主可以拿一万两银子的话，那么就将留香园包给她一日。”李沐清放下茶盏，吩咐道。

店小二闻言立即睁大眼睛，紧张地道：“公子，那咱们那些客人……”

“将包下留香园的所有银两，以五倍的数额退还给客人，请客人换个地方。”李沐清继续道，“没有谁会拒绝五倍的银两。这个小城虽小，但是临时找个客栈落宿也是有地方的，不至于出了咱们留香园就会露宿街头。若是有客人实在不愿意走，不愿意拿五倍银的话，就安排到留香园后院我的私宅里。”

店小二踌躇地道：“公子，一万两可不是个小数目，燕小郡主会愿意拿吗？”

李沐清笑笑：“永康侯府虽然日渐没落，但是这个钱还是小钱，不想争执一番还让人为了一万两银子看扁的话，她会拿的。若是不拿，那么就请她另换个地方。”

“是，小的这就下去！”店小二得了命令，嗖地转身跑下楼去。

谢芳华瞥了李沐清一眼，向来温和、外表无害的谦谦君子，若是谁认为他好欺负，就错了。

李沐清含笑看了谢芳华一眼，揉揉额头：“听音姑娘，若是你，我定然是不欺负的。”

谢芳华忍不住笑了一声，放下茶盏，站起身：“多谢李公子赏我一分脸面。”话落，她转身向外走去。

李沐清也随即站起身，在她身后道：“此时下去，定然会与她们打个照面，不避开吗？”

谢芳华伸手指了指楼下拴着的两匹马，正巧被燕岚那群护卫包围，她挑眉：“避得开？我倒是无所谓，若是李公子不想被她们知道这里是你右相府的产业的话，可以选择避开。”话落，便出了房门。

她虽然身份特别，但是就燕岚来说，她还不够自己因为她的身份而费力躲藏避开。

李沐清笑着摇摇头：“我是觉得她见过你的模样，依照她对秦铮兄上心的情形来看，此时你出去，势必要与她碰上，被她好奇盘问一番，届时被秦铮兄或者京城有心人知道你与我一起出城，将会引起不必要的麻烦。既然你不怕，我更没有什么好怕的了。”

“你说我不是听音，只不过长得相似不就行了。”谢芳华不以为意，快步下了楼。

李沐清愣了一下，随即失笑，也跟随她下了楼。

二人来到楼下的时候，掌柜正按照李沐清的吩咐和燕岚讲条件。燕岚脸色铁青，但已经不复早先的剑拔弩张，显然不想让人看不起，只能同意了。

卢雪妍一直站在燕岚旁边，对于燕岚非要住这家店的作为不阻止也不跟着争执，她的脸色分外不好，想来燕亭无论如何也不娶她，而且还因此弃了永康侯府离家出走，让她这个范阳卢氏被捧在手心里的娇女分外颓败和惹人笑话。

燕岚递给掌柜的一万两银票，掌柜的接过，清点之后，对燕岚和卢雪莹道了句：“二位小姐稍等，小老儿去清理客人。”话落，转身进了酒楼，迎面碰到谢芳华和李沐清出来，连忙恭敬地询问：“您……现在就要离开？”

李沐清点点头，对掌柜的摆摆手。

掌柜的意会，进了楼内。

燕岚一眼便看到了从楼内一前一后走出来的谢芳华和李沐清，她顿时睁大眼睛，看着谢芳华，有些难以置信："听音？李沐清？"

谢芳华看了燕岚一眼，不理会，径直绕过她去牵马。

李沐清温和地笑着招呼："燕小郡主，好巧！"

燕岚眼看着谢芳华从她身边走过，回头看她，只见不远处的柱子旁拴了两匹马，她正在解缰绳，她立即转回头，问李沐清："李公子，你怎么会在这里？还和她？铮哥哥呢？"

李沐清看着她，认真地道："小郡主，你怕是认错人了，她不是秦铮兄的婢女听音，她是我的一个朋友。"

燕岚一怔，不太相信："她……长得和听音一样！"

"这个世界上相像的人总是很多，而且如今天色黑了，你看着她们相像而已，但其实五官有很大不同的。"李沐清否认地摇摇头。

"这样吗？"燕岚再度去看谢芳华，见她已经解开了马缰，翻身上马，片刻不逗留，也不等李沐清，催马离开，不多时，只留了一个背影，她疑惑地收回视线，问李沐清："李公子，你怎么会在这里？"

"有些事情要处理，燕小郡主知道的，我爹只管做好官，不管右相府的产业。右相府所有产业都是我在打点。离京城很远的一处产业出了点儿麻烦，我过去看看。"李沐清无奈地道。

燕岚自然不是什么都不懂的大家闺秀，尤其是自小缠在哥哥燕亭身边，为了多了解些秦铮的事情，所以，和燕亭交好的这些各府公子哥们的事情她都知道几分。右相门风清贵，不屑银钱污秽，但是这位李公子却不是，不仅聪颖好学，而且也有经商天赋。若是他的产业出了些麻烦，他大年初三离京也不稀奇，遂点点头，问道："李公子，我哥哥与你交好，你可知道他如今的下落？"

李沐清摇摇头，叹了口气："燕亭兄早就有离家的想法了。如今他既然下定决心离开，想必是做了万全的准备，连对我们兄弟几个都瞒了他的行踪。"

燕岚有些苦闷："家里的祖母和我父母虽然……"她想说什么，忽然想起了一旁的卢雪妍，立即改了话："但漠北多么遥远，据说环境极为恶劣，时常有狼群野兽出没，他好好的富贵日子不过，竟然……"说着有些气怒，"都怪那个忠勇侯府的谢芳华！若不是她，我哥哥也不至于离家出走。"

李沐清眸光闪了闪，不接她的话，笑着告辞："燕小郡主，你和卢小姐这两日找燕亭兄想必很是辛苦，赶快去里面休息吧！我还要赶路，告辞了。"

燕岚点点头，让开路。

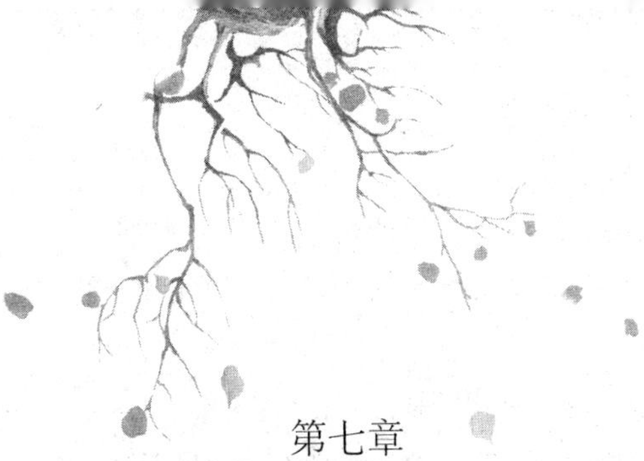

第七章

解毒

京　门　风　月

李沐清走到柱子旁，解下马缰绳，翻身上马，对燕岚和卢雪妍拱了拱手，催马离开。

不多时，马蹄声走远，李沐清的身影也消失在夜色中。

燕岚收回视线，嘀咕道：“是我看错了吗？世界上真有两个如此相像的人？她真的不是铮哥哥身边的婢女听音？”

身边无人回答她的话。

留香园的掌柜从里面走出来，笑着招呼燕岚：“燕小郡主，里面的人都愿意腾出地方，您带着人进去休息吧！”

燕岚的确是累了，点点头，对身边招呼：“妍姐姐，我们进去吧！”

卢雪妍没有说话。

燕岚走了两步，见卢雪妍没跟上她，疑惑地回头，见她看着长街尽头的暮色神色不明，纳闷地喊了一声：“妍姐姐，你在看什么？”

卢雪妍惊醒，收回视线，连忙摇摇头，温婉地笑着道：“没看什么。刚刚离开的那两个人……”她想说什么，顿了顿，转而问道：“你认识？”

燕岚点点头，据实以告：“那个男子是我哥哥的好友，右相府的公子李沐清。那个女子我不认识，怕是认错人了。”

卢雪妍看着她，有些好奇：“那位就是右相府的李公子？传说京中几位贵府的公子里面，论温文尔雅、君子之风的话，非李公子莫属了。”

“就是他！”燕岚点点头。

“的确是有君子之风，言谈话语让人舒服。”卢雪妍道。

燕岚认真地看了卢雪妍一眼，对她道：“妍姐姐，你不是对李沐清一见倾心了吧？”

卢雪妍闻言吓了一跳，立即反驳：“怎么会……”

燕岚扁扁嘴，对她道：“若是会也没什么，我也不笑话你。我哥哥如今走了，不知道何年何月才能找回来，就算找回来了，你们家怕是也被我哥哥的态度惹恼了，不见准再同意将你嫁给他。这门亲事儿怕是结不成了。”

卢雪妍抿起嘴角，垂下头，低声道：“你哥哥只是看不上我，倒也没错。”

“若不是他很早之前就看上了忠勇侯府的谢芳华，除了她，其余女子都不看在眼里的话，怎么会看不上你？”燕岚恨恨地道，“我就不明白谢芳华哪里好了？病病恹恹，连参加个宫宴都没等到开席就犯病回府了，那副德行，竟然得我哥哥念了多年，为她离家出走。更甚至竟然让铮哥哥不惜得罪皇上也要娶她。”

卢雪妍看着她：“那日忠勇侯府的谢芳华我也见了，虽然病病恹恹，但的确与众不同。”

燕岚哼了一声：“她哪里与众不同了？不过就是穿了一件谁也穿不起的火狐披风，被谢氏的泼天富贵给栽培养育的，就是笼子里的金丝雀，穿戴得好看罢了！只知忠勇侯府荣华富贵，不知道忠勇侯府头上早已经悬的剑柄！等哪一日皇上满门抄斩了忠勇侯府，她就不会再得意，仗着自己比宫里皇后公主们还尊贵的身份居高临下看人了。”

卢雪妍一惊，连忙捂住燕岚的嘴，四下看了一眼，低声道：“岚妹妹，这话我们知道就行了，可不能在外面乱说。万一被传了出去，会惹祸的。”

燕岚立即住了嘴，拿开卢雪妍的手，看了她一眼：“怕什么？多少人心里都明白的事儿，还怕被说？”虽然如此说，但是声音到底是低了很多。

卢雪妍虽然刚从范阳进京城没多久，但对京中各府邸的关系和各人物之间的纠葛都了解了个七八分。尤其是对于燕岚喜欢秦铮，而秦铮和谢芳华被赐了婚，燕亭也喜欢谢芳华，因她离家出走，这才让燕岚更加对谢芳华不满这档子事。所以，知道她的心思，见她听劝不再大声说此事，便顺着她点点头。

“走吧！我们进去！”燕岚想起秦铮，心头一阵烦闷。

卢雪妍跟着燕岚往酒楼里面走，到门口时，她忽然问：“刚刚那个女子，你说认错人了？你将她认成谁了？”

“妍姐姐，我刚刚说你对右相府的李沐清一见倾心，你还不承认。我方才可是都说了那女人的名字了，你却没听进耳里去，一定是一直看着李公子，才没注意我们说什么吧？”燕岚忽然揶揄地看了卢雪妍一眼，见她脸色泛起红晕，她心情忽然好了点儿，说道，“那个女人长得和铮哥哥身边一个多月前新收的婢女听音很像，简直就像是一个人。但是李公子说不是听音，只是他的朋友。”

“铮二公子新收的婢女吗？”卢雪妍没见过听音，疑惑地道，“世上真有长得如此相像的两个人？但她若真是铮二公子的婢女的话，又怎么会和李公子是朋友？”

“这也正是我奇怪的地方。要知道，铮哥哥很宝贝疼宠他新收的那个婢女，年前狩猎，卢雪莹就因为说了她几句，惹恼了铮哥哥，铮哥哥一怒之下就将她推给与他向来不和的大哥为妻了，而且还让英亲王妃联合了很多夫人做媒促成了此事，连皇后都下了懿旨，皇上和英亲王当时都束手无策，只能成全此事。所以啊，我觉得我也是认错人了。铮哥哥怎么能让她和别的男子跑来外地？再说世界上的确是有很多相像的人，一母双生的那些人不都是长得一样吗？”

卢雪妍点点头：“是这个道理！”

燕岚打消了疑虑，不再说话。

二人一起进了留香园。

谢芳华自然不会理会燕岚和卢雪妍在她离开后私下说些什么，她只一心赶路，出了城门后，快马加鞭。

李沐清想着天幕漆黑，夜色浓郁，伸手不见五指，多少女子都不敢走的夜路，偏偏走在前面的那个女子丝毫不怕，短短的工夫，就将他甩得没影了。

深夜时分，来到了下一个城池。

谢芳华递了通关文牒，守城的士兵多看了她几眼，到底还是因她特殊的令牌放了行。

李沐清总算是在这空当追上了谢芳华，他已是满头大汗，相反，谢芳华更显精神抖擞。

李沐清讶异，温声询问：“我竟奇怪了，同样是一段路程，你是怎么做到让人马不累的？”

谢芳华闻言对他道：“李公子，你这是要让我教你马术？”

李沐清眨了一下眼睛：“确实有这个想法。”

“那你得先拜师！”谢芳华转回头没什么情绪地道。

李沐清沉默了一下，莞尔一笑：“我是想学马术，但是不想拜你为师。”

谢芳华耸耸肩：“那就算了！你就在后面慢慢追吧！”话落，提醒他：“不过我要提醒你，你的马顶多再跑百里，就受不住了。这里到清河最少还有两百里，你自己看着办吧！”话落，她催马走远。

李沐清站在原地停留了片刻，抿了抿唇，伸手入怀，放出了一枚信号弹。

不多时，一个黑衣人出现在李沐清的身边：“公子！”

"给我换一匹马！"李沐清吩咐道。

那人点点头，退了下去。

不多时，黑衣人便牵了一匹马来到他面前，他接过马缰绳，翻身上马，沿着谢芳华离开的方向尾随而去。

寅时一刻，二人一先一后来到了清河。

城门口，谢芳华回头看了一眼追上来的李沐清，扫了一眼他已经换了的马，对他又认识了几分。到底李沐清与他爹不同，怕是整个南秦的各个城池，李沐清都有他自己的势力。

李沐清对谢芳华笑了笑，抹了抹额头的汗："很久未曾赛马了，这一回来清河，可谓是过了瘾。"

谢芳华不说话，见城门打开，她松开马缰绳，对马儿道："去城外找草吃，顺便等着我。"话落，只身进了城。

李沐清怔了一下，也有样学样地松开了马缰绳，对他的马道："马儿，你跟着它。"话落，也跟在谢芳华身后进了城。

谢芳华瞅了李沐清一眼，没说话。

李沐清对她笑了笑。

守门的士兵奇怪地看了二人一眼。

此时正是黎明前夕，城内家家户户都关着门，店面未曾营生，商旅小贩也未有人走动。除了城内巡夜打更的人外，整个城里分外安静。

谢芳华走到一处背街处，对李沐清道："我要去崔氏，你也跟去？"

李沐清无奈地看着她："我说听音姑娘，我这大老远地一路骑马随你而来，自然你去哪里我去哪里，与你相互有个照应，也好将你平安护送回京，有个交代。"

谢芳华看着他："你知道我要去崔氏做什么吗？"

李沐清摇摇头。

"清河崔氏嫡出一脉，二老爷家的小儿子染了血毒，我去给他治病。"谢芳华道。

李沐清显然是早就做好心理准备，闻言倒是不曾惊异，只看着她若有所思地道："据说中了血毒者无解。你能治得了血毒？"

"总要试试。"谢芳华看向崔氏所住的一条街，漫不经心地道。

李沐清笑了笑："那就走吧！"

谢芳华偏头看着他，眸光神色难辨，语调平缓却有些冷冽清冷："清河向来被皇室看重，历代皇后王妃大多出在清河崔氏，与皇室牵扯甚深，二老爷续娶的夫人的母族是当今皇上已亡的亲母族妹。此番要救的人，也就是她的小儿子。换句话说，破解血毒之法，皇上也很想得到。但是我还不想被皇上知道我能解血毒。所以……"

“所以，我必须守口如瓶，而且不能让清河崔氏的人知道我的身份。”李沐清接过话，看着谢芳华，眸光轻闪，“我们需要易容？而且还必须要悄无声息地去，悄无声息地离开，全身而退？”

谢芳华笑了笑：“李公子聪明！”

李沐清失笑：“难得你夸我！没问题！易容术我虽然不精通，但也是会些。”话落，他看着谢芳华，“或者，你易容术若是精通的话，帮我易容吧！”

谢芳华认真地看着李沐清，没说话。

“我爹可能对皇室忠心，但我未必，你该相信我。”李沐清看着她道，“从除夕夜晚，我帮你拿了那本皇上也要的《心经》，也算是欺君之罪了。所以，你无需顾忌。”

“我不明白李公子为何要帮我！”谢芳华看向漆黑的天幕。

李沐清斟酌了一下，褪去温和，鲜有的清然：“大约是日子太无聊了，想做些什么。你做的事情正巧都有趣，我便跟着做了。倒不为别的，你无需有负担和想法。”

“日子太无聊了？”谢芳华收回视线，谢云继也说日子太无聊，他们果然都是富贵舒坦的日子过久了，想过不舒坦的日子吗？她沉默片刻道：“既然如此，你就要听我的。”

“好！”李沐清颔首。

谢芳华背转过身子，对着墙壁，在黑暗的阴影下，从怀中掏出一样东西，在脸上头上一阵忙活，她的动作极快，又是背着身子在阴影下，李沐清只能看到她的手在动，却看不到她做什么，有些好奇，但又觉得很有意思。

不多时，谢芳华住了手，脱了外衣，转回头。

李沐清虽然自诩镇定沉稳，但看到她在他眼前眨眼就由一个风华正茂的少女换成了一个年老迈迈的老丈模样，顿时睁大了眼睛。

“你过来，我帮你！”谢芳华对他招手。

李沐清回过神，仔细地看了她片刻，他虽自诩聪明，却也寻不到丝毫破绽，不由敬佩，走近了些，唏嘘道：“你若是不开口说话，我还真以为你不是我认识的听音姑娘了。”

谢芳华不答话，开始给他易容。

李沐清静静地站着，只感觉一双纤柔的手在他脸上贴了一层薄薄的东西，那东西纤薄得让人想到某种东西，顿时蹙眉问：“你用的是不是人的……”

“不是，蚕丝做的而已。”谢芳华道。

李沐清轻舒了一口气：“不是就好！否则我估计会几天吃不下饭。”

谢芳华嗤笑了一声：“李公子的手里应该不是没死过人吧？还怕这个？”

李沐清顿了一下：“那是不同的。”

谢芳华不再言语。

过了片刻，谢芳华对他道："手拿出来！"

李沐清看了她一眼，慢慢地将手伸出递给她。

谢芳华给他的手也戴上了两个丝薄的膜，眨眼间，一双漂亮的手顷刻间变得枯槁。

李沐清嘴角抽了抽，见她帮他做完一切后，也将自己的手易容成枯槁的模样。他盯着她看了看，又伸手摸了摸自己，以他的聪明，虽然没有镜子，但也发现了特别之处，就是她将自己易容成了一个老丈，将他易容成了一个老婆婆，忍不住道："我们……这是什么关系？"

谢芳华做完一切，见再无破绽，向崔氏走去，一边走一边道："隐世的老夫老妻！"

李沐清身子猛地僵住。

"有问题吗？"谢芳华回头看了他一眼，"若是有问题的话，你可以不跟着我去。"

"自然……没问题！"李沐清摇摇头。

谢芳华转回身继续走。

李沐清沉默半晌，挪动脚步跟在了她的身后。

走了两条街，来到一处绵延足足有一里地的府宅院落后门，谢芳华前后左右看了一眼，从怀中掏出攀墙索，轻松地上了墙，转眼便跳进了宅院。

在她进入宅院后，攀墙索从里面扔了出来。

李沐清立即接过攀墙索，学着谢芳华的模样上了高墙，也跳进了院落。

谢芳华选择的这一落脚之处正巧有一棵树木，二人落地之后，站在了树下，本就天幕昏暗，又因为树荫遮掩，加上动作轻巧，似乎没惊动府中的护院。

谢芳华站在树下，静静地观察这一处宅院，猜测哪个是主院。

李沐清低声道："清河崔氏我来过一次，我知道主院在哪里。"

谢芳华偏头看他。

"我虽然没来过二老爷的院落，但去过清河崔氏族长的院落。清河崔氏是几百年的望族，每房每院按照最初的设定，都是相同的。"李沐清解释。

"那你带路！先去找二老爷！"谢芳华低声道。

李沐清点头，当先向一处院落悄悄走去。

谢芳华跟在李沐清身后，对他的背影多看了几眼，有谁能知道右相府的李公子除了文武全才外，竟然还懂得夜行探路之事？比起平民家的孩子来说，富贵家的孩子其实才更不容易。

清河崔氏，几百年的名门望族，府中的护院自然是不少的，而且暗中养了府兵，所以，自然也堪比京城各大府邸的府宅，三步一哨，五步一岗。

幸好李沐清和谢芳华武功都极好，很轻松地就避开了府兵，来到二老爷的主院。

主院分外安静。

李沐清在院外停住脚步，看向谢芳华。

“你在这里等着！”谢芳华对他低声嘱咐了一句，越过他，进了院子，很快便来到了门口，从怀中拿出一根簪子，轻轻一挑，门闩被挑开，悄无声息地走了进去。

李沐清见谢芳华如此轻易地便打开了门锁，摇了摇头，似敬佩，又似叹息。

主屋的大床上睡着两个人，一男一女，幸好是冬日，盖得算严实。

谢芳华来到床前，挑开帘帐，伸手快速地点了那女子的穴道。

“谁？”那男子忽然醒来，只见眼前一抹黑影，顿时惊得低喝了一声。

“二老爷，老夫是受人之邀，前来给你的小公子解血毒的。”谢芳华转换成苍老的声音，“你可还记得和谢世子立的约？别惊动了别人！”

那二老爷本来要喊叫人，闻言顿时哑口，不敢置信地看着谢芳华：“你……不是三日吗？我入夜才到家，你……这么快？”

谢芳华点点头。

“你……你怎么救？”二老爷坐起身。

“老夫自有办法，只要你配合就行！”谢芳华道。

“怎么配合？”二老爷颤抖着问。

“有三点！第一，我需要一间暗室；第二，除了你之外，任何人都不能知道这件事情；第三，按照约定所说，哪怕你死了，这件事情也不能透露丝毫。否则，你清楚后果。”谢芳华比画了一个杀的手势，警告道，“我既然能悄无声息地进入你的家宅，你的房间，就能不费吹灰之力地杀了你。当然，杀你太容易了，主要是可以杀你家宅一门。”

“我信！”二老爷连忙道。

“你最好信！”谢芳华背转过身子，走出里屋，隔着门口的帘幕道，“你快些起身准备。老夫的时间有限，只一日，没那么多时间耗在你这里。”

“你既然是谢世子派来的，凭借谢氏和忠勇侯府，我自然不敢不信。你放心，只要能救活我的儿子，我是文人，最讲究信诺。”二老爷一边说着，一边起身快速地穿衣。

谢芳华不再说话，等着他。

不多时，二老爷穿戴妥当，看了一眼里侧的夫人，担忧地道：“你将她怎么了？”

谢芳华重新走回到床前，从怀中掏出一颗药，掰开二夫人的嘴，给她塞了进去，二老爷想要阻止，她道：“只不过是昏睡的药，让她可以睡一日一夜。你的夫人太碍事儿，等我治好你的儿子，她自然也就醒来了。”

二老爷闻言点点头。

“走吧！你带路！”谢芳华道。

“我的书房里有一间暗室！”二老爷走到门口，伸手向一处地方指了指，低声道，“那里就是我的书房，你先过去，我这就去悄悄将犬子送到书房的暗室里。”

谢芳华颔首，出了房门，对守在门口的李沐清示意，李沐清看了二老爷一眼，跟着谢芳华向书房走去。

二老爷自然也看到了李沐清，他定了定神，仔细地打量了二人一眼，见二人装扮显然就是一对老夫妻，虽然老迈，但是走起路来轻巧无声息，显然是武功高绝。南秦历代帝王崇文尚武，文武兼备，举国民风也是如此。江湖上时常会出现一些能人异士，武功高绝隐世之人颇多。依照忠勇侯府的势力，请来这样的两个人解血毒，他自然丝毫不稀奇。

眼看那二人轻巧地避开府卫，去了他的书房，他立即向他小儿子的院落走去。

不多时便来到他小儿子的院落，推开门走了进去，惊醒了看夜的人，只听那人立即出声喝问：“谁？”

二老爷一怔，看清守夜的人，顿时蹙眉：“意芝？你怎么在这里？”

“父亲？”那人一愣，看着二老爷，“您怎么这时候来了？”

“我……”二老爷刚要回答，想起谢芳华的告诫，立即反问：“我问你怎么在这里？”

“我不放心弟弟，怕下人照顾不好，便自己在这里守着了。”崔意芝道。

二老爷闻言缓和了神色，有些感动地拍拍崔意芝的肩膀，对他摆摆手：“你弟弟会好的，你去睡吧！”话落，他走到床前，见小儿子昏昏沉沉瘦成皮包骨的模样，几乎落泪，停留半晌，伸手扶起他，放在了自己的后背上。

“父亲？您背弟弟要去哪里？”崔意芝并没有离开，见二老爷如此动作，立即询问。

“你别问了，快去睡，只当什么都不知道。”二老爷对他命令。

“父亲，我既然碰到了，怎么能当作不知道？”崔意芝不赞同地看着二老爷，“您从昨日深夜回来就怪怪的，说弟弟会好的，会有人来救他，是不是救他的人来了？”

“让你别问就别问了，听话！这件事情不是你能过问的。”二老爷瞪了他一眼，见他垂下头，他缓和了口气，语重心长地道，“意芝，你是个聪明的孩子，别看爹日日捧着书本，被人称作书呆子，但是有些事情，爹不是不懂，若是真不懂的话，也就不配做这清河崔氏的嫡子了。这件事你别插手了。你从现在起，好好地守在你弟弟这里，任何人来了，都不让探视。知道吗？”

“我娘呢？”崔意芝抬起头，看着二老爷。

“你娘睡着呢！我给她吃了昏睡的药，大约会睡一日夜。”二老爷道。

“难道您连我娘也不相信？”崔意芝抿唇，语气有些质问的味道。

二老爷脚步顿了一下，脊背有些许僵硬，沉默半晌，微微叹了一口气：“你娘……权力心太重了。有些事情，爹不是不知道。”话落，他向门外走去，语气有些昏暗地道：“你向来很是聪明，相信你也不是不知道。”

崔意芝本来还想说什么，闻言住了口。

二老爷背着他的小儿子很快便出了房门。

崔意芝在昏暗的房间站了片刻，来到床前，轻声开口：“来人！”

“二公子！”外面一人应声出现，低低地应了一声。

“咱们府中来了何人？”崔意芝看着窗外浓郁的夜幕询问。

那人摇头：“回二公子，未曾见到有人来咱们府。”

崔意芝眯了眯眼睛：“不可能！”

那人沉默不语。

“暗中去盯着，看我爹去了哪里，回来告诉我。”崔意芝吩咐。

“是！”那人出了院落，跟随刚离开的二老爷而去。

不多时，那人回来，低声禀告道：“回二公子，老爷带着三公子去了书房。的确如公子您所说，咱们府中是来了两个人，但是属下查探不到那两个人的任何消息，只远远看到了两个人影，武功显然很高，避开了咱们府中的所有府卫。属下怕被他们发现，没敢靠近。”

“你没靠近是对的。”崔意芝站在窗前思索片刻，吩咐道，“将府中再安排多一倍的人手，尤其是密切注意书房和我爹的动向，另外在府外也安排人手，今日一日外加晚上一夜，有任何风吹草动都来禀告我。”

“是！”那人垂首应声。

崔意芝摆摆手，那人退了下去，他看着窗外，久久站立。

谢芳华和李沐清在书房内等了片刻，二老爷便背着他的小儿子来到了书房。

“暗室在那里！”二老爷伸手指着书房壁角的一处暗格。

李沐清看了二老爷一眼，走过去打开了暗格。

随着暗格打开，一扇内门无声地从墙壁滑开，里面果然是一间暗室。

“将他交给我，我自己进去就行了。”谢芳华对二老爷道。

二老爷立即将孩子递给了谢芳华。

谢芳华接过孩子，对李沐清道：“你守在外面。”

“你……自己行吗？”李沐清不放心地看着谢芳华，他自然知道血毒，更知道血毒无解。如今谢芳华说她能解血毒，但到底如何解他自然不知道，不免忧心。

谢芳华对他笑笑："你放心，我对自己的性命看得比什么都重。"

李沐清闻言顿时宽下心："好，我在外面给你护法，你且安心治他。"

谢芳华点点头，再不耽搁，带着那个孩子进了暗室。

随着她进入，暗室的门立即关上，隔绝了内外。

二老爷提着心等在外面。这间暗室的隔绝效果十分好，等在外面的人丝毫感觉不到里面的人在做什么。他等了半晌，看向站在门口一脸看不出情绪的李沐清，试探地问："这位……婆婆，您怎么称呼？"

李沐清偏头看了他一眼，摇摇头。

二老爷一怔，随即想到问名姓人家自然是不会告诉的，连忙转移话题："刚刚那位老丈进去治犬子，大约需要多久才能治好出来？"

李沐清依然摇摇头。

二老爷见此觉得大约问什么她也不会说的，便住了口，不再问。

李沐清寻了一张椅子，坐了下来。

二老爷却心念儿子，来回在书房里走动。

书房安静，整个崔氏府宅亦是十分安静。

一个时辰后，天色已经微亮，暗室里面自然毫无动静。

崔氏府宅里的人都已陆续起床，下人们来回穿梭干活，府中渐渐有了热闹的气息。

二老爷似乎走得累了，也寻了一张椅子坐了下来。

清晨很快就过去，直至整个上午，都无人来书房打扰，十分安静。

正午时分，书房外忽然跑来一人，似是府宅的管家，急匆匆地道："老爷！出大事儿了！您快出来，京城来人了。是宫里的人。"

二老爷腾地站起身，立即对外面问："你说京城来人了？且是宫里的人？何人？"

管家立即气喘吁吁地答道："是皇上派来的人，一队人马，奴才没敢询问来人身份，只见那些人都佩戴着宫牌。有两个人腰间的玉佩是腾龙图案……"

"佩带腾龙图案的玉佩一定是皇室中的皇子了！"二老爷面色顿时变了。

"奴才猜测也是。那两个人极其年轻，定然不是王爷，一定是哪两位皇子了。"管家催促道，"您快去看看吧！如今人都在门口等着呢。"

"好！"二老爷点头，不敢耽搁，立即伸手去开房门，忽然身后出来一只枯槁的手拦住了他，他一惊，这才想起书房内还有一个人，转头看向李沐清。

李沐清对他张嘴，用口型无声地道："紧闭府门，谁也不见。"

二老爷大惊失色："这怎么行？"

"照我说的话做！"李沐清沉下脸色，强硬地道，"否则我现在就打开内室，让你儿子的尸体一起去与他们见面吧！”

二老爷身子一软：“可那是宫里来的人，若是对皇室的人闭门不见，怪罪下来该怎么办？”

“你应该先问问他们可带有皇上的圣旨，若是没有圣旨的话，你就算闭门不见，也不至于有罪。”李沐清低声道，“顶多是个怠慢冒犯的错处。”

“这……”二老爷看向门口，隔着书房的门对外面颤声问，“宫里来的人可说有皇上的圣旨？”

管家一怔：“似乎没说！”

二老爷松了一口气，回头看向李沐清，焦虑紧张地道：“就算没有圣旨，我人不出去，他们等急了若是硬闯，这府里的府卫也是不敢拦阻啊。”

李沐清冷静地思索片刻，对他询问：“这府里除了你，可还有别的人能主事？”话落，他见二老爷不解，补充道：“比如府中的二公子呢？”

二老爷顿了片刻，哑声道：“你是说意芝？他如今在他弟弟的院子里留守呢。”

李沐清闻言眯了眯眼睛：“也就是说，你来这里给你的小儿子治病，他是知道的了？”

二老爷连忙慌张地道：“是我去带小儿子来书房的时候，他在给弟弟守夜，遇到了。你放心，他是个聪明的孩子，不该做的事情不会做，不会透露丝毫的。况且你们是无声无息进来的，他没与你们打照面，不知道你们的身份，你们可不要加害他。”

李沐清闻言笑了一声：“我们是来救人，不是来杀人。但二老爷若是管不好自己府中的事情，给我们造成了麻烦的话，我们倒不介意杀人。”话落，他见二老爷脸色刷白，收起凌厉，吩咐道：“既然如此，你就让崔意芝去应付他们。”

二老爷闻言提着心紧张地道：“这……这万一他应付不来……”

“你不是说他聪明吗？聪明总要在关键时刻才能看出来。”李沐清伸手，将二老爷的身子轻飘飘地甩回了他早先的座位上，“你就在这里与我一起等着，一步也不能离开。”

二老爷面如土色，点点头，颤着声音对外面吩咐：“去告诉意芝，这件事情让他来处理。”

“老爷，您没事儿吧？”管家感觉二老爷声音不对劲。

“我没事儿，你快去！”二老爷稳住心神，对外面催促。

管家大约是早先得了二老爷吩咐，知晓今日特殊，闻言不敢再耽搁，连忙去找崔意芝。

管家离开后，书房再度安静下来。

二老爷坐在椅子上，一动不敢动。

李沐清也坐回椅子上，闭目养神。

大约过了两炷香时间，前方大门口传来热闹的人声，显然是大门打开，崔意芝迎了宫里来的人进府。

二老爷有些坐立不安，一会儿看向窗外，一会儿看向暗室，一会儿看向李沐清。

李沐清神色不动，似乎睡着了。

二老爷不敢打扰李沐清，竖起两只耳朵，听着人声向前厅的画堂而去，渐渐地变小，直至消失，才松了一口气，想着应该是崔意芝稳住了来人，应该是无大碍。

安静中，太阳偏了晌午。

慢慢等待中，太阳即将落山。

二老爷从来没有经历这样漫长的一日，在等待和焦虑中，头发几乎一日间白了一半。

天边只剩一点残阳的余晖照进书房时，崔意芝出现在了书房门口，轻轻地对里面喊了一声："父亲！"

二老爷几乎立即从椅子上跳了起来，刚要开口回答，想起李沐清，连忙看向他。

李沐清已经睁开了眼睛，自然知道崔意芝来了，对他点点头。

二老爷哑着嗓子开口："意……意芝，怎么样了？"

崔意芝隔着书房的门窗看向里面，窗帘遮掩，什么也看不见，只听到他的父亲沙哑的声音，他顿了一下，轻声道："儿子是来告诉父亲，宫里来的人是八皇子和英亲王府的大公子，带了一队皇上的宫廷禁卫军。"

二老爷一怔："管家不是说有两位皇子吗？怎么是英亲王府的大公子？"

李沐清眸光眯了眯，他也微微讶异。

"来的人的确是八皇子和英亲王府的大公子。大公子腰间佩戴的玉佩是宗室亲王子弟允许佩戴的麒麟瑞兽，许是管家惊慌下，没看仔细，看错了。"崔意芝解释。

二老爷点点头，立即问："他们来做什么？"

"据说皇上昨夜做梦，梦见了先母太后，便想起了吕氏母族。起身询问了几句吕氏当前状况，提到了母亲，得知弟弟染了血毒的消息，当即便派了八皇子前来探望，念八皇子年岁还太小，便同时命英亲王府的大公子随同前来，并且带来了宫中太医院的几名医术高绝的老太医。"崔意芝低声道，"儿子知晓父亲走不开，午时去门口将人迎接进了府。儿子念八皇子和英亲王府的大公子连夜赶路奔波，不曾休息用膳，便在府中招待休息了一番，如今……"顿了顿，他歉然地道："如今儿子实在拖延不过了，英亲王府大公子强硬要求要赶快见到弟弟，好回宫复旨。"

二老爷看向李沐清。

李沐清想着这种说法看似合情合理，但太过合理天衣无缝的借口反而才是真正的不合理。皇上这些年来一直注意各方动向，尤其是几大世家大族的动向。前两日二老爷进京去英亲王府找英亲王妃要回听言之事，虽然没大肆声张，但皇上不可能没得到消息。而之后秦铮将听言以采纳聘礼送给了未婚妻，二老爷去忠勇侯府要人，且住了一夜，忠勇侯府便也牵扯了进来。二老爷头脚离开，皇上怎么能放松警惕没有动作？尤其牵连了他一直在意的忠勇侯府。所以，如今派了人来，一点儿也不稀奇。更何况又是关于血毒之事。

三皇子、五皇子已经是成年皇子，四皇子流放去了漠北军营，如此牵扯了英亲王府、忠勇侯府、清河崔氏三方府邸的事情，皇上只要没决定立储君，就不会让三皇子、五皇子插手，最可能争权夺利的这三个人都要排除在外，以免导致各方势力因失去平衡而倾斜。所以，定然是思索之下，选中了八皇子秦倾。而秦铮又与忠勇侯府小姐有了婚约，自然要排除在外，故选了与秦铮对立不和的大公子秦浩随同而来。这样的话，来的这两个人，不牵扯这三方势力，可以万无一失地给皇上带回准确消息。

“再拖延一会儿！”李沐清抿了抿唇，“快出来了！”

二老爷点点头，对外面道：“想办法，再拖延一会儿！”

“父亲，八皇子倒是没有太急促，但英亲王府大公子似乎是发现了我们府内的不寻常，态度异常坚决。他们进了府，只见到了我，没有见到您和娘亲以及弟弟，所以，若是再拖延下去，难保不搜查府邸。”崔意芝道。

二老爷皱眉，对李沐清道：“实在不行，我……我出去再抵挡一阵子吧！”

“他若是决心要立即见到你中了血毒的儿子，你出去也抵挡不住。”李沐清瞥了二老爷一眼，“不是我看低你，你这副样子，还不及你外面站着的儿子一半定力。”

二老爷顿时颓败：“那……怎么办！”

李沐清不说话，静静地想着办法。若是三皇子、五皇子或者任何人来了，拖延都可以做到。但是秦浩来了，崔意芝能拖延他整整半日，直到此刻，不得不说也是本事了。

这里是英亲王妃的母族，秦浩若是想争夺英亲王府那一份家产，势必要清除秦铮这个嫡子的障碍，如今秦铮因为忠勇侯府小姐得罪了皇上惹其震怒，秦浩聪明，自然不会放过这个机会。若是被他找到这里，撞见的话，他们能不能在他带着的一队宫廷禁卫军手下脱身……

他正想着，暗室的门忽然打开了。

李沐清一惊，打断思绪，立即站起了身。

谢芳华依然老丈装扮，一丝不苟，因脸部做了易容，从面色上看不出丝毫表情，只见她步履沉稳地走出来，先看了李沐清一眼，对他点了点头。

李沐清心头顿时一松。

二老爷也立即迎上谢芳华，颤抖地问：“我儿子他……他……怎么样了？”

"血毒解了，如今昏迷着，你大可以安心了。"谢芳华道。

二老爷顿时惊喜得失态，不敢置信地看着谢芳华："当真？"

"自然是当真！"谢芳华面色平静地看着他，低声提醒道，"别忘了你答应过的事情。否则，老夫能救活他，也能杀了他。"

"一定！"二老爷顿时扑通一声跪在了地上，感激地道，"苍天保佑，多谢老丈！"

"谢就不必了！各取所需！"谢芳华看着他，"清河崔氏是几百年的名门望族，府宅内应该有密道吧！从密道暗中送我们出城！"

"密道？"二老爷一怔。

谢芳华看着窗外，隔着门窗帘幕，一个秀挺的身影站在那里，崔氏这位二公子崔意芝可是比在秦铮身边的听言有心机多了。虽然暗室里面的动静外面无法知晓，但她在暗室里面却能清楚地听到书房里的对话。能应付拖延秦浩半日的人，一定不可小看。他既然知道了今日之事，恐怕会在府中内外甚至是清河城内外都做了人手暗桩布置，探查他们的身份。她怎么可能让他如意？她点点头："不错！你认为八皇子和英亲王府的庶长子既然来了这里，府中已经被监控，我们还能轻易出去吗？不走密道走什么！"

二老爷恍然，被救活儿子的喜悦充斥着，连连点头："有，有密道，就在这书房。你们现在就可以悄无声息地离开。"

"那一处？"谢芳华伸手一指李沐清早先所坐的椅子下。

二老爷一惊，连声道："您真是高人！"

"去看看你的儿子吧！"谢芳华走到那处椅子下，在地面上轻轻敲了敲后将那块空砖拿开，对崔二老爷道，"英亲王府的大公子应该很快会带着人找来这里，该说的你可以说，不该说的自然不要说，比如我们的样貌，你画下来给他们也是无碍的。"话落，她对李沐清道："我们走！"

李沐清点点头，见谢芳华跳下了密道，他也尾随着跳了下去。

二人刚进入密道，外面便传来很多人的脚步声，正奔着书房而来，二老爷顿时惊慌失措，连忙颤抖着将那块砖盖上，将椅子挪回原处，才打开了密室。

"崔二公子，府中到底出了何事儿？"秦浩的声音忽然从书房外传来。

崔意芝听到了书房的动静，他沉思片刻，缓缓地转回身："秦大公子，府中并没有出任何事情。只不过昨日父亲才回到府中，你知道，从进京城，他并没歇脚，然后又奔波回来，父亲年岁大了，身体受不住，又担心弟弟的病，所以……"

"崔二公子，你要知道，我和八皇子来不是要听这些，而是来看望三公子，皇上十分担忧，我二人必须赶快回去交差。"秦浩冷硬地道，"你要知道，你和令弟身上都流着一半吕氏的血脉，也算是皇上的亲族，这件事情可不是崔府一家的事儿。"

崔意芝住了口，看向秦倾。

秦倾对他笑了笑，虽然年少，却丝毫不稚嫩，对崔意芝拱了拱手："二公子，令弟在哪里，我们都已经来了府中半日了，若是再见不着，回京之后，父皇一定骂我们废物。这可是我出京的第一趟差事，我可不想被父皇骂。你还是快点儿……"

"啊……"

就在这时，书房内忽然传出一声二老爷惊泣的呼声。

崔意芝面色一变，立即转身推开了书房的门，喊了一声："父亲！"

秦倾住了口，看向秦浩。

秦浩快步跟着已经踹开门的崔意芝进了书房。

只见书房暗室的门打开着，二老爷昏倒在暗室门口。

第八章

相遇

京　门　风　月

崔意芝三两步来到二老爷身边，扶起他疾声大喊：“父亲，您怎么了？父亲？”

他喊了两声，二老爷已经昏死过去，没有应答。

秦浩跟了进来，看了二老爷一眼，立即看向暗室内，身子猛地一僵。只见暗室内满满一地的黑血，一个极小极瘦弱的男童躺在血泊中，一动不动。

秦倾跟在秦浩身后走进书房，自然看到了暗室内的情形，也惊呆了：“这……这是崔三公子吗？这……这是怎么回事儿？”

“来人，管家，快叫大夫来！”崔意芝惊醒，连忙对外面大声喊。

“来人，去将太医都请来这里！”秦浩冷静地对外面低喝了一句。

“是！”外面有侍卫应声，连忙去了。

管家本来要去喊大夫，闻言立即顿住了脚步，看向崔意芝。

崔意芝抿了抿唇，没说话。他放下二老爷，踩着血泊走进暗室，伸手去抱躺在血泊中他一母同胞的弟弟崔三公子崔意端。

“崔二公子，你最好不要搬动令弟，等太医来了再说。”秦浩上前一步，拦住崔意芝。

崔意芝抬眼看秦浩。

秦浩对他道：“这等情形，总要弄明白不是？崔二公子为何倒在血泊中？为何暗室里满地黑血？为何二老爷昏倒在暗室门外？都要等太医来了检查一番再说，弄清楚事情原委。我和八皇子才好如实回京回禀皇上。”

崔意芝沉默片刻，不与他争执，缓缓地点头，慢慢地放开了手。

书房气息低沉，弥漫着浓郁的血腥味。

过了片刻，太医院几名太医匆匆随侍卫而来。

“劳烦几位太医快过来给崔二老爷和崔三公子检查一番。”秦浩对几名太医吩咐。

几名太医走进来，点点头，先对秦浩和八皇子秦倾拱了拱手，然后两名太医给崔二老爷查看诊脉，两名太医走进暗室里给崔三公子诊脉。

不多时，给崔二老爷诊脉的两名太医齐齐松了手，对看一眼，一名太医缓缓开口：“回八皇子，大公子，崔二老爷只是连日奔波，过于疲劳，外加急火攻心惊吓过度，引起短暂性昏迷，无大碍，一会儿就能醒来。”

秦倾松了一口气。

秦浩点点头。

崔意芝得知二老爷无碍，面色稍微松缓，紧迫地看向给崔意端诊脉的两名太医。

那两名太医轮换给崔意端把脉，许久后，都不敢妄下结论，看向另外两名太医。那两名太医立即走过去给崔意端把脉。

过了半晌，那两名太医显然也无主张，不敢妄下结论，都踌躇着不知如何开口。

秦浩蹙眉，看向四名太医：“诸位，崔三公子是死是活难道诊断不出来？”

崔意芝顿时看了秦浩一眼，眸光有些黑暗。

“回大公子，崔三公子还有脉息，气息也规律，自然是活着的。”一名太医连忙开口，“但是……关于崔三公子的病，卑职们才疏学浅，不敢妄言。”

“孙太医呢？怎么没见到他来？”秦倾忽然问。

“孙太医年岁大了，一路奔波，受不住，在崔府的客房休息。我等听说您二人召唤，便急急忙忙来了，没喊醒孙太医。”一位太医连忙道。

“来人，去喊孙太医过来！”秦浩对外面吩咐。

“是！”一人应声而去。

崔意芝听说弟弟活着，气息有规律，看了他的父亲一眼，宽下心来，面色也镇定了几分，弯身将崔二老爷从地上抱到了一旁的软榻上。

秦浩这次倒没有阻止。

不多时，孙太医匆匆而来，一脸困倦疲惫。进了书房之后，连忙对秦倾和秦浩见礼，歉然道：“八皇子，秦大公子恕罪，老夫年岁大了，到底是不及你们年轻人，受不住竟然睡着了。”

“昨日深夜到今日午时，从京城到清河，孙太医的确太过劳累，无碍的，你既然来了，赶紧去给崔三公子看看脉吧！”秦倾摇摇头，和气地对孙太医道。

秦浩没说话。

孙太医连连点头，来到暗室门口，看到里面的情形，也是吓了一跳。但他到底是经历过多少年京城风云的太医，这种血腥骇人的情形虽然少，但亦不是没有过。定了定神，走了进去，给崔意端把脉。

四名太医都看着孙太医，他们医术上比孙太医自然是差了一筹，否则孙太医也不会一直坐着太医院首席太医的交椅多年不下。

秦浩和秦倾、崔意芝都看着孙太医，无人出声。

大约过了一炷香的时间，孙太医收回手，退出暗室，捋了捋胡须，对秦浩和秦倾、崔意芝道："崔三公子脉象平稳，除了气血亏损，体虚气弱外，身体并无任何病症。"

崔意芝顿时惊喜："当真？"

秦浩一怔，不敢相信地问："孙太医，他的血毒呢？"

秦倾也是讶然，奇怪地道："对啊，他的血毒呢？"

孙太医点点头，对崔意芝道："老夫行医几十载，向来不敢说满话，但是此番敢打包票，崔三公子身体的确无恙。"话落，对秦浩和秦倾摇摇头，看着暗室内崔意端身侧的血泊道："老夫猜测，崔三公子的血毒应该是解了。这些毒血都排出了体外。"

"怎么会？血毒不是无解吗？"秦浩一惊。

孙太医也百思不得其解："老夫也不清楚，老夫行医大半生，的确未曾见过血毒能解的例子。但是此番血毒的确是解了，而且根据目前的情形看来，还是刚解开不久。"

秦浩偏头看向崔意芝，探究地道："崔二公子，你一直拦着我们不让见令弟，如今这等情况，你作何解释？到底是谁给崔三公子解了血毒？你别告诉我是崔二老爷。"

崔意芝看着秦浩，虽然心中有无数疑问，但在秦浩的面前也齐齐地压下，摇摇头："秦大公子，父亲从京城回来后，便一直守着弟弟，连我也未曾见到。事情到底如何，我也不清楚。"

"你不清楚？"秦浩冷笑，"崔二公子既然不清楚，还将我和八皇子拦住拖延至今？"

崔意芝闻言笑了笑，彬彬有礼地道："秦大公子这是哪里话？你和八皇子奉皇上之命前来看望我弟弟，从京城到清河劳顿奔波，孙太医下了马就给累倒了，我自然要有待客之道，尽地主之谊，仔细地款待诸位一番。我是好心，怎么到了大公子这里就成了拖延拦阻了？"

秦浩眯起眼睛，眸光露出凌厉的光，直直看着崔意芝。

崔意芝迎着秦浩的目光笑容不减。

"崔二老爷醒了！"秦倾忽然开口，打破了二人的僵持。

二人双双转过头去，果然见崔二老爷缓缓地睁开了眼睛。

"父亲！"崔意芝立即走了过来，对他惊喜地道，"弟弟的血毒已经解了，平安无恙了。父亲可放心了。"

崔二老爷本来打开暗室的门，看到躺在血泊中一动不动的崔意端，以为被人耍了，无救了，他的儿子死了，气急攻心外加哀怒悲愤下昏厥了过去，此时醒来，还沉浸在悲痛中，乍闻崔意芝的话，有些反应不过来，愣愣地看着崔意芝："你……意芝……你说什么？"

"父亲，我说弟弟的血毒解了，已经平安了。"崔意芝连忙重复了一遍。

崔二老爷此时是真正听清了，立马从软榻上蹦了起来，激动地抓住崔意芝手臂："你说真的？你弟弟……他的血毒解了？平安无恙了？"

崔意芝欢喜地点头："是真的。"

崔二老爷得到肯定，犹不敢相信地看向暗室，崔意芝还躺在血泊中没有移动，他颤抖地问："这……怎么会……你看看你弟弟的样子……他无声无息地躺在那里……"

崔意芝知道崔二老爷是吓坏了，连忙将孙太医的话重复了一遍。

崔二老爷这才发现他的书房里站了很多人，一时间有些蒙："你们是……"

"崔二老爷，在下秦浩！"秦浩对崔二老爷拱了拱手。

"我是秦倾！"秦倾也报出身份。

崔二老爷顿时回过神，连忙向二人见礼："八皇子好、秦大公子好！几位大人好。"

秦浩打量了崔二老爷一眼，慢声道："崔二老爷，我和八皇子奉皇上之命前来看望崔三公子，敢问二老爷，崔三公子的血毒是何人解的？如何解的？我们知晓事情始末，也好回去禀告皇上。"

崔二老爷一惊，想起谢芳华的警告，一时无言。

"嗯？崔二老爷难道想欺君？"秦浩冷冽地看着崔二老爷，有些阴沉地道，"你要知道，皇叔的母族是吕氏，你夫人是吕氏所出，算起来，与皇上也是亲族。崔三公子流有一半吕氏的血脉。按此说来，皇叔过问也是应该。你若是隐瞒的话，就是欺君。"

崔意芝皱了皱眉。

"崔二老爷，你可以想好了再说。"秦浩盯着崔二老爷，忽然话音一转，"或许你可以去皇上跟前说。我和八皇子既然奉旨接了这个差事，自然不能办砸了，若是从崔二老爷的口中得不到事情始末的话，不得已只能带崔二老爷进京走一趟了。我想到了皇上跟前，总是容易让你开口些。你说是不是？"

崔二老爷面色一变，身子顿时软了软，腿有些打战。

"秦大公子，你和八皇子来，只是奉了皇上之命前来探视我弟弟。如今我弟弟解了血毒已然安好，我想皇上更应该会高兴。"崔意芝看了一眼崔二老爷，语调微沉地接过话，"皇上的旨意可没有说让你押解清河崔氏的嫡出之子。名门望族的子孙没犯法，怎么能被押解进京？真是笑话！"

秦浩眯了眯眼睛。

“我弟弟的病情，得到皇上的关心，一是因了吕氏亲族，二是因了皇上仁心。但即便我弟弟流了一半吕氏的血脉，他也姓崔，这也是清河崔氏的家事儿。我父亲管亲生子的私事儿，哪怕是皇上，也不能强行介入。我父亲一没犯国法，二没犯族规，若是你强行押了人，清河崔氏族长知晓的话，恐怕会联名进京找皇上问个究竟！”崔意芝语气平缓地道，“秦大公子，你可要想好了。清河崔氏的二老爷是你想押解就能押解的吗？皇上可给了你这么大的权力，踩着崔家的地盘公然地插手崔家的私事儿？”

秦浩脸色阴了阴，一时间没了话。

秦倾看了秦浩和崔意芝一眼，眼珠转了转，连忙道：“秦大哥只是想知道事情的来龙去脉，也好回京对我父皇禀告。毕竟血毒不是谁都能解的不是吗？南秦竟然有这等高人，我父皇一定会过问的。”顿了顿，他补充道：“血毒关系到国脉。崔二老爷、崔二公子，想必你们不是不清楚关于血毒的传说。就凭这个，我父皇自然要在意的。这不是你崔氏一家和一族之事。”

崔意芝偏头看了秦倾一眼，没想到这八皇子比他还小一岁，竟然点到了皇上在意的点子上，让他无法反驳。他点点头，看向崔二老爷：“父亲，您就说说事情始末，也好让八皇子和秦大公子回京复旨。”

崔二老爷虽然迂腐固执，但到底也是自小受过某些东西的熏陶，秦浩和崔意芝这一番争执给了他喘息思量的空隙，冷静下来，他无奈地对秦浩和秦倾开口：“八皇子、秦大公子，不是我不说，实在是我也不知道来的高人是何方神圣，姓甚名谁。解毒的过程我也不知道啊。你们叫我如何说起？”

秦浩哦了一声。

秦倾看着崔二老爷：“这话从何说起？”

崔二老爷据实以告：“因了犬子的病，我奔波去了京城，但是铮二公子将我的大儿子送给了忠勇侯府的小姐做聘礼，这件事情你们应该也听说了。我自然是无功而返，只能连夜回到了家。但是就在昨日寅时二刻，有人忽然出现，说能救我的儿子。我大喜之下，哪里还顾忌其他？”

“那个人是何身份来历你都不知道，就这么相信突然出现的神秘人能救你儿子？”秦浩显然不信。

崔二老爷沉痛地道：“秦大公子，你不了解一个身为父亲的心。我儿子中的可是血毒啊。就算我大儿子自小服了一棵雪莲，他的血也换不回我小儿子的命，解不了血毒。”顿了顿，他看向孙太医：“孙太医，那日我去英亲王府，王妃请了你过府，询问了此事是不是？你当时也是这样说的。”

“不错！老夫作证。雪莲的确不足以解血毒，只会枉费大公子再搭上一命而已。”

孙太医颔首。

“我一个儿子已经中了血毒，自然不想再赔进去一个儿子。我只能回来再寻找名医，再想办法。”崔二老爷沉痛道，“我让人张贴了寻医的告示，若是能救我儿子的命，便给予十万黄金。但几日下来，无人上门。就在我绝望之际，昨夜突然来了两位老者，说能救我的儿子，我燃起了一线希望，只能相信他们，既然人家不告诉身份来历，我哪里还会逼着问？只能死马当作活马医了。”

“你说是两位老者？”秦浩抓住关键。

崔二老爷点点头：“是两位老者。一个老丈，一个老婆婆，像是一对老夫妻。老丈进了暗室，救我儿子，老婆婆在外面守着不让任何人进入书房，也不准我出书房一步。他们让我答应，在他们救治我儿子期间，任何人都不见，否则就不救了。”

秦浩看着崔二老爷，见他神情不像是说假，道：“你可是看清他们的样貌了？现在就将他们的样貌给我画下来。”

“这……”崔二老爷想起谢芳华临走时的话，没想到这个也被猜到了，有些心惊。

“父亲，您就画下来吧！这等隐世高人夫妻，尤其是还能解得了血毒，皇上自然是要追查的。”崔意芝提醒道，“反正如今弟弟的血毒也解了，有了画像皇上才好追查这两个人。”

“好！”崔二老爷闻言咬了咬牙，走到桌前。清河崔氏是贵门世家，崔二老爷秉持崔氏诗书门第的遗风，书画自然皆是上等，不多时，两幅人物画像便跃然纸上。

秦浩和秦倾立即过来看，见是两个白发苍苍的老者，他们从未见过，根本就不认识。

崔二老爷画完画像便站在一旁打量秦浩和秦倾的神色。

崔意芝也走到桌前观看，两个老者白发苍苍，估摸七旬古稀的年岁，的确不曾见过，也不曾听说过天下有这等模样的神医。他看了片刻，也看向秦浩和秦倾。

“秦大哥，现在该怎么办？”秦倾低声问秦浩。

秦浩抿了抿唇，忽然将画像一收，对秦倾道：“我们立刻回京，将这两幅画像呈给皇上，由皇上来做定夺！”

秦倾点点头，如今也只能如此了。

秦浩说走就走，不再耽搁，转身出了书房。

“崔二老爷，崔二公子，既然崔三公子的血毒解了，我和秦大哥这就回京禀告我父皇知晓。”秦倾没立即走，而是姿态谦和地对二人说道。

崔二老爷点点头。

“八皇子慢走！”崔意芝颔首。

秦倾打了个告辞的手势，转身要离开，忽然想起孙太医，立即看向他：“老太医，你可还能赶路？”

孙太医无奈地看着八皇子：“八皇子，老夫年岁大了，可禁不起这般来回匆匆地折腾了。我就留在崔府歇一宿再离开吧！”

“也好！”秦倾也知道孙太医受不住了，来清河这一趟也是因为他是太医院医术最好的太医，其他太医来了也未必起作用，才将他拉来了。他思索一下：“我留两名侍卫与你做伴，明日再回京。”

孙太医摆摆手：“八皇子将人都带走吧！我不值什么钱，没人打我的主意，八皇子和秦大公子要连夜赶路，身边的人手怎么能少了？明日天亮我再走。”

“既然弟弟的血毒解了，明日我要进京去给小姑姑通禀这个消息，顺便拜年。这样吧！孙太医届时与我一同进京吧！八皇子就不必留侍卫了。”崔意芝道。

秦倾闻言看向崔意芝，笑道：“既然崔二公子要进京，捎带护送孙太医回京，最好不过。那我就放心了。”

“八皇子慢走，路上小心！”孙太医也觉得这样甚好。

秦倾点点头，不再耽搁，招呼跟随他和秦浩一起来的几名太医出了书房。

不多时，秦浩和秦倾与随同而来的人一起离开了崔氏府宅。

孙太医留在了崔府客房休息。

崔府重新安静下来，崔二老爷和崔意芝不放心崔意端，便一同过去看看。只见崔意端虽然依旧昏迷着，但呼吸平稳，眉心的那一点紫色的血印已经消失不见，齐齐松了一口气。

“爹，我娘什么时候会醒来？”崔意芝问崔二老爷。

崔二老爷摇摇头：“那两位神医只说你娘会昏睡一日一夜，如今刚刚过了一日，还有一夜，大约明日早上就会醒来。”

“爹，您告诉我，他们到底是什么人？”崔意芝低声问。

崔二老爷摆摆手：“你还是别问了。”

“与您前两日进京有关吧？你进京时，只去了两处地方，一是英亲王府，二就是忠勇侯府。您前脚回来，后脚就有人来给弟弟解血毒了。不是英亲王府的人，就是忠勇侯府的人。”崔意芝看着崔二老爷，面色凝重地道，“儿子能猜到，皇上也能猜到。如今咱们牵扯了这两府，又得皇上惦记，以后怕是会有天大的麻烦。您年岁大了，大哥看样子短时间内是不想回府，府中只您一人支撑。您不如就告诉儿子，儿子也能帮您分担些。”

崔二老爷闻言心中感动，拍拍崔意芝的肩膀，语重心长地道：“爹虽然没什么出息，胆子小，读书读成了书呆子，但是自诩秉承崔氏文风，君子一诺，贵在诚心。既然答应了人，不泄露丝毫，就要做到。否则，惹怒了人家，我们崔氏一门都将遭难。听爹的，这件事情你别再过问了。”

崔意芝抿唇：“爹，您想过没有，您是突破口，即便您不说，皇上也会从您身上查。如今八皇子和英亲王府的大公子拿着那两幅画像回京了。那两幅画像是您画的，也许皇上会宣您进宫。届时，当着皇上的面，天威难测，您抵得住皇上的盘查考问吗？”

崔二老爷心头顿时一凉，当今皇上自然不是那么好对付的，不能像秦浩和秦倾一样轻易打发。皇上动动手指头，崔氏就要遭殃。

“还有娘，等娘醒来，您确定能瞒得住她？娘可不是一般女子，这么多年来，您应该也了解我娘，否则也不至于昨日夜里与我说那番话。”崔意芝看着崔二老爷，“这些年，大哥虽然在英亲王府，但一直都是娘心头的一块心病。她总是觉得大哥有英亲王府铮二公子撑腰，有朝一日一定会回来继承这一份家业。为了我，她才……”

崔二老爷叹了口气，虽然崔意芝没把话说完，但是父子二人心知肚明。

“以前儿子也许或多或少都与娘有一样的想法。但是经过这次弟弟中血毒，若是无人能救他，他就会死去，我才彻底地醒悟了。无论多少家业，也抵不过血脉至亲。儿子和大哥虽然不是一母所生，但也是兄弟血亲，都是您的骨肉。若是大哥回来继承这份家业，那么儿子就不争不夺，甘愿自己出外再挣一份家业给娘，毕竟他才是真正的继承人。若是大哥不回府，儿子就要挑起这份重担，守护崔氏府宅和您以及我娘和弟弟。”崔意芝诚恳地看着崔二老爷，“所以，爹，您且宽心，儿子知道什么该做，什么不该做。”

崔二老爷看着崔意芝，眼眶有些发红，用袖子抹抹眼睛，感慨道：“当初言儿离家，被你小姑姑带去了英亲王府，一转眼都这些年过去了，你们都长大了。我这些年来，一直愧对言儿，不曾尽到做父亲的责任，想用这份家业来弥补，但是你娘……哎，如今你弟弟的血毒解了，你能这么想，爹最欣慰不过。不错，你们都是我的儿子，舍了哪一个，为父都会痛不欲生。”

崔意芝看着崔二老爷，抿唇点点头。

“君子要做到言而有信。爹只告诉你，英亲王府的铮二公子将听言，也就是你大哥，当作聘礼送给了忠勇侯府的小姐谢芳华。我为了你弟弟，哪怕有一线希望，也不能放弃，便只能追去了忠勇侯府，见到了谢世子。”崔二老爷背转过身子，言简意赅，有所保留地道，“爹只能告诉你这些。”

崔意芝点点头：“您能告诉儿子这些已经足够了！爹您放心吧！大哥若是觉得待在京城铮二公子的身边比回清河好，想悠闲一辈子，儿子也不强求他。若是他不想，就按照儿子刚刚说的，这崔家二房产业是他的。至于他不回来这段时间，儿子就顶替您，守好咱们的家。”

崔二老爷点点头，有点儿老怀感慰。

“这些日子您未曾好好休息，先回去休息吧！弟弟这里有我呢。”崔意芝道。

崔二老爷回头看了躺在床上的崔意端一眼，放心地出了这所小院。

崔意芝站在窗前目送崔二老爷离开，直到他的身影渐渐消失，才收回视线，轻声喊：“来人！”

“公子！”一人应声出现在窗外。

“昨日我吩咐你的事情，可曾查探明白了？”崔意芝询问。

“二公子恕罪，属下们能力有限，来人武功太高，而且离开时走的是老爷书房的密道，您知道，那条密道有无数出口。可以是城内，也可以是城外。而且一直以来，老爷一直封锁着那条密道，属下们没有机关破解之法，虽然府邸内外以及城内城外都布置了人手，但是至今没有任何消息传来。想来那两个人早已经离开了。”那人单膝跪在地上请罪。

“起来吧！若是轻易就能被你们察觉，也就当不得是高人了。”崔意芝摆摆手。

那人缓缓地站起身。

“将布置的人都撤回来，暗中去查探一下京城这两日都来往了什么人，回来告诉我。”崔意芝沉思片刻，再度吩咐。

“是！”那人垂首应声，见崔意芝不再吩咐，退了下去。

崔意芝在窗前站了许久，看着夜幕一点点儿将白天的光明盖去，他低低呢喃：“忠勇侯府果然不可小视……”

不多时，崔二老爷回到了自己的院子，进屋后看了一眼依然昏睡的夫人，叹了口气，宽衣睡下了。

孙太医在崔府客房内，虽然累倦不堪，却无睡意。他行医多年，想破脑袋也想不明白，血毒是何人解的？怎么解的？竟然给解了？孙太医这个对医术钻研几乎入魔的人比任何人都更想知道解毒的人是谁。

夜色渐渐浓重，整个崔府也陷入浓郁的夜色中。

谢芳华和李沐清其实并没有如崔意芝的府卫禀告的一般早已离开，而是一直待在书房的密道下，自然将秦浩和秦倾来到书房以及离开的一番话听了个清清楚楚。

漆黑的密道里，听到秦浩的话时，谢芳华嘴角勾起一抹冷笑。

李沐清虽然看不见谢芳华的脸色和神情，但是从她气息判断，感觉出她是在笑。

书房归于平静，人都离开时，谢芳华也转身离开，沿着密道向外走去。

李沐清跟在谢芳华身后，凭借他习武之人的耳目敏感，感觉谢芳华脚步隐隐发虚，气息也比寻常浊重。往日里，他几次遇到谢芳华时，在她身边不远不近的距离都感觉不到她任何气息变化，但是这时却将她的气息变化感觉得异常清晰，他不由蹙眉，低声问：“你受伤了？”

“不碍事！”谢芳华摇头。

李沐清抿了抿唇，快走一步，伸手拽住她的袖子：“我背你。”

谢芳华脚步顿住，回转头，笑了笑：“李公子，不至于给人治个病我就连路也走不了了。谢谢你的好心，不用。”

“你给人治的不是普通的病，是血毒！就算我没亲眼见到，但也知道是以命换命。”李沐清看着她，黑暗里，似乎她的眸子都失去了往日的神采，他坚决地道，“我背你。”

谢芳华站着不动。

“你放心，我不是要对你如何，只是这崔府的密道看起来甚是复杂，我们怕是要在这里走很久才能走出去。你受伤了就是受伤了，加上一日没进食，怎么能强撑着？”李沐清弯下身，对她从后背伸出手，“这里没有人，也不会污了你的闺誉。”

黑暗里，谢芳华看不到李沐清的神色，但也能感知他的坚决。她忽然一笑：“李公子，你若是对我有企图也就罢了，若是没有企图你追随我来此，如今又这般作为，我竟是不敢用了。你知道的，有时候无利不图才让人拿不准。”

李沐清一怔。

“人情不好还，不是吗？”谢芳华上前一步，语气轻松地说了一句，趴在了他的后背上。

李沐清呆了半晌，感觉谢芳华趴在了他的后背上，他才回过神来，将她背起，失笑道：“不用你还人情，我们如今不是老夫老妻吗？照顾你是应该的！”

“但也没有老妻背老夫的道理，不是吗？”谢芳华轻笑。

“反正没人看见。”李沐清背着谢芳华向前走。

“也是！”谢芳华泄了支撑的力气，将整个身体的重量都压在了李沐清的背上。

李沐清脚步沉稳，背着谢芳华一步一步地沿着密道的路走出。他虽然是出身诗礼传书的文人之家，但自小聪明，对奇门机关之术也有涉及，所以，密道的路虽然有很多死口，他都能一一避开。

谢芳华实在困顿，密道安静，她竟不知不觉睡着了。

李沐清发觉谢芳华睡着了后，脚步放轻放缓。

一个时辰后，李沐清背着谢芳华走出了密道。

夜晚一阵凉寒的风从密道出口处吹来，北风卷着穴，将冷意扩大了

谢芳华打了个寒战醒来，慢慢地睁开了眼睛，看了一眼四

问：“出密道了？”

“嗯！”李沐清点头。

“将我放下吧！你也累了。”谢芳华才睡醒，声音有些沙哑。

“我总归是自小习武，无碍的，这里冷，不宜久留，你如今身体亏损正虚弱，若是引起寒症发热就不好了。”李沐清摇摇头，“你的身体不宜再回京奔波，若不然我们还是进城休息吧！”

谢芳华摇摇头：“不行，必须要赶回去！秦铮的昏睡药只管两日。”

李沐清闻言蹙眉：“可是你的身体……”

“我没经过他的同意悄悄出了京城，他的手臂被我给砍伤了，英亲王妃不知道，他如今昏睡在落梅居，有林七看着，最多能避英亲王妃和英亲王府内的人两日不见。若是两日后再不见他出门的话，英亲王妃势必要再闯去落梅居，林七定然拦不住。”谢芳华平静地分析，“就算我被发现，不再待在英亲王府，也没什么。但是我答应了林七，两日必须回去，不能将他的命置之不理。他总归是英亲王府的家奴。”

李沐清闻言犹豫：“以你的身体，再不适合骑马，只能坐车。若是一定要赶在明日回到京城的话，我们现在就得出发，而且沿途一步也不能停歇，你能受得住？”

谢芳华挣脱李沐清的手，从他后背下来，伸手扯掉面上和头上的易容，从怀中拿出一颗药丸扔进嘴里服下：“我没有太虚弱，还能骑马！这样吧！我们现在就起程，先慢慢走一段路，在下一个城池休息半夜，明早再起程，明日晚上总能回去了。”

李沐清无奈：“既然如此，就依你吧！”

谢芳华对他笑了笑，将拇指和食指放在唇边，轻轻地打了个口哨。

不多时，两匹马一前一后从远处跑来，正是早先谢芳华和李沐清丢在城外的马。

谢芳华抓住马缰绳，轻轻蹬着脚镫，慢慢地上了马。

李沐清看着她。他见过她几次上马下马，未曾有一次这般缓慢，不禁暗暗有些敬佩她的坚韧，也伸手扯去了易容，牵过马缰绳，翻身上了马。

两匹马一同离开了荒山野外。

夜半时分，来到了距离清河最近的一座城池。

进了城内，李沐清径直带着谢芳华来到了自己的一处别苑。进了院子后，对一位看守的老伯吩咐：“伯伯，劳烦您去将城内最好的大夫请过来这里。”

那老伯打量谢芳华，公子这些年每年都会趁着年后沐休不用去上书房上课的这段空隙出京考察打点产业，但是从来身边都是带着书童，这是第一次见到带着一个姑娘。见娘一脸病态，不敢多问，连连点头：“是，公子！您先带着这位姑娘进屋，老奴这

苑。

一位老伯，一直以来给我看守这处宅子，老伯嫌弃人多麻烦且

吵闹，一直没再雇人，我们先进屋。”李沐清拴了马缰绳，对谢芳华道。

谢芳华点点头：“其实你不用请大夫，我自己就是大夫。”

李沐清前面引路，闻言笑了笑：“你虽然是大夫，但是你身体的情况如何你也不会与我说实话。我不放心，让大夫过来给你看看，也好决定怎么监督你用药。”

谢芳华扯了扯嘴角。

二人进了房间。房间内极为雅致干净，显然一直以来无人住，必然是给李沐清来往留的。

“去床上躺着，我给你倒一杯热水！你先暖暖胃，我再去看看有什么吃的。”李沐清对她指指床榻。

谢芳华点点头，也不再客气，躺去了床上。

李沐清端了一杯热水递给她，便转身出了房间。

谢芳华端着一杯热水握在手里，手心传来温热的暖意，驱散了几分寒冷。屋中极其安静，院中除了西侧似乎是小厨房的方向传来李沐清的动静外，再无别的动静。她忽然想起了在无名山的时候，多次受伤，但那时候打掉牙齿和血吞，也没觉得太苦。如今回到京中，到底这副身子找回了几分大小姐的柔弱，娇气了起来。

一杯热水下肚，谢芳华放下杯子，却无睡意，静静地靠着枕头坐着。

院子中渐渐地有香味飘进了屋子。

谢芳华想起李沐清早先说这院子里只有一位老伯，但是他却将那位老伯打发走去给她请大夫了，如今这饭菜香味只能是出自他之手。

半个时辰后，门口传来两个人的脚步声。

谢芳华看向窗外，只见那位老伯领着一位年约半百的老大夫进了别苑。

“公子？”老伯也闻到了饭菜的香味，疑惑地喊了一声。

“嗯！”李沐清走了出来。

“您……您在下厨？”老伯睁大眼睛。

李沐清擦干净手，笑了笑，对老伯温和地道：“已经做好了，伯伯，你去厨房将饭菜端到屋子里，我带着大夫进屋看诊。”

“好，好……”老伯愣了一下，连忙点头，向厨房走了两步，回头道，“公子，这位大夫是咱们医药堂的大夫，在这全州城里，就数他的医术最好。”

“老夫在医药堂坐诊，一直想见见公子，今日总算得见了。”那位大夫躬身见礼。

“既然是医药堂的大夫，最好不过了！还是自己人得用些。”李沐清满意地道。

“老夫听说是给一位姑娘看诊，一定尽全力。”那位大夫连连道。

李沐清笑着点头，带着大夫进了屋，见谢芳华安静地倚着枕头坐在床头，微微询问：“怎么没睡一会儿？”

谢芳华看了他一眼，别有深意地向外面厨房方向看了一眼道：“被饭菜香味给熏得睡不着。”

李沐清失笑，解释道：“你知道的，我父亲清廉，不沾染经商营生，但是我们府若是只靠他那点儿俸禄只够起码的开销，连逢年过节和各府走动的礼数都不够。我娘打点着府中祖业留下来的微薄产业和她的嫁妆，才能支撑门面。我自小见我娘愁眉不展，为产业发愁，且她毕竟是内宅妇人，有些事情到底是不方便，便接手了。为防有家奴欺上瞒下，每年都会借着年节外出查访，几年下来，也就学会了烧几道菜。”

谢芳华看着他点头，心里知道他说的简单了。

李沐清给大夫一个眼神示意：“过去给她把脉吧！”

那位大夫点头，放下药箱，走到床前，谨慎地道：“劳烦姑娘伸出手来。”

谢芳华将手递给了他。

李沐清忽然道：“拿帕子遮上吧！秦铮兄给你的帕子可还装着？”

谢芳华一怔，抬头看他。

那大夫本来要伸手，闻言也立即缩回了手。

李沐清偏过头，低低地咳嗽了一声，眸光有隐隐笑意地道：“规矩既然定下来了，总要遵循。你怀里若是没有帕子，我这里有。”

“我有！”谢芳华伸手入怀，拿出帕子，盖在了手腕上。

那大夫回头看李沐清，见他点头，才敢隔着帕子给谢芳华把脉。

刚碰到谢芳华脉搏，那大夫手猛地一缩，脸上顿时露出凝重的神色，眉心也紧紧地拧了起来，连呼吸都有些紧绷了。

第九章
扒皮

李沐清也轻轻皱起了眉头，但没有开口打扰大夫。

谢芳华自然明白自己的身体情况，无论是重伤还是轻伤，大伤还是小伤，只要死不了，对她来说都没有什么不同。

许久，那大夫松开手，回头看向李沐清，对他拱了拱手："公子，这位姑娘身体亏损甚是严重，血气不足，气虚体弱，我探她脉搏，几乎到了干涸的地步。这等脉象说明她不久前一定是受过内伤，失血过多，心血损伤，更甚至经脉也被伤到。"

李沐清眉头拧紧。虽然早就料想谢芳华的情况一定很严重，但也没想到竟会严重到这个地步。想起血毒的传说，以血换血的万分之一解法，猜测她一定是动用了自己的心血，才会让自己伤到如此地步，甚至伤及经脉。

"不过这位姑娘似乎不久前服用过几味奇药，所以生命是无碍，但不能再劳累，一定要卧床休养月余，慢慢静养，只有补回流失的心血，才能康复。"那大夫话音一转。

李沐清点点头，看了谢芳华一眼，见她神色无谓，道："开药方吧！"

"好！"那大夫应声。

"不是你开，我是对她说！"李沐清挥手制止大夫，对谢芳华道，"自己开药方。我让伯伯跟随大夫去医药堂给你抓药。"

那位大夫顿时惊异地看着谢芳华："这位姑娘竟然也懂医术，会开药方？那公子您还……"

"她自己不说病情，我只好找人来问问。"李沐清道。

那位大夫点点头。

谢芳华缓缓下了床，走到桌前，拿过纸笔，写了一个药方，递给李沐清。

李沐清接过看了一眼，递给那位大夫。

那位大夫好奇地拿过，看了片刻，惊喜地道："妙啊，大妙！这位姑娘果然是医术高绝，小老儿佩服，若是让小老儿来开药方的话，也开不出这样的药方来。尤其是这几味药，以姑娘的脉象来看，如此虚弱，小老儿一定是不敢用的。可是你这样一用，真是奇妙无穷。"

谢芳华对他笑笑，没说话。

此时老伯端着饭菜进了屋，放在桌案上，笑呵呵地道："公子啊，从来不曾见识过您的手艺，上次朝阳跟随您来，说您会下厨，我还不信，这回是真的信了。"

李沐清温和地笑笑："劳烦伯伯跟随大夫去医药堂抓药，回来煎了让她赶紧服下。"

"好，我这就去！"老伯连忙点头。

那大夫拿着药方欢喜了片刻，对李沐清问："公子，敢问这位姑娘尊姓高名！医术一道传自何人？"

李沐清笑笑："你和太医院的孙太医一样对医术入魔，不遑多让。她叫听音，不过你知道就行，切记不可外传。另外，你知道她就行了，她的师父就不必知道了。"

"多谢公子！听音姑娘再会！"那大夫虽然对医术痴狂，却不迂腐，点点头，背着药箱出了房门。

老伯立即跟着那位大夫走了出去。

"吃饭吧！饭后喝了药好好休息，至于明日……"李沐清坐在桌前，将筷子递给谢芳华，"休息够了再赶路，你放心，嫌坐车太慢的话，我骑马带着你，总会让你晚上之前回到英亲王府。"

谢芳华点点头，接过筷子。

谢芳华一边吃着，一边多看了李沐清几眼。

京中贵裔府邸的右相府公子，文武双全，聪明绝顶，待人温和，有君子之风，这些人人都知道。但是恐怕没人知道他竟然还会下厨。若是知道的话，那么……

"在想什么？"李沐清笑着看了谢芳华一眼。

"没想什么。"谢芳华笑着低下头，她在想若是有人知道会不会踏平了右相府的门槛说亲。

李沐清见谢芳华不说，倒也不逼问，只安静地用饭。

不多时，老伯拿着药回了院子，对李沐清禀告了一声，便去了厨房。

很快地，药味便隐隐地传到了屋内。

半个时辰后，谢芳华放下筷子，身子靠在椅背上，懒洋洋地打了个呵欠。

“药应该快煎好了，你喝完就能睡了。”李沐清也放下筷子。

谢芳华点点头。

李沐清将碗碟收拾去了厨房。

谢芳华伸手拨着灯芯，淡淡的灯影照在桌案上，她纤细的影子映在墙上，那种懒散虚乏的姿态看得极其清晰，微弱的罩灯下，她的脸色半明半暗。

血毒，终究是被她给解了！

但是即便她参透了血毒的解法，岁月也不能倒回去爹娘死时，救回他们的命。

只不过，她手中总算是攥住了一条山河脉络，那是关于南秦江山和社稷的。只要皇室不会宁可破釜沉舟也要除掉谢氏，那么……她也不会拿它去做什么来动摇山河。

李沐清端着药碗进了屋，便看到这样的谢芳华，他的脚步一时顿在了门口。

谢芳华放下拨弄灯芯的手，抬起头。少年公子眉清目秀，身躯颀长，浑身有着一种侵染诗书的清贵气息，君子如兰，不是那种如秦铮一般张扬的华艳，却有一种令人说不出的轻松舒适。她看了他片刻，垂下眼眸，低声问：“药煎好了？”

李沐清点点头，端着药碗走了进来，放在她的面前，温和地道：“我去隔壁房间休息，若是有事情喊我一声即可。”

“好！”谢芳华点头。

李沐清给她倒了一杯清水，放在了药碗的旁边，走了出去。

房门关上，屋中再度静了下来。

谢芳华等汤药温了，端起来一口气喝了，又将清水喝了，熄了灯，在床上躺了下来。

不多时，便睡着了。

隔壁房间，李沐清在窗前坐了片刻，见谢芳华所住的房间熄了灯，忽然笑了笑，也挥手熄了灯，躺去了床上。

辰时，李沐清起身，刚走出房门，便见谢芳华也推开门走了出来，他一怔，看向她。休息了一夜，她的脸色虽然依旧苍白，但到底比昨日全无血色的模样好多了，人也精神了几分。他笑着问：“怎么不再睡了？”

谢芳华摇摇头：“习惯了早起，到了时辰也就醒了。”

李沐清自然知道秦铮每日准时起床练武之事，了然地点点头，对她道：“你洗漱收拾吧！我去厨房看看，伯伯大约已经做好饭了。我们用过饭后，你喝了药就起程。”

“好！”谢芳华点头。

李沐清去了厨房。

谢芳华转身回了屋梳洗。

不多时，李沐清又走回来，手里拿了一件崭新的衣裙，递给谢芳华。

谢芳华离京时走得急，自然没有准备衣物，但她在无名山待了多年，什么不曾经历过，倒也不娇气。她伸手接过衣物，说道："其实不用你特意给我找衣服，我能将就回京。"

"你的衣裙上沾染了黑紫色的血迹，还是换了比较好。"李沐清指了指谢芳华的衣袖。

谢芳华低头看了一眼自己的衣袖，是给崔意端解毒时沾染上的血迹，点点头。

李沐清出了房门，谢芳华走到屏风后换了衣物。

不多时，老伯端了饭进屋，二人一起用饭。

"公子，早上我去街上采买，见到了崔府的二公子，似乎是要进京。"伯伯忽然道。

谢芳华筷子一顿。昨日是听说崔意芝要进京的，没想到这么早就来到了这里。

"知道了！"李沐清点点头。

老伯走了下去。

"进京只有一条路，如今他既然这么早就来到了这里，我们无论如何也避不开他的。"李沐清对谢芳华道。

"也用不着避他。我们出京时候不曾隐蔽，回京更不用了。"谢芳华不以为然，看着李沐清，第一次关心地道，"只是你，对燕岚说要出京处理产业，却不曾处理过。这件事情若是从你这里入手查的话，你会有麻烦。"

李沐清眸光微闪，笑着摇摇头："无碍的，我已经吩咐人假扮我去做过了，不会被查出来的。况且如今正是正月，刚过完年，京城附近几座城池的人来来往往地走亲戚拜年，京中又不止我们进出。你放心吧！"

"那就好！"谢芳华想想也是，李沐清自然不需要人操心的，便不再理会。

李沐清看着她，许久才落筷。

用过早饭，谢芳华喝了汤药，收拾妥当，二人离开了别苑，起程回京。

谢芳华精神好了些，自然是自己骑马。

二人出了城，并没有如来时一般打马狂奔，任马不快不慢地跑着。

谢芳华计算着速度，夜晚之前，一定是能够进京的。

出城后大约走了三十里，便追上了一队车队，正是崔意芝进京给英亲王妃拜年，顺便报喜的队伍。

马车占据了官道，若是不打招呼让行，势必过不去。

谢芳华和李沐清来到车队后，齐齐勒住奔跑的马。

这时，马车里也听到了后面的马蹄声，缓缓挑开车帘，探出头，崔意芝见到李沐清，愣了一下，须臾，微微含笑："这可是右相府的李公子？"

“原来是崔氏二房的二公子，我们以前见过，久违了！”李沐清在马上含笑拱手。

“咦？李公子？听音姑娘？”这时，孙太医闻声挑开车帘探出头来，见到二人一怔，看着谢芳华，打量二人身后，再没见到别人，分外讶异地问，“听音姑娘怎么会和李公子在一处？铮二公子呢？”

谢芳华眉心一跳。

李沐清偏头瞅了谢芳华一眼，慢慢地转回头，面不改色地笑道：“老太医，你怕是认错人了！她哪里是听音姑娘？不过是我前年出外打理产业时结识的一位朋友。你再仔细看看，听音姑娘可没她这么孱弱。”

孙太医一怔，仔细打量谢芳华，虽然她身形与听音相当，但有一种弱不禁风之态，这与听音身上的沉静完全不同，尤其是她遮住的半边脸过于苍白。原本很确定的他，此时不免又动摇了几分，连忙歉然地道：“抱歉啊李公子，这人老了，年纪一大就眼睛花了，不中用了，竟然认错人了。这位姑娘乍看之下很像听音姑娘，但是仔细一看还真不像。”

“老太医怎么会出现在这里？还与崔二公子一起？”李沐清笑笑，揭过这茬。

“哎，老夫是奉了皇命去崔府给崔三公子看诊，八皇子和英亲王府的大公子昨夜就回京复命了。我这把老骨头受不住马不停蹄的奔波，就留在崔府住了一晚。正巧崔二公子也要进京，将我捎带送回京。”孙太医连连叹息。

李沐清点头，看向一直打量他和谢芳华的崔意芝：“我也听说崔三公子病了，没想到连皇上都惊动了，到底是清河崔氏，得皇上如此看重。”

崔意芝收起打量，笑道：“李公子过奖了，皇上想起我弟弟，不是因了清河崔氏，而是因了家母出身吕氏。”

李沐清恍然：“皇上生母太后出身吕氏，难怪了！”话落，他客气地询问：“崔三公子的病情如何了？可有医治之法？孙太医是太医院医术最高的太医了，今日能和崔二公子一同进京，看来令弟是无恙了？”

崔意芝点头：“我弟弟的确被治好了。”

孙太医立即道：“李公子太看得起老夫了，老夫可没有那么大的能耐解血毒。”

李沐清哦了一声。

“是一对神出鬼没的神医夫妻，不知身份来历。不过皇上一定会追查的，早晚都能查出他们的身份。”崔意芝道。

李沐清点点头，做了个了然的表情，聪明地不再多问，对二人拱拱手：“既然两位坐车，我二人骑马，先走一步了。”

“李公子好走！”崔意芝挥手，示意车队让出一条道来。

“李公子，京城见了！”孙太医也拱拱手。

李沐清笑着点头，偏头看向谢芳华，二人一起催马，齐齐离开，不多时便走没了踪影。

孙太医落下了帘幕，感慨道："年轻可真是好啊！人老了，就得坐车慢慢走了，是我连累了崔二公子不能骑马。"

崔意芝也落下帘幕，摇摇头："老太医说的哪里话？你还不老，真正的老是连路都上不了，连门都出不来，连床都不能下。"

孙太医一怔，须臾，捋着胡须哈哈大笑："崔二公子可真是个妙人，太会安慰人了，你这样一说，我还真觉得自己不老了。"

崔意芝也露出笑意，状似不经心地问："老太医，刚刚那个女子你将其认错成谁了？"

孙太医摆手："还能是谁？自然是铮二公子新收的那个婢女听音。我这把老骨头，以前安然地给皇上、皇后看诊，除非有特殊病情，比如说崔三公子这样的事儿，得皇上指派，我才会去给人看诊。可是南秦京城，偏偏有一个人例外，就是铮二公子。无论什么时候，只要他高兴，我就得被他抓去看诊。那个听音自从进了英亲王府的落梅居，我是隔三岔五就去给她看诊。我出京的时候听人说她的哑症好了，还没亲眼见过，不知道是否真的好了。"

"关于铮二公子新收的婢女听音，这件事情也传到清河了。"崔意芝道。

"何止是传到清河？铮二公子是谁？他从出生到如今，每年都会有几件大事儿传出。他以前被德慈太后宠爱，英亲王妃又是那么个护犊子的娘，英亲王管不了他，皇上睁一只眼闭一只眼，他无法无天的事情干得多了去了！不过这也和他的身份有关，他的身份摆在那里，想不出名都难。他多年身边没有婢女，突然收了个，别说清河，南秦上下都知道了，怕是都传到北齐去了。"孙太医感慨道。

崔意芝眸光流转："与李公子在一起的这位姑娘与她如此相像吗？你竟然会认错？"

"可不是像？"孙太医叹了口气，"乍看之下简直就是一个人！但是细细打量后，还是有很大的不同。你没见过听音姑娘，等你见过了她，你就知道了。那样的女子啊，哪里是个婢女？无论是在何人面前，也是沉静得独一份，堪比大家闺秀。没有这个女子的弱不禁风之态。"

"这也不能说明什么，毕竟有时候人是善于伪装的。"崔意芝道。

孙太医愣了一下，须臾，摇摇头，肯定地道："一定不是听音姑娘，只不过是有些像的一个女子罢了。你不知道，铮二公子将听音给宠到了什么地步，我给她看诊，连她手腕都碰不到，还要盖上一块帕子，他看得紧，谁也不让靠近她，更不可能让她与李公子一起出门在外。"

崔意芝见孙太医如此肯定，不再说话，若有所思。

队伍缓缓地前行，前方那两道马蹄声早已经听不见。

谢芳华第一次当面碰到这个崔二公子，虽然他比听言年岁小一些，但行止气派心思却是比听言要老成持重得多。听言被秦铮保护得太好，养成了他那副纯真的性子。亏得他不想回清河，若是回去，崔意芝有心对付他的话，他会被吃得骨头渣都不剩，更何况还有个视他为眼中钉肉中刺的崔吕氏？！不得不说崔吕氏真是心狠，用自己的一个亲生儿子给另一个亲生儿子开路。

这样的崔吕氏才能养成崔意芝这样心思颇深的儿子！

但是论心肠来说，到底遗传没遗传崔吕氏的害人之心，那就有待考察了。

若是她想联合或者是牵制清河崔氏的话，就崔氏二房来说，就算她下狠心和力度去培养听言让他回清河崔氏，短时间内也不可能立竿见影，培养成崔意芝这般。有些东西是环境造成的。听言无论是曾经在英亲王府的落梅居，或是现在忠勇侯的海棠苑，都不具备那个环境。

更甚至，秦铮保护他多年，养成了这份真实和纯性，难道她要去破坏？

“怎么了？身体不舒服了？”李沐清见谢芳华的马慢了下来，不由询问。

谢芳华回过神：“没有，想一些事情。”

李沐清猜测道：“在想崔意芝？”

谢芳华看了他一眼，点点头。

“这个清河崔氏二房的二公子可是了不起！”李沐清缓缓道，“清河崔氏一脉流传几百年，世家名门望族，旁支散叶也是极多，与朝廷和京中各府都牵扯甚深。嫡系这一脉在上一代分了两股，当年掌管嫡系一脉的崔老太爷生的两个儿子。也就是崔氏长房、二房。崔氏长房的大老爷虽然天资聪颖，文武皆通，是个不可多得的崔氏隽秀人，但是偏偏刚过易折，他唯一的喜好，就是好佛。这个喜好也就毁了崔氏长房。崔老太爷悉心培养他，想他能鼎立崔氏嫡系一脉的门庭，可到头来，却没拦住他落发出了家，云游去了，至今不知下落。所以，嫡系一脉的继承权也就落在了这崔二老爷的身上。”

谢芳华没仔细研究过清河崔氏的族脉，只听说过清河崔氏也跟两百年前的谢氏一样，出了个隽秀的人物，可惜太过聪明，看透世间万物，导致看破红尘出了家。

“都说龙生九子各有不同。这崔老太爷生了两个儿子，也是应了这句话。大老爷聪明绝顶，天赋奇高，无论是学文学武，都能举一反三，触类旁通，是个天之骄才。可这个二老爷正好相反，除了秉承了清河崔氏诗书门第的文人之风外，其余一概不通。大老爷出家后，崔氏老太爷一气之下得了中风，嘴斜眼歪，卧床不起，自此之后再也说不出话来。嫡系一脉的重担一下子就落在了二老爷的身上。二老爷胸无大志，不想挑起门庭重任，但岂能奈何？只要大老爷一日不还俗，他就只能支撑嫡系一脉。”李沐清仔细地给谢芳华解释这中间的渊源。

谢芳华点点头。关于清河崔氏知之甚少的她突然一下子耳目通透了。

“二老爷窝囊，清河崔氏一脉的其他旁支早就有心想取嫡系而代之。二老爷虽然无能，但有个有能耐的嫡亲妹妹，也就是崔老太爷唯一的女儿英亲王妃。有英亲王妃这些年在京中甚稳的根基，对清河崔氏二房隔三岔五询问照料，再加上二老爷续娶的夫人是吕氏的嫡女，不是个好惹的，崔氏其他旁支根系才不敢轻易动二房。”李沐清又道。

谢芳华点点头。这也就说得通二老爷那般模样怎么至今也没将二房拖垮的原因了。

李沐清看了谢芳华一眼：“关于吕氏，你大约知道些渊源，《通志　氏族略》记载，吕氏系从魏氏分化而来，被晋国所并，晋侯将吕地作为封邑，魏氏后裔虽系晋之公族，姬姓，但因封于吕人的故地，因而仍袭用吕的故号。所以，山西吕氏这么由来。如今这个姓氏虽然没落了，但到底也不可小看。否则为何当初南秦京中多少皇子，偏偏只吕贵人生的当今圣上坐了龙椅？”

谢芳华颔首。当初吕贵人虽然早亡，但能让她生的儿子坐上龙位，定然是个有心计的。

“崔二老爷支撑崔氏嫡系一脉的门庭从来就力不从心，但除了英亲王妃和他续娶的夫人外，日渐长大成人的崔二公子可是崔氏的一枝独秀。”李沐清往身后看了一眼，崔意芝的队伍被远远抛在了身后，他道，“崔意芝无论是论才学，论心思，论手腕，论手段，恐怕都能直追当年的崔大老爷。崔氏族长一直对他赞誉有加。他的心可不止是在崔氏二房丁点儿产业上。”

谢芳华眯了眯眼睛：“昨日才救好了他的弟弟，今日崔意芝就进京了，定然不是给英亲王妃拜年和送孙太医回京这么简单。”

“南秦京中繁华，远比清河崔氏水深，他若想有什么作为或者想法，自然不能一直待在清河。聪明人总会给自己找到一个出路，站在一定的高度，才能被更多人看到。”李沐清道。

谢芳华轻轻扯动嘴角，这么说来，崔意芝她是不能放过了！若是她不先下手，便宜了皇帝，就得不偿失了。

李沐清看着谢芳华笑笑，意有所指地道：“听音姑娘以后若是有什么不方便的事情，可以托我帮你做。另外，若是还有这样的事情，你或许可以提前拉上我一起做。”

谢芳华心底微动，偏头斜睨李沐清：“李公子，你很闲？”

李沐清摇摇头：“不太闲！”

“既然不闲，怎么如此喜欢多管闲事？”谢芳华不客气地抨击他。

李沐清无奈地揉揉额头，对她莞尔：“日子虽然有些无聊，但我似乎也不是爱多管闲事儿的人。但听音姑娘总归是不同的。你的事情都比较有意思，让人忍不住想管。”

谢芳华收回视线，不领情地道："是你自己要下水的，有朝一日倒霉了，别怪我。"

李沐清点头："不怪你！"

谢芳华不再说话，将帽子往下拉了拉，将衣领立起，只剩下一双眼睛，催马加快脚程，向京城跑去。

李沐清打马跟上她。

晌午时分，二人来到了距离京城两百里的一处城池。刚进城，便又遇到了燕岚和卢雪妍带领的一队护卫，似乎正要离开。

燕岚看着二人一怔："李公子，这么快就回来了？"

李沐清笑了笑："事情处理完了，自然也就回来了。"

"今日可回京？"燕岚又问。

李沐清点点头："歇一下脚，用过午膳就回京。"

"那正巧了，我和妍姐姐也回京，我们同路走吧！"燕岚看了一旁的卢雪妍一眼。

"李公子，又见面了！一同回京也好有个伴，刚刚听说京城百里处出现了一窝劫匪。今日黎明之前最黑的时候将八皇子和英亲王府的大公子给劫了。幸好秦大公子和八皇子武艺都不错，只是受了些轻伤，但皇上的内廷侍卫据说伤亡很重，我们两个女子都不敢贸然上路了。"卢雪妍眉目盈盈地看着李沐清说道。

"竟有这等事儿？"李沐清微露讶异。

"的确有这等事儿，大约是年后串亲戚的人流比较多，来往都带着贵重礼物，劫匪就想趁机捞几笔。我刚刚收到了我爹的传书，让我和妍姐姐小心点儿。我们出来这么久，也没找到我哥哥，他怕是早就走远了。我们也不打算继续找了，正打算趁着白天赶回去。如今既然遇上了你，就不那么害怕了。"燕岚道。

李沐清笑了笑："我们只有两个人，怕是真遇到土匪的话，还要拖累两位小姐。"

"传言李公子文武双全，是南秦京中鲜有的隽秀人物。若是你都如此自谦说拖累的话，那我们两个弱女子才是无地自容了。"卢雪妍笑着摇头，颇为温婉。

李沐清失笑，不再接话，偏头看向谢芳华。

谢芳华不甚在意，同不同路也要看她们的脚程能不能追上她的马。

"我们先去用午膳，两位小姐先走着。我们用过午膳就会赶上两位小姐，脚程快的话，天黑前赶回京城定然没问题。"李沐清寻思一下，不好推拒，如此说道。

燕岚点头，看向卢雪妍："妍姐姐，既然如此，我们先走吧！"

卢雪妍对李沐清笑盈盈地一礼，上了马。

二人带着一队人马先一步离开，往京城而去。

谢芳华自然将卢雪妍的眉目情丝看在眼底，无声地笑了笑。她跟燕亭毕竟是家族联姻，未曾有过感情。如今燕亭跑了，联姻十有八九泡汤了。卢雪妍如今这番作态，显然是对李沐清倾了心。但右相府能和左相府背后范阳卢氏的女儿结亲吗？南秦众所周知，右相中庸，左相锋芒毕露，他的尖刻和锋芒是踩在右相头上的，甚至有些事情几乎是越过了右相夺权在做。更何况，李沐清如此聪明，会结亲燕亭不要的女人？除非极其喜欢，否则……

这回恐怕又是一桩落花有意流水无情的戏码了。

“走吧！我们去吃午膳，顺便将你携带的汤药温热了来喝。”李沐清对谢芳华道。

谢芳华点点头，二人进了他家的一处门面。

酒楼内，正值用饭时间，宾客爆满。大厅的中堂设有说书人讲故事。今日说的正是方才燕岚提到的劫匪案。能让皇上的内廷护卫伤亡惨重，让英亲王府的大公子和八皇子受了轻伤，肯定不是一般的劫匪。正说皇上大怒，已经命秦大公子全权严查。

“秦大公子可真是一个人物啊！”李沐清轻叹一声。

谢芳华不置可否。秦浩自然是个人物，他在户部任职，且据说年后又要升迁。但来清河一趟无功而返，可谓是办砸了皇帝交给的任务，皇帝因为没抓住解血毒的人，心情定然不好，难免会牵连他，那么他短时间内升迁就无望了。而这出正是时候的劫匪案使得他俨然从办砸的案子中抽身成了困难重重的受害者。如今又得了圣旨，皇上令他严查劫匪来历，他手中就有了某些权力，若是借此做出些什么的话，升迁是肯定的了。

秦浩可不是个没心机的，也不是个手软的，所以，未来几日京中怕是要由他的手搅出一番风雨了。

“今日回京，京中各门一定会严加排查。你若是被秦浩认出，恐怕麻烦。”李沐清低声道，“若不然你还是再易容一番吧！”

谢芳华抬起头，看着李沐清：“李公子，我虽然对易容手到擒来，但也不能一日百变，遮遮掩掩。若是这样的话，恐怕不久后，天下就会传出一个百变人的传言。那样的话，一旦引起关注，惹出的麻烦一定不比听音小。”

李沐清一愣。

“你是右相府的李公子，带个人进城还能难住你？”谢芳华放下筷子，“我突然不见了，燕小郡主和卢小姐会不会奇怪？孙太医和崔二公子会不会奇怪呢？”

李沐清揉揉额头，无奈地笑道：“若我不跟随你出京，你定会易容吧？哪里会有这许多麻烦？正因为我跟着，你才让我抽身不得。你还是防着我！”

谢芳华不否认，将温热的药一口气喝了，用茶漱了口，站起身：“走了！”

李沐清点点头，跟着她站起身，出了酒楼。

两匹马很快便出了城。

燕岚和卢雪妍显然有意在等候，二人在出了城三十里的地方，便追上了她们的队伍。

卢雪妍见到李沐清，一双盈盈美目有着掩藏不住的喜色，喊了一声：“李公子！”

燕岚笑道：“李公子这么快？我们还以为你们总要多耽搁一会儿！”

李沐清笑着摇摇头：“出来两三日，父亲急着召我回去，不敢过多耽搁。”话落，他对二人微笑，“我知道燕小郡主骑术极好，不知道卢小姐骑术如何？能不能骑快马？”

卢雪妍连忙点头：“我也是自小学习骑术，能骑得了快马！”

“那好！我们一同骑快马也不至于耽搁了！”李沐清话落，偏头看了谢芳华一眼，两匹马不做停留，掠过了这一小队人马，向前冲去。

速度实在太快，转眼间就奔出了老远。

燕岚和卢雪妍齐齐一愣，对看一眼，连忙打马，她们身后的护卫队也连忙尾随其后。

一路快马不停歇，一个时辰便跑出了百里。

李沐清见谢芳华跑了百里，身下的马都出了细微的汗，她依然不减速，不由皱眉，催马靠近她一步，伸手扯住了她的马缰绳。

谢芳华被迫止步，偏头看着他。

“你不要命了？天色还早，用不着这样急。你的身体这么颠簸奔跑，如何受得住？”李沐清难得有些严厉。

“还剩下百里而已，你放心，我还不至于太娇弱。”谢芳华打开他的手，催马向前冲去。

李沐清无奈，只能跟随在她身后，不停地扬鞭催马。

燕岚和卢雪妍早先还能跟上二人，如今却渐渐被落下得远了。

百里地之后，见那二人根本没有停歇的打算，燕岚泄气地勒住马缰绳，恼道：“这个李沐清，什么意思？明明答应了同路，却是骑马甩下了我们。”

“看起来李公子家里的确有急事儿。毕竟他不同于我们，每日的事情很多。”卢雪妍抹了抹额头的汗道。

燕岚叱了一声：“你和卢雪莹不愧是姐妹，想法可真天真！我看啊，他是眼里根本就没看到我们，尤其是没看到你对他有意，才如此不怜香惜玉。或许看出来了，故意无视。就如当初的铮哥哥对卢雪莹和我，故意视而不见。”

卢雪妍一时失声。

“虽然你和我哥哥的婚事儿十有八九会泡汤，但我还是劝你，别喜欢李沐清了。这个男人比我哥哥的心思深多了。右相老奸巨猾，维持中庸之道，他比右相不遑多让，甚至更上一层楼。”燕岚哼道。

卢雪妍脸有些红，有些不堪：“我只不过是有些欣赏李公子罢了，不至于非卿不嫁。我和你哥哥的婚约一日没解除，我是不能喜欢别人的。我懂，你放心吧！”话落，她抿唇，低声道：“至少我不会做莹妹妹那样的事儿，让自己没有退路。”

燕岚闻言点头，烦闷地道：“卢雪莹看开了，如今是一心在家等着嫁给英亲王府的大公子秦浩了。而我……”她自嘲又不甘地一笑，“人家都圣旨赐婚了，我却还是不死心。自己都在肖想无望的人，是没资格说你的。”

卢雪妍看了燕岚一眼，不知道说什么。

二人也不再打马追了，不快不慢地各自想着心事。

申时整，谢芳华和李沐清便到了京城外。

果然如猜测，京城各城门都有一队士兵对进出城内外的人严加排查。

“我们绕去北门吧！我父亲的门生顾大人掌管着北门，你跟随着我，有他在，就不必排查你了。”李沐清道。

谢芳华点头。

二人达成一致，齐齐绕去了北门口。

北门口果然是右相的门生顾大人把守严查，他见到李沐清，连忙见礼，李沐清对他还了一礼，指了指谢芳华：“我的随从。”

那位顾大人虽然对半遮着面的谢芳华好奇，但见是一位女子，弱不禁风，也不像匪人歹人，便也不盘问，卖给了李沐清个情面，点点头，放他们进了城。

进城后，李沐清对谢芳华道：“送人总要送到家门，我送你去英亲王府后门口。”

谢芳华还没说话，一队人马忽然从长街的尽头疾驰而来。她看得清晰，正是秦浩，不由得眯了眯眼睛，对李沐清道：“不用了！我自己回去。你应付他吧！应该得了你我从北门进城的消息，冲着你我来的。”

李沐清点点头，秦浩来得太快，他的身份不可能跟随她一起躲。

谢芳华拐进了一处背街的拐角，从一户人家的后院墙翻了出去，向英亲王府走去。

她刚离开，秦浩带着的一队人马便来到李沐清面前，他勒住马缰，在马上对李沐清拱了拱手，盘问道：“李公子，从南城回京，为何不走南城，反而绕到北城进城？”

李沐清温和地一笑：“我出门办事儿，给北城的顾大人捎了一块砚台，顺便送给他。”

秦浩眯起眼睛，审视地道：“听说李公子还带了一个人回京，那个人呢？”

李沐清微笑：“不是一个人，而是两个人。秦大公子说的可是燕小郡主和范阳卢氏的卢雪妍小姐？她们在我身后。”

秦浩摇头："李公子是聪明人，你知道我说的不是她们，还有一路跟随你身侧的另一个人。"话落，他补充道："李公子不会没听说过'天下没有不透风的墙'这句话吧？"

李沐清闻言顿时笑了："秦大公子说的是我爹的侍妾？"

秦浩一怔，须臾，沉下脸："李公子，这话从何说来？"

"这本是我家府宅的私事儿，不方便说，但秦大公子看起来是有公务在身，要盘查过问，我就只能略微透露点儿。我爹宠的一房小妾家在南阳。她听说我出京处理产业，征求我爹同意要跟随我回家省亲一趟。为避免外人知晓笑话，便乔装了一番，不敢声张。"李沐清看着秦浩，"秦大公子自己也有一位娇房小妾在宠，你应该了解，男人最受不住绕指柔，我爹也不例外。"

秦浩脸色一僵，如此天衣无缝的作答，的确让他没办法再盘问了。

"若是秦大公子不相信的话，不妨跟我去右相府找我爹对质一番。"李沐清微微一笑，"我爹虽然觉得有碍颜面，但一定不会说假话妨碍秦大公子办案。"

秦浩打量李沐清神色，见他态度坦然，眸光清明，自知他城府颇深，甚是聪明机智。他带的那个女子即便有疑点，此时他也抓不住了。不管是真是假，这样的事情怎么能真到右相府门上找右相对质？得罪了右相，以后就没了颜面，对他没什么好处。思索之下，缓下脸色，笑道："李公子向来是君子，言必出行必果。我自然相信你。不必找右相对质了。"

李沐清点点头，拱手告辞："离家两三日，我需赶紧回府禀明家父。秦大公子，改日沐清做东，请你喝酒。"

"好说！"秦浩也拱了拱手。

李沐清转身向右相府走去。

秦浩看着李沐清离开，一张脸沉了下来。远远看来，那个女子的身影与秦铮身边的听音极像。可惜他还是来得晚了，没抓住人。北城的顾大人是右相的门生，这件事怎么被他给忘了。

谢芳华轻易地就来到了英亲王府后门。

后门的守门人见到她，顿时惊喜不已，谢天谢地道："听音姑娘，您总算是回来了。您再不回来，林七就没救了。"

谢芳华一怔："怎么说？他怎么了？"

"中午的时候，铮二公子醒来了。林七他……您快回去吧！我和林七私下交情不错，不想他出什么事儿，但是铮二公子的脾气您知道，他醒来后，不见了您，只见到林七，当时就怒了。林七几乎吓破了胆子，只能实话实说您出府了。就在不久前，我也被铮二公子召去了落梅居询问你怎么离开的，林七如今在落梅居跪着呢。”守门人压低声音道。

“我知道了，我这就回去！”谢芳华点点头，进了后门。

她没想到秦铮竟然中午就醒了，比她预计的药效早了半日。她一直觉得一定要赶在药效消散之前回来，才不顾李沐清劝阻，一路不停奔波，没想到还是回来得有些晚了。

回到落梅居，她一眼便看到林七低着头跪在院中的梅树下，落梅落了他一身，显然已经跪了许久。这样的天气，乍暖还寒，地面的寒气还是极重的，若是这样跪一日的话，他没有武功，腿不废了也会伤了筋骨。幸好中午到此时才只是半日。

谢芳华在落梅居门口停顿了片刻，缓步走进院中。

林七听到脚步声抬起头，见谢芳华回来了，动了动嘴角，苦兮兮地看着她。

谢芳华对他点了点头，进了屋。

“你还知道回来！”她刚到门口，秦铮恼怒的声音忽然从里屋传出，一个茶盏从里屋扔了出来，对着她迎头砸下。

谢芳华到底是疲劳过度外加身体虚弱不堪，动作不太利索，躲避得慢了些，茶盏擦着她的胳膊而过，撕裂了皮肤，一阵钻心的疼痛，她忍不住闷哼一声，身子倒退了一步，倚在了门槛上，撞得门咣当一声，同时茶盏摔到了地上，碎成数瓣。

她捂着手臂，本就苍白的脸色更是苍白了些。

屋中静了片刻，秦铮挑开帘幕，从屋内大步走出，当看到门口站着捂着手臂的谢芳华，脚步顿住，一双青黑的眸子直直地定在她脸上，眼睛眯了眯，清俊的脸色阴寒一片：“扔下我两三日回来，小小的茶盏都躲不过了？你可真是好样的！”

谢芳华虚弱地看着他，他盛怒的模样在她的眼里一个人影变成两个人影。

“说话啊！你去了哪里？”秦铮走近两步，来到她面前，比她高出一头半的颀长身躯居高临下地看着她，怒道，“又变成哑巴了？”

“我……”谢芳华张了张口，想要说什么，忽然一阵气血上涌，她身子晃了晃，手臂扶住门槛，才免于栽倒，对他轻声道，“你先将林七放了，不关他的事儿。”

秦铮冷冷地看着她，危险地道：“你又跟爷讲条件？”

谢芳华摇摇头：“没有，你先将林七放了！我再说。”

秦铮扬眉，忽然冷笑：“放？我就是在等你回来，你回来后我就当着你的面将他乱棍打死！看看你以后还敢不敢如此背着爷阳奉阴违。”话落，他对外面大喝：“来人，将林七给我……”

谢芳华伸手捂住了他的嘴，堵住了他没开口的话。

秦铮话语一噎。

外面林七看着突然出现的黑衣护卫，身子顿时软了，吓得面无血色。

“放了他，否则我……”谢芳华一句话没说完，眼前一黑，手软软地松开，整个身子不受控制地向地上倒去。

秦铮一怔，手比大脑快一步地接住了她要倒地的身子，低头一看，她昏迷了过去，顿时心惊，喊了两声，见她一动不动，当即对外面怒喝：“赶紧去给爷请太医！”话落，见林七呆怔怔地跪在那里，怒道：“林七，给你两炷香时间，若是请不来孙太医，爷就扒了你的皮！”

林七惊醒，连忙爬起身，也顾不得僵硬的腿了，扒开腿就跑出了落梅居。

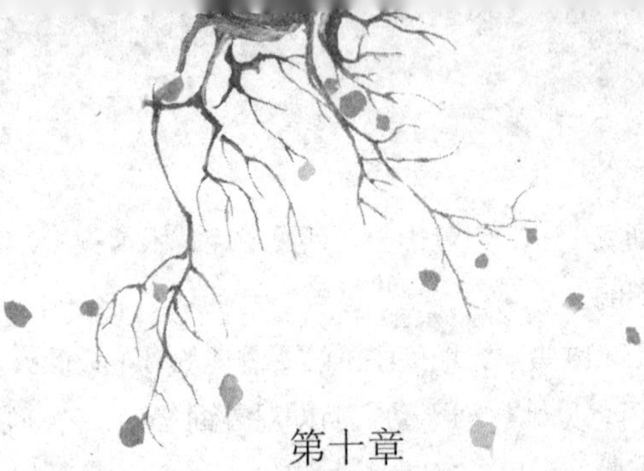

第十章
春意

京　门　风　月

秦铮拦腰抱起谢芳华，走回了中屋，将她放在床上。

这才发现她脸色太过苍白，眉目是深深的疲惫，短短两三日不见，她身上那种沉静、贵气、优雅的气息一概不见，只剩下虚脱、乏力、病态的孱弱。

他脸色再度阴沉，对窗外吩咐："立即去给我查她这两日的行踪，查到了即刻回禀我。"

"是！"黑衣人退了下去。

秦铮看着谢芳华，心口一股怒火憋住。她如此昏倒在他眼前，他有天大的怒火也发作不出来了，顿时气闷不已。看着她一身风尘的衣衫根本不是他让绣坊给做的那些，伸手粗鲁地给她扯了，扔在了地上，同时踩了一脚。

扯了她的外衣后，似乎还不够熄灭怒火，他转身拿了绢帕沾了水给她擦脸，手下不觉用力，苍白的脸色被他擦出了些许红色，才舒服了些，扔了湿的绢帕，一屁股坐在了床头。

谢芳华无知觉地昏迷着，对他做什么一概不知。

两炷香过去，林七并没有如秦铮吩咐的一般准时归来。

秦铮皱眉看向窗外。落梅居的梅花被风吹起，纷纷扬扬，满院都是粉红色，他伸手推了推谢芳华："爷给林七机会了，他不抓住，就等着爷扒了他的皮吧！"

谢芳华的身子晃了晃，眉头拧了拧。

秦铮忽然转回头来，凑近她的耳朵，恶狠狠地道："将他的人皮扒下来撕着玩，你说怎么样？"话落，见她眉头拧紧，又使劲推她，"醒了吗？醒了吱一声。"

谢芳华虚弱地嗯了一声，想睁开眼睛，但是睁不开。她挣扎了片刻，浑身乏力，便放弃，继续睡去。

秦铮哪里肯让她睡，他似乎抓住了她心中所想的弱点，一个劲地推她："赶紧滚起来！爷还没跟你算账呢！先让你亲眼看着我撕了林七，然后再……"

"不管你要干什么，先让我睡醒。"谢芳华软软地伸出手，似乎要打开秦铮，却在摸到他手的时候没了力气，就那样放在了他手上，声音细若蚊蝇。

秦铮身子蓦地一僵，满胸的怒火忽然就在她这疲乏、困倦、虚弱、柔软地将手放在他手上时无形地消退了。他低头，盯着她的手看了片刻，慢慢地将自己的手反转，握住了她的手。

手骨娇柔，触手温软。

他比她大一岁而已，手却是能正好地包住她的手。

秦铮目光不觉地温柔下来，闭上眼睛，靠在她身边躺下。

两个时辰后，林七拖着孙太医气喘喘地跑进落梅居，脚步声惊醒了准备入窝睡觉的紫夜和白青，两只小东西立即跑了出来，拦住了孙太医。

孙太医吓了一跳，连忙往林七身后躲。

"这是来给听音姑娘看诊的孙太医，你们快闪开，否则耽误了工夫，二公子怪罪下来，你们和我一样遭殃。听到没？"林七挥手赶它们。

紫夜和白青似乎听懂了，让开了道，继续跑回去准备入睡。

孙太医松了一口气，从林七身后出来，这才有了喘息的空当，无奈地问："二公子的听音又怎么了，哑症不是已经治好了吗？"

"虽然哑症治好了，但还有别的病不是？"林七拖着孙太医继续往屋子里走。他哪里知道听音姑娘怎么了？只知道二公子要打杀他的时候，听音姑娘似乎是昏倒了，他只觉得昏倒得太及时了，否则他的小命就玩完了。

孙太医一张老脸苦得跟烂白菜似的，有气无力地道："京中太医院还有那么多太医，我刚进京，可是连口水都没喝呢。"

"京中多少太医也不是您！我家二公子点名要请您。"林七也苦下脸，不满地嘟囔，"您说您老没事儿往京外跑什么？我家二公子只给了我两炷香的时间将您请来。如今倒好，两个时辰才回来，我指不定怎么死呢。"

孙太医闻言同病相怜地看了一眼林七，叹了口气。在二公子身边侍候的人都不容易啊。

二人拉拉扯扯地来到了屋门外。

如今天色已黑，屋内没有掌灯，也没有声音，看不见里面的情形，也听不见动静。

林七的心顿时提了起来，小心翼翼地喊了一声："二公子，奴才将孙太医请来了。"

秦铮嗯了一声。

林七等了半晌，秦铮没下文了，他不知如何是好，看向孙太医。

孙太医倚着门框喘气。这个时候他是真的想告老还乡了。这几日年都没过好，很多太医院的太医都在家听戏过年串门子，只有他这一把老头子被折腾来折腾去。

“二公子，奴才跑去太医院找孙太医，没找着人，打听之下，才知道孙太医出城去了清河，今日回城，奴才就跑去城门口等了，如今刚把孙太医等回来，您看，现在就让他进去给听音姑娘看诊吗？”林七硬着头皮大着胆子小声对里面询问。

秦铮没吱声。

孙太医拍拍身上因为跑得急栽了一个跟头弄的土，对里面咳嗽了一声：“铮二公子，老夫来了！听音姑娘还需不需要……”

“进来！”秦铮懒洋洋地开口。

孙太医打住话，抬步走进屋，屋中一片漆黑，他刚走两步便踩到了碎瓷器，脚心顿时一疼，嗞了一声，不敢再迈步往前走。

林七连忙绕开他，小心地进了屋，拿出火石，掌了灯，屋中顿时明亮起来。

孙太医抬脚，只见一块碎茶盏扎进了他的靴子里，幸好他年纪大了，夫人给他纳的鞋底子厚，才没让碎茶盏扎得太深伤了脚。他暗道了一声万幸，迈过地上的凶器，缓步进了中屋。

中屋内，谢芳华依然睡着，秦铮倚在她身边，懒散地躺着。

地上散乱着撕坏了的衣物和绢帕，床帐帷幔半挑半落，有一种温暖缱绻的气息。

孙太医进来之后看了一眼，连忙转过身：“哎呦，铮二公子，我的这把老骨头这两日已经快被颠坏了，就剩下一双眼睛了。如今可不想长针眼，您还是赶快起来收拾收拾，老夫再给听音姑娘把脉吧！”

“啰唆！”秦铮轻斥了一声，坐起身，挥手落下了半遮半掩的帘帐，只露出谢芳华一只手臂，拿出绢帕给她盖上手腕，对孙太医哼道，“可以了！若是你不给爷诊出个所以然来，爷不等你长针眼就先卸了你的眼珠子！”

孙太医无奈地转过身：“铮二公子，这京中各府人人都对老夫客气三分，就你例外，老夫怕了你了。”话落，来到床前，习惯性地在谢芳华用帕子遮住的手腕处给她把脉。

秦铮站在一旁看着。

林七站在门口，大气也不敢出。

孙太医本来轻松的脸在触到谢芳华脉象时，顿时转为惊异，片刻后，又转为凝重，须臾，一张老脸深深地拧出几道皱纹，最后连连叹气，放下了手。

“她怎么样？”秦铮忍不住沉着脸问。

“哎，铮二公子，你这听音又做了什么？将自己的身子折腾成这副样子？”孙太医摇摇头，“她脉象虚浮不堪，体内的血像被人掏空过一般，心脾肝肺都有损伤。这若是搁在别人的身上，那就是已经踏进鬼门关了。她身体底子好，经络虽然倒行逆施，但是强健，又有好药服着，才不至于丢命。但是这样的肺腑内伤怎么也要养两三个月，才能将亏损的气血补回来。”

“两三个月？”秦铮气息变了变。

“两三个月是少说，你要知道，人体内都有先天的元气，这是根本。若是伤了元气，是很难补回来的。这么说吧！听音姑娘就是已经伤了元气，不能再肆意地挥霍折腾了。若是这么折腾下去，对她以后啊，子嗣什么的，绝对没有好处。”孙太医隐晦地道。

秦铮脸色青了青：“我知道了。你开药方吧！”

“我观脉察觉她应该是服用了某种灵药，继续服用就是了。若是让老夫开药方，也无非是补药。没那能力开出比她服的灵药还好用的好方子。”孙太医摇摇头，话音一转，“但是可以给你写几道药膳。你吩咐人炖给她吃，这样双管齐下，能好得快些。”

秦铮点头：“那你就写药膳吧！”

孙太医走到桌前，不多时，提笔写了十多道药膳递给秦铮。

秦铮伸手接过，看了一眼，递给孙太医一柄十二骨的美人扇。这扇子是玉做的，抓在手里相当温润。

孙太医一惊，连忙摇头，受宠若惊地道：“二公子，这可使不得，太贵重了，老夫也没做什么，只不过就跑了两趟腿而已。”

“给你就拿着！你治好了她的哑症，以后还有用得到你的地方，别为了怕麻烦就辞官不做，让太医院少了一名好太医。”秦铮塞给他，漫不经心地道，“就算你辞官也没用，你若是辞了，我该找你也是要找的。”

孙太医一呆，接住十二骨的玉扇，嘴角抽了抽：“那老夫就收下了，多谢铮二公子。老夫虽然老迈了，但似乎还有点儿用处，铮二公子用得到老夫，是老夫的荣幸。”

秦铮摆摆手，也不客气：“好走，不送了！”

孙太医拱了拱手，不再耽搁，告辞出了落梅居。到底是拿了贵重的宝物，怨言全没了。

这柄十二骨的玉扇他是知道的。两年前，封地有位藩王进贡上来的，皇上极其喜欢，但是铮二公子见了之后就不撒手了，非给夺了。皇上无奈，只能给了他。没想到如今到他的手了。看来听音姑娘在铮二公子心中的分量真是够重。

秦铮挥手将写满药膳的纸张递给林七：“从今以后，你就来落梅居当值，现在就拿着这个去宴府楼找何晏将这些药膳都学了。给你两日，你若是学不会，爷就真扒了你的皮！”

林七颤抖地接住两页纸，感激涕零连连保证：“二公子放心，小的一定好好去宴府楼学，两日之内保证学会所有的药膳。”

“现在就去吧！”秦铮赶苍蝇一般地赶走林七。

林七点头如捣蒜，连忙往外走，走出门口，又转回身，苦着脸道：“二公子，小的没您的凭证，就这么去宴府楼，怕是连何晏的面都见不着啊。”

秦铮解下玉佩，扔给他：“拿着这个去！”

林七小心翼翼地接了秦铮的玉佩，欢喜地跑了出去。

屋中再次安静了下来，秦铮重新坐回床边，伸手推谢芳华。

谢芳华睡了两个时辰，依然不解乏，被秦铮推醒，慢慢地睁开眼睛看着他。

“跟我说，你干什么去了？”秦铮微眯着眼睛，危险地看着她，“在爷的人查出来之前，你最好老实交代！你认为你如今住在我的落梅居，是我的人，还能做什么瞒着不让我知道？”

谢芳华打量他，见他被她砍伤的那只胳膊有些僵硬，看来伤口刚刚愈合，还不能随意地活动，她收回视线，犹豫了一下，声音有些沙哑：“我去了清河！”

“去干什么？”秦铮挑眉。

“救一个人！”

秦铮眸光缩了缩：“谁？”

“中了血毒的崔三公子。”谢芳华瞅着他，一字一句地道，“受人之托忠人之事。”

秦铮想着他将听言送出去做了聘礼，将麻烦扔了出去，但是也不曾想到她居然这么快就动手，而且将他撇除在外。他扭过脸，不看她，看着窗外，情绪莫测地问：“人救活了？血毒解了？”

“嗯！”谢芳华点头。

秦铮盯着窗外看了片刻，忽然又转回头来，瞅着她：“你……”

谢芳华看着他，刚睡醒的眸子有一种朦胧的纯净。

秦铮忽然又住了口，薄唇紧紧地抿成一线，眉峰拧紧，片刻后，他烦闷地改口问：“还做了什么？”

谢芳华摇摇头：“只做了这一件事情。”

秦铮轻轻哼了一声，扭开脸，僵硬地道：“你吃了什么灵药？将方子给我，我让人给你抓药回来煎熬。”

谢芳华点头：“你拿纸笔来，我写出来。”

秦铮嗤笑，看着她扬眉：“如今回来就卧床不起了，你的能耐呢？”话落，走到桌前，拿了笔墨递给她：“倒是学会指使爷了。给你！”

谢芳华接过笔墨，在纸上开始写药方，她手腕发软，写出来的字没有劲道，有些歪扭。

秦铮站在一旁，倒没有嘲笑，见她写完，将笔墨放在桌案上，拿着药方走了出去，对她丢下一句话："你继续睡吧！"

谢芳华重新闭上了眼睛。

这时，门口传来脚步声，轻浅缓慢，长裙拖地，步履盈盈，是女子的步伐。

谢芳华立即睁开了眼睛。

"娘，都这么晚了，您过来做什么？"秦铮走到门口，见春兰扶着英亲王妃进了落梅居，立即蹙起眉头。

英亲王妃看着他，嗔怒道："两日没见到你人影了，你说我来做什么？死小子，你猫在落梅居不出门在做什么？我是你娘，你还不准我来看儿子了？"

秦铮一噎，见英亲王妃真要怒了，他蹙起的眉头顿时松开，对她扬唇一笑，懒洋洋地道："听音不是来癸水吗？她不好意思出门，这落梅居里也没别人，儿子疼她，只能关起门来照顾她了。"

谢芳华在屋内听得清楚，脸色顿时涌上羞愤的潮红。

英亲王妃闻言被气笑了，看着他："真是这样？"

"不是这样还是哪样？"秦铮迎上英亲王妃，搀扶住她的胳膊，拿药方搁她面前晃，"您看看，她的癸水太多，两日了还浑身疼得下不来床，我刚刚派林七抓来了孙太医给她看诊，这是孙太医开的药方子。"

"这天乌漆抹黑的，你这样给我，我也看不见。"英亲王妃打开秦铮的手，"若不是我刚刚听说林七把孙太医拖进了府，以为你这里出了什么事儿，否则你当我乐意来管你？听音是初次来癸水吧？女子的癸水一般要七日，两三日怎么能没？你也不去问娘，可真是胡闹！"

秦铮低低咳嗽了一声："不是不好意思吗？如今知道了。"

"臭小子，不好意思还拿出来说？我看你好意思得很。"英亲王妃斜眼睛瞅他。

"您儿子自小在您的身边耳濡目染，哪里会不好意思？是听音不好意思！如今实在痛得厉害了，我才强行去请了孙太医来。"秦铮道。

"女子来癸水，若是初次的话，是有这个浑身疼痛的症状。"英亲王妃道。

秦铮不再说话，扶着她进屋。

穿过画堂，英亲王妃径直进了中屋。

帘幕挑开，一眼便看到谢芳华躺在床上，屋中灯光有些许微暗，她的脸色虽然有些潮红，但到底还是太过虚弱和苍白。整个人静静地躺在床上，任谁一看就是一脸病态。

英亲王妃立即松开秦铮的手，走到床边，皱眉："怎么这样严重？"

谢芳华本来想装睡，但如火烧的脸色怎么也控制不住。英亲王妃何其聪明？没办法装，她缓缓坐起身，红着脸接着秦铮的话道："其实也不严重……"

"还不严重？你看看你，才两日不见，就瘦成了这副样子？"英亲王妃坐在床头，伸手去抓谢芳华的手，吓了一跳，“怎么这么凉？”

“往常手也是这么凉。”谢芳华道。

“这一定是有体寒之症。”英亲王妃肯定地道，“我曾经也有体寒之症，以前来癸水的时候最是难熬，浑身疼痛不说，几乎抽缩痉挛。后来吃了很多药，养了两年，才好多了。你这模样跟我以前一样，需要好好用药调理。”话落，她问秦铮：“孙太医怎么说？说的可也是跟我一样的症状？”

秦铮抓着药方子点头：“说要补药，好好调理半年。”

英亲王妃颔首，忽然对秦铮发作道：“若不是你不让这落梅居再进人，就你们两个人，没个嬷嬷照应着，还关起门来不让人知道，哪里能让听音女儿家受这等苦还没处说？短短两日成了如今的样子？”

秦铮点头，分外乖觉：“是，都是儿子的错！再不会了。”

英亲王妃见他认错良好，挥手赶他：“你刚是要去抓药？快去吧！”

秦铮将药方子递给春兰：“既然兰姨也来了，让兰姨去抓吧！”

“让春兰去做什么？你去！咱们府中的药库里就有药，捡好的拿来！若是不够的话，就去宫里的御药房取。”英亲王妃摆摆手，如赶苍蝇一般地赶秦铮，“你快去！我在这里和听音说些体己话，教给她些女人该注意的事情。你在这里碍眼。”

秦铮看着英亲王妃，无赖地道：“娘，她看着聪明，其实在自己的事情上就是个小迷糊，您不如直接告诉儿子。儿子比她聪明，能记得住！”

谢芳华深吸一口气：“公子，我虽然不聪明，但也能记得住，您放心吧！”

英亲王妃被气笑了，看了谢芳华羞愤的神情一眼，对秦铮瞪眼：“还不快去？”

秦铮无奈，拿着药方转身走出了房门。

“真是个黏人的主！以前我怎么就没发现我生出来的儿子这么黏人呢？”英亲王妃见秦铮出了落梅居，又好气又好笑，“以前他是个在屋子里待不住的人，天天往外面跑，从来没有好好地在落梅居歇上两日。如今听音来了，可是将他这个毛病给治了，能两日闭门不出，我都快不认识我这个儿子了。”

春兰笑着接话：“可不是吗？自从听音姑娘来了落梅居之后，咱们二公子的大小毛病改了许多。就比如这按时吃饭的事情，就做得最好。”

“到底是长大了！”英亲王妃感慨。

“二公子今年十七了，过了明年就及冠了。可不是大人了？二公子大了之后，王妃就能少操些心了。”春兰看了谢芳华一眼。

“嗯，自从听音来了，我就不那么操心了！以后啊……也用不到我总是操心了。你没见吗？我若是管得多，他该烦我了。”英亲王妃见谢芳华低垂着头，她慈爱地道，“听音，是不是不曾有人与你说过女子的癸水以及该注意身子的私事儿？”

谢芳华想摇头，福婶都与她说过，但是这般情况下只能点头了。

“今日我就与你说说。”英亲王妃缓缓开口，事无巨细地与她说了起来。

偶尔有她说不到的地方，春兰在一旁提点两句。

谢芳华静静地听着。

这样的事情本来应该是娘亲或者奶娘来与她说，上一世，娘亲没得早，奶娘也早早得病去了，她记事起，就是福婶照料她，所以，都是福婶给她打点，说与她听。这一世，她早早就去了无名山，回来后与福婶只碰了几面，还没机会说。

英亲王妃对她可谓是真的慈爱赤诚了，就她关于女子的私事儿上的认知，是半点儿没藏着掖着，对她此时如女儿一般地仔细提点着，循循教导着。

本来还有些羞窘不堪，可是渐渐地，她却感觉到了一种母亲的温暖。

若是她的娘亲还活着，一定也如英亲王妃一般吧？怪不得英亲王妃能和她娘成为手帕交。

秦铮有这样的娘，可真是让人嫉妒。

如今她算是明白秦怜心中的恼恨了，这样的一个娘，被秦铮全部给霸占了，搁在她身上，也是不甘心的。

“娘，您可真是啰唆！说完了吗？”秦铮从外面提了一大袋子草药回到落梅居。

英亲王妃也说得差不多了，打住话，见他手中提的很大一袋子药回来，嘴角抽了抽：“这么多药，听音都喝完的话，怕是再见到草药就会吐了。”

“不全让她喝，以后用来做药膳。”秦铮道。

“这个法子好！我那时候也是做药膳来补的。”英亲王妃道。

秦铮将一袋子药扔在地上，走到桌前倒了一杯水递给英亲王妃：“娘，您说完了就回去吧！我看到爹去您的院子了。脚步匆匆的，老头子又有事儿了。”

英亲王妃一愣，不由疑惑：“他不是陪意芝进宫面见皇上了吗？怎么这么快就回来了？”

“意芝？”秦铮挑眉，“崔意芝？”

英亲王妃点点头：“你还不知道吧？就在孙太医进府的同时，意芝也来了，可是他刚到门口，宫里便来了人，皇上宣他进宫，你爹陪着他去了。按理说，这么大工夫儿也就刚见到皇上，怎么这么快就回来了？难道没进宫？”

秦铮若有所思：“这样说来定然是没进宫了！您回去看看不就知道了！”

英亲王妃将手中的水喝了一半，站起身：“你说得对，我还是赶紧回去看看。意芝说意端的血毒被一对年逾花甲的隐世老夫妻给解了。皇上派的秦浩和秦倾去了清河没抓住人，心里分外不舒畅。如今意芝刚进京，还没来咱们府落脚，皇上就得到信儿宣他进宫，这里面指不定有什么打算呢！”

秦铮忽然眯起眼睛：“一对年逾花甲的隐世老夫妻给崔意端解了血毒？”

“据说是这样！你这个死孩子，闷在屋子里，如今什么也不知道。”英亲王妃瞪了秦铮一眼，“秦浩去了趟清河，虽然没办好皇上交给的差事，但回来遭了劫匪，没得皇上怪罪，反而拿到了京畿府兵彻查的权力。俗话说，拿到手里的权力怎么可能轻易送出去？皇上给了权力也不会轻易收回去。这回他若是做些什么，有左相支持，又更容易了些。你呀，还是快想想对策吧！别等着他对付你的时候，你反抗不得，娘也跟你遭罪。”

“哪儿能？他就算手里抓了把糖，儿子也能让他变成土。”秦铮笑了一声。

“不知道你哪里来的自信！”英亲王妃忍不住笑了，走出房门。

秦铮将英亲王妃送出门口，见她离开落梅居，转过身，脸色顿时沉了下来。走进屋，阴寒着脸看着谢芳华：“我刚才问你，你不是说没有事情了吗？”

谢芳华对他笑笑，语气轻浅绵软，无辜地道：“是啊，你问我都做了什么事情，我只做了解毒这一件。的确是没有了！”

秦铮闻言顿时气笑了，瞪着她：“狡辩！”

谢芳华撇开脸。

“还有谁与你去了？”秦铮来到床边，居高临下地看着她。

谢芳华想起除夕那日城门口的事情，秦铮大动了怒气，若是让他知道李沐清的话……

“公子！”外面忽然出现一人，低低地喊了一声。

秦铮转过身，走到窗前，看着窗外，声音清淡地询问：“查出来了？”

“是！”黑衣人颔首。

“说！”秦铮话语简洁，面无表情。

“听音姑娘两日前出了府，在街上，遇到了翰林大学士府的王公子、监察御史府的郑公子、忠勇侯府的谢世子、右相府的李公子、宫里的八皇子、侍郎府的程公子和宋公子。”黑衣人据实以告，“右相府的李公子后来没去来福楼喝酒，而是和听音姑娘出了城，去了清河。”

“又是李沐清！”秦铮气息倏地一沉。

黑衣人感觉到了秦铮语气里的怒意，顿了片刻，见他没再说什么，继续道：“至于到清河之后，属下查不出来了。没有他们在清河内的行踪。而且除了进出城外，只查到了李公子，听音姑娘被人暗中刻意隐去了痕迹。”

秦铮闻言冷笑：“李沐清这是要撬爷的墙角吗？他好大的胆子！真是笃定爷奈何不得他了？”

黑衣人不再说话。

秦铮手敲着窗棂，沉默半晌，吩咐道：“再去查查崔意芝！”

“是！”黑衣人退了下去。

秦铮缓缓地转过身，隔着窗和床的距离看着谢芳华，脸色幽深难辨，目光难测。

谢芳华看着秦铮，不得不承认，他手下养着一批很厉害的人，当她身份是王银的时候，她就领教了。如今在她昏迷的时候吩咐人去查她的行踪了，而且还不遮不避地当着她的面说出来，坦荡得有些无耻。但偏偏她把他砍了，还下药弄昏迷了，如今她才是理亏的那个人。

秦铮盯着谢芳华看了半晌，漂亮的眉梢挑起："你对李沐清很喜欢？"

谢芳华摇摇头："喜欢谈不上，李公子太过聪明，我做了两件事情，正好都倒霉地被他撞上了。摆脱他不容易，不如就拖他下水。"

秦铮忽然嗤笑："你倒霉？"

谢芳华点头。她回京后，除了被秦铮缠住外，和皇上交锋的两件大事儿都碰上了李沐清，不是倒霉是什么？

秦铮见她点头，怒意倏地散去，走过来，站在床边，伸手将她歪斜的簪子随意地扯掉，一头青丝从头上滑了下来，他用簪子拨了两缕散乱的青丝放在她耳后，对她弯起眉眼，笑容可掬地道："右相狡诈若狐，李沐清不遑多让。你避不开他，拖他下水是对的。"

谢芳华被他突然大逆转的态度弄得有些懵。

秦铮直起身，将簪子放在一旁，轻轻哼道："李沐清若是不懂得控制自己心的话，爷会叫他知道，什么才是真正的倒霉！"

谢芳华认真地看了秦铮一眼，不做声。

"行了，你若是还困就继续睡吧！我去做饭煎药。"秦铮丢下一句话，转身出了房门。

谢芳华看着他出了房门，被他那句做饭煎药牵动了神经，好半晌才回过神来。

不多时，厨房隐隐传出香味和药味，飘进了屋子里。

谢芳华再睡不着，掀开被子起身下床，见她早先穿的那件衣裙被撕破了丢在墙角处，不用想也知道是秦铮的杰作。她走到衣柜里拿出一件外衣，穿戴妥当，出了房门。

明日立春，今日的天气暖了不少，这样的夜晚，风没那么寒冷了。

小厨房传来叮叮当当的声音。

谢芳华来到小厨房，一眼便看到秦铮在锅前做菜。火炉上熬着药，灶膛里放的是干柴，他一手拿着铲子，一手往锅里放调料，那姿态分外轻松悠闲，根本不像她学做菜那样对于放哪个调料考虑半天。

果然是人不可貌相，海水不可斗量！

她是无论如何也没想到秦铮竟然能下厨，还如此像模像样。

秦铮听到脚步声，回头瞅了她一眼："怎么出来了？不睡了？"

谢芳华点头，倚在门框静静地看着他做菜。

秦铮转回头，继续干手里的活，看着随意漫不经心，但是偏偏让人觉得这样的姿态是如此的赏心悦目。

不多时，他做好了够两个人吃的饭菜，对谢芳华询问：“手还有力气吗？有的话过来端这些进屋去！”

“有！”谢芳华走进小厨房，端了一个托盘装满了做好的东西，往屋里走。

秦铮洗了手，端了药，出了小厨房。

谢芳华第一次吃秦铮做的饭菜，放在口中，仔细地品了品。

“爷第一次下厨，就是为了你，若是你不感动得都吃了的话，那么以后你休想再让爷给你下厨了。”秦铮看了谢芳华一眼，有些踧踧地道。

谢芳华刚想说盐放少了，有点儿淡，闻言立即咽了回去。

秦铮勾了勾嘴角：“你把自己折腾成这个样子，最近要喝药，适宜吃清淡些。”

谢芳华恍然，点点头。只要不用她下厨，吃什么都行。

二人不再说话，静静地吃着饭。

落梅居的夜分外宁静，朦胧的罩灯下，浣纱格子窗映出两人的身影，一个清俊颀长，一个纤细娇软。两两相对，春的气息似乎都浓了。

落梅居梅落无声，风过无声，月牙悄悄地挂在天幕亦是无声。

用过晚膳，谢芳华喝了汤药，困倦地起身。

秦铮轻轻抬手，她刚站起立马又坐了回去，抬眼看他，他不看她，说道：“刚吃过饭就睡容易积食，汤药易上火，半个时辰后再去睡。”

谢芳华皱眉：“你管的是不是有点儿多？”

秦铮眉梢动了动，抬眼瞅她：“我还能管得更多，你信不信？”

谢芳华轻哼了一声。

“半个时辰够下一局棋。”秦铮从桌下的暗格里抽出一盒棋盘，对她问：“下不下？”

谢芳华疲惫地靠着椅子歇着：“没力气！”

秦铮径直摆上棋盘，自己与自己对弈。

谢芳华抬眼瞅他，他坐在桌前，双腿跷着，一手支着桌案，一手时而黑子时而白子地换着，姿态漫不经心，有一种清雅的贵公子风流随意之态。她撇撇嘴，就是这副模样，让燕岚、李如碧等千金小姐肝肠寸断，痴心难忘。真是个祸害！

“你在骂我？”秦铮抬头看她。

谢芳华摇摇头：“没有！”

秦铮嗤笑：“你撒谎的本事爷以后也该刮目相看了。”

谢芳华面不改色心不跳，对什么人做什么样的事情，对他这种恶人，她撒谎了又怎样？

秦铮慢悠悠地落下一颗子，顿时黑子困住了白子，成了困死之局，他道：“你快输了。”

谢芳华闻言看了一眼棋盘：“明明是你一个人下，我为何输了？”

“我虽然是一个人在下，但是黑子才是我的，白子是帮你下的。”秦铮道。

谢芳华瞪眼：“就算如此，你的黑子凭什么处处下的是好棋，白子凭什么处处下的是破棋？如此反差，你也好意思说我输了？”

秦铮无奈地耸耸肩：“我向来对自己好，既然是对立之局，我凭什么不把自己下好了，把你下破了？”话落，见谢芳华轻哼，他挑眉：“反正你输了，若是不想输，你有本事就动手将白子救活。”

谢芳华被气笑了，骂他：“幼稚！”

“我看你也没什么本事，根本就救不活白子。”秦铮慢悠悠地拿起白子，“还是我帮你下完了吧！反正输了就是输了，在我面前，也没什么丢不起的人，癸水的事儿你都有过了。”

谢芳华劈手夺过他手中的白子，对他羞愤道：“你还说，我明明不是……”

“不是什么？”秦铮斜眼瞅她，“你没来过癸水？没弄得床褥哪里都是？没悄悄让我去我娘那里拿过布包？没请来过孙太医看诊？”

谢芳华一噎，一口气憋在心口。

秦铮看着她羞愤得红到耳朵根子的脸，褪去苍白，分外明丽，他轻笑，缓缓地摆摆手：“天知地知，你知我知。你放心，这个秘密不会再有别人知道。”

谢芳华将攥到手里的白子对着他砸了过去。

秦铮轻松地接住白子，又递给她，揶揄地笑道：“我看你很有力气，那你来扭转白子的局势吧！若是你不扭转，还让我帮你下的话，这一局你就真的输了。你要知道，我对于吃了你……的白子，是从不会手软的。”

谢芳华深吸一口气，又轻轻吐一口气，接过白子，咬牙切齿：“下就下，别一会儿你输了去找你娘哭鼻子。”

秦铮弯了弯嘴角：“不会！”

谢芳华拿起白子，仔细地观察棋盘上黑白子的棋路。不得不说秦铮真不是人，黑子将白子堵得几乎是天衣无缝水泄不通，唯一的一条门路还是放那就会是一个被他吃掉的死角。

她磨了磨牙。

秦铮轻松惬意地看着她，同时说着风凉话：“若是你不行，就直接认输吧！爷不会笑话你的。女人嘛，再会下棋，也只是会下而已，不是真的懂棋。”

谢芳华瞥了他一眼，将白子放在那唯一的生门处。

秦铮扬眉："你确定放在这里？"

谢芳华绷着脸点头。

秦铮毫不客气地伸手拿了黑子给她吃掉，口中懒洋洋地道："送上门的不吃白不吃！"

谢芳华暗骂了一声，在一处暗棋上落下了一颗白子，吃掉了他一颗守着孤角的黑子。因了这一颗子，棋盘上的困局霎时迎刃而解，满盘救活了。

秦铮一怔，认真地看了一眼棋盘，抬头看谢芳华，眸光有些异样。

谢芳华轻轻敲着桌面，学着他懒散、漫不经心地似笑非笑："爷，您不知道置之死地而后生这句话吗？如今算是将白子救活了吗？"

秦铮嗤笑，撇撇嘴，张扬狂妄地道："就算你如今救活了又如何？稍后爷动动手指头，你不还是乖乖地困死不动？"

"那就试试！到底谁困死不动。"谢芳华拿定主意，一会儿让他输得不认识他娘。

"试试吧！"秦铮拿起黑子，寻思了一下，缓缓落下。

谢芳华拿起白子，揣摩了片刻，也慢慢地落下。

一黑一白，一大一小，两种棋子和两只手你来我往轮换着落在棋盘上方。

半个时辰后，下了一盘和棋。

秦铮扬眉："你没困死我。"

"你也没困死我。"谢芳华道。

秦铮勾了勾嘴角，得意地道："但是你陪我下了一盘棋，还是我赢了。"

"幼稚！"谢芳华忿了一声，站起身，回了中屋。

秦铮坐在桌前，慢慢地将一颗颗的黑子都拿走装进盒子里，棋盘上只剩下白子的时候，现出了两个"幼稚"的大字，他轻笑，伸手推乱棋盘，不以为耻，反以为荣地道："爷就是幼稚了又怎样？"

谢芳华在中屋脱了外衣，躺去了床上，落下了帷幔，闭上眼睛，不理会外面收拾棋盘嘀咕的秦铮，安然入睡。

秦铮收好棋盘，坐在桌前，并没有去里屋入睡。任谁连着睡了两日夜，也不想再睡了。

画堂里甚是安静，中屋有淡淡的轻细的均匀的呼吸声传出，他静静地坐着，品着茶，茶香环绕口舌。

"公子！"外面出现一人，清喊了一声。

第十一章
赌局

秦铮嗯了一声。

“崔意芝和孙太医进城后，林七将孙太医拖来咱们府，崔意芝也即刻跟着来了。他刚到咱们府门，宫里的吴公公便来传皇上的旨意宣他进宫。当时王爷正从外面回府，在门口碰到了崔意芝，念他初次入宫，得皇上召见，便随他进宫了。但二人刚到宫门口，皇后便摔倒了，伤了腿，皇上闻讯匆匆去了皇后宫里，刚从咱们府给听音姑娘问完诊的孙太医也即刻被召去了皇后的凤鸾宫。出了这样的大事儿，皇上今夜只能陪皇后了，让崔意芝明日再进宫。”那人禀告。

秦铮扬眉：“皇后为何突然摔倒？”

“据说这样热闹的年节，因为四皇子没在京，皇后牵挂四皇子孤身一人在漠北军营。下午在御花园和林太妃商量给八皇子庆生之事，林太妃回宫后，她又久坐了许久，天黑路滑，她心里想着事情，也就摔倒了。”那人回道。

秦铮忽然笑了一声：“摔倒得好及时！”

那人不说话。

“崔意芝呢？如今在哪里？回咱们府了？”秦铮问。

那人摇摇头：“崔意芝和王爷在返回咱们府的途中，在街上正巧碰到了谢氏盐仓的继承人谢云继。谢云继似乎和崔二公子是旧识，被邀去吃酒了。王爷便独自一人回来了。”

秦铮闻言若有所思，须臾，偏头往中屋看了一眼，忽然缓缓地笑了：“谢云继，倒是妙！今日崔意芝吃酒多了，明日会不会宿醉，便进不了宫了？”

那人沉默，不再言声。

“他们在哪里吃酒？”秦铮问。

“在来福楼！”那人道。

秦铮放下茶盏，慢慢地站起身：“正巧爷睡不着，去来福楼看看林七跟何晏学的药膳怎么样了。”话落，挑开门帘，出了房门，对那人吩咐：“你留在这里，守好落梅居，不准出任何事情打扰到里面睡着的人。”

那人一怔：“公子，属下可是您的近身护卫，随时保护您，您胳膊有伤，这样出去，我不暗中跟着，万一出事……”

“能出什么事儿？除了你不是还有别人吗？”秦铮摆摆手，不容置疑，“你留下！她若是少了胳膊腿，爷劈了你。”

那人倒退了一步，无奈地躬身：“是！”

秦铮脚步轻松地出了落梅居。

谢芳华睁开眼睛看了一眼窗外。秦铮这个暗卫每次都是悄无声息地出现，只有在他出现在院中的时候，她才能感知到他的出现，其余时候根本感知不到他。能成为秦铮的近身暗卫，功夫定然不会比秦铮差。秦铮离开后，他果然没走，就立在窗下。她不再理会，闭上眼睛继续睡去。

深夜时分，秦铮才从外面回来。

谢芳华听到他脚步轻浅地推开门，走过她的中屋，略微带着一丝酒气和醉意，来到床前隔着帷幔看了她一眼，才转身进了自己的里屋。

窗外的人在他回来后似乎才松了一口气，退了下去。

一夜无话。

谢芳华休息了一夜，疲倦的身体总算是歇过来了些，天明时分，便早早地醒了。里屋没传出秦铮的动静，她径直起身，梳洗妥当，出了房门。

院中落梅随着轻暖的风飘荡飞舞，迎着晨起的雾色，小院内静谧如画。

白青和紫夜见谢芳华出来，一起欢腾地跑到了她的脚边，左蹭蹭，右蹭蹭。

谢芳华倚在门口，低头看着两个小东西。落梅居成了它们的安乐窝，看起来乐不思蜀。

落梅居的确是让人有这样的一种感觉，摆脱喧嚣和杂闹，没有那么多来来往往进进出出乱七八糟的人在眼前晃。独独尘世中留出了这样的一块地方，似乎隔绝在了风雨之外。

她这时终于体会了从小到大在这里被养惯了的听言不愿意回清河崔氏的心情。

忠勇侯府，她的海棠苑，上方积压着一层黑云，连海棠花都有着一种雾蒙蒙的霜冷之意，不如这满院飘落的落梅，给人一种静谧的安然。

这样待下去，的确会让人失去某些凌厉的东西。

但对于秦铮来说又是矛盾的，这样的落梅居竟然养成了他那样张狂的脾性，也是异数。

“起了？”秦铮的声音忽然在身后响起，有着刚睡醒的暗哑。

谢芳华回头，见他倚着中屋门框，一手挑着帘幕，一手拨弄缠在一起的两缕青丝。不霸道张狂的时候，就是个清俊秀逸的模样，姿态懒散轻慢，随意悠闲。她点点头，嗯了一声。

“今天是在院子里歇着，还是随我出府？”秦铮拨弄开缠在一起的两缕青丝，随口问。

谢芳华疑惑地挑眉。往日这个恶人霸道，说一不二，从来没有说选择和商量，就比如说昨日下棋，她说不下，非得被他逼迫下了。今日怎么转了性子，询问她的意见了？

“我去忠勇侯府看我的未婚妻。”秦铮漫不经心地道，“你也可以去看看你的主母。”

谢芳华扭回头：“不去！”

“今日立春，玉女河上为了迎春有舞女和戏耍。一候东风解冻，二候蜇虫始振，三候鱼陟负冰。迎春回大地，鸟语花香，应该是有趣的。”秦铮忽然笑了，“昨日我命人在玉女河上定了一艘画舫。你确定不去观看杂耍？”

谢芳华暗骂一声浑蛋，先说去忠勇侯府，再说去玉女河，他就是故意的。她摇头：“不去！没兴趣！”

秦铮扬了扬眉，慢悠悠地道：“我打算去忠勇侯府邀请子归兄一道去，既然你不去，那就在院子里待着吧！”话落，他转身进屋了。

谢芳华看着帘幕随着他进屋的动作飘荡晃动，发出哗哗脆响，他颀长的身躯立在盆架前，鞠了一捧水往脸上泼，她看了片刻，对他道：“我就算不去，也不一定要在院子里待着。”

秦铮动作一停，哦一声。

谢芳华学着他的样子漫不经心：“昨日皇后娘娘摔倒伤了腿，今日王妃一定会进宫去看望吧！我没进过宫，很是好奇，不若我稍后就去王妃那里，随她进宫吧！”

秦铮瞪了谢芳华一眼：“宫里是你想好奇就能好奇的吗？你是生怕皇叔不想起我的身边还有个你？非要一头撞上去？”

“一个人闷在院子里，总是无聊的。”谢芳华道。

秦铮瞥了她一眼，被气笑了，拿绢帕擦了脸，霸道地道：“一会儿随我去忠勇侯府，然后去玉女河画舫。”

“不去！”谢芳华摇头。

“由不得你！必须去！”秦铮丢下绢帕，出了房门，去了小厨房。

谢芳华眼皮翻了翻，忍不住无声地笑了笑。明明今日就是要让她跟着他出门玩，偏偏还摆出一副大爷的样子来让她求他，她偏不求。

秦铮走到小厨房门口，忽然扭回头，恶声恶气地道：“不做饭可以，过来给我烧火！”

谢芳华轻轻咳嗽了一声，收了笑意，跟着他去了小厨房。

饭后，他们还没出府，春兰便来到了落梅居。

她进了院子，往里面看了一眼，见秦铮在收拾碗碟，谢芳华在喝药，两个人安安静静，没有别人，看着很是和美，笑道：“二公子，王妃让我来问问您，一会儿她要进宫看皇后，您去不去？”

“不去！”秦铮摇头。

“那您可有什么安排？”春兰问。

“我去忠勇侯府看我的未婚妻，然后去玉女河画舫看杂耍。”秦铮道。

“听音姑娘呢？”春兰试探地问，“王妃的意思是，宫里的娘娘们对听音姑娘都很是好奇，要不要带她去宫里露露脸？”

秦铮眯起眼睛，斥道：“她一个婢女，有什么资格遭宫里的娘娘们惦记着？不去！”

春兰顿时笑了：“瞧二公子这话说的，听音姑娘不同别人。昨日孙太医在城门口被林七拖进来咱们府给听音姑娘看诊，后来他刚出了咱们府，脚还没站稳，就被皇上宣进宫去给皇后看腿了。这件事情传开了，前些天刚淡下去的关于听音姑娘的传言又被吵得热闹了。说铮二公子真是好福气，有如花美眷待娶，还有天仙似的可人儿在身侧。皇上也因此想起了听音姑娘，说不如就带进宫去见见，既然你选的妻子要三年才大婚，不若就先纳个妾。您是宗室皇亲，就算是妾，也是要上玉牒的。皇上、娘娘们都见见也不贬了身份。”

秦铮哼了一声：“纳妾？爷用不着！”

谢芳华扭开脸，放下药碗，用清茶漱口，当作没听见。

春兰看着二人，揣测了片刻，继续道：“二公子，王妃觉得皇上说得也不无道理，您大婚还要三年呢。听音姑娘早晚要有个身份，既然皇上不在这件事情上为难您，岂不是更好？难道您一辈子不给听音姑娘身份了？就让她当婢女侍候您？不如顺手推舟应了这事儿。”

“兰姨，这到底是我娘说的话，还是我爹说的话？”秦铮示意谢芳华给他倒杯茶。

谢芳华规矩地给他倒了一杯滚热的茶。

春兰一愣，须臾，笑了起来：“二公子真是聪明，我来之前，王爷和王妃在谈论这件事情。王爷知道您听王妃的，让奴婢这样与您说，王妃却说就算是假借她的口，您也是指定不同意，可真是让王妃给说准了。”

秦铮端起滚烫的热茶，摆摆手：“你去回了我爹，告诉他，我的婚事儿不用他管。无论是媳妇儿，还是小妾，都用不着他操心。管好我大哥就行了。别到头来哪个儿子也管不好。”

春兰点点头，得了话，不再耽搁，转身出了落梅居。

秦铮将一盏热茶喝尽，站起身，对谢芳华道：“走，去忠勇侯府。”

谢芳华走进中屋，换了一件颜色明丽的春裳，遮掩了有些虚白的脸色。出了房门，秦铮瞅了她一眼，没说话。

二人一前一后出了落梅居。

立春之日，府中的下人们都脱下了厚重的棉衣，换了轻便的春衫。红粉青绿，各种颜色叠织，一派春意盈然。

来到英亲王府门口，正碰到秦浩也要出府。

秦浩独自一人，看到了跟随在秦铮身边的谢芳华，仔细地打量了两眼，像是几日前紫荆苑发生的事情没发生过一般，笑着打招呼：“二弟要带着听音姑娘出府？”

秦铮看了秦浩一眼，没做声。

“二弟这是去哪里？”秦浩不等秦铮作答，又道，“昨日皇后娘娘摔伤了，难道二弟要进宫看望？我听说昨日皇叔提名了，说要见见听音姑娘，念着二弟要等三年才能大婚，所以先给你立个妾。既然你喜欢听音，十有八九能赐个贵妾。”

秦铮停住脚步，冷冷地挑眉：“作为长兄，很爱管弟弟房里的事儿？”

秦浩一噎，忍住气道：“作为长兄自然要多关心关爱弟弟，这也是父王一直教导我的。”

“父王教导你的事情不止这一桩这一件吧？最重要的一件怕是被你忘了，就是要自立门庭。”秦铮看着他，讥讽道，“不过看起来你这被父王喜爱的好儿子没怎么被教导好，根本就没想心胸浩荡，海阔蓝天，只筹谋钻营一土一寸地。”

秦浩面色微微一变，见英亲王和英亲王妃已经从内院走了出来，他袖中的拳头攥了攥，压下被点破的怒火，沉声道：“父王的教导我自然不会忘！”

“不会忘就好，别只嘴上说说，拿嘴皮子说的事儿谁都会！”秦铮轻哼一声，迈出门槛，对谢芳华催促：“快点儿走，慢死了，难道让爷背你？”

谢芳华提着裙摆跟在他身后，嘟囔道：“你给我做的衣服都是长尾曳地的裙子。我能走得快吗？”

秦铮闻言回头瞅了她一眼：“这样的裙子很费银子，你当爷乐意多花银子？还不是为了你穿上好看？你好看了，爷带你出去才有面子！”

谢芳华不屑地撇嘴。面子？他也不怕走路摔了脸。

秦浩站在门口看着二人走远，脸色沉了沉。看秦铮和听音相处，分外轻松，令人混淆主仆之分。他院子里的那个依梦，也是他自己中意，千挑万选到了身边，三年前看着精灵乖巧讨喜，可是如今再看，她在他面前胆怯紧张害怕，将他当作主子。他本来也没觉得有什么，不过是个通房小妾，就该在他面前如此低下。可是如今对比秦铮，他心中忽然厌恶起来。

“浩儿，你不是要去左相府请卢小姐去玉女河看杂耍吗？怎么还没走？”英亲王走到近前，秦铮明明看到了他，连等也不等地一句话不说就走了。他有气却也习惯了。

“儿子本来要出门，见到了二弟带着听音姑娘出府，便说了两句话。”秦浩道。

“我和你母妃这就进宫去看望皇后娘娘，你快去左相府吧！”英亲王点点头，绕过他，和英亲王妃上了马车。

车夫载着二人向皇宫而去。

秦浩目送马车离开，面无表情，片刻后，向左相府而去。

秦铮和谢芳华去忠勇侯府都是熟门熟路，不多时就到了目的地。

谢墨含早就得到了消息，迎了出来。

秦铮看到谢墨含，顿时一笑，拍着他肩膀哥俩好地道：“到底是我自从成了你的准妹夫便不同了，以前我每次来，你都不出来迎我，最近我每次来都能见到你迎我。子归兄，你这样让我有点儿受宠若惊啊。”

谢墨含扒拉开他的手，失笑：“以往我身子骨不好，三两天卧床，别说迎你，就是自己出府门都费劲，如今自然是不同了。”

秦铮轻笑，懒洋洋地问：“华儿这两日身子可舒适？有没有想我？”

谢墨含偏开头，看了谢芳华一眼，见她面无表情，他叹息道：“她前些日子被折腾住了，最近又发了病，卧床不起了，实在是令人忧心。”

秦铮闻言挑了挑眉：“我去看看她！”

谢墨含抿了抿嘴角，摇摇头：“你还是别去了，她不想见外人，等好一些再说吧！”

“我又不是外人！”秦铮轻斥一声，大步往里面走，走了两步后回头，对谢芳华催促：“你快跟上，没准她见了你在我身边，醋意大发，很快就好了！”

谢芳华不听他的，沉静地道：“还有一种，没准见到我，醋意大发，气坏了，更加严重了！公子爷，您可不能这么任性！万一给她气出个好歹来，您也得陪着去九泉。”

秦铮脚步顿住，回头瞅谢芳华。

谢芳华面无表情地看着他。谁是他的华儿？他可真会套近乎！

秦铮忽然一笑：“你说得也对，那你不必去了，我自己去吧！”话落，对谢墨含道：“子归兄，听音就交给你帮我照料了，我去去就回。你可不要欺负她，虽说你妹妹是我未婚妻，但也要三年后才能真正是我的人，如今这个听音，她可已经是我的人了，弄丢了我找你要。”

谢墨含闻言只能点头应承：“好，你去吧！丢不了。”

秦铮满意放心地向海棠苑走去，不多时便没了踪影。

谢墨含收回视线，看向谢芳华，对她蹙眉：“妹妹，你就这样一直在他身边？昨日宫里皇上传出的话我可听说了，要见见你，上玉牒，纳贵妾。你这样下去，如何脱得了身？”

谢芳华伸手揉揉额头：“哥哥，先进里面再说。”

谢墨含点点头。

兄妹二人一起进了内院，来到大厅的画堂。侍书给二人倒了茶水，悄悄退出了门外守着。

谢墨含压低声音：“秦铮到底是什么心思？你跟我说实话，他是不是知晓你的身份？”

谢芳华端起茶盏，晃动着浅碧色的茶水，画出一道道波纹，语气清淡：“知道的吧！”

谢墨含一惊：“他真知晓？”

谢芳华缓缓笑了：“哥哥，他心思聪明，知晓又有什么奇怪？若是不知晓，也就不会在我回京就千方百计地缠上我、设计我、劫持我，将我困在落梅居了。”

“他既然知晓，如今还将你拴在落梅居到底是什么打算？”谢墨含提了一口气，“一个人，两重身份，天差地别，还是在京都。咱们忠勇侯府和英亲王府都是贵裔门第，举足轻重，一举一动都在皇上和朝中大臣的关注中。天下没有不透风的墙。一两日是权衡之计，三五日也可以隐瞒，可是时间若是太长，就夜长梦多了。你的身份一旦泄露，即便不做什么，只这一条，皇上就能雷霆震怒，置你死地。”

谢芳华晃动着杯盏，并不说话。

“从除夕的宫宴过后，前两日，听说你又发了病，皇上派了吴公公来府中看你，赐了不少好药。”谢墨含看着她，“忠勇侯府密不透风，你发病就可以躺在床上不出府，皇上有心想拿捏你，拿捏不住，但肯定不会就这么算了。秦铮逼婚之事皇上可是会给他记着。所以，昨日听宫中传出那般话，我想皇上是要打听音的主意了。”

谢芳华闻言付之一笑，不以为意。

“无名山被天雷所毁，秦铮逼得皇上下了与你赐婚的圣旨，法佛寺的那本《心经》丢失，崔三公子被神秘人解了血毒没抓住，皇后如今摔伤了腿，虽然不重，但折了筋骨，也要养月余。”谢墨含叹了口气，有些凝重，“皇上几次三番失手之事太多，屡屡不顺心，要坐不住了。或许，他再动手的话，就是拿听音当突破口了。你不能没有打算地就这样下去。”

谢芳华放下茶盏，认真地看着谢墨含：“哥哥，我不怕皇上出手，就怕他不出手。”

谢墨含一怔：“怎么说？”

谢芳华站起身，走到窗前，看着窗外，她淡淡道：“我的目的是将他的视线先引到别处，再联合谢氏旁支族亲和其余世家门第。听音不过是我顺水推舟的第一步而已。要做的事情太多，且有得玩呢！你别怕，我就算是听音，上面顶着的是英亲王府、英亲王妃、秦铮这三个名字。有人给打了一层保护伞，我再半路而逃，躲躲藏藏，回忠勇侯府猫着，束手束脚的话，那就太没出息了。”

谢墨含站起身，看着她纤细的背影，有什么忽然通透了一般：“你是说秦铮他……”

谢芳华笑笑，打断他的话：“他回来了！”

“这么快？”谢墨含立即打住话，走到窗前，看向窗外，果然见秦铮已经从海棠苑回来。

“哥哥见过崔意芝吗？”谢芳华偏头询问。

“崔意芝？就是昨日刚进京就被云继拉去来福楼喝酒，宿醉睡在了来福楼，如今怕是还没睡醒的崔意芝？”谢墨含挑眉。

“就是他。”谢芳华笑了。谢云继果然不负她所望，缠住了崔意芝。

谢墨含摇头：“不曾见过，但是他的确和云继熟识。四年前，他便接手了崔氏二房的生意，暗中打点。谢氏盐仓虽然一直掌控着盐道命脉，但也不是对别的行业全无涉猎。生意上有所往来。所以，他们熟识并不奇怪。”

谢芳华点点头，缓缓转过身：“听言就待在海棠苑吧！清河崔氏……我押他身上了。”

谢墨含一惊，皱眉道：“他的母亲是吕氏女儿，是皇上的母族表妹……”

“皇上老了，一表三千里。何况崔意芝不姓吕，他姓崔。”谢芳华见秦铮来到门口，她丢下一句话，挑开帘子，踏出了房门。

明媚的阳光落在谢芳华华丽的衣裙上，富贵门庭下走出来的她一瞬间光彩夺目。

秦铮脚步猛地一顿，眸光凝住。

谢墨含随后走出，没发现秦铮的异样，问道：“秦铮兄，怎么这么快就回来了？”

秦铮眸光动了动，移开视线，自然地偏了偏头：“她身子不好，我就不打扰她休息了，改日再来。”

谢墨含心知肚明，以秦铮眼睛的毒辣，不可能看不出品竹的伪装易扮。既然不点破，他也顺着他的话道："改日她身子好些，我派人知会你。"

"好说！"秦铮微微一笑，"我和听音要去玉女河看杂耍，你可与我们一同去？"

谢墨含摇摇头："今日府中还有事情，我就不去了，你们仔细些。"

秦铮颔首，也不多逗留，示意谢芳华跟他离开。

谢芳华跟在秦铮身后出了忠勇侯府，到底是时间太短，秦铮没再多给她时间去看爷爷。

出了忠勇侯府之后，秦铮拇指和食指放在唇边打了个哨，回头对谢芳华道："玉女河不近，我们骑马去！"

谢芳华点点头。

二人等了片刻，一名侍卫骑着一匹马来到了秦铮面前，翻身下马，将马交给秦铮。

秦铮动作利落地翻身上马，然后将手递给谢芳华："上来！"

"就一匹马？"谢芳华皱眉。

"你还想要几匹？如今你在养病，不适宜骑马颠簸，我载着你。"秦铮见她神色不满，有退却不去之意，霸道地命令，"磨蹭什么？谁不知道你是我的人？骑一匹马又如何？啰啰唆嗦，快上来！"

谢芳华脸微微一红，低声不忿："谁是你的人？你自己狂妄，我可没想张扬。"

秦铮嗤笑一声："你既然跟了我，不想张扬也晚了！"

谢芳华瞥了他一眼，站着不动。

秦铮策马上前，弯身猛地一捞，将谢芳华捞上了马，见她虽然有些恼，但没动手推打，勾唇一笑，将她身子扶稳坐在他身前，双腿一夹马腹，膘肥体壮的高头大马嗒嗒跑了起来。

立春之日，虽然关于春的一切植物还不曾嫩发新枝，但满街上的人都已经换了春裳。

二人刚上街，顿时成为了大街上的一道风景。

尤其是今日谢芳华为了不让谢墨含看出她气色不好而担心，穿的衣裙极为华丽鲜艳。加之她听音的容貌虽然不是绝美，却有一种与生俱来的贵质，让她看起来分外的娇美清丽。

秦铮穿的是一件绯色锦袍，骑在橘红色的肥马上，少年清俊，缓带轻袍，纵马而过，别有一番贵气风流。

街上的人惊艳不已，自发地让出一条道来。

二人过去许久，才都回过神来，聚在一起三五一波、三两一伙地对二人进行谈论。

京城最大的脂粉铺门前停着一辆马车，车前挂着大长公主府的车牌，金燕郡主坐在车中，透过帘幕的缝隙自然看到了秦铮载着谢芳华骑马穿街而过的场景，听着四周百姓聚在一起谈论，她漂亮的眉目轻轻地蹙着。

“郡主，您要的两盒胭脂取来了，咱们是回府还是去玉女河？”一个侍女从胭脂铺子走出来，到了车前，将两盒胭脂拿给金燕郡主，声音清脆地问。

“去玉女河！”金燕郡主说道。

侍女闻言露出欢喜之色，连忙爬上车，对车夫吩咐：“郡主说去玉女河，快走吧！”

车夫立即赶了马车出城。

金燕郡主坐在车中，一直蹙着眉，分外沉默。

侍女欢喜一会儿便察觉出不对，小心翼翼地问：“郡主，您怎么了？身子不舒服吗？”

金燕郡主摇摇头，抿了抿唇，似乎有些不解：“灵香，那日你随我进宫，也看到忠勇侯府的小姐谢芳华了吧？你觉得她怎样？好还是不好？”

灵香一愣，低头想了一下，小声问：“郡主，要说实话吗？”

“自然！”金燕郡主点头。

“要奴婢说，忠勇侯府小姐除了身子骨太弱，有病在身外，实在是很好呢！她带着一种天生的贵气，即便皇后娘娘和公主们在她面前也是逊色几分。也只有谢氏忠勇侯府那样几百年的鼎食之家才能养出来她那般举手投足，一颦一笑都惹人瞩目的姿态。”侍女打量金燕郡主的脸色，见她听她夸耀谢芳华并没有恼怒，大着胆子将话说完。

金燕郡主点点头，叹了口气：“是啊，也只有忠勇侯府钟鸣鼎食簪缨富贵的门庭才能养出一个谢芳华来。这京中所有女子都比不上。秦铮二表哥见了她想要求娶，我心中虽然震惊，但见到了谢芳华之后，就一点儿也不觉得奇怪了。”

灵香拿不准郡主的心思，不敢乱接话。她发现从除夕那日从宫里回来，郡主向来风风火火玲珑八面的性子似乎一下子改了，安静了许多，像是有了心事儿。

虽然四皇子一直是郡主的心事儿，这么些年，郡主都神采奕奕，未曾有过懈怠和倦怠。但自打见了忠勇侯府小姐后，郡主实在有些安静得反常了，也不怎么将四皇子挂在嘴边忧心思念了。

“秦铮二表哥身边的那个听音，闻名许久，今日我总算是见到了。”金燕郡主语气有些难以理解，“我竟是不明白了，二表哥有了一个婢女听音，却又强娶谢芳华。除夕那日我在宫宴上还羡慕谢芳华能让二表哥不惜得罪皇舅，也要娶她，与她同生共死，虽是病秧子，也是天大的福气了。别说是娶，哪个女子让他看一眼，也能欢喜十日。可是，刚刚看到他骑马载着那个听音，我却忽然不知道她们两个，该羡慕谁了。”

“郡主，您是说您看到那个铮二公子收揽在身边的听音姑娘了？”灵香讶异地问。

金燕点点头："看到了。"

"她何等模样？比忠勇侯府的小姐长得还要好吗？"灵香好奇地问。

金燕摇摇头："自然是没谢芳华长得好，但她身上有一种吸引人注意的东西。"话落，见灵香更是好奇，她讽刺地摇摇头，"看到她们，我刚刚就在想，若是将我换成谢芳华，或者换成听音，我会是什么心态？一个是身份高贵的未婚妻，一个是低下的婢女；一个是天上，一个是地下；一个在忠勇侯府病榻孤守，一个在英亲王府落梅居日日相侍；一个府门出不得，一个纵马游街；一个是未来的主母，一个是妾。男人这是左拥右抱，坐享双美，可是女子呢？到底哪个身份更好？"

灵香心有感触，看着金燕心情似乎极差："郡主，您……"

"容颜都会老去，喜欢一个人，追寻得累了时，是不是真要放弃？"金燕垂下头，声音低暗，"李如碧前两日从英亲王府回府之后便闭门不出了，我在想，若是有朝一日，秦钰表哥也如秦铮表哥这般，我看着他左拥右抱，如花美眷贵裔之妻待娶，又有天仙侍婢随身侍候，或者有朝一日，他回京，争夺那个位置，一朝后宫三千粉黛，我又该如何？会站在哪个位置来看他？"

灵香本来要劝慰，闻言住了口。

金燕话落，无人来回答她，她不再说话，继续沉默地想着心事。

马车缓缓地出了城。

玉女河位于城外五里处，三面环山，一面与护城河相连。

南秦京中地势险要，进可攻，退可守，自古繁华，荣盛不衰。

秦铮和谢芳华骑马来到玉女河时，玉女河岸上各处都已经挤满了人。外围停立的车马人流，熙熙攘攘，欢庆热闹。玉女河上有几十艘画舫，每艘都甚是华丽。

谢芳华扫了一眼玉女河四周的情形，这样的日子，百姓们都知道贵裔公子小姐们都会来此凑热闹，是以自发地退在外围观看。靠近玉女河岸边设立了桌椅亭台，搭建了帷幔帘幕。有的年轻公子和小姐闲坐在亭台中，有的则是上了自家安排的画舫。

各画舫间不尽相同，除了迎春歌舞杂耍的表演画舫外，其余的画舫都挂了各府的标牌。

忠勇侯府并没有定画舫，永康侯府因燕亭离京，也未曾定画舫，只英亲王府、右相府、左相府、大长公主府等几艘画舫排在最前面，分外醒目。

歌舞杂耍还没开始，熟识的人坐在一起闲聊，也有两群人围在一处，似在赌博。

秦铮和谢芳华的到来使得玉女河岸边的人齐齐静了那么一瞬。

秦铮皱眉，翻身下马，不看众人，伸手接谢芳华下马。

谢芳华当着所有人的面，有身为婢女的自觉，将手递给他，在他的轻扶下，跳下了马。

秦铮拉着她穿过人群，向画舫上走去。

这时，一群黑压压挤在一起的人群中，一人忽然高喊："秦铮兄，过来这里，我们在下赌注。你也过来下吧！"

秦铮顺着声音看过去，只见程铭、宋方、王芜、郑译，还有几个富家公子们围着一处摆设的桌案，桌案上摆了各种物什儿，显然是赌注。他没什么兴趣地摆摆手："不玩！"

程铭和宋方齐齐讶异："你每次不都是玩的吗？这次怎么不玩了？"

秦铮摇摇头："玩够了！"

二人一噎。

"听音，他不玩你过来玩吧！"人群中冒出一颗脑袋，对谢芳华喊了一声。

谢芳华顺着声音看过去，正是做男子打扮的秦怜，她偏头看秦铮。

秦铮见到秦怜如此模样，还挤在一群男人中间，脸顿时沉了下来，本来没打算过去，此时拉着谢芳华走了过去。

秦怜见秦铮脸色阴沉，脑袋缩了缩，须臾，又伸出来，扬起脖子，表示不怕他。

来到近前，秦铮沉着脸问："你不在宫中看顾皇后娘娘，怎么在这里？"

秦怜板起脸："就是皇后娘娘让我出来玩的。"

秦铮眯起眼睛："偷偷跑出来还假传懿旨。"话落，对身后招手："来人，送她回宫！"

人群中有一人立即出现，上前拿下秦怜。

秦怜顿时怪叫，上前一步，死死地抱住谢芳华的胳膊，大怒道："真的是皇后娘娘让我出来玩的，我才没有偷偷跑出来！秦铮，你敢把我送回去，我就拧断你这个宝贝婢女的胳膊！"

谢芳华没想到秦怜竟然上前来抱她，虽然在她靠近的时候能躲开，但她并没有。

本来要抓秦怜的人见此，只能住了手，看着秦铮。

秦铮沉着脸怒道："若是不想你的胳膊废了，你最好松开她，我有的是办法让你松手！"

秦怜气得跳脚："真是皇后娘娘让我出来的，不信你问小八。"话落，她对身后喊："小八，你给我滚出来，躲什么躲！你没看到这个恶人要欺负我吗？"

人群后秦倾探出头来，看了一眼沉着脸的秦铮，怯弱地作证："秦铮哥哥，真的是皇后娘娘让我们出来玩的。"

秦铮挑眉："就你们两个人出来？"

"三哥和五哥早上去看母后，我去得早，正巧碰上，母后问起，今日是立春，玉女河上是否有杂耍热闹。她说四哥不在京中，若是在的话，这样的热闹想必也是要出宫来玩的。所以，就让三哥和五哥带着我们出来玩了。”秦倾小声道。

秦铮收起脸上的阴沉：“秦旭？秦彦？他们在哪里？”

“他们上了画舫，喏，就是挨着左相府旁边那艘大姑姑家的画舫。”秦倾伸手指了指，“我和怜姐姐想在这里下赌注，还没上去。”

秦怜冷哼一声，看着秦铮：“听到了吧？是皇后娘娘让我来的。”

秦铮瞥了她一眼，对身后的人摆摆手，那人退了下去。他警告道：“你最好不要胡闹。去岁你做了什么，你自己知道！别让人再给你收拾烂摊子。”

秦怜不忿：“就算我去年抢了那花魁，也没让你给我收拾烂摊子，是秦钰哥哥帮我收拾的。若是有秦钰哥哥在，向着我，我才不受你的欺负呢。”

“你口中的秦钰哥哥如今在漠北，你若是惹祸了可没人帮你收拾。”秦铮拉着谢芳华转身。

“你走可以，她留下。”秦怜抱紧谢芳华。

秦铮扭回头，盯着秦怜。

秦怜对他恼道：“她就快成你的小妾，我的小嫂子了。难道见了我这个小姑子她不该宠络宠络？陪着我玩？”

“她不会成为我的小妾。”秦铮冷声道。

秦怜一怔，睁大眼睛：“那会成为你的什么？别告诉我你想娶她！那忠勇侯府那个病秧子呢？你不要了？”

“她该成为什么就是什么！”秦铮毫不客气地用力打开了秦怜的手。

秦怜手背一痛，眼圈顿时红了，但仍死死抓着谢芳华没松手，对秦铮恼恨地骂道：“我是你妹妹，你就这么对我？”

“是妹妹就不会帮着别的男人偷偷传她嫂子的画像！”秦铮瞥了她一眼。

秦怜一呆，后退了一步，有些理亏，气势一下子弱了下去，心虚地躲开秦铮的眼神，但又不想真在他面前矮了一层，辩驳道：“没传走，被娘知道，给拦住了。”

秦铮冷笑：“我得感谢投胎的时候选了个好娘，否则就会出个将我卖了的妹妹。”

秦怜一噎：“那是因为秦钰哥哥……”

“未来半年，你都休想再和他传递书信！”秦铮冷声道。

“不传就不传，我听你的，谁让我理亏呢，但是她今天陪我玩。”秦怜抱着谢芳华胳膊不松手，耍无赖道，“就算我有地方做得不对，没当好你的亲妹妹，但你也有地方没做对，没当好我的亲哥哥。我再怎么不好也是你的亲妹妹，打断骨血连着筋，你不能不认我。你也不能拦着你的女人不让她理我这个小姑子。”

秦铮眉头拧紧。

秦怜见他还不点头，用力地将他的手拿开，又伸手推他：“你不是不玩吗？快去画舫吧！我们要在这里玩赌注。”

秦铮眉目染上一道深深的痕迹，看向谢芳华。

谢芳华心中好笑，到底一个是亲娘，一个是亲妹妹，秦怜虽然养在皇后身边，但多数还是随了英亲王妃的性子。和秦铮的对战中她看着像是处于下风，但偏偏她使出无赖招数的时候就能对付住他。

“听说你不是哑巴了？你倒是说一句话啊，让他走，快点儿！”秦怜伸手推谢芳华。

谢芳华见四周的人都看着他们，对秦铮道：“你去画舫吧！我在这里陪怜郡主玩一会儿，稍后我们去画舫找你。”

“你放心，我给你好好地看着她。有我在，她丢不了。”秦怜打保证。

“管好你自己吧！”秦铮丢下一句话，转身向画舫走去。

秦怜对着他的后背吐了吐舌头。

谢芳华看着秦怜，不愧是一个娘生的，撒泼耍赖的时候还真是如出一辙。

“你看我做什么？跟我玩委屈你吗？”秦怜见谢芳华看着她，对她板起脸。

“我和你不熟，你强拉硬拽让我陪着你，难道我还要觉得很荣幸？”谢芳华反唇相讥。

秦怜一噎，顿时瞪眼：“你不就是个婢女吗？哪来这么大的派头，凭什么和我这样说话？就凭我哥哥宠着你？”

“就凭你数日前爬落梅居小厨房的后窗户，掉下去扭到了腿脚，我帮你治好的。”谢芳华看着她，“当然，你哥哥的确是宠着我，这也是事实。所以，你也不能将我如何。”

“你……”秦怜哑口，不甘心被她压制，怒道，“那也是因为你不早放我进去，我才被他抓住扭伤了脚。”话落，她用力地拽了谢芳华一把，有些粗鲁，“你少跟我逞口舌之能，你过来，我们一起下注，你若是赢了赌注，我才服你。”

谢芳华被她拖着走了一步，没说话。

“喂，你们都看什么？玩啊！”秦怜拉着谢芳华来到桌前，扫了一眼众人，“怎么？我哥哥那个恶人不来玩，你们都不敢玩了吗？”

第十二章

颜面

京　门　风　月

程铭、宋方、王芜、郑译等人对看一眼，齐齐摇头：“郡主说的哪里话？我们没有！”

“那就别废话，快些下注。马上就要开始了。”秦怜挥手。

秦倾上前一步，小声道：“怜姐姐，你急匆匆拉我出宫，没带多少东西，如今我身上都被你搜刮了，一注赌资都不够，我们拿什么玩？”

秦怜道：“谁让你出宫的时候不提醒我，害我没东西赌！我不能拿你的吗？！”

秦倾脸色顿时一垮。

“行了，行了，你别苦着脸了。我不是拉来了一位金主吗？有她在，还怕没赌资？”秦怜得意扬扬地将谢芳华往前一推，对秦倾道。

秦倾顿时睁大眼睛：“她？”

“怎么？她难道不够格？你可别忘了，我哥哥把她宠上天了，什么好东西不给她？这可是大金主。”秦怜道。

秦倾有些呆。

谢芳华伸手揉额头，终于明白秦怜为何要死拖硬拽地将她留在这里了，原来是为了赌资！她被气笑，对秦怜沉静地道：“怜郡主，我是婢女，你哥哥虽然宠我，但是我从来没有月银，手里分文没有！”

“你没有他有！将你押在这里，还怕他不拿钱吗？”秦怜瞟了一眼已经上了画舫的秦铮，为自己的算盘得意。

谢芳华无语。

其余人怜悯地看着谢芳华。

程铭闻言顿时大笑："哈哈，好，怜郡主将听音姑娘拉来得好，秦铮兄对她宝贝得不得了，若是她输了，那可真是要秦铮兄拿宝贝来赎她了。"

宋方也顿时欢畅地笑着附和："对！"

王芜和郑译对看一眼，秦铮虽然宠她，但还是去求娶了忠勇侯小姐。她在秦铮心里到底有多重要，是一时欣喜，还是长久，还真让人难以捉摸。

"来，来，来，下注，下注！"秦怜招呼众人。

众人纷纷迎合，开始商量着下注。

"今日有六艘画舫要表演歌舞杂耍，你看看哪一艘画舫会赢？"秦怜推搡谢芳华。

谢芳华顺着秦怜指的方向，看到了六艘并排在一起外观一样的画舫。船头有着用刀印刻的标号，分别用不同染料给染了不同的颜色，目的是醒目而无法作假。

"看好了吗？"秦怜等了一会儿，有些等不及地问。

谢芳华点头。

"你赌哪一家？有明赌和暗赌，你若是选明赌，就要说出来。若是暗赌，就不必说了。将你选的号和赌金写上，送到裁判大人那里去。"秦怜问。

谢芳华看着秦怜："裁判是谁？"

"那里！右相大人。"秦怜指向不远处一处帷幔搭的帐子。帷幔是代表春意的绿色绢纱，并不厚重，遮挡不住里面的情形，能让人隐隐约约看到此时有两个老者坐在帷幔内，她解释："其中一个是右相，另一个是法佛寺的普云大师。"

"普云大师也来参与这等玩乐？"谢芳华挑眉。普云大师是个人物，在南秦名号极其响亮，在佛之一道上，很得民心。是以，虽然法佛寺丢失了《心经》，但皇上并没有怪罪他。

"出家人不打诳语！每年普云大师都受邀参加迎春的赛事。"秦怜道。

谢芳华收回视线，笑了笑，出家人不是不打诳语，只不过是佛之一字，让人信奉而已。

"你是明赌还是暗赌，快说！"秦怜催促她。

"暗赌！"谢芳华道。

秦怜瞪眼："我想明赌！你得听我的。"

"我为何要听你的？"谢芳华摇头，见秦怜仍要纠缠，慢声道，"我暗赌，可以帮你出一份明赌的赌资。"

"这还差不多！"秦怜本来不满，闻言眉眼笑开了。

"还有我，也给我出一份。"秦倾闻言立即凑过来。

谢芳华想着反正也不是花自己的钱，遂大方地点头："好！"

秦倾也顿时笑开了。

“听音姑娘，我们这里玩的可是大赌，不是小赌，你知道一份赌资多少吗？”程铭看向谢芳华，见她摇头，他竖出一根手指头。

“一百万两？”谢芳华猜测。

程铭一怔。

宋方等人也齐齐呆了。

这时，李沐清从人群后方走过来，温和地笑道：“程铭兄，想吓唬别人，如今自己被吓到了吧？”

程铭回头，对李沐清唏嘘了一声，抹抹额头的汗，用怪异的眼光看着谢芳华道：“不愧是被秦铮兄看上的人，张口就能吃死人啊。”

“听音姑娘，我们赌十万两一局，你来就给加了十倍。”王芜啧啧了两声。

郑译笑着点头：“去年五万两的赌注，今年加了一倍，我们觉得也够多了。没想到，你可真是……”

谢芳华偏了偏头，用手帕掩唇咳嗽了一声：“是程公子说你们玩的是大赌，我以为定然是极大了，才胡乱猜的。”

“你可真会猜！我这些年在宫里皇叔、皇婶、太妃以及各宫娘娘给的小金库加起来也没这么多。”秦怜瞪了谢芳华一眼，嘟囔道。

谢芳华无辜地看了秦怜一眼，谁让她早不说。

“你既然说了一百万了，那就下十注，输个干净的话，看我哥哥来不来赎你。”秦怜怂恿谢芳华。

谢芳华扫了一眼众人：“你们都下多少？”

“明赌赢了下多少赢多少，暗赌赢了翻一倍，输了亦然。你一百万两若是赢了，就变成两百万两了。输的话，你就输两百万两。”秦怜依次指着程铭、宋方、王芜、郑译，“他们每个人下了两注，都是明的。”话落，她向不远处一指，“那里还有一波，他们是下暗的，听说谢氏盐仓的谢云继下了五注，清河来的表哥崔意芝也下了五注。他们是最多的了。”

谢芳华偏头，顺着秦怜指的方向，便看到了坐在人群中的谢云继和崔意芝。他们显然早就来了，此时也正向她看来，谢云继似笑非笑，崔意芝认真地打量她，若有所思。她收回视线，问：“若是下暗注，是不是去那里？”

“是啊，那里都是经商的，有的是雪花银来玩。我们这虽然门庭富贵，府邸门楣比他们高，但家里有老子娘管着，十万一注下一两注还可以，但加注就不行了。”程铭哼道，“早知道我也经商去了，也不至于玩的时候受限制，放不开手脚。”

宋方也是期期艾艾：“不错！”

王芜摇头叹息："我若是经商，我老子就会一棒子打死我。"

郑译深有同感："我爹也会打死我。"

"还是沐清兄好，右相开明，允许你私下经营。你还要下场应试，仕途也不耽搁。还有秦铮兄也是极好，英亲王根本就管不了他。这些年他手下的产业谁也摸不清多少，往往出手阔绰，拿出一件就是宝贝，全部加起来的话，他肯定是能有这南秦京城一条街的铺面。"程铭看向李沐清。

李沐清笑笑，瞅了谢芳华一眼，温和地笑："我的确是有些薄产，既然各位兄台这样看得起我，那我也随听音姑娘一起去下暗注吧！"

"她下十注，你也下十注？"秦怜睁大眼睛。

李沐清沉思了一下，点点头："我的薄产似乎可以这样玩一遭。"

在场的程铭、宋方、王芜、郑译等人齐齐唏嘘一声。

秦怜撇撇嘴："最看不上你和我哥哥这种人。"话落，她哼了一声，指着谢芳华道："她下十注外，还帮我和小八一人下一注呢。你要跟她学，是不是也该帮我们一人下一注啊？"

李沐清闻言笑笑："怜郡主和八皇子若是看得起我，自然可以。"

秦怜没想到他真答应，仔细瞅着李沐清，眯起眼睛："喂，李沐清，右相一直秉持清贵门风，你是他的儿子吧？如今他就在那里，你若是下十注，不知道他会不会跳起来打你？"

李沐清微笑："应该不会，我把赌注押听音姑娘身上，我不出面，他不知道。"

秦怜看向谢芳华。

谢芳华看了一眼李沐清，没说话。

"就这样定了，真是令人兴奋。沐清哥哥，知道你有钱，谢你帮我下注了啊。"秦倾白得了两注，笑得见鼻子不见眼，对李沐清拱了拱手。

"八皇子客气了！"李沐清温和而笑。

"我赌五号画舫。小八，你赌几号？"秦怜回头问。

"我赌三号。"秦倾道。

"好，我们两个一人赌两注明注，记在他们二人的账上，就这样定了。"秦怜对程铭等人说了一句。之后，对谢芳华和李沐清催促："快要封盘了，你们下十注的话，赶紧过去。"

谢芳华点点头，向暗注走去。

李沐清刚要抬脚，画舫上，秦铮的声音忽然传来："李老爷子，你家的儿子今日要败家，你管不管？"

谢芳华脚步猛地一顿，李沐清的脚步亦是一顿。

二人齐齐转身，看向身后。

秦铮站在画舫外，一手扶着画舫船舷的栏杆，一手勾着头上被风吹落的两缕青丝，懒洋洋地立在那里，明媚的阳光下，玉女河刚化去的冰层镀了一层华丽的光晕，成了他的背景。入目处，他少年风流，钟灵隽秀，轻袍缓带中疏狂华艳。

谢芳华眸光一时不觉地定住。

听到秦铮声音转过头看他的人，也都齐齐地息了声。

李沐清微怔片刻，转头看了谢芳华一眼，眸光微微地暗了暗，偏回头，看着秦铮笑道："秦铮兄，往年你不是都玩这等赌注的吗？今年怎么甩手不玩待去画舫了？"

秦铮瞟了李沐清一眼，不答他的话，目光落在谢芳华身上，语气依然不改轻狂地重复了一遍："李老爷子，你耳朵聋了吗？你身为裁判官，为了公正，自己家的人是不是不能下赌注？"

李沐清伸手揉揉额头，无奈地笑道："秦铮兄，去岁英亲王当裁判大人，你也下注了。"

"此一时彼一时。"秦铮道。

李沐清一时失言。

谢芳华回过神，暗骂了一声秦铮恶人，允许州官放火，不许百姓点灯。去年他爹当裁判大人，他照样下注，今年轮到人家李沐清了，他就不准了！

"沐清，你不准下注。"果然，右相的声音从帷幔内传出来。

"喂，哥，凭什么去年你能下注，今年李公子就不能下注了？哪来的道理？"秦怜不干了。

秦铮斜睨了一眼秦怜："去年父王是陪审，今年右相可是正审，如何能一样？"

"就算你说得对，为了避嫌，李公子也没自己下注，而是借别人来下注。有什么不可以的？"秦怜道。

"他借的人不是别人，是我的女人。你觉得我不该反对？"秦铮挑眉，见秦怜还要再反驳，他道，"若是再不闭上你的嘴，刚刚她答应你的那一注就作废。"

秦怜一噎，怒道："你霸道！"

"我霸道又不是一日两日了，你才知道？"秦铮不看秦怜，对谢芳华漫不经心地道："你可真是好样的，拿着爷的银子耍就算了，还要搭别人上船。"

谢芳华看着秦铮，暗暗地翻了翻眼皮，沉静地道："我没答应李公子！"

"没答应？"秦铮扬眉。

"自然是没答应，我早先一句话也没说。"谢芳华瞪了他一眼。

秦铮倏地笑了，摆摆手："既然这样，那你就去下注吧！十注怎么够？下二十注。下完了赶紧回来。"话落，他不再理会别人，转身进了画舫。

“喂，她要是输了怎么办？你能拿出四百万两银子？”秦怜顿时怪叫了一声。

“拿不出来就将你卖了！”秦铮进画舫之前甩出一句话。

秦怜跺了两下脚，回头看向谢芳华：“喂，你不会真听他的吧？这可是二十注，不是两注。你若是输了，半个英亲王府可就败进去了，我娘怕是会劈了你。”

谢芳华对秦怜笑笑，温和沉静地道：“怜郡主，奴婢只是一个婢女，自然要听我家公子的话。他说下二十暗注，自然要下二十暗注。”话落，转身去下注了。

秦怜一口气憋在心口，瞪着谢芳华的背影眼睛发直。她虽然嘴里说的是婢女，可这是一个婢女对她这个郡主该有的态度吗？她怎么一点儿也不觉得她听话？真是见鬼了！

李沐清见谢芳华去下暗注，从画舫上收回视线，抬步跟上了她。

谢芳华回头看了李沐清一眼，疏离地道：“李公子，您哪里得罪了我家公子爷？让他着恼了，您若是想下注的话，找别人吧！奴婢可不想再受您牵连了！”

李沐清看着她一本正经的模样，顿时失笑：“既然如此，我不下注了，看着你们下。”

谢芳华点点头，对着拥挤在暗注一桌的人道：“我下二十暗注。”

谢云继扬了扬眉，勾了勾嘴角，对身边的崔意芝道：“看来还是铮二公子财大气粗，我们要不要再加点儿注？”

崔意芝将谢芳华从头顶到脚下仔细地打量了一眼，眸光闪了闪，微笑道：“那就再追五注，大小都是玩，总不能让表兄将鳌头都给占了，也该给别人个站脚的地儿。”

“好，那就这样！”谢云继点头。

有人给谢芳华递来纸笔，她抓在手里，用衣袖遮挡，很快写下了投注的号。

李沐清偏了偏头，没看到。

谢云继和崔意芝也仔细地盯着她被衣袖遮挡的手看了片刻，同样没看到什么。

众人更是好奇，都伸长脖子，可惜同样一无所获。

秦怜凑了过来，捅捅谢芳华：“喂，你真下二十注啊？”

“怜郡主，我家公子爷没开玩笑！”谢芳华道。

秦怜扭头看向李沐清：“喂，你还真怕那个恶人，不下注了？”

李沐清摇摇头，笑看了一眼谢芳华：“是有点儿怕！他不让我下注，我就不下了吧！”

秦怜鄙夷地看着李沐清，似乎对他这等没骨气无语了，扭头去看谢云继和崔意芝押的注。

谢云继和崔意芝学了谢芳华的动作，很快地就写完了赌注。

“右相大人说要封盘了，还有暗注赶紧送过去！”一人高喊。

“这里还有三十注，过来拿！”秦怜喊了一声，见谢芳华真的毫不犹豫地下了二十注，连带着谢云继和崔意芝又追到了十注，全部加起来，大约有近千万两的赌资，让她兴奋起来。

“我帮助李公子下十注！”这时，一个温柔的声音从李沐清身后传来。

秦怜一呆，回头看去，见说话的人是范阳卢氏的卢雪妍，顿时睁大眼睛。

谢芳华也扭头看去，只见卢雪妍一身绫罗绸缎，姿容精致，身段纤条，全身有一种婉约柔美。眸光盈盈，含笑看着李沐清，满目人群，她一时分外惹眼。

今日这样热闹的日子，卢雪妍当着这么多人的面帮李沐清，也算是大胆了。

是否范阳卢氏的女儿全都如此有胆魄？尤其是对喜欢中意的人，丝毫不顾忌后果？

就如曾经的卢雪莹，喜欢秦铮满京城皆知，最后迫得秦铮厌恶至极，使了杀手锏，将她踢给了秦浩，才算安静下来，消了声息。

卢雪妍和燕亭的婚事儿至今还不算告吹吧？就如此明目张胆了？也是个人物！

李沐清蹙了蹙眉，回头看了卢雪妍一眼，淡淡道：“卢小姐客气了！不需要你帮我。”

卢雪妍脸色微微一僵，看着李沐清，很快又恢复常色：“一年只有一次这般玩耍的机会，错过了岂不是可惜？李公子，我是为了感谢前两日路途相遇，你一路陪同我和燕岚妹妹安全归京，才以礼相还，当时我没有客气，如今你也别客气了。”

“两日前是我念在卢小姐和燕小郡主是出京寻找燕亭兄的份上，听说路途有劫匪，才一路同行，再说后来我急着归京，半途也未曾等你们，已经有些失礼和对不住。如今哪还有颜面让你以礼相还？”李沐清摇头，寡淡地一笑，抬步向画舫走去。

卢雪妍见他拒绝得如此干脆，唇瓣紧紧地抿起，一时间有些难堪。

“堂妹！李公子素来有君子之风，既然不需要你以礼相还，就算了吧！”卢雪莹的声音忽然从后方传来。

卢雪妍听见卢雪莹的声音，缓缓转过身，只见秦浩和卢雪莹不知何时来到了她身后不远处，比起她精致的妆容和精心的打扮，卢雪莹随意素淡得多。她被自家人撞破，有些困窘，垂下眼睫，喊了一声：“堂姐！”

卢雪莹扯了扯嘴角，对她道：“刚刚我和秦大公子出城的时候，看到永康侯府的马车也在我们之后出城了。片刻后应该就会来到这里。今日来这里的，怕不止是燕岚，应该还有永康侯夫人出来散心。”

卢雪妍心下一惊。如今燕亭虽然走了，但她和燕亭的婚约尚未解除，她今日这般公然对李沐清示好，的确不妥当。她感激地看了卢雪莹一眼：“多谢堂姐，咱们族中长老一直教导我要待人有礼，恪守家风。如今李公子既然不需要我的谢礼，那么改日便让叔父答谢李公子吧！我和岚妹妹能平安归京，李公子确实是抵了很大作用。”

卢雪莹点点头：“稍后你回去告知父亲，让父亲做主吧！”

卢雪妍婉约地笑着颔首。

谢芳华看着二人，想着范阳卢氏在短短的两百年内能繁衍得如此快，与家族规矩定然是分不开的。先不管卢雪莹和卢雪妍堂姐妹私下相处得如何，只说在外人面前，就足够和睦，且一心记着同姓一个卢字。维护自家姐妹颜面，维护家族颜面。

今日在场的聪明人自然都能看出卢雪妍对李沐清的几分门道，但正因为如此合理的借口加之卢雪莹的维护，反而使得范阳卢氏“以礼还礼，知恩图报”的家风让人们所称赞了。

比起范阳卢氏，如今根系庞大的谢氏，这一点上是差远了。

尤其是以谢氏长房敏夫人和她的女儿谢茵为首的很大一群人，只为了眼前那么点儿的利益，与自家人争权夺利，却忘了头上都顶着个“谢”字，头顶上方悬着的皇权力刃。

“听音姑娘，好久不见！”卢雪莹看向谢芳华，眉目不见丝毫恨意和冷意，寻寻常常。

“卢小姐！”谢芳华沉静地看着卢雪莹。既然别人和气，她自然不会冷眼。

“我和大公子刚刚来到，就听说听音姑娘下了二十暗注？”卢雪莹问。

谢芳华点头：“是我家二公子吩咐的。”

“二公子可真是宠你！”卢雪莹淡淡一笑，状似不经意地四下扫了一眼，问道，“今日这样的日子，二公子带着你来了，忠勇侯府的芳华小姐竟然没请来玩吗？”

谢芳华垂下头：“我陪二公子先去了一趟忠勇侯府，芳华小姐病了，来不了。”

“怪不得！”卢雪莹笑笑。

“大哥，你既然来了，难道不下注吗？趁着还没封盘，你也下几注如何？”秦怜眼珠子转了转，对秦浩笑着招呼。

秦浩温和地看了一眼秦怜，摇摇头：“我可比不得二弟有本事，不下了。”

秦怜撇撇嘴：“户部是个肥缺，未来的大嫂又是左相府的小姐。不过是凑个热闹而已，都说一日之计在于晨，一年之计在于春。你们不久后可就要大婚了，给新的一年讨个彩头呗。”

秦浩温和地笑笑，像对亲妹妹般地弹了秦怜额头一下：“你个小丫头，打的是什么主意？拉了我下注，你有什么好处？”

“帮我下一注！”秦怜道。

“也帮我下一注！”秦倾趁机要求。

“原来你打的是这个主意！”秦浩恍然，话落，他痛快地道，“我就不下了，帮你们一人下一注吧！”

秦怜满意，看向卢雪莹：“未来大嫂呢？你们现在可还不是一家子呢！大哥都给我下一注了，你是不是也帮我下一注？”

卢雪莹平和地一笑：“那我也许你一注。”

“还有我！”秦倾丝毫不甘落后。

“好，也算八皇子一注。”卢雪莹也分外痛快地答应。

秦怜顿时满意，不再难为二人，对谢芳华道：“快点儿，按照你早先押的帮我把这两注押上，这回我下暗注。”

“我的也是，和怜姐姐一样。”秦倾凑过来。

谢芳华点点头，用袖子遮了，快速地写下。

她写完，有人立即将明注和暗注的盘收走了。

这时，帷幔搭建的帐子外有人喊：“右相大人和普云大师说收盘了！”

众人哄了一声，是为应景。

“走，我们去画舫里找哥哥！”秦怜白得了四注，欢喜地拽了谢芳华向画舫走去。

秦倾和秦怜一样，也白得了四注，不管是输还是赢，总归是没拿自己的银两，亦是分外开心，跟在二人身后。

“我们也去画舫吧！”程铭看向众人。

宋方、王芜、郑译等人纷纷点头。

“堂姐，你们先上画舫吧！我在这里迎迎永康侯夫人和岚妹妹，永康侯府没定画舫，叔父早就给咱们定了画舫，稍后邀请永康侯夫人上咱们画舫吧？”卢雪妍看向卢雪莹。

卢雪莹点点头，看向秦浩。

“走吧！”秦浩对卢雪莹笑笑，姿态和悦。

众人都散开明赌暗赌的庄台，向画舫涌去。

秦怜拽着谢芳华脚步轻快地上了英亲王府的画舫，只见偌大的画舫内只坐了秦铮一人。他身子半躺在舱里的软榻上，双手拢过脑后枕着，闭着眼睛，和煦的春风透过开着的窗子吹进画舫，悠闲自在的姿态简直让人嫉妒。

秦怜进了画舫，便看到了这样的秦铮，她松开谢芳华的手，几步就来到软榻前，伸手推他：“你起来，这块儿地方让给我们坐。”

秦铮躺着不动，沉沉地道：“偌大的画舫，盛不下你？非要夺我这块儿地方？”

“就你这块儿地方好！”秦怜用力推他，见推不动便双手用劲拽他衣袖。

秦铮气闷地睁开眼睛，恼怒地看着秦怜：“你离我远些！”

“你才要离我远些！”秦怜哼了一声，不懈怠地推搡秦铮，“快躲开，要开始了，这个位置最好，你家听音下了这么大的暗注，我一定要好好地盯着，看她输个一塌糊涂。到时候半个英亲王府都被她输没了，你就等着娘收拾你吧！”

秦铮在听到那句“你家听音”时就坐起了身，让开了地方，顺带看了谢芳华一眼。

秦怜见他终于躲开了，学着他的样子将手臂拢过脑后当作枕头，闭上眼睛，悠悠闲闲。

谢芳华有些好笑，在秦怜旁边靠窗的位置坐下，对秦铮道：“我真按照你的吩咐下了二十暗注。若是真都输了，你别怪我。”

秦铮回头看了秦怜一眼，嗤笑一声，转回头对谢芳华扬了扬嘴角：“真听话，不错！”

谢芳华翻了翻眼皮，端起一杯茶，看向窗外。

秦倾走进来，坐在秦铮身边：“秦铮哥哥，你胆子可真大，万一她都输了怎么办？”

秦铮无所谓地道：“输了就输了，爷玩得起就输得起！”

秦倾翘起大拇指，偏头对谢芳华眨眨眼睛：“听音姑娘，你有几成把握赢？”

谢芳华摇头：“一成也没有！”

秦倾盯着她问：“那你是怎么下的赌注？”

“胡乱写的。”谢芳华道。

秦倾失言，转回头，怜悯地看了秦铮一眼：“秦铮哥哥，恐怕你真要输了，你这个婢女一看就像是个败家的。”

秦铮嗤了一声：“她的败家难道是写在脸上？让你一眼就看得出来？”

“看得出来！”秦倾立即道，“若是我现在问她，这押赌注的六艘画舫都是哪家的班子，她一定不知道。就这样不知根知底，乱下注，你说她能不输？”

“你竟是知道谁赢了？”秦铮懒洋洋地问。

秦倾噶了噶嘴角，摇摇头：“我也不能十分确定，但这些班子的底细我可是知道几分的。一号画舫是茗荷楼，有一枝独秀的春风舞，在南秦谁家也舞不出他家的十分之一；二号画舫是蓝焰坊，十二名伶的吹笛杨柳把梅枝的绝技，在南秦也是独一无二；三号画舫的是燕归来，这可是当年连皇祖母都夸奖的，举天下闻名；四号画舫的是琼林迎春，彩墨天下传世；五号画舫的是青雀云屏，是漠北的秘传之术，据说曾经看到的人都视为天下绝响。”

“你倒真是清楚底细，那你选了哪一家？”秦铮听罢后，没什么表情地问秦倾。

“我自然选三号画舫，我相信皇祖母的眼光。”秦倾得意地道。

秦铮不置可否：“你似乎还差了个六号画舫没说。”

“六号画舫第一次参加，估计没戏。”秦倾看了秦怜一眼，低声对秦铮道，“怜姐姐选了五号画舫，据说是月前问了四哥，四哥帮她选的。”

秦铮冷哼一声。

“就是不知道你家这听音姑娘选了什么，她选的是暗注，我们谁也看不到。如今只有右相和普云大师那里知晓。”秦倾虽然对秦铮说着话，但一直都看着谢芳华，他将六艘画舫都说完了，也没看到她露出什么悔恨或者其他特别的表情。

“一会儿不就知道了！她是赢是输，总要有个定论的。”秦铮看了谢芳华一眼。

谢芳华看着窗外各艘画舫，距离英亲王府最近的是右相府的画舫，她透过窗子，看到李沐清对她举了举杯。她收回视线，低头抿了一口茶。

这时，普云大师走出帷幔，双手合十，道了一声“阿弥陀佛”，洪亮的声音传遍玉女河：“春来！迎春！”顿了顿，高声道：“迎春神！”

画舫内外的人立马欢呼一声，应和普云大师。

普云大师话落，六艘画舫并排地齐齐驶到中间，同时舫内有人走出，歌舞杂耍拉开帷幕。

谢芳华没兴趣地收回视线，靠着椅子闭上了眼睛。

秦倾立即紧张地道：“开始了，开始了，快看！到底谁能夺魁！”

秦怜也从软榻上跳了起来，眼睛一眨不眨地盯着外面六艘画舫。

玉女河内外，霎时除了六艘画舫传来的声音外，四处悄无声息。

“秦铮兄，你的婢女押了二十暗注，如今六艘画舫已经开始了，你猜猜，她是赢还是输？”程铭、宋方、王芜、郑译等人没有去自家的画舫，而是一窝蜂涌来了秦铮的画舫。

秦铮哼笑一声：“自然是赢！”

众人齐齐看着他，又看着窗前静静地靠着椅子一点儿也不像婢女的谢芳华，讶异地问：“她万一输了呢？”

“不会输！”秦铮道。

“你怎么这么肯定？你总要说说依据，我们才相信。”程铭盯着秦铮。

秦铮不屑：“爷说她能赢就能赢，要什么依据？爷的女人，会输吗？”

程铭顿时哑口，宋方等人对看一眼，也都无语了。

谢芳华实在听不过去了，睁开眼睛，像看白痴一样看了一眼秦铮。

“你那是什么眼神？爷说你赢还不对了？难道你还真会输？”秦铮挑眉，不满地看着谢芳华。

谢芳华对他温柔一笑：“爷，也许您说错了，我还真的会输。到时候英亲王府被我输掉一半，王妃饶不了你。”

秦铮轻轻哼了一声，刚要说什么，画舫外忽然传来一声怒喊，他向门口看去。

谢芳华听着声音熟悉，像是永康侯夫人，也看向门口。

“谢芳华！你给我出来！”永康侯夫人似乎一边向画舫走来，一边又怒喊了一声。

谢芳华睫毛动了动。永康侯夫人今日来这里原来是为了堵谢芳华吗？她从哪里得到的消息觉得今日谢芳华会出府？难道秦铮去了忠勇侯府，谢芳华就非要跟着出来吗？可笑！

程铭、宋方、王芜、郑译等人没想到永康侯夫人会这个时候来这艘画舫。关于燕亭出走后，永康侯府将责任赖到忠勇侯府身上的事情已经传得满京城皆知。曾经埋在暗处大家不好谈论的事情，如今浮出水面，到处都在谈论了。永康侯的儿子离家出走了，打击之下，似乎也丢开了那层遮羞布，索性不遮不掩了。

他们听着永康侯夫人已经冲来船舱内，都齐齐看向秦铮。

秦铮看着门口，没说什么，脸色却是沉了。

“都让开！让我进去！”永康侯夫人来到船舱门口，见门口堵了一群人，看了一眼，怒气冲冲地挥手。

程铭等人知道这些日子永康侯夫人跟疯了一般，也不见礼了，齐齐让开了。

永康侯夫人大步冲进了船舱，四下扫了一眼，自然是没见到谢芳华，她对着秦铮质问：“铮二公子，谢芳华呢？”

秦铮看着她：“在忠勇侯府。”

“你少骗我！我已经听说了，今日她跟随你来了玉女河畔。”永康侯夫人这些日子大病了一场，容颜憔悴，苍老了许多。她汲汲营营许多年，处处管制，为的无非就是唯一的儿子燕亭。她的儿子明明已经得了皇上的准话，年后就要破例在朝中安排职位了。可是现在，他偏偏一声不响地离家出走了，四处找不到人，就连几日前皇上派出的人也没找到他的踪迹，她怎么能不急？

“不知侯夫人从哪里听来的闲话！”秦铮看着她。

“你别管我从哪里听得的闲话？你只告诉我，谢芳华是不是被你藏起来了？藏在了哪里？”永康侯夫人豁出去了，往日她不敢触犯秦铮，但如今她什么也不顾了。若不是因为谢芳华，燕亭也不可能如入了魔障一般心灰意冷地离家出走。

秦铮不屑：“我的未婚妻是忠勇侯府的小姐，不是什么阿猫阿狗，她若是真来了这里，用得着藏着掖着吗？”

永康侯夫人不相信，恼怒地道：“她怎么就不会藏着掖着？她怂恿走了我家的亭儿，怕见我被我质问。”

秦铮冷笑：“我一直尊称您一声伯母，燕亭兄离家出走，腿是长在他自己身上，与我未婚妻何干？我未婚妻一直因病久居忠勇侯府海棠苑，多年来从未踏出府门。这是众所周知之事。她怎么就能怂恿你儿子了？”

永康侯夫人一噎，想起就因为这个，她更是怒，她的儿子与谢芳华仅仅是九年前见了一面，怎么就记住了她非她不娶了？她气火攻心，大怒道：“她勾引我儿子，就在九年前！”

秦铮哈地笑了一声，面容顷刻间冷厉起来：“九年前燕亭几岁？我的未婚妻几岁？就知晓儿女情长了？九年前的事情，除夕当日在灵雀台我的未婚妻已经当着皇叔的面说了。若不是因为燕亭犯了血光，让我的未婚妻见到，应验了血光之灾，她为何会至今卧床不起，缠绵病榻多年？当日，若不是我出面求娶，忠勇侯就会当场劈了永康侯和燕亭。我的未婚妻为了两府和睦，多年来不曾对永康侯府发恼，如今你倒是不知感恩反而恩将仇报了？这就是永康侯府的门风？这就是夫人的家教？”

永康侯夫人一时间被秦铮噎住，哑口无言。

“来人，送永康侯夫人出去！”秦铮鲜少说这么多的话，懒得再理会她，对外面喊道。

外面一人立即走进来，对永康侯夫人冷木地道：“夫人请！”

永康侯夫人从进来时的咄咄逼人到被秦铮一番话语说得没理，若是就这样出去的话，她一个长辈在这帮小辈面前岂不是颜面尽失？她猛地挥手打开那人，对秦铮道：“秦铮，你休要狡辩，如今她是你的未婚妻，你自然要帮着她开脱罪责！”

“罪责？她有什么罪？不就是你儿子喜欢她，从九年前见了一面，至今不能忘怀，想要娶她，可是你们不同意，说人家是病秧子。加上永康侯府和范阳卢氏早就有婚约，才百般阻挡。”秦铮嘲讽地看着永康侯夫人，“你们府那些事儿，满京城没有几个不知道的，如今你说出来，又能诋毁我未婚妻什么？难道有人喜欢，我未婚妻就非要感恩戴德？她有什么责任帮着你们永康侯府管儿子、看儿子？”

“你……”永康侯夫人气堵在心口，怒道，“我儿子离开之前去了忠勇侯府，见了谢芳华，难道忠勇侯府和谢芳华就不该给个说法吗？”

“说法就是他自己有手有脚，离开忠勇侯府时没醉酒。燕小侯爷要离开忠勇侯府，难道忠勇侯府要强留他不成？他是忠勇侯府的谁？”秦铮嗤笑，警告地看着永康侯夫人，“我劝你还是回府好好反省，莫要揪着这些破事儿出来贻笑大方。”

“秦铮！你……”永康侯夫人伸手指着秦铮。

“送出去！”秦铮不再看永康侯夫人，命令道。

“夫人得罪了！”那人伸手抓住永康侯夫人手臂，转眼便将她带出了画舫。

永康侯夫人回过味来，勃然大怒，刚大叫了一声，便被人用东西塞住了嘴。

卢雪妍本来是站在岸边迎接永康侯夫人的，见到永康侯夫人后，她只对她点了点头，便气怒冲冲地上了秦铮的画舫，她只能跟了过来。

她在范阳一直听说关于英亲王府铮二公子的传言，一直以为是个嚣张跋扈放荡不羁蛮横无理混不吝的纨绔子弟，可是今日一见，却全然不是。只看到一副颀长身躯，隽秀清俊的少年，模样风流俊逸。虽然对于永康侯夫人的话语恼怒现出冷厉之色，但自始至终都端坐在椅子上，言谈有理，句句是道，噎得永康侯夫人无言，轻描淡写地便吩咐人强行地送永康侯夫人出去了。被人送出去的永康侯夫人哪怕是觉得颜面尽失不甘心，也只能气怒受着。

卢雪妍站在门口，看着秦铮，一时间有些移不开眼睛。

谢芳华早就料到永康侯夫人会被秦铮赶出去，他可不是个对谁都有耐心的人。若不是看着燕亭的份上，怕是永康侯夫人刚上画舫的时候，他就会一句话不说将她赶出去了。如今已经很给她面子了。

“真是自作孽不可活！”秦怜说了一句话，扭头兴致不减地继续观看六艘画舫的情形。

秦倾撇撇嘴，显然对永康侯夫人也是不喜，跟秦怜一起继续看外面。

程铭、宋方、王芜、郑译等人对看一眼，不在门口堵着了，齐齐走进画舫。

秦铮察觉一道视线一直定在他身上，忽然抬头，冷冷地向舱口看了一眼。

卢雪妍一惊，只感觉这一眼让她顿时通体冰寒，她脸一红，连忙垂下头，困窘了片刻，隔着门口对里面的他福了福身：“铮二公子！”

谢芳华忽然看向卢雪妍。这个范阳卢氏最娇宠的女儿，不去李沐清的画舫，竟来了这里？！

秦铮仿若不见，扭回头，对外面吩咐：“外面守着的人，爷看你们是不想活了？往常爷在的地方，是任何闲杂人等都能靠近的吗？难道爷最近的脾性好了，让你们都觉得肉皮子紧了想松松？”

“卢小姐请立即离开！”秦铮话落，一人冷木地出现，挡在舱门口，对卢雪妍说道。

卢雪妍本来微红的脸霎时一白，她抬头看向秦铮，却被面前人挡住，什么也看不见，抿了抿唇，转身离开了船舱。

谢芳华笑了笑，收回视线，漫不经心地端起茶喝了一口。

秦铮忽然一把将她手里的茶夺了过去，谢芳华转头，他不看她，仰脖一口气喝了。

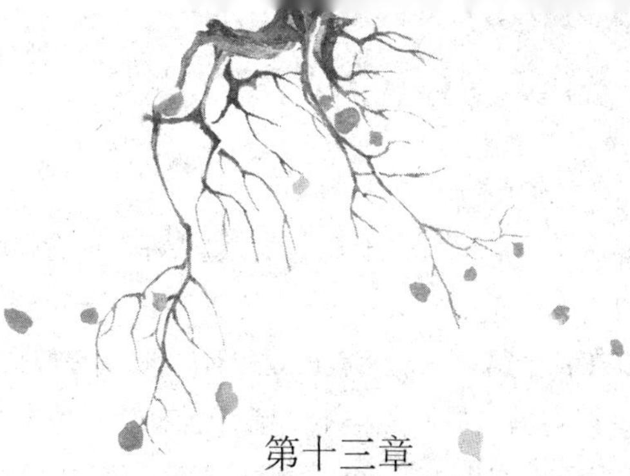

第十三章
争执

京　门　风　月

谢芳华瞪了秦铮一眼，但因此时画舫里人多，并没有发作。

程铭、宋方等人对看一眼，齐齐默了默，都发现秦铮自从收了听音之后，性情变了许多。虽然还是那种霸道张狂不羁世俗的脾性，但却比以前的肆意邪妄沉静许多。

“哎呀！我押注的五号画舫输了！”突然，秦怜哀叫一声，欢喜的情绪泄了气。

“怜姐姐，我让你押注三号画舫，你偏偏不听！”秦倾得意地瞅着秦怜。

秦怜没好气地瞪了秦倾一眼，嘴毒地道：“你看看，你的三号画舫也落后了下来，快完蛋了！”

秦倾立即垮下脸：“皇奶奶昔日推崇的啊，怎么能输？我不信！”

“皇奶奶是人不是神，好的东西不一定都非要争抢到皇家的面前让皇家知道。”秦怜继续看着舱外，“别的画舫如今还势均力敌，偏偏我们两个押的赌注都败下阵来。可真是倒霉！”

秦倾不甘心，回头看向静静地坐在那里，丝毫没看窗外是何情形的谢芳华，问道：“喂，听音，你下了那么多赌注，怎么不过来看看？难道你就不好奇？”

谢芳华摇摇头：“不好奇！没什么可看的。”

秦倾看着她，扁扁嘴：“你真无趣！”

谢芳华不置可否，这种游玩对于她来说，的确是无趣至极。

“秦铮哥哥，往年你也喜好这种热闹的。今年是怎么了？难道你是被听音给感染了？”秦倾觉得自己押的赌注反正已经输了，有气无力地问秦铮。

秦铮瞥了秦倾一眼，没说话。

秦倾习惯了秦铮这副不搭理人的样子，又扭过头好奇地看向谢芳华：“听音，你到底押了几号画舫？”

程铭等人本来凑在各个窗口看，闻言也立即看向她，好奇地问：“对啊，听音，你到底押了几号画舫？”话落，见谢芳华不说话，继续道：“都快结束了，就算你说出来，也不影响什么。暗注在右相和普云大师那里。我们保证不说出去。”

秦怜也转过头来，对谢芳华催促：“对，你快说！”

谢芳华扫了众人一圈，最后落在秦铮的身上，见他也看着她，道：“六号！”

秦怜和秦倾二人睁大眼睛。

程铭等人不解：“前面五号画舫旗鼓相当，这些年都轮流做庄，难论输赢。六号画舫可是第一次来京城迎春。是骡子是马只刚来出来遛，放眼今日在这玉女河下赌注的人，怕是除了你无人押它。你是怎么就想了押它的？”

“对啊，我还是从太妃那里知道六号画舫是演的什么玲珑飞花，百鸟来朝。据说这家的底细是个叫作什么玲珑阁的，在岭南之海的一座孤岛上，是个避世之家，繁衍数代了。这一代的家主有心想入世，所以去求了裕谦王。由裕谦王引荐，才有了这次的机会。它们可不是奔着夺魁来的，而只是借此机会入世，能在京中立稳脚跟。”秦倾道，“听音，你可真是胆子大！我们这里，都没有押它。”

“你们没人押不是最好？你们所有人都输了，那么我就赢了。”谢芳华道。

秦倾一噎，反驳道：“哪能那么容易？你现在看看，虽然三号画舫和五号画舫都落下去了，但是其他三家可是联起手来了，怎么能让一个新来的砸了他们的招牌？”

谢芳华笑笑，不再说话，依然没兴趣看外面。

“秦铮哥哥，你要完蛋了。”秦倾一副怜悯的表情看着秦铮。

秦铮嗤笑一声：“鹿死谁手，犹未可知！”话落，他站起身，对谢芳华道：“你说得对，的确没意思。走，我们回府了。”

谢芳华挑眉，看着他，是他闹着要来玩的，如今这么快就走？

“你当爷说假话吗？”秦铮伸手拽起谢芳华，拉着她向外走去。

“咦？秦铮兄，还没结束，你下了那么多赌注，急着离开做什么？”程铭喊了一声。

“没意思，你们玩吧！”秦铮脚步轻快地走出船舱，丢下一句话，“午时了，听音该喝药了。”

众人都有些怔。

秦怜撇撇嘴：“这个恶人，走了更好，他在这里坐着，让我觉得浑身被束着。”

“怜姐姐，你有没有发现一件事儿？”秦倾凑近秦怜，小声问。

“什么事儿？”秦怜看着秦倾。

“秦铮哥哥自从有了听音，像是变了一个人似的。以前这样好玩的事儿，他比谁玩得都欢腾，如今竟然是急着回府了。”秦倾悄声道，“不会是听音给秦铮哥哥吃了什么迷魂药吧？”

秦怜翻了个白眼，用手弹了秦倾脑门一下，哼道：“他哪里是吃了什么迷魂药？他是犯了桃花病了。日日在府里和听音厮混，早晚有一日败了身子骨，瘦死他。”

秦倾啊了一声。

“啊什么啊？我又没说错。刚开了荤腥的男人，你还指望他能怎样？”秦怜叱了一声，对秦倾道，“你还嫩着呢，不懂，等你到了我哥哥这个年岁，就懂了。不就是那么回事儿？”话落，她扫了一眼程铭等人，“你看看他们，谁家没个通房小妾？开始的时候还不是美人在怀，日日厮混，如胶似漆。如今他们是经过了那个最开始的时候，才不至于跟他一般样子了。”

秦倾呆呆地看着秦怜。

程铭等人都齐齐地转头向秦怜看来，身子都不由自主地僵了僵，脸上神色奇异。

“你这副呆样子看着我做什么？别告诉我你不懂！那你还是个男人吗？”秦怜鄙夷地看着秦倾，骂道，“笨蛋！枉费你在宫里长大的，没吃过猪肉还没见过猪跑？”

秦倾动了动嘴角，脸红了红，好半晌才低声道：“怜姐姐，我……我不是不懂。只是，这样的话，你怎么能说出来？若是皇后娘娘在，一定会大吃一惊的。她做梦估计也没想到你这么……这么不知羞！”

秦怜噎了一下，毕竟也是未出阁的少女，脸红了红，忿了一声：“你不说，皇后娘娘不就不知道了吗？”

秦倾看着她，瞥眼瞅了一旁的几个人：“就算我不说，你刚刚的声音也不小，他们也都听到了。天下没有不透风的墙吧？”

秦怜一愣，看向旁处，只见程铭、宋方、王芜、郑译等人都尴尬地看着她，显然都将她的话听了个清楚。她顿时脸一黑，恶狠狠地警告道：“将你们刚刚听到的话都忘了，听到没？”

程铭等人与秦铮接触得多，虽然都知道秦怜的性子中有些地方像她哥哥秦铮，但也没想到行事说话如此跳脱大胆，断然不像是被皇后教养在身边，在宫里比公主们还端庄的秦怜郡主。齐齐对看一眼，自然不惹她，点点头。

秦怜冷哼一声：“若是让我听到方才的话传扬出去半点儿，就小心你们的后院鸡犬不宁。还要小心你们将来娶了媳妇儿家宅不宁。”

程铭等人嘴角抽了抽，哥哥妹妹都是一样喜欢威胁人的人，还真做得出来报仇的事儿。

“哎呀，就这么一会儿的工夫，六号船真的赢了！”秦倾大叫了一声。

秦怜连忙看向窗外，也怪叫一声：“还真是六号！”

“怎么可能？我们的赌注啊！”程铭等人也立即看向外面，齐齐啊的一声。

不止是船舱内如此惊异，玉女河岸边所有人也都齐齐炸开了锅。

还真是让秦倾给说对了，除了谢芳华，没人押六号画舫。

根本就没人想到六号画舫会赢。

一时间，惊异、怪叫、哀号声一片。

秦铮和谢芳华这时已经上了马，听见四周的叫喊声，秦铮笑了笑，回转头，眸光清亮地看着谢芳华：“你怎么知道六号会赢？”

谢芳华看了秦铮一眼，她能不知道六号会赢吗？玲珑阁是她的，她不赌自己人赢，难道还赌别人赢？就算能赢的人，也必须要在玲珑阁面前输了让路。

“嗯，这回娘亲该是不用犯愁我的聘礼了。如今就给她赚了一半。”秦铮道。

谢芳华暗骂了一声，不理他。

“来人！”秦铮没急着走，而是端坐在马上喊了一声。

“公子！”一人立即来到秦铮马前。

“去告诉右相和普云大师，将我赢得的所有银两都清点了送去忠勇侯府。”秦铮吩咐，“这是第二批聘礼，让子归兄好好收着。”

“是！”那人垂首。

秦铮不再理会玉女河内外岸边炸开锅的人，催马离开。

他刚离开，帷幔内搭建的帐子内走出右相和普云大师，宣布赛事结果和赌局结果。

铮二公子的婢女听音赢了所有赌注的消息顷刻间如雪花般地席卷了整个南秦京城，并且迅速地向外扩散。

第一时间，皇宫内自然得到了消息。

皇帝正在皇后的凤鸾宫，同在的还有林太妃、大长公主、英亲王妃、柳妃和沈妃。

皇后伤了筋骨，虽然不是大伤，但也要养个百日，半躺在凤榻上。在疼痛的折磨下，她气色分外苍白。

皇帝沐休七日，如今才初六，他不用早朝，从昨晚来了皇后住处便一直未曾离开。

林太妃今日过来看望。

大长公主、英亲王妃昨晚得到消息就要进宫，后来听说皇后并没有大碍，才等待今日来看望。

柳妃、沈妃是除了皇后外，宫里品级最高的妃嫔，今次第皇后受伤卧床，二人昨晚听说皇帝丢下了要见的清河崔氏二公子急急地赶过来看望，权衡之下，也赶紧来凤鸾宫看看。今早又过来了。皇后出事，虽然是意外，但她们心底偷着乐的同时也要表现得和睦坦荡和关心。更重要的一点就是皇后如今不能打理宫中的事情了，那么这后宫的大权，该落在谁的手里掌管便更为重要起来。

皇后压在头上，她们二人合力对付皇后，但是私下里，自然也是各自盘算着小九九。

“怜姐儿呢？哪里去了？”林太妃来得晚一些，没见到秦怜，不由疑惑。

“她啊，就是个皮猴子，估计是闹着皇弟妹放她出去玉女河玩耍了。”英亲王妃道。

皇后闻言失笑：“皇嫂说得可不对，怜郡主乖巧端庄，从来不做出格的事儿。这些年来，我们大家也是有目共睹的。昨日我不小心摔倒，她红了眼眶，今日本要陪我，但我想着玉女河今日必定热闹，一年的迎春日才有一次，便就放了她出去玩了，不是她自己求着去的。”

“你就护着她吧！”英亲王妃嗔了皇后一眼。

“虽然是皇嫂身上掉下来的肉，但也是从小就在我身边长大的，我没有女儿，她在我身边，就与我自己的女儿没什么区别。我自然是要护着的。”皇后笑道。

“往年的玉女河都很热闹，可惜我们出不去。”沈妃接过话，看了一眼皇帝。

“可不是吗？我就好奇，不知道今年是哪个迎春绝技的班子赢了。”柳妃也看向皇帝。

二人论心计，都是不可小视，否则也不可能爬到这个位置。但这么多年来，她们无论怎么斗，就是斗不过皇后。原因自然也是包括皇后早早就将英亲王妃的怜郡主讨到了身边，时时刻刻带着，她们不敢贸然出手。这么多年，也没等到什么好时机，却是等得孩子们都长大了。好不容易秦钰犯了事儿被贬黜去漠北了，她们养的三皇子五皇子在秦钰离开后这段日子没敢做什么，如今皇后也受伤了，压制了这么久，她们感觉机会终于来了。

“今年若非皇后出了事儿，朕本是真打算带你们出去观赏一番我南秦大好国土下的各方人杰绝技的。”皇帝看了二人一眼，又看了淡笑的皇后一眼，承诺道，“明年吧！明年的迎春日放你们出去！”

二人闻言顿时笑逐颜开：“皇上真好！”

皇帝看着二人虽然眉梢眼角已经有了细微的皱纹，但依然欢喜得如孩子般的笑脸，心情也好了起来，哈哈大笑。

“就怜姐儿和小八去了吗？还是两个孩子，可别出事儿啊。”林太妃闻言有些担心。

“太妃放心，三皇子和五皇子来我这里请安，我便让他们带着两人去了。三皇子和五皇子年岁大些，向来都是稳重的孩子，出不了错的。”皇后温婉地笑道。

“是啊，太妃宽心！朕这些日子命秦浩严密排查京城方圆百里的匪徒，各处都布置了岗哨，更何况今日去玉女河的虽然都是些孩子，但也不要小看了那些孩子，他们可都本事着呢。”皇上道。

“这么说铮哥儿定然也去了玉女河了？”林太妃问。

“是，去了！他是个闲不住的主，这样热闹的日子口，怎么会不去？”英亲王妃道。

“那就好，有他在，怜姐儿不会有事儿。我就想着，她一个女儿家，出宫外，总觉得不放心。”林太妃因无儿无女，但扶持皇帝登基有功，外加抚养八皇子，八皇子自小和秦钰、秦怜投脾性，易亲近，所以，秦怜去林太妃跟前的时候多，林太妃极其喜欢她。

皇帝闻言哼了一声：“要我说，他这个亲哥哥当得还真是不合格，倒不如四皇子，就算他在，怕是也只有欺负怜儿哭鼻子的份。”

林太妃闻言顿时笑了，摇摇头：“皇上不能这么说，亲哥哥到底是亲哥哥，就算惹小丫头哭鼻子，也不会真的欺负她。或许他欺负行，不允许别人欺负。”

“钰儿在京城的时候，两个哥哥就时常争夺一个妹妹。如今钰儿去了漠北，怜儿私下哭了好几回，日日盼着他回来。”皇后见皇帝提到秦钰，趁机幽幽一叹。

沈妃和柳妃的脸顿时僵了一下，看向皇帝。

“如今钰儿离开京城去漠北，算上他出京的那日，也有将近四个月了吧？时间也不短了。”皇帝拍拍皇后的手，缓缓道，“以前他和秦铮那个混小子一直在朕面前转悠，天天看着他们俩掐架就烦。如今一个不在京城，一个收了个婢女日日拴着也不进宫了，朕十天半个月也不见准看到他的面。”

“他是犯了桃花劫，整个人儿如今跟魂被吊着似的。”英亲王妃笑骂了一句。

皇后也笑了起来：“铮哥儿收个婢女藏着掖着死活不放进宫，看来是真的在意了。如今他都有了婚约了，这婚事儿定了下来，只等三年后大婚了。这一点钰儿就比不了。他不在京城也好，免得日日看到二人打架。”

林太妃看了皇后一眼，叹息了一声，开口询问：“皇上，你看，皇后这四个月来因为想念四皇子都瘦了，我老婆子向来不插手朝堂的事儿，但是今日我跟你提一句，说实话，我也想那小子了。皇后说得对，如今铮哥儿的婚事儿都定下来了，他还在荒无人烟的漠北待着，你什么时候把他放回来啊？”

沈妃和柳妃的心齐齐地提了起来，她们刚刚还觉得机会来了，可是偏偏这么会儿的工夫就让皇后、林太妃一唱一和说到了秦钰归来的事儿。若是将秦钰放回来，那么她们的儿子可如何在皇上面前出彩？

皇上闻言沉思：“关于钰儿嘛……”

皇后的耳朵顿时竖了起来。

“皇上，您看，吴公公这么匆匆忙忙地跑来，是不是发生了什么大事儿？”沈妃忽然插进话来，打断了皇帝的话。

“能让吴公公急的事儿，大约不是小事儿，不会是玉女河出事儿了吧？”柳妃也立即道。

皇后恼恨地看了二人一眼。

皇帝闻言转过头，看向外面，见吴权的确匆匆地跑来，他皱了皱眉，没说话。

“哎呦，今儿个去玉女河的可都是一帮子王孙贵子，咱们皇室、宗室、朝中大臣的贵子贵女，可别真出事儿。”林太妃也被转移了心思。

皇后抿了抿唇，知道这事儿岔开也就岔开了，此时没办法再让皇上吐口放秦钰回来的话。

英亲王妃坐在皇后身边，隔着宽大的衣袖拍了拍皇后的手，示意她少安毋躁。皇上既然能主动提起秦钰，也是想他了，纵火烧宫闱的气该是也消了，让他回来大约不会太晚。

皇后默默地点点头。

“皇上！”吴权来到凤鸾宫门口，对里面打了个揖，气喘吁吁地禀告，“刚刚有人传回消息，说铮二公子赢了所有赌局。您知道铮二公子下了多少赌注吗？是二十注。一注是十万两啊，下的还是暗注。这回转眼就赢了好几百万两银子。”

众人闻言齐齐一怔。

皇帝看着吴权，纳闷地问：“你是说他自己赢了所有赌局？那别人呢？”

“别人都没押对赌注！”吴权道。

“哪艘画舫的班子赢了？”皇帝问。

“是岭南裕谦王举荐来的那个，六号画舫。”吴权赞叹地道，“据说那艘画舫展现的是玲珑飞花，百鸟来朝的绝技。据说那绝技可真是冠绝古今，竟然真的是在结束的时候引来了百鸟围绕画舫，盘旋不去。这才是真正的绝技。拿第一是实至名归。”

“哦？”皇帝看着吴权，“看来能得裕谦王兄举荐来京城，也真是慧眼独具啊！”

吴权闻言自然不会顺着皇上的话点头或者接话。当年皇上只是一个贵人所生，却是得了当年的德慈皇后和她唯一的嫡子英亲王扶持，才坐了上了皇位。当年兄弟众多，那一场夺位，死的死，伤的伤，发配的发配。这位裕谦王算是有争夺之心但是无力的，没对皇上造成过多大的伤害，所以，皇上登基后，便发配他去了封地，也就是岭南。但到底是藩王，也忌讳几分。

“往年这个小子玩得可不大，今年这是怎么了？”皇帝疑惑，看向英亲王妃。

英亲王妃摇摇头，有些恼怒，气愤地道：“臣妇也不知，这个死小子敢下二十暗注，他是真不怕将半个英亲王府给我输了。”

“这不是赢了吗？满京城贵裔公子哥这回都输了，腰包怕是都瘪了，就丰厚了他一个人。”皇后笑着道，“不过他的胆子的确是大，两百万两银子的暗注，翻倍就是四百万两呢。”

“哼，他什么做不出来！这回赢了又有脸面耀武扬威了。”皇帝道。

“皇上，不是铮二公子下的赌注，是他身边那个婢女下的赌注。该说是那个婢女的胆子大。”吴公公道。

“嗯？”皇帝挑眉，“竟有这等事儿，你仔细说来。”

“是这样的，今日铮二公子带了那个婢女去了玉女河，本来铮二公子似乎无心玩耍，但怜郡主和八皇子非要拉着他玩耍，他不给面子，怜郡主气恼之下，就拉了那个婢女……”吴权将得到的消息仔细地全部禀告给了皇帝。

皇帝听罢，并没说话。

“真是了不得，原来是一个婢女自己下的赌注赢的。”林太妃讶异地道。

“臣妾们一直好奇铮二公子收的婢女听音，这都一个多月了，也不见铮二公子带她进宫来。小小的婢女竟然如此独具慧眼吗？怕是铮二公子事先告诉她押哪个注的吧！”沈妃道。

“我觉得沈姐姐说的有道理。若是铮二公子下的赌注，我们还相信。”柳妃应和沈妃。

“你们这样说也有道理。”林太妃道。

英亲王妃笑了笑，接过话道：“你们不熟悉听音，她啊，的确是个胆子大的小丫头。这样的事情也许真不是铮哥儿让她选的，是她自己选的。那个孩子看着乖觉，其实脾气秉性和铮儿差不多，都是个吃了熊胆子长大的。”

“王妃，难道还真是她一个婢女下的赌注？”沈妃和柳妃还是不怎么相信。

英亲王妃笑着道：“等回去我问问就知道了。也许没准真是他让她做的，我这个当娘的，也不敢打包票。”

“今日忠勇侯府小姐没去玉女河？这样的日子铮哥儿怎么带个婢女去了？”林太妃问。

“他早上先去了忠勇侯府，忠勇侯府的华丫头因过年这两日折腾得狠了，好不容易有些起色的病又回去了。前几日我去看她，哎，那脸起了很多红痘子，又不能见人着风了。可怜的孩子，不知道什么时候才能寻到那神医，治好她的病。”英亲王妃叹了口气。

“又严重了？这可怎生是好？我一直奇怪，铮哥儿怎么就非忠勇侯府小姐不娶了？”林太妃看着英亲王妃，关心地问。

英亲王妃见皇上也向她看来，她叹了口气："这也怪我，当年我生了铮儿后，正逢玉婉有孕，我和她谈起孩子，便有了个约定，说她若是生个女儿，那么就许给我儿子，我们是手帕交，好姐妹，让两个孩子成了连理，我们也好成了亲家，我必定不会亏了她的女儿。她这个做岳母的，也定然不会难为我儿子。"

"竟然还有这等事儿？这些年怎么没听你说？"林太妃有些惊异。

"当时只是口头约定。"英亲王妃看了皇帝一眼，见他认真地听着，她垂下眼睫，继续道，"况且我们两个妇人家，英亲王府的门庭和忠勇侯府的门庭都不是寻常人家，我们的话也不能做主。我们两个虽然都有心，未等进一步探讨这件事情，谢英和玉婉便双双出事了。这事儿只能搁置不提了。"

"原来如此！"林太妃恍然，"既然这样，怎么就让铮哥儿非她不娶了？你对他提过？"

英亲王妃摇摇头："我没提过，就是私下里和我的陪嫁丫头说了几回，也许不小心，被他听到了，就记在了心底。九年前，老侯爷寿宴，他大约是见了华丫头。后来华丫头病了，不能出来走动，那个混小子好奇海棠苑的海棠，说什么比比是落梅居的落梅好，还是海棠苑的海棠好，所以，还悄悄地跑去人家海棠苑看过海棠。一来二往，应该就上心了。前些日子，听说皇上有意要给他指婚，华丫头也过了及笄了，他就急了，这不，才有了灵雀台那一出。"

"竟然还有这么多事儿？为何以前不曾听你提过铮哥儿竟然私心里喜欢谢芳华？"皇后也忍不住开口询问。

"我哪里知道？一直以为他混不吝，跋扈得跟什么似的，不喜欢这京中的小姐们。他住的落梅居也不让任何婢女进去。我一度还以为他不喜女色，担心得跟什么似的，恨不得拖个婢女塞给他。这你们都知道！"英亲王妃气道，"我也是在除夕那天才知道他要娶忠勇侯的小姐的。"

"你是在进宫前就知道他有那个主意了吧？"皇帝忽然问。

英亲王妃点点头。

"你可真是护着他！竟然这等胡闹的事情也帮着他？既然知道，为何不阻止？让他将朕逼得下了旨意？"皇帝有些恼怒地看着英亲王妃。

英亲王妃眸光动了动，迎上皇帝的目光，笑着道："皇上，您不是不知道，这么多年了，我护儿子是出名的。他想做什么，只要不是干欺师灭祖的事儿，我就是要惯着他，他想娶谁，只要拿定主意，我就让他娶，世间千千万，也不如那个一心人。您说是吗？"

皇帝面色一僵，嘴角动了动，忽然撇开头，恼怒散去，无奈地道："他娶谁朕都能欢喜地由着他，但偏偏他非要娶忠勇侯府的丫头。关于忠勇侯府，你又不是不知……"

“皇上，芳华丫头病成那个样子，生在忠勇侯府不是她的错，若说错的话，只是她娘当初嫁给忠勇侯府就是错了。谁叫我和她娘是手帕交来着？别说我心里压根就同意这门婚事儿，就算我不喜她，但因为我儿子喜欢她，我也会喜欢她，同意我儿子娶她。”英亲王妃端正地看着皇帝。

皇帝扭过头来，想反驳什么，但看着英亲王妃义正词严的模样，又将话吞了回去：“算了，朕向来说不过你。”

英亲王妃得意地弯了弯嘴角，只不过弧度极小，令人看不出来。

“事已至此，他们已经被朕赐婚了，忠勇侯府的华丫头若是真能有命挺过三年，朕什么也不说，若是挺不过三年，那么你就可得当心你的好儿子可别真随了她去九泉。”皇帝似乎看不得英亲王妃得意，憋着气说道。

英亲王妃的脸顿时沉了，重重地道：“她自然有命能挺到三年后完婚！”

“那就走着瞧！”皇帝哼了一声，站起身，威严地道，“关于他那个婢女听音，你择个日子带进宫来让朕瞧瞧，朕说给她个贵妾的身份，若是看了中意，就这么办了。”

英亲王妃摇头：“铮哥儿说要的是婢女，不是贵妾。”

“怎么？他还真不将朕放在眼里了？”皇帝本来要离开，闻言竖起了眉头。

“皇上尊贵，南秦上下您是天子，至高无上，他怎么会不将您放在眼里？无非是他自己的女人，不想让您插手罢了。左右也是一个婢女，有失您身份。”英亲王妃道。

皇帝怒道：“他是英亲王府的嫡子，将来要继承王爵，将身边一个婢女宠成这样，难道是小事儿？”

英亲王妃闻言慢慢地站起身，直视皇帝：“皇上终于承认他是英亲王府的嫡子了？承认他将来要继承王爵了？可是我家王爷早就请封立他为小王爷，您未曾批准，一直拖延，他至今还只是个英亲王府的铮二公子。一个公子哥身边的婢女不是小事儿吗？试问这南秦京城，多少公子哥身边多少婢女，难道皇上都要一一过问不成？就连宫中各个皇子身边婢女无数，难道皇上还都逐一看过来，给提携为侍妾？”

皇帝一噎，恼怒卡在胸口，哑口无言地看着英亲王妃。

“皇上若是不能册封我儿子为世袭小王爷，那么他只是我儿子，无关什么朝廷江山门第，他的一个婢女如何和他对一个婢女如何还不劳您费心！”英亲王妃吐出一句话，微微一弯身，端庄地道：“臣妾告退了！”

话落，不等皇上开口，英亲王妃不看众人，抬步出了凤鸾宫。

吴权见英亲王妃出来，偷偷看了一眼皇上，连忙让开了。

不多时，英亲王妃离开了凤鸾宫，头也没回。

“纵子如此，还不让朕……”皇帝恼怒地踹了一脚椅子，骂道，“岂有此理！”

林太妃、皇后、沈妃、柳妃等人亲眼见皇上和英亲王妃一番争执，人人屏息凝神。

皇帝气怒半晌，才渐渐息怒，回头扫了一眼殿内坐着的林太妃和皇后等人，沉声对皇后道："四皇子去漠北也有将近半年了，你且宽心养伤，朕何时调他回京，心里有数。"

皇后心里一喜，本来以为皇帝今日因为沈妃和柳妃的作梗是不会再想起秦钰了，不承想和英亲王妃争执后的他还能想起这桩事儿，点点头："多谢皇上顾念臣妾，想着四皇子。"

"她有儿子，朕也有儿子！"皇帝说完一句话，看着英亲王妃离开的大门口忽然冷哼一声，甩袖出了殿内。

吴权连忙高喊："皇上起驾回宫！"

仪仗队立即摆起阵仗，搭起龙辇。

不多时，皇帝离开了凤鸾宫。

皇后一怔，喜悦瞬间被打了个对折。

沈妃和柳妃整个大脑想的都是皇上刚刚对皇后说的关于四皇子回京安置的准话，一时间没有心思听皇帝又说了什么，见皇帝离开，二人心里分外沮丧。她们今日如此阻挠，还是让皇后得逞了，比起皇后养伤，打理宫中事务的权力来说，还是儿子的皇位比较重要。

"两位妹妹，你们从昨日到今日，因了我受伤好生操劳了一番。多谢了。"皇后回过神，有些疲惫乏力地看着沈妃和柳妃说道。

沈妃和柳妃连忙摇头："姐姐就安心养伤，这是我们该做的。"

"我这般样子，恐怕未来两三个月里还需要劳烦你们一起打理后宫的事情了。"皇后道。

沈妃和柳妃齐齐一怔，对看一眼，都从彼此眼中看到了讶异。刚刚她们还以为她得到了皇上的准话，等着儿子回来，宫中的中馈她是说什么也不交了，她们为了儿子的皇位也不在意了。没想到她现在倒是痛快交了出来。这么多年，皇后一直把持后宫，她们有心插手，却屡屡无功而返，如今却突然放了权，什么意思？

"这么些年，我也累了，如今受了伤，若再不好好养着，还操劳的话，我怎么能等到我儿子从漠北回来。皇上刚刚虽然那样说了，但一时半会儿钰儿也回不来。我还是养身子打紧。"皇后偏头看向林太妃，"太妃，你说是不是？"

"对，没错！没什么比身体更打紧的。钰小子若是回来看到你瘦成这样，指不定怎么伤心呢！"林太妃接口，对沈妃和柳妃道，"后宫除了我这个老太婆，就你们品级高了，你们不帮皇后，难道要我个老太婆操劳？"

沈妃和柳妃闻言，齐齐恍然，原来皇后是为着四皇子要安心养伤了，看样子不是要使什么心机，这才放心地点头："既然姐姐看重，那我们二人就义不容辞了。"

“理该这样！”皇后笑着吩咐如意取出执掌宫中的凤印，但是没给二人，却是交给了林太妃，“太妃，两位妹妹是两个人，但是凤印只有一个，这个凤印就劳烦你收着，两位妹妹和气地处理宫中事务，但凡有什么意见相左的事情，就交由你出面主持公道，这样也累不到你，你觉得可好？”

沈妃和柳妃面色齐齐一僵。

“好，就交由我老婆子看管着，你们凡事儿尽量处理，处理不了的再去找我，就别叨扰皇后养伤了。”林太妃接过凤印。

沈妃和柳妃恢复常色，勉强地笑着点点头。

皇后看着二人，笑得端庄贵气和悦。

沈妃和柳妃见皇后如此笑，心中都有些憋闷。皇帝又走了，她们也不想再在这里待着了，对看一眼，遂齐齐站起身告辞。

皇后笑着摆摆手。

二人一起出了凤鸾宫。

二人走后，林太妃却没有走，依然坐在皇后的宫里。

皇后挥退了左右服侍，殿内除了林太妃再无一人的时候，她黯然地道：“太妃，你也见了，这么些年了，皇上还是对她……”

“当年啊，若非皇上是吕贵人所生，位份低微，需要借助德慈皇后和英亲王上位，也不至于拱手相让。”林太妃叹息了一声，拍拍皇后的手，劝慰道，“你是明白人，这情啊，只有得不到，才会住进心里去长情。后宫三千粉黛，他念着个得不到的人，总比念着宫里的人强。只有这样，他才不会为后宫的女人左了心，你这皇后的位置才能坐稳，你是四皇子的后盾，你稳，他才能稳。”

皇后点点头，林太妃说得对。

她能稳坐中宫多年，各式各样的女子她全都看遍，皇上更是览遍群芳。娇俏可人的，狐媚勾人的，端庄闲雅的，素颜倾城的，各宫各院，美人无数。昔日八皇子的母妃，从个平民女子，坐到了皇贵妃的位份，皇上宠到极致，但也未动摇她的根本，惹了后妃嫉妒，不用她出手，各宫各院的女人们暗中的排挤和手段便让她在生八皇子的时候烟消云散了。

这么多年，除了一个皇贵妃，再无人靠近她的皇后宝座。

柳妃和沈妃也无非是靠了母族背景和哄着皇上的手段，才坐到如今二妃的位置。

后宫女人甚至天下多少人都以为皇帝对她重情重义，可背后又有几人知道皇上对后宫的所有女人都不曾入心，他唯一念着的那个女人在宫外，是以，谁做他的皇后又有什么区别？

她初入宫闱，开始的时候不知道，后来知道了也曾试图去做过什么，但是到头来，终是让她看清，一个男人的心若是实实在在地放了一个女人，将她压在心底最深的位置，甚至是皇权宝座底下的位置时，是谁也不能碰触的。

就算碰触，也是无用。无用的事情做得多了，她也累了。所以，多年前，便开始将一门心思放在她唯一的儿子身上。

只要她儿子能坐上皇位，只要皇上能敬重她，那么，她也是无憾的。

“怜丫头还不知道她被你抱进宫的初衷吧？”林太妃问。

皇后摇摇头：“不知。”

“她不知就别让她知道了。”林太妃温声道，“那丫头自小不在亲娘身边，有亲娘不能亲近，有亲哥哥不能亲近，从小就懂事儿，顾着你的情绪，委屈不少。这皇宫里，你我都是看了多年的人，背地里的肮脏龌龊多了去了。虽然你看顾得紧，但总有没看顾到的地方，她都自己扛下来了。活了这么大，也是不易。你虽然不是她亲娘，但多年来，也是娘了。”

皇后点点头：“太妃，不用你说，我心里明白。当年我从她身边夺了秦怜，也不全是为了将英亲王府拴到我身边帮钰儿，一半也是我有私心。气不过有人什么也不用做，却拴了皇上的心。如今我早就看明白了，有些东西，争是争不过来的。而且怜儿的确乖巧懂事，虽然性子跳脱，但从来不做太出格的事情让我忧心，这些年下来，我是真将她当女儿的。”

“你能看明白就好！皇上心里苦啊。”林太妃想起往事，低声道，“当年你还没进京城时，我在宫里，他们那一帮子小子们和姑娘们的事儿我是看得最清楚。为了皇位，皇上舍弃了太多。他心底留一点儿执念也情有可原。这些年在皇位上他也累，怕是就靠那些执念支撑了。”

皇后看着林太妃：“太妃，您与我说说当年的事儿吧！我这么些年没问过您，就胡乱猜，难免有猜错的时候。当年钰儿还小，我做错可以有改的机会，现在钰儿大了，又出了火烧宫闱的事儿，他被贬去了漠北，我差点儿就失去了儿子，不能再错一步了。”

林太妃看着皇后：“你若是真要听的话，那这话也就长了。”

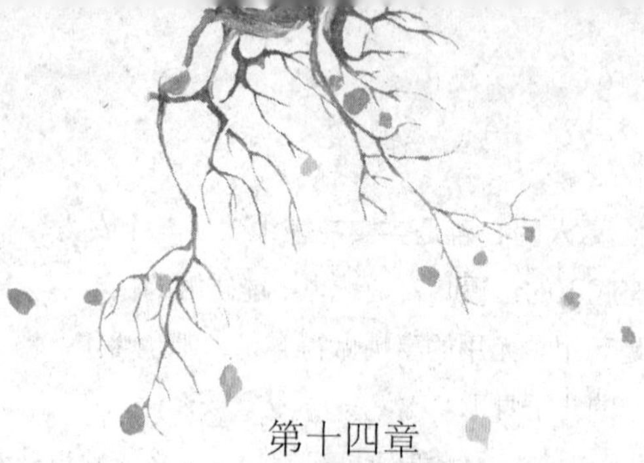

第十四章
维护

京　门　风　月

“天色还早。”皇后道。

“哎，你为了钰儿，是该知道那些事情。那我就长话短说。”林太妃点点头，缓缓道，“当年啊，南秦有二美，都出身崔氏。一个是博陵崔氏的崔玉婉，一个是清河崔氏的崔紫菁。两家都是望族。南秦也有双绝，但这双绝说的不是女人，而是男人。一个是当年的七皇子，也就是当今圣上，一个就是忠勇侯府当时的世子谢英。”

皇后颔首：“这我知道。当年皇上和谢英才华冠绝，不相上下，是以并称双绝。”

“当年，先皇对各大名门望族用的还是古来的招抚启用并且牵制的政策，这种政策最有效的办法，自然就是联姻。各大名门望族都有人在京中任职。大家族里的长者会选最优秀的女儿来京寻求姻缘。就像如今的范阳卢氏卢雪妍一样。”林太妃慢慢陈述，“当年，清河崔氏来京的就是崔紫菁，博陵崔氏来京的则是崔玉婉，这二人因为同系崔氏，自小就认识，并没有因为容貌和才学互相嫉妒要比出个高下来，相反，是一对极其要好的手帕交。她们一来到京中就吸引了各府的名门公子。”

“当年皇上喜欢的人是崔紫菁，谢英喜欢的人是崔玉婉。英亲王呢？他喜欢谁？”皇后看着太妃，“这些年我见英亲王对王妃爱重，但若说情深，怕是没有。不过王兄向来含蓄，心思也深，不易窥探。”

“谢英自然是喜欢崔玉婉的，自古来，忠勇侯府的人虽然因为富贵滔天克制己性，但也不会委屈了自己。否则他又怎么会娶崔玉婉？至于崔玉婉嘛，她自然也是喜欢谢英的，博陵崔氏的女儿自古受诗礼传书的清贵门楣熏陶，都是有傲骨的，也不会委屈自己。”林太妃道。

“难道崔紫菁不喜欢皇上？否则以她的傲骨为何嫁了英亲王？”皇后疑惑。

“这怕也是你多年来想不透的事情吧！”林太妃笑了，看着皇后，摇摇头，“男人和男人不一样，女人和女人自然也不一样。崔氏的女儿更和旁人不一样。当年，吕贵人位份低微，但心思颇深，生的儿子也是万里挑一，才华聪颖样样出类拔萃。若他不做皇上，那么谁做了皇上，都会先除了他。这很好理解，坐在那个位置上的人，谁也不想留着一个名声才华比皇帝还高的兄弟在卧榻之侧。”

“我明白，忠勇侯府就在皇室的卧榻之侧。”皇后点头。

林太妃叹了口气，继续道：“德慈太后得先皇爱重，可惜生下的儿子却脚跛，不能继承皇位，她刚强一生，却也是输给了命运，只能认命。当年，吕贵人和皇上求到了德慈太后面前，想要那个位置。德慈太后只一个条件，就是拿他们心里重要的东西来换。吕贵人当时也是看中了崔紫菁，先皇也念二人郎才女貌，有心赐婚，而皇上也心仪崔紫菁。清河崔氏望族，配皇室里最有才华的皇子，虽然是庶出，但也是一门好亲事儿。”

皇后点点头，不再插话。

“可是，德慈太后就提了这么个条件，对于正当年少、情窦初开的皇上来说，那的确是挖了他的心。”林太妃回忆往事，露出感慨，“当年，德慈太后和先皇商量英亲王婚事儿的时候，我是在跟前亲眼目睹，亲耳听到的。先皇本来不同意，但德慈太后说，皇室里最杰出的皇子莫过于七皇子，但七皇子若是不能断情绝义心狠，也不能来坐这个位置，一个对自己不心狠的人，是没办法掌控这南秦江山的。想想谢氏，想想各大名门望族，都需要有手段且雷厉风行的人来制衡。”

“所以，先皇就答应了？”皇后问。

“嗯！先皇答应了。德慈太后聪明绝顶，一生稳坐凤位，不是靠家族，而是靠女人最骄傲的本事，拴住了先皇的心。无论后宫多少女人，先皇一生，最爱的始终是德慈太后。”林太妃有些黯然地道。

“己所不欲勿施于人！既然先皇和德慈太后彼此恩爱，为何不能成全当年的七皇子和崔紫菁？”皇后不解。

“正因为这份爱重，才是这个结果。七皇子是最聪明最有才华的皇子，但不是他最爱的儿子。他最爱的女人是德慈太后，最爱的儿子是英亲王，又牵扯了江山和英亲王府的未来，他怎么会不答应？”林太妃道。

皇后恍然。

“先皇当着皇后的面让七皇子和吕贵人选择。若是选了崔紫菁，他就成全，但是不能要这江山。若是不选崔紫菁，就给他皇位。”林太妃道，“因我无儿无女，又是德慈太后表妹，是以，我能见证这一桩除了我们几人再也无人知道的秘密。”

“皇上选择了皇位？”皇后声音有些轻颤。

林太妃摇摇头："这么多年，你还是不了解皇上，他当年选择了崔紫菁。"

皇后一怔："那为何后来崔紫菁嫁了英亲王……"

"吕贵人当时得了不治之症，但瞒了皇上，听说他选择崔紫菁，她一口血就吐了出来。吐出来的血当时是黑色的。皇上要吩咐人请太医，吕贵人不让，说她的病早就悄悄让太医看过了，无救。她为什么想七皇子要皇位，就是怕她死了，她的儿子被上位者不容。七皇子实在是太聪明了，太有才华了，若是不得到皇位，又没有母族支撑，必死无疑。是以，她虽然看重崔紫菁，但还是最想保住儿子。"林太妃道。

皇后想起她进京后第一次进宫看到的吕贵人，那时候她已经病重，丝毫看不出是个多么有心机的女人，能生出皇上那样聪明有才华的儿子，是因为她本身就是一个聪明的女子。

"先皇见了当时情形，有些心软，想成全七皇子。但德慈太后摇头，说孝与命，情与恩，是相辅相成的。她不想让七皇子觉得是英亲王让了江山，而必须是他用最心爱的女人换的江山。这样，他以后不必觉得英亲王府携恩已报，也不会觉得无颜面。另外，用最重要的人换得的江山，他才能好好珍惜，以后也会好好地对待英亲王。她和吕贵人，虽然一个是皇后，一个是贵人，但在各自的儿子面前没有不同，都是母亲。先皇若想兄弟和睦，想皇上看重江山，想南秦江山能千秋万载，一代代传承下去。这一桩孝与命，情与恩的交换势在必行。"林太妃道。

皇后沉默片刻，低声道："德慈太后看得通透，的确令人敬佩，怪不得先皇爱重。"

"是啊，有几人能抵得上德慈太后？"林太妃点点头，"后来，皇上为了母亲吕贵人，为了能活着以后再看到心爱的人，为了心底那一丝想要的江山，便同意了。"

皇后抿唇，不再言语。

"所以，他如今坐的江山，包含了多少付出和艰辛及心里的苦。"林太妃道。

皇后看着林太妃，犹豫了一下，问道："可是，我记得先皇仙逝的时候，德慈太后却没追随而去，而是直到三年前才寿终正寝。按理说，先皇离开后，皇上就可以动手再争夺了，为何他依然……"

"你是说为何在先皇离去后，他依然敬重德慈太后，依然爱护英亲王府？他既然惦记着崔紫菁，应该记得过往，要报回当年之仇？"林太妃问。

皇后点头。

"有三点足够让皇上就算多年不甘心，也不会那么做。一，就是君子重诺，君主更要重诺。二，德慈太后和英亲王对皇上后来的扶持的确是没得说，在吕贵人离开后，就算先皇默许，但皇子众多，也需要皇后和英亲王合力扶持，好生费了一番血腥，英亲王还因他的皇位受伤了。他们的确是有兄弟之情。三，崔紫菁也是个看着温婉，但其实傲骨刚强的女子。既然皇上当初选择了，她就不会再允许皇上做出伤害英亲王府，报复德慈太后，伤害她儿子的事儿。”林太妃道。

“本来是弟弟的姻缘，后来却嫁了兄长。英亲王妃当年是怎么想的？”皇后轻声问。

“这只有她知道了。据说圣旨赐婚英亲王时，她脸上是笑着的。”林太妃道。

“笑着的……”皇后喃喃品味这几个字，半晌后抬起头，刚要再说什么，外面忽然传来脚步声，她住了口，看向殿外。

林太妃也看向殿外，见秦怜和八皇子跑了进来，她舒了一口气：“他们总算平安回来了，否则我这心总也放不下。”

皇后打住话，不再说，该知道的她已经知道了，剩下没说出口的，也没必要再去探究了。于是，应和林太妃点点头：“平安回来就好。”

二人说话间，秦怜和秦倾来到门口。

如意知道皇后和林太妃在内殿说私密的话，对里面知会了一声：“皇后，太妃，怜郡主和八皇子回来了。”

“嗯，快让他们进来！”林太妃应了一声。

秦怜和秦倾对于凤鸾宫今日的静悄悄并没有意外，毕竟皇后要养伤嘛，于是来到门口直接就进了内殿。见到二人，齐齐见礼。

“看你们一副高兴的样子，宫外就那么好玩？”林太妃问。

“自然好玩着呢！太妃，您身子骨利落，等上元节去法佛寺上香，顺便多住些日子。宫外的天比宫内的看着都要蓝。”秦倾凑到林太妃身边，笑嘻嘻地道。

秦怜也凑到了皇后的身边，抱着她胳膊，如亲生女儿般地撒娇：“皇婶，我出去半日，您想我了没？”

皇后顿时笑了，伸手点她额头：“你看看你，人堆里挤着来吧？跑得一脑门子的汗，回来衣服也不换就往我身边凑，臭烘烘的，我就算再想你，也被你的汗味熏得想不起来了。”

秦怜顿时撤回手，抬起胳膊，用鼻子闻闻，皱眉：“还真有汗味，都怪那些臭男人。”

“你往男人堆里挤，还怨得了别人？”秦倾是男人，闻言立即不满了。

“就是臭男人，臭男人，臭男人，我就说了，又怎样？”秦怜瞪着秦倾。

秦倾嘎嘎嘴：“不怎样！”

秦怜得意地挑眉。

“你瞧瞧，这个恶霸的样，可是像极了铮哥儿。”林太妃指着秦怜，笑起来。

皇后也忍不住笑了，对秦怜道：“赶紧回你殿里去让人给你放水沐浴。”

“嗯！”秦怜应了一声，站起身，一溜烟地出了皇后的凤鸾宫，去了她住的偏殿。

“以前钰儿没离京时，怜儿在他身边，也看不出来她性子这么跳脱，我有时候竟觉得她学了钰儿稳妥、行事不紧不慢的性情。如今钰儿不在京中了，她的本性就露出来了。”皇后揉揉额头，看着秦怜笑道。

“你也别太想四皇子，皇上刚刚不是给了你准话吗？何时回京，他自有安置。”林太妃知道她是想极了四皇子，劝慰道。

皇后点点头，提起这个，让她觉得压制了这么长时间的心底轻松了些，扭头问八皇子：“我听皇上身边的吴权来禀报，铮二公子的那个听音赢了所有赌注？”

提到此事，秦倾就兴奋不已，连连点头：“是啊，她赢了赌注，可是二十暗注呢！”

“她赢了又不给你，你高兴个什么劲儿？”林太妃笑看着秦倾。

“太妃，您不知道，她帮我和怜姐姐每人下了两注暗注，我们每人赢了三十万两呢。”秦倾得意地拍拍腰包，“上元节的时候，我用赢来的银两给您的宫里挂满花灯。”

“你刚还说让哀家上元节去法佛寺小住吃斋念佛，如今怎么就要给我宫里挂满花灯了？就算你挂了花灯，我不是也看不到？”林太妃失笑。

“那就过了上元节您再去上香，或者您提前去，上元节前就回来。若不然，我将花灯给您放寺庙去挂着看。”秦倾高兴地想出了好几个主意。

“还是算了，惹佛门不清静。”林太妃摇头，“你给我一盏花灯就够了，不用那么多。”

“好，就给您制作一盏最漂亮的。”秦倾颔首。

“她既然帮你们下了两注暗注，为何你们只赢了三十万两？不该是四十万两吗？”皇后疑惑地看着秦倾。

秦倾吐吐舌头：“我和怜姐姐一人还敲了她一注明注。我押的是三号，怜姐姐押的是五号。我们都输了，就输了十万两。”

“原来是这样！”皇后笑着点头，“那个听音，真是自己下的注？不是铮二公子吩咐她下的？”

“不是！”秦倾摇头，敬佩道，“她可聪明了，可不是一般婢女！”

“不是一般婢女？怎么个不一般？”皇后问。

秦倾摇摇头，挠挠脑袋：“我也说不出来，总之就是和别的婢女不一样。不，不止是和别的婢女不一样，就是这京中各府的小姐们在她面前，她的气势也不会输。就是那种……一点儿也不惧秦铮哥哥的婢女，比千金小姐还像千金小姐。”

“这样吗？”皇后沉思，“能不怕铮二公子的婢女倒是少有。”

“若是这样说的话，那何止是少有？简直是独一份！试问这京中，哪个婢女会不怕那个小恶魔？还有，这京中各府的小姐们虽然大多都倾慕他，但也都担了个怕字。在他面前都小心翼翼的，哪个不怕他的？”林太妃接过话。

“若是京中小姐们都怕他，那也有个例外的，就是忠勇侯府的谢芳华了。”皇后道。

“谢氏和忠勇侯府的门楣摆在那里，她又是那么一副身子骨，弱不禁风的，病得厉害，与病魔抗争多年，哪还会怕？皇上面前都不怕，自然也就不用怕他了。忠勇侯府的小姐不怕是理所应当。那个不算。”林太妃道。

“也是！”皇后点头，问秦倾：“今日谢芳华没去吗？”

秦倾摇头：“没去，据说年节折腾了，又病倒了。”

皇后叹息一声：“可怜了一副好样貌和好门楣。”

“自古红颜薄命！忠勇侯府富贵尊贵比皇室有过之而无不及。上天不会亏待苦命的人，也不会将福气全部都给一个好命的人。”林太妃想起自己和德慈太后，感慨道。

皇后点点头。

“我看你也累了，休息吧！我和小八回去了。”林太妃站起身。

皇后吩咐如意送林太妃。

秦倾搀扶着林太妃出了凤鸾宫。

凤鸾宫内安静下来，如意回来见皇后没有要休息的意思，低声道：“娘娘，您还在想四皇子吗？既然皇上有那般话，四皇子距离回来就不远了。”

皇后叹了口气：“就算有了皇上的话，钰儿回京怕是也没那么容易。三皇子、五皇子忍了这么久没动手，如今若是听说皇上有意放钰儿回来，恐怕该动手了。”

“咱们四皇子这些年又不是什么作为都没有。就算三皇子、五皇子联手，咱们四皇子也不怕他们。”如意道。

皇后摇摇头：“京中形势是越来越复杂了。明面上只是三皇子、五皇子，背地里不知道还有多少双手会阻止他回京呢。俗话说，明枪易躲暗箭难防。我就怕他应付不过来。”

“还有皇上呢，皇上有心想四皇子回来，就一定会出手相帮。”如意道。

“但愿吧！”皇后情绪有些低迷。

如意也不知道该如何劝慰皇后，只陪着皇后静静地坐着。

秦倾扶着林太妃走在回琼林苑的路上，四下无人处，他悄声问：“太妃，刚刚我听您和皇后娘娘说父皇有准话要四哥回来了？什么时候？”

林太妃看了他一眼，和蔼地道：“皇上说，四皇子去漠北也有将近半年了，让皇后宽心养伤，何时调他回京，他心里有数。”

秦倾眨眨眼睛："父皇若是说了这样的话，还真是给了准话。那么四哥真是快回来了。"

林太妃点点头，又摇摇头："说是回来，恐怕也不容易，毕竟这天下皇上虽然是九五至尊，但也需要顾忌各方势力，运用帝王之术来制衡。有些人是不想他回来的。"

"也是！"秦倾皱眉。

"小八，我问你，你有没有想要皇位的心思？"林太妃忽然郑重地问。

秦倾一惊，连忙摇头，骇然地道："太妃，您怎么这么问？"

"我就是问问你，你有没有？"林太妃看着他，"皇权至高无上，皇位九五至尊。你难道不想要？"

秦倾脸有些白："太妃，想和要是不一样的，我身为皇室里的龙子，自然也有想过，但我知道我没那个命。所以，不要。"

"这是你的真心话？"林太妃问。

秦倾点点头。

林太妃伸手摸摸他的脑袋，和声道："自古以来，皇子们都是龙身，也都有龙心，但有龙命的也只是那一个人。皇后对皇位势在必得，四皇子不止有才华，还有心思。就冲他被贬到低谷，去了荒无人烟的漠北，风沙恶劣，漫天风雪，他依然安然地待在漠北军营来说，这份精魄便让人另眼相看，也让皇上称赞。三皇子、五皇子都有母族支持。所以，未来风云变幻，你连起点都输了，并非输在你不聪明，而是你年岁小，还没有母族支持。我个老太婆老了，也不能帮你去争位，你若是有心要那个位置，就是自取其害。"

秦倾摇摇头："太妃，您放心，我以前是有想过，后来就认清了。我不是哥哥们的对手，而且自小四哥就对我多加照顾，若是他想要这个位置，从嫡出上说，名正言顺，我就讨个闲散王爷做做，就像是英亲王伯伯，岂不是很好？"

"英亲王啊，他生来脚跛，虽然是嫡出，但身体有残，是以从出生就注定没有继承皇位的资格。"林太妃叹了口气，"天下人都觉得英亲王府固若金汤，可是，又有几人知道，他的固若金汤不过是因为英亲王府……"话要出口，她忽然醒过神来，有些话到底是秘密，说与皇后也就罢了，在孩子们的面前是不能说的。摇摇头，"罢了，你既然无心，就安心做个王爷吧！无论是你哪个哥哥或者兄弟想要那个位置，你也不能插手。"

"那我四哥呢？"秦倾问，"他若是需要我相助呢？"

"他也不行！"林太妃摇头，顿了顿，又道，"他若是需要你相助的话，也要看什么事儿。危险的事情，你自然不能去做，否则我白养你这么大了。我还指望着你留着小命平平安安地在我身边孝敬我呢。"

“说白了太妃就是想我平安孝敬您嘛，那好说。”秦倾讨趣地道，“我尽量不搀和哥哥们的事儿，一定平安地活着，好好地孝敬您，给您养老。等我够了年岁，讨了父皇的旨意，出宫立府，就将您接出皇宫去。”

“好！我就等着。”林太妃老脸笑成了花一般，“这座宫墙啊，拴了我一辈子，没儿没女，我以为就这么过了，没想到讨了个孙子，还能将我接出宫外给我养老。”

秦倾嘻嘻地笑，不是祖孙却胜似祖孙的二人向琼林苑走去。

忠勇侯府内，谢墨含正陪着老侯爷闲坐品茶。侍书前来禀报，铮二公子吩咐人送了四百万两的聘礼来了府门口，请世子定夺。

谢墨含一怔。

忠勇侯放下茶盏，嗤笑道：“那个混小子，这是在做什么？生怕别人不知道忠勇侯府有钱？”

谢墨含定了定神，无奈地问侍书：“今日玉女河的赌局可是他赢了赌注？”

侍书点点头，据实以告：“是小姐下了二十注暗注，赢了所有赌局，铮二公子将赢得的所有银两都作为聘礼，告知了右相和普云大师，清点之后便着人给咱们府送来。”

谢墨含摆摆手：“既然是给妹妹的聘礼，你就带着人放去海棠苑的库房吧！”

侍书见谢墨含没有起身的打算，低声道：“右相亲自带着人来送的，世子，您要不要去门口迎一下右相？”

谢墨含讶异：“右相竟然亲自来了？”

侍书点头。

谢墨含看向忠勇侯：“按理说，这等事情，右相不该亲自来，如今是什么心思？”

“你管他李老儿是什么心思？你去迎迎就是了。”忠勇侯摆摆手，“皇帝有心让英亲王府和右相府联姻，可是却被秦铮那个臭小子给搅散了，偏生要你妹妹，打了皇上的脸，也是打了李老儿的脸。他向来圆滑，心里打着什么主意谁知道？”

“好吧，右相亲自前来，自然要去迎迎。”谢墨含站起身，出了荣福堂。

他来到忠勇侯府门口，果然见右相带着一队人等候在忠勇侯府门口，右相坐在马车中，并没有下车。他身后的护卫队不是右相府的护卫队，却是英亲王府的护卫队。

“李伯伯！”谢墨含温和地对右相拱了拱手。

右相挑着马车帘幕含笑看着谢墨含：“谢世子，我应铮二公子的要求，和普云大师将赌赢的四百万两银两已经清点妥当，给你送来了。你可否要清点一下？”

谢墨含摇摇头：“辛苦李伯伯了，不必清点了！您下车入府喝一杯茶吧！”

右相摇摇头：“我就不下车了，当面交给你，也算完成了铮二公子的交代。”话落，他捋着胡子笑道：“犬子和铮二公子最近似乎闹了点儿不快，还望谢世子从中调停一番。”

谢墨含讶异：“沐清兄和秦铮兄向来交好，为何会闹不快？”

“这我就不知道了，你们年轻人，总会容易弄明白缘由。”右相摇摇头，向内院看了一眼，转了话音道：“芳华小姐的病又复发了？”

谢墨含点点头，叹了口气：“舍妹的病这么多年来一直如此。”

“希望早日找到漠北的神医，早日能好吧！”右相收回视线，道了声告辞。

谢墨含拱手相送。

右相的马车走离忠勇侯府，没走多远，右相忽然又挑开帘幕，对谢墨含道：“四皇子在漠北，谢世子可以托四皇子找找那神医。你知道，四皇子可不是寻常皇子，也许能帮得上忙。”

谢墨含怔了怔。

右相落下帘幕，马车渐渐走远。

侍书带着人将银两搬运进海棠苑，因英亲王府来的护卫多，所以，虽然有四百万两银子，但没用一个时辰便全部搬运完了。

一个时辰后，英亲王府的护卫队离开，忠勇侯府门口恢复安静。

谢墨含始终站在门口，大门关上后，仍站在门口久久不动。

“世子？”侍书轻轻喊了一声。

谢墨含伸手揉揉额头，对他道：“你去英亲王府一趟，给铮二公子回话，就说聘礼收到了。趁机问问妹妹，李沐清和秦铮到底发生了什么事情？为何不快？”

侍书点点头，从角门出去，去了英亲王府。

谢墨含又站了片刻，喊来一个人，吩咐了一句，那人下去，他转身回了荣福堂。

忠勇侯听罢谢墨含的陈述，品了品右相的话，冷哼一声：“今日他特意来忠勇侯府送银两，看来意不在此，而是在他的儿子之事。你着人打听一下玉女河发生了什么事情，然后再问问你妹妹，依我看，怕是八成与你妹妹有关系。李老儿知道什么了。”

谢墨含面色凝重：“爷爷说的这两样我已经吩咐人去办了。我也觉得是关于妹妹。所以，右相才会特意来与我说起此事。另外又说到了四皇子，定然是右相知道些什么。”

忠勇侯拍拍桌子：“这个李老儿，一肚子弯弯肠子，烦人！”

谢墨含笑了笑：“爷爷宽心，妹妹自有主张。”

“我自然知道她自有主张。”忠勇侯胡子翘了翘，对谢墨含摆摆手，“来，下棋！”

谢墨含颔首，摆上棋盘。祖孙二人不再说别事，一心下起棋来。

英亲王府落梅居内，秦铮和谢芳华回到府里，都如没事人一般忘记了玉女河画舫和赌注的事儿。谢芳华毕竟是前两日失血过多，奔波这一圈，还是有些劳累，便躺在软榻上一动不动地养神，秦铮则是去了小厨房，做饭又热药。

谢芳华躺在房间中闻着小厨房传出的饭菜香味混合着药味，想着用不了多久，英亲王府这落梅居是否也会如她忠勇侯府的海棠苑一样弥漫着药味。

那样的话，其实不怎么美好。

她正想着，英亲王妃进了海棠苑。

她见英亲王妃的面色不是很好，往常的端庄姿态有一丝隐隐的恼怒。她犹豫了一下，还是起身迎了出去。

英亲王妃走到正院中，忽然停住脚步，扭头看向小厨房，眼睛露出奇异的表情，似乎也发现了小厨房里的人不是听音，而是她的儿子。

谢芳华出了房门，缓步走出来，对英亲王妃喊了一声："王妃！"

英亲王妃回转头，看向谢芳华，还是有些不敢置信，问道："他……在小厨房做饭？"

谢芳华垂下头，点点头。

"这可真是奇了！这么多年，我竟然没发现我儿子会做饭！"英亲王妃向小厨房走去。

谢芳华看着英亲王妃，想着您没发现您儿子的地方怕是还多着呢！一个贵裔公子哥李沐清会做饭便是稀奇了，可是偏偏更贵裔的秦铮也会做饭，岂不是让人听了天方夜谭了？

可惜，再怎么不相信，也是事实。

不多时，英亲王妃就来到了小厨房门口，秦铮回头瞅了一眼，不理会英亲王妃眼底的新鲜劲儿，对她道："娘，谁又气着您了？"

英亲王妃瞪了秦铮一眼："还不是因为你个小兔崽子！否则谁敢给我气受？"

"您从宫里出来，还带着点儿龙涎香的味，这个味只有皇叔身上有，这么说您见着皇叔了，他因为我又找您麻烦了？"秦铮一手拿着铲子，挑眉。

英亲王妃哼了一声："你知道他找我麻烦就好，以后少给我惹事儿！"

"因为我的听音今日赢了银子？他国库不甚丰腴，但他天子脚下的子民却是动辄几百万的雪花银流动，他心里不好受了？"秦铮看了跟随英亲王妃身后来小厨房的谢芳华一眼，皱眉道，"你不是累了吗？不去歇着，还乱跑什么？"

谢芳华翻了个白眼。他娘若是不来，她至于出来迎接吗？

英亲王妃回头看了谢芳华一眼，又转头看到了秦铮的臭脸，不由被气笑了："死小子！你这么掏心掏肝地护着，她还不是你的媳……"

秦铮忽然打断英亲王妃的话："娘，干柴快要熄灭了，您进来帮帮我！"

英亲王妃后面的话吞回了肚子里。

谢芳华看了英亲王妃一眼，又看了秦铮一眼，转身离开小厨房，回了主屋。

"进来啊，快点儿！娘，您不会连烧火都不会吧？"秦铮催促英亲王妃。

"你娘我聪明，什么事情能不会？"英亲王妃走进小厨房，提起裙摆，蹲下身，往灶膛里添干柴。

秦铮看了他娘片刻，幽幽地道："娘，要细水长流，您一下子添这么多，把火给闷死了。"

英亲王妃手顿住，看向秦铮，又看了一眼灶膛，默了一下道："你说得对。"话落，撤出几根干柴，要熄灭的火苗重新燃了起来。

秦铮不再说话，动作利落地翻炒着锅里的菜。

英亲王妃一边烧着火，一边想着事情，也没有再说话。

过了一盏茶时间，又有脚步进了落梅居。

秦铮扭头向外看了一眼，又立即扭回头，没理会。

英亲王妃似乎想什么太入神，没听到有人进来。

谢芳华在房内见英亲王进了落梅居，等了一会儿，没见秦铮和英亲王妃迎出去，她索性也不出去了，免得秦铮说她乱跑。

英亲王走进落梅居，便闻到了从小厨房传出的香味，他脚步顿了一下，向正屋看了一眼，正屋没动静，仿佛没人，他径直走去小厨房。

来到小厨房门口，一眼所见，母子俩一个烧火，一个做菜，他顿时怔愣在原地。

他从来不知道他的妻子，清河崔氏最尊贵的嫡女，堂堂王妃，竟然能蹲下身在灶膛烧火。

他从来也不知道他的儿子竟然能站在锅台前下厨做菜，拿着铲子翻炒，动作熟练！

他看着眼前的情形，大脑一时间有些蒙怔，几乎怀疑自己眼花了。可是看了半晌，他们依然各做着各自的事情，眼前的情形没有消失。

这么多年来，他似乎第一次认识他的妻子和他的儿子！

"爹，今日什么风又将您吹来落梅居了？"秦铮不回头，风凉地说了一句话。

英亲王妃回过神，抬起头，便看到英亲王呆怔怔地站在门口看着她和秦铮，她愣了一下，随着秦铮的话讶异地问："王爷，你怎么来了？"

英亲王看着母子二人，动了动嘴角，一句话也没说出来。

不怪二人如此说话，这么多年，他来落梅居的次数屈指可数，且从来无事不来。

"难道是为了找我娘商议关于大哥娶左相府小姐过府的吉日？还是为了我的听音赢了迎春日画舫绝技的二十暗注四百万两银子？"秦铮没听到英亲王回声，扭头看了一眼，挑眉。

英亲王闻言有些薄怒："我没事儿就不能来你这里吗？"

秦铮顿时稀奇，扭头问英亲王妃："娘，我爹什么时候没事儿来我这里过？"

英亲王妃没好气地对秦铮道："是没有！"

秦铮啧啧了一声，不再理会英亲王。

英亲王面色有些僵硬，对二人道："我竟不知道你们还会下厨！"

秦铮翻了个白眼。

"您只关心刘侧妃每日高不高兴，小妾有没有找你撒娇，您的大儿子有没有学业精进。这么些年，这座王府里，您除了关心这些，哪里还关心过别的。"英亲王妃凉凉地道。

英亲王扭开头，语气鲜有的涩然："这些年是我不对，对你们母子的关心的确是少些。但也确实没让这座王府里的别人越过你们的身份去。就算秦浩和刘侧妃，也不曾欺负了你们。"

英亲王妃闻言冷笑了一声："若是刘侧妃能欺负了我这个正牌王妃，那就是宠妾灭妻！你堂堂王爷自然受不了这个名声。"

秦铮也冷哼一声："一个庶长子骑到了嫡子的头上，博得才学官位的好名声，步步青云，可是您的功劳！什么叫作欺负？我看您到如今还不太理解欺负的含义。"

英亲王脸一白，被二人驳斥得无言以对。

"您若是有事儿来找我就痛快说，没事儿就赶紧走吧！您来了，我这落梅居的梅花都不敢往下落了。"秦铮挥手赶人。

英亲王妃低下头，继续烧火。

英亲王站在门口，没得二人好脸色，他一时觉得难堪。里面的人是他的女人和儿子。可是从什么时候起，他就觉得和他们总是隔了一层心。

是更早没大婚以前？

还是秦铮记事之后？

多年下来，他本是壮年，却鬓角生了华发，而他的王妃风韵犹存，不减当年。他的儿子少年隽秀，宗室里独树一帜，人人都说铮二公子钟灵隽秀，他偏偏觉得他不成气候。

从年前英亲王府门口争执那一场，似乎打破了某种平衡，让他面对他们母子时手足无措。

他在小厨房门口站了半晌，那母子二人各做各的，不再理会他。他想说什么，却说不出口，须臾，叹了口气，转身离开了小厨房。

虽然离开了小厨房，但是他并没有出落梅居的门，而是来到了正屋门口。

谢芳华耳目灵敏，虽然受伤，但也隐隐听到了小厨房内外的说话声，将三人说的话听了个清楚，她没想到英亲王不但不走，反而要进屋，顿时犯了难，不知道该不该迎出去。

装睡吧，如今睡不着！

不装睡吧，她实在懒得应付英亲王。

左思右想时，从窗子内瞥见了英亲王不稳的脚步和他鬓角的几根白发，忽然站起身，迎了出去。

她的父王若是活着，应该也是这般吧！

英亲王来到门口，刚要伸手挑开门帘，门帘却从里面挑开，谢芳华迎出来，挑着门帘立在门口，容色柔和，不卑不亢地见礼："王爷！"

英亲王一怔，入目便看到了谢芳华的眼睛，脱口吐出一个字，突然醒过神，咳嗽了一声，对她质问道："为何王妃和二公子在小厨房，你却在屋子里？"

谢芳华听清楚了他脱口吐出的那一个字，垂下头，平静地道："奴婢身体不适，王妃和二公子怜惜，让奴婢在屋里休息。"

英亲王点点头，倒没再说什么，似乎这一个多月以来已经熟悉了英亲王妃和秦铮宠一个婢女宠到无法无天的地步了。他借着她挑开的门帘走了进去。

"爹，您既然留下来吃饭，不准欺负听音！"秦铮忽然从小厨房探出半个身子，对英亲王警告，"否则别怪儿子对您下禁令！"

"你个臭小子，你还蹬鼻子上脸了？他再如何不好，也是你爹！"英亲王妃不干了，训斥了秦铮一句。

秦铮哼了一声，看着正屋门口，等着英亲王回话。

英亲王转回头，看着秦铮，没有怒意，也未发作，罕见地点点头："你放心，你和你娘护着她，我哪里敢欺负她！"

秦铮闻言半个身子缩回了小厨房内。

谢芳华看了小厨房一眼，放下了帘幕，回了屋。

英亲王没立即走到椅子上坐下，而是站着门口认真地看着画堂。画堂摆设的家具、壁画、古玩，他都逐一看了个遍后，缓步进了中屋。

谢芳华不明白英亲王要干什么，但正如英亲王妃所说，他对秦铮再如何不好，也是他的父亲，有权力进自己儿子的院子，更有权力进自己儿子的住处房间。所以，她去火炉旁烧水，不再理会英亲王。

英亲王似乎在中屋停留了片刻，然后进了里屋，他在里屋待了许久，才缓缓走了出来。

谢芳华见英亲王出来，水正烧开，她走到桌前，给他沏了一壶茶。

英亲王缓缓坐下身，看着谢芳华熟练地做着倒水沏茶的动作，对她道："你沏茶的手法倒是像极了我母后的手法。"

谢芳华手一顿。

英亲王端起茶抿了一口，肯定地道："就是这样的手法，沏出来的茶才带着一股余韵和清香。尤其上等的清茶，最是娇气，需要先用热气将茶叶熏蒸一番，再泡，才能出这个味道。"

谢芳华不言声，默默地将水壶放去了火炉旁。

"我母后这样的沏茶手法是曾经谢氏的老祖宗传给她的，你和谢氏到底有什么关系？"英亲王盯着谢芳华问。

第十五章
狠吻

京　门　风　月

谢芳华眯了眯眼睛，没想到一个自小熟练得深入骨髓的沏茶习惯竟然让英亲王看出了门道，更没想到德慈太后竟然惯用谢氏这样的沏茶手法。她摇摇头：“我是孤女，自小由道长养大，不明白王爷的意思。”

“你是被道长养大的？”英亲王一怔。

谢芳华点头。

英亲王寻思半晌，忽然恍然：“是了，谢氏曾经出现了一位出家人，将谢氏的茶艺借由佛、道传了出去也不算奇怪。更何况谢氏子嗣遍布天下，这种方法也不一定你一个人会。”

谢芳华垂下眼睫，不再接话。

“我听说今日玉女河迎春六艘画舫押赌注，你押了第六号，赢了所有的赌注？”英亲王又问。

谢芳华点点头。

“你为何押第六号？”英亲王看着她，觉得这个婢女的确不像婢女，她太规矩本分。但面对他这个王爷时却全无一名婢女该有的惧意和怯意。怪不得外面人人都传铮二公子看重的婢女与众不同。

“胡乱押的。”谢芳华道。

英亲王眯起眼睛，显然不信，威严地道：“胡乱押注就赢了四百万两银子？在本王面前，不准说谎话！”

谢芳华平静地摇头，陈述道：“奴婢没有说谎话，的确是胡乱押的。本来二公子今年无意玩耍，只是带着我去凑个热闹，可是怜郡主非要拉着我下注，她说英亲王府有的是钱，让我随便下，他们玩耍的可是大注，我代表我家二公子，不能小气了。所以，我就下了十注。后来二公子说再加十注，就变成二十注了。”

“这个秦怜！原来有她在搀和，真是胡闹！”英亲王见谢芳华不像说假话，不由信了。

谢芳华感觉英亲王威严的气势散去，想着到底是久居高位的王爷，更是德慈太后嫡子。就论这份气势，也不是寻常王爷能有的。秦铮、秦浩的身上都有他几分影子。

“皇上有意将你提携为二公子的贵妾，可以记在宗室族谱里，你有什么想法？”英亲王忽然又问。

谢芳华面无表情：“奴婢是铮二公子的婢女，哪能有什么想法！一切由我家公子做主！”

英亲王忽然笑了一声：“真是个聪明的！”话落，看着她沉声道：“既然你如此聪明，就该知道，你这样的婢女如今已经超出了一个婢女的身份。你若是想以后能平安地待在二公子身边，最好还是劝说二公子接受了皇上的好意。否则，你要明白，皇上是不会允许一个来历不明的婢女被他宠上了天，且藐视皇权的。”

谢芳华看着英亲王：“奴婢一条贱命，本来就是捡来的，被二公子看重，奴婢也未曾料到，二公子说如何就如何。至于皇上，天太高了，奴婢够不到，也不够资格去够。平安不平安，奴婢说了也不算，能活一日算一日，不能活了倒也没什么。”

英亲王闻言又认真地将谢芳华打量了一遍，喝了口茶，忽然道：“怪不得王妃和二公子都喜欢你，你这副脾性，竟然像极了三个人。”

谢芳华等着英亲王后话。她像极了谁？

“一个就是我母后德慈太后，一个就是王妃，还有一个，她是……已经逝去的忠勇侯府夫人崔玉婉。”英亲王语气有某种情绪，有些晦涩。

谢芳华听他提到了她娘的名字，挑起眼皮仔细地打量了英亲王一眼。她知道她娘和英亲王妃年轻时并称天下二美，她爹和当今皇上并称双绝。当年有一段谣传流传天下，“天下二美生于崔，京都双绝冠天下，延凰勇吏凤青云，海棠东风吹落梅。”

这四句不甚搭调的诗句里包含了当时南秦最有才华和名声的男子和女子。

天下二美说的是博陵崔氏的崔玉婉，清河崔氏的崔紫菁。

天下双绝说的是当年的忠勇侯府世子谢英，先皇的七皇子秦奇，也就是当今圣上。

延凰勇吏凤青云，说的是四个男子和一个女子，四个男子分别是如今的右相李延、英亲王秦凰、左相卢勇以及翰林大学士王吏。一个女子说的是她远嫁漠北的姑姑谢凤。

海棠东风吹落梅，说的是当年博陵崔氏的海棠和清河崔氏的落梅。

那是怎样的一个时代？少男少女，繁华了天下。

记在这四句诗句里面的人如今除了她父母，都健在。唯一的姑姑，重病之下生死攸关。

谢这一个姓氏，得了太多荣华，也因此经年累月后，荣华成了包袱，来反噬谢氏。

门口传来动静，谢芳华打住思绪，转头去看，英亲王妃和秦铮已经端了做好的饭菜来到了门口，她立即去挑开帘幕。

英亲王妃当先进了屋，先看了谢芳华一眼，又看向英亲王，对他问："你对这个孩子说了什么？惹了她一脸不快？"

英亲王也回过神，对英亲王妃道："我还能说什么！皇上有意提携她做铮儿的贵妾，我便询问了她的意见。"

"我已经明明白白地回了皇上，铮儿要的是婢女，不是妾，皇上还不明白？"英亲王妃沉下脸，"他虽是天子，但手伸得未免也太长了，连我儿子身边的婢女都要管了。就算要管，也该先给他封个世袭的爵位，他才有资格管。否则还轮不到他管！"

秦铮走到门口，闻言脚步一顿，轻斥了一声："娘，封了爵位我也是我，他也不能将一个人变大成为两个，您也不能多个儿子，总执着爵位做什么？也不累得慌！"

"我就是要执着，世袭的爵位本来就该你的。试问这南秦京城，多少贵裔府邸，多少高门宅院，多少世家名门，多少望族门楣，哪家世袭的爵位不是七岁之前就封赐了？永康侯府的门庭比咱们英亲王府的门庭差不差？可是燕亭的小王爷位份在三岁时皇上就批了。可是你呢！他死攥着不给！却还一直提携秦浩，是不是非要让秦浩夺了你的爵位，他才满足？"英亲王妃大怒道。

秦铮撇撇嘴："不给就不给，死攥着就死攥着，大哥若是夺了我的爵位那是他本事，您儿子无用。您操什么心？英亲王府也没什么好的，不要爵位也不是不能活了。"

"胡说！英亲王府的爵位皇上不给，那也是因为……"英亲王看了一眼英亲王妃，见她看过来，他想说什么，偏开头，有些气闷地道，"你放心，明日我再上折子，给铮儿请封爵位。"

"算了！我今日刚和皇上起了争执，明日你就去上折子，他也不会准了。"英亲王妃摆摆手，"我儿子都不在乎，我一个当娘的还瞎操心什么？铮儿说得对，英亲王府的确也没什么好的，不要爵位也能活。他爱给就给，不给拉倒。总之不给的话，就别想管我儿子。"

秦铮顿时乐了，放下手中的托盘搁在桌子上，伸手接过英亲王妃手中的托盘也放在桌子上，然后扶着她入座，笑吟吟地道："娘，您可真是我的好娘！"

英亲王妃瞪了他一眼，见他讨乖的模样，不由露出了骄傲的笑意。

英亲王看着母子二人，一时间不知道该说什么。似乎从小他就没得到秦铮如此讨乖崇拜过，心里有点儿泛酸。

"还站在那里干什么？过来吃饭！"秦铮坐下身，对谢芳华催促。

谢芳华向英亲王看了一眼。

“这里是落梅居，你不是说什么都听我的吗？怎么，你刚说完，爷的话就不作数了？”秦铮挑眉，显然是听到了早先谢芳华对英亲王说的话。

谢芳华觉得秦铮的耳朵未免太好使了，她早先的声音并不高，竟被他给尽数听了去。见英亲王没表态不满，她走过去，坐在了秦铮的身边。

一个婢女同桌用膳，这在古来就没有的规矩，但偏偏在秦铮的面前就成了规矩。

“你要喝汤药不能吃太荤的，就吃这两样清淡的吧！这两样是铮儿专门给你做的。”英亲王妃和蔼地对谢芳华指了指两盘素菜。

谢芳华点点头，回了英亲王妃一个平和的浅笑。

“这个是铮儿专门给王爷您做的，他知道您爱吃这道菜。”英亲王妃对英亲王指了指他面前的一道菜说道。

英亲王看向秦铮，秦铮没看他，给谢芳华夹了一筷子菜，谢芳华忍不住也抬头看了秦铮一眼，秦铮也没看她，漫不经心地道：“爹，谁的女人谁疼，我娘早就饿了。”

英亲王闻言看了秦铮一眼，点点头，给英亲王妃夹了一筷子她爱吃的菜。

英亲王妃忍不住笑了：“王爷的手尊贵，从来没干过这样的事儿，不觉得难为？”

“没觉得！”英亲王摇摇头，面色如常。

英亲王妃还想说两句笑话，但看到英亲王认真的脸，吞了回去，默默地拿起筷子吃下了他夹过来的菜。

谢芳华低下头。

秦铮也不再说话。

四个人都沉默下来，画堂内无人说话，落梅居内极为安静。

直到一顿饭吃罢，也无人再开口。

饭后，英亲王看着秦铮，对他道：“明日再沐休一日，后日你就该去上书房上课业了。你从除夕到今日，短短时间，就得罪了你皇叔两次，这两次和以往不同，主要是牵扯上了忠勇侯府，这些年忠勇侯府的地位一直很敏感，你既然非要娶忠勇侯府的小姐，也不肯给你皇叔服软纳妾的话，那么近期就别进宫去上书房了，也别去皇上校场了。”

秦铮无所谓地点头：“听爹的。”

“你若是早就听我的，也不至于闹出今日之事！”英亲王见他难得乖巧地说出听他的言语的话，不由叹气，“你喜欢忠勇侯府的小姐，想要娶她，可以迂回地想办法，如今这般与你皇叔硬碰硬，实在是……”

“他还怎么迂回？除夕前皇上就有意给他赐婚右相府的小姐李如碧，虽然没明说，但是个中意思我们都明白。若是铮儿不在灵雀台前大闹了一场，堵住没开口的指婚，如今情况怕是更糟。还不如今日呢！你的儿子脾性你又不是不知，不喜欢的人他能娶吗？难道你要他违抗指婚的旨意？若是金口一开，圣旨一下，哪儿还有那么好收回？”英亲王妃恼怒地打断英亲王的话，“况且我就是喜欢芳华丫头，娶她做儿媳妇儿怎么了？江山基业和皇权高位的筹谋算计碍得着我们女人身上吗？凭什么自古以来就拿我们女人先开刀？我儿子就是不想娶自己不喜欢的人，我就不信他能将我儿子如何了！”

英亲王偏头看着英亲王妃，忽然想起，多少年前，他年仅弱冠，她风华正茂的时候，他未娶，她未嫁，当时年少，他没想过会娶她，她怕是也没想过会嫁他，但是周周转转，他们圣旨赐婚，那日他是随着传旨的公公一起去的清河崔家，她跟随崔氏的众人跪在最前面，接过圣旨的那一刻，她笑得温婉大气，他想着，以后她就是他的王妃了。

母后爱他，疼他，护他。但是到底当年是拿无辜的她来做了交易的。

这些年，她只字不提，将王府的中馈打理得井井有条，和皇室宗亲和各府夫人处得关系极好。在皇后面前，也从未表现出曾经任何点滴。

换句话说，一个女子，做到她这般地步，相夫教子，何等不易。

尤其是他的庶长子平安地长大成人，这在宗室庶出里面都是罕见的。

“你说得对！因了皇上的忌讳，我一直对忠勇侯府也有着忌讳。”英亲王转眼间流转了一番心思，拍拍英亲王妃的手，温和地道，“铮儿喜欢谁就娶谁，他生在富贵之家，不该被富贵权力所累，应该是得益于富贵。”

英亲王妃偏头看向英亲王，自从秦铮逼迫皇上圣旨赐婚后，英亲王便心向皇上，诸多无奈和顾忌，甚是担忧。提起这桩婚事儿，总认为秦铮做得不对。但今日却是改了口，承认了这桩婚事儿，让她忍不住露出笑意，对他道：“铮儿到底是你儿子，若是我们这当爹娘的都不向着他还有谁能向着他？皇叔是皇叔，皇婶是皇婶，太妃是太妃。最疼他的母后离去后，别人对他的好都是有计较的，都隔了一层，认为他是被太后和我宠坏了。殊不知，我的儿子只是不想要不喜欢的人，不想做不喜欢的事儿而已。”

英亲王点点头，看向秦铮，褪去他的嚣张跋扈和霸道轻狂，他忽然觉得这个儿子被母后和他的王妃宠得极好，知道什么是自己想要的。虽然秦浩也知道什么是自己想要的，但到底在刘侧妃这个在内宅只盯着宅院的妇人身边被影响得眼界窄，小家子气。尽管他极力教导，但是也是事倍功半。比起秦铮，连他都承认，差得几多，秦铮连英亲王府都看不上眼，眼界又太宽了，宽得让他忧心。

秦铮见英亲王看他，目光不再威严，他扁扁嘴角，没说话。

这时，喜顺大管家领着一个人走进落梅居。

英亲王妃听到脚步声，看向窗外，当看到喜顺身后跟着的侍书，立即担忧地道：“忠勇侯府的那个小书童来了，是不是华丫头出什么事儿了？”

“这么些年铮儿和谢世子常来常往，能出什么事儿？铮儿说得对，你不要凡事太操心。”英亲王看了一眼英亲王妃，温和地说道。

英亲王妃叹了口气：“最近不是诸事儿不顺吗？我这心总是提着。”

英亲王握住她的手：“这个书童已经来了，问问就是！忠勇侯府小姐病了多年了，都没出事儿，不至于这两日就会出事儿。”

英亲王妃点点头，叹道：“到底是岁月不饶人，我以前哪里会愁这许多烦心事儿。”

秦铮看了英亲王妃一眼，同时也扫了谢芳华一眼，没说话。

“二公子，侍书奉谢世子之命来给您回话。说要当面见您，奴才就给人带来了。”喜顺在门口停住脚步，讶异王爷和王妃竟然一起在二公子这里用膳，这可是稀罕事儿。王妃就不说了，时常跑落梅居，关键是王爷，这么多年，他不曾给二公子好脸色，二公子也不曾给他好脸色，今日竟然在落梅居用膳，而且还没听到争吵声，不是稀奇是什么。

“看，你想多了吧！不过是为了赌注当聘礼的事儿。”英亲王对英亲王妃道。

英亲王妃顿时笑了：“若是不说我都忘了，听音也是真本事了，竟然押对了赌注，赢了几百万两银子，这可不是小数目，这回都去做了聘礼，这事儿在京城又要宣扬一阵子了。”

英亲王看了谢芳华一眼，见她低垂着眉眼，没什么表情，暗暗赞扬她的沉静。

“改日招那艘画舫来咱们府给娘您表演一场。”秦铮对英亲王妃说了一句，站起身，挑开门帘，站在门口，看着侍书问：“子归兄要你当面见爷？除了这个，还有什么事儿？”

侍书抬头，没见到谢芳华出来，他恭敬地对秦铮道：“回铮二公子，是这样的，右相亲自带着人去忠勇侯府送了那些银两，世子派奴才来跟您当面回一声，就说收到了。”

秦铮点点头：“右相亲自去的忠勇侯府？”

侍书点点头，扫见屋内画堂里坐着英亲王和英亲王妃，他犹豫了一下道：“右相临走时对我家世子说，如今四皇子在漠北，四皇子不是普通人，也许小姐的病他能帮得上忙寻找漠北的神医。”

秦铮冷笑一声：“李老儿倒是信得过秦钰，小看爷的本事！”

侍书拿不准秦铮想法，依然没见谢芳华出来，揣摩片刻，觉得小姐不出来定是没办法出来，林七被赶去了来福楼学做药膳，若不趁机说的话，消息再不好传进来。他权衡了片刻，索性将话摆开在明面上，低声道：“右相说您和李公子不知因何原因起了隔阂，让世子从中做调停。世子不知原因，特意遣小的来问问。”

秦铮眯了眯眼睛：“李老儿当真这样说？”

侍书颔首：“小人不敢传假话！”

“你就告诉他，有些事情，他调停不了。让他不用理会李老儿的话，也不用管。”秦铮摆摆手，脸色不太好地道，“若是再无别的事情，你回去吧！”

侍书虽然不明白原因，但还是从秦铮的语气里闻到了火药味，他点点头，行了个告退礼。

喜顺向里面看了一眼，带着侍书走出了落梅居。

秦铮站在门口，并没有立即进屋，直到侍书身影消失，他才抿了抿唇，转身回了屋。

“你和李沐清因何产生隔阂了？竟然让右相问到忠勇侯府去了？”英亲王妃在屋中将侍书的话听得清楚，讶异地问。

秦铮哼了一声：“没什么！”

英亲王妃不信，对他瞪眼：“怎么能没什么？右相是谁？这些年了，我可没听说他特意将什么话摆在明面上来说。这里面肯定是什么事情让他坐不住了，牵动了心思，也牵扯了他的位置。李延可不是傻子，这京城里，谁也没他精。”

秦铮嗤笑：“娘若是想知道，何不学李老儿，您跑去右相府问问？您儿子和他儿子产生什么隔阂了？他若是真精的话，就找来英亲王府，何必跑忠勇侯府去绕弯子？”

英亲王妃一噎，瞪着他道：“几日前各府的夫人来咱们府小坐，你当着未出阁的小姐的面亲听音，那些夫人明面上不说，心里指不定怎么硌心呢。尤其是右相夫人，你不娶她的女儿也就罢了，竟还当着她女儿的面那般对听音。听说右相夫人将李如碧关一个月禁足反省。你让我还如何去右相府问？”

谢芳华闻言脸撇开别处，耳根子不由得泛起了红色，心中又羞又愤。

“娘，您说什么呢？您看听音面子薄，都受不住了。她可不是您儿子，脸皮薄得很。”秦铮闻言想起那日，脸奇异地变幻了一下，心中因为侍书的话升起的郁气顿时消散，勾起嘴角，笑如春风地看着偏过脸的谢芳华。

“哎呦，我竟给忘了你面子薄，好了，我不说了。”英亲王妃见此立即笑了，站起身，对英亲王道：“走吧！我今日也累了，早点儿回去歇着。”

英亲王点点头，也跟着站起身。

英亲王妃走到门口，对坐着没动静有些羞恼的谢芳华笑着道：“听音，你出来送送我。我与你说几句话。”

谢芳华被揭开那件事儿，本来不打算再送客了，奈何英亲王妃提名，她只能站起身，红着脸跟着英亲王和英亲王妃出了房门。

来到落梅居门口，英亲王妃停住脚步，对谢芳华慈爱地笑道：“你气色不好，就多休息，臭小子不去上书房了，这些日子让他带你出去玩玩。避开点儿宫里人就是了，免得麻烦。如今你分外受人关注，外出的话也要小心些，别出错。”

谢芳华点点头。

“我知你是个好孩子，也许还没喜欢上铮儿，但铮儿是真心喜欢你，我相信你也看得出来。他有时候是孟浪了些，你别怪他，遇到自己喜欢的人，若是有时候控制不住自己做些什么，也是正常。”英亲王妃又道。

谢芳华垂下头，面上有些火辣，对英亲王妃的话有些招架不住，生怕她还会再说什么。

英亲王妃看着她，笑得眉目弯弯，没再说让她脸皮子挂不住的话，而是改了口问：“今日永康侯夫人是不是去画舫找事儿了？”

谢芳华点点头，克制住脸红，淡声道：“她不知道听谁说忠勇侯府的小姐也去了玉女河，追去了。被二公子给打发出了画舫。”

“我怎么听说是将她当着许多人的面给扔出了画舫呢！”英亲王妃挑眉。

谢芳华垂下头，没什么情绪地道：“永康侯夫人非说二公子将忠勇侯府小姐藏起来了，不依不饶，所以，二公子让人将她送出画舫了。”

英亲王妃闻言顿时骂道：“那也是糊涂的，好好的儿子，非将其逼得走上离家出走的路。若不是永康侯府妇人当家，何至于今日？头发长，见识短！燕亭离家出走，不自寻原因，怨忠勇侯府何来？自始至终忠勇侯府就没搀和她家的事儿，她也找得着？愚蠢的东西！”

谢芳华抬起头看了英亲王妃一眼，没说话。

“好了，你别气了，永康侯夫人一直以来也是个精明的主，她看上范阳卢氏的女儿，无非是因为左相卢勇如日中天，在朝中连右相都快被排挤得没地了。比起忠勇侯府这些年的克制低敛，左相府锋芒毕露，她选左相背后的卢氏也不奇怪。”英亲王道。

“别人拿着当草，我偏偏要拿着当宝！等华丫头有朝一日病好了，让他们那些眼瞎的看看，什么叫作倾国倾城，一定不输于当年的玉婉。”英亲王妃恨恨地吐出一句话。

英亲王面色细微地变化了一下，点点头。

“好了，你回去吧！”英亲王妃不再说话，对谢芳华摆摆手。

英亲王和英亲王妃一起离开了落梅居。

谢芳华目送二人离开，因了英亲王妃的几句话，一时间心思百转千回。

她娘逝去多少年了，还得英亲王妃如此惦记，爱屋及乌，可见当年何等要好。

有这样的婆婆，也是她几辈子修来的福气。

只是奈何，忠勇侯府她一定要保住，英亲王府夹在皇权和忠勇侯府之间，比起忠勇侯府，英亲王府和皇室的血脉至亲更近。若是有朝一日，英亲王府挡了她的路，她也不会手软。

谢芳华在落梅居门口站了许久，直到清风带着一股乍暖还寒的冷意侵袭她，才缓缓回身，慢慢地踩着地上的落梅走回正屋。

挑开门帘，秦铮倚在椅子背上闭目养神，阳光倾斜着从浣纱格子窗射进来，打在他的脸上，侧脸的光影斑斑驳驳，使得他清俊的棱角有一种深邃和难测，她脚步顿了一下。

秦铮忽然睁开眼睛，打量她淡得几乎没有颜色的脸，目光深了深，挑眉问：“怎么了？舍不得我爹娘走？”

“有父有母的人就该知道珍惜！”谢芳华对他道。

秦铮眸光微闪，心思转了转，不着痕迹地攥了攥手，对她道：“以后将我爹娘分给你一半用，你也不必这副看着我眼馋的样子了。”

谢芳华瞟了他一眼，她的确是看着他爹娘眼馋，但那又如何？父母是说分一半就能分一半的吗？幼稚！

秦铮见她不买账，轻轻哼了一声：“你不相信爷的大度？那就走着瞧！”

大度？谢芳华翻了个白眼，小心眼的人说大度，可别笑话人了！他若是大度，至于揪着李沐清那点儿事儿不放吗？

秦铮眯了眯眼睛：“你还真不信？”

“不信！”谢芳华丢下一句话，挑开帘幕，进了中屋。

秦铮立即站起身，跟着她进了中屋，在她身后问：“我娘好不好？”

谢芳华回头瞥了他一眼，他娘自然好。天底下怕是哪里也找不出第二个这样宠孩子的娘了。他怕是修了千百辈子才有好福气得到这么个任由他凡事任性而为的娘。

“我爹好不好？”秦铮又问。

谢芳华转回头，英亲王不是坏人，只不过背负皇室子孙的执念和责任太深，让他行事顾忌被束缚放不开。以前对秦铮也是因为望子成龙而成为严父。从今以后嘛，想法若是转变了的话，想必也能做个好父亲。

“你想不想要？”秦铮又问。

想要就能要吗？谢芳华对他挥挥手：“爷，您不累吗？歇着吧啊！”

“爷辛辛苦苦下厨做饭，忙了一场，都没说累，你怎么知道我累？”秦铮摇头，“不行，今日你就要说出来，你想不想要。”

“不想！”谢芳华道。

“不行！”秦铮在她刚出口便立即断然霸道地否决，“爷分给你一半，你必须要。”

谢芳华有些好笑，哪里有人硬把父母分一半给别人的？放眼天下也就他秦铮了吧？！她心中的郁气被打散，回头对他笑道：“好，我要行了吧？您歇着吧！”

秦铮见她褪去了早先的寡淡和孤冷，音容笑貌都分外娇软，心中的那点儿郁气也跟着她散去，笑容漫开，得意地道：“算你识相！”

谢芳华看着他无语，这个人要自大到什么时候？

“爷去歇着了，你也歇着吧！”秦铮转身回了屋，脚步轻快，珠帘翠幕被他轻轻挑起，哗哗作响，是那种清润悦耳的声音。

谢芳华看着晃动的珠帘翠幕，笑意慢慢收起，抬步走到窗前，仔细地打理那两盆仙客来。

仙客来经她三天打鱼两天晒网地打理，并没有想象的那么娇气，反而愈加硬朗了，花叶枝干虽然看着青翠，但有一种筋骨的感觉。

难道是什么样的人养出的花也比照人的性情吗？

谢芳华看着仙客来笑了笑。

里屋内，秦铮进去后不多时便上了床休息去了。他前两日睡多了，昨日晚上喝了大半夜酒，今早一早就带着她跑去了玉女河，回来后又下厨做饭，一番折腾下，自然是困倦不堪。

谢芳华静静地站在窗前，仔细地将仙客来浇了水，摘了多余的枝叶，侍弄完后，便看着院中。清风吹起，落梅居永远是落梅飘花，满院幽静。

白青和紫夜两个小东西午睡醒了后在缝隙中嬉戏玩耍，地面上被它们踩出很多凌乱的小爪印。

落梅居分外安宁。

半个时辰后，林七气喘吁吁欢天喜地地跑进了落梅居，人未到，声先闻，带着无限欢喜："二公子，奴才回来了！"

谢芳华隔着窗子看着林七，浑身一副被烟熏火燎的模样，忍不住笑了笑。

秦铮被吵醒，眼睛不睁，但倒没不满，在里屋问道："都学会了？"

"学会了！何晏师父将拿手的药膳都教给了我。"林七对语气十分敏感，听出吵醒了秦铮睡觉，闻言连忙放慢脚步，小心翼翼地回话。

"行，那今日起小厨房就归你了。每隔七日换一轮，每一轮不能有重复的菜式。"秦铮懒洋洋地吩咐他。

林七点点头："奴才一定谨记。"

"现在就去吧！晚上尝尝你这两日学的手艺，若是爷吃着不过关，仔细你的皮。"秦铮吐出一句话，又继续睡去。

林七连忙点头，欢喜的心情霎时没了，紧张地应声，立即跑去小厨房准备了。

谢芳华见林七进了小厨房，一边走一边揉眼睛，显然为了学做药膳被折腾得够呛。她回头往里屋瞪了秦铮一眼，这个恶人，两天打造一个厨师，也就他能做得出来。

不多时，小厨房传出细微的声音，显然林七刻意放轻动作，不敢影响落梅居的安宁。

谢芳华回转身，也去了床上休息。

侍书得了秦铮的话，回到忠勇侯府，见了谢墨含，将秦铮的话原封不动地回禀。

谢墨含品味半晌，暗暗叹了口气，对忠勇侯道："爷爷，依照我多年对秦铮的了解，他和李沐清的事情怕是出在妹妹身上。"

忠勇侯瞪眼："你妹妹何时又惹了李沐清？"

谢墨含思索了一下，低声道："有一件事，我一直疑惑。如今想来，大约就是李沐清做的了。"话落，他凑近忠勇侯耳边，耳语道："关于清河崔氏二房三公子崔意端解了血毒之事。看来和妹妹一起出城的人是李沐清，几日前，李沐清说处理产业，出城走了一遭，他路过的地方就有清河。"

"右相养的儿子也是个精明的。"忠勇侯闻言老脸皱起，"姓李的小子向来聪颖，心思又细，文武双全。数日前我听说他有心娶你妹妹，若是嫁他，我倒觉得……"

"爷爷！"谢墨含无奈地打住忠勇侯的话，"如今妹妹和秦铮已经圣旨赐婚了，都这般境地了，您还说这些做什么？若是传到秦铮的耳朵里，他更恼了。"

"那个臭小子，倒也是合我心。"忠勇侯笑了一声。

谢墨含摇摇头。

"既然他不让你管你就不用管了。"忠勇侯对谢墨含摆摆手。

谢墨含苦笑："我就算想管也管不了。"话落，低声道："今日皇上和英亲王妃在凤鸾宫起了争执，因为要赐听音做贵妾，英亲王妃没同意，说她儿子要的是婢女。还提到了秦铮的爵位之事，闹了个不欢而散。"

"当年的事情始终是皇上的一块心病。"忠勇侯闻言道。

"爷爷，当年发生了什么事情，让皇上一直对英亲王妃分外宽容忍让？"谢墨含不解地看着忠勇侯。

"无非是一些风花雪月的事儿，还能有什么！"忠勇侯倒是不避讳。

谢墨含一怔，讶异道："您说皇上和英亲王妃……"

"这件事从英亲王被赐婚和皇上登基后，就成为了忌讳，知道的人都闭口不说。一晃二十年，让人险些都快忘记了。"忠勇侯见谢墨含讶异，将当年的事情简略地说了一遍。

"原来如此！"谢墨含听后长吁一声，"德慈太后果然令人敬佩。"

"德慈太后和你祖母交好，这件事情当初询问过你祖母的意见，你祖母认为可行，后来德慈太后也就真那么做了。"忠勇侯道。

"英亲王呢？他可知道当初的事情？"谢墨含问。

忠勇侯嗤了一声："英亲王不是傻子，自然知道，他什么也没说，沉默地接了圣旨。"

谢墨含点点头。

"皇上得江山不易，所以，你该知道，他想除去谢氏和咱们忠勇侯府的心。"忠勇侯道，"这么些年，英亲王唯皇上马首是瞻，从来不做出格的事情。如今秦铮要娶你妹妹，触动皇上的底线了。所以，他对英亲王府怕是也要重新计较了。"

谢墨含闻言揉揉额头："妹妹本来好好回京，偏偏秦铮他……"

"由着他们折腾吧！看看能将这京城，这江山，折腾成什么样子。"忠勇侯闭上眼睛，"我也老了，争取多活些年，看看未来的谢氏到底什么样。死也能瞑目。"

“爷爷还年轻。”谢墨含握住忠勇侯有些干枯的手。

忠勇侯叹息一声：“你祖母早早离开，去九泉省心了，你父母也摆脱忠勇侯府这座枷锁了。唯独剩下我们爷仨。这都是命！”

谢墨含笑笑：“爷爷宽心，妹妹坚韧，一定能保住谢氏。”

“端看她的本事和秦铮那小子对她的心了。”忠勇侯长叹一声。

谢墨含不再说话。若说这么多年来，从未曾见过秦铮对谁有心，他对妹妹的确是捧在手心里了。但愿以后，也能依旧如现在一般。

第二日一早，秦铮醒来后，对外面清喊：“来人！”

“公子！”外面一人应声出现在窗外。

“去请岭南裕谦王举荐来京的第六艘画舫的人来府里。”秦铮吩咐。

“是！”那人应声，退了下去。

谢芳华躺在床上，慢慢地睁开眼睛。昨日秦铮与英亲王妃说改日招第六艘画舫来府表演，今早就派人去请了，行事倒是痛快。

她正想着，秦铮从里屋走出，向她看来，帷幔遮掩，她身影朦朦胧胧，他脚步一顿，须臾，向床前走来。

谢芳华立即坐起了身，应激性地将手死死地拽住帷幔。

秦铮脚步又顿住，隔着几步的距离看着她死死地抓住帷幔的手。

谢芳华这时也觉得自己反应大了些。来落梅居这么久，她的房间和秦铮的房间仅隔了一道门一面墙壁，他从来没有做违矩过分的事儿，她没必要像防贼一般地防着他。但是偏偏他那日在紫荆苑吻她的事儿让她心有余悸，挥之不去，潜意识里对他的靠近分外敏感和防范。

一个帷幔里，一个帷幔外，二人隔着帷幔对视。

片刻后，谢芳华收回视线，慢慢地放开了紧攥帷幔的手，帷幔被攥起揪着的部分轻轻垂落，缓缓地绽开，她慢慢地拿过外衣披在了身上。

秦铮忽然转身，走到窗前，随手打开了窗子。

清晨清凉的风顺着窗子吹了进来，帷幔因风轻轻飘忽摆动。

秦铮站在窗前看向窗外片刻，忽然转回身，大步向床前走来，他脚步太快，几步就来到了床前，挥手挑开了帘幕，在谢芳华还没反应过来的时候，一把拽住她的胳膊，轻轻一托，将她的身子拉进了怀里，猛地低头狠狠地吻住了她的唇。

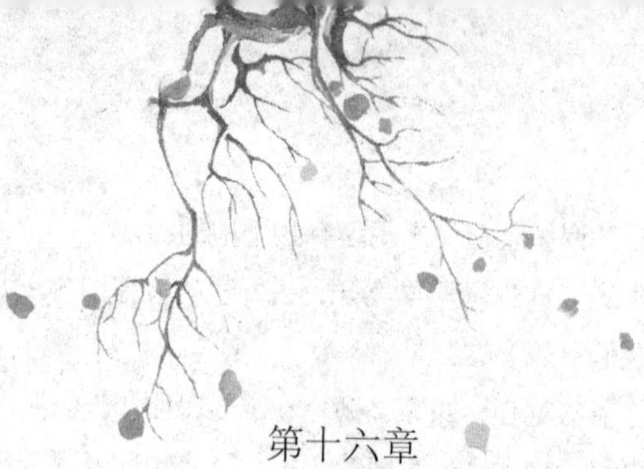

第十六章
喜欢

京　　门　　风　　月

谢芳华对这突如其来的动作猝不及防，睁大眼睛看着秦铮。

秦铮不看她，闭上眼睛，加深这个吻，唇齿碰触，深深地纠缠她的唇舌。

谢芳华的心似乎瞬间就要从胸腔里跳出，咚咚咚地响个不停，眼睛光线凝聚的地方是一张清俊至极的脸，他长长的睫毛颤动，唇舌有些笨拙，但气息却浓烈，让她的头分外眩晕，身子僵硬，似乎有什么紧紧地攥住了她的所有感官，让她忽然连呼吸也不能了。

从来没有一刻让谢芳华觉得自己如此刻这般不受掌控。

她不想让心跳动，可心口那里偏偏跳个不停。

她想推开他，却发现全身每一处都僵硬如磐石，连一根手指都抬不起来。

她看着秦铮清俊的脸，沉迷如浓雾一般地盯着她深吻的神色，忽然从心底深处生出一丝恐慌。那种恐慌无限扩大蔓延，直到将她整颗心填满笼罩。

忽然跳动的心被恐慌围剿倏地冷却，身子由内而外升起凉薄的汗。

不多时，后背便湿透。

连她自己都感觉到了冷，僵硬的身子轻颤起来。

秦铮很快就发现了谢芳华的状态，他忽然停住深吻，抬起头，认真地看着她。

怀里的女子纤细羸弱，他手揽住她的纤腰，攥住的感觉处处都显示着柔弱无骨，不禁风雨，清秀的脸分外苍白清透，额角有细微的汗水，她似乎从湖里被他捞出来一般，连锦绣绸缎都浸透，虽然看着她分外曼妙，更让他想做些什么，但是有什么东西攥住了他的心，让他不能再进一步。

就像她就在他的怀里，却仿佛隔了千山万水，沟沟壑壑。

他看了她片刻，缓缓地松开了她的身子，声音低哑地嗤笑：“你还能不能再没有出息一点儿？不就是亲你一下吗？你至于要把自己溺死在水里？”

没有他的支撑，谢芳华身子一软，向床榻上倒去。

秦铮没有伸手，看着她倒在了床榻上，锦绣被褥被她软软的身子砸出了一个浅浅的软坑。他眸光凝了凝，偏开头，撇嘴道：“就你这副没出息的样子，幸好是落在爷的手里，换作其他任何人，你这样的木头疙瘩，谁会想将你抱在怀里疼爱。”

谢芳华本来浑身被凉汗湿透，如今一切感官心思回笼，躺在锦绣被褥上听到他的话，冷却的心里猛地蹿出火苗，腾地就燃着了她，她恼怒地坐起身，对着秦铮踢出一脚。

秦铮没躲，着着实实地挨了谢芳华一脚，他的腿被她踢得颤了颤。

谢芳华踢完他一脚，见他没躲，犹不解恨，又对着他踢出第二脚、第三脚。

秦铮依然没躲，静静地站在那里。

当第四脚要踹下去时，外面忽然传来一个人的声音：“公子！”

谢芳华的脚倏地顿住。

“继续踢，不用理他。”秦铮对谢芳华道。

谢芳华狠狠地瞪了他一眼，又狠狠地踹了下去，然后挥手落下了刚刚被他撩开的帷幔，将他挡在了帷幔外。

“不踢了？”秦铮隔着帷幔看着她挑眉。

谢芳华一声不吭，低下头不看他。

秦铮慢慢地转过身，无事人一般地对窗外问：“什么事儿？”

窗外人似乎也发现了自己破坏了屋里人什么事儿，在秦铮话落后沉默了一下，才恭敬地回道：“公子，您吩咐属下去请第六艘画舫来府，可是晚了，皇上早上先一步下了旨意，那些人今日清早已经去宫门口候着了。”

秦铮眯了眯眼睛：“皇叔要召见第六艘画舫的人？”

“是！”那人颔首。

秦铮忽然笑了一声：“普天之下莫非王土，他是皇上，他召见的话咱们自然是得排队等着了。”话落，他摆摆手，“派人去宫门口守着，皇叔召见完出来就给爷请进府来。”

“是！”那人应声，见秦铮再无吩咐，退了下去。

秦铮转回身，看了帷幔内一眼，隔着重重帷幔，里面的女人不知道在想什么，他眸光缩了缩，随手挑开了帷幔，伸手勾起了她一缕青丝，对她低柔地道：“你在想什么？害羞？”

谢芳华打掉他的手，羞怒地道："秦铮，你还是不是人？"

秦铮眨眨眼睛："我自然是人，还是个男人，你刚才不都验证了吗？难道非要爷扒光了衣服再给你验证一番？"话落，他考虑地道："其实这里就我们两个人，也不是不行。"

谢芳华一口气憋在心口，忽然被他给气笑了，对他怒笑道："那您就扒光了吧！我刚刚还真没看见。反正这里面就我们两个人，我觉得可行。"

秦铮没料到她竟然如此回话，一时愕然失语。

"脱啊！"谢芳华扳回一局，含笑看着他。

秦铮忽然背转过身子，耳根子泛起红晕，有些恼羞地低叱："我若是真脱了，你可别后悔！从来没人能威胁得住爷，你是第一个。"

谢芳华豁出去了，那日到今日被他连番两次欺负，心中早就憋了气，笑吟吟地道："不后悔，即便长针眼，我也不怕。只是不知道您有没有看头，比那个南阳的名角小凤祥身段如何？"

秦铮倏地转过身，死死地瞪着她："你敢拿那个小凤祥和爷比？"

"同样是人，而且同样是男人，怎么就不能比了？"谢芳华无惧地看着他。

秦铮危险地眯起眼睛，声音有些冷峭："你见过小凤祥脱衣服？"

谢芳华眼皮动了动，笑容可掬地道："爷，容我提醒您，我来您身边之前是小凤祥的贴身婢女，侍候他穿戴梳洗，您说我看过没有？"

秦铮见她笑容可掬的模样，心口被一股气憋住，伸手一把拽住了她的手，似乎要做什么，忽然又想起了什么，放开了她的手，对外面喝道："林七！你给爷滚出来！"

一声怒喝在清晨里分外清晰，在厨房做早膳的林七惊得差点儿摔了手中的盘子，本来还扬扬得意昨日晚膳过了关，没想到早上就得了秦铮的急急如律令，他连忙放下盘子，噌噌地跑出了小厨房，眨眼就来到了屋门口，小心翼翼地对里面道："二公子，小的有哪里做错了？您只管说，千万别动怒，小的立马改。"

秦铮冷哼一声，沉着脸吩咐："你去忠勇侯府一趟，将小凤祥给爷带来。"

林七本来做好了被训斥的准备，闻言心底一松："那早膳……"

"赶紧去！回来再做！"秦铮道。

林七连忙应声，不敢耽误，噔噔噔跑出了落梅居，不多时，便跑得没了影。

秦铮慢慢地转过身，对谢芳华一本正经地道："若是让爷知道你真伺候过他脱衣服，爷就扒了他的皮！"

谢芳华瞟了秦铮一眼："和一个戏子较真，您可真是本事。"

"你不是说男人都是一样的吗？"秦铮将刚刚的话还给谢芳华。

谢芳华一噎。

秦铮冷哼一声，一把将谢芳华从床上拽下地，对她恶声恶气地道："伺候爷梳洗更衣！"

谢芳华劈手打了他一掌。

秦铮瞬间躲开，轻易地抓住了她的手，对她似笑非笑地道："你身体如今还剩下多少武功你自己比谁都清楚，你确定打得过我？爷被你踹了好几脚，并不曾躲开，你是不是也该够本了？就算我亲了你，可是你同时也亲了我，并没吃亏！"

账是这么算的吗？谢芳华怒极而笑："想我伺候你，你做梦吧！"

"那就我伺候你！"秦铮也不恼，从善如流地拽着她来到水盆边，伸手塞入了清水盆里，掬了一捧水给她往脸上泼。

"水凉死了！"谢芳华撇开脸。

"娇气！"秦铮住了手，转头从铁壶里倒热水，将凉水融得温了，又给她洗脸。

谢芳华直挺挺地站在水盆边，一动不动地任他伺候。

秦铮的手仔细地撩着水擦过她的额头、眉目、脸颊、下巴，虽然是板着脸，动作却轻柔。做这样的活，丝毫没觉得不妥和低人一等。

谢芳华心中的恼怒和早先沉郁的所有情绪渐渐地被他轻柔的动作抚平消散。她从心底升起无奈。回忠勇侯府，他追去忠勇侯府，日日出现在她眼前；来英亲王府，却是还要防备随时的突发状况。这个恶人，他最会的就是将人折磨疯。

片刻后，秦铮洗罢，用绢帕给她擦干净脸，伸手拉着她来到菱花镜前，将她按着坐下。

谢芳华懒洋洋地靠着椅子坐着，她这些年的脾气韧性本来就被磨平，一旦泄去那股劲，理智回笼，便不会再无用地闹腾。

秦铮拿起木梳，轻巧地绾着柔顺的青丝给她梳头。

落梅居内外分外安静，有几只鸟落在梅花枝头，歪着头顺着浣纱格子窗向内打量，似乎对屋子里二人的情形分外好奇。

"外面这几只小东西既然喜欢看，你说我是不是该将它们抓进来，日日看着？"秦铮忽然往窗外瞥了一眼。

只是一眼，外面的生灵似乎感觉到了危险，忽地抖着翅膀飞走了。

谢芳华偏过头去，只看到几株梅树顶梢的梅枝轻颤，她暗暗地骂了一声，这样的恶人不止是人怕，畜生也是怕的。

秦铮弯了弯嘴角："你看我一个眼神过去，那几只鸟都怕得飞走了，你最好别惹我。"

谢芳华又被激起怒意："到底是谁惹谁？"

"爷喜欢你想亲近你难道还错了不成？"秦铮认真地看着她挑眉。

谢芳华失语，片刻后，抿着唇道：“喜欢几百年前就被我丢了，爷您尊贵，还是小心莫要引火烧了自己，到时候有您后悔的。”

秦铮住了手，嗤笑一声，扳正她脑袋道：“爷从来就不信这个邪！从我出生起，就不知道什么叫作后悔。若是真说后悔，便是我不该治了你的哑巴症，让你会说话了来气我。以前那个乖巧的人儿不见了，得想办法找回来。”

谢芳华忍不住翻了翻眼皮。

秦铮见她不再说话，继续给她梳头，神色自若。

一头青丝被绾成云髻的时候，林七也拖着小凤祥和钱家班子须发花白的钱班主进了落梅居。林七脚步极快，小凤祥被他拖得气喘吁吁，钱班主跟着跑，老迈的身躯颤颤巍巍。二人都脸色极白，不知道是不是被吓的。

“二公子，小凤祥给您带来了！”林七来到门口，松开小凤祥，对里面恭敬地道。

小凤祥没了支撑，一屁股坐在了地上，比美人还我见犹怜的娇弱三分。

钱班主颤巍巍地来到近前，一把拽起小凤祥，让他跪在地上，他同时也跪下，对里面紧张惶恐地道：“二……二公子，不知您找小凤祥来……”

秦铮扔了木梳，慢悠悠地转过身，来到窗前，看着跪在门口的二人。

小凤祥抬起头看了一眼，瞬间又吓得垂下了头，身子不停地轻颤起来。

钱班主感觉到秦铮的目光，不敢再说话，搅破脑汁地想着不知道哪里得罪了铮二公子。从钱家班子来到京城后，从英亲王府转到忠勇侯府，再没到别处去，戏不过唱了几场，也未曾惹过闲事儿。今年的钱家班子是最闲的，但却是最好的住处和吃喝，最是本分。

秦铮看了二人半晌，目光清清淡淡地飘在小凤祥的头顶上：“小凤祥，爷问你一个问题，你仔细地认真地小心地诚实地给爷回答出来，回答得好了，爷就放过你，回答得不好了，爷就扒了你的皮。”

轻轻飘飘的一句话，让小凤祥浑身都寒起来，他不敢抬头，连连点头：“二……二公子……您问，小人一定……据实以告。”

“我的婢女听音……”秦铮看着他，话语说了一半，改口道，“你抬起头来说。”

小凤祥立即抬起头，被京城贵裔府邸夫人们喜欢的小脸白得如霜纸一般，胆寒地看着秦铮，脑中快速地转着听音怎么了让二公子找上他了。

“听音没来我身边之前是如何侍候你的？”秦铮伸手揪住窗边仙客来的枝叶，漫不经心地问。

小凤祥一愣。

“若不据实以告，别忘了爷刚才说的话。”秦铮警告地看着他。

小凤祥一哆嗦，立即垂下头，想起秦铮的吩咐，又立马抬起头来，努力回想听音在他身边的时候，他总是骂她，想到此，顿时吓得面如土色，哆嗦得说不出话来。

“说！”秦铮声音微微冷冽。

“小凤祥，你倒是快说啊，你哆嗦什么？铮二公子只是问你听音当时如何侍候你的？有那么难说吗？不就是做了一个婢女该做的事儿吗？”钱班主急了，他生怕小凤祥这副样子惹怒秦铮。铮二公子可不是京城贵裔府邸那些夫人，会对小凤祥怜香惜玉，他阴晴不定，万一做得不好，惹他不高兴、不痛快，他真能砍了他的脑袋当球踢，也更能扒了他的这张人皮。他培养了小凤祥这么多年，怎么能真让他毁在秦铮手里？

小凤祥闻言立即哆嗦着白着脸点头：“班主说得对，她就是做了一个婢女该做的事儿。”

“婢女该做的事情多了，爷问你到底都做了什么？”秦铮挑眉。

小凤祥连忙道：“就是洗脸、梳头、更衣……”

“更衣？”秦铮眯起眼睛。

小凤祥胆寒心战地道：“是……是更衣……”

“怎么更的衣？”秦铮危险地看着他。

小凤祥感受到了秦铮的低气压，吓得整个身子的所有骨节都软了，舌头也打结：“就是……就是更衣……”

“爷问你怎么更的衣？你连这个也不会说吗？就是具体的！”秦铮恼怒地一拍窗棂。

窗棂被震得嗡嗡作响。

谢芳华在屋里狠狠地瞪了秦铮一眼，从菱花镜前站起身，慢慢地踱步走到窗前。小凤祥可怜的模样和钱班主着急恐慌的模样出现在她眼前，她收回视线，从秦铮手里将那盆仙客来解救出来，生怕他一怒之下砸了仙客来。若是仙客来被弄坏了，英亲王妃就算不找她算账，也会跑过来耳提面命絮絮叨叨说教一番。

秦铮扭头瞅了谢芳华一眼，扫了一眼被她搬走的仙客来，没说话。

“小凤祥，你快说啊，具体的，听音怎么给你更的衣？”钱班主毕竟年纪大了，吃的盐比走的路多，见过的达官显贵也多，虽然恐慌，但定力还有，总觉得今日的事情蹊跷。早先他还以为是听音得罪了铮二公子，如今见她完好地站在铮二公子身边，料想不是大事儿，但小凤祥若是说不好，就会变成大事儿了。

小凤祥也看到了听音，不得不说这个婢女自从到了铮二公子身边变化极大，尤其是那张容颜，那衣着穿戴，珠翠首饰，让他几乎都认不出了。但还是那副沉静波澜不惊的样子，想起她用冷水激了他的脸，他就气不打一处来，顿时脱口道：“她笨手笨脚的，让她给我洗个脸，她都洗不好，凉水冰死人。”

“谁问你洗脸了？铮二公子问你的是更衣！”钱班主若不是跪着，早就急得跳脚了。

“更衣也是笨手笨脚的，穿不好。”小凤祥气道。

“哎呦，还是我来说吧！”钱班主看向秦铮，苦着脸道，“二公子啊，听音姑娘没在小凤祥身边多久，每日做的就是给他洗脸、梳头、穿衣、上妆的活。但是这穿衣啊，我们家的角儿有个毛病，不喜女人碰他身子，尤其是听音姑娘那时候不得他喜欢，穿衣似乎就是她被我买回来的时候用了一次，后来小凤祥就不用她了，都是自己穿。再后来她就被您要到身边了。”

“不喜女人碰身子？”秦铮眼神又落在小凤祥身上。

小凤祥看着秦铮，忽然脸红了，垂下头，一瞬间胆寒变成了扭捏。

秦铮顿时收回了视线，眼角余光扫了一眼站在她旁边的谢芳华，嫌恶地摆摆手：“行了，你们回忠勇侯府去吧！”

钱班主一怔。

小凤祥也讶异，铮二公子就这么放过他了？

“还不走？难道要爷亲自送你们回去不成？”秦铮赶人。

钱班主惊醒，立即一把拽起小凤祥，口中连连道谢，拖着小凤祥往落梅居外走。

小凤祥扭回头瞅秦铮，见他已经挥手关上了窗户，看不到了，他扭回头，跟着钱班主往外走。一步一步，比女人还娇弱堪怜几分。

“你说，不喜女人碰身子是怎么回事儿？”秦铮看着谢芳华。

谢芳华看着他，回想刚刚小凤祥看他脸红的目光，忍不住好笑：“不喜女人碰身子，就是喜欢男人碰。爷，您这么聪明，难道真不明白吗？就是刚刚不过一个眼神，小凤祥就将您扒光了。”

秦铮顿时恶寒，脸沉了下来，怒道：“你是不是女人？这是你一个女人能说的话吗？”

谢芳华无辜地看着他：“爷，奴婢是女人，所以，刚刚小凤祥才没那么看我。”

秦铮立马拍了拍袖子，似乎要抖掉什么，但在谢芳华含笑盈盈的目光下，怎么都觉得抖不掉，更甚至浑身都不舒服，他懊恼地道：“你不准笑了。”

谢芳华看着他的样子，更是忍不住笑开。小凤祥的不喜女人碰身子和秦铮最早的不喜任何人近身自然不是一个道理。

“去，给爷烧热水去！爷要沐浴！”秦铮扯了外袍，挥手指使谢芳华。

谢芳华白了他一眼：“爷您至于吗？他又没真的扒了您的衣服。”

“你还说！”秦铮忽然瞪着她，阴狠地笑道，“你信不信，现在爷就将你拽上床脱给你看？让你看个够！”

谢芳华立即后退了一步，不言声了。这个恶人，找回场子得了，不能惹急了。

秦铮被气笑，嘲讽道："你倒是懂得见好就收！"

谢芳华轻轻哼了一声，扭头出了中屋。

"你做什么去？"秦铮喝问了一声。

"给您烧水！让您沐浴！"谢芳华头也不回地出了画堂，去了小厨房。

秦铮没声了，一屁股坐在椅子上，又用力地搓了两下胳膊，气得骂道："什么女人！简直就是混账！爷怎么会喜欢她？"

谢芳华出了画堂，来到小厨房。林七正在做菜，看了她一眼，小心翼翼地往她身后瞅。

"他没来！不用紧张！"谢芳华因为气着了秦铮，心中舒畅，看林七的样子，忍不住好笑地道，"你怕他做什么？"

林七松了一口气，无奈地道："听音姑娘，也就您不怕他。您看看刚刚，小凤祥和那个钱班主听说铮二公子找，吓得跟什么似的。奴才一百个胆子也禁不住他一个眼神啊。"

"他又不吃人。"谢芳华道。

"谁说不吃人？我以前也觉得二公子脾气虽然差些，阴晴不定些，也的确是不吃人。这么多年了，在王府里，我虽然见过二公子发脾气，但从来没发过大脾气。可是您知道吗？那日他醒来，发现您不见了，身边待着的是我，那眼神恨不得将我吃了。"林七回想起那日，依然心有余悸，"后来罚我跪着，说您要没按时间回来，就给我扒了皮，让我的魂儿去找您！"

"这个恶人！"谢芳华骂了一句。

"也就您敢骂二公子！"林七垮下脸。

谢芳华轻轻吐了一口气，对林七歉然地道："是我连累了你，你若是不想在这里待了，等回头我就让他放了你出去。"

林七立马摇头，睁大眼睛："听音姑娘，我可没不想待，您千万别对二公子说赶我走。"

"他这么可怕，你还在这里待着？"谢芳华瞅着林七。

林七立即仰起脖子，唏嘘又感慨地道："小人自小就被卖进了英亲王府，无父无母，孤寡无依，认了英亲王府大管家做干爹，他是家生奴，英亲王府也就是我的家了。我连二公子的落梅居这么好的地儿都不想待，还想去哪？出去后还有活路吗？"

"他这落梅居怎么就是好地儿了？除了一院子的落梅，也没见哪里好了。"谢芳华向外面看了一眼，满院落梅林立，她淡然地道。

"哎呦，听音姑娘，您的身份……嗯，和小人不同，自然看不到落梅居的好。"林七凑近谢芳华，顿了顿，低声道，"您也许不知道，二公子的落梅居有多少人抢着来呢！以前二公子除了一个听言，谁也不要。如今他将听言作为聘礼送去忠勇侯府了，这落梅居也就剩下您一个了，若不是您生病，小人想他怕是谁也不让进了。我能进落梅居，咱们府里不知道多少人羡慕我呢。”

“有什么好羡慕的？他那个恶人！就会拾掇人。”谢芳华道。

“二公子其实挺好的，我学了两日，做的饭菜我自己都知道只是会了而已，还不好吃，可是二公子昨日就轻轻松松地让我过关了。从来不挑食，有些事情还自己做。在这落梅居里，不用理会府里的闲事儿，只负责打点好该做的活就行了。其实很舒心的。”林七道。

谢芳华见他褪去愁眉苦脸，一副乐在其中的模样，跟听言在落梅居的时候一样，笑了笑：“既然你喜欢，那么就好好在这里待着吧！”

林七点头，忽然想起一件事，立即又低声道：“听音姑娘，二公子有没有问您和我的关系？”

谢芳华摇头：“没有！”

林七奇怪：“二公子也没有问过我。”话落，他紧张地对谢芳华道：“您想想，这不正常啊。那日您出府，这府中多少人，您只去找了我让我来看着二公子，却没有找别人，这不是明摆着告诉二公子咱们熟悉且关系不一般吗？他会不会已经知道您是……”

谢芳华打住他的话：“你可还记得听言被关了两日，你来落梅居打杂？”

林七点头：“记得啊！”

“为什么不是别人来？而是你来了？”谢芳华看着他，不等他回答，笑着无所谓地道，“哪里有那么多的疑惑？二公子指了你来就是你了。你来落梅居两日，我和你熟悉又有什么奇怪的？我既然和你熟悉了，找你看着他也不奇怪。”

“这……也是！”林七觉得自己挺聪明的，可在谢芳华面前脑袋有点儿不够使，觉得她说得有道理，只能点头。

“行了，你忙着吧！我烧水！”谢芳华去一边烧水。

“您要烧水做什么？”林七立即问。

“二公子要沐浴！”谢芳华一边往锅里添水，一边道。

“二公子怎么会大早上的沐浴？”林七奇怪地嘟囔。

“身上脏了呗！”谢芳华给大锅里倒满水，然后盖上锅盖，蹲下身烧水。

林七品味谢芳华的话，然后突然怪异地瞅着她，小脸变了变。

“你胡乱想什么？我是说，二公子有个怪癖，见到了戏子就想沐浴。”谢芳华受不了林七一副她把秦铮弄脏了的表情。

林七闻言不好意思地挠挠头，转身去做菜了。

半个时辰后，谢芳华将一锅水烧开，停了火，将水舀在木桶里，刚要搬，林七立即凑过来："听音姑娘，我来给二公子搬进去！您一个女儿家，怎么能做这种男人的粗活？"

谢芳华笑了笑，也不强求，退后了一步。她在无名山那么多年，粗活细活，什么没干过？

林七搬了木桶出了小厨房往正屋走去。

谢芳华想着回去后也是看着秦铮沐浴，虽然她确实有心想去嘲笑他一番，但到底是未出阁的女儿，虽然有时候被气急了做些荒谬之事，但到底忠勇侯府钟鸣鼎食之家骨子里印刻的教养让她还做不出看着男人沐浴之事，便打消念头，接替林七做没做完的菜。

林七将木桶搬去里屋回来，见谢芳华在帮他，嘻嘻一笑："谢谢听音姑娘了，您和何晏师父学了多日，一定比我强，以后我多和您学学。"

"别学，我分不清糖和盐。"谢芳华道。

"我能分得清！"林七说完，又将大锅里剩下的水舀了装进木桶里，提着去正屋了。

不多时，他走回来，对谢芳华道："听音姑娘，您快进屋吧！二公子喊您呢！"

"他不是沐浴吗？喊我做什么？"谢芳华挥着铲子问。

林七走到她身边，伸手夺过铲子，摇摇头："不知道，大约是让您帮他沐浴吧！您快去吧！"话落，见谢芳华不动，他催促："哎呀，反正您早晚也会是二公子的人，还害羞什么？"

谁说她早晚都会是秦铮的人了？谢芳华瞪了林七一眼，劈手夺回铲子，继续做菜。

林七一怔："听音姑娘，您不进屋伺候二公子啊！"

"不去！"谢芳华道。

"不行啊，二公子让我传话，您若是不去，他以为我话没传到，该怪我了。"林七苦下脸，又去夺谢芳华手里的铲子。

谢芳华挥起铲子直接来到他鼻梁处，警告道："你再多话，信不信我让你没鼻子！"

林七吓得退后了一步，立即住了嘴。

谢芳华不再理他，扭头继续做菜。

林七悄悄打量谢芳华神色，见她真没有要进屋的打算，踌躇片刻，转身出了小厨房进正屋告诉秦铮。

秦铮已经进了自己的里屋，在木桶里沐浴。

林七不敢进里屋，来到画堂门口，对里屋悄声道："二公子，听音姑娘不进来。"

秦铮嗯了一声，懒洋洋地问："她为什么不进来？"

林七犹豫了一下，小声道："应该是女儿家面皮子薄，不好意思侍候您沐浴！若不然小人侍候您？”

秦铮想起走时的小凤祥，就算泡在水里，浑身的疙瘩也褪不去，他恼怒地道：“谁用你？你滚出去！让她进来。”

林七吓得一哆嗦，但还是大着胆子道：“听音姑娘将小人的铲子都给抢了，在做菜，小人劝说了两句，她就发了脾气，说我再多话，就让我没鼻子。二公子，小人不敢回去啊。”

秦铮闻言被气笑了：“你去告诉她，她想伺候爷沐浴爷还不用呢！就是让她回来帮我将衣服找出来，我刚沐浴得急，忘了拿衣服了。”

林七闻言松了一口气，小声埋怨道：“原来是这样，那您早说啊。”

“爷现在说也不晚，赶紧滚去告诉她。”秦铮赶人。

林七缩了缩脖子，不敢再言声，出了画堂，跑回小厨房。

谢芳华听了林七传的话，撇撇嘴，依然没理会。

“姑奶奶，我求您了，您快去吧！您和公子这是怎么了？您二人若是打起来，小人遭殃啊。”林七见谢芳华还不动，就差给她跪下了。

谢芳华翻了个白眼，她不吃硬的，但是软的就受不住了。将铲子还给林七，对他道：“这盘菜我似乎又放错糖了，你看着办吧！”话落，出了小厨房。

林七目瞪口呆地看着她出门，嘴角动了动，半天吱不出声。

听音姑娘如此聪明，怎么就糖和盐分不清呢？

他拿起筷子夹了一口，还没入喉，就给吐了出来。然后漱了口，看着好好一盘色香俱全的菜偏偏味道太甜，真是糟蹋了，一时间犯愁起来。

谢芳华回到房间，进了画堂，便听到里屋传来哗哗水响。

她挑开帘幕，进了中屋，转了一圈，才恍然想起这屋放的衣柜装的全是她的衣服，秦铮的衣柜在他自己的里屋，她停住脚步，对里屋道：“中屋没有衣服，在你的里屋衣柜里，自己找。”

“爷浑身是水，你让我怎么出去找？”秦铮懒懒地问。

“那你自己不想着提前拿出来？自己想办法！”谢芳华道。

“你这女人，嘴上说得冠冕堂皇，还以为你脸皮练得多厚了呢！原来到头来是缩头乌龟，爷就算脱光了，你也真不敢看。”秦铮哼了一声。

谢芳华憋住气，反唇相讥：“我想了想，也不觉得您有什么好看头，不看也罢！”

秦铮嗤笑：“自己不敢吧？至于找这么多借口？你若是不敢，就痛痛快快说一句不敢，爷也不会笑话你。如今遮遮掩掩，可真是个女人！”

谢芳华一噎：“我本来就是女人！”

“你是女人就承认脸皮子薄，就别在爷面前耍嘴皮子，装模作样了。”秦铮轻哼。

谢芳华瞪眼。隔着里屋的帘幕，见一只大桶摆在正当地，水汽浓郁，秦铮懒散地躺在木桶里，那姿态是要多惬意有多惬意，她心中忽然升起一丝邪恶，一点儿也看不惯他如此惬意，就想要打破他的惬意，于是，她一言不发地快走两步，来到里屋门口，哗地挑开了帘幕。

秦铮还真没想到她敢进里屋，霎时愣住。

谢芳华挑着帘幕倚在门口似笑非笑地看着他："爷，您可看清了？我是敢还是不敢？"

秦铮身子微微僵硬，面上瞬间染上一抹不自然，没说话。

谢芳华放下帘幕，走进屋，没有去衣柜，反而向着他沐浴的大桶走来。

秦铮脸色倏地红了，顿时对她低喝："你要干什么？"

谢芳华笑吟吟地看着他："伺候您沐浴啊！我是您的婢女，侍候爷沐浴不是应该的吗？"

秦铮撇开脸，似乎想要动动僵硬的身子，奈何却总感觉活动不自如，他挣扎半晌，遂放弃，对缓步走近的谢芳华红着俊颜低叱："我让你帮我拿衣服，又没让你侍候我沐浴。"

谢芳华无辜地看着他："您怕了？"

"谁会怕？笑话！"秦铮立即扬起脖子。

谢芳华在距离木桶一步的距离止住脚步，看着因被水汽蒸腾红着脸的秦铮感慨。同样是人，也同样是男人，差别怎么就这么大？清俊的贵公子就算泡在水里，也是不失清俊。这副氤氲雾气中神色微醺不自染的妖孽模样，任何一个女子见了，怕是会立马跳进木桶去和他一起沐浴。可惜，她只能欣赏，情之事，欲之事，她还真是给丢了。

怕是找都找不回来了。

况且她也不想费心思去找！

谢芳华看了秦铮片刻，见他也看着她，隔着水汽，她不知道自己脸色是否一贯沉静清淡，但是秦铮的脸色哪怕是隔着水汽也能看得清楚。

浓雾弥漫万重山。

谢芳华撇开头，转身去了衣柜。

秦铮看着她离开，抿了抿唇，低头看着她刚才脚步站着的地方，距离木桶一步之遥。他方才看着她走近时，脑中在想什么？他自诩记忆极好，可是如今也记不得了。是希望她走过那一步？还是希望她走过一步之后再做些什么？

他怎么能对这个女人产生希望？

他哑然失笑，收回视线，垂下头，泄了全身力气，软软地靠着桶沿闭上了眼睛。

谢芳华忽然回头瞅了秦铮一眼，氤氲水汽中，他清俊的脸色褪去红晕现出一抹失望和惨淡，她转回头，脚步顿了顿，走到衣柜前，为他找衣物。

里衣、中衣、外衣，依次找出，她犹豫了一下，走到木桶旁，将衣服搭在了木桶旁的架子上，对他道："你快洗，要吃早膳了。"

秦铮嗯了一声。

谢芳华抬步走出了里屋。

秦铮睁开眼睛，看了一眼谢芳华给他找出的衣物，轻软的春袍，是她缝制的。袍脚处勾了金线，绣了一朵枯枝梅花。他忽然勾了勾嘴角，某些情绪化去，悠悠地笑了。

还算是有些良心！

谢芳华出了里屋后，在中屋站了片刻，又走出画堂，迈出门槛，看着满院的落梅，轻轻吐了一口浊气。

林七从小厨房探出头，看着谢芳华，对她悄声询问："听音姑娘，二公子沐浴好了吗？可以端饭菜进去了吗？"

谢芳华看着他："快了！进来吧！"

林七应了一声，头探了回去，不多时，端了一个大托盘从小厨房出来，来到屋门口。

谢芳华看着他托盘里盛了汤，但那汤像是她做的那道菜，怔了一下，问道："你给重新做成了汤？"

林七看了一眼，低下头，不好意思地笑了："您这道菜太甜了，小人怕倒掉浪费，就给重新做成汤了。"

"挺好！"谢芳华笑着点头。

林七端着托盘进了屋，将饭菜一一摆放好，走出门口，又对谢芳华道："您的药我也热了，这就去给您端来。"

谢芳华点头。

林七又去了小厨房，不多时，端了一碗药出来。

这时，秦铮也从里屋沐浴出来，换了一身春袍的他如芝兰玉树，沐浴后，棱角分明，容颜更是俊逸，连林七都看呆了眼。

谢芳华想起走时的小凤祥，不由笑出声。

"你再这样看着爷不怀好意地笑，爷就封了你的嘴！"秦铮似乎看透她刚刚在想什么，狠狠地瞪了她一眼，警告道。

谢芳华收起笑意，噤声，坐在了桌前。

"林七，念在你表现不错，以后就一起坐下来吃吧！"秦铮法外开恩地对林七道。

林七连连摇头："二公子，奴才可不敢。"

"再说不敢就剁了你的手脚。"秦铮瞥了他一眼，拿起筷子。

林七顿时苦下脸，看向谢芳华。

谢芳华指了指空着的座位，对他道："以前听言也是这般一起用膳的。"

"可是奴才怎么能和听言一样？他是清河崔氏的大公子啊。"林七叫苦不已。

"来了这里只有一个主子，就是我。"秦铮哼了一声，"你若是不吃，就滚出去自己去断手脚，以后也别在爷跟前碍眼。"

林七手脚顿时疼起来，搓了搓手，跺了跺脚，感觉还在，于是，一咬牙，乖觉地坐下了。

这一顿饭吃得极其安静，林七自然不敢多话，秦铮也没有要说话的打算，谢芳华更是安静地吃着饭菜喝着汤。

饭后，林七利落地收拾了剩菜残羹去了小厨房，到了小厨房后，才敢大口地喘气。

谢芳华喝完药，懒洋洋地靠着椅背不想动。今日一早上，虽然没做什么，但是却也做了很多事儿，让她觉得浑身上下疲惫不堪。

"在屋子里坐着干什么？走，出去晒太阳！"秦铮看了她一眼，站起身。

"不想动！"谢芳华摇头，没有起身的打算。

秦铮盯着她蹙眉，看了片刻，径直去了中屋，只听里屋传出一阵动静，不多时，他搬着一件物什从里屋走了出来。

谢芳华睁开眼睛，见他搬着美人靠往外走，又闭上了眼睛。

不多时，秦铮出了房门，似乎将美人靠放在了窗下，然后他又进了中屋，须臾，又搬了一个物什走了出来。

谢芳华好奇地再睁开眼睛，见他这回又搬了一张贵妃椅，她忍不住开口："公子爷，您这是要帮我搬家吗？"

秦铮不答话，出了房门，将贵妃椅也放在窗下，又将美人靠和贵妃椅并列地放在一起摆正。然后，他满意地走进屋，来到谢芳华面前，一把拽起她："走，晒太阳去！"

谢芳华被他拽起，倒也没有不情愿，跟着他出了房门。

美人靠和贵妃椅并排地躺在窗下，阳光打在上面，暖融融的，让人见了就想躺上去。

"你可真会享受！"谢芳华嘟囔了一声，甩开秦铮，软软地将身子躺在了贵妃椅上。

"还不是为了你？倒打一耙！"秦铮嗤笑一声，然后，身子也软软地挨着谢芳华躺在了美人靠上。

二人刚一躺下，顿时就感觉被阳光笼罩，全身都暖融融的。

第十七章
灌酒

京　门　风　月

“有一本书就好了，可以遮上脸。”谢芳华伸手捂住眼睛，“爷，好人做到底，去书房取一本书吧！”

秦铮失笑，伸手敲了她额头一下：“你可真是会指使爷，爷难道这么好指使不需要银两吗？”

谢芳华揉揉额头：“我还为你找衣服了，这难道不是劳作？”

“嘴这么硬不饶人！不讨喜！”秦铮坐起身，丢下一句话，去了小书房。

谢芳华无声地笑了笑。南秦京城里，多少闺阁小姐的嘴讨喜，秦铮你怎么就不喜欢呢！

不多时，秦铮从小书房拿了两本书出来，来到窗下，一本递给谢芳华，一本自己用。

谢芳华接过，从书的中间翻开，正巧盖住了她的脸，刺眼的阳光顿时被挡住。

秦铮看着她一张笑脸被整本书盖了个严实，弯了弯眉眼，也学着她的样子，躺下身，将书盖在了自己的脸上。

小厨房里，林七悄悄探出头看了并排躺在窗下的二人一眼，又缩了回去。在他看来，二公子和听音姑娘可真是般配！不仅是容貌，脾性上也极为一致。

“二公子，刘侧妃刚刚去给王妃请安，不知道说了什么，王妃大怒，将她赶出了正院，且对她下了禁足令。”一名黑衣人现身，恭敬地禀告。

谢芳华想拿开书看看这每次事无巨细地第一时间向秦铮禀告的隐卫，但想了想，还是忍着没翻开书。

秦铮嗯了一声，慢慢地问："刘侧妃那个女人怎么惹了我娘了？"

"王妃正院的事情向来不好窥探，属下猜测，大约是因为昨日王爷来落梅居用膳之事，让刘侧妃恐慌了，今日早上便找了个由头去难为王妃了，王妃怒了，关了她禁足。"黑衣人道。

"知道了，你下去吧！"秦铮摆摆手，没发表意见，也未做什么吩咐。

谢芳华想着，依照昨日那情形看来，英亲王是想通了什么。刘侧妃和秦浩一直得英亲王宠信，刘侧妃这些年一直引以为傲，在英亲王妃面前也是有几分底气。如今英亲王对秦铮态度转变，那么对谁最不利？自然是秦浩，所以，她坐不住了也是应该。

但刘侧妃能为英亲王诞下庶长子，且平安地在英亲王府这么多年，也不是个没心机的。只是，她这时候怎么会找由头去惹王妃呢？

"你在想什么？"秦铮忽然拿开她脸上的书本。

阳光顿时射在脸上，谢芳华的头忍不住偏了偏，劈手夺回书，重新盖在脸上，对他道："想你娘！"

"我娘吗？"秦铮轻轻一笑，懒洋洋地晒着太阳道，"她就是个妇人！妇人之仁！"

谢芳华隔着书本翻了翻眼皮，对他凉凉地道："若是没有这个妇人，你哪能如此逍遥，想做什么就做什么？妇人之仁又怎么了？至少让你活得好好的，只有你欺负别人的事儿，没让你被谁欺负死了！"

秦铮转回头，拿开自己脸上的书本，斜睨着眼瞅谢芳华："我怎么觉得比起我来，你更喜欢我娘？"

谢芳华忍不住笑："是啊，公子爷，我不喜欢您，就喜欢王妃。"

秦铮伸手勾住她一缕青丝，攥在手里，对她贴过来。

谢芳华猛地打掉他的手，身子向后躲的同时书本掉在地上，她盯着他，警告道："你若是再敢做什么，我就让你的胳膊彻底废掉。你信不信？"

秦铮身子倏地停住，一双眸子盯着她，色泽在那双深潭似的星目中转了转，忽然绽开一抹愉悦的笑意："那日在紫荆苑我对你，还有今日早上我对你……你……是否依旧记忆犹新？"

谢芳华脸色一僵，瞬间泛起红色，须臾，她猛地转开头，要起身进屋。

秦铮一把拽住她，懒洋洋地道："你恼什么？爷不说了还不行吗？"

谢芳华甩他的手，他攥得紧，怎么也甩不开，她只能作罢，对他道："你最好忘记，若是我再听到，或者你再做什么，我就……"

"你就废了我的胳膊，我知道。行了，别说了，赶紧躺下，你挡了我的阳光了。"秦铮轻轻用力，将她拽着躺在软榻上。

谢芳华轻轻哼了一声，顺着他的手被他拽着重新躺在贵妃椅上。

秦铮见她躺下，也重新躺了下来，伸手帮她捡起书本，递给她。

谢芳华接过书本，这回却没盖在脸上，而是放在了一旁，暗暗想着，他若是再动手动脚，她就拿这本书砸死他。

秦铮偏头看了她一眼，见她眉目安静，他嘴角溢出深深的笑意。

林七在小厨房里收拾妥当，探出头看了一眼，又苦着脸缩回脖子。二公子和听音这副样子，让他也不敢出去走动打扰，挣扎半晌，还是留在了小厨房坐在矮凳上发呆。

落梅居梅花阵阵，幽香扑鼻，白青和紫夜可不像林七一般识趣，从窝里跑出来，在院中嬉戏，轻风吹来，阳光洒下，梅树的光影在铺满落梅的地面上斑斑驳驳地晃动。

风拂过谢芳华的脸，阳光似乎也懂得人心，不再那么刺目，她闭着眼睛感受温暖和静谧。

无名山上从来就没有这么明媚的阳光和这样宁静的院落。

忠勇侯府高墙大院，门庭府阁，有一种金砖碧瓦的富贵压抑，也不能有这样的安宁。

“是不是感觉很好？”秦铮沉默半晌，忽然扭头问。

谢芳华轻轻嗯了一声。

“以后我们经常这样出来晒晒。”秦铮道。

“哪里有那么多的闲心！”谢芳华笑了笑。

“闲或忙，端看的是心境。”秦铮瞅着她。

“闲看落花，庭前赏月，也要头顶上有一片蓝天才是。”谢芳华声音有些悠远。

秦铮蓦地轻笑，对她轻吐了一口气，少年声音清越低柔：“若是你乖乖地一直跟我在一起，我就给你头顶上一片蓝天如何？”

谢芳华长长的睫毛动了动，挥手挡住他的视线，心思浮动片刻，摇摇头：“铮二公子给的蓝天太重，小女子人低微，受不住。”

秦铮轻笑转为轻叱，哼了一声，又撇过了头去。

谢芳华睁开眼睛看了他一眼，美人靠不及他身子修长，双脚搭在地面上，侧着脸，闭着眼睛，这样看来，他安静的样子静谧得如一幅画，她心里腹诽一句“祸害”，重新闭上了眼睛。

秦铮虽然没成为那一片蓝天，如今却也是一把大伞，遮住了她。

也许是太过安静，不多时，秦铮睡着了。

谢芳华听着他均匀的呼吸声，意识渐渐飘远，不多时也睡着了。

不知过了多久，直到大门口传来急促的脚步声，才惊醒了二人。

秦铮皱了皱眉，不满地对来人用暗哑的声音道：“喜顺叔，你被狼撵屁股吗？急匆匆的做什么？吵到我睡觉了。”

喜顺跑进落梅居，才发现秦铮和谢芳华在窗下躺着晒太阳，一男一女，一个清俊秀逸，一个柔软雅致，二人似乎睡着了，分外安静，他也惊觉自己这样急匆匆吵到二人了，刚放慢脚步，便听到秦铮训斥，立即歉然地道：“二公子，抱歉了，老奴是走得急了些。这不是有要事儿吗？若不然哪能这么急？”

他做了英亲王府几十年的管家，本身就谨慎小心，尤其是到了落梅居，往常更加十倍小心。但今日实在是情形特殊，也就顾不得了。

“什么事儿？说吧！”秦铮虽然不满，倒没怪罪。

“皇上来咱们府了！”喜顺道。

秦铮一怔，倒没惊慌地坐起身，只是讶异地偏头看向喜顺问：“他来做什么？”

喜顺看着秦铮，想着到底是二公子，自小就不怕皇上，大公子刚刚得到消息，可是急匆匆地就去门口迎驾了。他摇摇头：“皇上是微服出宫来咱们府的，没惊动任何人，王爷和王妃这会儿才得到消息去接驾了，王爷吩咐老奴来知会您一声。”

“知道了，你去吧！”秦铮寻思了一下，无趣地摆摆手。

喜顺一愣：“您不去接驾？”

“接什么？皇叔以前不是也时常来吗？咱们府人多，少我一个接驾的也不算什么。你去吧！”秦铮赶人，“顺便告诉我娘，别让人来落梅居打扰我睡觉。”

喜顺闻言无语。二公子这是告诉王妃他不想见皇上，也不想皇上来落梅居？

“还不快去！”秦铮见喜顺不动，眉梢挑了挑。

喜顺暗暗叹了口气，点点头，匆匆出了落梅居。

秦铮闭上眼睛继续睡。

谢芳华既然醒了，也就睡不着了，身上被太阳烤得暖暖的，软软的，她想着若是再烤下去，没准就化了，懒洋洋地坐起身。

“再睡一会儿！”秦铮伸手按她。

谢芳华打掉他的手，摇头：“不睡了，要睡你自己睡。”

秦铮偏头，不满地道：“你不睡爷自己怎么睡得着？”话落，他也坐起身。

“我觉得皇上若是想来落梅居的话，王妃大约也拦不住吧！”谢芳华看着他有些好笑。

秦铮无趣地轻哼：“他难道要来自讨没趣？”

“他是皇上！”谢芳华道。

“都是你这个女人！要不是你，爷至于躲着他？”秦铮揉揉额头。

谢芳华看着他：“爷，您其实不用躲着他，可以将卖身契给我，放我出府。”

“放你出府做什么？找李沐清去？”秦铮竖起眉头。

谢芳华嗤笑："李公子至少是君子！"

秦铮冷冷地哼一声："君子？你才见他几面？就知道他是君子了？"话落，他站起身，粗鲁地拽起谢芳华，恶声恶气地道："走，爷给你找个地方躲着去！"

谢芳华看着他，皇帝来了落梅居让他扑个空吗？这个王府就这么大，躲哪里去？难道躲出去？倒也不是不行。

"东北角的佛堂后有一座梨花轩，鲜有人去。走，我们去梨花轩。"秦铮道。

谢芳华懒洋洋地道："不怎么想动！"

"难道你等着皇叔来了将你抓个正着？你可不要小看他的眼睛，毒着呢！"秦铮拖了她就走，走了两步，忽然道，"我们就这样去了干坐着也没意思，你采些梅花，我去拿酒和棋盘，我们一边喝酒一边下棋。"

"温酒煮梅，你不是觉得暴殄天物吗？"谢芳华斜眼瞅他。

秦铮笑了一声，看着她浑身暖融融的模样，眉眼弯了弯："这话是爷什么时候说的？怎么就被你记住了？你若是以后都如这句话一般将我的所有话都仔细地记着才是道理。"

谢芳华撇撇嘴，打掉他的手，转身回屋去拿花篮。

秦铮去了落梅居的酒窖。

不多时，谢芳华从屋中拿了一个小花篮出来，站在一株梅树前摘鲜嫩的梅花。

秦铮拿着一大坛足足装了十斤的酒从酒窖里走出来，又进屋拿了棋盘，之后走到谢芳华身边，站在她身后，伸手去够梅枝。

比她高出一头半的俊挺身子如青竹玉树，清冽的气息瞬间将她周身环绕。

谢芳华脑中忽然想起曾经一模一样的某个场景，偏回头去看他。

秦铮伸手将她的脑袋扳正，偌大的酒坛搁在了她的肩上，催促道："看什么？快点儿摘！"

谢芳华没好气地道："你这样我怎么摘？"

"我打扰到你了？"秦铮低头问。

谢芳华哼了一声，还用说吗？他自然是打扰到她了。

秦铮看着她纤细的身子有些许不自然和紧绷，他嘴角勾了勾，绽开一抹笑，声音蓦然压低，几乎凑近她耳边问："我怎么就打扰到你了？你的手不是能够得着梅枝吗？"

"你这样就是打扰到我了。"谢芳华有些微恼怒，伸手推他。

"别动，这一坛酒万金，万一摔了就败家了。"秦铮道。

谢芳华伸手夺过他手中的酒坛，十斤的酒坛在手掌心轻飘飘地立着，不听他的话，将他推后了两步，嘲笑地看着他道："爷还懂得败家两个字？曾经是谁让听言扔了一坛上好的酒？"

“还不是因为你！”秦铮扭开脸，哼了一声，“你是爷的人，爷靠近你躲什么？”

谢芳华翻了个白眼，将花篮塞给他：“我拿着酒，你既然这么愿意摘梅花，自己摘！”

秦铮接过塞到他手里的花篮，伸手恶劣地够了一根花枝，猛地一抖，整条梅枝上的所有梅花都被他抖到了花篮里，他掂了掂花篮，嘟囔了一句“不懂风情”，抬步向落梅居外走去。

谢芳华清楚地听到他嘟囔的是什么话，脸羞愤地红了红，脚尖用力地碾了碾地面，抱着酒坛抬步跟上了他。

在他们身后，一株簇簇花枝上有一根光秃秃的秃枝，地面上有一片被鞋底碾碎的梅花瓣。

秦铮走在前面，谢芳华走在后面，不多时，二人出了落梅居。

大约是因为皇上微服私访来到英亲王府，府中的所有人得到消息都去接驾了。所以，内院此时极为清静，没有人声，也无人迹走动。

秦铮带着谢芳华从落梅居后院的小路穿去佛堂后的梨花轩，一路上没遇到任何人。

一盏茶后，二人轻易地来到了佛堂。

绕过佛堂，便见梨花轩静静地矗立在那里，如一个佛者智者，远远看着轩台，给人以宁静的感觉。

谢芳华这一刻终于明白为何要在佛堂后搭建这个梨花轩了，摆脱喧嚣杂尘，洗涤灵魂。

可是不知道是不是来得太巧了，梨花轩上此时坐着一个人。

谢芳华看着那个人，那人也正向他们的方向看来，清眉秀目的清河崔氏二公子崔意芝。她见崔意芝早已不是一次两次，但每次见他，这个崔二公子都令人印象深刻。

犹记得昨日他在玉女河和谢云继在一起押注，后来她被秦铮拉回府便不知他的去处。

今日他怎么会在梨花轩？

秦铮自然也看到了崔意芝，他清俊的眉目扬了扬，露出狂傲的轻笑：“可是巧了。前夜没喝够，今日可以继续喝。”

“酒鬼！”谢芳华闻言低忿了一句。

秦铮瞟了谢芳华一眼，对她的话没意见，抬步走进梨花轩。

谢芳华跟在他身后，忽然觉得手中十斤的酒坛太轻了，刚才秦铮怎么就没拿二十斤的！

崔意芝坐在梨花轩的高阁内，隔着八角亭台的廊柱向下看。

他来了有一会儿了，这座梨花轩是英亲王府阖府最好的一处赏风景之处，它的好不在于能站得高看得远，观览英亲王府全貌，而是坐在这里，能清晰地看到落梅居。

落梅居高墙阻挡，院中株株梅树林立，满院梅花，即便梨花轩高阁位置好，能看到落梅居全景，但也是只观其外，看不到其内的乾坤。让人能窥视，却又窥视不到全部，只不过是冰山一角。

但这对于有些人来说，已经足够来此坐一遭。

清河崔氏世家名门，清贵遗风，但到底不及皇亲宗室富贵门庭。

落梅居的落梅曾经是长在清河崔氏的。

英亲王妃有多爱自己的儿子天下皆知。

虽然他娘也爱他，但她更爱的则是清河崔氏那一份产业。

秦铮和谢芳华一前一后出了落梅居时，崔意芝便看到了二人，从高阁上看来，一个少年，一个少女，一个清俊，一个柔婉，他们从落梅居走出后，整个落梅居成了他们的背景，他们似乎从不沾染尘世污浊的梅园走出。

英亲王府的所有人都前去接驾了，偏偏他们二人来梨花轩温酒煮梅。可真是有意思！看着二人，他轻轻地笑了笑。

秦铮和谢芳华一前一后踩着台阶上了梨花轩。

轩阁高台上，崔意芝见二人上来，笑着起身，看着秦铮，温和地喊了一声“表兄”，然后越过他看向他身后，目光轻轻流转，称呼了一句“听音姑娘”。

秦铮挑了挑眉，将花篮放在古木桌子上，随意地看向落梅居方向，似笑非笑地道：“二表弟在这里赏风景，可巧地赏到了我的落梅居，如何？可看出几分意味？”

崔意芝被秦铮点破心思，也不觉得困窘难堪，自然地笑道：“想去观赏表兄的落梅居，但知道表兄喜静，不好去打扰惹表兄厌烦，听说这里风景最好，便过来了。不想表兄和听音姑娘这么巧也来了这里。真是幸会！”

秦铮收回视线，看着他没说话。

崔意芝又笑了笑：“落梅纷纷，看不到内苑，若是表兄不嫌弃我吵闹，不如稍后邀请表弟去你落梅居小住如何？反正以前大哥也在你的落梅居住了多年。表弟也能仔细地体味一番表兄名扬四海的落梅居。”

“你大哥不是什么崔府公子，他在我落梅居多年，是我的书童，可以给我端茶倒水，跑腿扫院落，劈柴烧火，这样的事情你能做？”秦铮斜眼看着崔意芝。

“不止是我大哥，我听说连表兄都能下厨做活计，我也能做得来。”崔意芝笑着回道。

秦铮勾了勾唇，痛快地点头：“好，既然你这么喜欢我的落梅居，便去住吧！”

崔意芝没想到秦铮这么痛快地让他去住，微微一怔。在他的认知里，秦铮从来不喜别人去他的院落，但凡英亲王府来客，无论是谁，一律是住英亲王府的客院。他只不过是顺着他的话说了一句去住，不承想他竟然答应了住。

“怎么？不相信？或者是没想到我真答应你，你却胆怯不敢去了？”秦铮扬眉。

“哪里。表兄能如此给面子，表弟就却之不恭了。稍后一定搬进去打扰表兄些时日。”崔意芝心思转动片刻，面色恢复如常，自然地摇头，应下了秦铮的好意。

秦铮一撩衣摆，坐在了古木椅子上，同时将棋盘放在了桌案上。

崔意芝看着他，又看了一眼棋盘，眸光轻轻瞟向谢芳华，见她已经将酒坛放在地上，转身去拿干柴似乎要点火炉，他笑了笑：“表兄的听音姑娘真是特别！我昨日在玉女河看到她时就觉得面善，如今才想起来她到底在哪里见过了！”

秦铮挑眉，嗯了一声。

“几日前，右相府的李沐清公子带了一个女子归京，我和孙太医有目共睹，那女子身段姿容有几分像听音姑娘。”崔意芝道。

秦铮漫不经心地问：“是吗？李沐清身边何时有一个和我的婢女很像的姑娘了？改日将他叫出来问问。”

崔意芝见秦铮面不改色，又见谢芳华仿佛没听见他的话一般，径直做着事情，他笑了笑：“大约是我看错了，只不过是相像而已。同住在京城，英亲王府和右相府也不是很远，若是李公子身边有这样一位和听音姑娘相似的姑娘，表兄也该知道且认识才是。”

秦铮嗯一声：“不错！”

崔意芝转了话题：“表兄和听音姑娘来这里下棋？”

“温酒煮梅，同时下棋！”秦铮道。

“我看听音姑娘正忙着生火炉，这温酒煮梅怕是还需要等些时候，不如就让表弟先陪表兄下一盘如何？”崔意芝笑问。

“好啊！”秦铮懒洋洋地点头。

崔意芝见他答应，伸手拿过棋盘展开。

谢芳华用火石点燃干柴，火炉升起来后，她回头瞅了一眼，见二人对坐着下起棋来。对于崔意芝不抱希望地玩笑要住进落梅居，秦铮竟然答应了下来，她也是意外的。崔意芝此时正巧看过来，对上了谢芳华的目光。

谢芳华清清淡淡地对他点了点头，转头去将整个酒坛拧开塞子放在了火炉上。

“听音姑娘，你确定不用酒壶，这样直接放在火炉上温酒坛不会炸裂？”崔意芝扫了一眼她放在火炉上的酒坛询问。

“崔二公子恐怕十指从未沾过阳春水，塞子拧开，酒坛是瓷器，火炉的火不大，里面温度不升太高的话，不会炸裂。”谢芳华淡声道。

“受教！”崔意芝笑了笑，收回视线。

秦铮看了崔意芝一眼，在棋盘上落下一颗棋子没说话。

崔意芝也不再说话，拿了一颗棋子落在棋盘上，和秦铮对弈起来。

谢芳华摆正酒坛，将秦铮摘的花篮拿起来，拣了两捧干净的落梅，放入了酒坛里。

她做好一切，走到二人身边的椅子上坐了下来，看着二人对弈。

秦铮偏头瞅了谢芳华一眼，将她被风吹起的一缕青丝随意地伸手给她拢到了耳后。

大约是因为动作太自然，让崔意芝忍不住扭头看了一眼，眸光在二人脸上搜寻了一圈，见谢芳华脸色平静寻常，没有别的婢女被人宠着的娇俏和欢喜，他收回视线笑了笑。

不多时，火炉上酒香融合着梅香飘了出来。

“来人，去拿三个酒盏！”秦铮对外面吩咐。

一人应声。

崔意芝笑问：“三个酒盏？听音姑娘也喝酒？”

“怕是你的量比不过！”秦铮道。

崔意芝笑笑：“我一直很好奇，据传言表兄是从钱家班子的小凤祥手里要了听音姑娘，不知为何表兄当时就看上了听音姑娘，不顾身份要到身边了呢？我想不止我好奇，外面的人都是一样好奇的。”

秦铮拿着棋子在手指尖转了一圈，闻言随意地道：“那日喝醉了。”

崔意芝扬眉：“表兄是喝醉了就随便将人领入落梅居的人吗？”

秦铮忽然抬头盯着他：“你想知道什么？”

崔意芝收敛起眸光，笑着摇摇头：“不想知道什么，好奇而已，随便问问。”

秦铮不再看他，将手中的棋子落下，对一旁的谢芳华道：“来，你告诉他，解除他的好奇心。我为何要了你？”

“公子爷说他喜欢我。”谢芳华一板一眼地道。

崔意芝眸光微闪，笑道：“听音姑娘理解喜欢这个词的意义吗？我看你的表情，竟是不太懂得。”

谢芳华淡淡道：“是不太懂，但那不是我的事儿不是吗？是我家公子爷的事儿。”

崔意芝哑然失笑：“不错！”话落，他对谢芳华忍俊不禁地道：“听音姑娘果然有意思，和寻常婢女不同，怪不得入了表兄的眼。”

“她入你的眼吗？”秦铮忽然盯着他问。

崔意芝一愣，随即从谢芳华身上收回视线，对秦铮摇摇头，笑道：“不敢！”

“你最好不敢！”秦铮声音不高不低地说了一句。

崔意芝品味这句话，片刻后，笑得温和：“表兄，你猜，这一局棋是你赢还是我赢？”

“自然是我。”秦铮道。

“可是你心不在焉。”崔意芝看着他。

“那也能赢你。”秦铮转着棋子，随意地在手中把玩。

崔意芝笑着落下一颗棋子，转了话音道：“以表兄之能可知道前去清河崔氏救了舍弟的两位老者是何来历？”

“你打听他们做什么？”秦铮面无表情地问。

崔意芝摇摇头：“不做什么，只不过是皇上一定会召见我就是了。前日因为皇后，皇上不曾召见我，昨日因为迎春日，皇上也不曾召见我，今日皇上来了英亲王府，我想稍后不久，该会有人来宣我去见驾，我总要想好说什么！”

秦铮眉目寡淡：“清河崔氏何时想要蹚京城的浑水了？是你的主意还是清河崔氏族长的主意？”

“别管是谁的主意，清河崔氏如今面对的就是个十字路口。我娘亲出身于吕氏，是皇上母族亲缘，我弟弟的病皇上派了英亲王府的大公子和八皇子前去探望，我弟弟不过是个小儿，却是得皇上如此关爱，为的什么？表兄聪明，不会不明白。”崔意芝道，“清河崔氏怕是不想要蹚京城的这浑水都不行。”

“你算是看得透的！所以就来京城了？”秦铮扬眉。

崔意芝颔首：“不来不行，十字路口摆在眼前，总要有人带头走，选一条路。”

“那么你想好选哪条了吗？”秦铮慢悠悠地落子，随意地问。

崔意芝看着秦铮，见他清俊的面色近乎孤傲无情，他开口询问：“表兄在春年除夕之日灵雀台逼娶忠勇侯府的小姐迫得皇上下旨赐婚，这么说表兄是选了忠勇侯府了？”

秦铮嗤笑：“我要娶忠勇侯府的小姐就选忠勇侯府？谁给你的道理？”

“难道表兄是将忠勇侯府小姐摘出到英亲王府来，脱离忠勇侯府？忠勇侯府的小姐就会同意吗？”崔意芝有意无意地道，“我可是听说了，忠勇侯府的小姐虽然大病，可不是个柔弱的。她对忠勇侯府有守护之心。”

秦铮扬唇：“听谢云继说的？”

崔意芝笑着颔首：“谢云继与我有几年的交情，说了些忠勇侯府小姐的事儿。”话落，他补充道：“当然也说了表兄您。”

“说我什么！”秦铮漫不经心地问。

“说您下手太快！右相府的李公子没娶到，另外，还有别人想娶，说您可得看好了。”崔意芝笑看着秦铮，打趣道，“我听说漠北的四皇子有意联姻忠勇侯府，可惜被表兄你捷足先登了。”

秦铮眯了眯眼睛：“这也是谢云继说的？”

崔意芝摇摇头，怡然道：“也不全是，表兄知道，天下没有不透风的墙，有些事情只要做出来，被人察觉丝毫，就不是秘密了。清河崔氏能屹立多年不倒，也有它的暗桩和过人之处，就是各房消息的来源都及时可靠。”

秦铮轻轻哼了一声：“秦钰他做梦！爷若是想让他一辈子待在漠北呢？”

“表兄连纵火烧宫闱诬陷四皇子的事情都能做得出来，若是想拦阻他一辈子待在漠北，也是做得出的。”崔意芝凑近他低声道。

秦铮眸光缩了缩，看着崔意芝道：“看来你的确是知道得不少。”

“正巧知道了些该知道的事儿。”崔意芝道。

秦铮不置可否。

崔意芝见秦铮不再说话，他也看着棋盘不再说话。

谢芳华坐在二人身边，清清楚楚地听到了二人的对话，若说早先那些话各打机关，让她觉得理所当然的话，那么关于秦钰纵火烧宫闱原来是秦铮背后出手诬陷的事情就令她意外了。她根本就没想到竟然是秦铮诬陷秦钰。半年前诬陷秦钰，他是为何？

若说他站队吧，如今的三皇子、五皇子和他没有任何交往，也不见交好，更不见私底下有任何通信和联系。显然他不曾站队哪一位皇子。

若说他不站队吧，但是偏偏算是直接地帮了其他皇子将秦钰赶出宫了，受益人自然是三皇子和五皇子了。

秦铮当初抱的是个什么心思？

连崔意芝都知道，那么皇后可知道？

“听音姑娘是不是疑惑我为何知道？这件事情的确很隐秘，若非王妃姑姑出身在清河崔氏，当日表兄动用了崔氏的一根死桩，我也不会知道。另外，这件事情除了清河崔氏掌管了嫡系一脉暗桩的我来说，怕是无人知晓了，就算连皇上皇后恐怕也不知晓是表兄私下做的，毕竟当时皇上还有几位大臣亲眼看到四皇子纵火，无别人在场，表兄更是不在场，谁也牵连不到。”崔意芝看向沉思的谢芳华。

谢芳华想着从那日和李沐清一起去清河崔氏，她虽然没见到崔意芝，但听到了他的说话声，前后行事，也知道他是个人物。能透过她一个思索的眼神便了然她的想法也不奇怪，毕竟刚刚她不曾遮掩好奇。

秦铮忽然偏过头，对谢芳华笑了笑：“秦钰若是一直在京中待着，妨碍爷娶媳妇儿，所以，不如就索性赶了他滚出京城去。”

谢芳华愣了一下，看着秦铮，他在给她解释？就因为这么个小原因就算计秦钰？

“不过若非他愿意滚出京城配合我的话，也不至于让我轻易得手。”秦铮冷笑一声，伸手环住了谢芳华的腰，将她轻轻一带，抱进了怀里，将下巴搁在她的肩膀上，声音低浅柔和地道，“漠北边境有守军三十万，武卫将军是忠勇侯府的娘舅，你说，他有心要江山的话，怎么能不去拿兵权？”话落，他面无表情地道：“他拿兵权，我要女人，各取所需。”

谢芳华忽然恍然，哥哥说秦钰和秦铮都是难缠的角色，她虽然相信哥哥的话，但也有疑惑，既然难缠，为何还轻易地喝醉酒火烧宫闱？原来是被秦铮算计，且被算计的同时也是自己顺水推舟了。

两个难缠的角色相斗，而双方又各取所需？

秦铮的需是她？忠勇侯府的谢芳华？为何？

秦钰的需是漠北的三十万兵权？既然如此，那么为何前不久又请求舅舅传信要娶她呢？

她想得入神，一时间没有推开秦铮。

崔意芝见此怔了怔，片刻后无奈地对秦铮道：“表兄，你们二人如此，让兄弟这个孤家寡人还如何下棋？”

“不想下你可以滚！”秦铮不看他，随意地道。

崔意芝一噎，顿时住了口。

谢芳华醒过神，推开秦铮，从他怀里出来，同时狠狠地瞪了他一眼。

秦铮摊摊手，笑得赖皮：“忘了你的警告了，情不自禁，下不为例。”

谢芳华轻哼了一声。

“公子，三个酒盏取来了！”一个黑衣人出现在梨花轩外。

“扔进来！”秦铮吩咐。

黑衣人应声，三个酒盏甩手扔上了梨花轩，手法奇快，只看到三道清亮的弧线，转眼间便轻巧地落在了梨花轩的古木桌子上。

“好功夫！”崔意芝赞扬了一声。

那黑衣人看了崔意芝一眼，悄无声息地退了下去。

“去将酒坛拿来！”秦铮笑看着谢芳华，语气松软。

谢芳华瞥了他一眼，走到火炉前将那一坛酒搬到了桌子上，酒香梅香扑鼻。

“万金一坛的凤竹青，好酒！”崔意芝轻轻嗅了一口气，看着秦铮道，“表兄果然会享受，美酒、美人，天作之福！”

秦铮伸手搬过酒坛，轻轻让酒坛倾斜，坛中酒顺着坛口倾泻而出，转眼间，三个酒盏酒满，他放下酒坛，捻起一颗棋子落在棋盘上，对崔意芝道：“你输了，赏你一杯酒，滚吧！”

崔意芝一怔，低头看向棋盘，须臾，他脸色变幻一番，失笑道：“果然是输了，表兄棋高一着，意芝佩服。”话落，他端起酒盏品了一口，酒水入口甘醇清冽，满口酒香，他道：“这么一坛酒就给一杯喝是不是太少了？表兄这般小气？”

“本来想让你喝个够，但是我发现你的话太多了，难道让你喝醉了跑去皇叔那里满口胡言？”秦铮轻斥一声，“趁着他还没派人找来，你赶紧滚去吧！”话落，补充道：“记得该说的说，不该说的给我闭紧了嘴巴！”

“也罢！反正我要住去你的落梅居，讨酒喝的时日长着呢！”崔意芝将杯中酒一饮而尽，站起身，再不逗留，离开了梨花轩。

谢芳华看着崔意芝离开，想着这个清河崔氏的二公子见到皇上后，会被如何安置。

清河崔氏是世家大族之首，清河崔氏的二公子的母族又是吕氏，皇上的母族也是吕氏。这等与皇权牵扯甚深的人物，用得好便是一把伤别人的利剑，用不好便是一把伤自己的利剑。

不知道谢云继都与他说了什么，是怎么说的。

而秦铮对崔意芝又打着怎样的主意？她如今竟有些看不透了！

“看什么呢？他有爷好看吗？过来！”秦铮一把拽过谢芳华，见她转回头又要瞪眼，对她指了指对面的棋盘，“你看看他的棋，是不是死棋？这样一盘棋，你有本事救活吗？”

谢芳华注意力顿时被转移到了棋盘上，坐到了崔意芝刚才坐的位置上看棋盘。

崔意芝的白子被秦铮的黑子围困，水泄不通，这样的一盘棋和那日秦铮逼迫她下的那一盘棋有很大的相似之处，但也有不同之处。

那日的棋是一局置之死地而后生的棋，而这一盘棋的确是一局死棋！

崔意芝的棋路从棋风上看并不像是钻牛角尖之人，可是偏偏每步走的都是死角，生生将自己困在了死门。

而秦铮的棋路和那日与她下的棋路棋风也大为不同，剑走偏锋，似乎要的不是死局，而是大开大合之局，且还能困死人。

“怎样？可有办法救活他？”秦铮勾唇笑看着谢芳华。

谢芳华脸色沉静地摇摇头：“不能！”

“如今你可是认输了？”秦铮挑眉。

谢芳华嗔他：“这一局棋又不是我下的，凭什么是我认输？刚刚崔意芝不是已经认输了吗？”

“可是崔意芝……他不是你看重的吗？”秦铮悠然地道，“他输难道不是你输？”

谢芳华心思一动。她是谢芳华才看重崔意芝，她不是谢芳华又为何要看重崔意芝？她忽然笑了笑，一手挥散了棋盘，将酒盏端起，轻轻抿了一口，不看秦铮，盯着酒盏中被梅花染成微红的酒液道：“我看重的人多了，难道谁输都是我输吗？”

秦铮眨眨眼睛：“你看重的人若是爷，便不会输了！”

谢芳华忽然笑了：“爷，您地位太尊贵了，奴婢不敢看重您！怕死无葬身之地。”

秦铮脸蓦地沉了下来，恼怒地搬过酒坛，对她道：“就给你一杯，这些酒再不给你喝了。爷对你的好你从来不屑一顾，不敢看重，你可真有出息！好酒喂了你肚子，还不如去喂落梅居的那两只小东西。”话落，他抱着酒坛转身出了梨花轩。

没招呼谢芳华跟着一起走，他脚步重重地踩着地面，显然分外气恼。

谢芳华看着秦铮拎着酒坛远去，少年风姿秀逸，清俊张扬，衣袂如风，多少洒意风流尽在他身上，她眸光深了深，收回视线，握着酒盏，看着酒盏中的酒，许久不动。

清风吹来，梨花轩有着挥不去的酒香梅香。

半个时辰后，林七匆匆跑来梨花轩，看到谢芳华懒洋洋地坐在古木桌前支着额头晒太阳，他哎呦了一声，说道：“姑奶奶，您怎么还在这里，快回咱们落梅居吧！您再不回去，白青和紫夜就快被二公子给玩死了。”

“他怎么了？”谢芳华看向林七。

“二公子不知道怎么了，独自一人提了一坛酒回了落梅居，抓住白青和紫夜就往那两个小东西的肚子里灌酒，如今将那两个小东西都给灌吐了，他还不依不饶。小的实在看不过去了，大着胆子过来找您了。”林七苦着脸道。

“他可真是……”谢芳华站起身，有些恼怒。拿畜生发什么脾气？有本事他灌自己啊！

“快走吧！再晚点儿，我怕那两个小东西真会被他灌死了。”林七着急地道。

谢芳华点点头，出了梨花轩。

二人一前一后穿着小路往落梅居走，在一处岔路口，看到一群人正向落梅居方向而去，当前一人虽然没穿明黄龙袍，但周身的气势也让谢芳华一眼就认出是高坐在龙庭上的九五之尊。

皇上果然找去了落梅居。

谢芳华停住脚步，一把拽住林七，低声道：“别回去了，皇上去了落梅居。”

林七一惊，刚要惊呼出声，被谢芳华一把捂住了嘴，他呆了呆，一口气憋在了心口，好半晌才喘过气了，拿开谢芳华的手，低声道：“皇上去落梅居了，怎么办？会不会去找二公子的麻烦？”

谢芳华摇头：“找麻烦也不会是大麻烦，你没见到英亲王和英亲王妃跟着吗？”

林七放下心来，偷偷看了谢芳华一眼，见她脸色端凝，他悄声道：“小人刚才在您和二公子去梨花轩时去外面打听清楚了，皇上今日早上召见了岭南来的第六艘画舫，然后听说王妃要看第六艘画舫表演，就亲自带着人送过来了。”

谢芳华点点头，当今皇上对英亲王妃甚是恩宠礼遇，也不是没有缘由的。

林七看着她：“依小人看啊，皇上此次来英亲王府，且找去落梅居，怕还是因为您。”

第十八章

摆脱

谢芳华垂下眼睫，皇帝能坐稳江山，当初英亲王府功不可没。就算如今江山稳固了，他也不想谢氏坐大有朝一日威胁皇权，卧榻之侧岂容他人鼾睡？如此就还要依靠英亲王府这棵大树。既然如此，作为英亲王和英亲王妃嫡子的秦铮就至关重要了，他身边被宠到极致如此护着的婢女，也就更让他注意了。

不过这样也好，至少转移了忠勇侯府的注意力，可以让她更加速地做很多事情。

“我看皇上今晚怕是要在英亲王府用膳，就算回宫，也要很晚。我既然不能见皇上，也不能干躲着，我出府一趟。稍后秦铮问起，你就告诉他，我出府了。晚上皇上走后我再回来。”谢芳华寻思片刻，对林七道。

林七顿时惊吓不已，一把拽住谢芳华的胳膊：“听音姑娘，求您了，您可别再走了，您上次离开，小人险些被扒了一层皮。”

“这次不会的！”谢芳华摇头，“公子爷正在气头上，恨不得我滚得远远的。我不去他面前碍眼，他求之不得。”

“真的？”林七疑惑地看着谢芳华。

“真的！”谢芳华点头。

林七皱眉，拉锯片刻，也觉得今日二公子似乎是极怒，发了很大脾气，白青和紫夜都遭殃了。他点点头：“那好吧！二公子若是这回再要扒我的皮，下次我就再不敢放您出去了。”

“嗯！”谢芳华笑了笑，转身从别的小道向后门口走去。

林七蹲下身，自己也不敢回去了，蹲在地上数蚂蚁。

谢芳华不多时便来到后门口，因为皇上来了英亲王府，很多人为了目睹天子丰仪，都跑去前院了，后门口有些空洞，谢芳华轻而易举地便出了英亲王府的后门。

英亲王府的后街颇为安静。

谢芳华目测了一下方位，不像往日一般向忠勇侯府走去，而是走向京城最有名的翠红楼。

她转过了街道一角，便发现了身后有人跟随，且不是一个。她顿时警醒起来，皇上微服出宫，怎么能不带皇室隐卫？皇室隐卫就算不监视英亲王府的内院，又岂能不监视外围？她垂下眼睫，若是数日前她不曾受内伤，对付这三五个人不算什么，可是偏偏她为了救崔意端受了内伤，想要轻易甩开皇室隐卫可不容易了。

翠红楼是不能去了！

忠勇侯府自然也不能回！

谢云继那里自然也不能去！

但是又不能留在这里坐以待毙，若是让后面的人知道她已经发现有人跟随，那么恐怕会立即上前来将她抓住带走严刑盘问。天下人谁都会顾忌秦铮不敢对她动手，但是皇上却不会！

心念电转，她在街道的尽头看到了谢茵的马车，忽然一笑，向着那辆马车走去。

不多时，便来到那辆马车前，轻巧地在马车走着的同时跳上了马车。

车内不止坐着谢茵，也坐着范阳卢氏的女儿卢雪妍。

二人正说着话，不想突然一个人跳上车，谢茵惊呼一声，刚要喊人，卢雪妍却看清了进来的人是秦铮身边的听音，立即捂住了谢茵的嘴。

谢茵要出口的话被堵住，不解地看着卢雪妍。

卢雪妍对她笑笑："这位是铮二公子身边的听音姑娘，茵妹妹别怕！"

谢茵没见过谢芳华，此时一听，立马不喊叫了，仔细打量谢芳华，对她好奇道："你就是铮二公子收的那个婢女？"

谢芳华点点头。

"你怎么上了我们的马车？"谢茵问。

谢芳华垂下眼睫，低声道："皇上去了英亲王府了，我不想做铮二公子的妾，不想被皇上指婚，就偷偷溜出来了，但是不知道躲去哪里，看到茵小姐的马车，就上来了。"

谢茵闻言顿时睁大眼睛："你为何不想做铮二公子的妾？你是一个婢女，能得皇上亲口指给铮二公子的话，怎么也是个贵妾，能上皇室玉牒的。你脑子没有病吧？这等好事儿不要？"

谢芳华抬起头看着谢茵，柔柔地笑道："做贵妾有做妻好吗？我为何要贵妾不要妻子？”

谢茵闻言顿时呆住。

连卢雪妍听到谢芳华的话也呆了。

一个婢女连贵妾也不想做，竟想做妻，这不是异想天开吗？

这让她们觉得实在是可笑！

可是谢芳华偏偏一副认真的神色，让人笑也笑不出来，只觉得荒谬，可同时还觉得好有勇气，敢躲避皇上，敢做英亲王府嫡出公子爷的妻子。若是寻常婢女，连想也不敢想的。

但若是没这份胆识，恐怕也不会被秦铮看上收在身边了！

二人惊诧的同时，又对她敬佩了几分！想嘲笑打击的话到底是消散于无形。

“听音妹妹好胆识！”卢雪妍沉默片刻，笑看着谢芳华道。

谢芳华想着范阳卢氏的女儿到底不同，被教养得八面玲珑，这转眼之间她就成为她的听音妹妹了，她笑了笑，没说话。

“你可真是好样啊！谢芳华能让铮二公子费心求娶我本来就不忿，凭什么她一副病秧子还高高在上，不就是命好些出身好些吗？还有什么？大病多年藏着掖着不敢出府。你是婢女怎么了？就将铮二公子抢到手，去做英亲王府的未来主母，让谢芳华看看，她那个高高在上的嫡出小姐如何被一个婢女踩在脚底下。”谢茵提起谢芳华，恨恨地鼓励听音夺位。

谢芳华闻言笑了笑：“茵小姐说得对，铮二公子那么好，我既然能近水楼台先得了月，就不想放手了，怎么也要搏一搏。忠勇侯府的小姐病不好也就罢了，若是她真病好了，我也要让她吃不了兜着走。”

谢茵闻言大喜，一把拽住谢芳华的手，如遇见了知音一般，似乎又找到了共同的敌人，笑着道：“我帮你！”

“谢谢茵小姐！”谢芳华回握谢茵的手，微微用力，笑着道谢。

“还有妍姐姐，她和我一见如故，分外谈得来，你若是有什么需要，她也能帮你。”谢茵看向卢雪妍，“是吧？妍姐姐？”

卢雪妍总觉得谢芳华身上有一种与众不同的气息，似曾相识，但到底她又说不出来那种气息是什么，见谢茵高兴，便顺着她点头：“不错，我和茵妹妹一见如故，合得来，听音妹妹不以身份低微看低自己，志向远大，是我等姐妹中的翘楚，当是敬佩。若是听音妹妹不嫌弃，有需要的地方，我自然也会鼎力相助。”

谢芳华笑着道谢：“那就多谢两位姐姐了！”话落，她悄悄道：“如今外面有二公子的人跟着我，可是我不想让人跟着，就是想让他找不到我着急，不知道两位姐姐可有办法让我摆脱跟随的人？”

二人闻言一怔，铮二公子竟然派了人跟在她身后？

看起来铮二公子的确是极其重视听音这个婢女了！

卢雪妍想起在玉女河畔下赌注时，她一个婢女就胆子大地做主下了十暗注，而铮二公子不但不怪罪又加了十暗注。尤其还骑马载着她招摇过市，真是宠到极致，她一时沉思没开口。

谢茵却没有那么多的想法，只要是能对付谢芳华，她都觉得大有可为。于是，她兴奋地道："这个好办，你跟我去我们家，我虽然没本事藏不了你，但是我哥哥能帮你。"

"你哪个哥哥？"谢芳华心思一动。

"我二哥，谢林溪啊！他可厉害了！"谢茵看着谢芳华，"你应该知道他的名声吧？"

谢芳华在唇边品味了这个名字一番，笑着点点头："林溪公子？我自然知道。那就劳烦茵姐姐寻求他相助我了。"

"没问题！"谢茵痛快地点头，同时对外面催促车夫："快点儿赶车回府！"

车夫闻言立即挥鞭，马车加快了一倍的速度跑了起来。

"你竟然跟铮二公子玩捉迷藏，你可真有意思！"谢茵对着谢芳华笑着打趣。

谢芳华垂下头，面上染上一抹粉红："他宠我，就吃这一套。"

"也就是你吧！这么多年了，除却那个谢芳华，南秦京城你可是独一份能到铮二公子身边的女子。只说从前，卢雪莹疯了似的喜欢他，围追堵截，处处追随，几乎哪里有铮二公子，哪里就有卢雪莹了。可惜，到头来不但没得到他，反而还惹恼了他。哦，我竟忘了，铮二公子对卢雪莹大怒是因为你呢！"谢茵道。

谢芳华低声道："当初我刚到铮二公子身边不几日，不熟悉京中情形，不知怎么惹了卢小姐。正巧铮二公子在，为了护我，也就怒了。我算是得罪了卢小姐。"话落，她歉然地看了卢雪妍一眼。

"你看妍姐姐做什么？她和卢雪莹不一样，卢雪莹是左相的女儿，而她是范阳卢氏的女儿，虽然左相府和范阳卢氏牵连甚深，同是卢氏，但卢雪莹因为出身在相府，自诩高高在上，不怎么与堂姐妹亲近。所以，论私情来说，虽然因你而起，但责任全在铮二公子，与你无关，妍姐姐不会怪你的。"谢茵话落，问卢雪妍："是吧妍姐姐？"

"茵妹妹说得没错！是这样的。当初的事情我也听说了，的确是她对你找碴在先，才惹怒了铮二公子冲冠一怒为红颜了。"卢雪妍笑着道，"这件事情传扬开的时候，很多茶馆酒肆都当作一件风月韵事儿在谈论呢！"

谢芳华不好意思地笑笑。

“你可真是有福气，能被铮二公子看重。不过我看你确实也有不同寻常之处。比我们这些千金小姐还像千金小姐。只可惜是婢女出身。”谢茵看着谢芳华，感慨道。

“听说听音妹妹是个无父无母的孤儿？”卢雪妍询问。

谢芳华点点头。

“就算是孤儿，应该也有出身之地，听音妹妹和我二人熟悉了，不知可方便告知？”卢雪妍又道。

谢芳华看着卢雪妍，认真地道：“不是我不告诉两位小姐，实在是我对以前没有多少记忆，只记得是由一个道士抚养长大的，后来道士仙逝后，我就被人骗去了暗室倒卖，几经周折，到了钱家班子，后来又被铮二公子要到了身边。”

“怪不得你身上有一种脱俗的灵气呢！原来是被道士抚养长大的。”谢茵信了。

卢雪妍点点头，轻声道：“上天不会让一个受过许多苦的人不幸福，也不会让一个人一辈子不受苦。所以，听音妹妹如今遇到铮二公子可真是苦尽甘来了。以后会更好的。”

谢芳华点点头：“我若是能嫁给他，自然是最好的。”

“有我们帮你，一定会的！”谢茵打定主意，誓死不让谢芳华得逞。

谢芳华沉默地看着谢茵。她和谢茵自小不曾见过面，第一次见面就是宫宴那日，她无论如何都不明白谢茵对她为何有如此大的恨意，恨不得帮别人拆散她的姻缘。若说出身也是错的话，那么她对谢氏大房的家教实在不敢恭维。

同样姓谢，同样是谢氏旁支的女儿，看看谢伊，再看看谢茵，截然相反的两种脾性。敏夫人和明夫人的家教真是一个天上地下。

“小姐，到了！”车夫来到一处府邸门前，勒住马缰，对车内恭敬地道。

“到了！走，你跟我下车！”谢茵伸手拽住谢芳华。

谢芳华任由她拉住手，点点头。

谢茵伸手挑开车帘，拉着谢芳华跳下车，然后回头对卢雪妍招呼：“妍姐姐，下车啊！你来过我们家两次，早已经熟悉了吧？不用我引路了！”

卢雪妍笑着摇摇头：“自然熟悉了，不用了。”话落，她提着裙摆端庄地下了车。

谢茵拉着谢芳华往府里走。

卢雪妍微笑着跟在二人身后。

谢芳华明显地感觉后面跟随的人一直跟到了谢氏大房的院落，她浅浅微笑，当作不知。

进了府内，一位老管家迎了出来，欢喜地道：“小姐您回府了？”话落，他又恭敬地招呼：“雪妍小姐好！”话落，又看着谢芳华问：“这位姑娘是……”

“她是铮二公子身边的听音姑娘！”谢茵随意地说道。

老管家一惊，仔细地打量了谢芳华一遍，不知道谢茵怎么就将这位流传得街头巷尾都知道的铮二公子的婢女带进府了，连忙道："听音姑娘好！"

"管家伯伯好！"谢芳华客气地称呼了一声。

老管家连忙道了句："老奴不敢当。"之后对谢茵悄声道："荥阳郑氏来客人了，茵小姐，您还不知道吧？大夫人刚刚就吩咐老奴派人出去找您，不想您回来了。"

"荥阳郑氏？姐夫家的人？"谢茵一喜。

"是啊，大小姐的婚期不是定在三月吗？如今已经正月了，荥阳郑氏的人来拜年，准姑爷一起来了。如今就在内苑。"老管家道。

"哎呀，我还没见过姐夫！"谢茵有些心痒，想要前去，但又觉得丢开卢雪妍和谢芳华不太好，有些犹豫不知道如何处置。

"小姐，您先请两位姑娘去翠庭轩坐坐，您先去见过荥阳郑氏的人，然后再陪两位姑娘。既然您知道郑氏来人了，总不能不露面。"老管家给谢茵出主意。

"是啊，茵妹妹，既然府中来了客人，你就赶紧去见客，不用理会我和听音妹妹。就如管家所说，我们去翠庭轩坐坐，等着就好。"卢雪妍道。

"不错！茵小姐去忙吧！"谢芳华也开口。

关于谢氏大房的大小姐与荥阳郑氏嫡长子的婚约之事她知晓。因敏夫人出身赵郡李氏，英亲王妃的表弟娶了赵郡李氏的嫡女，又因清河崔氏二老爷结发嫡妻，也就是听言的娘出身荥阳郑氏，英亲王妃和死去的嫂嫂交好，抚养了听言。所以，基于这多层关系，为了和英亲王妃更亲近一层，把上这棵大树，有些没落的荥阳郑氏入了敏夫人的眼，将她的大女儿许给了荥阳郑氏的嫡长子。

谢氏大房虽然是旁支，但也是一棵硕大的旁支，加之敏夫人有夺爵位的野心，以及皇上的忌惮和对忠勇侯府的小心，难保为了除去忠勇侯府而动手扶持谢氏大房分离谢氏。所以，荥阳郑氏的嫡出一脉也觉得有利可图，两方结亲异常顺利地定下了。

这也是应了各有所图。

"我二哥呢？他在哪里？"谢茵看着谢芳华，想起答应她的事儿，她觉得郑氏的人虽然重要，但是打击谢芳华更重要，先帮她摆脱铮二公子跟着的人再说。

"二公子如今也在见客，就在内苑。"老管家道。

"这样啊，听音妹妹，你和妍姐姐去翠庭轩，稍后我带着二哥去找你们。"谢茵对谢芳华和卢雪妍说完，不等二人开口，便对老管家道："你带着她们去翠庭轩，好好招待，不要怠慢了。"

"小姐放心！"老管家点头。

谢茵不再逗留，匆匆向内苑跑去。

"两位姑娘，请随老奴来吧！"老管家对二人一拱手，做了个请字。

谢芳华和卢雪妍点点头。

老管家带路，领着二人向后院的翠庭轩走去。

谢氏大房的门庭院落也分外华美阔气，但是比起忠勇侯府来，到底是差远了。

谢芳华上一世来过谢氏大房，对谢氏大房的院落熟悉几分，如今故地重来，心境到底是不一样了。尤其这一次是作为谢茵的客人避难而来。

一路上遇到几名婢女小厮，都好奇地对谢芳华打量。

绕过了数道回廊，不多时，来到了后院的翠庭轩。

翠庭轩内无人，老管家停住脚步，对谢芳华和卢雪妍道："两位姑娘暂且小坐片刻，老奴去吩咐人给两位姑娘拿来些点心瓜果，茵小姐性子急，想必用不了多久就会来这里陪着两位姑娘。"

二人齐齐点头。

老管家匆匆离开了翠庭轩。

谢芳华坐在桌椅上，打量着谢氏大房后院，大约是有想和忠勇侯府攀比的心，所以，谢氏大房的后院风景之处修葺得与忠勇侯府有几分相似，但到底不如忠勇侯府富贵深厚，虽然华丽，但不见精致。

"听音妹妹，你觉得谢氏这大房院落如何？"卢雪妍看着谢芳华笑问。

听音回转头，看着卢雪妍。这位范阳卢氏自小被悉心教养的嫡女自然是比谢茵有脑子，话语试探，言谈有些保留，她笑笑："我只见过英亲王府的院落，谢氏大房比英亲王府的话，浮夸不实。"

卢雪妍掩唇而笑："听音妹妹心眼太实，在谢氏大房的地盘，却如此说谢氏大房，这样的话当着我的面说说也就罢了，可千万别在茵妹妹面前说，她会不喜的。"

谢芳华颔首："多谢妍小姐提醒！"

"我对你一口一个妹妹，你也别妍小姐地见外了，就和茵妹妹一样喊我妍姐姐吧！"卢雪妍笑着道。

谢芳华从善如流，喊了一声："妍姐姐！"

卢雪妍眉目笑开："你果然是个讨喜的！怪不得铮二公子喜欢你。"

谢芳华垂下头："再喜欢有什么用？我的身份摆在这里，终究是痴心妄想。"

"咦？你方才在车上不是很有勇气吗？怎么如今倒如此给自己泄气了？"卢雪妍讶异地看着谢芳华。

谢芳华笑笑："不在富贵门庭中，不知门庭之富贵！就算我有心，也是有些力不从心。看谢氏大房而观忠勇侯府，我与忠勇侯府的小姐的身份差得极远。"

"不就是身份吗？"卢雪妍伸手握住谢芳华的手，本来对她还有些戒心，因为她出现得太突然了，而且跳上马车的动作也太快，让她不得不防范，如今一番交谈，见她果然是一颗心扑在了秦铮的身上，喜欢一个男人到骨子里的时候，有任何奇怪的举动都不算奇怪。就如她对李沐清。

想起李沐清，她对谢芳华放开了顾忌，轻声道：“我见过谢芳华，到底是忠勇侯府养出来的闺阁小姐，气度姿态确实不一般，但可惜了一副身子骨弱不禁风，哪如妹妹灵动健康，你也别灰心，门庭富贵算什么？皇上对忠勇侯府忌惮，就算铮二公子和谢芳华有了婚约，英亲王成了皇上和忠勇侯府之间夹着的那个饼，但是和江山比起来，皇上也是先想着江山，而铮二公子胳膊真能拧得过大腿吗？”

谢芳华沉默着不说话，静静地看着卢雪妍。

卢雪妍见她认真地听着，低声继续道：“据我所知，铮二公子以前没喜欢任何人，对谢芳华多年来不曾问津，为何突然要娶她了呢？若说是英亲王府和皇上对忠勇侯府合唱了一出戏，拿谢芳华做引子，引燃忠勇侯府也不无可能。所以，比起谢芳华富贵给她带来的危险来说，你身份地位算什么？铮二公子如此护着你，喜欢你，比什么都强。也许，你真能以婢女的身份嫁给他也说不定呢！毕竟铮二公子可是个不羁世俗的人，向来不怎么忌讳规矩礼数。凡事搁在他身上，都不奇怪。”

谢芳华闻言露出讶异之色：“英亲王府和皇上对忠勇侯府合唱了一出戏吗？”话落，她眼睛一亮，看着卢雪妍道：“妍姐姐，你说得也有道理！这么说，我还真不能被谢氏的富贵给吓倒。”

“是啊，你怎么能被吓倒呢！如今不知道多少人都羡慕你呢！连我也羡慕你能跟在铮二公子身边。”卢雪妍拍拍她的手。

谢芳华看着卢雪妍：“妍姐姐难道也喜欢铮二公子？”话落，她笑得有些腼腆地道：“我知道这南秦京城有很多小姐们都喜欢我家二公子的。”

卢雪妍低低地咳嗽了一声，摇摇头：“的确是有很多人都喜欢铮二公子的，但我喜欢的却是另有其人。妹妹宽心吧！我是不会跟你抢铮二公子的。”

谢芳华眨眨眼睛，疑惑地看着卢雪妍：“另有其人？姐姐连铮二公子都不喜欢？还有谁比我家二公子更好？”

“哎呦，听音妹妹你真是情人眼里出西施！铮二公子是很好没错，但在我心里，他也不是最好。”卢雪妍有些羞涩地撇开头，脸有些微微红晕。

谢芳华看着卢雪妍。即便被范阳卢氏自小培养又如何？到底是没法培养她的情根，三两句话小儿女的情长便柔丝百结了。她继续顺着她的话道：“难道是燕小侯爷？”

“别提他！不是！”卢雪妍摇头，“算起来，我还要感谢忠勇侯府的谢芳华，若不是她，燕亭怎么会离开，我和他的婚事儿又怎么会结不成了？”

“燕小侯爷不错，只是可惜错付了情意！”谢芳华淡淡道。

卢雪妍点点头，对于燕亭显然没什么情绪，说道：“很久以前，我就知道要嫁给燕亭，便没做别的想法。在我准备好了做永康侯府儿媳妇儿的时候，偏偏他走了，上天也算是跟我开了一个玩笑。”

谢芳华看着她，试探地问：“妍姐姐，我一直不太明白，永康侯府和范阳卢氏是如何结的亲，据说很早之前就定下了？”

卢雪妍摇摇头：“我也不大清楚，从小记事起，就听族里长辈们说我要嫁进永康侯府，是很久之前的渊源吧！”

谢芳华点点头：“既然妍姐姐不喜欢燕亭，如今他离开，也是好事儿一桩。”

“但就算他离开，这一桩亲事儿恐怕也没那么容易解除。”卢雪妍叹了一口气，“除非，我找到一个比永康侯府更适合结亲的人。”

“妍姐姐喜欢的人不是比永康侯府燕小侯爷更适合的吗？”谢芳华问。

“你这个小丫头，看着一副沉静的模样，其实好奇心比谁都大，相处短短时间，你就要套我的话了。”卢雪妍忽然笑了，看着谢芳华，见她抿嘴笑，没有任何恶意，只是眨着眼睛，灵动好奇，她道：“其实告诉你也没什么，我喜欢的人是右相府的李公子。”

“李沐清？”谢芳华睁大眼睛，佯装意外。

“是啊，就是李沐清！”卢雪妍点头，黯然地道，“但是左相府和右相府这些年关系一直很微妙，我叔叔卢勇这些年锋芒太凌厉，对右相多加排挤。尤其我和燕亭的婚事儿被搅浑得如此模样，也算是被他遗弃，右相府门第清高，就算我顺利解除婚约，右相府怕是也看不上范阳卢氏和我。”

“若是李公子，的确很难！”谢芳华实话实说。

“你这张嘴，就爱说实话惹人厌，却又让人厌不起来。”卢雪妍笑着点谢芳华额头。

谢芳华看着她娇俏的模样，也笑了起来。这一刻，她觉得，人其实没有好坏之分，有的无非是利益不同。就比如谢茵，只不过是针对忠勇侯府的小姐而已，无论谁是忠勇侯府的小姐，她都针对，她针对的是一个叫作谢芳华的名字，而不是她本身。卢雪妍那日在宫宴上在永康侯夫人身边温婉端庄，柔顺乖觉，也不过是因为婚约。她如今是听音，没有与二人的利益纠缠时，却可以开心地聊着天。

“喂，你们说什么呢？笑得如此开心！”谢茵蹦蹦跳跳地跑来了翠庭轩。

谢芳华和卢雪妍顺着声音转身，便见到谢茵跑来，她的身后跟着谢林溪。

到底是亲兄妹，在忠勇侯府除夕夜宴上击鼓传花那日谢林溪打了谢茵一巴掌，也不曾真正记仇让兄妹反目，谢茵的仇是记在了她的身上。

谢芳华看着谢林溪，他似乎极为喜欢紫色，今日依然穿着一件紫色软袍，腰间挂了一块玉佩，玉佩上刻着一个溪字。步履轻缓，浑身透着一股清流的书卷气，和谢氏长房院落的浮华全然不相称，他就像谢氏长房那一缕明月清风，刚一到来，连周遭的气息都不一样了。

"听音妹妹，这就是我二哥！"谢茵跑到近前，拉住谢芳华，伸手对谢林溪一指。

谢芳华慢慢地站起身，看着谢林溪，微微弯身一礼，并没有说话。

谢林溪也看着她，眉目探究，似是剖析她来谢氏长房的用意，又似在揣摩打量她有何过人之处让秦铮捧在手心里。

"林溪公子！"卢雪妍也站起身，对谢林溪微微一礼。

谢林溪来到近前，笑了笑："卢小姐免礼。"话落，他看向谢芳华，道了一声："这位就是铮二公子身边的听音姑娘？"

"二哥，我刚刚不是告诉你了吗？她自然就是听音姑娘。"谢茵口快地道。话落，又低声道："你快帮帮她，让她摆脱铮二公子跟着的人。"

"妹妹，你尽胡乱答应不能做到的事情，铮二公子的人是那么好摆脱的吗？况且这位听音姑娘是铮二公子的婢女，早晚要回英亲王府。若是铮二公子的人跟丢了，如今进了咱们府，铮二公子找不到她，岂不是要来找你要人？"谢林溪训斥谢茵，"届时你该怎么办？"

谢茵一噎，转头看向谢芳华问："也是，若是找我要人怎么办？"

谢芳华闻言笑了："先帮我摆脱了尾巴，我家二公子要人时就将我再交出去呗！"话落，她对谢茵道："茵姐姐莫不是忘了我的目的？我意在不是真正地躲，而是那个位置。"

"啊？对啊！"谢茵恍然大悟，松开谢芳华，过去抱住谢林溪的胳膊央求他："好二哥了，我知道你一定有办法，你就帮帮听音吧！我和她一见如故，帮她也是帮我。"

"怎么帮她也是帮你了？"谢林溪不买账。

"我讨厌谢芳华，自然要帮听音嘛！你知道的。"谢茵道。

"你啊！芳华妹妹哪里得罪你了？你处处针对她做什么？"谢林溪无奈地看着谢茵。

"你到底是不是我亲哥哥？胳膊肘往外拐？你忘了那日除夕晚上从忠勇侯府回府娘怎么训斥你了？说你不帮亲妹妹，反而帮着外人？难道你还想要娘训你吗？"谢茵威胁谢林溪。

"同是姓谢，何必争斗！"谢林溪撇开头，"我不会帮你的。"

谢茵顿时跺脚，恼道："你若是不帮我，我就去找大哥了，你知道的，大哥他一定会帮我的，但是帮不好，办砸了，到时候铮二公子打上门，也是因为你不帮我惹的祸。”

谢林溪顿时无言。

“走，我带你去找我大哥！”谢茵拉上谢芳华就走。

“站住！”谢林溪喊住二人。

谢茵立即笑着转回头：“二哥，你是不是要答应我了？”

“真是拿你没办法！”谢林溪揉揉额头，寻思片刻，对她道，“让我帮忙可以，但是这位听音姑娘得交给我，我带她脱身，你不能再管了。”

谢茵皱眉，看着谢林溪：“你可别把她送回英亲王府府去！糊弄我！”

“不会！”谢林溪道。

“听音，你说呢？”谢茵看向谢芳华。

“多谢林溪公子了！只要公子肯相助，我就感激不尽了。什么办法都可以。”谢芳华道。

谢林溪点点头，转身向院外走去：“既然听音姑娘同意，这便与我一起走吧！”

谢芳华点头，抬步跟上谢林溪。

“喂，二哥，你要带她出府？”谢茵一怔。

“你堂堂皇皇地将人带进府里来，我自然也要堂堂皇皇地将人送出去。难道你真要等秦铮找来咱们府砸场子吗？”谢林溪头也不回地道。

谢茵顿时住了嘴。

“茵妹妹宽心吧！既然有林溪公子相助，一定没问题。”卢雪妍劝慰谢茵。

谢芳华回头看了谢茵和卢雪妍一眼，笑着道：“改日我空闲了再出来和两位姐姐玩耍，今日就先别过了。”

卢雪妍点点头：“听音妹妹仔细一些！有些事情，不要做得太过火，适可而止，若是惹恼了铮二公子，那就得不偿失了。”

“我知晓分寸，妍姐姐放心吧！”谢芳华颔首。

“你有空闲了一定给我下帖子啊！”谢茵嘱咐谢芳华，觉得和她很投脾性，还没好好坐下来聊一些闲话，她便被哥哥给带走送出府了，有些不舍。

谢芳华笑着点头：“一定！”

谢林溪回头看了谢芳华一眼，正巧看到了她唇边那浅浅的柔和的笑，他怔了一下，转回头，带着她往府外走去。

一前一后无话，顺畅地出了谢氏长房。

谢林溪吩咐人备车，不多时，谢府大房的车夫已经备好了两辆车。

谢林溪上了第一辆车，对谢芳华指指第二辆车。

谢芳华点头，有些明了他的用意，上了第二辆车。

谢林溪坐在车内，挥手招来一人，低声吩咐了一句，那人点点头，谢林溪放下了帘幕，两辆马车同时走了起来。

方向是英亲王府。

任人见了，就是谢林溪送听音姑娘回英亲王府。

谢氏长房所住的院落位置自然不是在特别繁华的主街望族之地，而是望族的边缘。所以，距离英亲王府的路程还是有些远的，而且岔路口也多。

不多时，两辆车走着走着便拉开了距离。

谢芳华透过帘幕缝隙发现大街上忽然出现了好几辆与她和谢林溪乘坐的一模一样的马车。她笑了笑，谢林溪果然有办法。

走了一会儿，一辆马车与谢芳华的马车错身而过，谢芳华瞬间从车厢内蹿出，眨眼便上了另外一辆车。

两辆车继续向前走，车夫挥着鞭子，没有丝毫察觉。只不过两辆车走的方向正好相反，

谢芳华进了这辆马车后，才发现这辆马车不是空车，里面坐了一个她怎么想也没想到的人。她看着那个人，有些愕然。

谢云继双腿担在车沿，身子倚着车壁，手里拿了一本书，一副闲适恬淡的模样。谢芳华上了车，他头也没抬，似乎感受到了她的愕然，笑着道："芳华妹妹，见到我很意外？"

谢芳华的确是有些意外。她出府的目的之一就是想找他，不想被皇室隐卫盯上，如今依靠谢林溪脱身，不想却上了他的马车，看着他问："你怎么在这里？是谢林溪找你帮忙的？"

谢云继摇摇头："这件事儿对他来说是小事儿，用不到寻求我帮忙，他自己就能帮了你。只不过是我听人禀报你出府的消息，且遇到皇上的人跟踪了，本来也在家闲得慌，索性就来接应你了。"顿了顿，他道："不过是顺水行舟，他这个办法不错，混淆了皇室隐卫的视线。"

谢芳华了然地点点头："我正想找你，如今你来接应我，最好不过。"

谢云继忽然放下书本，看着她道："你的武功怎么忽然退步这么多？连几个皇室隐卫都摆脱不了了，受了内伤？"

谢芳华点点头。她若是不受内伤，几个皇室隐卫还不看在眼里。

"怎么回事儿？"谢云继打量谢芳华，她眉目虽然一如往昔般沉静，但眉宇间的气色虚浮惨淡，显然是因受了内伤且又失血过多才导致的。

谢芳华看了谢云继一眼，有些疲惫地靠在车壁上，对他道："清河崔氏三公子崔意端的血毒是我解的。"

谢云继忽然眯起眼睛：“我听说清河崔氏三公子崔意端的血毒被两个隐世的神医给解了，原来是你暗中做的。昨日在玉女河见你，我就看出你疲态虚弱，恐怕这次血毒让你付出了很重的代价，我知道清河崔氏如今的当家主母是吕氏的人，为了得到崔氏嫡系产业，她不惜以一个小儿子做代价来除去听言成就另一个儿子，本来这等事情应该是秦铮处理才是，可是他却将包袱作为聘礼扔给了你。”话落，他语气忽然加重，有些凌厉地质问：“他给了你什么？让你如此不惜自伤为代价也要接下这个包袱救听言？”

谢芳华看着谢云继。自认识以来，他身上虽然没有秦铮那种张扬轻狂，不羁隽傲，但也有一种洒意轻慢的姿态，按理说，该不是爱疾言厉色的人。今日能对她说出这番话，还如此凌厉，确实也是一番心意难得了。她看着他，不由笑了。

“你笑什么？”谢云继不满地皱眉，“回答我的话。”

谢芳华笑意多了几分暖意，摇摇头：“第一，他送的是聘礼，我无法拒绝。”

“少拿这个说事儿！你若是真想拒绝，别说他送的聘礼是个麻烦，就是送你一座英亲王府，你也未必会看得上收下。”谢云继沉下脸。

“你等我说完啊！”谢芳华无奈地看着他。

“你最好给我实话实说，少拿这冠冕堂皇的理由来搪塞糊弄我。”谢云继哼了一声。

谢芳华看着他好笑，轻声道：“第二，我要做的事情，我发现，只一个谢氏还不够。”

“什么意思？”谢云继挑眉。

“这个世上，没有谁能一直独大，谢氏这棵常青树，有多少人早就想将它砍倒了。不仅仅是皇室。”谢芳华收起笑意，“世家大族，名门望姓，还有很多都想要谢氏倒台，谢氏不倒，别人怎么爬上来？皇上要想扳倒我们谢氏，只靠一个皇室不够，势必要拉上其他世家大族。比如说，清河崔氏、范阳卢氏、赵郡李氏、荥阳郑氏，还有其他如吕氏、王氏。”

谢云继面色染上端凝：“你说得对！从你给了我谢氏所有经济脉线，我仔细研究一番，之后发现确实背后有很多只手在阻挠谢氏，不止皇室一家。”

“所以，我要做的不止是整顿谢氏，也要联合其余世家。成择合，不成则毁！”谢芳华抿起嘴角，“清河崔氏既然有机会送到我面前，我又如何能不抓住？”

“但是这等事情不急于一时，也犯不着你糟蹋身子去救一个被他娘当成棋子的娃子。你若是身子骨毁了，还妄想什么与皇室抗衡？”谢云继又涌起恼怒。

“除了这两点，还有一个原因，就是我爹娘死于血毒。”谢芳华低声道。

谢云继一怔，看着她，顿时沉默下来。

诸多理由，也不及这一个理由吧！曾经正值年华的忠勇侯府世子谢英和夫人崔玉婉双双遇难，曾经京城双绝少其一，天下二美也有一人殒命黄泉。

当年，据说天下为之叹惋！可是真正伤心的人，只有忠勇侯府的至亲之人。

谢氏的旁支也不过是大多暗中或叹息或感慨或偷笑。

谢云继沉默片刻，对谢芳华点点头："若是这样，也就怪不得你了。"

谢芳华抬起头，对谢云继露出笑意。

第十九章
追来

谢云继板起脸：“可是你花了这么大的代价，得到回报了吗？别告诉我你这一行只付出，没做成什么？”

“怎么会？”谢芳华摇摇头，笑着道，“崔意芝不是被引进京了吗？你不是也见过他了？”

谢云继顿时笑了：“我和崔意芝相熟几年，但也不过只是相熟而已，他是清河崔氏的一枝独秀，心思也是极深，更是极其狡猾，再加之他的母族是吕氏，是皇上母族亲族，要拉过来不容易。”

谢芳华勾了勾嘴角：“正因为他的母族也是皇上的母族吕氏，才是一把双刃剑。用好了，才能起到想象不到的作用。”

“用好难！就英亲王府和清河崔氏二房的牵连来说，英亲王府更向着听言，他毕竟是在英亲王府长大，这么多年，崔意芝对英亲王府未踏过门，虽然也是姑侄，但有多少感情自不必说。另外，和忠勇侯府来说，如今满朝文武，名门世家，都知道皇上之心，而皇上这些年来又一直暗中筹谋笼络各大世家，可是咱们老侯爷秉持着忠君为国，却避其锋芒，这些年一直避世隐退，曾经有些想要争的人，没有老侯爷扶持，都被皇上打压下去了，如今你要重拾起来，谈何容易？崔意芝若是选择皇上，也不意外。”

谢芳华轻轻吐出一口气，唇边绽出一抹笑意：“若他向着皇上，那么清河崔氏我就要除去！他没得选择。”

“除去吗？皇上如今也盯上崔氏了，尤其是崔氏还有个姓吕的主母，除去不易。”谢云继道。

“若是不能用，不易也要除去！”谢芳华坚定地道，“我最不怕的就是在太岁头上动土，老虎嘴上拔毛，无名山我都给毁了，何惧一个区区清河崔氏？崔意芝最好是个真正聪明的人。否则，只能成为垫脚石。”

“无名山是你毁的？”谢云继睁大眼睛。

谢芳华挑眉：“云继哥哥不信？”

谢云继偏过头，忽然笑了一声，然后又转回头来看着谢芳华，笑道：“你这个小丫头，我一直奇怪无名山怎么会被区区天雷就给毁了，这里面一定有问题，尤其无名山毁了你却还完好地活着回来了。原来竟然是你给毁的。”

谢芳华笑了笑，怅然地道：“从踏入无名山的那一刻，我就想着如何能毁了这把皇室的利剑，用了八年的时间，终是给毁了。踏出满目残骸，黑灰一片的无名山之后，我即便想流泪，也必须笑着。天下就没有有志者做不成的事儿！”

谢云继将手放在谢芳华的肩膀上，轻轻地拍了两下，说道：“毁得好！”

谢芳华偏头瞅了谢云继一眼，见他的手没立即拿开，她也没躲开，少年俊秀，眉目清华。谢氏盐仓最出色的继承人，有着一双和哥哥一样的眼睛。

车内静了片刻。

谢云继撤回手，从怀里拿出两页纸递给谢芳华，低声道：“这是我七日来查询出来的谢氏可用名单和必须除去的名单，你过目一下，看看如何处理。”

谢芳华接过两份名单，先入目的是一份必须除去的名单，赫然写着谢氏长房，之后便是谢氏米粮，然后是谢氏三房和谢氏旁支大约四五十家。她眯了眯眼睛，盯着这份名单许久没移开眼睛。

谢云继静静地看着她的表情，眉目黑不见底。

马车慢慢地走着，车轱辘压着地面发出有节奏的声响。

许久，谢芳华放下这份名单看另一份名单，谢氏族长一脉、谢氏盐仓一脉、谢氏四房、五房、六房以及谢氏旁支大约百多家。

她看了片刻，轻轻吐出一口浊气：“这一份名单还稍许有些安慰，到底还是维护谢氏一脉的人多一些。”

谢云继看着她：“能在这两份名单刻印上名字的，都有着举足轻重的作用。其余没刻上名字的，便是细枝末节，依附于这些支系生存，做不出什么，不必理会。”

谢芳华点点头。

“你有什么想法？”谢云继问。

谢芳华抿唇：“谢氏长房一脉的谢林溪，除去可惜了。”

谢云继眸光缩了缩：“的确是可惜！他是谢氏长房的俊才，文武双全，又有君子仁风，行事也光明磊落，与谢氏长房其他人对比来说，他就是谢氏长房的异数。”

“有没办法留下他？”谢芳华问。

谢云继看着她：“谢氏长房一脉这些年与永康侯府走得极近，永康侯府拥护皇室，再加上皇上这些年有意筹谋，击垮谢氏，分流击破，使得谢氏长房背地里参与了许多皇室的秘事，要脱离出来不易。”

谢芳华沉默下来。

“更何况谢林溪总归是出身谢氏长房，谢氏长房所有人都是他的血脉至亲，你若是除去谢氏长房，势必对谢氏长房要抽筋扒皮。谢氏长房的大老爷和敏夫人早就有夺忠勇侯府而代之的心，若是将他们伤筋动骨，誓必鬼哭狼嚎地抗衡，那么谢林溪看至亲受难，就算不想出手，也只能被迫出手了。”谢云继道。

谢芳华手放在膝盖上，轻轻地捻着，锦绣华贵的衣料不多时便被她捻出了褶痕。

谢云继对她笑笑：“你若是舍不得谢林溪，可以试试拉拢他，看看他能不能自己选择拔除谢氏长房这枝往别人家墙里钻的红杏。”

谢芳华偏头看他。

谢云继撇撇嘴，嘀咕道：“你若是真舍不得，倒也不是不可行！谢林溪是个聪明的人。”

谢芳华翻了个白眼，伸手捶了谢云继一拳，又气又笑地道：“云继哥哥，我就是舍不得，同样是姓谢，草木同根，虽然是嫡支和旁支，但到底是打断骨头连着筋，一笔写不出两个谢字来。”

谢云继挨了一拳。这一拳虽然不重，但也不轻，他咝了一声，瞪了谢芳华一眼：“你武功不是折损了一半吗？怎么拳头还这么有劲？”

“我是失血过多，受了些内伤，折损了气血，提不起力气。但也不是手无缚鸡之力！”谢芳华瞟了他一眼，手里拿着两张纸抖了抖，对他道，“别的府邸我没有意见，这谢氏长房要好好计量。为着个谢林溪，若是真能挽回谢氏长房，也是值得，毕竟谢氏长房也是一大支。”

谢云继点点头。

“如今你能不能带着我找一处隐秘的地方？再将谢林溪约到那里，我当面与他谈。”谢芳华道。

“隐秘的地方不缺，将谢林溪约到那里也是容易，但是你确定真为了他对谢氏长房颇费周折？”谢云继挑眉，“你要知道，敏夫人、谢茵，谢氏长房除了谢林溪的所有人，都对忠勇侯府有取而代之之心，尤其是谢茵想取而代之。”

“那又怎样？”谢芳华笑笑，“她只不过被敏夫人给宠坏了而已，本性倒不坏。”

“除去谢氏长房，若是连根拔起，快、狠、准，会省去很多麻烦，也会打皇上一个措手不及。可若是你想因为一个谢林溪挽回谢氏长房的话，波折可就多了。”谢云继道。

“云继哥哥，谢氏的老祖宗从来就没想过要这江山，流传数百上千年来，我们谢氏一直秉承着忠君为国之心，哪怕皇室不仁，谢氏也不想不义，若是想取而代之，曾几何时，太容易了。明明有容易的路，先辈们都不曾走，那么我一个女人，只想保住谢氏，又为何去折损祖宗遗风亮节？谢林溪是谢氏子嗣，若有可能挽回而不去做，心狠手辣除去，那么，和刽子手有何区别？我是想保住谢氏和忠勇侯府没错，但没想血流成河，尸横遍野。”谢芳华想起前世，谢氏倾覆，血迹三日不干枯，她眉目涌上黑色。

谢云继揉揉额头，叹了口气：“你说得对！难得你从无名山那个地狱般的鬼地方回来，还能存有仁心。”

谢芳华见他认可，笑着道：“那就走吧！找一处你的隐秘之处，我与谢林溪好好谈谈。”

谢云继点点头，对车外吩咐了一句。

车夫应了一声，马车顿时转了弯，进入了一个胡同。

谢芳华伸手拽过一旁的靠枕，懒洋洋地倚在背后。

谢云继往边上挪了挪，让出一大块地方给她，对她道：“看你气色又差了些，睡一会儿吧！我们去郊外，需要些时辰。”

“郊外啊！”谢芳华蹙眉。

“城里是皇上的地盘，哪能隐秘得天衣无缝？你如今身份重要，今日又被跟踪，万一暴露了怎么办？自然要更为安全一些。”谢云继道。

谢芳华点点头，就着他让出来的大块地方不客气地躺下。她这副身子，大约是这些年不曾好好调理，这次为了争取清河崔氏，救崔意芝，拿崔二老爷的隐秘条件，可谓是付出了大代价。刚未曾休息两日，皇上偏偏又去了英亲王府，她被迫出来，一番折腾下，真是觉得有些累，闭上眼睛，方才解乏些。

谢云继看着她，见她躺下之后不多时就睡着了，在他的马车上，如此快地进入沉睡，除了信任之外，还有安心吧！他无声地笑了笑，扯过一旁的锦被给她盖在了身上。

马车转过了好几道胡同暗街，驶入一家门庭看起来极小的院落，进入之后，直接赶进了门内，然后，车夫停下马车，对车里说了一句什么，谢云继嗯了一声，车夫应诺，将马车赶入一道暗门内。

谢芳华虽然睡着，但这些年练就的某些意识却是醒着的，她直觉这里有出城的暗道，而且能容得下整个马车通过。

不由心下感叹，到底是谢氏盐仓的继承人，这么些年自然也不是白担了这个位置和名声。

暗道内分外昏暗，并没有掌灯，但车夫却是熟门熟路地走着，显然是走惯了。大约走了一个时辰，帘幕透进来亮光，显然是出了密道。

谢芳华睁开眼睛，伸手挑开了车帘。

谢云继忽然轻笑一声："无名山的皇室隐卫巢穴确实厉害，能将人培养得睡着如同醒着。"

谢芳华见外面是荒郊野外，四处荒岭，荒无人迹，她辨别了半晌，也没看出是哪里，不由回头问谢云继："这是哪里？"

谢云继看着她懵懂的模样，想着她也许对无名山的每一块石头都熟悉，但是对京城除了忠勇侯府和英亲王府，恐怕就不熟悉了。他笑道："这是法佛寺后山。"

谢芳华一怔。

"再走一会儿，等我们绕过后山，你就看到法佛寺了，也就信了。"谢云继道。

"我没有不信！只是有些意外，这密道可真是好，你什么时候挖的？"谢芳华放下帘幕，对谢云继问。

"从选拔皇室隐卫的队伍跑回来之后吧！总要安身立命。"谢云继漫不经心地道。

谢芳华点点头，不再说话。

"你可以再睡一会儿，给谢林溪的信儿我让人传出去了，他摆脱了皇室的隐卫应该就会按照我给的线路找来。"谢云继道，"你可得将他镇住了啊，否则以着他的聪明，若是不能收复，我这条密道可就废了，我目前还不想废呢！"

"知道！"谢芳华笑了一下，重新躺下闭上了眼睛。

谢云继拿起手中的书本，重新翻看起来。

半个时辰后，马车来到了一处山林，驶进山林，走出不远，山林后便是一处别苑。

木屋茅舍，虽然不华丽，但分外朴实精致。

马车停下，谢云继放下书本，对谢芳华道："醒来吧！到了！"

谢芳华睁开眼睛，坐起身，挑开帘幕，向外看去。真正的山野人家，任南秦京城内那些达官显贵们，甚至皇子王孙们，也想不到这样的地方是暗桩，就算路过见了，也不过觉得是经营田产山林的普通百姓而已。

"下车吧！"谢云继先跳下了车。

谢芳华点点头，扶着车框，轻轻一纵，便也跳下了车。

谢云继瞅着她长长的裙摆，却动作利落，谁能想到这是忠勇侯府大门不出二门不迈的小姐？有谁能想到她在皇室隐卫的巢穴地狱里待了八年？他笑了笑，带着她往里走。

谢芳华跟在谢云继身后，打量四下环境，发现这一处山林看似寻常，其实内含了奇门遁甲行军布阵之术。一草一木，都是陷阱，当然，未曾精心学过这等布阵之术的人看不出来。

"云继哥哥会的东西似乎很多？"谢芳华看了一圈，回头问。

“你指的是这布阵之术？”谢云继回头看了她一眼。

“不止这布阵之术。”谢芳华摇摇头。

谢云继莞尔一笑：“作为谢氏盐仓的继承人，怎么能不多学一些？无数明刀暗箭，今天不知明天有什么算计等着你，总要活着！不过待都学会了，也就无趣得很。”

谢芳华失笑，忽然低头捡起一块石子，向不远处一块看似平常的石头上扔去。

只听啪的一声，巨石忽然转了一个圈，二人所站的脚下发出一阵颤动。

谢云继一怔，猛地停住脚步。

谢芳华伸手推了他一把，将他推出了一丈远，自然也同时跳出了一丈外。

轰隆一声，二人刚才所踏的地面发出一声巨响，再看的时候，深深地塌陷了下去。

地面上一片尘土飞扬！

谢芳华又退了几步，避开了土气。

谢云继看着她无奈地摇头：“这么多年，没人破坏我这个布阵，你刚进来就找到阵眼了。无名山果然是一处好地方。”

“再好的地方也被我毁了！”谢芳华道。

“的确是可惜！”谢云继抬脚踩了地上一根枯枝一下，地面一阵响动，从那个土坑下出来一块铁板，又是一阵尘土飞扬，不多时，那个大坑被填得平整，除了漫天飞扬的土气，再看不出多少曾经开启和关合的痕迹。

谢芳华轻笑：“真是巧妙！”

“不准再淘气了！”谢云继宠溺地对她笑笑，警告地看了她一眼，向前走去。

谢芳华因他的话语，想起了谢墨含，以前她小的时候，哥哥也总是这般对她说话。她点点头，不再乱动。

不多时，二人来到一排房舍。

一个中年妇人从里面走出来，乡村打扮，对谢云继笑着见礼：“公子今日怎么过来了？”

谢云继对她摆摆手，声音平和：“今日有些事情需要在这里相商。”话落，他对身后一指：“这是忠勇侯府的芳华小姐！”

那妇人一怔，须臾，露出惊喜之色，然后身子轻轻颤起来，神情有着明显的激动，片刻后，扑通跪在了地上，哽咽地道：“原来是芳华小姐，奴婢给您请安了！”

谢芳华疑惑地看着这妇人，她确定没有见过，便看向谢云继。

谢云继对她笑道：“她叫玲儿，你叫她玲姨就好，她是博陵崔氏的人，曾经是跟随你娘亲的婢女，后来你娘亲嫁入忠勇侯府，她没入府，在外打理你娘陪嫁的产业。但是你娘离开后，你舅舅又去了漠北，博陵崔氏退出了京城的贵裔圈，那时候世子年岁小，你更小，老侯爷要应付朝中之事，她一个人在外无人相助，受谢氏其他各房的排挤，老侯爷权衡之下，便让她将产业变卖，她死活不同意，说是小姐的产业，将来要留给世子和小小姐的。老侯爷也是不忍心，仔细琢磨之下，找来了谢氏盐仓，当时拿了个诱惑的条件交换，让谢氏盐仓帮着保住这些产业，是以，谢氏盐仓就接收过来了。几年前，玲姨培养出了接管的人手，退了下来，我就将她请来了这里帮我看林。”

谢芳华点点头，脑中似乎对这些事情有些印象，不过不太深罢了。

“芳华小姐，奴婢当初在听说您病了时，去了忠勇侯府几次要见您，都被老侯爷给挡下了。后来小世子派人递来了话，让我安心，说您没事儿，我就知道您无恙，也就踏实下了心，一晃这么多年，如今总算见到您了。”玲儿泪眼婆娑地看着谢芳华。

谢芳华弯下身，伸手扶起她，提起她娘，眼眶微微有些湿润，软声道：“玲姨起吧！多谢你这些年为我娘做的，芳华感激不尽。”

“芳华小姐别说这样的话，当初小姐将产业交给我打理，是信任、看重我。”玲儿摇头。

谢芳华点点头。当初她爹娘正值年华逝去之后，忠勇侯府剩下一老两小，等于是塌了半边天。谢氏其他各房趁机争夺产业，暗中做了很多，形势猛如虎，爷爷一边应付皇上，一边应付谢氏，心力交瘁，自然没空打理她娘的嫁妆产业，博陵崔氏看透皇上除去谢氏的决心，而爷爷又避其锋芒，黯然退出京城贵裔圈，舅舅自请远调去了漠北戍边。当初唯一能保住那些产业的，也就是谢氏盐仓和谢氏米粮了。但爷爷大约也是看出了谢氏米粮不可用，于是选了谢氏盐仓。谢氏盐仓出手接收，其他谢氏旁支自然也就消停下来不再肖想了。

“玲姨，天色不早了，你去准备些饭菜，稍后还有一个人要来，你准备三人份吧！”谢云继岔开了话，轻声吩咐。

玲儿连连点头，看了谢芳华一眼，笑着抹着泪去了厨房。

谢云继当先走进了中屋，示意谢芳华跟进来。

谢芳华收起情绪，进了房间。

房间一如这院中的山野景色，都是寻常百姓的家居摆设，只不过分外干净，不染尘土。尤其是一个大土炕，铺了毡子，看着分外暖和。

“我看你像是没睡够，可以去上面躺着！”谢云继对谢芳华指了指土炕。

谢芳华落下帘幕，走到土炕边，伸手摸了摸，果然土炕极为热乎，她点点头，不客气地踢了鞋子，躺了上去。

“你可真是不客气！”谢云继看着她的模样，恐怕他不说，她也会躺上去，不由失笑。

“跟你客气做什么？谢林溪来了喊我。”谢芳华身子沾到暖融融的炕，便不想动了，又闭上了眼睛。

谢云继嗯了一声，对她道：“他若是来恐怕还需要些时候，你想吃野味吗？我可以去打来，让玲姨给你做。”

“飞禽还是走兽？”谢芳华问。

“你想吃什么就打什么！”谢云继道。

“那就打几只山鸡吧！”谢芳华想了一下。她从漠北回来那一路总是打了野味吃，回京之后虽然也打了一次猎，但那次因为秦铮不屑要别的小动物，只活捉了白狐和紫貂，也就没有得吃。

“那好，你先睡吧！我一会儿就回来，后山林别的不多，就那东西多！”谢云继笑笑，转身出了房门。

谢芳华躺在炕上，想着也许是这些年一直提着心过来，如今回到京城，哪怕是皇权压顶，皇上在暗中步步筹谋紧逼，想尽办法除掉忠勇侯府，她却从心里也没觉得太紧迫，到底是比起无名山的地狱血腥来，见惯生死白骨，京城反而觉得安然了。

不知不觉，真的又睡了过去。

不知过了多久，山林外忽然传来一声响动，紧接着，砰砰数声轰响。

谢芳华被惊醒，睁开眼睛，屋中没人，她起身，跳下了火炕，走到窗前，透过门窗向外看，清楚地看到了她和谢云继进来时走过的那处地方站着一个人，奇门遁甲的阵法被破坏殆尽。

这个人自然是熟悉的人，但不是谢云继，也不是谢林溪。

竟然是秦铮！

他怎么来了这里？谢芳华眉头蹙起。

这样隐秘的地方，尤其是谢云继颇费周折带着她来，偏偏秦铮竟然也出现在了这里。他是一早就知道这个地方？还是谢云继今日根本就没摆脱跟踪的人，被他找来了？

谢芳华揣测的空当，房内的墙壁忽然发出细微的声响，从里侧滑出一扇门来，她转回头，只见谢云继拎着两只肥硕的山鸡走了出来，对她道：“这是一道暗门，里面还有机关暗室，你应是会操作，躲进来。”

谢芳华看着谢云继问：“秦铮怎么来了这里？你可知道？”

“林溪如今还没来，他向来谨慎，恐怕是摆脱了皇室隐卫之后先回府了，等皇室隐卫没动静了再出来，他应该不是跟随林溪而来。恐怕是我们虽然摆脱了皇上的人，但是没摆脱他的人，被他得到消息找来了。再或者就是他根本早就知道我的这处地方追来了。”谢云继道。

谢芳华想起秦铮手下似乎养着一批极其高强的隐卫，当初她从无名山回京，以王银的身份摆脱他何等不易？却没想到最后还是被他拦截困在了英亲王府。他到底不是个不学无术的纨绔子弟，敢和皇上对着干，京城内外风吹草动被他知道也不稀奇。

“进去吧！我去会会他！”谢云继见谢芳华不动，催促她。

谢芳华琢磨了一下，点点头，走进了暗室。

随着她进入，暗室的门无声地关上，墙壁因为流动的山水壁画阻隔，丝毫看不出痕迹。

谢芳华进入密室后，四下看了一眼，发现了几处机关，不多时，她便弄清了各个机关的用处，她轻轻转动了一个按钮，走进了另外一间暗室，这个暗室是个茶室，显然是寻常时候用来谈隐秘之事的所在。

里面有一方桌椅，一个软榻。软榻旁有个手指般大小的琉璃孔。

谢芳华走到软榻上坐下，正巧能从琉璃孔看到外面的房间，她扭动琉璃孔，屋中的景象霎时变成了外面的景色。

透过琉璃孔看去，景色虽小，但秦铮依然醒目至极，尤其是他踢了踢地上那根枯木的动作，狂傲嚣张，似是不屑一顾，嗤之以鼻。

谢芳华忍不住撇嘴，真不明白英亲王妃那么温婉的女人怎么教育出来他这副死德性的。

不多时，谢云继拎着两只肥硕的山鸡走出房门，站在门口，看着秦铮踢枯木的动作眯了眯眼睛："秦铮兄，你这是作何？"

秦铮见谢云继出来，扫了一眼他手中拎着的山鸡，轻笑道："好肥硕的山鸡！看来是新狩猎的！"

"是啊！"谢云继看着秦铮，"不知秦铮兄来此有何贵干？"

"没什么贵干！就出城遛遛弯，转到了这里，以为是哪位高人在此隐世，没想到进来之后就见到了你。"秦铮轻慢地向门口走来，谢云继布置的阵法在他的脚下如踏入寻常之地。

谢云继盯着秦铮的眉目看了片刻，倏地笑了："安身立命，总要有一处居所，不想今日被秦铮兄给撞见了。如今你就这么给我毁了，可真是毫不客气。"

秦铮摊摊手："若早知道是你的，爷也就不毁了，可惜晚了。"话落，他又不屑地补充道："不过这阵法也太小儿科了吧？爷在几年前若是碰到，应该就能解了它闯进来。"

谢云继眸光缩了缩，也笑道："这是我几年前自己设的机关阵法，一直没人进来过，也就将就着用了，不想今日遇到秦铮兄，毁了也好，可以换新的了。"

秦铮挑眉："等你换了新的知会我一声，看看爷还能不能进来。"

"小事儿一桩！"谢云继应诺。

秦铮一路畅通无阻地来到屋门口，向里面看了一眼，没发现半个人影，他眸光变幻了一下，随意地问："云继兄独自一人来这里？无美陪伴？"

谢云继失笑："我向来洁身自好，秦铮兄也不是不知。我们谢氏盐仓虽然是铜臭商贾，但也是官商，出自谢氏，有祖传的贵门遗风，独自一人就好，何需美人陪着？"

秦铮眸光轻飘地瞟着他："一个人来这里，不孤独？"

“自然不会，美人也是个麻烦！”谢云继笑着摇头。

秦铮抬起手，食指掩唇，唔了一声，低头看向谢云继手中的两只山鸡，对他道：“云继兄还不曾用膳？”

谢云继点点头，笑道：“想吃野味了，便去打了两只回来。正要做！”

“我也还没用膳，不知道云继兄介不介意将你打的山鸡分我一只？”秦铮看着他。

谢云继默了一瞬，低头看向自己手里拎着的两只山鸡，抬起头来：“秦铮兄肯赏脸，云继的荣幸，自然不介意！”

“那就多谢了！爷有好长时间没吃野味了。”秦铮话落，放下手。

谢云继看向厨房方向，对里面喊：“玲姨！将这两只山鸡炖了吧！”

玲儿应了一声从小厨房走了出来，显然是知道秦铮来了，她走到面前，福了福身，道了一声：“铮二公子！”

秦铮轻飘地看了玲儿一眼，说道：“玲掌柜没回博陵崔氏？竟然蜗居在这里。”

玲儿站起身，笑着摇摇头，不卑不亢地道：“我家小姐早早就去了，我是小姐陪嫁带出来的丫头，小姐走后，我为了护住小姐的产业，进了谢氏盐仓，如今这么多年了，我就算回博陵崔氏也难有立足之地。京城也待惯了，谢氏盐仓和云继公子一直待我极好，退下后就留在了这里。这里安静。”

秦铮点点头，不再言语。

玲儿从谢云继手中接过山鸡，回了厨房。

谢云继对秦铮做了个请的手势，指着正屋道：“秦铮兄请！”

“请！”秦铮随意地点点头，进了正屋。

谢芳华在暗室里看得清楚，直翻眼皮。秦铮他脸皮到底有多厚？闯进来，砸了人家的场子，还要在这里吃山鸡。那她还吃什么？不由心里一阵气闷，动手转动了琉璃孔。

只见那二人已经进了屋，坐在桌前，谢云继给秦铮斟了一杯茶，给自己也斟了一杯。

秦铮端起茶盏，品了一口，忽然道：“这屋子里怎么有一股女人味？”

谢芳华撇开头，狗鼻子！

谢云继微愕，看着秦铮：“秦铮兄这是哪里话？”

“我闻到了只有我家听音身上才有的味道！”秦铮又喝了一口茶，眸光清清淡淡地扫着房中四壁，神色漫不经心。

谢芳华转过头来，眼睛细细地眯起。秦铮既然能破解谢云继的布阵，显然他也懂得奇门布阵之术。另外，她怎么忘了他还有一只狗鼻子，能闻出味道来。上次在她的海棠苑，谢云继躺的躺椅上面的东西都被他给扔了。恐怕如今她躲在暗室里，也是不安全的。

“哦？”谢云继心思一动，看着秦铮，笑道，“秦铮兄的听音姑娘不是在英亲王府吗？”

秦铮收回视线，看向谢云继，眸光幽暗难辨。

谢云继镇定地含笑看着他。

二人对视片刻，秦铮忽然站起身，来到一处墙壁处，手轻轻放在按钮上，回头轻慢地问谢云继：“这是什么？”

谢云继眸光一缩，放下茶盏，慢慢地站起身，声音有些冷淡：“秦铮兄是要追查什么？否则为何突然来我这里，毁我阵法，而且进了房间还这般作态？”

秦铮似笑非笑地看着他：“我只问你这是什么？云继兄为何如此紧张？”

谢云继心里暗骂了一句，面色如常地道：“秦铮兄哪里看出我紧张了？我只不过是对秦铮兄的作为有些奇怪而已！”

秦铮转回头，看着墙壁，喜怒难辨地道：“爷呢，缺点一大堆，优点也不是没有。唯一有一样让我觉得既是优点也是缺点的，那就是有一颗好奇心。既然遇到了，我就忍不住想解开秘密，否则心里总是膈应着。”

谢云继闻言知道秦铮这是想要打开暗室一探究竟了。即便他阻拦也拦不住秦铮，若是死拦的话，得罪这尊瘟神，以后的日子真是不好过了。他只期盼，里面的人儿能知道外面的情形，想到应付之策。想到此，他笑道：“秦铮兄来到这里就是我的客人。既然你好奇，依着相识的交情，也不能阻拦你一探究竟。”

秦铮嗯了一声。

“这是一间暗室，秦铮兄应该知道，我做这谢氏盐仓的继承人十分不易。总要有些背后阴暗的事情，所以，就备了这么个地方。”谢云继实话实说。

秦铮忽然又偏过头，看着他询问：“这么说，里面有客人了？不知道我识得不识得？”

“秦铮兄打开看看就知道了。”谢云继不说破。

秦铮点头，不再多话，手轻轻一按，暗门无声无息地打开。

入目处，一间暗室，空无一人。

秦铮忽然眯了眯眼睛。

谢云继不动声色地看着他。

秦铮看着空无一人的暗室片刻，忽然走到一处机关处，轻轻转动了一个按钮，又是另一间暗室打开。暗室内同样空无一人。他看罢，又随手转动另外几个机关，暗门开开合合地打开。每一间暗室内都空无一人。

谢云继看着空空荡荡的暗室，无声地笑了笑，神情彻底放松下来。

秦铮脸色有些难看，幽暗难辨，片刻后，忽然轻轻地笑了，回头对谢云继道：“云继兄，这条暗室不止暗室这么简单吧？依我看，这还有出去的路，通向哪里？”

谢云继想着果然不愧是秦铮，这么多年，京中多少人都瞎了眼了，即便是两个秦浩也玩不过他一个。怪不得踩着左相的马车过去，左相气得险些吐血也没将他如何。他心念一转，笑着道："出林子的路而已。有一条是回城的，有一条是上山的，还有一条是死路。"

秦铮哦了一声，对他道："反正时辰还早，山鸡最少还得半个多时辰才能炖够味，不如就由云继兄带着我出去赏赏风景？"

"好啊！"谢云继见谢芳华离开了，心情很好地欣然应允。

秦铮随手按了一个按钮，面前出了一条暗道，不等谢云继引路，向那条暗道走去。

谢云继跟在秦铮身后，想着他嗅觉如此敏感，若是闻香识人的话，那么谢芳华不知道能不能走脱得掉？但是那个人儿也是个聪明的，既然在秦铮身边那么久，总有办法周旋他。

总之，他的心情不再紧张了，脚步不紧不慢地跟着秦铮。

一炷香后，秦铮出了暗道，面前是一处山峦，高山耸立，四下荒无人烟，他举目四望片刻，收回视线，对谢云继道："背靠青山，云继兄这处地方可是风水宝地啊。"

"秦铮兄喜欢的话，送你也行！"谢云继含笑道。

"送倒不必了，以后若是爷有时间，就带我家听音常来散散心，如何？"秦铮问。

谢云继眸光转动了一下："好说！秦铮兄以后若是来，提前派人知会一声，我也好备下好酒好菜，招待你和听音姑娘。"

"算起来，云继兄你长我一岁，而你和忠勇侯府同是谢氏中人，华儿是我的未婚妻，以后我也该称呼你一声大舅兄。"秦铮道。

谢云继哑然片刻，暗骂秦铮不是人，他心里打着什么主意，估计也就他自己知道了。他笑着摇摇头："忠勇侯府的世子才当得上秦铮兄的大舅兄，我等谢氏盐仓，已经是旁枝末节了。大舅兄我可当不起，秦铮兄以后还如以前一般称呼云继就好。"

"怎么就当不起？都是姓谢而已，我家华儿对你可是一口一个云继哥哥地叫着呢。"秦铮语气意味不明。

谢云继失笑："就算芳华妹妹如此叫，也不过是抬举我而已。秦铮兄就算了。云继可不敢当你的大舅兄，怕短了寿辰。"

秦铮嗤笑一声，转身往回走："不应就算了！总之你以后要记得，你有一个妹夫，不怎么好惹。"

谢云继回转身，就见秦铮按着来时的暗道回了别苑，他轻轻吸了一口气。这么多年，他与秦铮打交道的时候少，高门贵裔的嫡系公子，尤其是这等真正的膏粱锦绣堆里出来的公子哥，和他这个以商贾为名号的谢氏盐仓的继承人相比，一官一商，身份上，不易亲近。人人都说铮二公子张扬跋扈嚣张狂妄，可是他看到的则是心机深沉手段了得，能耐本事一流，尤其如今还是在警告他小心些，别得罪他。

"走啊！云继兄还站在这里做什么？不想回去了？"秦铮没见谢云继跟上，忽然回头对他挑眉。

谢云继收起神色，笑着问他："秦铮兄这么快就回去了？不在这里多赏一会儿风景？"

“春天虽然来了，但桃杏花现在还没开，等开了带我家听音来。”秦铮回转头，散漫地道，“我看这山坡上种的都是桃树和杏树，云继兄爱吃桃子和杏子？”

“是我娘爱吃！”谢云继见他不再继续搜找逗留，抬脚跟在他身后，笑着闲话家常地道，“于是，索性就在这里种了。”

秦铮点点头：“我娘也爱吃！”

“等桃子和杏子熟了的时候，我命人摘了送去英亲王府给王妃！”谢云继道。

“不用，我自己来摘！”秦铮摆摆手。

谢云继噎了噎。他算是领教了，秦铮不只是有优点和缺点，还有脸皮厚。谢云继点点头：“随时恭候，桃子杏子熟了的时候多的是！”

“那就先多谢了！”秦铮笑了笑。

谢云继又说了一句“客气”，二人边聊着便进了暗道走远。

谢芳华坐在山峦耸立的顶峰处的一株杏树上，透过杏树看着二人来了又走，她心里将秦铮骂了个狗血淋头。她觉得他一定会打开暗室揪她出来，幸好提前先一步出来了。三个暗道，他竟然真找到了她出来的这条路，狗鼻子也太灵敏了！

“听音姑娘！”身后传来谢林溪清淡的声音。

谢芳华回头，顺着声音看去，只见她身后十丈外站着谢林溪。他一身暗纹轻软锦袍，有世家名门公子的清骨书卷气，目光和他的声音一样清淡，显然还没窥破她的身份，但是他到来这里应该有一会儿了。

谢芳华轻轻一纵，扶着树枝跳下了树。

枝叶伴随着春的气息嫩嫩葱葱，她的手上沾染了一点儿绿。

谢林溪看着他，再没说话，也没走过来，静静地站在那里，似乎想看她要做什么。

谢芳华忽然背转过头，用手遮住脸，拿出一颗药丸吞下，轻轻提气，不多时，她转回身，已经换了一张容颜，再度看向谢林溪，笑着道：“林溪哥哥，你认识我吗？”

谢林溪一惊，看着谢芳华，伸手指着她，愕然惊异地道：“你……你……”半天也没说出完整的话来。

谢芳华浅淡地笑了笑，向他走过去。

谢林溪忽然有些站不住，身子微微地晃了晃，但他到底也不是不学无术不知无畏的贵裔公子哥，半晌后，压下惊异，看着已经走到他面前的她：“你……芳华妹妹？”

语气犹不敢置信！

这样一张容颜，就算只是那日宫宴在宫里露了一两面，也足够见到的人印象深刻。那日之后，她的画像被人悄悄画了一幅，然后又被人临摹了几幅，谢氏长房一直盯着忠勇侯府，自然得了一幅。他娘敏夫人当时拿着那幅画像嘲笑着说跟她娘一样长得倾国倾城又管什么用，还不是有富贵荣华的身家，没有那个命和福分享受。

按理说她应该待在忠勇侯府的闺阁里卧床不起。可是如今这是怎么回事儿？

她怎么会是英亲王府秦铮身边的听音姑娘？

可是这样一张容颜，天下难道还能有第二个？易容也不会如此天衣无缝！

他感觉头有一阵眩晕，很多事情他不想去猜测，但是向来聪明的大脑由不得他，越想越深，越想越寒，以至于身子轻轻地颤了起来，俊颜也渐渐泛白了。

第二十章
收服

谢芳华一直看着谢林溪，走到他面前一步的距离站定，看着他轻颤的身子和发白的脸，笑道："林溪哥哥怕我？"

"你……你真是……"谢林溪不知如何形容这一刻的震骇。

"我是！"谢芳华看着他，点头承认，"忠勇侯府的谢芳华！"

谢林溪即便已经猜测出来，但经过她亲口证实，还是忍不住心里巨震。他是无论如何也想不到她是听音，也是谢芳华。

谢芳华静静地看着他，等着他平静下来。

风吹过，树梢枝叶轻轻晃动，山林里有鸟叫声，或婉转，或清脆。

过了许久，谢林溪终于平静下来，恢复神色，看着谢芳华，语气也温和下来："既然你真是芳华妹妹，可有证据证明给我看？"

谢芳华想着不愧是谢林溪，若是她就凭借这一张脸相信她了，那么她的确要重新考虑保不保他了。她伸手入怀，拿出一块玉，递给谢林溪。

这是一块罕见的紫暖玉，触手温滑如凝脂，玉面暖融融的，雕刻着彩凤，栩栩如生。

天下间，除了谢氏忠勇侯府的嫡系女儿的身份准佩戴九尾彩凤外，无人用九尾彩凤。

皇室的女人，也无非用的是金凤而已。

这是身份的代表，如今忠勇侯府嫡系一脉只一个嫡女谢芳华，举天下，这样的玉再无第二块。

谢林溪的手轻轻地颤了颤，感觉这一块轻薄的玉因为它身份的象征和面前站着的窈窕纤细的女子加重了千钧力量。

再也由不得他质疑和不相信。

谢林溪拿着彩凤紫暖玉沉默片刻，将紫暖玉递还给谢芳华。

谢芳华接回玉，放入怀里，对谢林溪道："林溪哥哥，今日不是云继哥哥要找你，而是我要找你。我们找一处地方，仔细谈谈如何？"

谢林溪沉默地点点头。

谢芳华向山顶那两处高耸的大石头上走去。

谢林溪跟在谢芳华身后。女子纤细柔软，他犹记得第一次见她是春年那日在忠勇侯府门口，然后便是除夕当晚在忠勇侯府的家宴。她当时弱不禁风，任谁见了，都心生怜意，并且感叹可惜了她钟鸣鼎食之家千金小姐的身份，有荣华而没有个好身子，无福享受。如今再见她，虽然有些隐隐的病态，但偏偏背影有一种寻常女人没有的坚毅，且还一定有武功。

来到大石上，谢芳华自己先坐下，然后，指着旁边的地方："林溪哥哥坐！"

谢林溪看了她一眼，缓缓坐在了她旁边。

"林溪哥哥是否奇怪我的双重身份？"谢芳华偏头看着他问。

谢林溪点点头。

"此事说来就话长了！"谢芳华怅然一笑，"既然我要找林溪哥哥，自然要先拿出诚意，开诚布公。我就简略地给你说说我的事儿吧！"

谢林溪抿了抿唇，点点头。

谢芳华将从八年前开始前往无名山，到毁了无名山回来，如何被秦铮劫去了英亲王府，又到如何被赐婚，再到今日，简单地说了一遍。

她虽然说得简单，但是听的人心中却掀起了滔天大浪。

谢林溪从来就没想过忠勇侯府的小姐不在忠勇侯府，这八年来，竟然在无名山，甚至大逆不道地毁了无名山。这事若是被传扬出去，可是滔天的大罪。无名山谁都知道，是皇室隐卫的巢穴源地，竟然是被她用天雷给毁了。

这么多年，他爹娘一直怀疑谢芳华得了了不得的大病，诸如外面流传的麻风之类的言论。尤其忠勇侯的海棠苑常年紧闭着，往外飘散着药香，她足不出户。

他娘还暗中高兴，觉得忠勇侯府的气数要尽了，忠勇侯老了，世子有病，小姐也有病。忠勇侯府嫡系这一脉是要完了。

只要嫡系完，那么最顺理成章地接收忠勇侯府爵位的也就是谢氏长房了。

他爹娘兄弟姐妹们，都想夺忠勇侯府的荣华身份而代之，汲汲营营。

这么多年，他们也从来没有想过忠勇侯府的小姐根本就不在忠勇侯府，她去了一个地方，那是人间地狱的无名山，皇室的巢穴。

连皇上都不知晓，若是知晓的话，又该是怎样的雷霆震怒甚至惊骇胆寒？

这一刻，他忽然觉得，什么都轻了！

无名山是人间地狱，她是怎么从那地狱里活回来的？他极其想知道，可是却被她清清淡淡地一笔带过。

字里行间，都是力保忠勇侯府。

若是不知道这些之前，可能他还会因为谢氏其他各房的暗中谋划以及皇上联合几大世家打压踩踏忠勇侯府的背后心机手段而觉得忠勇侯府终有一日会气数尽绝，但是如今，他却是不这样想了。

比起她所做的这些，谢氏长房的一叶障目实在是可笑至极。

“林溪哥哥，多年来，我要做的，就是保忠勇侯府，也保谢氏。”谢芳华说罢，见谢林溪脸上神情变幻，她看着他，清淡却坚韧地道，“你可以想想，一旦皇上除了忠勇侯府，还可能容得下谢氏其他各房吗？株连九族，一脉相连，血脉至亲，无论多少代，也消灭不了根系。皇上除了忠勇侯府后，是不会准许谢氏还有存根的，至少，牵连嫡系一脉太近的旁系，都会拔草除根！若忠勇侯府倒塌，谢氏长房也不能善终！”

谢林溪忽然闭上了眼睛。

谢芳华静静地看着他。她知道谢林溪是聪明的，在她说了这样一番经过之后，他若是再猜测不出她找他的目的，那么就白担了谢氏长房最出色子孙的名号了。

他需要一个抉择！

无论是被迫无奈，还是心存善意，还是因为姓谢所以躲不过宿命。这些都无所谓，他只需要拿出一个选择来。这也关系到谢氏长房的生死存亡。

她相信他已经明白，若是他不做出什么，那么她定然对谢氏长房动手！

谢林溪闭着眼睛片刻，缓缓地睁开眼睛，眸光有些明灭地看着谢芳华，声音极其暗哑：“芳华妹妹，你需要我做什么？”

谢芳华看着谢林溪，缓缓地笑了：“林溪哥哥聪明，难道猜不出我找你要你做什么吗？”

“总要说得明白些！”谢林溪哑声道。

谢芳华点点头，沉静地道：“谢氏繁荣了几百上千年，忠勇侯府嫡系一脉一直居于谢氏的顶端，谢氏旁支多少人早就想拉下忠勇侯府取而代之。而皇室江山稳固，没有外忧，所以，眼里便看到了谢氏这一只卧榻之侧酣睡的猛虎，即便这只猛虎忠心为国，无心取代皇室夺去江山，但谢氏子息繁衍渐渐更加庞大，对于皇室来说也是威胁。即便忠勇侯府有忠君之心，也保不准其他谢氏旁支没有，是以，为免除皇室万载江山无忧，势必要拔掉忠勇侯府和谢氏这一棵大树。”

谢林溪点点头。

“谢氏旁支虽然都称之为一个谢，但十根筷子却拧不到一起，不齐心。有些人，暗中已经投靠皇室，有些人各打算盘想借皇上的风推倒忠勇侯府，有些人早已经被荣华麻木还不知风雨。首当其冲的，便是你们的谢氏长房。”谢芳华声音忽然有些凌厉，“林溪哥哥，我这样说，你明白了吗？我想拔除谢氏的杂草，将十根筷子拧在一起。我不要皇室江山，但也要与皇室抗衡做个持平，保住谢氏。而谢氏长房是我的绊脚石、挡路石。若不能收拢，还做痴人大梦，我就会毫不客气地除去！”

谢林溪脸色霎时发白，虽然已经猜到她的目的，但听她明白地说出来，脊背还是一瞬间寒凉透骨。

谢芳华静静地等着谢林溪表态。

谢林溪是聪明的，她不相信他不明白若是忠勇侯府倒塌，谢氏长房也不能善终的道理。即便皇帝想用谢氏长房这把弹跳的剑，但不过是小用而已，用过之后，也是该杀就杀。因为谢氏长房除了一个谢林溪，还真是一群鼠辈，满京城人都知道，皇帝的眼睛更是毒辣，心知肚明。

忠勇侯府的位置，不是哪一个谢氏的旁支想坐就能坐的！

即便拉忠勇侯府下马，爵位你争我夺，也不一定就是谢氏长房的人得去，不是小看谢氏长房，而是他们根本没那本事坐稳忠勇侯府的位置。

沉默许久，谢林溪忽然抬起头，看着谢芳华道：“芳华妹妹，你就这般只身来找我，你怎么就知道我与谢氏长房不一心？不想拉忠勇侯府下马？不想要忠勇侯府的爵位呢？若是我想要的话，也许，我既能帮助皇室推倒忠勇侯府，要了忠勇侯府的爵位，也能保住谢氏长房呢？”

谢芳华轻轻一笑：“林溪哥哥，你也许真有这个本事，但是你要知道，害群之马，殃及群马。你们谢氏长房的害群之马太多，即便你一个人文武双全，恐怕也是难以周全。天下间，最不缺少的，便是有才华的能人。你双拳总归难敌四手。更何况，我不会给你机会的。”

谢林溪看着她，那双眼睛里有清澈的波纹流动，分外光彩，他看了片刻，声音忽然有些冷：“芳华妹妹这是拿定主意我会应承你了？要知道，谢氏长房这么多年来，一心想要忠勇侯府，我若是投向你，无异于在他们的心口上插刀。虽然我们同姓谢，但谢氏长房的人才是我血缘更近的血脉至亲。”

“我只不过是觉得林溪哥哥是聪明的，若是与谢氏长房一同殒命实在可惜。”谢芳华道。

“谢氏盐仓已经投靠了你？”谢林溪问。

“云继哥哥是聪明人，更何况，谢氏盐仓富有，除去忠勇侯府，那么只一个谢氏盐仓便富可敌国。忠勇侯府若是倒塌，皇帝为了填充国库，不会放过谢氏盐仓的。”谢芳华道，“这也是这么多年来，谢氏盐仓不被皇室收买，附属忠勇侯府，是我爷爷相信谢氏盐仓的原因。”

“那谢氏米粮呢？”谢林溪问。

“谢氏米粮早就被皇帝暗中收服了，多年前已经倒向了皇室。牵扯太深，拔不出来了。”谢芳华冷漠地道，“另外，谢氏米粮没有让我去挽救的理由，至少……”她看着谢林溪道，“没有第二个林溪哥哥让我费力惜才想挽救！”

谢林溪面色一动，忽然撇开头，声音有些僵硬：“若是我不同意呢？”

“那就可惜了！”谢芳华道。

“芳华妹妹，我也是懂武功之人，我感觉你气息虚弱，呼吸有些浊重。恐怕你不久前受了内伤吧？我刚刚距离你十丈远你都不曾察觉出来，若是如今我对你动手，你恐怕不是我的对手。”谢林溪回转头，一双眸子盯住她。

谢芳华笑了笑：“林溪哥哥确定想要动手？你就不怕你杀了我后，秦铮踏平了谢氏长房？不怕云继哥哥撕烂了你？”

谢林溪抿唇：“秦铮早已经知晓你的身份？”

谢芳华清淡地移开视线，云淡风轻地道：“知道不知道不重要，重要的是，今日这个地盘是云继哥哥的，秦铮就在云继哥哥的住处吃炖山鸡，而方圆五里，除了你我在这里，再无别人。我出了事情，他们自然首先找你。”

“若是我帮你，不顾谢氏长房父母兄妹的血脉亲情，在他们心口捅刀的话，也许就是众叛亲离。既然会有那个下场，又何用顾忌今日杀不杀你？于我来说，怎么选择都不是一条好路。”谢林溪道。

“站在林溪哥哥的角度想，确实如此！”谢芳华笑道。

谢林溪眯起眼睛：“既然如此，我若是出手呢？你该怎么办？是呼叫秦铮和云继，还是有能力与我一搏？”

“都不会！”谢芳华摇头。

谢林溪看着她。

谢芳华缓缓地站起身，向天空看了一眼，对谢林溪道：“天色有些晚了，林溪哥哥，你快做决定！”

“你先回答我，这两者都不选择，你会如何？”谢林溪有些执着地看着她。

谢芳华看着他微笑：“林溪哥哥，我听说你向来坦荡，光明磊落，是正人君子，更是谢氏长房的异数。你这样的人，恐怕从来是不知晓阴暗之事和小人手段吧？”

谢林溪一怔。

“或许你知晓这些，但从来也不用吧？”谢芳华又道。

谢林溪有些不明白地看着她。

谢芳华背转过身子，看着山野桃杏树株株静立，几只山雀在枝头玩耍，她转回头，浅浅笑道："在我来到山顶上后，首先做的不是躲避秦铮，而是在我所待的方圆十丈之内下了毒。"话落，她笑意盈盈地强调："不多不少，整整十丈远。林溪哥哥，你已经中毒了。"

谢林溪一惊，有些不敢置信地看着她。

"你难道没感觉你的内力在一点点地消失？半个时辰内，不服解药的话，你会功力全失。"谢芳华含笑看着他，"在无名山里，我学了很多东西，即便我回京后做回忠勇侯府小姐，有些东西也难以抹去。尤其是暗杀、毒杀之术，我用得炉火纯青。"

谢林溪闻言立即查探自己的武功，发觉的确如谢芳华所说，他的武功在以难以察觉的方式一点点流逝，他顿时怔住。

这么多年，他自诩文武全才，谢氏所有的人，包括忠勇侯府的老侯爷都说谢氏长房出了一位隽秀之才，他爹娘引以为傲，他自己也颇有些恃才傲物。虽然自诩光明磊落，秉持君子之风，但到底身在谢氏长房，该学的、不该学的东西都学会了。这么多年，从不曾受制于人。

今日，竟然无声无息地中了毒，且还是泄功之毒。

他能站在这里让对面的女子费心前来谈判的资本无非就是他的才华，若是没有了，他还有什么资格？

沉默半晌，他忽然苦笑一声，泄下气来，对谢芳华道："我应你！"

谢芳华看着他："林溪哥哥不是被迫无奈才应承的吧？"

谢林溪摇摇头，正了神色，怅然轻叹一声，缓缓道："我本来就不同意亲长兄妹夺忠勇侯府的爵位，别说皇上看不上谢氏长房，就算看得上，谢氏长房和忠勇侯府总归都是一脉传承，同室操戈，实乃滑天下之大稽。"

谢芳华点点头："你能明白这个道理，就不枉我费心一场。"

谢林溪面色有些清苦："我只怕是即便我应承了，我父母兄妹也是不应承。我难道真的动手去杀我的血亲？我做不到。"话落，他又补充道："也不能亲眼看着别人杀他们。比如你。"

谢芳华颔首，不错！总归是血脉至亲。

"我能做的，就是暗中掏空谢氏长房的一切，不让他们有能力拖忠勇侯府下水，也不依附皇室，甚至将与皇室的牵连拔除出来。"谢林溪道，"我尽全力帮你，望你也对谢氏长房手下留情。"

谢芳华看着谢林溪，她打定主意找他之前，就做好了准备。思索再三，觉得谢林溪也就只能做到这个份上了，毕竟谢氏长房执念太深，他能如此应承，也是不易。恐怕就算这样，以后他难为的地方也是多了去了。

她点点头："林溪哥哥能做到这种程度，也是不易。你放心，我不是非要同室操戈除谢氏长房而后快之人。总归是一脉传承，同脉同根。能保下，我还是想保下。否则皇上没开刀，我先将谢氏旁支一网打尽的话，便宜的也是皇室。"

谢林溪松了一口气，面色也松缓下来。

谢芳华从怀中拿出一颗药丸，扔给谢林溪："这是解药！"

谢林溪伸手接了，看了一眼，药丸晶莹，带着一股清香，他放入了口中，入口即化。

不多时，消失的内力渐渐回笼。

谢芳华觉得事情谈到现在，也算是定下了，没什么再说的了，她向山下看了一眼，山林无人，那座别院幽静地坐落在林间，也极为安静，她道："林溪哥哥送我回英亲王府吧！"

"你不和秦铮一道回去？"谢林溪话语也温和了。

谢芳华摇摇头，轻轻哼了一声："他脸皮厚地抢吃了我的山鸡，这笔账我还要给他记着呢！那个恶人！"

谢林溪微微哑然，须臾，忍不住露出笑意："好，我送你回去！"

谢芳华点点头。

"就依照我来时的路吧！在山后方，绕过去，能避人耳目，送你回英亲王府。"谢林溪低声道，"皇上回宫了，皇室的隐卫应该也撤走了。据说秦铮在落梅居跟皇上怒了。"

"为何？"谢芳华知晓秦铮的脾气，跟皇上怒也不是什么奇怪的事儿。

"因为你！"谢林溪道。

谢芳华看着他。

"一边走一边说！"谢林溪向前走去。

谢芳华点点头，抬脚跟上他。

"据说秦铮知晓你出了府，也知晓皇上派了隐卫跟踪你。我送你回去时，本来不易躲过皇室隐卫，但秦铮的隐卫突然出现，奉了他的命令拦下了皇室隐卫。皇上的人回去禀告了皇上，皇上恼了，质问秦铮，秦铮说他的女人，皇叔难道想夺？否则为何盯着不放？皇上也给气得够呛。夺侄子女人的言论，毕竟是好说不好听。当时英亲王和英亲王妃都在场，皇上有些下不来台。"谢林溪道。

谢芳华听罢忿笑一声："成日里脸皮厚得堪比城墙，嘴毒得如灌了砒霜。不是人！"

谢林溪闻言有些无奈，对谢芳华道："他也是为了维护你！"

谢芳华不买账，冷哼一声："他当时应该是有气没处发，白狐和紫貂两个小东西被他灌酒灌得死去活来也解不了他的气，偏偏皇上去了，也是活该！"

"哎，天下间，恐怕也就他不怕皇帝吧！"谢林溪叹了一声，须臾，又补充道，"还有个你。"

谢芳华清凉地笑了笑。她的确不怕皇帝，怕皇帝是前辈子的事儿了。

"后来，皇上气得甩袖子走了，隐卫自然也撤了，他便也出了落梅居。"谢林溪边走边低声道，"铮二公子果然不是无能之辈，虽然有很多跋扈嚣张狂妄的传言一直压在他头上，但这样反而掩盖了他的本事。"

"那是自然，秦铮不可小视，否则不会让皇上无可奈何，左相颜面被辱也只能受着了。能在南秦京城横着走，人人都不敢招惹他，他自然不是个东西。"谢芳华丝毫不顾忌地骂秦铮。

谢林溪看着她的模样，听着她的话语，忍不住好笑。

"关于谢氏长房，你回去后，暗中动作，若是有犯难之处，你告诉我，我会让云继哥哥帮你。"谢芳华嘱咐。

谢林溪点点头，提起这个，便收起了笑意。

谢芳华不再说话，对于谢氏长房，谢林溪能看得透彻，应承自己入手架空，最好不过。若是她真动手的话，即便轻易，恐怕也会惊动皇帝，自然不如谢林溪这个二公子来做好。毕竟他生长在谢氏长房，又是最有才华的那个，做什么都可以从内部根除。

二人不再说话。

谢林溪走的路的确是一条清静的避开人耳目的路，半个时辰后，便出了山林。

谢芳华在与他达成一致后，便又服用了一颗药，易容回了容貌。在谢林溪惊异下，她简略地解释了一番，谢林溪本就通透，点点头，心下叹服，这等易容术，天下间恐怕也就独她一人。

二人来到了城外，一辆谢氏长房的马车停在那里，谢林溪招手，谢芳华与他一同上了车。

马车畅通无阻地驶入了城内。

马车进城后，谢芳华思索了一番，对谢林溪轻声道："我就不回忠勇侯府了，明日儿，林溪哥哥找个理由去一趟忠勇侯府，或者是暗中将我哥哥约出来，将你我的协定与他说说。多年来，我出京在外，对京中有些事情还是不能了如指掌。谢氏长房的事情，我怕你一人难为，既然要做，一定就要做好。毕竟他如今是忠勇侯府的世子，也许能帮你。"

谢林溪点点头："好！"

谢芳华不再多说，挑开车帘跳下了车，帘幕晃动，遮住了她的身影。

谢林溪伸手抓住晃动的帘幕，轻轻挑开，便看见谢芳华轻盈的身影走入一条背街，不多时，便被街道围墙掩去。他看了片刻，慢慢地放下了帘幕。

同样是女子，谢茵比之她，差之千里。

同样是妹妹，他的亲妹妹比这个堂妹妹来说，这个才更像妹妹。

他轻轻叹息一声，对车夫吩咐了一句，车夫挥起马鞭，向谢府走去。

谢芳华辗转了几条背街的街道，没发现什么人跟随，便放心地来到了英亲王府的后门，后门的守门人见到她睁大眼睛，讶异地看着她，她对守门人笑了笑，进了府内。

守门人张口想说什么，看她往落梅居走去，又将话吞了回去。

谢芳华回到落梅居，刚到门口，林七大约听到了动静，从小厨房探出头来，见到谢芳华回来，立即迎了出来，站在她面前，一边往她身后瞅着一边小心翼翼地问："听音姑娘，您回来了？铮二公子呢？"

谢芳华摇摇头："没看见！"

林七顿时垮下脸，凑近她，悄声道："听音姑娘，我跟您说啊，您走后，可出了大事儿了。您还不知道吧？"

"什么大事儿？"谢芳华看着他。

"咱们二公子和皇上干仗了。"林七悄声地将谢林溪对谢芳华说过的话说了一遍，只不过比谢林溪说的要详尽许多。

谢芳华听罢，点点头："知道了！"

林七愕然，看着她："听音姑娘，您这是什么表情？您怎么一点儿也不担心？"

"担心什么？"谢芳华见他紧张兮兮的神色，不由笑了笑。

"担心咱们二公子啊！二公子这般一而再再而三地惹恼皇上，皇上若是真的怒了，算起账来的话，那二公子岂不是会遭殃？尤其是咱们府还有个会在皇上面前讨巧的大公子呢！"林七道。

谢芳华摇摇头，沉静地道："皇上若是恼怒二公子，处置他的话，除夕那日在灵雀台时就会做了。他那日都没处置，今日不过是小事儿一桩，不会将他如何。"话落，她语气有些沉："至于以后，就不太清楚了。大公子毕竟不是省油的灯！"

林七闻言叹了口气。

谢芳华向正屋走去。

林七跟在她身后，走了两步道："听音姑娘，你说二公子去哪里了？不会出事儿吧？"

"不会！"谢芳华想起秦铮吃了谢云继给她准备的山鸡便没好气。

"如今天色都晚了，那二公子还回来吃饭吗？我的饭菜已经做好了。"林七道。

“不用等他了，我们先吃吧！”谢芳华道。

林七摸摸肚子，还是摇摇头：“咱们还是等等吧！万一二公子饿着肚子回来怎么办？”话落，他立即道：“对了，您快去看看白青和紫夜两个小东西吧！”

“对，它们如何了？”谢芳华停住脚步。

“哎呦，它们快被二公子给折腾死了，如今醉得不成样子，皇上走后，二公子也走了，根本就不管它们。您快去看看，有没有办法救它们，可别死掉了，怪心疼的。”林七道。

谢芳华点点头，眸光扫了一圈，问道：“它们在哪里？”

“在那个屋子里，二公子走后，我给它们抱进去了。”林七伸手一指西厢的空屋子。

谢芳华向那个空屋子走去。

林七不放心，跟在她身后过来看。

不多时，谢芳华来到了这间屋子，推开房门，闻到一股浓重的酒气，她忍不住皱了皱眉，用手掩住口鼻。只见地上睡着两个小东西，东倒西歪，呼哧呼哧，浑身皮毛都散发着浓重的酒味，她站了片刻，转身出了房门。

“听音姑娘？”林七见谢芳华这么快就走出来，不由疑问地喊了一声。

“死不了！”谢芳华道，“不过就是睡几日罢了，不用管它们。”

林七闻言松了一口气。

谢芳华抬脚回了房间，换掉外衣，梳洗之后，歪在了软榻上休息。

大约过了半个时辰，外面传来熟悉的脚步声。

林七的声音同时传来，有几分小心翼翼的欢喜：“二公子，您回来啦？”

秦铮嗯了一声，有些懒懒的沉沉的漫不经心，随意地问：“她回来了吗？”

林七知道秦铮问谁，闻言连忙道：“回二公子，听音姑娘已经回来大半个时辰了，如今在屋里歇着呢！我看她的模样，似乎是累坏了。”

秦铮往正屋走，一边走一边问：“她吃饭了吗？”

林七摇摇头，小声道：“还没有，等着您回来吃！”

秦铮脚步顿了一下，将手中拎着的一个篮子递给林七，吩咐道：“将这里面的东西拿去厨房热一下，然后快些端饭进屋来。”

“是！”林七连忙接过，屁颠屁颠地跑去了小厨房。

秦铮来到门口，从浣纱格子窗往里看了一眼，天色昏暗，什么也看不见，他缓步进了屋。

谢芳华在屋内将二人对话听得清楚，并没理会，安静地倚着美人靠半躺着。

秦铮进了画堂，脚步不停，径直来到中屋，挑开帘幕，便看到谢芳华倚在美人靠上，部分绫罗绸缎尾曳在地，她纤细的身段分外秀美，闭着眼睛，两缕青丝顺着脸颊垂落，晚上的夕阳余晖从浣纱格子窗射进来，打在她身上，织锦的梅花与窗外的落梅交相辉映，呈现出一抹华丽的彩色，让她整个人有一种娴静的炫目。

秦铮挑着帘幕的手就那样顿在了那里。

往日幽深的眸光微微涌动，荡出细细的波纹。

秦铮静静地站在那里看着她许久，久得让谢芳华撑不下去了。

谢芳华慢慢地睁开眼睛，正好对上了秦铮氤氲深幽的眸子，她不由得瞳孔缩了一下，撇开脸，慢慢地坐起身，掩唇低低咳了一声。

秦铮眸光动了动，手慢慢地放下帘幕，身子靠在门框上，对她懒洋洋有些暗哑地问："你去了哪里？"

谢芳华心中暗骂了一句明知故问，但还是随意地回话："出城随便转了一圈，山里桃花杏花开了，打算采撷些酿两坛酒。"

秦铮眼睛眯了眯："采撷回来了吗？"

"没有！"谢芳华摇头。

"为何？"秦铮看着她问。

谢芳华慢慢地站起身，沉静地道："皇上的隐卫跟踪，怕被抓进宫去盘问，为了甩开皇室隐卫，绕了几圈，没顾上再去采撷。看天色晚了，也就回来了。"

秦铮点点头，不再追问，对她道："用膳吧！我给你带了炖山鸡回来。"

谢芳华本来已经站起身，险些一屁股又坐回去，心中大骂，这个浑蛋，他在谢云继那里是连吃带拿了？他脸皮还能不能再厚一些？南秦京城的城墙怕是都挂不住他的脸皮了。

"你好像不高兴？"秦铮瞅着她。

"高兴！公子爷给奴婢带回来好吃的，奴婢哪儿能不高兴呢？"谢芳华笑了笑，语气轻软，但是语音里不难听出一股咬牙切齿的味道。

秦铮轻笑："你喜欢就行！快出来用膳吧！"话落，他转身退出了中屋门口，回了画堂。

谢芳华站在原地，轻轻吸了一口气，又轻轻吐了一口气，想着若是论气死人，秦铮真是气死人不偿命，而且不用刀子，用一颗恶人的心就够了。估计谢云继心里指不定怎么吐血呢！本来是给她的山鸡，如今让秦铮连吃带拿，回来还是借花献佛拿给她吃，他可真是……

"二公子，饭菜端来了，您拿回来这个是炖山鸡吧？这手艺可真是好，不知道是出自哪位大厨之手？您改天能不能去跟那大厨说说，让小人也跟着他学学。"林七端着饭菜进屋，一边摆在桌上，一边说道。

秦铮坐在桌前，两只腿担在一起，不当回事儿地应承道："她叫玲姨，是昔日忠勇侯府夫人的陪嫁丫头，忠勇侯夫人故去后，陪嫁的产业无人打理，她孤身一人难以支撑，在老侯爷的准许下，投靠了谢氏盐仓麾下，如今退了下来，在京城郊外谢云继的别苑里，你若是有心学，改日我带听音去他别苑的山林里看桃花杏花时，将你也带去。"

林七大喜，连忙道谢："多谢二公子！"

秦铮瞥了他一眼，慢悠悠地道："以前没看出来你对厨艺还有这个天赋，如今这是顿悟了？想研究此道？"

林七挠挠头，有些不好意思地道："小人自小失去双亲，是孤儿，流浪到京城，承蒙喜顺干爹将我招入府，看我有点儿小聪明，做了他的跑腿跟班。小人这么多年，也没什么大出息，以为除了跑腿的，别的也做不来。自从二公子您让小人学习厨艺，小人才发现原来小人可以做这个。"

秦铮点点头："既然有这个天赋，就好好学，多学出些花样来，否则长期吃你做的重样的东西吃腻了，爷就将你赶出去。"

林七顿时垮下脸，求饶道："二公子，您可不要赶奴才走，奴才若是出去，就会流落街头了。奴才一定好好学，侍候二公子和听音姑娘一辈子。"

秦铮对他摆摆手："行了，吃饭吧！"

林七见秦铮对他的态度比以前好多了，心下感激不已，连忙乖觉地坐下。

谢芳华从中屋走出来，便闻到画堂满满飘着炖山鸡的香味，玲姨的手艺的确是极好，堪比宴府楼的大厨了。她走到桌前坐下。

秦铮夹了一只鸡腿放在她的碗碟里，语气寻常："你尝尝！"

"爷，奴婢长着手呢！您自己吃吧！"谢芳华不领情。

秦铮哼了一声，倒也没恼，只道："你的心被狗吃了？爷对你越好，你越是不领情。依照我看，以后每日我就拿皮鞭子抽你，你就领情了。"

谢芳华翻了翻眼皮，不屑地撇撇嘴。若是她武功没丧失一半，谁拿皮鞭子抽谁还不一定呢！胳膊的伤刚好吧？他可真是好了伤疤忘了疼。

"你那是什么表情？"秦铮不满地瞪着谢芳华。

谢芳华垂下头闷吃，不言声，不再理会他。

秦铮气不过，拿筷子打她的手，不过倒是动手极轻，没用力。

谢芳华虽然练武练剑，但因为她本身就懂医毒之术，用药理保养得极好。是以，秦铮的动作虽然轻，也将她的手打出了一道红痕，她抬起头，狠狠地瞪了秦铮一眼："公子爷，您的胳膊好了？不疼了？"

秦铮看了一眼自己的胳膊，还是有点儿不灵便，他撤回手，嘟囔道："你若是再欺负我，我就去告诉我娘，让她修理你。"

谢芳华一口血顶上了心口，到底是谁欺负谁？生生地压住，她怒道：“您可真有出息！”

秦铮勾起嘴角，笑容滟滟：“爷本来就有出息，你知道就好。”

谢芳华无语地看着他，半晌后，收回视线，沉默地吃饭。炖山鸡如此好吃，若是生一肚子气岂不是浪费了？跟这种人生气不值得！

秦铮见谢芳华不理他，得意地笑了笑。

林七一边低着头吃着，一边暗暗佩服谢芳华，敢在二公子面前瞪眼、冷嘲热讽、逼急了还动手拿剑砍人的，也就是听音姑娘了！当初的四皇子若是一个眼神，二公子的剑就挥过去了，岂能由得他如此施为？

饭后，林七收拾剩菜残羹出了房门。

谢芳华漱了口，懒洋洋地窝在椅子上不想动。

秦铮端着茶盏轻抿着，同时看着她道：“今日累了？”

谢芳华不理他。

“爷问你话呢！”秦铮将茶盏磕了磕桌面。

谢芳华不看他，嗯了一声。

“明日早朝，皇叔怕是会颁布旨意，让秦钰回来。”秦铮道。

谢芳华倏地睁开眼睛，看向秦铮。皇上要下旨让秦钰回来？这么快？秦钰去漠北也不过是将近半年而已。在她想来，怎么也要让他待一年的。

“你很意外？”秦铮看着她。

谢芳华蹙眉，点点头：“左相等人将他弹劾走的，如今会同意他回来？皇上总要找个理由吧！否则如何压得住这些人？”

秦铮嗤笑一声：“我那日与你说的话难道忘了？秦钰他要兵权，去漠北，虽然是我暗中出手，但他也不过是顺水推舟，至于左相嘛……你说，他是谁的人？”

谢芳华忽然眯起眼睛，盯着秦铮：“难道他是秦钰的人？”

“都说京中水深，朝中水深，但再深也深不过人心。”秦铮嘲讽地翘起嘴角。

谢芳华闻言沉默下来。皇帝要招秦钰回京，虽然有些突然，但仔细想一下，也不觉得意外了。秦钰离开将近半年，三皇子、五皇子毫无作为。若是说秦钰要漠北戍边舅舅的兵权，那么他顺水推舟去漠北就解释得通了，更解释得通以求娶她为意向来卸下舅舅的防范了。

可是，短短时间，他难道就能卸下舅舅去了漠北十五年的三十万兵权？

“你在疑惑什么？”秦铮放下茶盏，询问谢芳华。

“我在想，武卫将军去了漠北十五年了。难道四皇子去了之后，说拿了兵权就能拿了兵权的？”谢芳华将疑惑说了出来。

秦铮轻笑，弹了弹手指："他不需要拿主帅的帅印，只需要拿下主帅身旁的心腹之将的信任拉拢就够了。秦钰那张脸和那颗弯弯绕的心，做这种事情，轻而易举。"

谢芳华的心里微微一凉，一时无言。

"你那是什么表情？对他佩服，还是对他害怕？"秦铮瞅着她。

谢芳华笑了一声，唇齿间有一抹冷意，嘲弄道："奴婢是您的婢女，哪儿能管得来别的事儿？"她站起身，"公子爷，天色已经晚了，睡吧！"话落，进了中屋。

珠帘晃动，发出哗哗脆响。

秦铮看着她进屋，嘴角一寸寸扩开，无声地笑了。

须臾，他站起身，走进中屋。只见那人儿已经上了床榻，帷幔落下，遮住了她的身影。他扫了一眼，便进了里屋。

不多时，自己也睡下了。

谢芳华听着秦铮均匀的呼吸声传来，暗暗有些憋气，这个人是在不声不响地发着白天的脾气呢。言语间透露出些消息，故意给她找不快，恶人黑心到家了。

秦钰若是回京，皇上总要给朝臣一个理由。

什么理由呢？

皇后腿伤，回来尽孝？这件事情站不住脚，若是皇后大限还差不多。

皇上这么快招秦钰回来，一则无非是因为秦钰去漠北要的东西得手了，这件事情皇上是暗中默许的，当时的雷霆之怒也做得天衣无缝。二则就是因为英亲王府联姻忠勇侯府，皇上觉得不安了，招秦钰回来对付秦铮。

关于秦钰，他扣押了七星，逼问他身份、底细。她本来以为秦钰到了人生谷底，想联合他，却不承想这中间有如此大的深坑。且是秦铮谋划，秦钰顺水推舟，皇上暗中默许，左相从旁助阵，右相袖手旁观，皇后不知道是否真的不明白内情。总之，所有人都为了一个局在唱大戏。

谢芳华无声地笑了笑。

计算日期，如今言宸骑快马最快恐怕也还没到漠北，也就说，七星还没被救出来。她要砍掉他周围的爪子，不知道结果会如何。

只能等着言宸往回传信了！

京门风月

❷ 锦绣笙歌

[下]

西子情 | 作品
XI ZI QING WORKS

第二十一章

热闹

一夜无话。

第二日清早，秦铮起床，没拖谢芳华去练剑，而是自己出外散了一圈步，精神气爽回来，谢芳华已经起床梳洗妥当，林七端了药膳来，三人安静地吃了饭。

刚落下碗筷，春兰笑着来了落梅居。

谢芳华看了一眼，挑开门帘走出门，对春兰打招呼。

春兰眉目笑开，见到谢芳华就欢喜地问：“听音姑娘，您身子好些了吗？”

谢芳华明白她说的意思，笑着点点头：“好多了！”

“那就好！昨日皇上来咱们府，带来了六号画舫的玲珑阁，迎春之日王妃不是没看着玲珑飞花百鸟来朝的表演吗？咱们二公子派人去请，被皇上提前一步将人招进宫去了。昨日皇上将人送来了。今日王妃命人搭台呢！说您二人若是今日没事儿，就过去看。”春兰笑呵呵地道。

谢芳华闻言笑了笑，对春兰道：“等我问问二公子，若是二公子想去看，那么就去看。若是不想去，我们反正也看过了，就不过去了。”

春兰点点头：“那行，我回去禀告王妃。”话落，她往外走，走了两步之后又道：“王妃已经命人去左相府和忠勇侯府，同时请了左相府的卢小姐和忠勇侯府的芳华小姐。听音姑娘，京中最近有些传言，说您和忠勇侯府的芳华小姐姿态有些相像，王妃让我给您递这句话，您心中有个考量，免得招了祸端。”

谢芳华眼睫往下垂了垂，应了一声。

春兰出了落梅居。

谢芳华看着春兰身影离开，在门口站了片刻，转身回了屋。

秦铮站在窗前摆弄花草，从背影看，他清俊秀逸，浑身透着一股懒洋洋的洒意味道。

谢芳华不相信他没听见春兰的话，瞅了他两眼，见他无动于衷，便进了中屋，从衣柜里拿出针线，开始做绣品。

过了半晌，秦铮走进中屋对她道："换衣服，去娘那里。"

谢芳华头也不抬："您不是不去吗？"

"爷什么时候说不去了？"秦铮笑了一声，"我未婚妻今日要过府，我不去怎么行？"

谢芳华皱眉："那您就自己去！"

"你也跟我去！"秦铮不容置疑地道，"既然有人传言说你和华儿有些像，那么放在一起，让人都看看到底有多像。"

谢芳华手中的针线停住，一时没说话。

"快点儿！我先带你去娘那里，然后再去忠勇侯府接人。"秦铮催促。

谢芳华沉思了片刻，放下绣品，站起身，换了一身艳华的衣裙，特意在云髻上插了花黄。菱花镜里，她整个人看起来娇俏明媚，像是被幸福滋润的一朵娇花。

出了门，秦铮看到她，目光凝了凝。

谢芳华扫了秦铮一眼，对他道："不是去王妃那里吗？你还不去换衣服？"

秦铮撇开脸，神色有些异样，食指放在唇上低低咳了一声，转身进了屋。

谢芳华有些莫名其妙，用手轻轻抚了抚云髻，出了房门。

不多时，秦铮从里屋走出，换了一身秀逸华贵的软袍，少年轻袍暖带，清俊异常。

谢芳华看了他一眼，扁扁嘴角，希望今日卢雪莹不会扔下秦浩再对他如何。这副招摇的模样，让她觉得，其实将他捆起来锁在落梅居才是最好。

"走吧！"秦铮懒洋洋地挥了下手。

谢芳华点点头，抬步跟上他。

二人一起出了落梅居。

刚过完新年，还没过十五，英亲王府内还保留着新年的味道，府中下人较春年时多了，显然是回乡省亲过年的人都回来了。府内异常热闹，婢女小厮来回穿梭，新装新裙招展。

不多时，二人来到英亲王妃的幽兰苑。

幽兰苑内闹哄哄的，似乎分外热闹。

秦铮和谢芳华刚进院子，便有人迎了出来，连声道："二公子，听音姑娘！"

秦铮点点头："我娘呢，在忙什么？"

“王妃在梳妆！”翠荷道。

“真是爱美！”秦铮嘟囔了一句，进了房门。

谢芳华听见秦铮的话忍不住好笑，论起来爱美，他这个儿子恐怕没资格说他娘。男人穿得这么华丽，就是一朵招摇的桃花，蜜蜂不往他身上叮才怪。

进了正屋，英亲王妃果然在镜子前梳妆。

秦铮走到英亲王妃身后，抱着膀子看了两眼，撇撇嘴：“娘，您都老了，还打扮得跟我家听音一样，您好意思吗？”

英亲王妃挥手打了他一巴掌，打到了他胳膊上，回身怒道：“你个死小子，狗嘴里吐不出象牙。你娘我还年轻着呢，怎么就不能打扮得和你的听音一样了？”

秦铮被打到受伤的那只胳膊，皱了皱眉，后退了一步，摊摊手：“算我没说！”

“你赶紧给我滚去忠勇侯府接你媳妇儿，秦浩已经去左相府了。”英亲王妃收起怒气，嗔了他一眼。

秦铮点点头，对她道：“那听音就放您这儿了，您可不准欺负了她！也别让别人欺负了她。”话落，出了房门。

英亲王妃被他给气笑了。

谢芳华无语地站在那里，想着这么多年，英亲王妃没被他气死，也算是命大。

“这个小混账，我生了他，可是几辈子造了孽了。”英亲王妃笑骂了一句，对谢芳华招手：“听音，过来，你帮我梳头。上次你给小凤祥做的妆容极好，我早就想试试你的手艺了。”

谢芳华点点头，来到英亲王妃身后。

春兰笑着将木梳递给谢芳华。

谢芳华接过，轻轻拢着英亲王妃的青丝，一根一根，柔顺地梳着。

不多时便梳好了一个高高挽着的云髻。

“哎呦，听音这手艺可真是没得挑，奴婢可梳不好这样的头。”春兰当先赞扬。

英亲王妃看着菱花镜，左瞧瞧，右瞧瞧，忍不住笑开：“我若是这样出去，那个臭小子看到又该笑话我了。我这可不是打扮得比听音还艳吗？”

“您又不老，不要听二公子胡说，他就是气您呢！”春兰立即道。

“听音，你说，他是不是故意在气我？”英亲王妃眉目染着笑意，回头问谢芳华。

谢芳华放下木梳，笑着点点头：“是，二公子最爱说反话。”

“那个臭小子可不是最爱说反话！难得你跟在他身边时间不长，却将他了解了个透彻。”英亲王妃握住谢芳华的手，笑逐颜开地看着她，“忠勇侯府的小姐不知晓今日来不来，就算她来了，你见了也不要伤心，铮哥儿是我肚子里掉下的肉，有些事情，他不说，但是心在哪里，我最是清楚。”

谢芳华低下头，笑着点点头："奴婢明白，王妃放心。"

"好孩子！"英亲王妃拍了拍谢芳华的手，对春兰道："走，我们去院子等他们吧！"

春兰点点头。

一行人出了幽兰苑。

英亲王妃身边伺候的八大侍婢都跟着了，再加上春兰和谢芳华，颇有些浩浩荡荡。

不多时便来到后花园。

后花园的碧湖里，已经有两艘画舫停在那里，画舫上彩带飘飘，数十人在做着准备。

喜顺大管家见英亲王妃来了，笑呵呵地迎上前，对英亲王妃摆个手势："王妃，水榭里瓜果茶点都备好了。您请进里面坐吧！"

英亲王妃笑着点点头，心情甚好地进了水榭。

谢芳华看着那两艘画舫，数十人中有一个少年穿着粗布衣衫，正拿着一面大鼓，敲打着试音，见她看来，眼睛眨了眨。

谢芳华微微勾了勾嘴角，转回头，跟着英亲王妃身后进了水榭。

"王妃，要不要将谢氏六房的明夫人和谢伊小姐请来一起看？前几日您在忠勇侯府看戏，明夫人可是辛苦陪了您一晚上，后来相约再看戏，总因事情太多，您没再去忠勇侯府。今日这般热闹，您落下了明夫人，是不是不太好？"春兰悄声道。

英亲王妃脚步一顿，顿时笑了："瞧我这记性，是不太好。只惦记着我的两个未来儿媳妇儿，倒忘了与我有交情的夫人们了。"话落，她摆摆手："快派人去请明夫人和谢伊小姐，另外索性也去左右相府、监察御史府、翰林学士府、大长公主府，都派人知会一声。想要看这等艺技表演的都一块儿来凑个热闹。"

春兰点头，对喜顺道："听见王妃发的话了吗？还不快去请！"

喜顺连忙应声，前去吩咐了。

英亲王妃进了水榭，在已经安排好的桌椅前坐下后，笑着对谢芳华招手，指了指身边的位置："听音，过来我这边坐。"

谢芳华摇摇头："今日来的人都是夫人小姐，奴婢身份低，站在您身后就好。"

英亲王妃瞪了她一眼："那个臭小子都将你捧在心坎里了，要星星摘星星，要月亮摘月亮了。昨日为了你，连皇上面前都说翻脸就翻脸。现在这南秦京城，谁不知道你的大名？谁还敢拿你当一个小婢女看？他怕委屈你，贵妾还不让你做，就做他一个人的婢女。你这婢女还身份低微？"

谢芳华无言地看着英亲王妃。

"快过来！"英亲王妃板下脸对她下命令。

谢芳华无奈，点点头，走到了她身边，有一名婢女立即搬开椅子，请她坐下。

“吃瓜子！”英亲王妃笑着将盛满瓜子的盘子递给她。

谢芳华看着瓜子盘，有些想笑。她犹记得，上一世福婶日日在她耳边耳提面命：你是忠勇侯府的小姐，要端庄温婉，守得闺仪，将来嫁到夫家，依着我们的门楣，谁也不敢小看你，欺负了你……哎呦，我的小姐，您别嗑瓜子了，听到我的话没有？

时光如碾碎的年轮，一寸寸推移，曾经有某个瞬间，回忆起来，却是如此想笑。

这一世，福婶依然如故，但到底是她亏欠了光阴，离开了忠勇侯府八年，跷着腿嗑瓜子这样的事情早已经被那八年的光阴抹杀。

但有些事情做了，也是值得的。至少，她如今能沉静地坐在这里，守护忠勇侯府。

至少，忠勇侯府从她回京的那一刻，不是谁想动就能动的。

“怎么了？不喜欢？”英亲王妃见她盯着瓜子盘久久不动，脸上的表情甚是矛盾。

谢芳华收敛起情绪，伸手抓了一把瓜子，放在嘴里，吃了一颗，俏皮地吐出皮来，那姿态，一点儿也不端庄，做罢，对英亲王妃笑着道：“喜欢！”

“你这孩子，你平时看着规矩沉静，比大家小姐都端庄，怎么做起事儿来就差别一个天地呢！”英亲王妃见到她的模样顿时笑了，“你这样嗑瓜子，与我一样。”

谢芳华有些讶异，英亲王妃原来也这样毫无顾忌地吐瓜子皮吗？

“可不是吗？听音姑娘和王妃您一样，要不怎么说您看听音姑娘喜欢呢，这某些地方相似，也是缘分。”春兰笑着附和。

英亲王妃点点头，拿起一颗瓜子，果然如谢芳华吃瓜子的姿态一样，吐了瓜子皮之后，她笑着感慨道：“还有一个人，也是跟我们一样。就是忠勇侯府逝去的世子夫人崔玉婉。当年我和她结识相交，成了知己，也是因为我俩有着一样的癖好。看顾她的奶妈日日对她耳提面命，看顾我的奶娘日日对我教训闺仪，我们被絮叨得无奈了，就只能当面应承，背后阳奉阴违。”

谢芳华手一顿，没想到她娘也是这样，怪不得当年福婶一边教导她一边感慨。

英亲王妃又说了些什么话，谢芳华没听进耳里，想着前世的事儿，有些心不在焉。

英亲王妃说了半晌，见谢芳华不答话，神思不属，便笑着道：“是不是想铮哥儿了？”

谢芳华一怔，扭头看着英亲王妃。

英亲王妃拍拍她放在桌子上的手，对她温柔且别有深意地道：“铮哥儿啊，自小就执拗，他认准一件事儿，十头牛都拉不回来。喜欢一个人啊，也是一样。”

谢芳华不知道说什么，只是看着英亲王妃。

“你心里明白的！”英亲王妃却不再往下说，转回头，对春兰吩咐：“你别在这里陪着我了，去大门口等着，各位夫人来了，你将人迎进来。”

“是，王妃！”春兰笑着退了下去。

谢芳华静静地坐着，揣测英亲王妃刚刚的话，一时觉得分外通透，一时又觉得云里雾里。

英亲王妃见她安安静静，倒也不再说别的，只让她嗑瓜子。

谢芳华点点头，便真的嗑起瓜子来。

二人嗑瓜子的动作简直如出一辙。

四周的人看着都觉得惊异，若不是两张太过不同的容颜，不知道的人恐怕真会认为她们二人才是母女了。

秦浩带着卢雪莹来的时候，就看到了这样的画面，他脚步猛地一顿。

卢雪莹脚步也顿住，讶异地看着谢芳华。这个婢女，她见过两回，每次都印象深刻。第一回，自然就是皇家猎场，她气不甘地说了她两句，秦铮冲冠一怒为红颜，将她逼婚给了秦浩，让她连还手拒绝的余地都没有。第二次，就是几日前的迎春日，她押了二十暗注。一举赢了所有押注的人，四百万两银子到手，被秦铮送去了忠勇侯府做聘礼。

这两件事儿，震惊京城内外，恐怕如今也是天下皆知了。

今日，她就那样安静地坐在英亲王妃身边，和英亲王妃一样嗑着瓜子，两个人动作简直是如出一辙。四周仆从忙忙乱乱，只那二人颇有闲情逸致地等着。就这样看来，谁能说她是一个婢女？敢和王妃平起平坐？更甚至是面上神色丝毫不觉得忐忑，反而觉得理所当然。

这哪里是一个婢女该有的做派？

这是皇后该有的做派还差不多！

她站在那里，一时间看得惊异莫名。看着她，让她脑中忽然想起了春年宫宴那日在宫里看的谢芳华。可不就是这样的做派？

最近，京中都悄悄地流传着关于忠勇侯府小姐和铮二公子身边的婢女听音如何相像的传言。这样看来，可不是真的很像？

“你们来啦，快过来坐吧！”英亲王妃回转头，扫了二人一眼，见二人目光都齐齐看着她和听音，脸上神色各有变化，她目光微闪，笑了一下，对二人招手。

谢芳华也扭头向二人看来。

不得不说，若是论才貌的话，秦浩和卢雪莹还是蛮般配的。

论身份和地位，算是卢雪莹高嫁，秦浩本身有潜力，虽然是王府庶长子，但前途也是不可限量。所以，如此利弊弥补，也算是一桩好姻缘。

“母妃！”秦浩很快就收起惊异的情绪，缓步走进水榭，对英亲王妃见礼。

“王妃！”卢雪莹跟着秦浩缓步走过来，微微一福。

英亲王妃顿时笑了起来，对二人摆摆手："浩儿接人可真快，那个臭小子磨磨蹭蹭，现在也就刚到忠勇侯府。"话落，她对卢雪莹招手："快坐吧！你不是第一次来这府里，却是第一次以着大公子未婚妻的身份来，别太拘谨了，很快就是一家人了。"

卢雪莹嘴角扯出一抹笑，不像以往一般耀眼而张扬，仿佛某些包裹在外表的东西忽然就散去了，露出她左相府小姐，范阳卢氏女儿的闺仪，看起来婉约端静，她点点头："谢谢王妃！"

"不要太见外了！"英亲王妃含笑看着她。

卢雪莹看了一眼秦浩。

秦浩对她温柔地道："你和母妃在这里坐着，我见父王下朝回来了，我有件朝事找父王说，一会儿就过来。"

卢雪莹点点头，也是分外温婉："好！"

"母妃，孩儿先告退了！"秦浩对英亲王妃做了个告退礼。

英亲王妃笑着摆手："你是爷们儿，自然朝事儿打紧，快去吧！你放心，你的未婚妻我给你照顾着，不会有什么事情！"

"多谢母妃！"秦浩点头，出了水榭。

英亲王妃见他走得远了，回头对卢雪莹招手，嗔怪道："你这孩子，让你别见外，如此拘谨，快过来坐吧！"话落，她指了指身边隔着的一把椅子。

卢雪莹点点头，顺着英亲王妃手指的方向看了一眼，知道她隔了那个座位身边的座位是给忠勇侯府的小姐留的。按理说，她与秦浩快大婚了，即便秦浩是个庶出，但也是长子，她是大儿媳，英亲王妃身边的左右位置该是有她的一席之地，但是如今听音坦然地坐在那里，显然是英亲王妃授意的，自然没了她的地方。

但她也不觉得奇怪，前两日刘侧妃不知道因为什么原因得罪了王妃，王妃发了大怒，将她关了禁闭的消息悄无声息地传了出去，她也有所耳闻。当时她娘气得骂了一通刘侧妃不会做人，怎可在如今这种时候犯事儿。若是英亲王妃气怒之下缩减用度，影响了大婚的排场，左相府也没面子。当时她娘就想来英亲王府说劝，被她爹给拦住了。英亲王府宅院内部的事情，左相府若是插手的话，更是不好，没过门就插手内务，传出去也是笑话，她娘只能忍下了。

但是今日，秦浩前去左相府接她，笑容款款，她娘试探地问了几句，秦浩都和气地解释了说无事。他娘的确那日惹了王妃，不过王妃大度，也就是关几日禁闭的事儿，吃穿用度不曾减少，让她娘放心。她娘也就安心了，笑着放了她出来。

但是英亲王府的水深，她又何曾不明白？如今秦铮还没有拿到小王爷的世袭爵位，与秦浩短短时间接触，她已经知晓他不是个吃素的，恐怕是要争上一争，如今的平静和睦也不过是表面罢了。所以，今日还请她来，略过刘侧妃那茬，对秦浩依然和气，也是英亲王妃的大度了。

“来，吃葡萄！”英亲王妃将一盘葡萄推到她的面前。

卢雪莹收起一切想法，知道自己的斤两在英亲王妃面前都掩藏不住，也就克制不再深思细究某些事情，笑着点点头，拿起一颗葡萄来吃。

“我也让人给左相夫人知会话了，怎么没来？”英亲王妃与卢雪莹闲话家常起来。

卢雪莹回话：“本来我娘是想过来的，但她这两日身子不爽利，也就没过来。”

英亲王妃是何等聪明的人，知道卢雪莹的意思，恐怕不是身子不爽利，而是怕来了说起刘侧妃，牵连她没面子，但也不点破，点点头，关心地道：“那还是让她多休息才是。”

卢雪莹嗯了一声。

“你那个堂妹，范阳卢氏的女儿，卢雪妍是吧？以后都是自家人了，你也带着她多来这府里走动走动。我听说她最近和谢氏长房那边走得极近，永康侯府那边倒是疏远了些。”英亲王妃随意地道。

卢雪莹剥葡萄的手一顿，点点头：“堂妹和我自小没长在一起，不是很亲近。她来京城也有一段日子了，性情随和，谢氏长房的茵姑娘见到她就喜欢上了，是以，两个人总玩在一处。不过和永康侯府那边也没太疏远，主要是最近永康侯夫人为了燕小侯爷离开的事情缠绵病榻，燕岚要照顾母亲，她看望了两次后，不好再去多打扰永康侯夫人休息。”

这话说得圆滑，有进有退。

英亲王妃笑着点头，眸光染上一丝对卢雪莹的赞许，说道：“她如今独自一人来京，作为堂姐，你多多照顾些。那小姑娘在除夕宫宴时我见过一面，挺有眼缘。”

卢雪莹知道这是客气话，点了点头：“难得您喜欢她，改日我带她来拜访您。”

“燕亭和我家的臭小子以前日日厮混在一起，也沾染上了些脾性，不是自己喜欢的人死活不要。如今燕亭那小子去了漠北，你父亲和范阳卢氏怎么看这桩婚姻？”英亲王妃叹了口气，对卢雪莹询问。

卢雪莹垂下眼睫。英亲王妃这是间接地提点她对秦铮死心，无论她多好，门第也不低，只是秦铮不喜欢，都靠近不得。以前痴心一片，如今她倒也看开了，秦铮的确是不喜欢她，甚至对她缠着他升起了厌恶，她这么些日子，早已死心。尤其是在除夕宫宴那日，见到他那般不顾礼数地抱着谢芳华时就已经死心。沉默片刻，她摇摇头：“父亲说，他毕竟是叔父，堂妹的婚姻，还要看范阳卢氏族长的意思。”

英亲王妃不放过卢雪莹面部变化的表情，见她显然对秦铮已经死心，便也放下心来：“燕亭那臭小子如此撂杆子走了，永康侯夫人可是中意这个儿媳妇儿的。两方婚约早就订立，永康侯府如今恐怕也是难为。”

卢雪莹点点头。

“你堂妹是何想法？”英亲王妃又问。

卢雪莹轻声道：“堂妹一切都听家族做主，毕竟如今儿女婚事儿，都是父母之命媒妁之言。范阳卢氏和永康侯府的族亲长辈们，都没王妃您体谅儿女。”

这话说得诚实，英亲王妃护犊子天下皆知。

英亲王妃顿时笑了，对卢雪莹倒是从心里不那么排斥了，笑道：“我那是宠得太过，将那臭小子宠得无法无天了，哪儿能人人都跟我学？天下再多出来几个秦铮，岂不是乱套了？”

卢雪莹感觉英亲王妃对她的态度有了一丝改观，也笑了起来。

“都说燕亭那臭小子去了漠北，但是永康侯府的人马都出动了，快马加鞭，也没追回来他。皇上也派人在前往漠北各处关卡的路上都颁了旨意，若有燕亭经过，都势必拦下。可是都这么多天了，连燕亭的蛛丝马迹都没找到，他真的去了漠北？”英亲王妃纳闷地道。

卢雪莹也觉得纳闷：“按理说，永康侯府和皇上的人都出动了，就算漠北远在千里之遥，燕小侯爷早离开半日，也不可能在关山迢递的途中音讯全无啊！就因为这样，永康侯夫人才急得病了，她只燕小侯爷一个儿子。”

英亲王妃叹了口气：“她就是看不开，自己的儿子，不捧在手里疼着护着，谁还会来疼来护？如今给人逼走了，我看她嘴上虽然不说，心里估计早就悔得肠子都青了。”

卢雪莹点点头。

英亲王妃还要说什么，听到远处有零碎的脚步声传来，打住话，顺着脚步声看去。

只见春兰领着几位夫人走来，右相府的李夫人、监察御史府的王夫人、翰林大学士府的郑夫人，以及谢氏长房的敏夫人和谢茵、谢氏六房的明夫人和谢伊。

英亲王妃扫了敏夫人和谢茵一眼，微微不悦。

谢芳华也看到了几人，清楚地看到了英亲王妃眼底的那丝不悦。除夕宫宴里敏夫人帮着永康侯夫人为难她，除夕夜晚的忠勇侯府家宴谢茵又为难她，天下没有不透风的墙，英亲王妃定然会知道。是以，今日她根本就没邀请敏夫人和谢茵，只邀请了明夫人和谢伊。

敏夫人不请自来，心中怕是也清楚得罪了英亲王妃，不过她硬着头皮上门，也是本事！

“王妃，几位夫人小姐来了！”春兰头前领路走来，回禀英亲王妃。

英亲王妃含笑站起身：“李夫人、王夫人、郑夫人、谢六夫人，我知道迎春之日你们也没去玉女河和一帮子小子姑娘们凑热闹看杂耍，昨日铮哥儿念我没看上表演，派人去请了六号画舫，皇上先一步将人招进宫见了，稍后又将六号画舫的人都带来了我这里，我便邀请你们一起来看热闹。”话落，她又笑着对没提到的敏夫人道：“谢大夫人和茵姑娘怎么也过来了？今日芳华那丫头也过来，我怕你见到她不喜，也就没邀请你。”

李夫人、王夫人、郑夫人等都心领神会，知道敏夫人这是得罪英亲王妃了，齐齐不语。

敏夫人被英亲王妃直言说出来，脸色有一瞬间的僵硬和难堪，但如今这么多人看着，加上她的身份，虽然窘迫，却不敢发作，连忙笑道：“王妃哪里话？妾身也是谢氏的人，忠勇侯府的芳华小姐与谢氏大房是一个祖宗的支系，总归是一家人。我身为大伯母，怎么能不待见侄女？我上街想购些胭脂，巧遇了明妹妹，便厚着脸皮跟她一道来您这儿打扰了。”

“是吗？难道你待见她？”英亲王妃似笑非笑地看着敏夫人。

敏夫人连连点头：“自然！”话落，她伸手扯了一下身边的谢茵，对她训斥道：“茵姐儿，还不快拜见王妃！”话落，又怕英亲王妃拒绝将她不客气地赶出门，不等谢茵见礼，又立即道：“我家的茵姐儿不懂事儿，心里嫉妒芳华小姐的容貌和身份，小女儿家闹了些不快，大约风言风语都传到了王妃的耳里，误会妾身了。”

谢茵见她娘如此直白地将话说出来，心中顿时羞恼不已，转头瞪着她娘。

若是知道谢芳华今日会来英亲王府，她说什么也不会来！

“还不快给王妃见礼？娘说的本来就是事实！若不是因为你和芳华小姐发脾性，那日你二哥怎么会在忠勇侯府打了你一巴掌？如今让你思过了两日，小惩大诫，你怎么还不知反省？”敏夫人见谢茵不满瞪眼，用眼神狠狠地警告着她，同时加重话音道，“你昨日不是和听音姑娘短短相处有了眼缘吗？难道今日不想见她了？”

提到听音，谢茵转过头，看到了站在英亲王妃身边的谢芳华，顿时一喜，被亲娘指出难堪羞恼的情绪褪去了几分，规矩地对英亲王妃见礼：“谢茵给王妃见礼了！我和芳华……妹妹的确是有些不快。我……”她咬了咬唇，豁出去地道：“我就是嫉妒她！”

英亲王妃见二人提到听音，微露讶异，扭头看向她。

谢芳华对英亲王妃笑了笑，沉静地解释道：“昨日我出府了一趟，被人跟踪，一时摆脱不开，正巧遇到了谢氏大房的谢茵小姐和范阳卢氏的雪妍小姐，也算是一见如故，便去谢氏长房玩耍了一趟。”

“咦？竟然这样？”英亲王妃虽然知晓昨日她出府之事，也知晓皇室隐卫跟踪她，但因为秦铮插手了，她并未细究，不想竟遇到了谢茵和卢雪妍，她便态度好了些，对听音笑道：“我还以为你性子沉闷，不喜与人打交道，原来也有一见如故的同伴。”

谢芳华点点头，笑而不语。

谢茵见她真的给她解围，心中更是欢喜了些，觉得真是没白帮她。

“行了，你也跟我认识这么多年了，你什么样我也清楚。来了就来了，既然你对我的准儿媳妇儿没意见，我自然也对你没意见。”英亲王妃对敏夫人笑着摆摆手，又对其余夫人笑道：“都快进来坐吧！等铮哥儿将华丫头接进府，就让杂耍开演。”

敏夫人顿时暗暗地松了一口气，也笑开了，对听音投了一个感激的笑，同时推谢茵：“既然你和听音姑娘一见如故，快去跟她一处玩吧！”

谢茵点点头，抬步向谢芳华走去，走了两步，见她依然站在英亲王妃身边，又犯怵地顿住脚步，一时间不知道该不该过去。

“谢茵小姐先陪着敏夫人吧！如今听音我可不能交给你玩耍去，那个臭小子让我看紧了人，说把人交给我，不准出差错，等一会儿他回来，得他准许，你们再玩耍。”英亲王妃对谢茵姿态也缓和了些。

谢茵连忙点头，想着铮二公子若是在意听音，谢芳华便少得他眷顾，她巴不得的！

“哎呦，我竟忘了这茬，你就先跟着娘吧！”敏夫人连忙改口，对听音又重新抬高了一个身价，让铮二公子在意到这个份上的婢女，可是古来鲜有。

李夫人、王夫人、郑夫人、明夫人互相看了一眼，心照不宣，笑着进了水榭。

敏夫人也跟着进了水榭内。

“雪莹给各位夫人们请安！”卢雪莹温婉地见礼。

几位夫人含笑点头，与她说了两句寻常闲话后便依照主客的规矩就座。

谢伊从进来水榭，看到跟随在英亲王妃身边如主人一般姿态的听音后，就不满地嘟起了嘴。她虽然强自忍着，但到底是年岁小，还保留一丝纯真，为谢芳华从心里上抱不平。

既然是秦铮去接谢芳华来这府里看热闹，又将他的婢女也带来这里，到底是什么意思？生怕别人不知道他有未婚妻之后，还有个婢女被人忘在身后吗？

谁能忘了铮二公子身边大名鼎鼎的听音姑娘？

她一时间气不过，直直地看着坐在英亲王妃身边的人儿，有些愤懑。

大约她眼神太尖锐刺烈，让在座的夫人小姐们甚至围绕在一旁伺候的春兰等侍婢们都感觉到了，英亲王妃更是感觉到了。

英亲王妃抬头看了谢伊一眼，又用眼角瞧了身边的人儿一眼，没说话。

明夫人自然比谢伊经历得多，懂得收敛情绪，伸手暗暗地掐了谢伊一把。

谢伊咝地一痛，见众人都看她，也反应过来，连忙垂下头，但心底压着的情绪却没消散，觉得这样对谢芳华不公平。一个是强求圣旨赐婚的正妻，虽然没过门，但身份可是有了。一个不过是个婢女，就算宠上了天，也不该坐在王妃身边和这里的人平起平坐。

一时间气氛分外怪异。

谢芳华笑了笑，伸手将瓜子盘推到谢伊面前，沉静地道："谢伊小姐喜欢吃瓜子吗？王妃和我都爱嗑瓜子。"

谢伊没想到谢芳华这时跟她说话，她猛地抬起头，见她笑容浅浅，眸光淡淡，平静温和，让人见了觉得舒服，哪怕谁都觉得她坐在这里不合适，偏偏谁也难以启口说出她什么不是来。她没心情吃瓜子，只想着一会儿芳华姐姐来了会不会伤心难受被打击更加把病气重了，摇摇头："我不怎么喜欢吃。"

"我刚刚听王妃说，忠勇侯府以前的世子夫人喜欢嗑瓜子，那你可知道芳华小姐爱嗑瓜子吗？"谢芳华又笑着道。

谢伊微怔，没想到她竟主动提起谢芳华，她一时拿不准她想法，看向一旁的明夫人。

明夫人想着怪不得这听音姑娘受铮二公子和英亲王妃的宠，如此笑容沉静，谈吐从容，让她也佩服几分，见谢伊顶不住她的话，她接过话笑道："芳华小姐小时候爱嗑瓜子的，自从生病后，接触就不多了，我便不知道了。稍后芳华小姐来，听音姑娘可以问问她。"

谢芳华笑着点头："若是她也有相同的兴趣，那么以后也好相处了。"

明夫人一怔，但一妻一婢，以后是要在同一个屋檐下的，这么说也没错。

英亲王妃笑着招呼众人吃瓜果。

众人本来都熟悉，哪怕因为敏夫人闹了点儿不快，也很快就散去，一时间言笑晏晏。

大约过了半个时辰，秦铮带着一名蒙着面纱的孱弱女子从远处缓缓走来，二人身后跟着四名侍婢。那孱弱女子盈盈踱步，整个人呈现病弱不禁风雨之态。华丽的衣裙褶褶生辉，显然是一番精致挑选打扮，独一份的十金一寸的沉香缎，却也掩不住病态。她身后的四名婢女同样衣着光鲜，各个容貌娇俏，脚步整齐一致。

"哎呦，可算是来了！"英亲王妃当先站了起来，笑着亲自出了水榭，迎了出去。

谢芳华眸光微闪，站起身，也跟着英亲王妃出了水榭。

其余夫人小姐们齐齐向远处看去，一时间各有想法，神色不同。

忠勇侯府的小姐谢芳华，哪怕她蒙着面纱，但这份姿态和华丽，任何人只要见了便能一眼认出来。除了忠勇侯府钟鸣鼎食之家的嫡出小姐，谁还能拥有这独一份连皇权都比不上的富贵荣华？

更何况，她有这样一副缠绵病榻多年的病态！

品竹易容假扮谢芳华多年，一举一动，都十分相像。

就算是谢芳华此时此刻见了，也挑不出丝毫破绽来，可见品竹在易容假扮她时下了许多功夫，她的哥哥在调教品竹易容假扮这方面，也下了足够的功夫。

谢伊见谢芳华来了，也欢喜地跟在英亲王妃、听音身后，迎出了水榭。

其余几位夫人小姐对看一眼，也都站起了身。

英亲王妃很快就迎上了易容打扮的品竹，拉住她的手，嗔怪地看着她责怪道："华丫头，如今虽然春天了，但乍暖还寒，你大病之体，怎么还穿得这样少？"话落，不等她开口，对一旁的秦铮瞪眼："你的未婚妻，自己不知道疼着吗？怎么不让她多穿些？"

秦铮看着英亲王妃，语气无辜："您也说了，她是我的未婚妻，还不是妻，难道我能亲自动手帮她穿衣服？"

英亲王妃闻言被气笑了，伸手打了秦铮一巴掌："你滚一边去，没个正经话！"

秦铮这回倒没乖乖地等着挨打，而是立即躲了开去。

英亲王妃没打着人，也不再理会秦铮，拉着谢芳华的手道："你看看你，你这手冰凉，他爷们家的顾及不到的地方，你自己怎么就不仔细身子？"

品竹第一次易容假扮谢芳华出府走动，而且来的地方还是英亲王府。早先在忠勇侯府里，秦铮独自一人去接她的时候，她听到消息，心下就有些打战，但世子悄悄派侍书传了话，告诉她小姐也在这里，让她只管随着秦铮来，她才壮起胆子，提着心来了。

最近京城内有些对小姐和听音不利的传言，必须要打破这种传言，不能让皇上起了心思暗中查探出听音和小姐其实是一个人，否则就大事不妙了！

第二十二章
针锋

京　门　风　月

此时，英亲王妃拉着她如此亲热，她自然要表出态度，便学着谢芳华那日的模样，有些虚弱但轻软地柔声开口：“太过厚重的衣物，穿在身上累得慌，我便拣了轻便的来穿。虽然如今春日里乍暖还寒，但我日日吃的都是补身子的药，这点儿微微寒意还是不怕的。您看，我如今的手虽然凉，但手心是暖的呢！”

英亲王妃闻言摸了摸她的手心，顿时笑了：“是呢，还真是暖的。”话落，又道：“不过你不怕也是不行，我见你今日稍微好一点儿了，若是因染了寒意再卧床几日，我可又要心疼了。这样吧，进了水榭内，四周湖水的寒气吹上来还是比外面凉的，我让春兰给你拿一件披风来，坐着的时候，你又不用走动，遮掩一些寒气，总是好的。”

“那就多谢王妃了！”品竹笑着应承。

“春兰，听见了没？快去拿！就拿年前听音和我一起缝制好，我还没穿戴上身的那件牡丹花的披风。”英亲王妃对春兰吩咐。

春兰连连笑着应声，匆匆去了。

“我本来舍不得折腾你过府，但迎春日里你卧病在床，没能去玉女河看表演，今日六号画舫来了这府里，我便让铮哥儿去忠勇侯府看看你身子骨好些了没。没想到，你还真是可以走动了。”英亲王妃一边说着一边笑着拉着品竹的手，对她道：“今日来了不少夫人和小姐，除夕宫宴里你该是都见过，一起热闹热闹，你不会介意吧？”

“自然不介意！”品竹摇头。

“对了，听音，快过来！”英亲王妃想到什么，回头喊了一声。

谢芳华漫步走上前，沉静地笑道：“我在这里。”

“这是忠勇侯府的芳华小姐，你还没见过，你们今日认识了，以后多亲近亲近。毕竟将来总是要在一个院子里生活，提前了解一些，总是好的。”英亲王妃笑道。

“听音见过芳华小姐！”谢芳华微微一福。

品竹心底微微紧张了一下，但到底是自小就适应了易容假扮，是以，隔着面纱，浅浅地打量着谢芳华，微微一笑，轻软虚弱地道：“听音姑娘，久仰大名了！无须客气，快起身吧！”

谢芳华心中暗暗赞扬了品竹一番，缓缓地直起身。

“我和铮二公子虽然有了婚约，但三年后才能大婚，还不算是这英亲王府的人，只能算是沾些边。听音姑娘不必刻意与我亲近，慢慢相处就行了。时间还长得很。”品竹斟酌着对谢芳华说道。

谢芳华微微一笑，点了点头。

“你看看，一看都是明事理的人儿，你这小子，几辈子修来的福气，这等如花美眷。”英亲王妃伸手点了点一旁的秦铮。

秦铮看着二人，一问一答，一行一止，天衣无缝，缓缓地笑了，得意地勾起嘴角：“天降福来挡不住，您儿子是天定的福祉。”

“臭德行！”英亲王妃笑骂了秦铮一句，拉着品竹往水榭里走：“走，进水榭里，别在这光站着了。”

品竹点点头，由英亲王妃拉着手款款地走进水榭。

“芳华姐姐，你没看到我啊？眼里只有王妃！”谢伊嘟起嘴，不满地瞪着谢芳华，但到底是在英亲王妃面前，没敢太明显表露不满。

英亲王妃脚步顿住，看向谢伊，顿时笑了：“哎呦，这里还有一个吃醋的！”

谢伊脸立即一红。

品竹缓缓转过头，隔着面纱，笑得柔和：“伊妹妹今日打扮得这么漂亮，我怎么能看不见你？”

“芳华姐姐最会哄人，你打扮得漂亮才是。”谢伊闻言笑开。

品竹笑笑，不再说话。

“知道你们姐妹亲近，以后有得是时间，不在这一时半刻。今日啊，先将你的芳华姐姐借给我陪着待着，他日你们再玩。”英亲王妃对谢伊道。

谢伊有些不好意思，点点头。

英亲王妃笑着拉着谢芳华进了水榭。

“各位夫人安！大伯母安！六婶母安！”品竹从进来那一刻，早已经将水榭内的每个人都扫了一眼，这些年，她虽然易容假扮谢芳华，并未出几次府，但谢墨含都私下给她们准备了京中贵裔夫人的画像以及京中一些形势动态，她们可谓是了如指掌。

“芳华小姐安！”几位夫人齐齐笑着打招呼还礼。

“卢小姐，茵姐姐！”品竹又看向卢雪莹和谢茵，笑着打招呼。

卢雪莹温婉一笑：“芳华妹妹不必如此见外，以后你我都是要进这英亲王府的，以姐妹相称就是了，我喊你一声妹妹，你喊我一声姐姐吧！”

“雪莹姐姐！”品竹从善如流。

卢雪莹笑着点头应了一声。

谢茵虽然不喜谢芳华，但在这等时候，也不能显得太傲慢无礼数，尤其是谢芳华如此笑得和气地喊她姐姐，她若是不搭不理摆臭脸，就太没教养了，所以，她有些僵硬地笑着喊了一声：“芳华妹妹！”

品竹自然知道谢茵的德行，笑着点点头，不再说话。

“这回人到齐了，都坐吧！”英亲王妃拉着品竹坐下，又招呼谢芳华：“听音，你也坐，站着做什么？你来这府里多长的时间了，总不至于拘谨。”

“自然不会！”谢芳华摇摇头，也缓缓坐在了座位上。

众人也都齐齐地坐了下来。

“臭小子，你吩咐下去，让他们开始吧！”英亲王妃对秦铮道。

秦铮点点头，对碧湖里的画舫摆摆手：“准备一下，开始吧！”

碧湖画舫内有人应诺了一声。

秦铮吩咐完，缓步进了水榭，走到了英亲王妃身后，对一个婢女吩咐了一句，那婢女立即搬来一把椅子，他一屁股坐在了椅子上，跷着腿，懒洋洋地也准备在此等着看杂耍。

英亲王妃回头瞅了秦铮一眼：“我们这里都是女人，你一个爷们，在这里待着做什么？”

秦铮瞥了英亲王妃一眼：“您可以将我当女人！”

“狗嘴里吐不出象牙来！”英亲王妃笑骂了一声，知道赶不走她，转回了身，对品竹道：“你娘爱嗑瓜子，你是不是也爱？”

品竹点点头。

“那给你，你也吃！”英亲王妃抓了一把瓜子放在了品竹的手里。

品竹接过，隔着面纱看着手里的瓜子，似乎有些伤色外溢。

“想你娘了吧？”英亲王妃看着她，叹息道，“以前，我每次想起她，就觉得难受，后来随着年纪大，我也看开了。她早早离开，也是享福去了。否则啊，忠勇侯府这一摊子事儿，就够她累坏了身子。尤其你和你哥哥的病，她若是在世，怎么能受得住这么多年。老侯爷一个人支撑着忠勇侯府，那是铁骨铮铮熬出来的，有多不易，不为外人道也。”

品竹轻轻点头：“我知道，您放心，只是偶尔想一想罢了。”

“你是好孩子，心思别太重，病总会好的。”英亲王妃拍拍她的手，劝慰道。

品竹嗯了一声。

“芳华妹妹，总是戴着面纱，你不觉得碍眼吗？瓜子也没办法吃吧？还是摘掉吧！反正这里也没有外人。”谢茵终究是忍不住英亲王妃对谢芳华如此好。

“茵姐姐，若是能见人，我也就摘了，我的脸上都是红疹，很是吓人。我怕将各位夫人和姐姐们吓到。”品竹隔着面纱看着谢茵，柔声慢语道，“尤其是这一桌的瓜果点心，再好的东西，到时候也是食不知味了。”

“我不怕！”谢茵立即道，话落，又问一旁的人：“各位夫人们，你们怕吗？”

李夫人、王夫人、郑夫人都知道谢茵这是对谢芳华发难，心里直摇头。同是谢氏一脉，怎么论起气度来，如此天差地别？

明夫人皱了皱眉，虽然不满谢茵不分场合地发难，但如今英亲王妃和她亲娘在，也轮不到她一个婶母出面教训。

英亲王妃闻言向谢茵看去。

敏夫人好不容易夺回了几分英亲王妃的好感，此时哪里能让谢茵毁了，虽然她也想看看谢芳华，但是见英亲王妃看向谢茵，她心里一紧，顿时怒斥：“茵姐儿，不准难为你芳华妹妹！以前那小不快，过去就过去了，如此没有度量，传出去岂不是笑话娘没教导好你？”

谢茵闻言不言声了，但神色还是有些不甘心，她总觉得谢芳华蒙着脸有秘密。

品竹看着谢茵，笑了笑：“大伯母也别如此说茵姐姐，她就是想看看我而已，只要不怕稍后食不下咽，也没什么的。”话落，她伸手扯了面纱。

面纱扯开，一张满布红疹的脸出现在众人眼前。

谢茵第一时间看到，脱口惊呼了一声，从椅子上站了起来，露出骇然的神色。

李夫人、王夫人、郑夫人也齐齐一惊，但她们毕竟是经历风雨的过来人，惊异之后趁机仔细打量谢芳华，见模样的确是那日宫宴的模样，只不过脸上布满红疹，没一处好地方，分外吓人而已。

敏夫人也是惊骇，但是很快也仔细打量谢芳华，不放过她脸上的蛛丝马迹，但是看了半晌，她依旧是她，安静且有些淡漠地任人看着，神色无波无澜，显然是早已经习惯这般情景。

明夫人也是有些惊异，但到底更心疼谢芳华，叹了口气，温声道：“芳华小姐快戴上面纱吧！怕倒不至于，只是你别受了风再严重了，女子容貌更为重要。”

“是啊，戴上吧！茵小姐不喜华丫头，可你们到底是同出一脉，不要总是针对，让外人看了笑话。华丫头心量大气，茵小姐也要学着些。否则，你若是处处针对，传扬出去，这京中内外，以后还有哪府的门第敢娶你？”英亲王妃亲自伸手将品竹拿掉的面纱戴回了她头上，遮住了一张脸。

谢茵脸色有些发白，显然被吓得够呛，张了张嘴，好半晌才吐出一句完整的话，指着谢芳华道：“你……你那日的脸不是还好好的吗？怎么会……如今……这副样子？”

谢芳华笑了笑，没说话。

英亲王妃接过话，将那日她前往忠勇侯府，谢芳华对她和秦怜说的理由说了一遍。

几位夫人闻言释然了，原来是因为多年服用药物残留在体内，如今吃了漠北神医的方子，以毒攻毒所致，也都微微替她宽了些心。

谢茵撇开脸，不再说话。

“碧湖里的画舫似乎开始了。”谢芳华沉静地转移众人的视线。

众人闻言立即向碧湖的画舫看去。

果然如谢芳华所说，那艘画舫已经开始表演，一名老者、一名少年、一名少女、一名小童。四个人把守着画舫的四个方位，中间有青年男子十二名，人人粗布春衫，手里各拿着一盏玲珑灯的玩事儿。

众人都不再言声，连谢茵也睁大眼睛，屏息凝神，等着看玲珑飞花，百鸟来朝。

灯盏高悬，玲珑曼舞，片刻后，便使观看者发出惊奇的声音，连英亲王妃都直了眼睛。

春兰抱着一件披风来到水榭，侍画连忙上前接过，给品竹披在了身上。

品竹伸手拢了拢披风，转头对春兰道了一声谢。

春兰笑开，摇摇头：“芳华小姐您客气了！”话落，她走到英亲王妃身边，对她低声耳语了一句：“王妃，皇上又来了！”

英亲王妃顿时皱眉：“他又来做什么？”

春兰摇摇头：“这次是和皇后一起来的，说是来看表演。”

英亲王妃咦了一声：“皇后的腿不是不能动弹吗？”

“是用软轿子抬着，如今已经进府了，王爷得到消息，迎了出去，皇上不让声张，向这边走来了。”春兰道。

英亲王妃偏头看了她左右的二人一眼，见神色都极其沉静，仿佛没听到春兰和她说的话，她又转头看了身后一眼，只见秦铮正慵懒地靠着椅背支着腿歪躺着，无比惬意，她伸手揉揉额头，一时间不知作何打算。

“哎呀，小姐，您的衣服！”侍画突然喊了一声。

众人被惊醒，齐齐回转头向品竹看来。

品竹也仿佛被惊醒，低头看向自己，只见好好的绫罗锦绣前襟处一片脏污水渍，她面前不远处的杯子不知何时倒了，因为身子贴着桌面，胸前被流下的水弄湿了一大片。

“哎呦，这是怎么回事儿？”英亲王妃立即问。

品竹看了片刻，抬起头，对英亲王妃笑了笑：“大约是我看得太入神，不小心碰翻了面前的水杯。没大碍，稍后就会风干了！”

“那怎么行？你身子本来就不好，再这样湿着的话，病重了怎么办？”英亲王妃摇头，对春兰吩咐：“快带芳华小姐去换一身衣服！”

春兰连忙点头，须臾，又反应快地道：“王妃，咱们院子里，只您的衣服和婢女的衣服，怎么适合芳华小姐穿？”

“也是！”英亲王妃闻言点头，看了谢芳华一眼，“这府里，适合她穿的也就是听音的衣服了。”话落，她对谢芳华道：“听音，将你的衣服拿一身给华丫头换吧！如何？”

谢芳华笑着站起身：“自然没问题。我带芳华小姐去落梅居换就是了，咱们家二公子给我做了不少衣服，很多我还没穿。芳华小姐喜欢哪件，随意挑选穿就是。”

“那敢情好！”英亲王妃顿时笑了，“不过你看不上杂耍了！”

“您忘了，迎春之日，二公子带我去玉女河看了。”谢芳华摇摇头，“只是可惜芳华小姐看不上了。不过也无大碍，反正这画舫在咱们府里，回头再给芳华小姐演一遍就是了。”

“也对！那你们快去吧！”英亲王妃摆手，又对春兰道：“你也跟着侍候。”

“是，王妃！”春兰连忙颔首，心中微微疑惑，觉得这事儿也太巧了。她刚禀告完皇上要来这里，芳华小姐的衣服就湿了。可她也没注意那水是怎么洒的，一时间想不出头绪。

“芳华小姐，走吧！”谢芳华对品竹招呼一声。

“多谢听音姑娘！”品竹站起身，侍画、侍墨立即上前扶住她，跟在谢芳华的身后。

两人出了水榭，一个步履沉静从容，脊背笔直，一个孱弱虚浮，姿态却是万千。

明明就是两个不同的女子嘛！

众位夫人想着最近在京中流传的谣言，都暗自摇了摇头，觉得京中人们清闲太久了，总爱寻思些事端来揣测，又是牵连忠勇侯府小姐和英亲王府铮二公子身边婢女的事情，更是异想天开得没边界了。

秦铮瞅着二人离开，眸光微微虚晃，无声地笑了笑。

谢茵没理会谢芳华衣服湿不湿，眼睛盯着画舫移不开。

卢雪莹眸光略有沉思，她正揣测着，察觉一道目光向她看来，她敏感地转过头，正碰上秦铮看来的幽暗难测的目光，她心下一惊，如被刺扎了一般，脑中心中所有的念头还没来得及抓住，顿时消失得无影无踪，她应激性地收回视线，看向画舫，脸上的神色有些奇异的胆战。

秦铮目光只在卢雪莹的脸上停留一瞬便移开了视线，任谁也没发现这短短的眼神交汇的变化，他还是那个懒洋洋的贵裔公子哥，悠闲惬意地看着画舫表演， 似乎丝毫都不担心他的未婚妻和他的贴身婢女第一次见面，也许会打起来之类的。

谢芳华带着品竹向落梅居走去，她走的是抄近道的小路。

料想皇帝和皇后进府，既然皇后坐的是软轿子，总不能走小路，因为轿子走不开。

一路上，无人说话，都安静地走着。

府中的仆从都聚到了后花园的碧湖水榭，小路上安静无人声。

不多时，便来到了落梅居。

“兰姨，您就在门口等着吧！我带芳华小姐进去。我看前面有人声传来，您顺便听听是怎么回事儿！”谢芳华对春兰道。

春兰闻言笑着道：“是皇上和皇后进咱们府了！”

谢芳华一怔，讶异地道：“皇上又来了？皇后的腿摔折了，不是不能动吗？”

“是啊，又来了，皇后坐着软轿子，据说是皇上体恤皇后，也想让她看看玲珑飞花、百鸟来朝的表演。”春兰笑着道。

谢芳华点点头，面色有些不悦。

“您别担心，今日王妃、二公子都在。经过昨日之事，二公子为了您和皇上翻了脸，皇上应该不会再为难您。”春兰见谢芳华表情，宽慰道。

谢芳华笑了笑，点点头：“我是有些紧张。不过听兰姨这么说，我就放心了。”话落，她对品竹道：“芳华小姐，随我来吧！”

品竹点点头。

谢芳华带着品竹进了屋，侍画、侍墨跟随其后，侍蓝、侍晚陪着春兰等在门口。

落梅居里，梅花花瓣随着春日里的春风漫舞飞扬，一入落梅居，就如入了梅的仙源。

“真漂亮！”品竹忍不住赞扬。

谢芳华回头对她一笑：“以后你也住这里，可以慢慢欣赏。”

品竹想着小姐若是嫁入英亲王府的落梅居后，她们八大侍婢可不是要跟随吗？顿时笑开了，隔着面纱，也可以看到她脸上的笑意。

不多时，二人进了正屋。

谢芳华直接带着品竹去了她所居住的中屋。

进屋后，品竹向窗外看了一眼，只见春兰和侍蓝、侍晚在说话，真没跟进来，她立即泄了全身力气，紧张地道：“小姐，皇上来了，这怎么办啊？奴婢怕皇上眼睛毒辣，应付不过来。”

“咱们俩换个身份，我来应付他。”谢芳华沉静地从怀中拿出两颗药，一颗递给品竹，一颗自己张口吞下。

“这行吗？”品竹虽然疑问，但还是接过谢芳华递给的药，痛快地吞下肚。

“他见过谢芳华，没见过听音，所以，谢芳华必须是真的，听音可以是假的。以假乱真，以真乱假。他未必能看得出来。”谢芳华对她道，“稍后我给你易容，他总不能降低身份连番试探为难你一个婢女。”

品竹点点头。无论是谢芳华，还是听音，都分外受关注，但到底听音是婢女，不曾见过皇上，总要好些。她暗暗地做着心理准备。

“皇上昨日来了，今日又拉了皇后来，定然是得到了英亲王府你我都在的消息，再躲开是不可能了。你就记住，该如何就如何！他就算是九五之尊，当朝天子，但也是凡人，有左右不了的事情，没什么可怕的。”谢芳华一边说着一边将自己的衣物脱下来递给品竹，同时对侍画吩咐：“外间画堂后墙壁第二个壁橱第十个暗格里有个罐子，里面装着松花粉，你去给我取点儿来。”

侍画应声，立即走了出去。

品竹深吸了一口气，镇定下来，接过谢芳华递给她的衣物，连忙换了起来。

谢芳华也穿上自己找出的衣物。

二人换好衣服，品竹脸上的红疹因为谢芳华给的那颗药消失于无形。

谢芳华恢复容貌，对她吩咐：“你到镜子前坐好，我给你易容。”

品竹颔首，连忙到镜子前坐好。

谢芳华从怀里拿出一张薄薄的蚕丝面皮，走到镜子前，扳正品竹的脸，给她易容。她的手法极好，快而熟练，不多时，一张脸便在她的手下易容成了听音的模样。

品竹一直盯着菱花镜，在她的眼睛下，谢芳华的动作虽然毫无遮掩，但她也不过是看了个大概，心中更是叹服惊异。

这样的脸，让她对着镜子看的时候，都能恍惚地觉得自己就是听音。

这样的感觉，只有真正的易容高手才能做到。

南秦京城论易容高手，除了小姐，恐怕是再无第二个人能做到这般天衣无缝。

她早先的易容装扮，也不过是能糊弄那些丝毫不懂易容术的夫人小姐罢了！

侍画拿了松花粉进来的时候，谢芳华已经对品竹做完了易容，她将松花粉递给谢芳华，谢芳华接过，放入口中，很快地，她一张完美的脸上便起了细微的红疹。

侍画叹息：“小姐，好好的一张脸，好好的一副身子，您如今总是用药折腾，何日是个头啊！”

“我服的药物都是尽可能将对身体的伤害降到了最低，放心吧，不会有大事儿。昨日我听秦铮说，皇上今日早朝下旨，让四皇子回京，你们在忠勇侯府可听到早朝上传出的消息了？”谢芳华问。

侍画立即道：“一个时辰前是有消息传到忠勇侯府了，的确是关于四皇子的消息。据说，十日前，漠北边境的守军和北齐的戍边守军不知因何原因发生了冲突。当时闹得极大，两方各三十万兵马差点儿打起大战，险些血染漠北边境。最后是四皇子出面，调停了两方守军，平息了乱象。皇上昨日晚上得到了消息，记了四皇子一大功，同时也提了关于四皇子回京之事，据说左相等人无人反对。但皇上没提召回四皇子的具体日期，大约是想等边境彻底稳定了，或者是另有打算。”

谢芳华点点头，问道：“十日前，那不是除夕夜吗？”

侍画点头：“是除夕夜！”

谢芳华低头，沉思片刻，忽然笑了：“秦钰，果然是个人物！漠北戍边舅舅麾下的心腹爱将，应该是死伤了数人吧？”话落，她有些凉意地道：“能收服的就收服了，不能收服的，可真是不手软！”

侍画一怔：“小姐，您是说四皇子他……”

“他要漠北戍边舅舅的兵权！”谢芳华道。

侍画、品竹和侍墨面色一变。

她们自小被谢墨含训练，不止是对京中形势了解甚深，天下形势也是了解极多。

若是秦钰前往漠北要舅老爷兵权的话，那么半年前的火烧宫闱就值得深究了。

皇上若是要除去忠勇侯府，漠北戍边的兵权自然不能一直在武卫将军的手中。毕竟武卫将军是忠勇侯府世子和小姐的娘舅。这一层姻亲关系，无论如何也是抹杀不去的。

更甚至，当年的世子和夫人双双逝去，博陵崔氏退出京城贵裔圈，武卫将军请旨去了漠北，那时候，南秦的政权发生了天大的变革，武卫将军府也就成了忠勇侯府的一道富贵屏障。这么多年，也是因为这三十万兵权，让皇室不敢轻举妄动。

如今，兜了个大圈子，原来四皇子要的是兵权！

若是兵权被他夺到手中，那么未来……

这样的根由让她们只要深深地去想一下，便觉得脊背发凉。

“就算他夺了兵权，又能如何？”谢芳华嗤笑一声，“该改变的，迟早要改变，改变不了的，无论如何也改变不了。”话落，她凉薄地道：“无名山被我毁了，就是毁了。皇室的这道屏障被我除去了，比起漠北的三十万兵权，皇室只不过是赢了一小仗而已。”

侍画等人都看着谢芳华。

“况且，漠北的兵权是那么好夺的吗？就算夺到了，他是那么好拿回来的吗？”谢芳华嘲讽地勾起嘴角，“就算皇上下旨让他回京，我也会让他扒下一层皮来。”

侍画三人心头齐齐一震。

谢芳华伸手将面纱盖在头上，对三人道：“走，不能耽搁太长时间，我们过去了！”

三人齐齐点头，出了房门。

春兰、侍蓝、侍晚三人没等多大时候，便见听音已经带着谢芳华换了衣衫出来，闲聊的话住了口，迎上四人。

“听音姑娘，你们的动作可真是快！”春兰对走在前面的品竹笑着道，“我以为总要多耽搁一会儿。”

品竹从踏出房门的第一时间，便将自己当作了真正的听音，笑着道：“芳华小姐换一件衣服而已，她不挑挑拣拣，换了衣服就出来了，所以自然没耽搁时间。”

“芳华小姐，您还好吧？”春兰见谢芳华不说话，由侍画、侍墨扶着，脚步虚力，关心地询问。

谢芳华摇摇头，隔着面纱虚软地道：“还好，我这副身子骨不争气，这样走路换衣折腾一番，就气虚。不过无碍的。”

“那咱们就慢些走，您若是累了，就在路上歇着。后花园的杂耍反正也演上了，已经错过了，如今也就不急了。”春兰道。

谢芳华点点头。

一行人离开落梅居，向后花园走去。

走了一段路，来到落梅居和紫荆苑、后花园的分路口，正碰到一群人迎面走来。

正是皇上、皇后、英亲王、秦浩，以及侍候在皇帝和皇后身边的宫女、太监和护卫。

谢芳华脚步顿住。

品竹易容的听音心头一紧，也猛地停住了脚步。

春兰一愣，脱口道：“咱们从后花园出来去落梅居的时候，皇上、皇后便由王爷和大公子陪着去后花园了，咱们来回换一趟衣服耽搁的工夫不大，但也不小，怎么皇上和皇后、王爷、大公子才走到了这里？”

谢芳华垂下眼睫，想着皇上一定是听到了什么消息，刻意放慢了脚步吧！

品竹定了定神，沉静地道：“也许皇上路上耽搁了，既然碰见了，我们就赶快过去吧！否则可是大不敬。”

春兰有些担忧地看了品竹一眼，点点头。

“芳华拜见皇上！”

“听音拜见皇上！”

“奴婢们拜见皇上！”

来到三丈远的距离，谢芳华、品竹、春兰、侍画等人齐齐跪拜见礼。

“免礼！”皇帝停住脚步，看着众人。

一行人叩谢，品竹径直站起身，谢芳华由侍画、侍墨扶着站起身。

“华丫头身子骨好些了？不然今日怎么来了这英亲王府？”皇帝扫了一眼品竹，眸光深了深，定在了谢芳华身上。

谢芳华由侍画、侍墨扶着，微微气喘、虚弱地道：“回皇上，好一些了！王妃念在迎春之日我没办法出府去玉女河看杂耍，今日英亲王府有搭台，便让铮二公子接了我过府来看。我耐不住新鲜好奇，便过来了。”

“你这孩子和皇后一样，明明身体受不住，偏偏还耐不住凑热闹。”皇上缓缓笑了，目光转到品竹身上，眉梢微挑，沉声问：“你就是听音？”

压力突然罩顶，让品竹一时间有些顶不住。

谢芳华暗暗地运气，慢慢地抬起头，轻轻拂了一下额头，一丝无形的气息流到了品竹的头顶，不带一丝痕迹地罩在了她头顶上方。

品竹觉得压力顿时一轻，感觉到谢芳华在助她，心神一醒，稳住了情绪，垂下头，声音冷静：“回皇上，奴婢就是听音。”

皇帝没想到一个婢女在他刻意地释放气劲下还如此面不改色，不过想到她能被秦铮和英亲王妃看重，就连英亲王对她的态度也有所转变，便也知道她有些斤两，看着她，威严地道：“朕可是对你久仰大名啊！”

品竹低垂着头，不言声，看起来分外规矩。

“朕早就想见见你了，今日总算是见到了。”皇帝威仪的帝王气息不但不收回，反而又释放了些，对她有些凛冽地道，“你可是本事，让秦铮屡次因为你违背朕的旨意，你可知罪？”

谢芳华因为救崔意端身体透支严重，刚刚休息缓和不两日，皇帝增压后，她支撑在品竹上方的压力有些许艰难，不过幸好隔着面纱，看不到她额头细微溢出的汗水。她想着到底是皇帝，刻意地拖延避开秦铮和英亲王妃提前拦截在这里对听音发难，虽然身份悬殊，但此时只有少数人在，他也不必计较帝王的身份。她低估了皇帝要当面盘问一个婢女的决心。

品竹也察觉到皇帝的凌厉气压加重了，她想到小姐有伤在身，怕她因为对抗皇帝再加重，对皇帝的紧张、慌乱、身份悬殊等等的犯怵全不见了，深吸了一口气，沉静地回道：“回皇上，奴婢不知道我家二公子哪里因为奴婢违背您的旨意了？您是皇上，九五之尊，金口玉言，圣旨更是万钧之重。违抗圣旨，可是重罪，轻则抄家灭门，重则株连九族，您不要吓奴婢，奴婢只是一个小小的婢女，可担负不起整个英亲王府被牵连的罪责。”

这一番话，可谓是伶牙俐齿，口诛笔伐地还击了。

皇帝一怔，没想到她一个小小的婢女真有胆子说出这番话，这是明摆着给他一个大巴掌。他一怔的空当，对她的低沉气息压力顷刻间收了回来。

软轿内的皇后也是第一次见到听音，对她竟然敢直面还击皇上，不由暗暗捏了一把汗，同时又觉得这个婢女的胆子如此大，怪不得被秦铮和英亲王妃同时看重。

英亲王显然早就料到皇帝一路来慢悠悠地拖延，怕是为着什么事儿，如今见了谢芳华和听音，他自然也就明白了。心里虽然有些不满，但碍于皇帝的颜面，没开口。如今见着听音竟然这般不给皇帝脸面，他的眉头皱了皱，心也提了起来。

秦浩站在英亲王身后，看着谢芳华和听音，不知道在想些什么。

而谢芳华自然是对品竹暗中竖了竖拇指，面纱下的嘴角忍不住微微勾起。

春兰则是吓坏了，脸唰地白了。虽然她一直知道听音姑娘胆子大，但也不承想竟然如此大。

气氛一时间有些怪异。

过了片刻，皇帝脸色猛地拉了下来，气息忽然暴怒，喝道："这是你一个婢女该对朕说的话？好大的胆子！"

品竹心里一紧，但豁出去了，低着头，冷静地道："奴婢向来心肠子直，不会转弯，说话就是直言直语，二公子和王妃就喜欢奴婢这样。"话落，她拖英亲王下水："王爷，您说句话，告诉皇上，奴婢是不是从进英亲王府以后，一直就是这般样子？"

英亲王头有些疼，看了皇帝一眼，不知该如何说话。若是他今日护听音，势必要得罪皇上；若是不护着，那么好不容易缓和的父子关系怕是又要崩裂了。他儿子可是将听音护在手心里的。

"父王每日里朝务繁忙，哪里有时间去管一个婢女如何直言直语或者如何行事？"秦浩忽然开口，看着品竹道，"听音姑娘的事情我比父王清楚，听音姑娘为何不让皇叔问我？"

谢芳华见秦浩开口，眯了眯眼睛。

皇上扭头看了秦浩一眼，哦了一声："你清楚她？你来说说！她今日如此，算不算是对朕大不敬。"

秦浩点点头，开口道："从听音入府……"

"皇叔，您问我大哥关于听音的事情，他就算比我爹知道，也不过是只知皮毛，您怎么不问我？她可是我的婢女，谁还能比我更清楚她的脾性？"

皇帝显然没料到秦铮来得如此快，眼底一沉，顺着声音的来源看去。

秦浩被迫住了口，也向秦铮看去。

只见一行人从后花园方向疾步走来，秦铮走在最前面，清风吹起他轻软华丽的锦袍，看起来少年俊秀，意气飞扬。

他身后缓步走着英亲王妃和右相夫人、监察御史夫人、翰林大学士府的夫人，以及谢氏长房的敏夫人和谢茵、谢氏六房的明夫人和谢伊，外加卢雪莹。

夫人小姐们身后，是跟随侍候的婢女。

"你们怎么都过来这里了？"英亲王咳嗽了一声，想打破有些剑拔弩张的火气味。

"爹您问我吗？"秦铮来到近前，没好脸色地看了英亲王一眼，冷笑道，"皇叔和皇婶就算微服出宫，来到咱们府，但也是当朝天子和国母，难道非要悄悄来悄悄走，不能见人？您和大哥得到了消息，我娘和我自然也得到了消息，怎么能不出来迎候大驾？

岂不是大不敬？”

英亲王知道自己没护着他的婢女惹恼他了，叹了口气，撇开头，不再言声。

皇帝的脸色阴沉，看着秦铮道：“臭小子，你已经放肆够久了，朕是你皇叔，你不问礼请安，如今就是这么跟我说话的吗？”

“我自然知道您是我皇叔，否则你出去问问，这南秦京城，包括我父王算在内，有哪一个人能让我亲自出来迎接？您是不是独一份？”秦铮似笑非笑地看着皇帝，“您也知道您是长辈，侄儿是小辈，可是您老是盯着我的一个小婢女做什么？您是不是太闲了？或者说，您这江山国土今年是不是太平静了，总想要找点儿事儿让您忙起来，您得将眼光放大些，放高些，放远些啊！”

皇帝一噎，顿时气冲脑门：“你说的这叫什么话？朕怎么就太闲了？朕是你叔叔，你父亲管不了你，你娘宠着你，朕难道还不能管你了？”

“您能管！可是能不能管点儿该管的，不该管的别瞎操心？比如我的爵位，您什么时候给我？总盯着我屋子里的一个婢女做什么？”秦铮懒洋洋地道，“或者，您若是管我，关心关心我未婚妻也行，最起码她是我要明媒正娶的媳妇儿，将来才是最能逢年过节进宫给您请安叩头的人。我不介意您将我们的婚期挪近一点儿。您总是盯着一个婢女，您觉得传出去会不会让人笑话？南秦江山，多少土地，多少子民，女人无数，您难道还真看上我身边的她了？想抢进宫？”

“一派胡言乱语！”皇帝额头的青筋跳了跳，怒斥了一声。

秦铮摊摊手，模样分外无可奈何：“就算我胡言乱语，大不敬了，皇叔，那么我来问问您，您和皇后来了英亲王府，少说也有半个时辰了吧？怎么还磨蹭在这里？以您的身份，总不能是我的婢女拦截了您，不让您走吧？”

皇帝憋着气看着秦铮：“朕的确是九五之尊，论身份，不能总盯着你的一个婢女。可是你看看你的这个婢女，她真是一个婢女吗？试问普天之下，有谁如你和你娘这般宠着一个婢女的？试问普天之下，南秦国土内，有哪一个婢女在朕的面前行不改色，口风犀利，连朕也不怕，出口就说出不敬之语的？有吗？”

秦铮闻言倏地笑了，不正经地道：“是没有，正因为没有，我才要宠出来一个。正如当初的皇祖母宠我，我娘宠我，我也想找个人宠着。”话落，他看向谢芳华，笑意盈然地道：“不止这一个婢女，将来我的媳妇儿，我也要宠成这样。皇叔，您若是看不惯，只管不看就是。我的女人，我宠上天，也碍不着您什么事儿啊！”

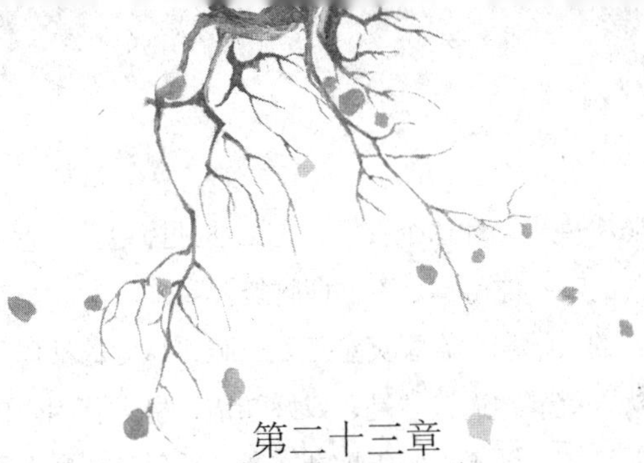

第二十三章
和蔼

京 门 风 月

“你说碍不着朕的事儿？”皇帝眯起眼睛。

“自然是碍不着您的事儿！试问，我的听音从踏入英亲王府的门，她可曾出了这个府去惹过什么事儿？她可曾进宫跑到您眼前碍您的眼？她可曾故意在这里拦着您的路口风犀利地得罪您？”秦铮看着皇帝，寸步不让，“还有我的未婚妻，她可曾做过哪件事儿碍着您了？难道她生病卧床不起，也是碍事儿？碍着您的江山社稷，千秋万载基业了？”

皇帝一口血气涌上胸口，伸手指着秦铮：“你……你这么多年，什么好东西也没学会，只学会了顶撞人？学得跋扈嚣张，伶牙俐齿了吗？”

秦铮无辜地看着皇帝：“皇叔，您明日干脆颁布一道旨意，朝中文武百官，天下百姓，限制言论，都封口得了。那样的话，您就不必听一些我和听音这样不入耳的声音了。”

“你……岂有此理！”皇帝脸色已经由青转紫。

“皇上，一个孩子的话而已，您至于气成这样子？更何况，他也没说错。您带着皇后娘娘来英亲王府，不是为了看画舫的表演吗？怎么盘问起一个婢女来了？确实有碍您的身份。”英亲王妃来到近前。

皇帝身子微微一僵，转过头看着英亲王妃，怒意丝毫不加掩饰：“都是你惯出来的好儿子！都说普天之下莫非王土，朕的江山，朕的子民，朕连一个婢女也不能问了？”

英亲王妃见皇帝着实气得不轻，今日这么多人在场，传出去也是惹人笑话，她轻轻一笑，温和地道：“皇上自然能问！”话落，她看向品竹，对她道：“听音，皇上都盘问了你什么？你就照实说来。你这个孩子，怎么能顶撞皇上，惹皇上不高兴呢！皇帝的威严是什么人都能惹的吗？你可真是不怕掉脑袋。”

品竹本来低垂着的头抬起，看了英亲王妃一眼，从她的话语和态度里听出她说反话向着她，她又垂下头，沉静地道：“是，奴婢知错，皇上若问奴婢什么，只管问来，奴婢不敢隐瞒皇上。”话落，她不太服气地补充道：“只是请皇上别再说奴婢背后唆使我家二公子屡次违背您的旨意了。奴婢真是冤枉。”

秦铮闻言挑了挑眉，看向皇帝，扬唇笑道：“皇叔，您早先说因她唆使我才屡次违背您的旨意？”

英亲王妃一怔，也看向皇帝，讶异地道：“皇上，这话从何说来？”

皇上脸色青紫难看，看着品竹，一言不发。

品竹垂下头，静静地站着，一动不动，如一根木头桩子。

“王嫂，铮哥儿，皇上是带我来英亲王府看杂耍的，进府后，皇上听闻府内邀请了几位夫人一起看热闹，怕打扰了你们，便没让人声张。本来是走宽敞一点儿的路的，但是大公子说他紫荆苑的紫荆花正盛开，我也是爱花之人，便产生了好奇之心，是以走了这条远路过来看看，不想在这里遇到了芳华小姐和听音姑娘。”一直没开口的皇后在软轿内打破沉涌低暗的气氛，笑着道，“王嫂和铮哥儿也别生气，皇上也没别的意思，只是对听音姑娘好奇罢了。毕竟这普天之下，南秦国土内，还真没有这样一个受宠得如主子一般的婢女。皇上想盘问一番，也不奇怪。”

这样一番话，算是给皇帝解了围，找了个台阶下。

“是啊，正是这样！你们一个个的大惊小怪做什么？皇上就算身份尊贵，但还不能过问一个婢女了？我记得当年皇上刚登基那会儿，为了了解民生，微服出访，还在乞丐堆里待过的。”英亲王也开口解围。

英亲王妃扫了英亲王一眼，没说话。

秦铮倏地一笑：“那是我怪罪皇叔了，侄儿给皇叔赔不是了。”话落，他一本正经地给皇帝鞠了一躬，口中却立场坚定地道：“只要皇叔不是惦记着我的婢女，惦记着给我纳妾，只要不让我未婚妻不快，一切都好说！”

这算是给皇帝下了台阶。

皇上见有人摆出好几道台阶，虽然心中依然气怒不已，但也知道不适合再因此纠缠了。他毕竟是皇帝，有些事情也是受拘束不能为的。他脸色稍微好转一些，沉声道：“朕就觉得，你的婢女和你一样，太过锋利了，不是好事儿，想磨合她一番。你这就赶紧出来护着了。”话落，他哼道：“朕执掌南秦江山，万顷国土，数百万民生，朝事繁重，哪里有空理会你的私情私事儿。只要你不闹出什么天大的事情碍着朕的话，朕才懒得管你。”

秦铮直起身，笑容可掬地道："我的女人我会看好，皇叔也别再明里暗里地插手困扰她了。您让侄子快活的话，侄子也不会给您找事儿。"

皇帝冷冷地哼了一声："总之你好自为之。"

秦铮扬扬眉梢，扫了秦浩一眼："侄子向来有自知之明。"话落，他道："皇叔、皇婶既然这么喜欢我大哥南苑的紫荆花，不如赶明个儿，将那些紫荆花都挪去皇宫吧，也算是我大哥对您二人的一番孝敬。"

秦浩脸色一僵。

皇帝沉着脸摆摆手："朕陪皇后来，紫荆花没看上，画舫的表演没看上，却是惹了一肚子气。秦浩用不着拿这个孝敬，他只需要好好给朕在朝中当值就行了。至于你……"他顿了顿，"别给朕找麻烦，你爱做什么就做什么！"

秦铮勾起嘴角："好说！"

秦浩面色微微一松，心中恼恨在皇帝面前他从来就没有如秦铮一般想说什么就说什么，想做什么就做什么的权力。

"既然皇上和皇后娘娘想看紫荆花，那么就先去南苑，正巧几位夫人小姐也都还没见过今年南苑的紫荆花开。等看完了紫荆花，再去后花园，我吩咐画舫再演一遍，反正早先华丫头因为换衣物也没看上表演。"英亲王妃笑着安排道，"另外，我再吩咐厨子设宴，今日皇上、皇后以及各位夫人小姐就在府中用午膳吧！"

皇帝点点头，算是顺从了英亲王妃的安排。

英亲王见此事到此就算是揭过去了，心里松了一口气。

"你喜欢紫荆花吗？"秦铮偏头问遮着面纱的谢芳华。

谢芳华想起数日前带李如碧等几位小姐去南苑看紫荆花的一幕，依然觉得浑身不舒服，摇摇头，虚弱地道："我不喜欢紫荆花，就不去看了。"

秦铮勾起唇角："我猜你也不喜欢。"

谢芳华挑眉，他可真会猜！还能猜出来什么？

"臭小子，你竟是什么都会猜了？"英亲王妃瞥了秦铮一眼。

秦铮懒洋洋地道："我的女人，都不会喜欢紫荆花。听音不喜欢，华儿自然也不会喜欢。"话落，他摆摆手："皇叔、皇婶想要看紫荆花就快去吧！我带不喜欢的人去后花园。"

皇上看了秦铮一眼，板着脸对一旁的秦浩道："带路！"

秦浩点点头，头前带路，背过身子，人看不见的地方，他的脸色阴沉如霜。

皇上缓步走在秦浩身后，英亲王也立即跟上。

英亲王妃站着没动。

皇后坐在软轿子内看着英亲王妃，笑着道："王嫂，你不过去？"

英亲王妃对她笑了笑："有王爷和大公子作陪，皇上和你慢慢赏。我日日在王府，寸草寸木早就看腻了，就不过去了。有这个时间，我还不如去盯着厨子给你们做些好吃的菜。"

"我最爱吃王嫂亲自下厨做的春笋了。"皇后道。

"你啊，都多大的人了，还记得多少年前我做过的春笋？行，你且去，我这就去给你做。"英亲王妃嗔了皇后一眼，笑着答应。

"那就多谢王嫂了。"皇后笑容漫开，看向李夫人等几位夫人小姐，"各位夫人小姐，一起去吧！紫荆花开花甚是漂亮，可以一睹。"

李夫人等人连连点头："皇后先走，我们后面跟着。"

皇后笑着点点头，吩咐了轿夫一声，轿夫抬着皇后的软轿向紫荆苑走去。

李夫人、王夫人、郑夫人、敏夫人、明夫人等人看向英亲王妃。

英亲王妃笑着对这些人摆摆手。

一行人向紫荆苑走去。

秦铮看着一行人离开，眯了眯眼睛，看着英亲王妃，爱笑不笑地道："娘，我记着皇叔最喜欢吃春笋，皇婶什么时候爱吃春笋了？"

英亲王妃劈手打了秦铮一巴掌，对他恼道："你个小兔崽子，给我滚远点儿。"

秦铮轻松地躲开，须臾，又立即凑到了英亲王妃身边，脖子枕在她肩膀上，软黏黏地小声道："娘，难道我的记性变差了？"

英亲王妃回头瞅他，被他的模样给气笑了，伸手推开他的脑袋，对他瞪眼道："你的记性是没差。谁年轻的时候，没有点儿风月之事？你少拿这个来笑话你娘我！"

秦铮顺势离开英亲王妃的肩膀，看着她，啧啧了一声，嘟囔道："你可真是个没良心的女人！"话落，又道："既然你下厨房做一盘菜也是做，那么做两盘菜也没什么，我爱吃红烧鳜鱼，您也给做了吧！"

"你这个难做！"英亲王妃不满。

"我不管！要不你一样都别做！"秦铮轻轻哼了一声，扭头往后花园走，走了两步回头对依然站在远处的谢芳华和品竹道："你们还站着做什么？难道也要跟着她去下厨？还不快跟上！"

品竹看向英亲王妃，余光却扫向谢芳华。

谢芳华看着秦铮，琢磨他刚刚话语中的意思，再结合曾经的传言，笑了笑。

"你们快跟着他过去吧！"英亲王妃对二人摆摆手，又吩咐春兰："你跟着侍候！我看华丫头站在那里一阵风吹来就要倒的模样，实在太心疼，她若是累了，先带她去暖阁里歇着。"

"好！"春兰应声。

由秦铮领头，一行人向后花园走去。

待一行人走远，英亲王妃身边只剩下了八大侍婢，她叹了口气，对翠荷等人道："每日里都不省心，这日子你们说，什么时候是个头啊？"

翠荷等人对看一眼，知道王妃说的是铮二公子和皇上越来越僵的关系，尤其中间还插了听音和忠勇侯府的事儿，英亲王府未来恐怕是不得安宁了，她们也跟着齐齐叹气。

"秦家的人，从来都放不下执念。"英亲王妃揉揉额头，"我以为我生的儿子能例外，但到底是想错了。他这副性子，更是愁死个人。"

"王妃也别太忧愁了，依奴婢们看啊，二公子这才是活得洒意，总比燕小侯爷强多了。"翠荷拿捏着话语劝慰英亲王妃，"您想想，永康侯夫人是不是比您还要愁？"

"也是！"英亲王妃顿时笑了。

翠荷等人想着永康侯夫人卧病在床好几日了，也都齐齐笑了。管了儿子多年，最后反而给管飞了，她的病怕是一时半会儿好不了了。就算京中无人笑话她，她也过不去自己那道坎。

英亲王妃消散了心中些许的郁气，带着人向小厨房走去。

谢芳华走了一段路后，回头瞅了一眼，只见早先那个三岔路口已经无人，她收回视线。

秦铮本来走在前面，此时忽然回头看了谢芳华一眼，没说话，又转回了头去。

谢芳华敏感地窥到了他刚刚眼底那一抹幽暗，头突地疼了一下，对春兰道："兰姨，暖阁在哪里？你带我去吧！我有些受不住。"

"快到后花园了，暖阁就在不远处，奴婢这就带您去。您受不住可真的不能硬撑。"春兰连忙道。

谢芳华点点头。

不多时，来到后花园。

秦铮停住脚步，对春兰道："兰姨，你陪着听音吧！我送华儿过去。"

春兰微微一怔，看着秦铮，一时间不明白了，二公子这到底是喜欢听音还是喜欢芳华小姐。怎么看着他是哪个都喜欢呢？可她从小看着二公子长大的，他怎么看都是一个长情的人啊。如今这两个人碰到了一起，按理说该尴尬才是，却如此和睦，倒让她一点儿也看不明白了。或许王妃明白些，但王妃这些日子口风也紧，什么也不与她说了。大约是怕她说与喜顺听，被喜顺传给王爷，或者传给别人。

"走，我送你过去！"秦铮不等春兰点头，对谢芳华道。

谢芳华皱眉看着秦铮，缓缓地点了点头。

春兰见谢芳华同意，只能作罢。

"你们都不必跟着了！"秦铮走到谢芳华面前，侍画、侍墨本来搀扶着谢芳华，见他靠近，都齐齐松开手退后了一步，他趁机伸手将她打横抱了起来。

谢芳华的低呼刚要溢出唇瓣，便被她紧紧抿住，收了回去，只皱眉看着他。

秦铮不再多言，抱着她向暖阁走去。

侍画、侍墨对看一眼，想跟上，但想着秦铮的吩咐，知道跟上去大约也是无用的。更何况这里待着的是假听音，真品竹，她们必须要照应着才是。权衡一番，便不再跟去了。

春兰看了谢芳华带来的四大婢女一眼，总觉得哪里不对，但又说不上来。

品竹走进了如今空无一人的水榭内，以听音的身份，招呼侍画、侍墨、侍蓝、侍晚四人坐下来喝茶。

春兰也醒过神来，连忙与几人坐在了一处，继续聊着在落梅居门口没聊完的话题。

秦铮抱着谢芳华脚步轻松，不多时，便来到了碧湖旁的暖阁。

暖阁有人看守打扫，见秦铮过来，都连忙见礼，齐声道："二公子！"

秦铮嗯了一声，径直进了东厢的一间屋子。

屋子被打扫得干净，不染一尘。

秦铮将谢芳华放在软榻上，撤回手，伸手便去揭她的面纱。

谢芳华快一步地伸手抓住，隔着面纱对他道："铮二公子，我这副容貌，你不看也罢！"

秦铮轻轻嗤了一声："你白得像鬼的样子我都看过，还怕你再难看的样子？"

谢芳华颦眉。

秦铮执拗地用力，同时对她警告道："你若是再抗拒，这面纱撕扯坏了的话，你别怪我不温柔。"

谢芳华眼皮翻了翻，放下手，任他扯开。

秦铮见她不再挡着，随手拿掉她的面纱。入眼处，一张倾国倾城的脸偏偏满布疙瘩，密密麻麻，这疙瘩不如早先一般是红色的，如今是白色的，让她的脸看起来苍白得恐怖。额头鬓角，全是汗水。

秦铮脸忽然一沉，将面纱重重地扔在了一旁的椅子上。

谢芳华瞅了他一眼，不明白他气什么，或许明白，懒得去深想罢了。因为抵抗皇上气劲那半晌，她着实加重了内伤。她如今乏得很，不用装，就会是这副样子。

"你给我躺下！"秦铮有些粗鲁地将她按在榻上，"闭上眼睛歇着！"

谢芳华看着他。

"没听见我说的话？"秦铮黑漆漆的眸子锁定她。

谢芳华从善如流地闭上了眼睛。身子沾到床榻，才更知道自己有多疲惫乏力，如虚脱了一般，从全身各处往外溢汗。

秦铮看着她，半晌，僵硬地道："你身上有药吗？别告诉我你这副病秧子模样多年，身上不随时带着药。"

"有！"谢芳华道。

"拿出来，赶紧吃了。"秦铮道。

谢芳华没力气地去摸怀里。

秦铮忽然打掉她的手，伸手入她怀，因为春衫极其薄，即便谢芳华多穿了几件，但层层叠叠下，也能触到软软的肌骨。他的手刚贴到她身子，她身子细微地一颤，顿时警惕地睁开了眼睛。

秦铮面不改色地看着她："你这副模样，爷对你可没什么兴趣。你放心吧！"

谢芳华的脸变幻了一番。她如今体虚气乏，想脸红也红不起来，只能认命地闭上了眼睛。

秦铮见她闭上眼睛，手如常地探进她怀里，轻松地摸出了一个瓷瓶，指尖在离开她身子的一刹那细微地颤了一下，他抿了抿唇，忽然撇开头，问她："吃多少？"

"一颗！"谢芳华闭着眼睛乏力地道。

秦铮点点头，拧开瓶塞，从里面倒出一颗药丸，放在她唇边，轻声道："张嘴！"

谢芳华张开嘴，吞下药丸。

秦铮撤回手，又从瓶子里倒出一颗，张嘴扔进了自己的嘴里。

谢芳华虽然闭着眼睛，但感官却还在，感应到了他的动作，顿时皱眉，对他道："这是药，又不是糖，你吃什么？"

"你是不是常年吃这个？"秦铮问。

谢芳华点点头。

秦铮盖好瓶塞，将瓶子放在手中捏了捏，掂了掂，对她道："我也尝尝味道！"

谢芳华暗暗腹诽了一句，不再理会他。

秦铮攥着瓶子在手中把玩半晌，伸手给她重新塞进了怀里，指尖流连处，同样颤了颤。

房中安静，谢芳华顾不得再想烦乱的事情，幽幽睡去。

秦铮靠在她身边，静静地瞅着她。清俊的容颜时而带着浓浓的恨色，时而又异常温柔缱绻。连他自己都不会发现，他的表情如此丰富。

暖阁内的下人们知道铮二公子带着芳华小姐在暖阁内休息，都屏气凝神，远远地躲开，不敢出声打扰二人。

半个时辰后，春兰的声音从外面传来："二公子和芳华小姐可是在里面？"

“回兰姨，在里面。”一个人小声回话，“大约是睡着，从进去后奴才们就没听见动静。”

春兰脚步顿住，犹豫了一下，往里面走，悄声道：“我进去看看。”

下人们立即让开了道。

春兰来到东暖阁，房间内的确安静，一丝声音也没有，她轻轻地将门推开一个缝隙，向里面看去，只见榻上一个人熟睡着，一个人靠在一旁不知是睡着还是在闭目养神。她退开身子，一时间犹豫不决，不知道是不是该打扰二人。

就在她踌躇不定的时候，秦铮低哑的声音从里面传出：“兰姨，你蹑手蹑脚地在做什么？他们赏紫荆花的人回来了？”

春兰一惊，拍拍胸脯，连忙道：“是，皇上、皇后、王爷他们从紫荆苑出来正赶回后花园。王妃在厨房那边也传回来消息，很快就可以开午膳了。所以，奴婢来请您和芳华小姐。”

“知道了！你先回去，我们一会儿就过去。”秦铮道。

春兰点点头，退出了东暖阁。

东暖阁内，谢芳华也醒了，她慢慢地睁开眼睛，入眼处，便是秦铮清俊的眉目和懒散地倚在她身边的姿态。她看了他一眼，缓缓地坐起身。

“好些了？”秦铮问。

谢芳华点点头。

“那就下榻，走吧！”秦铮道。

谢芳华坐在软榻上不动弹。对于皇帝，她是真不怎么想见的，连碰面都觉得让她厌烦。早先他在半途中拦截发难听音，那么如今，他怕是该试探她了。

“明明胆子小得可以，还装作吃了熊心豹子胆！”秦铮对她嗤了一声。

谢芳华闻言狠狠地瞪了他一眼，不甘心地道：“你知道什么？”

“爷知道的多了去了！”秦铮站起身，向外走去，走到门口的时候，对她道，“别忘了戴上面纱，免得你这副样子，出去吓人。”话落，他出了房门。

谢芳华下了床，走到菱花镜前，只见镜子中是一张没有任何疙瘩的凝脂容颜。松花粉过敏也不过是半个时辰，她睡了这大半个时辰，药效自然过去了。她抿了抿唇，看着镜子内的自己，忽然被气笑了。这个恶人，是故意提醒她呢！

她从怀中拿出手帕，早先这个手帕沾染了松花粉，她拎着在面前抖了抖，凝脂的脸顿时泛起了红。她收回手帕，揣进了怀里，伸手拿过面纱盖上，抚平了因为躺着有些褶皱的衣衫，出了房门。

秦铮扭回头瞅了她一眼，撇撇嘴，似是不屑，又像是有些郁闷：“走吧！”

谢芳华懒得深究他的情绪和语气，跟着他身后出了东暖阁。

走路自然是弱不禁风，孱孱弱弱的。

东暖阁的下人们第一次见到这位传说中的忠勇侯府小姐，二公子费力求娶赐婚的二少奶奶。看着她锦绣衣裙，身姿纤细，娟纱缥缈如烟，从东暖阁出来，像是从画里走出来一般，齐齐地呆了呆。

秦铮忽然回头向身后瞅了一眼。

东暖阁的下人们立即垂下头，不敢再看。

“快些走！慢死了，难道还要我抱着你才能走得快吗？”秦铮眸光定在谢芳华身上，有些恶狠狠地道。

谢芳华莫名其妙地看着秦铮，见他脸色由早先的晴朗一下子就转为阴沉，她皱眉，不明白他突然抽什么风。很想骂回去，但碍于东暖阁有不少下人，传出去于她的身份不利，只能压住气，娇柔虚弱地道：“二公子，我身体一直就不好，走路都是这么慢，您若是嫌弃我走得慢的话，您就头前走，不用管我。”

秦铮哼了一声，回转身，走到她面前。

谢芳华警惕地看着他。

秦铮狠狠地瞪了她一眼，拦腰将她抱了起来，不等她抗拒，便堵住她的话：“规矩些，不准乱动，否则后果自负！”

谢芳华一噎，既然他这么愿意抱着人，那么以后逮住机会，让他抱个够！

秦铮见谢芳华老实，怒气似乎消了些，但脸色却还是好转不过来，依然有些难看，走起路来，脚步有些重。

不多时，出了东暖阁。

东暖阁弥漫的低气压和硝烟味随着秦铮离开挥散了去，下人们抬起头，对看一眼，都大口地呼了一口气。二公子的脾气他们最清楚不过。当初的那只德慈太后御赐的狗，在这府里耀武扬威，小厮下人们都不敢惹，远远地避着。若是谁敢瞪那狗一眼，二公子就挖了人眼。虽然没真正地挖过，但二公子的话撂在那里，让他们谁也不敢尝试挑衅二公子的威严。今日的芳华小姐，二公子的媳妇儿，他们是不要命了才敢看，以后打死也不敢了。

谢芳华到底在英亲王府待的时间不够久，况且又一直待在落梅居秦铮的身边，有些英亲王府不成文的规矩她压根就不知道，也传不到她的耳朵里。她觉得秦铮简直是个阴晴不定的混账，变脸比翻书还快！

出了东暖阁，因着距离水榭本来就不远，是以，能看到水榭内的情形。

只见水榭内此时已经聚满了人。那一身虽然身着便服，但依然浑身透着威严的中年男子是皇帝无疑，他的身边坐着已经命人从软轿内抬下来的皇后，虽然是伤了腿，但只要不碰到伤处，坐着自然是无碍的。

品竹易容的听音和谢茵坐在一处。满亭内，虽然人人春衫华丽，气韵不俗，但论女子来说，她是最特别的那一个。

她的确是将易容学了八分的火候。真正高明的易容术，不只是易容脸，而是一言一行，一举一动，都要十分之相像。

谢芳华窝在秦铮的怀里，眸光流转间，就将水榭内诸人的一举一动看在眼底。

虽然英亲王妃和秦铮都不在，但皇帝并没有再找听音的麻烦，而是和诸人坐在一起闲谈。

秦铮扫了一眼水榭内的诸人，便收回视线，不避讳地抱着谢芳华走向水榭。

不多时，水榭内的人已经看到了正走来的二人，面色都不约而同地露出异样。虽然南秦民风略微开放，常见风流韵事，但到底是贵裔府邸鼎贵之家都会依诗礼规矩严格约束子孙，这等未婚男女，光天化日之下，可谓是惊世骇俗了。

不过因为做这样事情的人是秦铮，所以，无论谁见了，都不会觉得惊奇。

秦铮这么多年，早已经用他自己的纨绔嚣张跋扈张扬横行无忌不拘世俗的作为让这片国土上生活的人对他不得不宽容和另眼相看！

所以，直到秦铮抱着谢芳华走进水榭，水榭内也无一人发表任何不赞同和责问的言语。

包括皇帝和英亲王。

秦铮将谢芳华放在椅子上，松开手，顺势坐在了她旁边，面不改色地对众人道：“皇叔，皇婶，紫荆苑的紫荆花可是开得漂亮？没采撷一株回来把玩？”

皇帝看了秦铮一眼，面色虽然有些不愉，但到底是不再难看了，对他道：“你越发没规矩了，以前见了朕，还知道请个安，问个礼，无论是用滚的，还是不正经的糊弄，也是礼数。如今都丢到北国去了吗？”

秦铮呵呵一笑：“这是在英亲王府，在家里，皇叔您嘴上不是一直说自家人不要拘束于这些俗礼吗？如今怎么反倒坐在这里怪起我没礼数来了？”

“你就是歪理多，连朕也敢随意编排！”皇帝似乎懒得与小辈一般计较，不再理他，转头对谢芳华和蔼地道：“华丫头，你的身体怎么样？可好一些了？”

谢芳华虚弱乏力地道：“多谢皇上关心，我这副身子不争气，无论怎么调理，好药吃了无数，也是这副样子，好好坏坏，当然坏的时候居多，怕是以后……我这病好不了了。”

“唉，别说丧气话！漠北不是有神医吗？就算他云游了，也跑不出这个天下去，早晚能找到人。”皇帝如长辈一般，训斥谢芳华道，“你不要胡思乱想，你父母早殇，还有朕在。你若是有个三长两短，不止忠勇侯受不住，朕也是深觉对不住谢英兄。”

谢芳华隔着面纱看着皇帝，这般和蔼如长辈，若是前世，她一定想不到和蔼的背后是雷霆手腕斩草除根和不留余地。她垂下头，笑着点了点头。

正说话间，英亲王妃带着八大侍婢端着盘子回到了水榭，远远地便飘来菜的香味。

秦铮吸了一下鼻子，顿时笑了："有我要的红烧鳜鱼。"

皇后看了皇帝一眼，也笑了："也有我要的春笋。"

皇帝本来还要对谢芳华说什么，闻言也顺着香味看去，目光细微地变化了一下，没说话。

英亲王眼角余光瞅了皇帝一眼，也同样没说话。

这几人的神色虽然都极好地掩饰，但谢芳华眼睛毒辣，心思细腻，隔着面纱，不需要忌讳看人的目光，看得最是清楚。

老一辈的人，二十年前，也是有一桩恩怨的，并没有随着时间消退。

英亲王妃虽然被二十年的时光打磨，但依旧风韵独然。有一种美人，她即便是老了，丑了，但依旧是让人觉得美艳。

英亲王府高门宅院并没有消磨掉她的年华，她虽然有个长大即将成人的儿子，王府内虽然有一堆中馈账本，她的丈夫虽然有一堆小妾，但她依然还是她自己。

从她如今这般优雅华贵地带着婢女走来，似乎可以看到二十年前，她是如何的艳冠天下。

谢芳华想起她娘，黯然地收回视线，她娘若是活着，应该也如英亲王妃这般吧！

"哎，这么多年过去，我的眼角都起了皱纹了，可是王嫂依然是这样美极。我可是比她要小个两岁呢。"皇后眼底不见嫉妒，只有一抹叹息。

谢芳华微微抬眼，看向皇后。这个女人，她未必没嫉妒过，挣扎过，困苦过，难受过，但无论如何争，怕是也争不过一个男人的心和一个女人惊艳的时光。所以，她的全部心神和精力才会转移到她的儿子身上，势必要那个位置。

皇上闻言收回视线，眼底闪过一丝什么，对皇后温和地道："你就是最近半年对钰儿操心太过，才不及她，你好好将养，待钰儿回来，你开心起来，也就比她不差多少了。"

皇后闻言缓缓地笑了，点点头："能有皇上这句话，臣妾就算老个十岁也是无碍的。"

皇帝见她提到儿子笑逐颜开，也笑了笑。

"我怎么听见你们在说钰哥儿了？"英亲王妃走过来，笑问皇帝和皇后。

皇帝看着她没答话。

皇后笑着接过话道："王嫂的耳朵可真灵敏，我和皇上刚刚是在说钰哥儿。"

"那孩子自小就知分寸，比我家这个臭小子强多了。"英亲王妃看着皇帝道，"皇上，我就不信他纵火烧宫闱的事情你不知道是被人陷害的，如今他去了漠北，也有将近半年之数了。你是不是也该召他回来了？”

“他就算被人陷害，也要找到被陷害的证据。朕可是丝毫蛛丝马迹都找不到，怎么赦免他的罪？”皇帝正了正神色。

“就算是找不到证据，他在漠北军营待了这么久，又立了军功，你总该给个说法。”英亲王妃指挥着婢女将菜一一摆在桌子上，口中如寻常闲聊一般地对皇帝道。

其他几位夫人都看着英亲王妃，论说话语气，在座的人也就是英亲王妃敢和皇帝这般说话不顾忌，直接询问。

皇帝自然无恼意，对英亲王妃道：“昨日晚上，朕收到漠北传来的消息，十日前，漠北边境的守军和北齐的戍边守军不知因何原因发生了冲突。当时闹得极大，两方各三十万兵马差点儿打起大战，险些血染漠北边境。最后是四皇子出面，用了方法，调停了两方守军，平息了乱象。这事情是该记了四皇子一大功，但他何时回京，也要待漠北平和了之后，朕再召他回来，否则，怕再控制不住局面。”

英亲王妃讶异地道：“竟然还有这事儿？十日前不是除夕之日吗？漠北边境的守军和北齐的戍边守军怎么就发生冲突了？”

“据说因为有奸细从漠北军营里偷运了军粮，正运到北齐戍边军营，被抓住了。那奸细不知何时混入我方军营里的，已经偷运了不止一次。此番被抓住，武卫将军手下两名副将当场就暴怒砍死了那奸细。事情发生后，北齐那边拒不承认奸细，只说他们的国舅夜间出来小解，再没回去，砍死的那个人是他们的国舅。他们的国舅趁着北齐京城年节府里忙碌跑出来玩，怎么可能成了偷粮的奸细？是以，北齐要个说法，但我方已经将那奸细砍死，死无对证了，便拿不出说法。毕竟谁也不知道北齐的国舅长得什么样，无法辨别是否被砍死的那个人真的是北齐国舅。”皇帝也不避讳地将事情的经过说了出来。

众人齐齐一惊。

英亲王妃皱眉，她本就聪明，短时间内就抓住了重点，问道：“北齐的皇后不是咱们南秦忠勇侯府的姑奶奶谢凤吗？若是国舅的话，那也是忠勇侯府已逝去多年的世子谢英才称得上国舅。他们如今又哪里蹦出来的国舅？难道北齐的皇帝休弃了谢凤？”话落，她看了谢芳华一眼。

谢芳华对这件事情也不曾得到消息，言宸去了漠北，有十数日了，还没消息传来，轻歌如今就在碧湖的画舫内，虽然今日他随画舫进了英亲王府，但她也没能寻到机会问个明白。

漠北毕竟关山迢迢，消息不好传递。

“北齐王并没有休弃王后。”皇帝看了谢芳华一眼，见她安静地听着，隔着面纱，看不到她的表情，但这般模样，倒让人觉得她凡事都是心里有数，心思通透的，虽然身体有恙，卧病多年，也定然不是什么都不懂的闺阁女子，他继续道，“但是北齐有一位直逼皇后宝座受宠多年的陈贵妃，是北齐太后的娘家侄女，自小和北齐王青梅竹马。而她有一个弟弟。基于太后娘家和北齐王的这层关系，人人都称呼他为国舅。”

英亲王妃恍然：“原来是这样。关于北齐，毕竟是太遥远了，这样的一个人物，我这个王府内院里混日子的女人竟是不知了。”

“你不知也没什么奇怪！”皇帝笑了一下，对她道，“据说这位国舅年纪也不大。”话落，他看了秦铮一下：“大概也就和这个臭小子一般大小，顶多比他长个一两岁。”

秦铮见皇上拿他做比较，挑了挑眉，没言声。

“据说这位国舅从生下来就有隐疾，天生有病。一直长大到几岁，也不能辨认人，连亲生父母也是不识得。但是他又是家族直系的唯一独子，放弃总归如割骨挖心，不能割舍，所以，一直寻求各方名医治病，但一直都没有绝世的神医出现。”皇帝缓缓道，“直到十多年前，北齐去了一位云游的癫疯僧人，不知道是误打误撞，还是这位癫疯僧人真的医术高超，反正是治好了他的疾病。”

“这可真是奇了！”英亲王妃道。

“嗯，是一件奇事儿！”皇后点头，“只是，病虽然治好了，还没等到他爹娘大喜大贺，他便随着癫疯僧人偷偷离开了，且留了一封书信，一走便是多年，据说去年才回到北齐，是以，人称北齐国舅。不止因为他的出身，也因为他传奇的经历。”

“一走多年？他去了哪里？”英亲王妃唏嘘。

皇帝摇摇头：“朕得到的消息也就是这些，具体去了哪里，倒是无从查知了。北齐那边关于这个国舅的事情严密得紧。”

英亲王妃皱眉：“照这样说，他有传奇经历的话，如何能做鸡鸣狗盗偷运我方军粮之事？如何能被武卫将军手下给轻易地砍杀？”

皇帝笑着点头：“是啊，当时四皇子便看透了事情的关键，独自一人带着那个被偷盗之人的尸首去了北齐军营。经北齐皇室和镇北王府连夜派来的人确认，的确不是北齐的国舅。”

“那那个尸首是何人？”英亲王妃问。

“经查实，的确是北齐军营内的人，是一个粮仓库管，因喜好赌博，便偷了北齐粮仓的军粮出去卖，后来不知不觉偷得多了，听说朝廷要派钦差到戍边的军营做督查，他吓坏了，联合些往日与他赌在一处的兵痞，商量之下，一道去偷我军的军粮。因冬日里，漠北太严寒，我军某些管辖之地有松懈，是以，被他得逞了几次，便愈发大胆了。这回被抓住了，也是罪有应得。”皇帝有些无奈地道，“只是武卫将军手下的副将太过暴躁冲动，按理说，抓住这个人，明面上交给北齐的戍边将军，要求北齐给个说法也就是了，偏偏当即气怒之下就给砍死了，事情才演变得双方发生了大战，死伤无数。”

英亲王妃一直站着，此时听罢缓缓地坐下身，看了谢芳华一眼，沉思道：“武卫将军多年驻守漠北边境，一直安稳，未曾出现丝毫纰漏，这等事情更是不曾听说过。据说他军规严格，漠北军营多年来都传他治军有方，深得下属爱戴。军营内如铜墙铁壁，怎么会出现偷盗军粮，看管不严这样的事情？”

“这也正是朕疑惑的地方。”皇帝沉重地点点头，“武卫将军稳妥，这朕一直就知晓，否则也不会让他待在漠北给朕守护漠北边境这道屏障多年。”

“莫不是人年纪大不中用了？安逸得久了，偶尔失察，也实属常情。”秦浩忽然开口。

谢芳华慢慢地抬起头，看着秦浩。

皇帝也转过头瞅向秦浩。

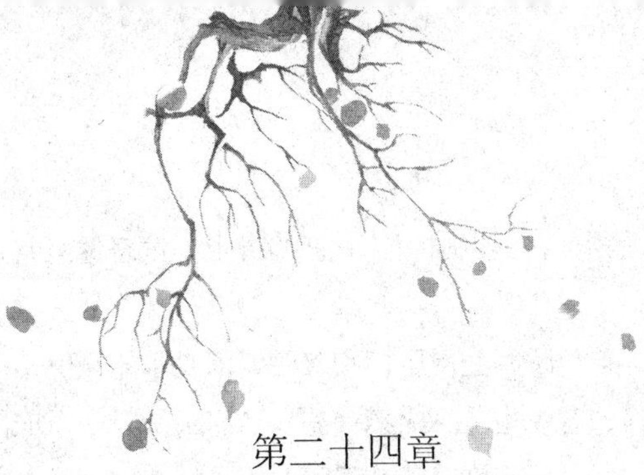

第二十四章

依偎

京　门　风　月

秦铮忽然一笑：“大哥倒是看得明白？事情未查明前妄下结论，这就是父王日日对你的教导？你可莫要凉了父王的心。”话落，他嘲讽道：“如今父王和皇叔都坐在这里呢！据我所知，他们的年岁都比武卫将军还大个两岁吧？难道你是在说他们也年纪大了，不中用了？安逸得久了？失察的事情是常事儿，以后多着去了，让我们不要大惊小怪吗？”

秦浩面色一变，立即反驳：“我自然不是这个意思！”

“那你是什么意思？是想说这么多年，武卫将军始终安稳，稳妥，治军有方，没发生任何意外之事，偏偏秦钰滚去了漠北戍边军营后，就出了这等事情，偏偏这等事情出了之后，显出他四皇子身为天之骄子的聪明才智来化解了两方的纷乱争端？这到底是怎么回事儿呢！难道他真的天生带煞，走到哪里祸害到哪里？他这么祸害，是不是真的不能留着活着了？非要皇叔将他除去，才可以安军心安民心呢？”秦铮看着秦浩，连番犀利地吐出一大段锋利之语。

皇后的面色首先就变了，这言语实在对她的儿子不利。她在秦铮话落，第一时间冲口道：“怎么会？钰儿才不是天生带煞。”

“皇婶，是不是，您得对我大哥说。您看，他刚刚的话语，明摆着就是说秦钰天生带煞嘛！”秦铮摊摊手。

皇后目光顿时凛然地看向秦浩。

秦浩心里一紧，面色一变，立即站起身，对皇后请罪道：“皇婶……”

“别叫我皇婶！一个庶长子，算不得嫡出的身份，你哪来的资格叫我皇婶？”皇后恼恨秦浩挑起如此话题，将祸水引到了秦钰的身上，气怒地大骂，毫不留情地驳回了他的话。

秦浩身子一颤，脸色瞬间变得压抑和羞辱，庶长子的身份始终是他的伤疤。他自诩才华能力不输于秦铮，容貌也是不比秦铮差多少。可是只一个庶出的身份，却足以将他一切的优点都压死。好不容易借着英亲王和左相的扶持拼到现在被皇帝看重，可是在世人的眼底，他依然摆脱不了这个庶出的身份。一时间，被皇后劈头盖脸责骂的恼怒和羞辱让他怔怔地站在了那里。

什么叫作借刀杀人，谢芳华今日算是开了眼界了。

秦铮杀人，不用自己的刀！十个秦浩也不是他的对手，怪不得无论秦浩官位升到什么位置，无论皇帝对他多看重，无论左相和英亲王怎么提携提拔，秦铮都不担心。因为秦铮能够轻而易举地抓住他的弱点，不费吹灰之力就能将他的一切打掉，让他所有的努力都变成无用之功。

更甚至，秦铮将自己嫡出之子的身份用得炉火纯青，丝毫不浪费上天对他的优待。

因皇后的突然发怒，水榭内的气氛一时间分外的僵硬，火气味浓郁。

皇帝看了一眼秦浩和秦铮，又看了一眼气怒中的皇后，并没有说话。

英亲王看着秦浩暗暗地叹了口气，眼底有一丝掩饰不住的失望。他教导多年，将这个儿子教导得自信却又自卑，若说庶出的身份是他的弱点的话，他为何从来就不想想，这普天之下多少庶出的子嗣，难道都不要活了吗？他身为英亲王府的庶子，还是庶长子，不和秦铮比的话，那么他的身份已经高出多少人头了？他心胸应该宽广才是，可是偏偏只盯住自己的庶出身份，只看得到自己因庶出身份带来的弊端，却看不到有利于他的很多事情。

若不是他庶长子的身份，怎么能得皇上打算重用？

若不是他庶长子的身份，左相怎么能应承下认他为婿？

若不是他庶长子的身份，他今日如何能坐在这里？

就算是庶出，也占了一个长子的身份！

可是偏偏，他非要借着漠北的火烧武卫将军，无非是想要烧忠勇侯府，进而烧如今坐在这里的忠勇侯府小姐，再就是烧到秦铮的身上！

偏偏秦铮轻轻巧巧地四两拨千斤，便大火反噬地回头吞了他自己。

而且，还利用最在意儿子的皇后这把刀！

什么叫作玩火自焚，这就是了！

皇后心里未必不明白秦铮利用她，更明白秦铮比谁都不想秦钰滚回京来，但比起秦浩，她还是更愿意帮秦铮。毕竟，她从英亲王妃手中夺了秦怜时，就将她的命和秦钰的命拴在了英亲王妃的身上。

皇室里有子嗣暗中斗个你死我活争夺皇位。

英亲王府里也有个庶长子和嫡子争夺爵位。

比起愚蠢地只知道依靠英亲王没宠爱就会死掉的刘侧妃来说，谁都会选择聪明大度的英亲王妃。

更甚至，英亲王妃与皇帝还有那样一段过往。

英亲王这么多年，背地里，未必不曾计较过。

谢芳华冷眼瞅着，想看看秦浩这一局棋怎么收场？能玩得了火，也能灭得了火才行。若是皇后的一番辱骂便让他就此偃旗息鼓，那么，他的确给秦铮提鞋都不配。

“皇后娘娘息怒，大公子不是这个意思，依我看啊，他只不过是嘴笨，表达不清而已。”卢雪莹在一片僵硬的气氛中站起身，微笑着道，“大公子就算是庶子，但也是英亲王府的长子，总归是王爷的儿子。依着王爷和皇上的手足情深，大公子喊皇上皇叔，那么喊您一声皇婶也是当得。我听我娘说，在二公子没出生时，皇上和皇后娘娘也是亲自来王府给大公子庆贺的。您难道忘了吗？”

在座的人谁也没想到站出来为秦浩解围的人是一直默不作声的卢雪莹。

按理说，她一直不喜欢秦浩，只喜欢秦铮，这在南秦京城不是秘密，也因为秦铮，她被迫被皇后懿旨赐婚了。据传言，她关在自己的闺阁里试图自杀过，奈何被左相夫人看得紧，没自杀成。后来秦浩前去左相府过采纳之礼，她提出难题，二人较量，最后兜兜转转，数番波折，她才勉强应下了这桩婚事儿。

就算应允了婚事儿，她心中恐怕也是不甘心的，论起真心，对秦浩，恐怕无几，也无非是被迫无奈罢了。

但今日，她随秦浩坦然地被请入英亲王府，而且，如今还出声助秦浩，不得不说，令在座的所有人都有些意外。

当然，这意外之人里，自然不包括谢芳华，也不包括秦铮。

谢芳华觉得，卢雪莹一直以来不但不傻，反而是有些聪明的，否则她不能文武兼备，当初扬言自己才是最配得上秦铮的女子，只不过她被一颗痴心迷住了而已。待烟雾散去，她幡然醒悟，对秦铮死了心，也就看清了很多事情。她的命运已经摆在了这里，她这一辈子只能嫁秦浩，开弓没有回头箭。所以，她不认命也得认命。

但她又的确不是个会为命运屈服的女子，就算被迫嫁给秦浩，她也想做些什么。

而秦铮一直以来对卢雪莹没好感，甚至厌恶，她成了秦浩的女人，他更是厌屋及乌。无论她做什么，他连看一眼都懒得看。

皇后看着卢雪莹，一时没说话。

“关于漠北军营的事情，我们在座的夫人小姐都是女人家，说不出什么高深的见解，都只能听个乐呵，自然参与不来朝事儿。”卢雪莹坦然地看着皇后，笑着道，“皇后娘娘，您关心四皇子，听不得关于四皇子不利的言论，这是情理之中。不过您仔细想想，大公子从进了这水榭，只说了一句话，只提到了武卫将军，并没有说到四皇子丝毫。刚刚关于四皇子的那些话，无非是二公子推测而已。您这般发怒大公子，大公子嘴上不说，心里也是冤枉的。”

皇后嗯了一声，转头看向秦浩。

秦浩短短时间神色已经恢复如常，见皇后看来，恭敬地作揖：“皇后娘娘，侄儿的确不曾谈论四皇子。”

皇后看着秦浩，半晌后，忽然笑了：“果然如你所说，年纪大了，总是容易犯糊涂。自从钰儿离开京城去了漠北后，我日日神色恍惚，听卢小姐这般说来，我仔细想想，你还真没说什么。”话落，转向秦铮，恼怒嗔怪道：“你个死孩子，原来是你在作怪，嘴里从来吐不出好话！你和钰儿从小就掐，如今他人都去漠北了，你们还不让人省心。到底要掐到什么时候才算数？”

秦铮耸耸肩，无所谓地道：“皇婶，只要您儿子不夺我媳妇儿，我才懒得理他。”

皇后闻言被气笑了：“他什么时候夺你媳妇儿了？”话落，她看了谢芳华一眼：“如今你的媳妇儿都定下来了，他的媳妇儿可还是没影呢！难道他要回来抢你的芳华小姐？”

秦铮哼了一声：“他敢！”

皇后无奈地看着他，叹了口气：“这事儿只能怪当年普云大师的推算卦象，弄得你们俩打了这么多年。依我看啊，你也放宽心，钰儿绝对不和你抢芳华小姐。忠勇侯府的小姐是谁想抢就能抢的吗？也就是一个你不要命了敢抢！老侯爷在除夕当日没拿铁掌将你劈了就不错了。”

秦铮闻言笑意吟吟：“那是老侯爷喜欢我，换个人自然不得他喜欢！”

皇后也笑了：“难得你这副皮猴子的模样，竟然入了他老人家的眼。”话落，不再理会秦铮的得意，对秦浩缓和了脸色道：“大公子免礼吧！你就当本宫刚刚糊涂了。卢小姐说得对，当年你出生，本宫和皇上都是来给你庆贺过的。你是庶子没错，但也是长子，以后还是要斟酌说话。虽然后宫和后院的女人都不得干政，关于朝堂军情的事情也就是听听就算了。但是你不同，你在朝为官，还是要谨言慎行。若是开口给谁定个罪的话，要彻查清楚才能呈到监察御史台，由那里上折子弹劾，否则，便会漏了窟窿，引火烧自己。就比如今日，你也别怪铮哥儿，他是给你一个教训！”

秦浩脸色变幻一番，心底的情绪深深地压住。皇后以国母的身份发作他和以皇婶的身份教训他理所当然，她帮着秦铮，也有着根深蒂固的原因，他只能受着，低下头，认错道：“小侄年少，需要学习的地方还有很多，多谢皇婶训导。小侄以后一定谨言慎行。”

事情演变至此，秦铮占了上风，秦浩不得不低头。

皇后见秦浩识趣认错，转过头，对卢雪莹笑得和气地道：“卢小姐真是聪明惠达，大公子娶你为妻，真是修来的福分。卢小姐快请坐吧！”

卢雪莹扯了扯嘴角：“是皇后娘娘抬爱！”

“对了，我竟忘了，你们的婚事儿还是我下的懿旨呢！瞧我这记性！”皇后忽地乐了，对秦浩道：“大公子以后可要善待卢小姐，你若是不好好善待她，本宫唯你是问。”

“能娶到雪莹，是我的福分。自然不敢怠慢于她。”秦浩转过身，扶卢雪莹坐下。

卢雪莹看了秦浩一眼，垂下眼睫，笑着道了一句：“多谢皇后娘娘给我的一道护身牌。大公子以后若是欺负我，我一定进宫找您告状。”

皇后笑着点头：“嗯，届时本宫给你做主。若是他连本宫的话都不听的话，本宫就找皇上给你做主。”话落，她对皇上道：“皇上，您同意吧？”

“朕自然同意！”皇帝对秦浩也有一丝失望，大笑了一声。

“好了，好了，耽搁了这么久，菜都凉了！”英亲王妃笑着打断众人的话，挥手，“都用膳吧！”话落，又对春兰吩咐：“你快去，让碧湖画舫里的杂耍重新演一遍，演好了，我有重赏！”

春兰笑着应声，连忙去吩咐了。

众人停止了说话，一边吃着，一边看向碧湖的画舫。

直到一顿饭吃罢，碧湖画舫内的杂耍谢幕，再未发生别的事儿。

饭后，皇帝又坐了片刻，便吩咐人起程回宫。

皇后有些不舍，对皇帝道：“皇上，臣妾上一次出宫还是一年前，如今好不容易出宫一趟，就多玩一会儿，晚点儿再回去吧！”

“朕还有些朝事儿要处理，改日再带你出来。”皇帝道。

皇后无奈，点点头。

“华丫头，既然你能出府走动了，英亲王府能来，那么皇宫自然也能进。朕给你一道随意出入宫门的令牌，你拿着，什么时候想进宫，就进宫多和皇后坐坐。朕看皇后也很喜欢你。”皇帝从怀中掏出一块令牌，递给谢芳华。

谢芳华一怔，不伸手去接，摇摇头：“我身体不好，一年到头出府的次数也是有限。还是不浪费皇上这块令牌了。”

“皇上给你，你就拿着！”皇后接过皇帝手中的令牌，递给谢芳华，“我的确是很喜欢你。说句玩笑的话，若不是你被铮哥儿先给定下了，我一定会将你许给我家钰儿。”

谢芳华闻言皱了皱眉。

“就冲您这句话，我也不敢让她要！”秦铮从皇后的手里拿过令牌，在手中掂了掂，说道，“她若是身子好了能出府，皇婶喜欢她，想找她进宫闲话，就派人来知会我一声，我带她进宫。至于这块令牌嘛，我就收着了，给我们未来的孩子用。”

谢芳华顿时暗念，他可真是不要脸，孩子……想得可真远，也不怕风大闪了舌头。

皇后一呆。

“没个正行！”皇帝骂了一声，斥道，“就算朕给你们未来的孩子，也要你能把华丫头的身子骨治好了才行。治不好，如何能大婚？如何能有子嗣？”

“这就是我需要操心的事儿了，不劳烦皇叔操心！皇叔还是多操心操心江山社稷吧！”秦铮将令牌揣进了自己的怀里。

“你生的好儿子！”皇帝有一股怒火，忍不住对英亲王妃哼了一声。

“是，我生的好儿子！”英亲王妃笑逐颜开，“谁不向着自己的儿子？这件事情上，我可没觉得我儿子做错！自己的媳妇儿自己疼才是，得自己经营看顾着。世界上可没有卖后悔药的。万一看重的人儿被别人家抢去，那才是得不偿失。”话落，她对皇后道：“皇弟妹，待你腿脚好些了，钰儿那孩子估计也能回来了。你放宽心，好好地养着。”

“只要我的钰儿能平安回来，我腿脚不能动算得了什么。”皇后有些想法还没冒出头，就被英亲王妃引到了秦钰的身上。

英亲王妃笑着训她：“不要胡说，你就是伤了筋骨，养两三个月也就好了。到时候你儿子回来，可是希望看到个能走能动的娘，谁愿意看到整日里窝在床上的娘？”

“王嫂教训得是！”皇后笑着点头。

“走吧！”皇帝被英亲王妃那句“世界上可没有卖后悔药的，万一看重的人儿被别人家抢去，那才是得不偿失。”的话噎得半晌没音，想起曾经，他心口一阵绞痛，再不看英亲王妃，对皇后摆摆手。

侍候皇后的婢女扶着皇后上了软轿。

“恭送皇上，皇后娘娘！”在场的夫人小姐们齐齐跪在了地上。

皇上和皇后带着宫廷随侍的人出了水榭。

英亲王看向英亲王妃，见她不动，他道：“我出去送皇上！你不去送？”

英亲王妃摇头：“我留在这里陪我儿媳妇儿！”

英亲王瞅了独独没跪地恭送皇帝皇后的秦铮和谢芳华一眼，无奈地摇摇头，随着皇帝和皇后的软轿出了水榭。

秦浩自然也是要出府恭送的。

一行人浩浩荡荡地出了水榭。

“皇上、皇后突然来了这里，是不是让你们没自在地待着？”英亲王妃见皇帝一行人走得没了影，回头对众位夫人道，“走，你们跟我去我的院子里赏花，这回皇上走了，我们能待得自在些。”

李夫人等对看一眼，都笑了起来。天底下不怕皇帝的，也只有铮二公子和英亲王妃。

"王妃，我就不逗留了！这副身子不争气，我想早些回府歇着。"谢芳华对英亲王妃道。

英亲王妃扭头看谢芳华，对她不舍地道："去我的院子里也能歇着，要不这样，你就住在我这里吧！"

谢芳华摇摇头："我若是真在这里不回去，爷爷晚上会睡不着觉的。"

"也是，老侯爷就你这么一个孙女，疼在手心里的。"英亲王妃握住她的手，"那就不留你了，你身子骨好的话，改天再让铮哥儿接你过来。"话落，她对秦铮道："你去送华丫头吧！"

秦铮看着谢芳华，眸光有些幽深："天色还早，你这么急着回去？我看你今日也没太疲惫，再待片刻也是无碍的。"

谢芳华瞅着他，坚定地摇头。

"真是个恋家的！"秦铮见她心意已决，嘟囔了一句，转头对品竹道："听音，你跟着我一起去忠勇侯府！"

品竹正愁不知怎么才能将自己和谢芳华对换回来，如今闻言心里一喜，点点头。

谢芳华略微一寻思，对秦铮摇摇头："今日听音姑娘也累了，就不必让她跑一趟了。我与听音姑娘也是投脾性的，话语投机，改日你再带她去忠勇侯府与我玩耍也是一样。"

秦铮忽然眯起眼睛。

品竹一怔，看着谢芳华，想着小姐要将她留在这里？

谢芳华隔着面纱看了品竹一眼，手轻轻地捏了捏面纱的一角。

品竹看得清楚，顿时安下心，对秦铮道："公子爷，奴婢今日也是累的，的确不想再折腾走一趟忠勇侯府了。您自己去吧！"

秦铮转眸看着品竹，眼睛黑了黑。

品竹沉静地看着秦铮，将谢芳华易扮的听音做了个十足，任谁也看不出丝毫不对劲来。她唯小姐之命是从，自然要听小姐的安排，小姐让她留在这里，她就留在这里，铮二公子不同意也是不行的。

英亲王妃伸手捶了秦铮一拳："臭小子，送未婚妻的事情还要拖上一个人吗？听音累了就不去了。你自己去！"

秦铮收回视线，蹙了蹙眉，有些恶声恶气地道："不去拉倒。"话落，对谢芳华道："走吧！送你回府！"

谢芳华点头，对李夫人等人道："各位夫人，芳华先走一步了。王妃盛情，你们多留片刻。"

"好！芳华小姐慢走！"李夫人等顿时笑着点头。

“娘，我也想跟芳华姐姐一起走！”谢伊悄悄拽了拽明夫人的袖子。

明夫人抓住她的手，对她低声道：“铮二公子和芳华小姐坐一个马车，路途还有话谈，你跟着掺合什么？你放心，明日儿娘也要去忠勇侯府，到时候带你过去，芳华小姐身子骨如今好些了，能出来走动了，你还怕没有与她相处的机会？”

谢伊闻言点点头，打消了念头，乖巧地应声。

侍画、侍墨上前扶着谢芳华离开，侍蓝、侍晚紧随其后，品竹代替她留在了英亲王府。

这一切易换做得不显山不露水不着痕迹。

秦铮走在前面，似乎心中有些郁郁不快，是以，脚步不如以往轻扬轻便。

“等等！”英亲王妃忽然喊住二人。

秦铮停住脚步回头，看着英亲王妃：“娘，别告诉我您也要跟着我去送华儿！”

“臭小子，自己的媳妇儿自己送，我才不会。”英亲王妃笑骂了秦铮一句，对他道，“我是想让你将这第六艘画舫的人一起带着去忠勇侯府，老侯爷虽然不喜欢听戏，但是这杂耍可不同于戏班子，靠的是绝传的艺技。迎春之日老侯爷也没去玉女河看，让老侯爷也乐呵乐呵。”

秦铮看向谢芳华。

谢芳华心思一动，若是将第六艘画舫顺便接去忠勇侯府的话，她要想和轻歌碰面，就会容易得多，毕竟忠勇侯府是自己的地盘。

“我看不要了吧！老侯爷喜欢这个吗？不见得！”秦铮摆手推脱。

谢芳华隔着面纱瞪了秦铮一眼，他绝对是故意的！

“那也不能这样说，老侯爷没看到，你怎么知道老侯爷不喜欢？连皇上皇后都称赞好。老侯爷总是宅在府里，也是闷得慌，用这个解闷，我看正好。”英亲王妃见谢芳华没说话推脱，便觉得她是同意的，于是不管秦铮同不同意，对春兰吩咐：“你快去，告诉第六艘画舫的管事儿的，让他们收拾收拾，去忠勇侯府。”

“是！”春兰立即应声去了。

秦铮扁扁嘴，忽然凑近谢芳华，修长的手捏住她面纱一角，低声道：“你可真不客气！”

谢芳华白了他一眼。英亲王妃要给，她正需求，还需要客气吗？她慢慢地抬手，拿掉他的手，同样低声道：“铮二公子，我爷爷似乎还真喜欢这个，你若是讨好他老人家，以后还真需要在这方面上多费点儿心思。”

秦铮倏地乐了：“你这句话，是不是承认我的身份了？”话落，他不等谢芳华开口，对她笑吟吟地道：“不准反悔啊！未来的夫人既然让我讨好岳祖父，我一定会不遗余力的。”

谢芳华一噎，看着秦铮转眼就笑开了的脸，心情一改郁郁，霎时好得如晴天最灿烂的朝阳，她有些无言以对。

从来没见过这样的人，能将厚脸皮练到这般炉火纯青沾沾自喜的境界，也是本事！

“走吧！”秦铮扭头向前走去，丢下一句话道，“六号画舫稍后就会跟着去忠勇侯府，不必你我等着。”

谢芳华的心思被他一句话转了回来，懒得再计较。

侍画、侍墨、侍蓝、侍晚对看一眼，心中都暗暗好笑。小姐聪慧、冷静、机智、果敢等等优点，只有不遇到铮二公子，才做得数。铮二公子能拿捏得住小姐，而且方寸还把握得极好，不能不让人佩服。

一行人很快就走得远了，没了踪影。

谢茵有些不甘心地收回视线，扯了扯品竹的袖子，对她低声道：“你怎么不跟着去送啊？你让他们两个在一起，岂不是促进感情？总是这样下去，万一谢芳华的病被治好了，将来铮二公子身边还有你的位置吗？你可别忘了，如今她的身份是未婚妻，而你是一个婢女，你看看铮二公子对她在意得跟什么似的！”

品竹短短时间已经弄清了谢茵和听音有那么一段纠葛，闻言心中好笑，但面色不表露出来，低声道：“如今王妃在跟前，众位夫人小姐们都在，我自然要稳妥一些，来日方长，你放心吧！未来三年在他身边陪着的人可是我，他们再亲近，还能抵得过三年一千多天的日夜疏离？”

“倒也是！”谢茵顿时笑了。

品竹看着她，也笑了笑。

“反正我就是看不惯谢芳华那副姿态！”谢茵嘟囔道，“就跟全天下所有好东西都应该理所当然是她的一样。”

品竹垂下头，低声道：“她的身份是别人羡慕不来的，的确有优先拿取好东西的资格。”

谢茵哼了一声，不忿地道：“就算她身份高贵又管什么？铮二公子还不是被人捷足先登了？”话落，她揶揄地看着品竹道：“别告诉我你至今还没爬上铮二公子的床！我可听说了，在年前，你就被铮二公子收房了。”

品竹没想到谢茵如此不顾忌地这样说出口，她脸红了红，没言声。

关于小姐是否和铮二公子上床的事情，她们自然是清楚的，但在落梅居住得久了，某些亲密的牵扯恐怕是有的，但这叫人如何回答？

“看你的表情就是！你不用承认了，不止我知道，外面的人有谁不知道的？你们的事情，妇孺皆知。”谢茵用胳膊撞了撞品竹，“这有什么不好意思的？多少女人恨不得爬上他的床都爬不上去呢！你能上了他的床，并且得他倾心相待，虽然中间有了个谢芳华，但到底他的人总脱不出落梅居去，你就守着落梅居，抓着他的心，他早晚是你一个人的。”

品竹有些汗颜，但还是点点头。

谢茵见她如知心人一般地听取她的意见，顿时笑开，面色也欢喜了几分。

“这两个孩子倒是投缘，嘀嘀咕咕的在那里说什么呢？”英亲王妃回过头，对二人笑问。

谢茵显然有些怕英亲王妃，一时间笑容收起，不知如何答话。

品竹定了定神，微微红着脸沉静地道：“说些女儿家的私事儿，王妃您若是想知道，回头私下我告诉您。”

“哎呦，原来是女儿家的私事儿，不好当着这么多人的面开口吗？”英亲王妃笑了起来，“你也不用告诉我了，你们孩子们的事情，我也不好奇地问了，免得觉得我婆妈。”话落，对众位夫人道：“走吧！去我的院子赏花！”

众位夫人笑着点头。

一行人向英亲王妃的住处走去。

秦铮和谢芳华来到了英亲王府门口，早已经有人备好了马车。

秦铮先一步上了车，然后，伸手拉谢芳华上车。

谢芳华看了他一眼，自然地将手放进了他手里，他轻轻握住，顿了片刻，微微用力，将她拽上了车。

帘幕落下，马车走了起来，侍画等人对看一眼，跟在了车后。

车内，秦铮不松手，顺势将谢芳华拉着坐在了他身边，两人的身子挨得有些紧，他紧紧地握住她的手，对她道：“别乱动，乖乖坐着！”

谢芳华偏头瞅他。

“看我做什么？”秦铮见她瞅来，心情甚好地勾起她面纱，凑近她道，“你恐怕还不知道爷有一个毛病吧！就是自己喜欢的女人，只要如你这般瞅着我，我就想亲她。”

谢芳华身子一僵，脸向后仰了些，羞怒道：“秦铮！别没正行！”

秦铮顿时笑了，看着她：“我如何没正行了？对着自己喜欢的人，想做些什么，不是再正常不过吗？若我喜欢你，还苦着自己恪守礼数规矩，连近你身都不敢的话，怎么叫真的喜欢你？情欲之事，不是大俗之事，而是大雅之事。这又有什么丢人的？”

谢芳华的脸彻底染上红晕，挡也挡不住，挥手拍掉秦铮的手，面纱落下，隔着他的目光，她才算舒服些，深吸一口气，刻意加重声音：“铮二公子，容我提醒你，你离经叛道不羁世俗的确没什么，因为你不在意。但我是谢芳华，忠勇侯府自古以来，可没出现一个离经叛道不羁世俗的闺阁小姐。若是我也与你一样的话，他日九泉之下，见谢氏先祖我都脸上无光。”

秦铮忽然嗤笑一声：“鬼话连篇！”

谢芳华瞪眼，她怎么就鬼话连篇了？

“也容我提醒你，谢小姐，你以后会是我媳妇儿，会嫁去我的英亲王府，大婚之后，你就不姓谢了，你随我姓秦，叫作秦谢氏。你九泉之下，要见的也是秦氏的列祖列宗。秦氏自古以来，每一代，都会出一个离经叛道的人物，这一代呢，是我。所以，列祖列宗对于我这样的人已经屡见不鲜了，多你一个不多。你放心，秦氏先祖他日见到你不会觉得脸上无光的。”秦铮慢悠悠地道。

谢芳华一噎。

“不信吗？有史可查的！要不要我给你说说秦家的历史上有哪些离经叛道的先辈们！”秦铮瞅着谢芳华，见她无语反驳，他心情更好了。

“不听！”谢芳华没好气地摇头。

“这是你不听，不是我不说啊！当然，秦氏亘古至今那么多辈人里也没出现一个如我这般模样的，我也算是开了秦氏历史之先河了。将来秦家的史记上应该是有我一笔的。”秦铮优哉游哉地道，“不过爷不愿意写入史记，所以，迫不得已，有朝一日，恐怕是要毁了太史院费力编写的史书的。”话落，他可惜地叹息了一声。

谢芳华已经对他彻底失言。太史院有朝一日遭殃，他这么个恶人还能不能做点儿好事？世人都想名流千古，他估计怕自己遗臭万年，所以不敢留史册。

“你躲得那么远做什么？你放心，你不懂风情，爷还是懂一些的，爷现在没兴趣亲你。”秦铮伸手将谢芳华躲远的身子捞回到他身边，几乎按在了他胸前。

谢芳华挣扎地推开他。

“你最好别乱动！否则这车里就咱们两个人，我真保不准会想做些什么。”秦铮警告她。

谢芳华最恼恨他屡次威胁，劈手就打他面门。

秦铮轻松地攥住她的手，低头看着她问：“你想好了，你有力气打得过我吗？没有力气的话，就乖乖的。我不欺负女人，但也保不准被你惹生气了，破了例。”

谢芳华撇开头，她现在的确打不过他，只能让他嚣张些日子。可恨！

秦铮见她老实下来，勾了勾嘴角。车内光线被帘幕挡住，虽然昏暗，但他的俊颜却清朗。

二人不再说话，保持着别扭地依偎着的姿势坐在车内，当然，别扭的人只谢芳华自己，秦铮自然不别扭的。

马车缓缓地走着。

两盏茶后，来到忠勇侯府门口。

车夫停下马车，侍画在外面轻声道："小姐，回府了！"

谢芳华推开秦铮的手，直起身子，拿过车里的镜子，照了照，见云髻妆容未曾乱，便放下镜子，伸手挑开了帘幕，向外看去。

忠勇侯府烫金的匾额映在眼前，依然富贵华丽。

她心里微微一暖，收回视线，见侍画、侍墨过来搀扶，她将手递给二人，就着二人的搀扶下了马车。

侍书匆匆从内院走出，看到谢芳华连忙见礼："小姐，您回来了？世子刚刚还在问您什么时候回来，正要吩咐小的去英亲王府询问，不想您这么早就到家了。"

谢芳华笑了笑："没别的事儿，饭后便早些回来歇着了。"

"您折腾一趟的确是累了，快进府吧！"侍书关心地打量谢芳华，见她完好，看向马车，对挑开的帘幕里坐着的秦铮见礼："铮二公子，多谢您送我家小姐回府！"

秦铮眉眼不转地一直瞅着谢芳华，没答侍书的话，也没看他一眼。

谢芳华回头瞅了秦铮一眼，正对上他幽暗的眸光，她本来不想理会他，但被他这样看着，还是觉得应该做些什么，于是，她顿了片刻，语气轻软地道："你快回府吧！"

"你就这一句话？再没别的话对我说？"秦铮盯着她问。

谢芳华颦眉，心中清楚他意有所指，抿了抿唇，对他道："过两日我身子爽利些，你再过来接我出去走动。"

秦铮闻言似乎笑了一下，道了一句："好！"

谢芳华见他阴转晴，慢慢地转过身，由侍画、侍墨扶着进了府。

秦铮挑着帘幕一直看着她，直到她身影走进了庭院深处，他才收回视线，对站在门口的侍书道："告诉你家世子，过两日我再来接她过去我的府邸走动。"

"小人一定禀告我家世子！"侍书颔首。

秦铮看着侍书，还想再说什么，忽然又觉得烦闷，于是挥手落下了帘幕，对车夫轻喝了一声："回府！"

车夫感觉二公子情绪变化，不敢耽搁，连忙挥鞭离开了忠勇侯府门口。

侍书觉得秦铮真是阴晴不定，这等脾性，也就是小姐能受得住他。真不明白京中那么多闺阁女子为何都心仪于他？在他看来，他家世子可比这铮二公子强多了去。只是世子有病在身，一直孱弱，再加上忠勇侯府地位特殊敏感，是以，许多人都不敢轻易与忠勇侯府靠近结亲。

他摇摇头，叹息地吩咐人关了大门，回了内院。

谢芳华的确是有些累了，进府后，没有立即去荣福堂老侯爷处，也没有去芝兰苑她哥哥处，而是径直回了海棠苑。

海棠苑一如她数日前离开时一般，海棠花香怡人，春风送暖，院子清幽静谧。

若没有压着忠勇侯府的皇权天网，海棠苑也能堪比落梅居了。

她进了房间，挥退了侍画等四人，上床休息。在英亲王府碧湖旁的暖阁里虽然有短暂休息，但到底不能解乏。

侍画等四人本来还想问关于品竹替代小姐的事情会不会不妥当，应付不来，但见谢芳华如此困倦疲惫，便齐齐压下了话，悄悄退了下去。

海棠苑内外甚是安静，房中也极为安静，谢芳华不多时便睡了过去。

谢芳华一觉睡醒，已经是傍晚，天色已经昏暗。

她睁开眼睛，第一时间看到的不是熟悉的帷幔，愣了一会儿神，才想起来自己是回了忠勇侯府，不由得失笑。习惯是一件可怕的事情，她回京后就在英亲王府待着，竟然比她自小就长大的地方还熟悉了。这个房间到底是离开了八年，回来后又只住一两次，反而陌生了。

她盯着床帐怅然片刻，才发现屋中不止她自己，还坐了一个人。

那个人坐在椅子上，身子靠着椅背，似乎是睡着了。

正是她的哥哥谢墨含。

谢芳华愣了一下，想着哥哥一定知道她回来了，所以找了过来，可惜她在睡着，哥哥并没有吵醒她，而是等在这里，时间长了，把自己也给等困了。

她有些想笑，但看着他疲惫的眉眼，眼下浓浓的青影，却是怎么也笑不出来了。

哥哥虽然嘴上说着放任她做一切的事情，但是心里恐怕还是过不去那道坎，还是觉得该他顶的大梁被她挑起来了，心里指不定如何难受，彻夜难眠呢！

她暗暗地叹了口气。她爹娘给他们兄妹都留下了七窍玲珑的心思，这心思放在女子的身上，那是刚过易折；放在男子的身上，就是慧极必伤。

她慢慢地坐起身，伸手挑开帷幔，下了床。

她的动作极轻，但还是惊醒了谢墨含。

谢墨含睁开眼睛，向床前看来，见谢芳华蹑手蹑脚地正下床，他笑了一下，声音沙哑：“睡醒了？”

谢芳华无奈地叹了口气，看着他：“哥哥，你睡觉太轻了！”

“这么多年习惯了，总是睡不踏实，有丝毫动静也就醒了。”谢墨含揉揉眼睛。

谢芳华心中微疼。这么多年，她在无名山无一夜好眠，过着如炼狱一般的日子，但是哥哥在忠勇侯府，不说支撑着忠勇侯府偌大的门楣，只说他世子的身份，就是一个活靶子。多少人想要他死。明刀暗箭有多少？又担忧她，他怕是也无一夜好眠。

如此想着，她走近谢墨含，伸手连人带椅子一起抱住了他。

第二十五章

消息

谢墨含一怔。

“哥！”谢芳华低低地喊了一声，声音低哑微带浓重的鼻音。

谢墨含何等聪明，见此立即就明白她是心疼他了，顿时失笑，没推开她，任她抱着他道：“都多大的人了还哭鼻子？笑不笑话！”

谢芳华伸手极轻地捶了他一下，带着女儿家对亲哥哥的亲昵撒娇。

谢墨含心头一软，感慨地道：“我还以为我妹妹连撒娇都忘记了！还好！”

谢芳华闻言不由得笑了，放开他，无奈地道：“哥哥，你不要总是拿我当小孩子。”

“是，我不能总拿你当小孩子了，你已经及笄了，是大人了。”谢墨含笑着道，“若不是皇上的圣旨严苛，你都可以大婚嫁人了。”

谢芳华撇开头，轻哼一声，不满地道：“我好不容易回来，你能不能不要跟我说圣旨？”

“是不要说秦铮吧？”谢墨含瞅着她笑着问。

谢芳华揉揉额头，承认不讳：“的确不想听到这个名字！”

谢墨含失笑：“你虽然不想听到，但你的事情都与他有关，不说也不行。”话落，看着她正色道：“就拿今日来说，我真没想到你会让品竹留在英亲王府代替你，而你回了府。”

谢芳华转身坐在椅子上，倒了一杯茶，递给谢墨含。

谢墨含伸手接了，端起来轻轻抿着。

谢芳华又给自己倒了一杯，一边喝着一边道："皇上今日找了听音的麻烦，闹得极僵。经过昨日他派皇室隐卫跟踪我，秦铮和他翻脸，再加上今日，这两件事情，也足够他看清了，短期内也该不会再找麻烦。以后若要除去的话，必定会一击必中，一举得手。所以，今日事情过后，品竹代替我待在英亲王府，应该是无大碍的。另外，我想你和爷爷了，就趁此机会回来了。"

谢墨含点点头，有些忧心地道："昨日和今日的事情我都知晓，这两次秦铮为了你，算是将皇上得罪得狠了。他不能将秦铮如何，但是能将你如何。你以后更要小心了。皇上执政二十年，绝对不是手软之人。"

"我知道！"谢芳华点点头，无所谓地道，"不过有秦铮在不是吗？他也不是个手软之人。"话落，她笑了一声："连皇上的隐卫都能挡回去，当面和皇上说翻脸就翻脸。他的倚仗可不止是英亲王府和皇室的关系，而是他手中攥着的势力。"

"那是自然的！他手中攥着的东西太多，以至于皇上这么多年纵容他，实则也是拿不定将他如何处置的好。否则，他的爵位早就该受封了，不至于拖到现在也不松手。皇上的目的无非还是想让秦浩牵制他，可惜秦浩不得大用。"谢墨含道。

谢芳华想起今日，忍不住笑了笑。

"秦铮的手里攥着英亲王妃从清河带来的一支暗卫，也攥着英亲王配给他的一支暗卫，还攥着德慈太后去世前留给他的一支暗卫，以及太后的娘家王氏的一个调遣令牌。除此之外，他还自己培养了一支暗卫。"谢墨含逐一说道。

谢芳华扬眉，她知道秦铮手中攥了不少东西，但没想到竟如此之多，怪不得敢横着在南秦京城踩着左相府的马车走。

"这些还只是表面，我估计，除此之外也许还有。"谢墨含又道。

谢芳华蹙眉，看着谢墨含，怀疑地道："秦铮想干什么？他想夺权吗？怎么手中攥了这么多东西？怪不得让皇帝都忌惮他了？"

谢墨含摇摇头："这么多年，没见过他想沾染皇权，他手中的东西也没刻意地隐藏，行事向来张扬无忌。况且这些东西，都是别人给他的。皇上也是知晓。而且，就算皇上想要他入朝，他怕是都不想入朝。他到底想做什么，我也是猜不出的。他做事全凭兴趣，若是没兴趣，对什么事情都不屑一顾。他的兴趣可是不好把握的。"

谢芳华用手支住额头，闻言无所谓地道："只要他不是针对我，不碍着我的事儿的话，他手里有多少势力，我都不会理他。"

谢墨含看着她："恐怕不容易。"

谢芳华嗯了一声。

"这么长时间，我发现了，无论是皇上的、皇后的、后宫妃嫔的，甚至是左右相府的、朝中大臣的，他全凭兴趣，理不理会，全在心情，但是独独一个人的事情，他是必定插手。”谢墨含道。

“我？”谢芳华挑眉。

“对，就是你！”谢墨含点头。

谢芳华收回视线，看着水杯，茶水碧绿。她不晃动水杯的时候，茶水静静的，如一汪碧湖，再深一些看的话，又如一个人的眼睛，就那样深幽幽地看着她。她忽然放下水杯，伸手盖住了杯沿，对谢墨含道：“哥哥，秦铮他……”顿了顿，她似乎斟酌着用词，没了声。

谢墨含看着她，静静等着她的话。

过了半晌，谢芳华才轻轻地道：“他说喜欢我，你说，他的喜欢到底是从何而来的？”

谢墨含没想到谢芳华问了这样一句话，顿时一怔。

谢芳华看着他，似乎等着他解答，眉眼内的迷茫不加掩饰。

谢墨含蹙眉，沉吟片刻，对她问：“除了九年前，在咱们府里，他和燕亭打架，打伤了燕亭，你给燕亭包扎了之后，你是否再见过秦铮？”

谢芳华摇摇头：“没有！”

“你再仔细想想，真的没有？”谢墨含怀疑地问。

谢芳华叹了口气：“哥哥，是真的没有！这些日子，我自己没事儿的时候也仔细地想了，将我从小到大的事情都仔细地想了一遍，除了九年前在咱们府，我是真想不出来哪次见过他。关于九年前，让我最熟悉的人是燕亭，那二人打架，秦铮打完人就走了，当时他只看了我一眼，那一眼还有些嚣张，跟他现在一个德行。就是那种，我就是打了，就算在你家见了血，被你发现了又怎样，你能奈我何的死样子。我敢肯定，当初的目光，决计不同于今时今日。”

谢墨含闻言更是疑惑了：“这就奇怪了！从你回京，他这么长时间所作所为，依我感觉，他是一早就认识你，且一定不是你说的只看了你一眼的那种认识，而是喜欢。我细细回想，这么多年来，他该是刻意与我结交的，应该是早就对你有心思了，只不过做得不露痕迹罢了，让我也没发觉。”

谢芳华抓住敏感的词，看着谢墨含：“你说……他刻意结交你？”

谢墨含点点头。

谢芳华眉头顿时竖了起来，声音微微拔高：“从什么时候？”

谢墨含皱眉寻思片刻，隐约不确定地道：“大约是爷爷寿宴之后吧！”

“九年前？”谢芳华扬眉。

“也许不对，仿佛是你出府过了不久之后。”谢墨含有些头疼，“那时候你刚刚离开，我日夜忧心，生怕你一去不回，便没有闲心去在意别的事情了。燕亭、李沐清等人也是那时候结识的。你知道，那时候上书房开了课业，各府的子嗣都够了入学的年龄，开始出府去上书房。我虽然身子孱弱，但最开始的时候，也不想落于人后，于是也去了。那时候，就都走动起来了，最是正常不过。”

“那也就是说八年前？”谢芳华陷入了沉思。

谢墨含看着她，点点头：“具体是怎么亲近起来，称兄道弟的，我也是不记得了。毕竟京中贵裔的勋贵府邸就这么几家，咱们忠勇侯府、英亲王府、左右相府、翰林学士府、监察御史府、永康侯府。”

谢芳华无意识地点点头。

谢墨含见她不答话，想着什么事情有些入神，便不再继续说话打扰她。

过了半晌，她收回思绪，低声道：“若说意外的交集的话，也可能是八年前我出府混入皇室隐卫队伍的时候。”

谢墨含一惊，猛地站起了身：“你是说那时候？若是那样的话，岂不是……”

“若是确实的话，那他岂不是知道我去了无名山？”谢芳华眉目有些沉，笑了一声，“若是的话，那么也就是知道了。”

谢墨含面色微变。

“哥哥，你也不用急，当年有多混乱，你可能不知道，南秦很多贵裔府邸的孩子不是被替换，就是被迫害，再就是被逼无奈去了皇室隐卫的队伍出人头地。就拿谢氏盐仓的谢云继来说，他当年也是在那里遇到的我，后来偷逃了回来。知道我身份的人里，已经有他一个，还怕再多第二个？第三个？”谢芳华沉静地拉住谢墨含的手，将他拽着重新坐下。

谢墨含闻言惊异：“你是说云继也曾经去了皇室隐卫的队伍？”

谢芳华点点头。

谢墨含收起情绪，叹了口气：“这么多年，我自诩了解京中许多事情，到底做不到手眼通天。只恨这副身子不争气，一年有半年需要躺在床上，错过了许多该知道的事情。”

“哥哥，我说了多少次了，你不要这么多的心思！你的身体比什么都重要。”谢芳华闻言有些来气，“你若是再这样，以后什么事情我都不与你说了。”

谢墨含第一次被妹妹训斥，看着她板起来的脸，失笑，心中缠绕的某些情绪略微地散开，无奈地道：“好，好，我不再多思多想，埋怨恼恨自己了。都听我们家女巾帼的。”

谢芳华见他说了软话，才绷不住地笑了。

到底是兄妹，两个人的心思无论有多通透，也都会说开，不会有丝毫的隔阂。

“你再仔细地想想，八年前，你在皇室隐卫的队伍里到底是否真的见过秦铮？”谢墨含看着她，“云继是自己人，但秦铮……他的身份毕竟不同，他姓秦，此事非同小可！”

谢芳华摇摇头：“不记得了。”

“你的记忆一直很好，况且九年前你又见过他一面，八年前与九年前只不过时隔一年，你若是当时真见了他，不可能认不出来。”谢墨含盯着她问。

谢芳华抿起嘴角，摇摇头，怅然道：“哥哥，我的记忆有些时候不太好，有些模糊和混淆。所以，到底见没见过，我也是记不清了，脑子里的确对他没印象。”

谢墨含蹙眉：“为何？在无名山太苦？让你的记忆力……”

“不是！”谢芳华看着谢墨含，她的前世今生根本就说不清，仿佛前世的事情就是她的一场大梦，让她至今仍在半梦半醒间挣扎。前世的记忆和今世的记忆有时候是重合的，有时候又是交叉分开的，连她自己也辨认不明。

谢墨含见她眉眼纠缠，似乎有着化解不开的迷雾，叹了口气。

“不过年前，秦铮喝醉了酒，在英亲王府门口闹腾，当时英亲王妃和英亲王急了，说了一番话。”谢芳华缓缓道。

“什么话？”谢墨含问。

“当时，英亲王妃疾言厉色地指责英亲王，说八年前，秦铮丢失了两日，她派人找了两日，质问英亲王那两日在哪里？说他在翠红楼，醉倒在歌妓的房里！”谢芳华道。

谢墨含一怔，随即恍然：“是有这样的事儿，八年前，秦铮似乎是失踪了两日。好像就在你离开咱们府后不久，那两日英亲王府人仰马翻，英亲王妃着急儿子，据说疯了一般地找。两日后，不知在哪里找到了。此事当时不是秘密，但因为你刚刚离家出走，我和爷爷一心想着你，都没心情理会别的府邸之事，听说这件事情的时候，也不过就是当听听罢了。”

谢芳华轻吐了一口气：“若是这件事情属实的话，那么当日，秦铮应该也是在皇室隐卫的队伍里的。”

“大约是！”谢墨含道。

“当时队伍的人很多，每天有死的、有伤的、有病的、有逃跑的。我记不过来那么多面孔，无非是一心想去无名山，想活下来。所以，当时若是有秦铮的话，大约是被我忽略了。”谢芳华道。

谢墨含缓缓道：“从那之后，铮二公子的名字便在这京中传开了。纵马横街，嚣张跋扈，张扬肆意，我行我素，狂妄不羁，不理会世俗。虽然他以前性情也有些乖张，但远不及之后，性情开始变得喜怒无常，阴晴不定。”

谢芳华顿时笑了：“原来恶人变恶也是有根由的。”

谢墨含见她还有心情说笑，有些无奈，看着她道：“妹妹，对于秦铮，你到底是何想法，他喜欢你，现在谁都能看得出来！你对他呢？”

谢芳华收起笑意，将水杯往桌子里挪了挪，手指轻轻叩在桌案上，发出叮咚的响声，她声音有些飘忽：“家族一日不安稳，我一日不谈情事。”

谢墨含闻言心疼地看着她：“妹妹，你若是也喜欢他的话……”

“哥哥，我还不喜欢他！”谢芳华打断谢墨含的话，冷静且有些凉薄地道，“我连喜欢是什么都不懂，怎么能谈得上喜欢？只不过如今，不那么讨厌他罢了。”

谢墨含闻言要出口的劝慰收了回来。

“六号画舫的人可是来了咱们府？”谢芳华打住关于秦铮的话，转移话题。

谢墨含见她不想再说，也不再继续，点点头：“来了！”

“什么时候来的？”谢芳华问。

“你回府后不久就来咱们府了，我给安置在后院了。”谢墨含道。

“后院不是住着钱家班子？”谢芳华挑眉。

“六房的老太太爱听戏，两日前我便将钱家班子送去给六房的老太太了。”谢墨含道，“所以，后院就空了下来。”

谢芳华点点头，对谢墨含道：“哥哥，第六号画舫是我的人，明日给爷爷表演后，就将他们送还给英亲王府去吧！”

谢墨含点头：“我猜测他们也是你的人，否则你不该是押了六号画舫。”话落，有些好笑地道：“你说秦铮是一把伞，在你面前挡着，有些时候，的确是。现在外面很多人都私下传，六号画舫暗中被铮二公子收服了，才赢了所有的赌注。妙的是秦铮也没反驳这则言论，任其蔓延着。”

谢芳华闻言笑了笑。

“爷爷知道你回来了，让你休息够了明日早上再去见他。你若是要见六号画舫的人，就派人去传一声，不想暴露他们的话，最好还是做得隐秘一些。免得府中人杂，走漏风声。”谢墨含站起身，对她道，“我先回去了！”

“哥哥慢走！”谢芳华点点头。

谢墨含不再逗留，不多时便出了海棠苑。

谢芳华在桌前坐了片刻，对外面喊：“侍画！”

“小姐！”侍画立即应声，推门走了进来。

“咱们院子里有孔明灯吗？”谢芳华问。

侍画一怔：“小姐，您要孔明灯？”话落，她疑惑地道：“还有几日就是上元节了，我们姐妹几人没事儿的时候做了不少花灯，留在上元日放的，您若是要，奴婢给您拿一盏来，多得是。”

谢芳华笑笑：“那你就去拿一盏来给我。”

侍画点点头，出了房门。

谢芳华站起身，将房中的灯盏点亮，拨了拨灯芯，纤细的身影映在浣纱格子窗前，她拿出笔墨砚台，轻轻地磨着。

不大一会儿，侍画拿了一盏花灯过来，放在桌子上。

谢芳华提笔在花灯上写了“月上重影”四个字，落笔后，对侍画吩咐：“你去点燃，拿到后院放飞。”

侍画虽然疑惑，但谢芳华不说明，她也不问，应声按照吩咐拿着花灯退了下去。

不多时，侍画转回来，禀告道：“小姐，花灯放出去了。”

谢芳华点点头，对她道：“知道了，稍后会有人来，你们不要拦着！”

“是！”侍画退了下去。

谢芳华从书架上拿出一本书，静静地坐在桌前看着。

大约半个时辰后，窗外传来一丝异样的风声，轻飘飘地从围墙上落下一个人来。那人一身粗布长衫，少年身形，乍一进来，四下瞅了一眼，便见四名婢女立在门口，见他到来似乎丝毫不惊异，只是那样看着他，没有丝毫呼喊和阻拦的动作。

少年拍了拍身上的土，对四人笑了笑，向门口走来。

侍画、侍墨、侍蓝、侍晚四人对看一眼，齐齐让开了门口。

“主子！”少年来到门口，停住脚步，恭谨地喊了一声。

“进来！”谢芳华向窗外看了一眼，轻轻开口。

少年推门而入，满屋的锦绣华丽愈发地衬托他衣衫粗布。他顿了片刻，笑颜漫开，逗趣道：“千金小姐的闺房属下第一次进来，可真是受宠若惊啊！”

谢芳华放下书本，抬起头，好笑地看着他：“废什么话？出了无名山就没人拘着你的性子了吗？让你愈发调皮跳脱了。”

少年闻言顿时大乐，直冲冲走了过来，端起桌子上的茶水就着茶壶一气猛喝。

谢芳华无语地瞅着他，少年喝罢，她才道：“英亲王府缺了你的水喝了？看把你渴成了这个样子。”

少年摇摇头：“英亲王府没缺水，英亲王妃也没缺水，但我缺觉。刚睡醒不久，就看见您放的花灯了。等不到月影重叠，我就跑来了。”

谢芳华点点头，对少年指指椅子。

少年放下水壶，坐在椅子上，屁股扭扭，脖子扭扭，扭了半晌，舒服地靠在椅背上叹了口气：“主子啊，你说你，放着忠勇侯府的千金小姐不做，偏偏跑去无名山做什么？若搁我是你，给我一座金山我也不去！”

谢芳华看着他，笑意不觉地溢出眼帘：“无名山没有金山，但有我要的能守护住忠勇侯府的东西。相反忠勇侯府才是那座金山，若没有厉害的东西支撑，拿什么来守护金山？”

少年眨眨眼睛，点点头，打量着谢芳华道：“一直不知道您是忠勇侯府的小姐，若不是这次言宸哥哥去了北齐，他大约也不会告诉我您的身份。我听了之后怎么也不敢相信。如今，您坐在这里，由不得我不相信了。”

谢芳华笑笑，没说话。

少年在椅子上又舒服地吸了口气，才忽然道：“主子，有饭吃吗？我知道您要问我关于漠北和言宸哥哥以及七星的事情，不过，我饿了一天了，您总得先喂饱我，我再仔细地说给您听。”

谢芳华点点头，对外面吩咐：“侍画，去吩咐厨房做些饭菜端来。”

侍画在外面应声，走了开去。

不多时，侍画便端了一个大托盘走进了屋。

托盘内摆了四菜一汤两碗米饭。

侍画将饭菜摆上，对谢芳华道：“世子从海棠苑出去时特意去厨房吩咐了，说小姐还没吃晚膳，让厨房做了，厨房正要送来，奴婢就去了。”

“我本来晚上不想吃了，难得哥哥想着我。”谢芳华笑了笑。

“主子，这些只够我沾沾牙缝的。”少年看着摆在桌子上的饭菜，嘟起嘴，对谢芳华不满地道，“你还要吃的话，更不够我吃了。”

侍画有些惊异，这是两个人的饭菜，才够他一个人沾牙缝？他有多能吃？

少年不理会侍画的惊异表情，对谢芳华抗议：“这里你是东道主，不能饿着我。”

“我竟是忘记你能吃了。”谢芳华失笑，对侍画吩咐：“他叫轻歌，是有名的大胃口。你再去厨房一趟，让厨房辛苦一些，再做一份来。”

侍画只能点头。

“等等，就说你们几个人要吃。”谢芳华在侍画走到门口时，特意加了一句。

侍画意会，点点头，出了房门。

“主子，你的婢女好像看我不顺眼。”轻歌待侍画离开后，悄悄地说道。

谢芳华莞尔一笑：“不是好像，就是看你不顺眼。她们一直待在忠勇侯府，被我哥哥教导训练，礼数严苛，自然是看不得你这般在我面前没形没样的模样。”

轻歌撇撇嘴：“到底是没见过血腥的女娃子，不懂当年我们上刀山下油锅的情谊。”

谢芳华嗤笑：“你才多大？人家就是女娃子了？”

轻歌扬起脖子：“我很大了！最起码言宸哥哥不在的时候，我能独当一面了。”

谢芳华看着他，道：“我看你是出了无名山之后，狂妄自大了，觉得世间唯你无敌了才是。当年是谁屡次擦着边过考核，几死几生，险些没命！”

“哎呀，主子，您能不能别提我当年的窝囊劲？”轻歌板起脸。

“好，不提！”谢芳华顺了他的意。

轻歌嘻嘻笑了，忽然凑近她，悄声道：“主子，您和铮二公子是怎么回事儿？您喜欢铮二公子吗？”

谢芳华挑眉，看着他，没答话。

“喂，您这样看着我做什么？”轻歌有些毛躁地道，“我就是好奇，若是不喜欢，您怎么答应嫁给他，还一直住在英亲王府的落梅居。”

谢芳华偏开头，看着被风吹得来回晃动明明灭灭的灯烛，清淡地道：“皇帝的圣旨赐婚，拒绝得了吗？”

轻歌嗤了一声：“您还怕皇帝的圣旨赐婚？”

“不是怕，而是如今一切没摊开在明面上，没办法拒绝而已。”谢芳华道。

轻歌扁扁嘴：“那我也不信你这话，就算皇帝的圣旨拒绝不了，可没谁能逼迫得了你住去英亲王府的落梅居。”

谢芳华转回头，看着他一副你别装了的模样，被气笑了，瞪了他一眼：“秦铮比皇帝还不是个东西！最早住进落梅居，我的确是迫于无奈，不敢暴露身份，只能从善如流。”话落，她又道：“至于后来……自然是我愿意待在那里。”

“其实是后来你发现了铮二公子的好，喜欢上了他，于是，甘愿拜倒在他的丰仪之下。是不是？”轻歌一副我就知道的模样，“我知道，铮二公子是个美男子，这南秦京城里，论容貌，他可是独一份。噢，不对，还有个四皇子，据说与他容貌不相上下。只是你没见过而已，否则怕是就难以取舍了。”

“你说的什么混账话！”谢芳华劈手打了他一巴掌。

轻歌灵巧地躲开了，躲开之后，讶异地咦了一声：“主子，你的武功怎么退步到了这种程度？打我都打不动了？”

谢芳华撤回手，简单说了清河崔氏三公子崔意端的血毒之事。

轻歌眉头皱起来，嘟囔道：“浪费你功力，救他做什么？一个崔三公子，娃子而已，都被他娘给舍弃了，你还去费心救他，不值得。”

谢芳华瞅着他：“我救的虽然是他，但确切说也不是他，而是清河崔氏。崔三公子的确不值得我救，但若是清河崔氏拉拢在手，就值了。”

轻歌哼了一声：“清河崔氏虽然是大族，其实一直以来就是墙头草，随风倒。”

“清河崔氏正因为如此才能屹立多年。”谢芳华道。

轻歌摆摆手：“反正您救了也就救了，我是不如言宸哥哥懂这些东西。我只知道，我现在好饿啊，可以吃了吗？”

“可以了，你吃吧！”谢芳华叹了口气。

轻歌立即拿起筷子，风卷残云一般地吃了起来。

谢芳华看着他，好半晌才慢慢地道："算起来，你也是出身……哎，你的礼数呢？"

"我就知道礼数不能活命！"轻歌道。

谢芳华无言以对。

不多时，桌子上的所有东西都被他给吃了，他放下筷子，摸摸肚子，叹了口气："只是半饱，歇一会儿的感觉真是不好。"

"饭菜又来了，你可以继续吃！"谢芳华想笑，听见外面的脚步声，她看了一眼，只见侍画端着饭菜走来，她道。

"咦？够快！"轻歌顿时高兴了。

谢芳华想着自然不会慢的，高门府邸院落的厨房内，随时都会准备着饭食，以备主子随时传唤。

不多时，侍画果然推门进来，这次端了足足八个菜，一大盆饭。

显然，侍画是故意想要吃撑轻歌。

可是轻歌见了顿时眉开眼笑。

侍画摆好饭菜，对谢芳华轻声道："小姐，云继公子过府了，如今在世子那里。"

谢芳华点点头，对她道："你稍后去一趟芝兰苑，告诉谢云继一声，他和哥哥详谈完事儿后来我这里一趟。"

侍画点点头，退了下去。

轻歌眨眨眼睛："谢氏盐仓的谢云继？"

"嗯！"谢芳华颔首。

"那可也是个有意思的人物！"轻歌啧啧了一声，"不过，主子，您真敢用他啊！您就不怕被他反噬吗？同样姓谢，谢氏盐仓未必就没有取忠勇侯府而代之的心思。"

"有和做是有区别的。"谢芳华道，"况且，谢云继不是谢氏子孙，不必担心他反噬。"话落，又道："正巧我也想交代你这件事情，如今说起了，就知会你吧！你暗中将消息递回天机阁，让他们暗中查一查谢云继的真正身份。"

"他原来不是谢氏的子孙？抱养的？"轻歌微怔。

谢芳华点头。

"那肯定是要查查的了。"轻歌笑了，打保票道，"主子放心，查消息我最在行，不用递回天机阁，连他祖上八辈子我都能查得出来。"

"一定要隐秘，谢氏盐仓不好惹，不要走漏风声。我还是要用谢氏盐仓的。"谢芳华叮嘱他，"如今在京中，六号画舫已经是风云人物，众人关注，你不要轻举妄动，坏我的事儿。就按照我说的，交给天机阁。"

“那好吧！”轻歌点点头，有些蔫。

“你是要入朝的，还怕将来没有你的用武之地？急什么？”谢芳华瞟了他一眼。

轻歌闻言顿时笑了。

“吃吧！吃完再说！”谢芳华将所有饭菜都推到了他的面前。

“您不吃？”轻歌瞅着她。

“看着你吃我就饱了。”谢芳华道。

“您已经够瘦了，可不能饿着，我知道您最爱吃这两个，这两个给您，其余的都给我。”轻歌将两盘菜推到了谢芳华的面前，其余的菜都不客气地自己霸占了。

谢芳华笑了笑。

二人不再说话，屋中饭菜飘香。

半个时辰后，轻歌放下筷子，抹抹嘴，心满意足地道：“我吃饱了，主子，您有什么话现在就问吧！我保证知无不言言无不尽。”

谢芳华扫了一眼他面前干干净净的碗碟，对外面喊了一声。

侍画进来，惊异地盯着桌子上一堆干干净净的碗碟呆了片刻，才默不作声地将空碗碟都收拾了下去。

轻歌挠挠头，有些不好意思地道：“我是能吃了些！”

何止是能吃！谢芳华好笑，对他道：“你以后自己要改正，不能再如此吃了。要么一天不吃饭，要么一顿吃一天的饭。这样下去，你的胃怎么能受得住？早晚受罪。”

“知道啦，言宸哥哥已经说了我好几次了。”轻歌不太乐意地道。

谢芳华警告他道：“你必须改正。今日你来我这里，第一次，我纵容你，下次就别想了。若不改正的话，将来娶个媳妇儿都能将人吓傻了去。”

轻歌顿时直翻白眼：“谁要娶媳妇儿了？女人都是麻烦！”

“女人都是麻烦？”谢芳华斜眼瞅着他。

轻歌自觉失言，嘿嘿一笑：“当然说的不是你啦！我是说，除你之外，女人都是麻烦。”话落，他忽然笑嘻嘻地道：“主子，要不您嫁给我吧！您若是嫁给我，不嫁给铮二公子的话，我就一定改了这个大胃口的毛病。”

“我嫁谁都没关系，不嫁给秦铮，嫁给你也行，前提是，如今秦铮就是我的未婚夫，除非你能有本事让他离我远点儿。”谢芳华也不恼，看着他，慢悠悠地道。

“铮二公子可是个小魔头！”轻歌揉揉鼻子，似在考量，“我怕是斗不过他。”

“那你就老实地做事儿，将来娶别的媳妇儿，别打我的主意。”谢芳华道。

轻歌无语地瞅着她：“说白了，你还是喜欢他。”话落，他不满地道：“我就不信他比言宸哥哥还有本事！只不过是自小被骄纵惯了，跋扈嚣张，弄得人人都怕他。无非是怕他的身份和手中的权力。若是论真本事，他未必敌得过言宸哥哥。”

“言宸……”谢芳华眸光动了动，问道，“他到漠北了吗？”

“还没到，昨日深夜传回消息，说按照路程算，两日后到。”轻歌道，“也就是明日，应该就会到了，本来应该是到了漠北边境救出七星后再传消息给我，但怕你担心，所以，提前先传了一封信回来。”

谢芳华点点头：“我计算路程，他就算走最难的山岭，最近的路，骑最快的马，也要半个月才能到漠北边境。这已经是最快的路线了。”

“嗯，您料准了，他的确是走最难走的那条路，翻山越岭的，他倒是不怕，却苦了那个从没吃过苦的公子哥。”轻歌道。

“你说的是燕亭？”谢芳华扬眉。

“嗯，燕亭跟着他呢！”轻歌四仰巴拉地靠在椅子上，没形象地摸着肚子道，“他要去漠北从军，言宸哥哥收到你的消息，便立即找到了他，为了帮助他躲避开皇室隐卫和永康侯府派出的府兵追查，费了一番好大的工夫。否则的话，以着言宸哥哥自己的本事，如今早就到漠北了，比主子您预算的时间还能早上两日。那是个拖后腿的，不明白您为什么要帮他？难道就是因为京中传扬的燕小侯爷因为喜欢您毁了范阳卢氏的婚事儿，远走漠北，您就要知他这份情意帮他？”

“毕竟是他念了我九年，我无以回报，既然他想远走漠北，我帮他也就帮他了。反正言宸也要去漠北，顺路而已。”谢芳华道。

轻歌撇撇嘴：“您大概还不知道吧！您这一顺路不要紧，他却是黏上言宸哥哥了。”

“什么意思？”谢芳华抬眸。

轻歌哼了一声：“大约是公子哥从没出过远门，一直在金笼子里面关着，出京城之后，走了一日便觉得举步维艰。正巧言宸哥哥听你的话找到他助他。这一路上，他见识到了言宸哥哥的厉害，发现人外有人，天外有天，昔日他虚度了许多光阴，如今才知道天地远大。无意中知道言宸哥哥要去北齐，于是，漠北便不看在眼里了，非要跟着他去北齐。”

谢芳华蹙眉：“言宸甩不掉他？”

“甩掉他就不能活了！言宸哥哥走的全是崇山峻岭，豺狼虎豹遍地都是。只要甩开他，他一日都活不了。别看在南秦的脂粉堆里，富贵圈子里能呼风唤雨，可是出了京城，他燕小侯爷的身份屁都不是。”轻歌鄙夷地道。

“他也不是一无是处！”谢芳华看不得轻歌将人贬低到地底下，虽然他说的是实话，但他这份自大可是要不得。

轻歌啧啧了一声：“主子，您的心肠什么时候这么好了？难道从无名山回来，您爷们的心就变成娘们的心了？不要什么人都觉得好！”

谢芳华又气又笑："你倒是教训起我来了！"话落，对他道："不听你废话了，言宸的信呢？给我！"

"我哪里敢留着？自然是看完就毁了！"轻歌摊摊手。

"你自诩记性极好，就算毁了，也能倒背如流吧！"谢芳华将笔墨往他面前一推，"给我写出来。"

轻歌叹了口气，对她道："主子，您怎么就不明白属下的心呢？属下多久没见您了？还不是想跟你多说点儿话近乎近乎？您这是嫌弃我！"

"我就是嫌弃你！快点儿写！一会儿谢云继来了，我还不想他看到你。"谢芳华道。

"好吧！"轻歌认命地拿过笔墨。

谢芳华看着他的笔飞快地落在宣纸下，笔走龙蛇，一气呵成，暗暗地赞扬了一声。

不多时，一封简洁的书信跃然纸上。

轻歌顿住笔，将纸递给谢芳华，嘟囔道："言宸哥哥虽然是给我传的信，可没一句话是和我说的，这些话，一看就知道是跟你说的。哼，厚此薄彼。"

谢芳华接过信纸，很快地从头到尾看了一遍。

言宸的信很短，只有几句话，却说了好几个信息。

其一，燕亭有意跟他去北齐，他想带上他，因为永康侯府的人恐怕会追到漠北。若是有皇帝旨意的话，即便燕亭到了漠北，也能被揪回京城。到时候，怕是会追查到他的身上。所以，既然他想跟他去北齐，怕是也想到了这个可能。

其二，关于漠北戍边两方兵营发生的冲突之事，他在半路上第一时间就得到了消息。一切全是四皇子的筹谋。武卫将军的亲近副将死伤多人，可谓是元气大伤。

其三，四皇子其人深不可测，且手腕了得，怕是不输于秦铮。若是他此番到漠北，先救七星的话，怕是会与他周旋数日，他思考再三，他姑姑的病不能耽搁，是以，他决定先去北齐皇宫，回转之后再救七星。秦钰想要窥探他们的组织，那么一定不会将七星如何，七星暂且待在秦钰处无碍。

其四，秦钰已经得到了关于秦铮和她赐婚的消息，同时，得到了一张关于她和听音的画像。不知是何人传给他的。

谢芳华看罢，将宣纸的纸页用力地攥了攥，半晌无言。

轻歌也不打扰她，知道她要消化一些东西，也要思索如何做才最正确。

南秦京城有两号人物，一个是英亲王府的铮二公子，一个是皇帝的四皇子。如今他家主子算是都给惹上了。未来啊，怕是有很多好戏要看。

"你去回信，就说我知道了，让他路上小心！"谢芳华将宣纸放在灯盏前点燃，任纸灰落在灯罩里，对轻歌道。

轻歌顿时怪叫：“主子，您给言宸哥哥回信，就这么一句话？不再说点儿别的了？”

谢芳华抬脚踹了他一脚：“还说什么？谢云继来了，赶紧滚！”

轻歌腾地站起身，竖起耳朵，隔着窗子仔细地听了一下，立即对谢芳华竖起大拇指：“您功力都降低一半了，还这么警觉，果然是主子。那我滚了。”话落，他打开窗子，嗖地从窗子跳了出去。

随着他离开，清凉的夜风吹来，吹散了屋中一室的菜香味。

谢芳华伸手扶正晃动的窗子，就那样让窗子开着，清凉的风使得火烛变大，很快就燃烧尽了整张宣纸。她罢了手，将灯罩拿起来，将纸灰顺着窗子倒了出去。

一阵风刮来，纸灰无影无踪，屋内不多时只余海棠的清香。

果然不出片刻，谢云继来到了海棠苑。他轻轻翻墙而过，并没有着急下来，而是坐在了墙头上，低头盯着墙头看了片刻，才缓缓地落下了身。

谢芳华从窗子看着谢云继，想着不愧是谢氏盐仓的主人，虽然她将屋内的气味都消散了，但仅凭墙头细微被碰触的土，他应该就知道这里有人来过了，且在他之前。

这样聪明的人，让她某些事情省心，但也是烦心。

第二十六章

在意

但愿谢云继真的能被她所用，她对他还是有两分设防，毕竟，他的身世不明有利有弊。

侍画等四人一直守在门外，清楚地看到轻歌离开，也看到谢云继翻墙而入。巧的是，二人走的都是那一面墙头，不发现都难。四人对看一眼，都没说话。

谢云继来到门口，透过敞开的窗子，见谢芳华正往外看，他勾了勾嘴角，缓步进了屋。

谢芳华坐在窗前，透过水晶帘看着谢云继，眉目隐住了某些想法。

“芳华妹妹有心事儿？”谢云继挑开水晶帘，来到谢芳华面前，对她打量了一眼，挑眉。

谢芳华对他一笑：“是有点儿心事儿。云继哥哥坐！”

谢云继缓缓坐下，看着她，径直问：“仿佛是关于我？”

谢芳华眼眸略微地眯了眯，须臾，笑意漫开：“好像是！”

谢云继扬眉：“能让芳华妹妹对我生起心事儿，我不知道是不是该高兴。不过看起来不像是什么好事儿。”

谢芳华失笑，和聪明人说话，就是省力气。对于谢云继，她虽然想查他，但他太聪明，从她刚刚一个来不及收起的神色就猜出关于他，若是不挑明的话，以后怕是真有隔阂不能用他了。对于她和谢氏盐仓来说，能用而不用的话，就是自己的一大损失。想到此，她笑着道：“云继哥哥，你可知道自己的真正身世和亲生父母？”

谢云继仿佛不意外，漫不经心地笑道：“原来你想的是这个！”

谢芳华点点头。

谢云继伸手去拿桌子上的茶壶倒水，掂了个空，他对外面直接吩咐："来人，上一壶茶！"

侍画等人闻言对看一眼，靠着门口最近的侍墨走进了屋，将空壶拿出到画堂，洗净，重新换了茶叶，倒了一壶热水，端了上去。

谢云继对侍墨摆摆手，侍墨看了谢芳华一眼，退了下去。他自己动手倒了一杯茶，同时给谢芳华倒了一杯，之后，放下茶盏，声音极低地道："我查了自己的身世多年，却是无论如何都查不出来。芳华妹妹若是能查到我的身世，那么多谢了。"

谢芳华一怔，看着谢云继。

谢云继挑眉："你不信？"

谢芳华打量他神色，的确有些不信。对于谢云继，短短接触，他聪明、果敢、有心机、有手腕，又因为是谢氏盐仓的继承人，手中可谓是握有很多人脉和势力，不太相信以着他如今手中掌控的这些东西查不出自己的身世。她打量他片刻，见他神色不像作假，怀疑退去，皱眉道："你查不出来？"

"嗯，查不出来！"谢云继道。

"当真？"谢芳华眉头皱紧几分。什么样的身世才能给抹杀得没有痕迹？除非是低到尘埃，再或者是高于云端。她不得不做出这两种猜测。

谢云继失笑，无奈地道："你还是不太信任我！我骗你做什么？的确是查不出来。"

谢芳华见他说得真，不似作假，疑虑顿消，伸手揉揉额头，歉然地道："云继哥哥，你也别怪我多心。无名山养成的多疑性子，恐怕以后也是难以纠正了。"

"你能当面问我，算是诚心可嘉，还算有救。原谅你了。"谢云继伸手拿掉谢芳华揉额头的手，"别揉了，你小小年纪，总是蹙眉，小心早生华发，早生皱纹，那么就可惜了你这样一张脸了。"

谢芳华顺着他的手放下手，不由得笑了，对他道："谢氏盐仓的伯伯知道你调查过自己的身世吗？是什么想法和态度？"

"应该是知道的吧！但是一直假装不知，我想大约是不想我查的。他们要的是谢氏盐仓的子嗣，至于我的身世，他们不需要我知道。"谢云继有些黯然地道，"说实话，谢氏盐仓对我一直很好，亲生父母不过是心底的一个执念罢了！从前想知道，现在也不是那么想知道了。"

谢芳华点点头："我吩咐人去查了！若是查出来，自会告诉你。但你总归是谢氏盐仓养育的人。云继哥哥，我希望不管什么时候，我都能信任你，一心为谢这个姓氏。"

谢云继淡淡一笑，痛快地道："自然！你这个小丫头看着精明，但其实被秦铮那个混账抓得紧，我不帮你，有朝一日，你怕是被他吃得骨头都不剩。他已经得罪了我，我可不想让他一直得意下去。帮你自然不遗余力！”

秦铮不管不顾地踏平了谢云继布置的别苑阵法，又将他辛苦打来的山鸡连吃带拿，这简直是恶霸行径了，若说得罪了谢云继，那他是得罪得狠了。

谢芳华看着谢云继提起秦铮有些咬牙切齿的模样，不由好笑。

“你还笑？你知不知道那日玲姨炖的山鸡我连一块都没吃到？”谢云继瞪着谢芳华。

谢芳华讶异：“他竟然一块也没给你吃？你不是东道主吗？”

谢云继哼了一声，有些恼怒地道：“玲姨刚将山鸡端上来，他就和我喝了三杯酒，然后，你猜怎么着？他直接端着盆子说多谢盛情，然后拿着就走了。”

谢芳华实在忍不住，扑哧笑出了声。

这样的事情的确是秦铮会做得出来的！

原来那日他也没在谢云继那里吃山鸡，怪不得她觉得他拿回来的那些山鸡有些多呢，而且，他自己也吃了许多。原来不是连吃带拿，而是根本没给人家留一块，直接一锅端了。

她那日被他言语间气了一通，没理会他，若不是谢云继今日说，她还真不晓得了。

“这么厚脸皮和无耻，他也算是第一人了。”谢云继见谢芳华越是好笑他越是恼火，敲了敲她面前的桌面，板起脸道，“喂，你笑个没完做什么？觉得他做得好？你高兴？”

谢芳华憋住笑，对他道：“云继哥哥，他脸皮的确厚得可以，无耻霸道的事情做起来熟能应手。我笑呢，是因为我吃了山鸡，玲姨炖的山鸡真好吃。”

谢云继狠狠地瞪了她一眼，实在忍不住，照着她脑门用力地敲了一下。

谢芳华咝的一声，伸手捂住脑袋。

“警告你，这件事情不准说出去！我被他摆了一道，丢人死了。”谢云继不忿地看着谢芳华，撤回手，对她道。

谢芳华叹了口气：“他踩着左相的马车堂而皇之地穿街而过，左相连声都不敢吱一声，比起端了你一盆山鸡没给你留一块，也不算什么，小事儿一桩。”

“谢芳华！”谢云继忽然凑近她，危险地眯起眼睛，“你的心肝儿是不是现在就开始向着他了？怎么这件事情你不以为耻，反以为荣呢？”

谢芳华偏过头，捂住嘴，咳嗽了一声，收起笑意，木然地道：“没有！就是觉得搞笑。”

谢云继冷哼一声，撤回身子：“你最好没有！否则，别想我再给你累死累活地干活！这些日子，我连觉都顾不上睡，眼睛都有青影了，整个人都瘦了。”

谢芳华闻言抬眸打量他。见他还真是有些疲惫，她只能道："辛苦云继哥哥了！"

谢云继摆摆手："少来这套！"

谢芳华顿时无言。谢云继这样的聪明人，听不得好话。她觉得某些时候，他和秦铮的性情是有些相像的，也喜欢做自己喜欢的事情，只不过是没秦铮脸皮厚和无耻罢了。

谢云继见她不说话了，没好气地道："怎么不说了？"

谢芳华无辜地看着他："你不让我说啊！"

谢云继揉揉眉心，又气又笑。

谢芳华将他杯中的茶水满上，本来温凉的茶水又冒起了热气，推到他面前，笑着道："云继哥哥别气了，大不了以后逮住机会，你狠狠地惩治他就是了。"

谢云继轻笑："你确定？"

"自然！"谢芳华给自己的茶水也添满，毫不犹豫地点头。

"我已经将郊外山林的阵法重新布置了，他这回想破坏，可没那么容易。"谢云继看着她，"过些日子桃花杏花开了，他说要带你去玩，到时候我收拾他，你可不准帮着他。"

谢芳华眨眨眼睛，笑着点头："好！"

谢云继见她应得痛快，心中的郁气算是泄了些。

"你今日去找我哥哥，说了什么？"谢芳华回归正题。

说到正事儿，谢云继坐正了身子，对她道："你不是舍不得谢林溪吗？毕竟是他的血脉亲情，谢林溪怕是应付不来。不止外人将谢林溪当作谢氏长房的另类，谢氏长房自己人这些年来也将他当作另类，他向来不喜掺合谢氏长房之事，而谢氏长房一直以来也求之不得，免得他坏事儿。如今他若是突然有动作，谢氏长房虽然都不精明，但也不是傻子，怕是会被惊动。我思索再三，不想因为一个他坏了整盘计划，所以，过来和世子商定一下，两方入手，暗中协助他。"

谢芳华闻言叹了口气："但愿我的仁心到头来不是妇人之仁。"

谢云继瞅着她，缓缓地笑了："我虽然不太赞同你的仁心，但世子的想法倒是与你一样。他说同是一脉族亲，你若是连努力挽回都不做就对谢氏长房狠心出手，同室操戈，他虽然不拦着，但心中也会难受。如今你虽然只为了一个谢林溪而惜才，但到底也是没被无名山的地狱泯灭了良心。这一点，就足够他心中宽慰。"

谢芳华失笑："比起我来，哥哥就是心肠太软。"

谢云继点点头："忠勇侯府的世子生了一副慈悲心肠，幸好有你这么一个罗刹地狱回来的妹妹。否则，忠勇侯府当真是危矣。谢氏也是危矣。"

谢芳华沉默地扯了扯嘴角，何止是危矣？而是整个谢氏倾覆，南秦的半壁江山轰塌，尸横遍野，血流成河，白骨堆积如山。民谣唱了多年，南秦整个国运自此一落千丈，北齐一家坐大，称霸这片国土，南秦再无崛起之力。

为了铲除谢氏，南秦皇室也付出了惨重的代价，虽然没有江山换主，但到底是不再辉煌。

“谢林溪的聪明不是空有的，回府之后，没有立即动作，而是如没事儿人一般在兄妹们的屋子里坐了坐。”谢云继继续道，“这份稳重，也足以成事儿。我和世子再帮衬，谢氏长房应该不是大问题。”

谢芳华点点头，谢氏长房除了谢林溪外都是一群乌合之众，她不看在眼里。这也是她留下谢氏长房的首要原因。皇帝也不屑谢氏长房，傍不了龙庭身边，不堪大用。

“难的怕是谢氏米粮了！”谢云继道，“需要商量一个办法出来。”

“谢氏米粮这些年与皇室牵连紧密，适宜慢慢渗透入手，然后一击必中，不能走漏丝毫风声。”谢芳华道，“我的想法就是，谢氏米粮放在最后，先处理其他谢氏旁支。”

“嗯，世子也是这样的想法，谢氏其他旁支不过是依附生存，子嗣大多张狂，想推倒忠勇侯府，太过激进，内外都有很多的弊端。一个个寻到漏洞击破，可以不必我们自己动手，而是借刀杀人。”谢云继沉吟着道，“不过我的想法是，同时进行，谢氏米粮尽快安排人进去，不用太多人，时机到的时候，能点燃一把火就够了。”

“这样也行！”谢芳华颔首。

“不过你得给我两个人用。谢氏米粮这些年来因为早已经依附了皇室，所以，对谢氏盐仓和忠勇侯府都有暗桩监视。我因为是谢氏盐仓的继承人，这些年来虽然刻意隐藏，但恐怕也是露了几分的底。这件事情关乎谢氏的生死存亡，我不敢大意地用自己的人。”谢云继道。

谢芳华笑了笑：“别说两个人，十个人也行！”

“芳华妹妹好大方！”谢云继顿时笑了。

谢芳华感觉有些冷了，站起身，关上窗子，却没坐下，而是背着身子站着窗前，浅淡地道：“云继哥哥，我为了忠勇侯府，为了谢氏，去了无名山八年，决心可昭天地日月。若是保不住忠勇侯府和谢氏，那么我只能自刎九泉了。”

“就算忠勇侯府和谢氏倒了，也没有你说得这样严重！谢氏子孙也未必不能活。”谢云继看着她。如此纤细的身躯，如何能承载家族兴旺？这一刻，他忽然对她肃然起敬。堂堂七尺男儿，也未必能做到像她这般。

“你为何不想想，也许比我说的还严重呢？”谢芳华不回头，声音轻若云烟。

谢云继一怔。

谢芳华不再说话。上一世，爷爷、哥哥、谢氏所有的人，包括投靠皇权的那些人，汲汲营营，一心想挤掉忠勇侯府，大约都没有想过有朝一日，他们也会引火焚烧了自己吧！

整个谢氏倾覆，那是多少人的尸骨？

事情最后牵一发而动全身，谁都别想独善其身，没有一个人能活！

皇室不想背负千载骂名，不想谢氏后世子孙反扑，最后只能狡兔死，走狗烹，谢氏米粮也被狠心除去！她不知道当时整个谢氏米粮的人是何想法，但她想，大约是悔不当初的吧？

荣华富贵和权力巅峰容易迷失人的眼！

谢氏多少人被忠勇侯府的荣华迷花了眼，是以，一心看到荣华富贵，却看不到悬梁的刀。

换句话说，忠勇侯府是谢氏所有人的挡箭牌，也是皇权首先要除之而后快的刀靶子。

谢云继沉默了片刻，那几分散意和玩世不恭的神色褪去，声音低沉："若真如你说的这么严重的话，那么就是我低估了皇室的度量！"

"你不止是低估了皇室的度量，也低估了谢氏的繁华。"谢芳华道，"云继哥哥，谢氏已经繁衍了几百甚至上千年，皇权江山换主了几代，而谢氏偏偏历朝历代屹立不倒，这个姓氏有多少人自豪，就有多少人嫉妒。皇室怕的不是谢氏不忠心，因为谢氏忠心可鉴日月。而皇室无非是怕它亡了，谢氏还在。这恐怕是每一代皇朝都嫉妒谢氏的理由。但有的人依仗谢氏作为江山臂膀，不会想要除去，而南秦的这些代帝王以史为镜，不想走前朝皇权的覆辙，所以，下决心要除去谢氏。"

谢云继闻言轻叹一声："匹夫无罪，怀璧其罪！荣华太盛原来也不是好事儿。"

谢芳华嘲讽地笑笑，不再言声。

"关于漠北边境发生冲突的事情你怎么看？"谢云继想挥退些伤感，因为他觉得谢芳华周身的气息太过苍凉。

谢芳华缓缓转回身："秦钰是个人物！"

谢云继顿时发笑："他本来就是个人物！只是你离开京中八年，对京中的事情都不熟悉而已。南秦的京城有两大人物，一个是秦铮，一个就是他。能和秦铮齐名，你想想也知道他不是好惹的。"

"说不是好惹的，不如说不是个东西！"谢芳华道。

谢云继弯了弯嘴角："你是说他原来布了个连环局，以身为子入局，到头来只为了武卫将军的三十万兵权？因为中宫局，死了许多无辜的士兵。的确不是个东西。"

"皇帝大约是真的喜欢秦钰。成大事者，不拘小节，不入虎穴不得虎子。"谢芳华道，"他是继承人无疑了。"

"南秦皇室里面的皇子，除了他，还真拿不出一个人才来！"谢云继道，"皇上应该不日就会下旨让他回京了。他若是回京，这京城怕是就真的不太平了。”

“想让他回京的人很多，不想让他回京的人应该也有很多。他卸了舅舅的兵权，我如何能让他痛快回来？做梦！”谢芳华低斥了一声。

谢云继挑眉：“咱们先整顿谢氏，你过早地招惹他，是不是不太好？其实，就算他顺利回京，也没什么。京中的水更浑浊一些，有些事情才更好做。如今的京中太平静了，正因为太平静，各方都在观察，都不敢轻举妄动，现在谁扔个石子，都能激起浪花来。我们先出手不是好事儿。”

谢芳华低头沉思，过了半晌道：“也许不用我们出手，有人就不会让他顺利回京。”

“谁？”谢云继一怔，须臾，反应过来：“你说秦铮？”

谢芳华点点头。

谢云继慢慢地笑了：“的确，他也许更不想秦钰回京。”话落，他站起身：“天色不早了，我先回府了，你早点儿休息。”

谢芳华看着他：“过几日我会安排两个人去配合你。”

“不是十个？”谢云继挑眉。

“一个人抵十个！”谢芳华道。

“那我就放心了！”谢云继打了个响指，不再逗留，出了房门。

谢芳华从窗前看着他，只见他如来时一般翻墙而出，身影轻盈。她收回视线，对外面喊了一声：“侍画！”

“小姐！”侍画应声进来。

“你再拿一只花灯来给我。”谢芳华吩咐。

侍画点点头，退了下去。

不多时，拿了一盏花灯进来，放在了桌案上。

谢芳华提笔在花灯上面写了一句话，“天有二星，争云夺日，敬谢不敏。”

侍画疑惑地看着这句话，怎么看也不明白，见谢芳华落笔，她低声问：“小姐，还是拿去后院放吗？”

“你们去睡吧！我自己去放！”谢芳华拿起孔明灯，对侍画摇摇头。

“外面天色太黑，还是奴婢跟着您去吧！”侍画不放心地道。

“也好！”谢芳华笑着点头。

二人一起出了房门。

房门外，侍墨、侍晚、侍蓝三人守在门口。

谢芳华对三人摆摆手，让三人去休息。三人犹豫了一下，见侍画使眼色，三人知道小姐有要事，不需要太多人闹出大动静，于是都齐齐退回了各自房里。

谢芳华拿着孔明灯，侍画跟在她身旁，二人向后院走去。

夜晚的忠勇侯府分外安静，或者说，夜晚的整个南秦京城都十分安静。

不多时，二人来到了后院的海棠亭。

谢芳华点燃了花灯，轻轻抬手推送，花灯便飞上了半空，向北飘去。

不多时，忠勇侯府最北角的后院忽然放出一支类似于飞镖的东西，直直地射中了花灯，紧接着，花灯忽然爆燃，从半空中落下。

时间前后不过是半盏茶而已。

爆燃的花灯在还没落到地上之前便燃烧了所有的光热，落在地面上便成了一层纸灰。一阵风吹来，刮走得不见了一丝痕迹。

谢芳华微微地笑了。

侍画看着那飞镖射出的速度和拿捏的分寸，自诩自己做不到这份功力，不但她做不到，品竹她们七个人也都做不到。她低声问：“小姐，是轻歌射掉的吗？”

谢芳华点点头。

侍画对轻歌的印象改观了些。

此时，西北角的后院内，一个老者对坐在窗前敲着窗子的轻歌道：“轻歌公子，主子又有什么指示？我看了半晌，老眼花了，也没看清写的是什么字。”

轻歌回头瞅了老者一眼，叹了口气：“陈老，你说你百无一用是书生，我真不明白了，言宸哥哥让我进京，怎么非要我带上你？”

“你别小看书生！你性子急，容易暴躁，我呢，就是你的军师。言宸公子是让我来稳住你心性的。”陈老捋了捋胡子，“再说，没有我，玲珑飞花的杂耍你玩得起来吗？”

轻歌撇撇嘴：“你厉害行了吧！”话落，他无趣地道：“她写了一句话，我正在推敲。”

“哪一句话？跟我说说！”陈老看着他。

“天有二星，争云夺日，敬谢不敏。”轻歌道。

陈老忽然乐了：“天有二星说的是咱们天机阁，争云夺日呢，说的是最厉害的两个人。敬谢不敏呢，这个还真是不太好考究。”

“若说咱们天机阁里，最厉害的人当属言宸哥哥！”轻歌不服气地道。

陈老哼了一声：“主子说的是天机阁的二星，天机阁一共七星。七星里面可不包括言宸公子。”

轻歌扁扁嘴角：“我知道最后四个字是什么意思了。”

“嗯？”陈老看着他。

“刚刚我离开之后，谢云继去找了她。”轻歌伸手关上窗子，“她的意思是将天机阁最厉害的星辰和日月给谢云继所用。一切听谢云继吩咐。”

“这样就对了，主子爱说反话，敬谢不敏原来是悉听尊便。”陈老道。

轻歌打了个呵欠：“既然你知道了，你给星辰和日月传信让他们即刻来京去谢氏盐仓吧！我去睡觉了。”

“你不是都睡了一天了吗？”陈老皱眉。

“明日还要给老侯爷表演，这是个苦差事儿，我要养精蓄锐。”轻歌丢下一句话，进了里屋。

陈老嘀咕了一声，径直去传信了。

谢芳华迎着夜风在海棠亭站了片刻，直到感觉丝丝缕缕的凉寒之意，才带着侍画回了房。

英亲王府白天的热闹散去，晚上恢复了安静。

英亲王妃送走了各府的夫人小姐，累了一日，早早歇下了。

英亲王虽然也累，却辗转难眠，一会儿看着睡在身旁的英亲王妃，一会儿又移开视线看着隔在两个人中间的枕头。

这个枕头已经隔在两人中间多年了。

虽然一个月他有大半个月宿在正院，但是，这枕头从八年前秦铮走失两日之后回来她与他大闹了一场后，再没有拿开过。

比起儿子，他在她心中的分量已经轻得不能再轻。

这么多年，他一直觉得有些时候她固执得不可理喻，但偏偏她还是这样一个温婉大度的人。英亲王府后院的事情从来不需要他操心，庶长子平安长大，几个庶女也平安乖顺，她不曾碰过一手指。各房侧妃妾室只要不过分，她都能大度一笑置之。

按理说，这样的王妃，他该是知足，可是他却觉得心里空荡，寻不到根。

自从德慈太后离开后，这种感觉越发强烈了。

最早有这种感觉是什么时候呢？时光磨平了很多东西，可是总有磨不灭的。那是多年前，他站在法佛寺后山，看着在桃花林里捉迷藏的一对少男少女。自此，他的心就空了。

后来，母后为他选了一世安稳，换得了一个王妃。

当时他亲自传赐婚圣旨，那女子温婉地笑着，如暖阳一般，轰塌了他心里的一个角落。

大婚后，他想着，举案齐眉，相敬如宾，这一生也就这样了。

可是，这么多年过去，有些东西在生根，有些东西抵不过岁月的流逝。

他想着想着，缓缓地拿掉了隔在两个人中间的枕头。

虽然他的动作很轻，但还是惊醒了睡熟的人。

英亲王妃睁开眼睛，被吵醒有些不满，皱了皱眉，当看清身边人的动作，她微微一怔。

英亲王见英亲王妃醒来，也怔了一下。

英亲王妃疑惑地瞅着他。

英亲王慢慢地将拿开的枕头放到了一旁，身子靠近她，伸手揽住了她的腰，声音微哑："我混账了这么多年，总是过不去心里的坎，你当年骂得对，我是窝囊，我守不住想守的，夺不了想夺的，论孝不及母亲对我的恩，论亲不及兄弟对我的义，论情不及当年之错的悔。如今我醒悟，但愿还不是太晚。你……原谅我吧！"

这一段话说得极其艰难。

英亲王妃有片刻的失神，过了半晌，她重新闭上眼睛，说道："王爷，妾身不是在做梦吧？您的脑袋不是榆木做的吗？什么时候开窍了？"

英亲王半晌无言。

"行了，都过了大半辈子了，还有什么原谅不原谅的！"英亲王妃打了个呵欠，"难得你拿了这个枕头，我以为你一辈子也不准备拿开了呢。"

英亲王看着英亲王妃，斟酌地问："当年，铮儿他真是浩儿……"

"当年的事情过去就过去了，我的儿子好好的，就别追究这些往事儿了。"英亲王妃打住英亲王的话，"你的儿子们都长大了。各有各的路，用不到你再操心了。今日的事情你也亲眼见了，就算你想操心，怕是也管不了。"

"是啊！管不了了。"英亲王想起今日秦铮和秦浩虽然没刀剑相交，但也是不见血的杀场。他心中有些难受。到底都是他的儿子，一个嫡子，一个庶长子，若说更爱哪个，自然是……但毕竟都是他的孩子啊！

"只要浩儿不要不该要的，不夺不该夺的，不再做伤害铮儿的事儿，铮儿是不屑理会他的。"英亲王妃动了动身子，对他道，"不过你也要做好心理准备，就今日之事所见，浩儿可不是你从前嘴里乖巧听话的孩子。"

英亲王叹了口气，又是半晌无言。

英亲王妃有些烦闷："王爷，依我看啊，你还是去刘侧妃那里睡得了。你在我这里，这么多年，也没一日好眠过。刘侧妃才是解语花，你只要去了，保准很快入睡。"

"你说什么呢？"英亲王扳正她的身子，有些恼怒地道，"从今以后，我哪里都不去了。就在这正院睡。"

英亲王妃本来是一句揶揄的话，闻言睁开眼睛看着他。

"你睡吧！我不吵你了。"英亲王伸手拍她。

英亲王妃别扭地动了动身子，嘟囔道："怎么跟哄小孩子入睡似的？我不是小孩子！"

“你是小孩子他娘！我看你也还是个小孩子，否则这么多年，怎么跟着儿子一起胡闹！”英亲王失笑，“也就是皇上念着你，所以……”他话语说到一半，自觉失语，住了口。

英亲王妃身子微微一僵。

“睡吧！”英亲王察觉她的僵硬，闭了闭眼，继续拍着她。

英亲王妃沉默了半晌，忽然笑了：“原来你心里也是在意的，我以为你一直不在意呢。”

整个英亲王府笼罩在夜色中，甚是安静，落梅居更静。

秦铮送完谢芳华后，径直回了落梅居。各府夫人散了场后，品竹送走了依依不舍地拉着她的谢茵，也独自回到了落梅居。

林七见她回来，迎了上来，悄悄道：“听音姑娘，是不是您哪里得罪二公子了？”

品竹看了林七一眼，摇摇头。

“你没得罪二公子吗？那难道是忠勇侯府的芳华小姐得罪二公子了？”林七纳闷。

“二公子怎么了？”品竹低声问。

“二公子从回来后就板着一张脸，看起来不高兴。”林七道。

品竹寻思了一下，早先小姐留下她代替听音而自己换身回忠勇侯府时铮二公子显然就不高兴了。如今回来，大约也是因为此，她笑了笑，对林七道：“没事儿！二公子向来阴晴不定，他现在不高兴，没准儿一会儿就高兴了。你该做什么就做什么去吧！”

“我正在给您煎药！”林七闻言跑回了小厨房。

品竹早已经闻到了小厨房传来的药味，皱了皱鼻子，压下心中的忐忑，进了屋。

秦铮坐在画堂内一边喝着茶，一边自己与自己对弈。

品竹打量他神色，他板着一张脸，明显不高兴。她不想招惹这位二公子，转身向中屋走去。早先谢芳华带她来换衣服的时候她已经熟悉了一遍环境。虽然当时没谈到让她代替她住在这里，但她自小被训练的敏觉，初到一个地方，也会先将一个地方熟悉一遍，如今自然是轻而易举地就能回到谢芳华所住的屋子。

她暗暗想着，小姐回府待着也不过两日，她暂且小心谨慎地忍耐两日罢了。

虽然她不想招惹秦铮，却料错了秦铮会来惹她。

“来陪我下棋！”秦铮在品竹一脚迈进门口的时候忽然开口。

品竹脚步一顿，猛地回头，有些心惊。

秦铮虽然话是对她说的，却头也不抬，也不看她，端着茶杯看着棋盘，神色散漫地道：“没听见爷的话吗？还不过来！”

品竹心里顿时有些紧张。虽然她对别人哪怕是对皇帝都能坦然直面，但是对秦铮，她心里总有几分怕意。有一种人，天生就有一种气息，哪怕他懒洋洋地笑着，散漫地坐着，悠闲地喝着茶，也让人从心底生出一种不敢靠近的感觉。她勉强压住心中的慌乱，沉静地道："回二公子，奴婢累了，不想下棋了。想去休息。"

"不行！"秦铮断然拒绝。

品竹瞪眼，不行？

"快些过来！"秦铮催促她，见她站着不动，他声音倏地沉冷，"是想爷过去拖你过来吗？"

品竹自然不敢让秦铮来拖她，虽然世子隐约对她们几人透露铮二公子知晓小姐身份，但到底也未言明，让她不敢胡乱做些什么，只能走到他对面坐下。

"你拿白子，我拿黑子。该你下了。"秦铮不看她，将白子的盒子推到她面前。

品竹自然也是懂棋的，伸手拿起白子，看着棋盘，斟酌片刻，各处都是死角，明明看着是活棋，可是她的白子偏偏无处可落。她看了半晌，还是没发现生门，泄气地对秦铮道："二公子，这一局棋，奴婢下不来。"

秦铮眯了眯眼睛，终于抬头瞅了她一眼。

品竹尽量不让他看出她的紧张。

秦铮只是短短看了一眼，不带情绪地扔了手中的黑子，对她道："下不来就是棋艺不精。今晚上罚你不用睡觉了。"

品竹一呆，有些不敢置信："罚我不睡觉？"

秦铮随手扔给她一本泛黄的书卷，对她道："彻夜研究棋谱！"

品竹僵硬地伸手接住棋谱，一时间头有些懵懵的。

"明日早上你若是还下不出来这一局棋，我就请我娘来亲自教导你。"秦铮丢下一句话，起身进了屋。

帘幕发出清脆的响声，是夜里唯一的动静。

品竹呆怔地看着帘幕，脑中有一个想法异常强烈，铮二公子怕是早先就想好了，根本就不准她踏进小姐的屋。罚她研究一夜的棋谱？要困死她吗？

她拿着棋谱，感觉这薄薄的一卷棋谱如一座大山。

"听音姑娘，该喝药了！"林七端着一碗浓浓的药汤子走进画堂，四下看了一眼，没见到秦铮，他将药碗放在桌子上，悄悄地问："二公子去睡了？"

品竹麻木地点点头。

"你怎么了？"林七看她表情僵硬怪异，讶异地问。

品竹看了他一眼，讷讷地道："没什么！就是今夜不能睡了。"

"为什么？"林七的好奇心被勾了起来。

品竹抖了抖棋谱，对他道："二公子的命令，要我彻夜研究棋谱。"

林七本来还以为发生什么大事儿了，听闻是这事，立即一副没什么大不了的样子对品竹道：“这是二公子有意培养你的棋艺，想当初，二公子为了培养我的厨艺，赶我去宴府楼，我两日两夜都没睡得上觉啊。你这一夜比起我那两日夜，不算什么。”

品竹点点头，打起了些精神：“也是！”

“那你好好研究吧！别忘了喝药。”林七打了个呵欠，“我去睡了。”话落，他出了画堂向自己的厢房走去。

品竹有些羡慕地看着林七，也想去睡，奈何她不敢，只能摊开书卷，研究起棋谱来。

“别忘了喝药！”秦铮的声音忽然在里屋响起。

品竹手一颤，抬起头，看了里屋一眼，中屋的帘幕阻隔，那人的声音有些低沉。她硬着头皮应了一声。想着这药倒掉看来是不行了，于是端起来，一口气喝了。

如此苦的药，她还是第一次喝。

喝完了药，她受不住地喝了一大杯茶水，可惜无论怎么漱口，还是满嘴的苦意。

不由疑惑，小姐每天都是喝这种极苦的药吗？小姐是怎么喝下去的啊！不过想想小姐将药丸当饭吃，也就觉得她比小姐还是差远了，立马打起精神，不能第一次出任务就办砸了，辜负了小姐的信任。

秦铮在里屋，一夜都没有动静。

天亮的时候，品竹终于在棋谱的最后一页看到了秦铮摆的这一局棋，是一局古棋，她软下了脑袋，松了一口气地趴在了桌子上，终于熬不住睡了过去。

秦铮从房间内走出，看了桌子上趴着的人一眼，挥手熄灭点了一夜的灯，没理会她，缓步出了房门。

林七也是一夜好眠，神清气爽地从自己的屋子里走出来，正看到秦铮出房门，连忙喊了一声：“二公子！”

秦铮点点头。

林七小跑到秦铮身边，向画堂里瞅了一眼，对秦铮悄声道：“小人半夜去茅房，看到画堂里还亮着灯，听音姑娘不会是真的看了一夜的棋谱吧？”

秦铮挑了挑眉，闲闲淡淡地问：“你很关心她？”

林七顿时一个激灵，连忙后退了一步，头摇得如拨浪鼓一般。铮二公子的人是那么好让人关心的吗？昨日看守碧湖旁暖阁的奴才们几乎都给吓破了胆子，他如今好好的日子过着，可不想招惹这位阎王爷。

“罚你今日饿一天！”秦铮瞥了他一眼。

“是，小人饿一天！”林七立马点头，饿一天比别的惩罚容易多了。二公子对他手下留情了，他顿时感激不尽。

秦铮不再理会他，抬步出了落梅居。

林七等他走得没影，才长长地舒了一口气，去了小厨房。虽然他被罚饿一天，但是二公子和听音还是要吃饭的啊。他也得干活。

秦铮走出落梅居后，远远看到春兰急急地走来，他停住脚步等着她。

不多时，春兰来到跟前，对秦铮眉开眼笑地道："二公子，奴婢告诉您一件大喜事儿！"

秦铮看着她，慢悠悠地道："兰姨，什么大喜事儿让你笑得鼻子眼睛都快没了？"

"哎，天大的喜事儿！"春兰靠近秦铮一步，对他高兴地笑道，"奴婢告诉您，王爷和王妃昨夜……"话落，她顿了顿，似乎激动得不知如何开口："两人隔在中间的枕头拿走了。"

秦铮挑眉："就这件事儿？"

"是啊，就这件事儿！"春兰笑着感叹，欢喜地道，"多少年了，奴婢看着他们俩都暗暗着急，最初一年的时候，奴婢的嘴里天天急出泡，左劝了右劝，全没管用。一过就是这么多年，奴婢的心都灰了，不想昨日两个人竟然和好了。您说说，这难道不是天大的喜事儿吗？"

"无聊！"秦铮哼了一声。

"咦？"春兰不解地看着秦铮，"二公子，别告诉奴婢您不知道王爷和王妃床上的那点儿事儿。他们和好了，您该高兴才是啊。"

秦铮面无表情地道："无非是一个榆木脑袋开窍了而已，但就算开窍，也是榆木，有什么好高兴的。"

春兰一呆。有当儿子的这样说老子的吗？

秦铮摆摆手："我要出府，你就算高兴，也憋着点儿，憋不住的话，就找个没人的地方偷着乐，别挂在脸上，免得被有心人传出去，惹了笑话。"

春兰又是一呆。

秦铮转身向府外走去。

第二十七章

商议

春兰待他走出几步，才回过神来。她的确是太高兴了，年岁大了，反而没有当年跟着小姐嫁到英亲王府来时那股子沉稳劲了。小姐苦了这么多年，王爷心里也照样苦，如今和好了是喜事儿，但想着他们苦了这么多年，的确也没什么可乐的了。二公子说得对，她是王妃跟前的第一贴心人，若是她脸上的情绪太显眼，有心人打听之下，传出去，尤其是传到宫里，传到皇上的耳里，指不定会惹起什么事儿呢！这样一想，她脸上的笑意和欢喜被打了个无影无踪，叹了口气，疾走几步，追上秦铮：“二公子，这么早，您就要出府啊！”

秦铮头也不回地嗯了一声。

“您如今不用去上书房上课业了，这么早出去要去哪里？”春兰一边询问一边道，“王妃昨日晚上说趁着正月没什么事儿，她想去法佛寺后山小住几日祈福，打算让您陪着她去呢！”

秦铮脚步顿住，皱眉道：“祈什么福？”

“给忠勇侯府的芳华小姐祈福啊！”春兰看着他，小声道，“昨日里，右相府的李夫人悄悄跟王妃说起了芳华小姐的病。”

“嗯？”秦铮眯起眼睛，“说她的病如何？”

“没说如何，只说了一件事儿。”春兰四下看了一眼，神秘地道，“谢氏能传承几百甚至上千年，是有神灵庇护的。九年前，您和永康侯府的燕小侯爷打架，血光之灾应验到了芳华小姐的身上，也就是说，可能污浊了庇护她的神灵。芳华小姐这么多年吃了多少好药，看了多少名医，总是不好，也许得的不止是实病，还有些虚灵的病。忠勇侯府的老侯爷不信佛，所以，不曾给芳华小姐洗六根，请神灵，祈福求平安。如今芳华小姐是咱们英亲王府的准儿媳妇儿，她让王妃去试试。毕竟，老侯爷不想做的事儿，咱们王妃作为她的准婆婆，也是有资格做的。老侯爷不会不准许。”

秦铮食指放在唇边，听罢之后若有所思。

“右相夫人一直以来都信佛，右相府的后院里就建了佛堂。是以右相府一直平安太平。王妃觉得右相夫人说得有理，所以，打算即日收拾收拾，去法佛寺小住。”春兰道。

秦铮沉思半晌，唔了一声，对春兰道：“我娘既然要给华儿祈福，是不是应该带上她一块儿去法佛寺小住？她本人不去，神灵会开恩吗？”

春兰顿时睁大眼睛：“二公子，您是说要让王妃带芳华小姐一道去法佛寺小住？”

秦铮点点头。

春兰顿时犹豫：“这……芳华小姐多年卧病在床，偶尔出府一趟，还如此病弱娇喘，恐怕发生错事儿。若是将她带出府，还在外面小住几日的话，老侯爷会准吗？本来王妃去祈福是小事儿，可若带着芳华小姐去的话，就不是小事儿了。前前后后，左左右右，上上下下，都要打点妥当啊。”

“老侯爷那里我去说！”秦铮道，“反正我也正要去忠勇侯府，顺便了。”

“您大早上就去忠勇侯府？是有什么重要的事儿吗？如今天刚刚亮呢。”春兰疑惑道。

“没什么事儿！就是去溜一圈，听音最近懒惰，我去找子归兄练武。”秦铮道。

春兰哎呦了一声，对秦铮道：“二公子啊，听音是女人，女人跟男人怎么能一样呢？自然不能总是舞刀弄棒，况且她癸水刚没，身子软得很，这可不是懒惰。”

“也是！”秦铮点点头，对春兰摆摆手，“你回去知会我娘一声，就按照我说的，带上华儿，让我娘打点妥当。老侯爷准了之后就去小住。”

“好吧！奴婢去告诉王妃！”春兰点点头，向幽兰苑走去。

秦铮慢悠悠地踱步出了英亲王府。

春兰回到幽兰苑，英亲王和英亲王妃已经在用膳，英亲王妃见她回来，瞅了一眼，见她神色有些忧愁，扭头问：“怎么了？”

春兰连忙道：“奴婢跟二公子说了您要去法佛寺给芳华小姐祈福之事。二公子说，既然是给芳华小姐祈福，怎么能不带上她本人？否则心不诚，神不灵。”

英亲王妃顿住筷子，嗯了一声。

“奴婢觉得有理，老侯爷一直不信佛，未曾给芳华小姐去佛祖面前祈福求过平安。一晃这么多年，好药吃了无数，名医看了无数，都治不好芳华小姐的病。尤其她如今明明吃的是漠北神医的药方子，连谢世子的病都有起色了，气色也比以前好了，出府走动如寻常人一般了，可偏偏芳华小姐还是三天两头躺在床上，出府走动一趟似乎就耗费她养了许久的心血，又要回床上躺好几日养着。这样下去怎么行？”春兰忧心地道，“所以，奴婢觉得，这事儿还真是得带上芳华小姐！”

英亲王妃点点头：“你说得也有理。”

“她那副病弱的身子，怎么能带得出去？万一祈福不成，反而更累了她的身子出了大错，你怎么能担待得起责任？”英亲王也放下筷子，沉声道，“这事儿虽然是好事儿，但弄不好就成坏事儿了。一定要商议好，别头脑一热，好心办了坏事儿。老侯爷可就那么一个孙女，宝贝得跟什么似的！”

“这也正是奴婢担心的事儿。但二公子说，他去和老侯爷说。”春兰道。

英亲王妃蹙眉：“铮哥儿呢？现在干什么呢？”

“已经去了忠勇侯府了。”春兰道。

英亲王妃向外看了一眼天色，奇怪地道：“这么早他去忠勇侯府做什么？就为了这件事儿去找老侯爷谈？”

春兰摇摇头：“不是，奴婢去落梅居的时候，在落梅居门口碰到了二公子正准备出府。奴婢也问了，他说听音最近懒惰，不陪他练武了，他去忠勇侯府找谢世子练武。”

英亲王妃抿嘴好笑：“咱们英亲王府里侍卫无数，他想要找人陪着练武还不是小事儿？除了听音还能没人陪？我看他八成又是坐不住了，为了去看华丫头。”

春兰也笑：“奴婢觉得也是！奴婢发现了，这芳华小姐不出来走动不见二公子的时候也就罢了，只要二公子每次见她一面，都会缠上个几日。”

“直到将人缠病了，才不敢再胡闹消停些天。”英亲王妃接过话，叹了口气，笑着道，“我看他是一心想要华丫头跟我一起去法佛寺祈福了。既然他拿定主意去找老侯爷说，那我们就等着他回来吧！看看老侯爷怎么说，老侯爷若是应了他，同意的话，那就带着华丫头去，大不了将太医院的孙太医也带上，时刻看着她。我再吩咐人前前后后打点妥当，准备得周全一些，应该出不了大错。毕竟是给她祈福，的确她本人跟着才心诚。”

“老侯爷若是答应，你也要加一万个小心。”英亲王闻言斟酌地道，“如今可是多事之秋。昨日皇上回宫后，在御书房待了一夜，秘密召见了几位朝中的老臣。”

英亲王妃一怔：“皇上在做什么？昨日竟然没召你进宫！”

英亲王揉揉眉心：“铮儿要娶忠勇侯府的小姐，浩儿要娶左相府的小姐，这都是牵扯英亲王府根系之事。你觉得如今有大事情，皇上还会召见我吗？”

“不召见更好！要不这样，你干脆也休息几日，陪我们一起去法佛寺小住吧！反正如今因为忠勇侯府的事情，英亲王府夹在中间，你左右讨不了好处，在朝中也是夹着难受。”英亲王妃建议道。

英亲王闻言寻思片刻，有点儿松动想去的意思，但最终还是摇摇头：“朝中的根基不能乱。联姻虽然能牵连后宫和朝堂以及各府内院，但只要把握好一个度，也是无大碍，动不了朝纲朝政。我在朝堂上，虽然受些夹击，左右为难，但也不是坏事儿，可以佐证一些偏颇。”顿了顿，他无奈地道：“毕竟，我是秦氏子孙，无论时局如何变动，总要守护好父皇、母后辛苦一辈子的基业，守护好秦家的江山。”

英亲王妃瞪了他一眼：“就知道你不去！行了，我也懒得管你。朝堂的事情我不掺合，皇上想要将忠勇侯府如何我也拦不住。但只要他别牵连铮哥儿和华丫头，我就不理会。若是牵连了，我跟他没完。”

英亲王闻言揉眉心的手一顿，有些忧心：“牵一发而动全身！不牵连怕是不容易做到。”

英亲王妃冷哼一声：“那我不管！总之，既然铮哥儿认定华丫头，我就要保证两个孩子好好的。”

“你也别心急，时局刚刚崭露头角，未来如何还未可知，也许一日就风云变幻，也许十年也未必撼动分毫。我尽力而为吧！”英亲王拍拍她放在桌子上的手，语气安抚。

英亲王妃感觉到他的爱护，对他露出了些许笑意。

春兰在一旁看着二人，听着二人的对话，心中欢喜感叹，王爷和王妃是真的开始互相有心了。蹉跎了这么多年，何等不易？她只希望未来别有什么大变动，这样平静的日子就很好。

吃过早膳，英亲王进宫去了。

英亲王妃开始吩咐人收拾东西。

春兰一边收拾着衣物一边道：“王妃，您出府去法佛寺小住，这府中的中馈谁来打理呢？”

英亲王妃蹙眉，寻思片刻道：“你去西院一趟，将刘侧妃请来。”

“你要用她打理府中的中馈？”春兰立即睁大眼睛。

英亲王妃点点头，面无表情地道：“以前，我不争，不作为，是因为一个男人无心。无论你做什么，男人无心都是不抵用的。但如果一个男人有心了，他的有心虽然晚了点儿，但只要对铮哥儿有利，我就得抓住。”

春兰不太明白：“王爷既然有心了，您不用费力去抓，心也是您的，您更没有必要将中馈交给刘侧妃啊。”

“春兰，我问你，这么多年，刘侧妃为人如何？”英亲王妃看着春兰问。

春兰想了一下：“为人还算脾性温和，虽然娇媚，但也不是魅惑争宠之人，一心扑在王爷身上，府中的中馈从来不插手，连边角也不触动。没有大优点，但也不曾有大错处。”

英亲王妃闻言笑了："她脾气温和，是因为早就知道王爷的心是空的，无论是谁，这府中的女人，都填不满，包括我。她不魅惑争宠，也是因为知道我不屑女人那种下作伎俩，也不准许这府内有这样的伎俩。吃穿用度，包括王爷的恩宠，该有她的，一定会有她的。她不碰触府中的中馈，是因为即便她想碰触，我也没给过她机会。"

春兰点点头，对英亲王妃埋怨道："这么多年，奴婢劝了您多少回。虽然说王爷的心是空的，但您的心呢？又何曾对王爷上过心？就如二公子说的，若是您将打理花草的心用在对付王爷身上，他早就被您拴住了。何至于刘侧妃、大公子如今在这王府立稳了脚跟，占了一席之地？您看看，右相府哪里有这等事情？永康侯府更是没有！就连左相府，也没有。只有英亲王府有个庶长子。如今外面人谈起咱们二公子来，一准提到与他不和睦的大公子。"

英亲王妃扯了扯嘴角，摇摇头："皇室和宗室与一般的大臣府邸家内院毕竟不同。皇宫里，四皇子上面，不是照样有三位庶长子提前出生？皇室和宗室对血脉子息很看重。当年嫁入府的原因你也清楚，我们三年不圆房，如何有子嗣？那时候，他过不去心里的坎，不敢碰我，我也……哎，总归这么多年，也是孽缘。"

春兰自然最清楚王爷和王妃这些事儿，也跟着叹气。

"行了，你先停下手中的活，去请她过来吧！不给她机会，她如何出漏洞？我如何对付她？"英亲王妃打住想法，对春兰摆摆手。

春兰闻言终于明白了王妃的打算，恍然地点点头，立即放下手中的活计，快步走了出去。

英亲王妃站在窗前一边摆弄花草，一边等着刘侧妃。

不多时，刘侧妃跟着春兰来到了正院。她一脸疲惫困倦，眼底有着深深的痕纹，几日前得英亲王妃罚闭门反省，这么多年来，第一次挨罚，让她深切地体会到了，即便她有庶长子，有个出色的儿子，但英亲王府这后院内当家做主执掌生死大权的人还是英亲王妃。

她已经有好多天连王爷的影子都没看到了。

多闭门一天，她的心就多一天的不踏实。尤其是从闭门之日起，连她儿子也没有见到一面。外面发生了什么事儿，她丝毫消息都得不到。

这么多年来，她第一次真正地恐慌了起来。

人在不得好眠又日夜忧心恐慌下最容易容颜憔悴。

英亲王妃隔着窗子看着刘侧妃，她心思通透，自然能猜出刘侧妃憔悴有很多的原因。

刘侧妃这些年一直以秦浩得英亲王喜欢重视而沾沾自喜，对于秦铮这个名声不好的嫡子则是不怎么看得上，认为除了头顶上的嫡子身份，一无是处，将来若是丢了世袭的爵位，前途定然惨淡，抵不过她的儿子。府中的人这么多年见大公子越来越出息，得皇上器重，已经私下在观望风向，本来庶长子差一筹的待遇却暗暗地比肩嫡子待遇，俨然当作两个主子在供着了。

她以前一直不管，也是基于想锻炼她儿子自己长本事。对于嫡子来说，府中有个如此出色的庶长子，人人都觉得是坏事儿，她却觉得未必不是好事儿。若是秦浩八年前不曾对秦铮做过什么，导致丢失两日，五年前不曾做过什么，导致他重伤，秦铮或许也不会变成现在无人敢惹的秦铮。

她的儿子她比谁都清楚，这也是当初德慈太后活着的时候对她提点的。若是想让铮哥儿不弱，就不要过多地干涉和限制他周围的成长环境。

那句话说得虽然隐晦，但以她的聪明自然是听懂了。

德慈太后指的无非是秦浩这个庶长子。

因德慈太后是国母，英亲王是嫡子，所以，对于庶出子嗣，高傲的她向来看不上。所以，她也丝毫不怀疑她是为了那个庶出的孙子。她更疼的人，更看到眼里的人，更捧在手心里的人，是她的儿子，她的嫡孙秦铮。

是以，她也就留下了秦浩。

哪怕八年前，秦铮被找回来，她恨怒得想杀了那个孩子，却还是理智地留下了。

那个孩子，将来要留给她的儿子去对付，才是他的成长。

如今，他的天地已高，心胸开阔，喜好自在，肆意洒脱，才让她觉得骄傲。秦浩已经不配做他的对手。她才渐渐地明白，暗暗佩服德慈太后慧炼明达。

即便他不是秦铮的对手，作为母亲，她也不想让这个庶长子因为傍了左相府的那棵大树而枝叶太繁茂，针刺太多。

总要压一压，拔一拔，除一除，别太高，听话一些。

“王妃，刘侧妃来了！”春兰来到门口，对里面轻声禀告了一声。

英亲王妃收起一切想法，平和的声音传了出去：“进来吧！”

春兰挑开帘幕，对一脸倦容的刘侧妃道：“侧妃，王妃在侍弄花草，您进去吧！”

刘侧妃点点头，走进了中屋画堂。

她刚一进来，便看到英亲王妃立在窗前，背影犹如少女，虽年过四十，却风韵犹存。她暗暗吸了一口气，当年的崔氏二美，天下能有几个人比得过？她勉强挤出些笑意，给英亲王妃见礼。

英亲王妃缓缓转回身，对刘侧妃摆摆手：“妹妹坐吧！”

刘侧妃仔细地打量了英亲王妃一眼，缓缓地坐在了下首的椅子上。今日来这里，不如以往多年来每日里来这里轻松，她有些拘谨，拿不准今日英亲王妃找她来要打什么算盘。见英亲王妃不开口，她试探地问道：“王妃找臣妾来可是有要事？”

这么多年，英亲王妃的手段虽然没怎么使在后院，但她也不是没领教过。

八年前，她的儿子走失两日，被找回来后，她的秦浩险些掉进府里的荷花池丢了命。

从那之后，她就认清了，什么作为也不敢了，同时也叮嘱秦浩，只盼着他快些长大。

“王妃有什么话就说吧！臣妾一定遵从，您是不是来商议大公子大婚的日子？一切由您和王爷做主就成。”刘侧妃开口便递出了一张软牌。如今在她看来，什么也不如她儿子顺顺利利地将左相府的小姐娶到府里来得重要。

英亲王妃笑着摇摇头：“是也不是。”

“怎么说？”刘侧妃提起心。

“妹妹这些年服侍王爷辛苦了，对王爷，我这个正妃反而没有妹妹做得多。”英亲王妃离开窗前，来到桌前，倒了一杯茶，递给刘侧妃。

刘侧妃一惊，腾地站了起来，按理说该是她侍候王妃给王妃倒茶才是，虽然王妃一直不用她做，但这个礼数可是摆在那里的，她如何还能坐得住？六神不定地道：“王妃，您这是……您可别折煞了臣妾，臣妾受不住啊……”

“坐下！你我姐妹多年，没有什么受不住的，一杯茶而已。”英亲王妃笑着对她摆摆手。

“王妃有什么话就说吧！臣妾这两日身子不适，喝不得茶。”刘侧妃定了定神，缓缓坐下，脑中飞快地猜测着英亲王妃到底要说什么。

“二公子不比咱们府的大公子，不是学课业的料，所以，我和王爷商议之下，也就不让他去上书房了。这么多年，妹妹也知道，我疼宠儿子是出了名的。”英亲王妃笑看着刘侧妃，说出目的，“忠勇侯府的芳华小姐一直有病，老侯爷不信佛，未曾给芳华小姐去佛祖面前祈福求过平安。这么多年好药吃了不知凡几，名医看了无数，都治不好她的病。这样下去怎么行？如今她和铮哥儿有了圣旨赐婚，我这个当婆婆的，总要尽些力。老侯爷不做的事儿，我倒是能做。所以，我打算带着她去法佛寺小住些日子，给她祈福。我离开这段日子，府中的中馈就拜托妹妹打理了。”

刘侧妃愣住，没想到英亲王妃来找她是说这个事情，她的心顿时放到了肚子里，不由纳闷：“那二公子呢？他可去？”

“他与我一起去！虽然法佛寺路程不远，但也是在京外，也不近。我们娘们家的，自己去怎么行？没个男人照顾着，总是不踏实。”英亲王妃道。

“那听音姑娘呢？”刘侧妃又问。

“听音啊，还没定，毕竟是去给华丫头祈福，听音还没做安排。”英亲王妃摇摇头。

“既然是去给芳华小姐祈福，听音姑娘毕竟是二公子的近身人，跟去的话，会不会不太好？芳华小姐心里会有隔膜。”刘侧妃试探地道，“王妃留听音姑娘在府里打理中馈不就行了？听音姑娘又聪明，又能干，比妾身强多了。”

“她虽然聪明能干，但刚来府里不久，还不熟悉府中的事务。”英亲王妃摇摇头，“你可能不知道，她昨日里又得罪了皇上。虽然在这府里的时候，有我和铮哥儿护着，都敬她一声听音姑娘，但到底见风使舵的人居多，私下未必恭敬了。何况她又是个婢女的身份。这事务给她，她怕是也撑不起来。”

“哎，我听说皇上想将她御赐为二公子的贵妾，二公子偏偏不准。若是成了，她打理府中的中馈，也就理所当然了。”刘侧妃叹息一声。

“铮哥儿在求娶华丫头的时候言明这一辈子只娶一个媳妇儿，妻死夫随。那个臭小子，气死我了。”英亲王妃说到此，有些恼怒地骂了一句，“誓言已经说出去了，皇上回头让他纳妾，贵妾也是要抬轿子挂红绸揭盖头的。虽然不同于娶妻，跟娶妻又差了多少？无非是排场不大而已。所以，他才死活不要。”

“原来是这样！”刘侧妃顿时笑了，“二公子也是，谁家的公子哥身边没有个暖床的妾？芳华小姐出身忠勇侯府，大家门第，富贵荣华，礼数家教那是一等一的，忠勇侯府怎么会教养女儿立夫家不准纳妾的规矩？二公子这是多此一举了。”

“反正事情已经出了。那个死小子，生下来就是个倔脾气，只要是他认准的道，十头牛都拉不回来。婢女是婢女，可以随他高兴放在身边，妾是要上玉牒的。他想给妻子一个独一无二的身份，这也不是坏事儿，免得将来宠妾灭妻。我也是没办法，谁叫我一直宠着他呢，只能由了他。”

“二公子的脾气秉性的确是让人为难！”刘侧妃抿着嘴笑了，“王妃多年不出府，能出去走走也好，臣妾也想出去走走，可惜大公子的婚事儿要操办，臣妾的身份又不能随意出府。”

“等我回来，也放你出去转转。”英亲王妃笑道。

“那敢情好了，臣妾在这里先谢王妃了。”刘侧妃倦容一扫而逝，彻底放下心来，试探地问：“王妃既然这样与我说，想必王爷早已经答应您和二公子出京去法佛寺小住了？”

英亲王妃点点头：“是答应了。”

“您和二公子会去多久？”刘侧妃突然想到只要她接掌中馈，就不必闭门反省了。尤其是王妃不在府中一些日子的话，她一定要趁这段日子抓住王爷的心。

“也不知道多久，看华丫头身子骨。可能三五日，也可能十天半个月，或许更长一段日子也说不准。”英亲王妃道。

“哎呀，若是日子短些还好，若是日子长的话，浩儿的婚事儿……”刘侧妃毕竟惦记自己儿子，虽然王妃带着秦铮出府小住对她有利，但是谁来操办她儿子的婚事儿。

“大公子和左相府卢小姐的婚事儿定下了吗？还没有吧！最近一些日子太忙，都没顾上和左相夫人碰面，两家商定这个事情。”英亲王妃道。

“前些日子我听浩儿说，依照左相府那边的意思，似乎希望婚期择近，三月和五月都有好日子，三月近些。可您若是出府去法佛寺祈福小住，有些事情就赶不过来。”刘侧妃为难地道。

英亲王妃微笑：“那就五月，正月到五月也将近半年之数，大公子虽然是庶出，但也是长子。长子大婚，又是娶的左相府的小姐，短短两个月怎么能准备妥当？怎么也要四五个月。若是五月足够了，排场大一些，你做主。”

刘侧妃闻言一喜：“这样臣妾自然觉得可行，不知王爷那边……”

“王爷向来疼大公子，你又是他亲娘，当初抚养大公子就在你膝下，也没抱过来给我抚养，也是王爷看重你和大公子。如今有你全权打理，王爷又怎么会有异议？”英亲王妃摇头。

刘侧妃闻言心中的沉郁和恐慌彻底消散了，这么些年，王爷的确对他们母子很好。她点点头，喜色有点儿掩饰不住：“王妃宽心，臣妾一定会将王府打理妥当，也将大公子的婚事儿办妥当，有什么臣妾做不了主的事情，就派人去法佛寺请教您。”

“不是特大的事情，也不必去刻意传信给我做主，毕竟打扰了佛门清静。”英亲王妃笑着道，“王爷在府内，你询问王爷也就是了。”

刘侧妃听她如此让她询问王爷做主，顿时心里喜开了花。王爷向来好说话，那么有些事情自然也就她做主不怕英亲王妃事后算账了。

英亲王妃看着刘侧妃眉眼里掩饰不住的欢喜，不动声色地吩咐春兰：“去将账本拿来。”

春兰点点头，应声走了下去。

“王妃若是带上芳华小姐一起去法佛寺的话，芳华小姐因为身子骨的原因，王妃总要前前后后打理准备几日吧？您不必急着将账本给臣妾。”刘侧妃没想到英亲王妃现在就给她账本。

“法佛寺离京不远，虽然华丫头跟着我，需要准备得比较多些，但两日时间也足够了。先将账本给你，趁着这两日，你先熟悉熟悉，尽快上手，有什么不懂的，就过来问我。等我出府去了法佛寺，一心礼佛祈福，你就要自己挑起咱们府内的担子了。”英亲王妃道。

刘侧妃闻言点点头，心中雀跃。这么多年，她一直没摸到府中的账本和钥匙。没想到如今王妃却是轻而易举地交了出来，果然是为了她儿子什么都能做。

不多时，春兰将账本拿来，厚厚的一摞，摆在了刘侧妃的面前。

“这么多？”刘侧妃有些瞠目结舌。

“这只是咱们府内的账，府外产业的账奴婢还没给您拿来呢！”春兰道。

“府外产业的账也给我打理？”刘侧妃一怔，看向英亲王妃。

英亲王妃笑着道：“咱们王府有不少产业，王爷一心为朝事，从不打理，从我进府后，都交给我打理了。如今我随铮儿出京，无人打理怎么行？你就暂且打理吧！”

刘侧妃有些怯阵。她毕竟是内宅妇人，虽然在闺阁时学了掌家，但进王府多年，再也没碰到家务账目，她虽然一直期待掌家，但也只限于管家，从没想过还要打理王府的产业，她讷讷道：“王妃，臣妾掌管偌大的王府内院恐怕就已经吃力了，若是连产业也管的话，怕是打理不来。”

“若是你打理不过来，就只管打理内院，产业可以让大公子帮忙打理。大公子聪明，他户部任职已经熟悉，朝中事务也得心应手，应该有闲余时间帮你打理产业。若是大公子真没空的话，你可以让他院子里的依梦帮忙，或者是，左相府的小姐就快嫁进来了，你提前请她帮忙，也能增进婆媳情分。”英亲王妃笑着道。

刘侧妃眼睛一亮，脑中瞬间想了暂时打理产业的无数好处，再也不顾忌，连连点头：“王妃说得对，那臣妾就应下了。”

英亲王妃点头，对春兰道：“去，将府外产业的账本也都抱来。”

春兰点点头，转身去了。

不多时便又抱来了厚厚的两摞账本。

刘侧妃看着有些眼晕，但想起这些产业就代表了王府的全部家业，她在王府这么多年，这些盖着府印的账本确实无疑，看来王妃是真的为了儿子儿媳妇儿连产业都顾不上守着了。

英亲王妃从怀中拿出一串钥匙递给刘侧妃，温和地道：“这是府内库房的钥匙。”

刘侧妃看着那一大串钥匙，压下心中的激动，微微轻颤着手接过。

“春兰，你带着翠莲、翠荷将这些账本送到刘侧妃院子去。”英亲王妃转头对春兰吩咐。

春兰点点头，招呼翠莲、翠荷进来搬账本。

“妹妹回去吧！先熟悉熟悉账目，有不懂的尽快来问我。”英亲王妃吩咐完春兰，对刘侧妃摆摆手，笑着道。

刘侧妃立即站起身，连连点头，又说了两句闲话，方才拿着钥匙告退出了幽兰苑。

春兰带着翠荷、翠莲抱着账本跟在她身后出了正院。

英亲王妃看着刘侧妃离开，面上的笑缓缓收起。她儿子的东西，就算皇上不给，也是她儿子的，绝不会到一个庶长子手中。秦浩不争则已，若是争的话，就别怪她不客气。她能大度地容忍他长这么大，但不会让他威胁到她儿子。

刘侧妃带着钥匙和账本刚走出正院，便有人将消息递给了刚到忠勇侯府门口的秦铮。

秦铮听罢摆摆手，那人退了下去。他站在忠勇侯府门前，看着紧闭的府门和门头的大块烫金牌匾。忠勇侯府四个大字经过岁月的洗礼依然熠熠生辉。

这等富贵门楣，多少人都望尘莫及。

也正是因了这份富贵，忠勇侯府才举步维艰。

而他看中的入了心坎上的女子，偏偏出身在这座富贵门庭里。多少荣华灼了人的眼，也让她灼伤了自己。

他静静地站了片刻，伸手叩门。

门童探出脑袋，看了一眼，然后揉揉眼睛，惺忪的睡眼立即睁大，惊醒："铮二公子？"

秦铮点点头。

"您……您怎么这么早？"门童奇怪地看着天色，天刚亮，这个时间，一般都是刚起床。

"老侯爷起了吗？"秦铮瞅着小门童，漫不经心地问。

小门童闻言知道他是有要事儿，否则不会这么早来，也不会开口便问老侯爷，连忙给他打开了门，口中道："世子每日都是这个时辰起，老侯爷年岁大了，要晚一些。您若是有事情的话，奴才去荣福堂禀告一声。"

"我自己去！"秦铮抬步往府内走，步履随意地如入自家府邸。

门童见秦铮不用禀告，便伸手关上房门，又去睡回笼觉去了。

秦铮并没有去荣福堂，而是径直去了芝兰苑。

芝兰苑内，谢墨含的确是刚起床，正踏出房门要去练武，便见秦铮进了芝兰苑。他一怔，讶异地问："秦铮兄，你怎么这么早就过府来了？"

秦铮瞅了谢墨含一眼，对他道："有点儿事情！"

谢墨含见他神色散漫，不像是什么急事儿，但还是让开门口，对他道："屋里坐吧！"

"你不是要去练武吗？"秦铮停住脚步，对他道，"我们先过半个时辰招再说。"

谢墨含挑了挑眉，既然人这么早来了，又是准妹夫，无论真有事儿还是假有事儿，自然都不能将人赶出去，于是点点头，向后院练武场走去。

二人来到练武场，彼此都较为熟悉，不用任何花架子和闲话寒暄。

半个时辰后，两个人身上都出了细微的一层薄汗。

谢墨含有些喘息地看着秦铮，不同于他的气喘吁吁，秦铮气息均匀，因为出了些汗反而一身清爽。他叹了口气：“到底是我这副身子不行，若你用十分功夫，我必输无疑。”

秦铮笑了笑，对他道：“你现在不是已经比去年的时候强多了？这么多年，你一年有大半年都病秧秧的，即便出府走动，也是不停地气喘咳嗽。”

谢墨含微笑：“是啊，我该满足了！”

“知足常乐！”秦铮掏出绢帕擦了擦脸。

“你的绢帕……”谢墨含看着他手中的绢帕，眸光微闪，赞扬道：“绣得好精致。”

秦铮手一顿，莞尔一笑，眉目暖了几分，对他意味幽深地道：“听音绣的。我还有很多，子归兄若是喜欢，我送你一些。”

谢墨含心里有些抑郁，看不得他刺眼的笑，撇开头，微微轻哼道：“你留着用吧！我不需要。”话落，问道：“你早先说有事情，是什么事情？说说看！”

秦铮擦完脸，将绢帕揣进怀里，对他笑道：“我娘要去法佛寺给华儿祈福小住，思索再三，还是带上她本人去的好，心诚则灵。所以，我过来找爷爷商量。”

谢墨含闻言皱眉，立即拒绝：“不行！”

秦铮挑眉：“为何？”

谢墨含转过头，看着他，一字一句地道：“不为何！她还不是英亲王府的人，父母不在，长兄为父，我不同意。”

一句话，拒绝得彻底。

秦铮看着谢墨含，挑了挑眉，清俊的脸瞬间有一抹幽暗：“你不同意？”

谢墨含点点头：“你没听错！”

秦铮忽然嗤笑一声，抬手给了谢墨含肩膀一拳，力道不轻，霸道地道：“你不同意不管用，虽然是长兄为父，但是爷爷健在，要听长辈的话。我去找爷爷说！”话落，他转身向荣福堂走去。

谢墨含不妨他突然出手，被打了个正着，顿时一噎，有些恼意地瞪着他。

秦铮说走就走，即便感觉到谢墨含的恼意，仍头也不回，衣袂在晨起的雾中华丽轻扬。

谢墨含盯着秦铮的背影看了片刻，抿起唇，转身向海棠苑走去。关于英亲王妃要带妹妹去法佛寺祈福的这件事情，他必须先告诉妹妹知道。

不多时，谢墨含来到了海棠苑。

谢芳华刚刚起床不久，正在海棠苑折了海棠枝练剑。

侍画、侍墨陪着她待在海棠亭，侍蓝、侍晚则守在了院子中。

谢墨含进了海棠苑之后，侍蓝、侍晚立即迎上前见礼。他看了一眼二人，又向屋里瞅了一眼，屋门开着，屋中无人，他问：“小姐呢？”

“小姐在后院的海棠亭练剑！”二人齐声道。

谢墨含点点头，径直向后院走去。

来到后院门扉处，便看到谢芳华在满院的海棠芬芳中折枝练剑，衣袂飘飞，轻丝飞扬，花影重叠间，她额头溢出细微的薄汗，在雨雾中剔透晶莹。

谢墨含静静看了片刻，喊了一声：“妹妹！”

谢芳华收势，扔了手中的树枝，向谢墨含看来，喊了一声：“哥哥！”

谢墨含见她容颜端丽，倾城姿色，聪慧钟灵，这样千万里挑一的女子，秦铮的眼光向来极好，喜欢上他的妹妹一点儿也不意外。他心口的郁气缓缓地消散了去，对她嗔怪道：“你有伤在身，不好好养伤，怎么还大早上出来练功？”

谢芳华抬步向门扉处走来，一边走一边拢着青丝俏皮地道：“哥哥，内伤有两种养法，一种是卧床将养，一种则是内外练气补回心神。我用的是第二种。你看看，我练完剑，是不是比昨日看起来精神多了？”

谢墨含见她笑颜如花，目光暖了暖，失笑道：“你说得也有些道理，但还是不要过度劳累。今日的气色看起来的确是比昨日好多了。看来昨日睡得很好？”

“睡得还不错！”谢芳华道。

谢墨含点点头，对她道：“秦铮一大早就过来咱们府了，你可知道？”

谢芳华点点头：“知道，他刚进府的时候，就有人禀告给我了。”话落，她蹙眉问：“他又出什么幺蛾子了？这么早过来？”

谢墨含闻言失笑，哼了一声：“他可不是出了幺蛾子吗？他说英亲王妃要去法佛寺小住些时日给你祈福求平安。要带着你本人去，心诚则灵。”

谢芳华翻了个白眼：“我没听说英亲王妃也信佛啊。”

“我也没听说过。”谢墨含道。

“他如今在哪里？”谢芳华问。

“我不同意，他去找爷爷了。”谢墨含道。

谢芳华看了一眼天色，说道：“爷爷这时候也起了吧？走，我们也过去看看他到底要做什么？”

谢墨含点点头。

谢芳华对侍画吩咐了一句，侍画立即从屋里拿出面纱递给她，她遮在头上，和谢墨含一起走出了海棠苑。

走在忠勇侯府内院的青玉石路面上，兄妹二人一边走着，一边说着话。

不多时，二人来到了荣福堂。

第二十八章 说亲

荣福堂内，老侯爷刚刚起来不久，正在屋中梳洗。秦铮如他亲孙子一般，丝毫不客气地直接钻进了他的内室，大模大样地坐在桌前喝茶。

他一边喝着茶一边和老侯爷散漫地说着什么话，听到外面有脚步声传了进来，扭头看了一眼，眸光微闪，笑道："爷爷，您就答应了吧！您若是不答应，您自己瞧瞧您孙女那弱不禁风的样子，若不是搁在我手里能护着她，谁还能护住她？"

忠勇侯向窗外看了一眼，用鼻子哼了一声。

秦铮看着窗外，听到忠勇侯的哼声，慢慢地笑了。

谢芳华和谢墨含二人来到门口，福婶迎了出来，笑呵呵地见礼："世子，小姐，您二人过来了？铮二公子一大早上就过来了，如今在老侯爷的屋子里喝茶呢。"

谢墨含点点头，温和地笑道："知道了。"

福婶挑开门帘，让二人进屋。

谢墨含和谢芳华一前一后迈进门槛，都一眼就看到了屋中大摇大摆闲适惬意如在自己家里一样的秦铮。看着他，俩人都齐齐无言片刻。

"华儿，早啊！"秦铮笑着对谢芳华打招呼。

谢芳华蹙眉，这个人就不能让她清静一日？没好气地瞅了他一眼，有些不满地问："你怎么大早晨就过来打扰我爷爷？"

"有重要的事情要找爷爷商量！"秦铮接收到她不太友善的目光，笑吟吟地道，"前些日子，爷爷就与我说了，说我只要想来府里，什么时候都可以来。如今的确是早了点儿，但也不是大半夜，没吵到爷爷睡觉，也不算打扰。"

谢芳华轻轻哼了一声，低声骂道：“狡辩！”

秦铮眨眨眼睛，看着谢芳华浅浅而笑，虽然谢芳华声音不大，但他耳朵好使，听了个清清楚楚，摇摇头，正儿八经地道：“没狡辩！”

谢芳华懒得再理他，走到忠勇侯身边请安。

忠勇侯看了谢芳华一眼，见她虽然气体有些虚弱，精神倒是很好。对她点点头，说道：“英亲王妃说要带着你去法佛寺祈福，我答应了，你稍后回去收拾收拾，等英亲王妃安排妥当，你就跟着去吧！”

谢芳华眼睛蓦地睁大，看着忠勇侯，讶异地喊了一声：“爷爷？”

这老头难道都不用跟她商量就自己做主决定了吗？哥哥不是都说了他不答应吗？秦铮用了什么招数？她可不认为这老头是个好说话的人。

“有异议？”忠勇侯瞪眼。

谢芳华实在是弄不明白秦铮给他灌了什么迷魂汤，她轻轻吸了一口气，平心静气地道：“爷爷，您不是不喜欢礼佛吗？”

“我是不喜欢！但是为了你的病，不喜欢也不能阻挡英亲王妃带你去法佛寺治病。”忠勇侯胡子翘了翘。

“爷爷，去法佛寺不过是祈福，如何能治病？”谢芳华看着他，这老头莫不是老糊涂了。

忠勇侯瞪了她一眼：“你病了这么多年，吃了无数好药，看了无数名医，如今还是这么一副病病秧秧的样子，实在让人忧心。我年岁大了，受不住你再这么病下去了。无论是什么方法，都得用用。法佛寺虽然不能治病，但是能洗涤神灵，还六根清净。也许能给你洗去九年前的血光之灾。”

“就算是法佛寺能治了我的病，但也该是您或者哥哥带我去，不要劳烦英亲王妃。”谢芳华扫了秦铮一眼，见他闻言眉目扬了扬，她不理会他，盯着忠勇侯。

“英亲王妃不是外人，是你未来的婆婆！”忠勇侯口气有些严厉，“别那么多废话了！让你去你就去！这是命令。”

谢芳华一噎，这老头什么时候不讲理了？她扭头看向谢墨含。

谢墨含收到妹妹的信号，看了勾起唇角的秦铮一眼，对忠勇侯道：“爷爷，我正好闲来无事，可以陪妹妹去法佛寺小住些日子。英亲王妃虽然不是外人，但到底妹妹还没嫁入英亲王府，距离大婚的日子还需要三年，这时间可不短。未来什么变数也未可知，孙儿可不想将来因为英亲王府的原因救好了妹妹，使得妹妹回报英亲王府进而受制于人。”

这话当着秦铮的面说，可谓说得实在是直白，委实不给秦铮面子。

但是秦铮听了不但没恼，反而似笑非笑地看着谢墨含。

谢墨含说完一番话后，不看秦铮，等着老侯爷表态。

老侯爷瞅了谢墨含一眼，老眼里有些疑惑，似乎不太明白秦铮今日怎么得罪谢墨含了。不过他的孙子他清楚，一定是秦铮得罪他了，否则他不至于从中作梗。他看向秦铮。

秦铮见忠勇侯看来，手指叩在桌案上，发出有节奏的响声，伴随着响声，他慢悠悠道："爷爷，子归兄是忠勇侯府的世子，如今他支撑整个忠勇侯府，虽然法佛寺不远，但他在这个多事之秋怎么能轻易出府去法佛寺一心礼佛？您知不知道关于漠北戍边和北齐边境军营发生冲突之事？"

"知道！怎么了？"忠勇侯正色地看着秦铮。

秦铮懒洋洋地道："武卫将军驻扎在漠北多少年了？也该告老还乡了吧！"

"老？他正值中年，如何老？"忠勇侯老脸沉了下来，"我这个糟老头子还没服老，他怎么能说老？"

秦铮叹了口气，声音淡而无痕："这次的事情闹得大，牵扯了南秦的四皇子，北齐的小国舅。武卫将军军营的军粮竟然被偷盗，武卫将军的副将冲动砍杀人，两方兵马冲突，最后死伤无数。这个事情放在朝堂上说，那都是武卫将军治军不严。但偏偏，多年来，武卫将军军纪严明的名声众所周知。如今他出的漏洞就是在这治军不严上。朝中文武百官，御史台，弹劾武卫将军的折子如今怕是滚雪花一般地滚到了皇叔的玉案上。主要说什么呢？您可以猜猜。说的无非是天高皇帝远，武卫将军多年来欺瞒主上，拥兵自重。"

忠勇侯顿时大骂了一句："放屁！一派胡言。"

秦铮看着忠勇侯，无奈地摊摊手道："一过抵百功，墙倒众人推！这道理您不会不明白吧？武卫将军漠北的兵权怕是保不住了。"

忠勇侯脸色有些沉，扔了手帕，大步走到椅子上坐下，沉默片刻，才平缓下情绪，问道："你可知道皇上会如何处置此事？"

"皇叔压下了弹劾的所有折子，留中不发，静观其变呢！"秦铮扯动嘴角，笑了笑，"您知道，他是在等着忠勇侯府表态。"

忠勇侯眯了眯眼睛："他是在等我进宫去面圣，为武卫将军求情？"

秦铮摇摇头："他在等您进宫为武卫将军求情还是在等忠勇侯府出面干涉弹劾的言论我不知道。我只知道，这件事情忠勇侯府怎么都不能置身事外了。"话落，他转回话题，看了一眼谢墨含，说道："换句话说，子归兄不是闲来无事！他的事情可多了。只这一件事情，他就需要时刻关注朝中动向，走不开。"

谢墨含见他看来，抿起唇角，面无表情地看着他。

秦铮活动了一下身子，让自己坐得更舒服些，跷着腿对忠勇侯道："所以，爷爷您不想踏入法佛寺的地盘，子归兄抽不开身。而我娘和我呢，才是真正的闲来无事。我娘如今已经在府中打点收拾了，您放心，她对待华儿，那是疼在心坎上，在法佛寺也不会让她受苦，定是怎么舒适怎么安置她。"

“含儿，你还有话说吗？”忠勇侯吃了一辈子的盐，自然知道秦铮这是拿准了谢墨含。武卫将军是他唯一的娘舅，多年来，对忠勇侯府这一对外甥多加关照，虽然远在关山外，不能近身看顾，但也是每年送来很多塞外的药材貂皮之类的，以供他们穿用。如今他出了事情，如何能置之不理？

谢墨含无奈地揉揉额头，看向谢芳华。

谢芳华隔着面纱，狠狠地瞪了秦铮一眼，偏头对谢墨含点点头。

谢墨含叹了一口气：“秦铮兄说得也有道理，英亲王府愿意为妹妹的病尽心尽力，我该感激才是。既然爷爷也同意，那就这样定下来吧！”话落，他看向秦铮，对他警告道：“秦铮兄，你一定看顾好我妹妹，别欺负她，更别出丝毫纰漏。”

秦铮笑容可掬地颔首，诚心诚意地应承：“她是我未来的媳妇儿，我不对她好对谁好？子归兄放一百个心，就算我被人欺负了，也不会让人欺负她。”

谢墨含虽然对于他某些事情有些不愉，但是对于他说的话和他对谢芳华的心倒是不怀疑。

谢芳华早就料到绕来绕去还是会让秦铮得逞，却也没办法。就算她强硬拒绝，他还会有别的招数来对付她，她瞪了他一眼，不再言声。

“既然这件事情定了，华丫头，稍后你就回去吩咐你的人收拾收拾，你的婢女都带去。药材、衣物、吃穿用的多备些。法佛寺那一群秃驴，整日里吃素的，一个个一脸菜色，你别回来没治好病，反而也染了一脸菜色。”忠勇侯嘱咐谢芳华。

谢芳华无语地看着忠勇侯，和尚不吃素还叫吃斋念佛吗？

“爷爷，英亲王妃和华儿是去佛祖面前祈福，怎么能吃肉？在法佛寺要吃素斋，心诚则灵。有英亲王妃在，您就不用操心了。”谢墨含有些好笑地道，“至于婢女，我看也不用带去太多，将昨日跟去英亲王府那四个人带上就行了。还有王妃的人照应呢。去多了反而碍事儿。”

“行了，我是瞎操心。你看着安排吧！”忠勇侯摆摆手，扭头对秦铮问：“小子，你用早膳了没有？”

秦铮摇摇头：“一大早上就被我娘催着赶来了，哪里吃得上早膳？”话落，他指指面前的茶壶道：“喝了一肚子茶。”

谢芳华瞅了他一眼，才不相信是英亲王妃赶他来的。

忠勇侯却是信了，对他道：“你娘啊，她和华丫头的娘是手帕交，好姐妹，没大婚前，两个人好得跟一个人儿似的，各自大婚后，隔三岔五就要聚在一起聊天。后来华丫头的娘随着她爹去了，你娘为此病了大半年，病好了之后，再也没和谁更亲近过。这么多年，她对忠勇侯府也是时常念着照顾着。华丫头交给她，就是亲娘一般，我倒是放心。”

“没大婚前，只要华儿在我娘身边，我在我娘跟前就没地位了。”秦铮嘟囔，“这要是大婚了之后，我的地位怕是会被踩到尘埃里去了。”

“你一个爷们，要什么地位？只要自己的娘们儿不给你麻烦，后院安安稳稳，你就是福气。”忠勇侯笑着骂了一声，“你放心！在我这里，你地位比她高。”

秦铮顿时乐了：“多谢爷爷向着我。”

谢芳华忍不住翻了个白眼。

谢墨含眼皮同样翻了翻，在爷爷面前，别说妹妹没地位，他的地位也被秦铮给挤得没边儿了。他这副玩世不恭的样子，偏偏就得老头的缘，谁也没办法。

“福婶，端早膳来！”忠勇侯对外面吩咐。

“奴婢这就去！”福婶在外面应了一声，笑呵呵地去了。

“丫头，这里都是自己人，你还戴着那破东西遮着什么？摘了吧！”忠勇侯对谢芳华道。

谢芳华随手扯了面纱，露出一张清丽脱俗的脸。因为一夜好睡，早上又在晨露中练剑活动了一番筋骨，是以，她看起来面色莹润，气色极好，面纱摘开后，整个屋子似乎都灿亮了几分，煞是夺目。

秦铮正好偏头向她瞅来，就瞅到了这样的她，目光顿时凝住。

谢墨含也瞅来，看了一眼之后，偏头瞅了秦铮一眼，忍不住抬脚踹了秦铮一脚。

这一脚比秦铮早先打他那一拳的力道一点儿也不轻。

秦铮被踹了个正着，咝了一声，收回视线，看向谢墨含，不但不恼，反而笑了，得意地道：“子归兄，如今我和华儿还没大婚，她面皮子薄，你打我一下，她不好意思向着我。待我们大婚后，我归她管，你就碰不得我了。你打我，她若是心疼的话，也许会对你打还回来。”

谢墨含哼了一声，对他警告道：“长兄为父，妹妹永远都是妹妹，哥哥永远都是哥哥。血脉至亲总归不是开玩笑的。”话落，他继续道：“我提醒你，距离大婚还早，别得寸进尺。”

这意思说得虽然隐晦，但是屋中这几个人谁都清楚明白。

谢芳华到底是面皮子还没被练得太厚，偏过头，脸红了红。

忠勇侯咳嗽了一声，首肯道：“这话说得有理！大婚还早，小子，你别太急，以后日子长着呢！”

秦铮闻言轻笑：“爷爷放心，我知道日子长着呢！是我的就是我的，早晚都跑不了。”

忠勇侯点点头：“你心里明白就好！”

“明白得很！”秦铮痛快地道。

谢芳华的脸更红了，心中羞愤，几乎都坐不住了。

谢墨含看着一老一少一说一答，心中叹息。爷爷喜欢秦铮如此明显。曾经在妹妹还没回来的时候，这么多年，秦铮往忠勇侯府跑的次数不少，虽然燕亭来的次数也不少，爷爷就说秦铮这小子看着比燕亭那小子顺眼。如今成了孙女婿，更是顺眼到心坎里了。

不多时，福婶端来两个大托盘，里面端着满满的早膳，甚是丰盛。

席间内，忠勇侯、秦铮、谢墨含、谢芳华四人一边吃着饭一边有一搭没一搭地说着话。

福婶在一旁侍候着，看着四人，心中欢喜不已。铮二公子成了准孙女婿，也是半个忠勇侯府的人了。这样一家四口坐下来用膳，看着和睦温馨，她真希望以后每个早晨都能这样。老侯爷和世子这些年两两相对，太孤独了。世子的婚事儿还没影，她更希望早点儿定下来，但也知道急不得。一时间是又喜又伤。

饭后，福婶将剩菜残羹收拾下去。

秦铮依然坐着没有回府的打算。

谢芳华瞅了秦铮好几眼，见他坐得沉，实在忍不住赶人："你还不回府去回禀王妃？"

"回禀什么？"秦铮故意问。

"回禀我会跟着她去法佛寺祈福。"谢芳华道。

秦铮摇摇头，不甚在意地道："不用回禀，我娘就知道她儿子出马没有办不成的事儿。所以，如今应该是在府内收拾东西做准备呢！"

谢芳华看着他："就算这样，难道你没事情可做吗？"

"有啊！我打算今日一日陪爷爷。"秦铮偏头对忠勇侯道，"爷爷，昨日我研究了一局古棋，没研究明白，您是爱棋之人，指点我几招如何？"

忠勇侯翘了翘胡子："什么古棋？"

"千年前的古棋谱！"秦铮道。

"好，那赶紧摆上。"忠勇侯点头，对他招手。

"在这屋子里闷着多无趣，这样吧！咱们去华儿院子里的海棠亭如何？让华儿给咱们温酒煮海棠。一边下着，一边喝着小酒。"秦铮建议。

"你小子可真是会享受！行，就这样办！"忠勇侯痛快地应承，站起身，对谢芳华道："走，丫头，去你的院子里。"话落，老头说走就走，大踏步迈出了门，一边走着一边招呼："你们快跟上。含儿，你若是没事儿，也跟上，若是有事儿，就只管做你的事情去！"

谢墨含看向秦铮和谢芳华。

谢芳华在忠勇侯起身出门的第一时间对秦铮怒目而视。他还要不要脸？这是准备一日都腻在她的院子里吗？阴魂不散！

秦铮看着谢芳华怒目而视，笑吟吟地站起身，对她温柔地道："华儿，走了，听爷爷话！你病了这么多年，整日里躺在自己的屋子里，陪爷爷的时候有限。趁着今日你气色不错，人也精神，多陪陪老人家。"

谢芳华一噎，脑中想到了无名山的八年，所有怒气顿时烟消云散了。这么多年，她的确是不曾好好地陪爷爷。爷爷的确是老了，鬓角都有白发了。她不由得也站起了身。

秦铮见谢芳华情绪被他一句话安抚下来，笑着弹了弹锦袍，对谢墨含道："子归兄，你怎么能无事儿呢？你的事情多了，自己去处理吧，不用理会我们。"话落，当先出了房门。

谢芳华回过味来，又气又笑地瞪了秦铮一眼，看向谢墨含。

谢墨含也是又气又笑，缓缓站起身，对谢芳华温和地笑道："去吧！有的人天生就脸皮厚，你练不过他的厚脸皮，那么这一辈子只能被他耍。"

谢芳华狠狠地碾了碾脚底下的地面，不服气地磨牙道："他等着！"

谢墨含低声道："不着急，你先让他得意着，以后慢慢收拾他，有的是机会！"

谢芳华揉揉额头，想着秦铮你有多可恶，如今将身边的人都得罪狠了。谢云继要收拾他，如今她哥哥谢墨含也要收拾他，他以后还有好吗？

忠勇侯出了荣福堂后，见身后人没立即跟上来，站在门口等候。

秦铮不经意地回头瞅了一眼，见兄妹二人低声说着什么，他眉梢动了动，有一股感觉油然从心头升起，还没来得及捕捉，便一闪而逝。他想再确定那种感觉，却无论如何也寻不到了，只能作罢。

不多时，谢芳华从屋中走出来，见秦铮站在院子中低着头想着什么，瞅了他一眼，隔着面纱对他道："是不是又想起有什么事情没做？不能陪我爷爷下棋了？"

秦铮嗤了一声："没有！我是想你温酒煮的海棠好不好喝。"

谢芳华撇开脸："不好喝！"

"不好喝也没关系，只要是你煮的酒，我都会喝光。"秦铮凑近她，低笑着道。

谢芳华嗔了他一眼，催促道："既然没有事情还不赶紧走，你没看到爷爷在门口等着？"

"嗯，爷爷是等着，那你也快些！"秦铮笑容漫开，向前走去。

谢芳华在原地站了一会儿，慢慢地抬步跟上他。

忠勇侯站在门口看着二人，少年少女虽然言语脾性不相同，但偏偏周身的气息却是相投。他胡子翘了翘，捋着胡须笑了。

多少年前，他和夫人也是如此。

多少年前，他的儿子和他的儿媳妇儿也是如此。

如今，他的孙子还没定亲，顶着偌大的忠勇侯府，皇权压顶，无心婚事儿，一拖再拖。

他不能含饴弄重孙，但唯一欣慰的是，有这么一个小子厚脸皮地缠着他孙女，厚脸皮地和皇上对着干，不惜得罪皇上逼婚要娶他的孙女，这是别人求也求不来的福分，落在忠勇侯府了。虽然忠勇侯府不屑与英亲王府这等勋贵宗室联姻再添富贵，但有了英亲王府这桩婚事儿夹在中间，皇上对待忠勇侯府就要三思后行了。

“爷爷，走吧！”秦铮来到忠勇侯身边，称呼自然而亲近。

忠勇侯点点头。

二人一同走向海棠苑。

谢芳华跟在二人身后，看着一老一少并排走在一起，两旁初春的垂柳鲜花枝影重重，老人虽然年逾花甲，但并不老迈，步履强健，而少年春裳华丽，洒意料峭，姿态清贵，别有一番风流。

她看了片刻，收回视线，伸手拉住被风吹起的面纱一角。

这一次忽然觉得，若是秦铮，也不错！

谢墨含从荣福堂缓步走出来，那三人已经走远，他站在荣福堂门口看着三人身影片刻，笑了笑，收回视线，喊了一声：“侍书！”

“世子！”侍书本来就守在外面，见他喊，立即跑过来。

“去查查今日早朝的事儿！”谢墨含对侍书吩咐。

侍书看了一眼天色，如今天早，早朝也就刚上了一半，他点点头，诺了一声，走了出去。

谢墨含缓步向书房走去。

忠勇侯、秦铮、谢芳华三人不多时就来到了海棠苑。

刚进里屋，满苑药香。

侍蓝、侍晚等人见老侯爷今日竟然来了海棠苑，连忙迎上前见礼。

忠勇侯看了几人一眼，缓缓点头，开口吩咐：“你们小姐要随英亲王妃去法佛寺祈福，赶紧去给她准备些吃用穿戴。待英亲王妃那边打点妥当，她随时就能出门。”

侍蓝、侍晚一怔，看了谢芳华一眼，连忙垂首应声。

忠勇侯不再多言，向海棠亭走去。

秦铮跟在忠勇侯身后，慢悠悠地说了一句：“将忠勇侯府保存的海棠酒带上两坛。”

侍蓝闻言看向谢芳华。

“佛门清净之地，我和王妃是去祈福的，你去喝酒？”谢芳华看向秦铮。后半句没说出来的话意思明显，若是这样，你不必去了。

秦铮摇摇头：“有两道素斋用海棠酒做的话，分外美味。到时候我下厨，给你们尝尝。”

谢芳华闻言不再出声。

侍蓝见小姐同意，应了一声。依着英亲王府和忠勇侯府的地位，女眷去了，自然要住在法佛寺后山的别院内。虽然是去斋戒祈福，但是吃食上肯定是不吃僧人做的，都是带自己的厨子和采买一应物什儿。这是勋贵世家才有的排场，哪怕是寺庙内，也做不到佛所说的众生平等。

三人进了海棠苑。

侍画、侍墨早已经先一步在海棠亭生起了暖炉，摆上了瓜果茶点，且搬来了一大坛酒，摆放好了精致的酒壶和杯盏。

忠勇侯进来，满意地捋着胡须坐在了桌前，对秦铮招手："臭小子，你怎么这么磨蹭？快点儿过来摆棋！"

秦铮笑吟吟地道："爷爷急什么？这漫漫长日，一整天呢！只要您不说累就行。"

"累什么？我老头子还不知道啥叫累！"忠勇侯翘了翘胡子。

秦铮走到他对面，一撩衣摆，洒意地坐下，从怀中拿出一副棋盘，放在了桌案上。

"岐山白玉棋！嗯，不错！听说你这臭小子这么多年搜罗了不少好东西！"忠勇侯对秦铮道。

秦铮勾唇一笑，偏头瞅了谢芳华一眼，漫不经心地道："华儿小金库里有很多宝贝，哪样拿出来都价值连城。我为了将来自己的金库，不能输了媳妇儿的，只能四处搜刮讨她欢心了。"

"你进过华丫头的小金库？"忠勇侯虽然老了，但可不昏庸，闻言立即盯住秦铮问。

秦铮掩唇咳嗽了一声，笑着回道："自然是进过。"话落，他又补充道："这只能怪子归兄，他一直挡着不让我看海棠，我只能偷偷进来了，后来才知晓，原来海棠亭的位置是华儿的闺阁。"话落，他摊摊手，笑吟吟地道："不是我故意不君子的，实在是当时我刚进来，子归兄就来了，我为了躲他，只能撬开了一间看起来没人住的地方，没想到竟是华儿的小库房。于是，我就顺便看了看里面的东西。"

谢芳华狠狠地瞪了他几眼，他还有脸说出来。他这是不君子吗？他这是太梁上君子了！

忠勇侯哼了一声，笑骂了一句："臭小子，虽然说的是看海棠，冠冕堂皇的，谁知道你背后打着什么算盘？"

秦铮倏地笑了，对谢芳华努努嘴："我的算盘打得光明正大，不就是华儿吗？"

"嗯，那你就守好了。打算盘谁都会，守好了才是本事。"忠勇侯道。

"自然！"秦铮毫不犹豫地点头，慢悠悠地撂下狠话："谁敢跟我抢，挖了他祖坟。"

谢芳华偏开脸，实在是对秦铮无语。

忠勇侯忍不住哈哈大笑："好，好样的！"

谢芳华听到忠勇侯的笑声，愈发觉得她爷爷是被秦铮灌了迷魂汤。

秦铮又说了一句什么，谢芳华没听清，忠勇侯又大笑起来，秦铮也跟着笑。

海棠亭飘荡着二人的笑声，一个洪迈苍老，一个少年清越。海棠枝影间，笑容似乎也感染了花枝，使得初春的花枝迎风摇荡，更加料峭。

二人一边说笑着，一边摆上了棋局，老少融洽。

谢芳华静静站了片刻，转身出了海棠亭。

"喂，你要去哪里？"她刚挪动脚步，秦铮立即扭头追问。

"华丫头，哪里也不准走！"忠勇侯闻声向谢芳华看过来。

谢芳华停住脚步，看向二人。

"你若是不在这里，我没心情下棋！"秦铮一点儿也不觉得羞耻，对她正儿八经地说道，"所以，你哪里也不准去，陪我在这里待着。"

"哼，你还看不出来吗？他今日陪我下棋，其实是为了你。你若是走了，他没心情下棋，我怎么办？我这棋瘾可是被勾起来了。"忠勇侯瞥了秦铮一眼，冷哼一声。

谢芳华无言片刻，无奈地伸手指向海棠亭外墙角的一株海棠树道："我去给你们摘那株海棠树上的海棠来煮酒喝。那株海棠是海棠之最，最是芬芳。"

秦铮闻言乐了，放心下来，对她轻松地摆摆手，笑容滟滟："去吧！"

忠勇侯闻言也不阻止了，点点头，同样摆摆手，催促秦铮道："臭小子，快下棋，我给你看着她，她跑不了，也不敢跑。今日咱们下一天，就让她陪一天。"

"她身子受不住，陪半天吧！"秦铮一边落子一边道。

忠勇侯点头："你心疼她，陪半天也行，她身子骨确实不好，但是你得陪我一天。男子汉大丈夫，一诺千金。"

"自然！我陪您一日，明日若是我娘还没收拾妥当，我左右无事儿，还能在这儿陪您。"秦铮闻言许诺。

忠勇侯满意地嗯了一声。

谢芳华听着二人一问一答，缓步出了海棠亭。多年以来，爷爷是孤独的、寂寞的，哥哥大多时候都卧病在床，他独自支撑着忠勇侯，与棋为伴。如今，她回来了，一切都会好起来。她一定不会让忠勇侯府重蹈覆辙，也一定要让爷爷安享晚年，让哥哥平安健康娶妻生子。

侍画、侍墨陪着谢芳华来到墙角的那株海棠树下。

谢芳华选了一支海棠，让二人将花篮递到她面前，她伸手轻轻抖动，海棠如雨花般落在了花篮里。转眼间，一支缀满海棠花的枝叶便空空如也。

侍画唏嘘："小姐，有您这样摘海棠的吗？您看看，这一株海棠满枝都是花瓣，唯独这一支光秃秃的，多难看？您还不如将这一支折掉呢！"

侍墨也觉得不漂亮，点头应承："是啊，光秃秃的这样子，太显眼了。"

谢芳华回过神，看着光秃秃的那根枝桠和满篮子的海棠花瓣，怔了片刻，不由伸手捂住额头，失笑道："我也是有些魔怔了，怎么竟然学起他来了？"

侍画、侍墨二人被这不着头脑的一句话弄得一头雾水，齐齐看着谢芳华。

谢芳华在树下站了片刻，似乎对自己有些无奈，又有些无语和难以言表的情绪。过了片刻，她有些无力地道："难看就难看吧！都已经做了，无法挽回，也只能这样了！走吧！"

二人也觉得没办法挽回了，总不能将这些碎掉的花瓣重新粘回去。

三人回到了海棠亭。

海棠亭内，那一老一少已经进入了厮杀的境界，没理会回来的三人。

谢芳华瞅了一眼棋盘，然后转身走到火炉旁坐下，将一坛酒倒入了酒壶里，之后将酒壶放在火炉上，将摘来的花瓣倒出些放入里面。

侍画、侍墨陪着谢芳华坐在火炉旁。

不多时，酒香和海棠香便飘散在了整个海棠亭里。

忠勇侯府前院似乎来了客人，隐隐有热闹的说话声传来。

"小姐，要不要我去前面看看是何人来了？"侍画轻声问。

"不必，是谢伊！"谢芳华道。

"伊小姐？那她应该是来找您！"侍画道，"要拦住不见吗？"

谢芳华摇摇头："不必，她来了我也有个说话的人，免得坐在这里无趣得很。"

侍画了然，不再说话。

果然，不多时，谢伊冲进了海棠苑，刚进来就大喊："芳华姐姐！"

少女的声音听起来清脆，在早春里，分外的活泼有活力。

"伊小姐，我家小姐如今不在屋子里。"侍晚的声音从前院传来。

"咦？世子哥哥不是说芳华姐姐今日在府中吗？而且她今日气色不错，我是能和她玩的吗？那她在哪里？"谢伊顿时垮下脸，以为又不能和谢芳华玩了。

"老侯爷和铮二公子今日来了海棠苑下棋，如今在后院的海棠亭里。小姐陪着。"侍晚见后院没有人出来制止，想着小姐应该是愿意见伊小姐的。

"唔，你是说，老侯爷和铮二公子也在啊！"谢伊的声音立即小了下来，悄悄地问。

侍晚点点头。

"那……"谢伊有些犹豫，"我能不能去打扰啊，我若是去打扰，他们会不会不高兴？"

侍晚微笑："伊小姐稍等片刻，我去问问小姐！"

谢伊立即点头。

侍晚向后院走去，不多时，就到了门扉处，向里面看了一眼，见侍画对她招手，她意会地点点头，回转身，对谢伊道："伊小姐，我家小姐知道您来了，您进去吧！"话落，叮嘱道："不过老侯爷和铮二公子下棋的话应该喜静，您进去脚步轻点儿，小心一些。"

谢伊连连点头："好，我会轻点儿的。"话落，她有些紧张地走向后院。

来到门扉处，谢伊便看到了坐在海棠亭内的几人。

一老一少在下棋，从她这个方向，看到老侯爷背着身子，秦铮和谢芳华面向这边。少年隽秀清逸，女子比花还要清丽娇艳。

谢伊欢快小心的脚步顿在那里。

谢芳华闻声向门扉处看来，见那欢快的少女一脸呆怔，她偏头扫了秦铮一眼，隔着面纱笑了笑。

秦铮察觉到谢芳华看来的视线，偏过头看她，见到她微微扯动的嘴角，有些纳闷："怎么了？你笑什么？"

谢芳华对他努努嘴，示意他看门口。

秦铮扭头看向门扉处，便看到了痴呆的谢伊，轻轻哼了一声："不就是一个小呆子吗？有什么值得你笑，值得我看的。无趣！"

忠勇侯正入神地浸淫棋局，闻言抬起头来，先是看了二人一眼，又看向门扉处，收回视线，对二人道："谢伊这丫头可不是呆子，她心里透亮得很！若说我谢氏的女儿里面算得上人物的话，除了华丫头，也就是谢伊这个小丫头了。"

"爷爷，您心里的人物是怎么计算的？"秦铮挑了挑眉毛，说道，"这个小丫头是个人物吗？没看出来！"

"你这个臭小子的眼睛里哪个人是人物？"忠勇侯胡子抖了抖。

"华儿！"秦铮毫不犹豫地道。

谢芳华翻了个白眼。

"这天下的所有女人里，你的眼睛是不是也就能看得到她？"忠勇侯哼了一声，"她若不是这忠勇侯府的小姐，你还娶不娶？"

"我喜欢她，想娶她，跟忠勇侯府的小姐有什么关系？"秦铮难得地白了忠勇侯一眼，不满地嘟囔，"若她不是忠勇侯府的小姐，我娶她容易多了，至于这么难？"话落，又补充道："您说差了，我的眼里还有我娘！"

忠勇侯闻言笑骂："离不开娘的娃子！"

秦铮哼了一声。

谢芳华瞥了秦铮一眼，据说这个老头年轻的时候可是个能斗嘴的。朝中文武百官都清楚，别看他是武将，可文采亦是斐然。而当年右相府的李老爷子是文官，但武功据说也是极好。二人不对卯的时候，从武斗到文，从文斗到武。当年的先皇都劝不开架。

后来，先皇没了，不久后李老爷子也去了，只剩下爷爷了。

爷爷支撑着偌大的忠勇侯府，心里的寂寞可想而知。

大约是他从秦铮的身上找到了年轻时的活力和张扬，是以，才这般喜欢他。

喜欢一个人，从来都不是没有理由的。

二人说话间，谢伊已经回过神，小心翼翼地走了进来。

来到近前，她规矩地给忠勇侯和秦铮见礼："谢爷爷、铮二公子！"

忠勇侯摆摆手："免了！"

秦铮应付似的嗯了一声，也算是给面子了。

谢伊暗暗松了一口气，从二人的态度判断，她显然是没打搅了二人。她直起身子，来到谢芳华身边，笑意盈然地清喊了一声："芳华姐姐，总算是让我抓到你了。"

谢芳华莞尔，对她指了指身边的位置："坐吧！"

谢伊拉住她的手，笑着坐下，行止亲密。

谢芳华看着她问："六婶母呢？今日没过来？就你自己过来，她放心？"

"我娘没过来！我都这么大了，谢氏六房到忠勇侯也没多远，哪里用得着人陪着？"谢伊嘟起嘴，"芳华姐姐，你也太拿我当小孩子了。"

谢芳华好笑："你可不就是小孩子？你比我小两岁呢，算起来还未成年。"

谢伊扁扁嘴角，无言以对地道："就算小两岁，也不是小孩子。"话落，她垂下头，低声道："我娘私底下竟然要给我说亲。"

"嗯？"谢芳华看着她，明夫人为何这么急着给谢伊说亲？按理说，她如今才十三，正是豆蔻年龄，等她及笄之后再说亲也是不晚的。她膝下没有儿子，难道不是该想将女儿在家多留几年吗？更何况她的大女儿也比她大不了多少。

谢伊见谢芳华不解，她叹了口气，凑近她，悄声道："因为我娘说，嫁出去的女儿，就不算是谢氏的人了。如今咱们谢氏是表面的湖水，看着平静，实则是风雨飘摇，指不定哪日顶不住了。我若是嫁出去，就可以免于受到牵连。"

谢芳华心思一动，明夫人好细密敏感的心思。她隐约想起前世，她的两个女儿似乎都在谢氏倒塌前不久嫁出去了。至于嫁给谁，当时她未曾细细理会，如今没印象了。她看着谢伊，一时无言。

如今是正月，按照前世的情况，那么也就是今年年底，满打满算，还有十个月的时间。

谢芳华静静地想着，谢氏六房的老太太和林太妃是手帕交，明夫人是从谢氏六房老太太那里得到什么消息了吧？明夫人到底是比敏夫人强太多！

第二十九章
高兴

“芳华姐姐，你觉得，咱们谢氏真的会出事儿吗？”谢伊见谢芳华半晌不出声，看着她，轻声询问。

谢芳华隔着面纱看着她，少女脸庞小心翼翼，有着纯真，也有着对未来的茫然恐惧。哪怕谢氏六房没有能支撑起门面的爷们儿，但谢氏六房的女人们一个个可都是精明能干。从六房的老太太，到她的儿媳妇儿明夫人，将谢氏六房的家业打点得井井有条。另外谢氏六房有忠勇侯府支撑，是以，一直以来日子都不难过。虽然不能企及忠勇侯府和这京中世家大族勋贵府邸的富贵，却也有着寻常百姓做梦都达不到的荣华。谢伊自从出生起，就享受着家族给的富贵，若是谢氏倒塌，六房倒塌，这一切都会成为云烟。所以，她心底有着害怕也是理所当然。

“芳华姐姐，你怎么不说话？这样看着我做什么？是不是我哪里说得不对？还是我说了不该说的？”谢伊紧张地抓住谢芳华的手，摇了摇，“昨日我娘就将我吓得够呛，我心里没底，就忍不住跟你说了。”

谢芳华看着她，暗暗叹了口气，低声问：“六婶母给你择了哪家？你姐姐谢惜呢？她择了哪家？”

谢伊垂下头：“我的还没定，姐姐的有眉目了。”话落，她悄悄瞅了一眼忠勇侯和秦铮，见二人没理会这边，应该是没心思听她们小儿女说话，便放心下来，低声道：“林太妃和我祖母商议，有意将我姐姐许配给八皇子。我祖母正在考量，我娘也还在犹豫，没点头呢！”

谢芳华抬起头，有一瞬的讶异，不过须臾就压制住了，低声问：“秦倾？”

“嗯！”谢伊点头。

谢芳华沉吟片刻，问道：“秦倾比你姐姐小一些吧？我记得谢惜与我同岁。”

“嗯，八皇子是比我姐姐小三个月，芳华姐姐你比我姐姐大半年。”谢伊道，“我娘就觉得八皇子太小了些，另外，她不想与皇室的子嗣结亲。如今看着八皇子没有站队的打算。但若是真正皇位交替的时候，谁能保证皇室里的子孙不插手皇权？皇室里，如今成年的男子只有三皇子、四皇子、五皇子、八皇子了。剩下的十一皇子和十二皇子才十岁和七岁，只能算是小孩。”

“如今皇帝正值壮年，他们虽然还是孩子，但过几年，皇帝年岁大了，孩子也会长大。有些事情，说不准的。”谢芳华道。

谢伊忧心地道：“林太妃看上我姐姐了，有意说给八皇子。谢氏六房从咱们这一辈算的话是谢氏的旁支，但若是从老侯爷那一辈算，也是谢氏的嫡支。六房没有支撑起朝堂的父辈兄长，也正因为这一点，才更让人放心。八皇子自小在林太妃身边长大，他的婚事儿，只要林太妃看重，去皇上面前说一说，十有八九是成的。如今只不过我祖母和我娘在犹豫而已。”

“从前我没得病的时候，就不曾见过你姐姐。如今我病情好转，也不曾见你姐姐出来露面。除夕宫宴她没进宫，忠勇侯府的晚宴也没出来参加过。她整日待在府中吗？在做什么？”谢芳华看着谢伊问。

谢伊顿时笑了：“芳华姐姐，原来你也对我姐姐好奇啊！我姐姐是个沉闷喜静的性子。不喜参加这些，一心陪在我祖母身边。”话落，她又瞅了忠勇侯一眼，凑近谢芳华耳边道：“我祖母喜好读佛经，你还不知道吧？”

谢芳华笑了一下：“我知道！”

“啊？你知道啊？”谢伊奇怪地看着她。

谢芳华笑道：“六婶祖母基于娘家熏陶，自小便喜好礼佛读佛经，当初她之所以跟林太妃成为手帕交，正是因为林太妃也喜欢读佛经。两人有共同兴趣，在当年老一辈的闺阁小姐中就走得近了，知己了这么多年。”话落，她又道：“当年六婶祖母非要搬出忠勇侯府另立门户，也是因为她喜好礼佛。年纪大了，不能手抄佛经静心了，想要建造一座佛堂。但偏偏我爷爷不喜佛，六婶祖母思索再三，就跟爷爷挑明了，便搬了出去。否则我爷爷是死活也不让她们搬出去的。”

谢伊听罢唏嘘一声：“原来是这样啊！”话落，她挠挠头：“我都没你清楚这些。”

谢芳华微笑。

“我们现在六房所住的宅院里，的确建造了一座佛堂，就在祖母的院子后。祖母礼佛，姐姐出生后，我娘因为要支撑中馈，又要打理外面置办的田产门面，没时间看顾姐姐。而祖母左右也无事，姐姐便放在我祖母身边教养。这么多年下来，祖母将姐姐给教养成了标准的大门不出二门不迈的闺阁小姐。以往你病着的这些年，我一个月还能有两次将她拖出家门，但是如今，我拽她都不出来了。”谢伊闷闷地道，“我不喜佛，又没长在祖母身边，虽然祖母也喜欢我，但没喜欢姐姐多。如今祖母年纪大了，姐姐更是有借口了。说要陪着祖母，祖母身边不能没人侍候。索性，她们俩成日地在府中吃斋念佛。你自然是见不得她的人影了。”

谢芳华了然。

“这些年，外面的人都说谢氏有两位千金大小姐，一位是忠勇侯府的芳华小姐，一位是六房的谢惜小姐。一位是卧病在床多年，一位则是没病没灾喜好礼佛。你们俩可是天塌下来都不踏出府门的。”谢伊嘟囔道。

谢芳华失笑。

谢伊又道：“自从林太妃和祖母能互通来往后，林太妃的书信都是八皇子代笔写的，祖母的书信都是姐姐代笔写的。加之八皇子被林太妃熏陶，大约也是喜佛的。所以，林太妃信中和祖母略微地透露了些意思，祖母便合计起来，找了我娘。”

谢芳华点点头。

“芳华姐姐，你说我姐姐和八皇子这事儿能成吗？”谢伊悄声问。

谢芳华笑着摇摇头：“我又不是神仙，掐指一算就知道了。我怎么知道成不成？”

“哎，以前啊，祖母和我娘是真没那结亲皇室的心思，避之唯恐不及呢！总的来说，谢氏六房也是和忠勇侯府近，一旦忠勇侯府发生些什么，谢氏六房也不能袖手旁观，不可避免地牵扯进来。老侯爷和我爷爷是兄弟，这骨血比一般旁支都要近。祖母自小就是这样教导我父亲的，后来我父亲虽然因为体弱不能入朝当政，但我小时候，他就拿这个规矩来教导我。无论何时，一定不要忘了自己是谢氏的女儿。”谢伊叹了口气，偷瞄了秦铮一眼，又凑近谢芳华道：“自从除夕那日，姐夫在灵雀台对你逼婚，皇上无奈下了圣旨，忠勇侯府和英亲王府有了联姻。这样一桩事儿，对皇室来说，算是一道阻隔，让皇上不得不对谢氏再三思而后行。我祖母和娘对于姐姐许婚八皇子之事，才有些松动。”

谢芳华瞅着她：“刚刚你来的时候不还正儿八经地喊铮二公子见礼吗？怎么这么大一会儿，他就成了姐夫了？”

谢伊一呆，嘻嘻一笑，抱住谢芳华胳膊道：“这不是老侯爷在吗？我对老侯爷有点儿害怕，不敢在他老人家面前胡闹，怕老侯爷听见了训我！”

谢芳华伸手弹了谢伊脑门一下：“果然是个人精！”

谢伊嘟嘴：“芳华姐姐，我娘一直说我是傻丫头，怕我做错事儿，日日看着我。到你这里，我怎么就成人精了？”

“若是真傻，也说不出这一番话来！从来到这里，你的嘴就没停歇了。”谢芳华闻到酒香和海棠香愈加浓烈，酒壶里有咕咚咕咚的泡泡，她伸手拿开了壶盖，一股更浓烈的清香扑鼻而来。

“好香！”忠勇侯大叫了一声。

秦铮扭过头，瞅了一眼火炉上的酒壶，然后转向谢芳华，缓缓而笑：“华儿温酒煮海棠果然极香！以后这一辈子，我可是有口福了！”

“臭小子！”忠勇侯见不惯他得意，骂了他一句。

秦铮也不反驳，欣然地受了忠勇侯的骂。

“给他们一人倒一杯！”谢芳华对身后的侍画、侍墨吩咐。

二人立即应声，一个人拿酒壶，一个人摆杯盏，不多时，便给忠勇侯和秦铮一人倒了一杯酒。酒香霎时铺散开来，整个海棠亭都弥散着浓香的酒气。

谢伊唔了一声，拽住谢芳华的胳膊摇了摇：“芳华姐姐，我也想喝一杯。”

“你的酒量如何？”谢芳华扭头问她。

谢伊伸出三根手指，嘴馋地笑道：“我可以喝三杯！”

“给她倒一杯！”谢芳华吩咐侍画、侍墨，然后对谢伊道：“可以给你喝一杯！”

“我说我能喝三杯！”谢伊不满地看着谢芳华。

谢芳华慢慢地道：“前些日子，怜郡主来了，也正巧赶上我温酒煮海棠。”话落，她回头问侍画：“她当时喝了几杯？”

“回小姐，怜郡主喝了三杯！”侍画道。

“三杯就醉得不省人事了。”谢芳华看着谢伊，“虽然你不是她，但我观你面相，应该是不胜酒力，与她不相上下，我可不想你醉得一头倒在这里，回头六婶母过来找我发难。”

谢伊扑哧笑了：“芳华姐姐，你还会看面相啊？”

谢芳华微笑：“会一些！”

“我不相信！”谢伊摇摇头，小女儿模样地央求她道：“两杯？两杯好不好？我保证不醉。若是我这次醉的话，下次你就别理我了。”

“不行！”谢芳华摇头。

“求你了，芳华姐姐！”谢伊晃着她胳膊央求。

“就给这丫头两杯！爱酒又不是错！”忠勇侯看不过去了，发话下来，“你六婶找来，就说我让喝的！”

谢伊先是一哆嗦，须臾便大乐了起来，扭回头，清脆地道：“谢谢爷爷！”

忠勇侯嗯了一声，算是承了她的谢意。

谢芳华无奈，对侍画、侍墨点点头。

侍画、侍墨给谢伊满了一杯酒，谢伊端起来，先是闻了闻，然后迫不及待地一饮而尽。咂吧咂吧嘴道："真好喝！快，再满上！"

侍画、侍墨又给她满了一杯。

"慢些喝！"谢芳华提醒她，"就这一杯了！爷爷虽然放了话，也就多给你一杯而已。"

谢伊点点头，听话地小口酌了起来。

谢芳华看着她，见她娇俏的脸上已经染上了红霞，这一杯酒再下肚的话，不出一盏茶的时间，她应该就会受不住醉倒。她看了一眼天色，太阳已经升起，时间还早，海棠亭褪去了清晨的清凉，有着丝丝暖意融了进来，她抿了抿唇，轻声道："伊妹妹，六婶祖母和六婶母今日之所以放心让你自己过来，其实是想让你告诉我这件事情，然后，借由我打探一下爷爷和哥哥对待你姐姐谢惜和八皇子秦倾的婚事儿是持何等态度吧？"

谢伊闻言一呆，眸光露出一丝惊异。

谢芳华淡淡含笑地看着她。小姑娘聪明伶俐，心思也颇多，被明夫人教导得极好，通透很多世事，但到底还是年少，这些心思，在她面前还是掩不住。

谢伊呆怔半晌，嘎了嘎嘴，讷讷地道："芳华姐姐，你太聪明了，猜出来啦？"

谢芳华自己满了一杯酒，放在唇边，慢慢地品了一口，唇齿间尽是温暖的海棠香，她沉静地笑道："不是我太聪明，而是你还太年轻。"

谢伊噘起嘴角："你不过比我大两岁而已，说得你自己好像多老似的。"

"我比你大的不止是两岁！"谢芳华放下杯盏，对她道，"你回去告诉六婶祖母和六婶母，关于谢惜和秦倾的婚事儿，哪怕林太妃去求，皇上恐怕也不会应承。"

谢伊不解："皇上曾经在太妃跟前寄养过一段日子，皇上是很敬重林太妃的，太妃但凡说一句话，皇上都是悉心听从的。"

"林太妃向来不参与朝政之事，与皇上说的事儿，大多无伤大雅。如今你姐姐和秦倾的婚事儿关乎朝局江山，已有忠勇侯府和英亲王府的前车之鉴，哪能再有谢氏六房和八皇子的后车之师？这样的话，我们谢氏难道真要骑到皇室的头上？"谢芳华嘴角扯出一抹冷笑，面纱飘摆间，她的笑容恍惚看不清，"你只要回去将我说的这一番话传给六婶祖母和六婶母。她们会知道该怎么做的！"

谢伊看着谢芳华晃荡在面纱下的清凉笑意，心口有什么温热的东西似乎被冻结了一般。她有些明白，又有些不解，喃喃地道："芳华姐姐，你是说，有了你和姐夫的婚事儿在前，这已经是皇上针对忠勇侯府的一个变数了，不可能再出现第二个与皇室联姻纠葛的变数吗？所以，我姐姐和八皇子的婚事儿是一定不会被准许的了？"

谢芳华不说话，算是默认。

谢伊的脸垮了下来，低声道："不知道八皇子对我姐姐如何想法，可是我姐姐因为这些年帮助我祖母给林太妃书信代笔，由字观人，对八皇子怕是动了心思。若是这事儿真不成的话，我姐姐指不定会如何伤心了。”

谢芳华闻言细微地挑了挑眉。怪不得六房老太太和明夫人左右为难，原来是因为谢惜对秦倾在书信来往中动了心思。

谢伊不知不觉将一杯酒喝完，心头有些郁郁。片刻后，觉得头脑开始发昏，眼前有些蒙胧，她用力地摇了摇头，还是不能清醒，她顿时哭丧着脸道：“芳华姐姐，我好像真的要醉了，看你怎么像是两个人啊！”

“这酒后劲烈，你是要醉了！”谢芳华点头。

“那怎么办？”谢伊勉强支着额头，哭闹地问。

谢芳华放下杯盏，笑了笑，对身后吩咐：“你们俩送伊小姐回谢氏六房。”

“是，小姐！”侍画、侍墨一起上前。

不等二人来到近前，谢伊的头已经歪在了桌案上。二人想着小姐真是会看面相，伊小姐比秦怜郡主还不胜酒力。

谢芳华补充道：“我刚刚对她说的话你们也听见了吧？就如实对六婶重复一遍。”话落，她又不带丝毫情绪地道：“虽然八皇子以后未必参与皇位争夺，但众所周知他与四皇子关系极深。而四皇子呢……”她微微偏头，看了一眼厮杀得更为激烈的秦铮，淡若云烟地道：“四皇子和秦铮向来不对卯。若是谢惜实在喜欢秦倾，这一桩婚事儿倒是可以一试。但是让六婶自己仔细斟酌，若是将来……后果未必是谢氏六房能承受得住的。毕竟谢氏六房向来与忠勇侯穿一条裤子，如今时局不明，背后的手段太多，稍有差错，就会满盘皆输。”

“是！”侍画、侍墨牢牢记下了谢芳华的话。

谢芳华摆摆手。

二人一左一右，架着醉倒的谢伊离开了海棠亭。

亭中只剩下了忠勇侯、秦铮、谢芳华三人。

谢芳华静静地坐着，品着酒，不多时，一杯酒喝尽，她拿起酒壶，再往杯盏里倒。

旁边忽然伸出一只手来拦住她，她抬头，秦铮清俊的脸有一抹奇异的表情，嘴角挂着微微得意的笑容，她有些莫名其妙，问道：“你在高兴什么？赢了爷爷？”话落，瞅了一眼棋盘，不分伯仲，没有看出他赢的势头。

秦铮趁她打量棋盘的空当，伸手拿过酒壶，慢悠悠地笑道：“你三言两语就破坏了秦倾和谢氏六房谢惜的婚事儿，我难道不该高兴吗？”

谢芳华嗤了一声：“这值得你高兴？”

秦铮拿着酒壶给忠勇侯满上酒，又给自己满上，而后将酒壶放在自己身侧，对她笑得意味深长：“我听见你刚刚说秦倾和秦钰关系近，而秦钰和我不对卯。让谢氏六房斟酌这一桩婚事儿。”话落，他啧啧道：“华儿，这难道不说明你心向着我吗？”

谢芳华冷笑：“这样就说明我心向着你了？别太狂妄自大。”

秦铮轻笑，不搭谢芳华的话，抬头问忠勇侯：“爷爷，你说，华儿向着谁？”

“你的媳妇儿，自然是向着你！臭美什么？快下棋！”忠勇侯对他训斥了一声，那话语怎么听怎么理所当然。

秦铮笑了一声，偏头对谢芳华得意地挑了挑眉，扭头继续下棋。

谢芳华看不惯他张扬狂妄的模样，心里微微存了一口气，脑中仔细地回味了片刻，眉头蹙起，须臾，抬手用力地揉了揉。

到底是……习惯是一件可怕的东西……

一个时辰后，侍画、侍墨重新回到海棠亭，见忠勇侯和秦铮依然在下那一局棋，仍未分出输赢。而谢芳华趴在火炉旁的桌子上，似乎睡着了。

二人脚步放轻，来到谢芳华身边，不知道是不是该喊醒她禀告事情。

“她睡着了，若不是什么大不了的事情，等她醒来再说！”秦铮刻意压低了声音，对二人吩咐道，“去给她取一件披风来，免得受风。”

侍画、侍墨后退了一步，齐齐点头，出了海棠亭。

不多时便取来了一件披风，轻轻地搭在谢芳华的身上。

谢芳华呼吸均匀，睡得纯熟。身边是她的爷爷和秦铮，她的心似乎分外的踏实，往日稍微有动静就能惊醒的她，如今全然没有动静。

忠勇侯和秦铮下棋落子的声音也不由得轻了。

半日一晃而过，海棠亭再无人来打扰。

睡了大约两个时辰，晌午的时候，福婶前来海棠亭喊午膳，才惊动了谢芳华。

谢芳华睁开眼睛，侍画、侍墨陪在她身边，忠勇侯和秦铮一局棋已经下到了尾声。她瞅了一眼，对秦铮不满地道：“不懂得尊老爱幼吗？你可真敢赢！”

秦铮身子靠在椅背上，知道她醒来，扭头瞅了她一眼，懒洋洋地道：“若对面的这个老头不是爷爷，我早就赢他了，哪里至于一局棋陪他磨叽到晌午才敢赢。”

“臭小子！”忠勇侯挥手推了棋盘，胡子翘了翘，骂道，“到底还是有点儿眼力价！我老头子这么多年，吃的盐比你走的路都多。刚刚摆上棋局，我就知道你的水深浅。我就要看看你能忍到什么时候赢我。到底是忍了半日，算你识趣！”

秦铮耸耸肩：“你的棋下得实在不怎么样。我就怀疑了，当年的老右相据说棋艺堪称一绝，寻常人在他手中过不了三招，而你能与他下个平手。如今我看你这样的臭棋，想必那位老右相的棋艺也不怎样！棋艺的名声，纯粹是沽名钓誉。”

“胡说！”忠勇侯大手一拍桌子，桌子发出嗡嗡的响声，他吹胡子瞪眼道，“我棋艺虽然不怎样，但是已经作古了的右相老儿棋艺却是真正的精湛。那时候啊，满朝文武敢赢右相的，除了先皇，也就是我了。先皇棋艺高绝，而我呢，棋走偏锋，加之运用兵法，时而诡辩狡诈。虽然下不过那老儿，却能将他唬住那么几下子。况且，他找我下棋，不是为下棋，他就是要故意赢了我，将我激怒，我们俩大打一架，活动活动筋骨，这才是他的目的。”

秦铮挑挑眉，一副不大相信老右相棋艺好的模样。

“臭小子！你还是个毛没长齐的黄毛小儿，竟敢藐视先辈！”忠勇侯看着秦铮的模样彻底怒了，“如今的右相可未得那老儿真传，听说他孙子倒是得了他真传，棋艺高绝。”话落，他大喝一声：“来人，去右相府将李沐清那小子给我喊来！”

“喊他做什么？”秦铮竖起眉头。

“将他喊来你俩过过招！李小子若是能赢了你，你就知道那老儿不是沽名钓誉了。”忠勇侯哼了一声，对被他喊出来的侍卫催促：“快去喊！无论那小子在做什么，都将他给我拖来忠勇侯府。”

侍卫得到忠勇侯的命令，不敢耽搁，立即出了海棠亭，前往右相府。

秦铮对忠勇侯甩下脸，脸色难看地道：“就算是他来了，也下不过我。”

忠勇侯挥起大手，照着秦铮的肩膀给了他一巴掌。训斥道：“臭小子，你不待见李小子，心里打着什么弯弯绕我清楚。不过呢，我老头子可不管你打的什么弯弯绕，你藐视死去那老东西的棋艺就是不行。别看那老东西生前我看他不顺眼，死后嘛，也不准你污了他的名声，说他棋艺不精，沽名钓誉。”

秦铮没躲，着着实实挨了忠勇侯一巴掌，肩膀被他铁手打得一疼，牵动了旧伤，他顿时唔了一声，伸手捂住了肩膀。

谢芳华心思一动，想起了他的旧伤，抬头向他看来。

“臭小子！别告诉我你跟纸糊的一般，不禁捏！”忠勇侯看看自己的手掌，他刚刚的力道虽然用得大，但秦铮可不会如寻常人一般柔弱。

秦铮眉头拧成一根麻花，额头有细微的汗溢出，看着忠勇侯，一时间似乎疼得说不出话了。

“怎么了？你真跟纸糊的一般？”忠勇侯见他着实疼痛，不像作假，顿时竖起眉头。

秦铮摇摇头，抽开手，动了一下胳膊，又咝了一声，不敢再动。

“你受了伤？”忠勇侯板起脸，说了一句，随即觉得不对，又改口道：“不对，不是我打伤的，是你的胳膊本来就有伤？”

秦铮无奈地看着他：“您这老头怎么说打就打？虽然您老了，不能上战场了，但是这功夫可没落下，每日都练功吧？当年军营送您铁手神掌的称号至今还有人提起呢！而且还用了这么大的力气，您这是要废了您孙女婿的胳膊吗？”

忠勇侯一噎，嘎嘎嘴角：“你这个臭小子，我老头子哪里知道你胳膊受伤了？”话落，看着他，怀疑地道：“你这小子心眼子多，最会做戏，别是如今在这里装模作样。”话落，又道：“你不是向来反应灵敏吗？怎么不躲开？”

“您找来让我不待见的人，我心中正郁郁，哪里想到躲？”秦铮没好气地道，“再说，我敢躲吗？”

“你连在皇上面前都敢说翻脸就翻脸，你爹娘打你你都敢躲，我一个老头子，你怎么就不敢躲了？”忠勇侯不满地瞪着他。

秦铮叹了口气，偏头瞅了谢芳华一眼，见她静静坐在那里，无动于衷的模样，眼底闪过一抹受伤，恹恹地道：“我自小得皇祖母喜欢，在皇叔面前皮惯了，皇祖母都纵容我，是以，我不怕皇叔。而我娘惯着我，我躲她也不生气。我爹嘛，他若是敢动我一根指头，我娘就与他翻脸，他自己也不敢太过分，我也不怕他。至于您嘛，您的外孙女我不还没娶到手吗？哪里敢躲？”

忠勇侯无言以对，看了他片刻，见他本来还张扬的模样如今如霜打了的茄子，他哼了一声，偏回头，对谢芳华道：“丫头，你过来给他看看伤势！”

谢芳华坐着不动：“爷爷，我不是太医。”

“但你是大夫！”忠勇侯道。

谢芳华眼皮动了动，摇头：“爷爷，您糊涂了？我也不是大夫，若是大夫，我自己的病怎么治不好？还需要跑去法佛寺祈福求平安？”

“你大病多年，吃了无数药方，都说十年磨一病，不懂医术也成医。你磨蹭什么？快点儿过来给他看看！”忠勇侯催促她，不容拒绝地道，“让你给我俩温酒煮海棠，你偏偏睡着了，一壶酒喝完后，铮小子怕吵醒你，自己动手煮了下一壶，还吩咐婢女给你拿了披风盖上怕你受风。你倒好，半丝不领情！”

谢芳华伸手揉揉额头，尽量让自己镇静：“爷爷，孙女就算和他有了婚约，但也还要三年后大婚，这闺阁礼数可不能废。您如何让我一个女子近身检查男子的伤势？这可不是倒一壶酒，指使人拿个披风那么简单！”

“这里没有外人！有了婚约以后就是一家人了！有爷爷在，你还怕谁说闲话不成？你身为忠勇侯府的小姐，是要守得闺仪，但也不能被礼数束缚，过于死板。”忠勇侯训诫她，“事急从权，如今去喊太医，不仅耽搁工夫，还破坏下棋的乐趣。你就别废话了！快点儿！”

谢芳华揉额头的手顿住，无言反驳，抬眼看秦铮。

秦铮静静地瞅着她，不张扬嚣张的时候，他就是个安静的少年，清俊风流，瑰姿洒意。只是，这样的少年，安静的时候，身上也带着一丝危险，让人不敢轻易靠近。

谢芳华忽然想起昨日在英亲王府碧湖暖阁的榻上，他给她从怀中找药，面纱下的脸不由得红了，有丝丝灼热。这时忠勇侯又催促了一句，她闭了闭眼睛，慢慢地站起身。

秦铮见她起身，安静的目光动了动。

谢芳华来到秦铮面前，压制住所有情绪，对他面无表情地道："将袖子撸起来。"

秦铮摇摇头，用那只好手臂托着受伤的手臂道："动不了了，你帮我吧！"

谢芳华蹙眉，打量他的神色，见他不像作假，伸手挽起他的袖子。

虽然是初春，但京城温暖，秦铮又是男子，从立春之后就换上了春裳。是以，他穿得不多，除了外衣便仅穿了两件里衬。锦袍内，是干净的丝缎软袍。

谢芳华挽起他的外衣，便看到干净的丝缎软袍上浸湿了一片血迹，她顿时皱起眉，正是上次她砍伤的地方。按理说，这么久，该痊愈了才是，不至于被忠勇侯一巴掌就打得旧疾复发。她抬手又慢慢地挽起了他里衬的软袍。

入目处，一道伤口十分明显，疤痕脱落了一半，还留一半，此时，正在流血。

流出的血不是纯粹的鲜红，而是有细微的血水，说明里面有些溃脓，根本没仔细地打理过。

谢芳华的脸顿时沉了下来，对他冷冽地道："英亲王府不是没有好药吧？你这伤十多日了，按理说，抹上跌打创伤的好药，总该好了，偏偏如今还未曾好。你这些日子做什么了？不知道好好打理伤口？"

秦铮看着她，她戴的面纱轻薄，她站着，他坐着，抬头间，正好能从面纱垂落的缝隙看到她板起的冷冽的脸。虽然那脸色极度难看，却让他心头微微一暖，但也不敢表现出来，无所谓地道："小伤而已，哪里用得到好药？若不是今日爷爷打了我一掌，也不至于旧伤复发。"

谢芳华眯起眼睛："小伤？"

秦铮笑了笑："是啊！小伤。"话落，他盯着她，又补充道："这一道伤疤若是不上药的话，应该就会落下疤痕吧？我觉得，为了记住砍伤我的那个人，让她以后见到这道伤口都能记住曾经做的事情，而我自己呢，伤疤落在这条胳膊上，我日日看着，也能牢牢地记住。所以呢，不上药打理，我觉得挺好。若是上了药，抚平了痕迹，反倒不是太好。"

谢芳华身子一僵，想起那日她的初吻，还有后来他的强吻，顿时甩开他的手，撇开头，僵硬地道："既然你要记住砍伤你的人，那么就让这条胳膊溃烂掉了岂不是更好？还包扎它做什么？"

秦铮看着她道："不行，若是溃烂了的话，我以后就不能抱你了。毕竟我们三年后要大婚，一辈子长得很。这条胳膊呢，虽然是我的，但也算是你的。我是你未来夫君，我没有了胳膊，岂不是等于你少了一条胳膊？"

"歪理！"谢芳华嗤笑了一声，不屑一顾，"三年本来就长，说一辈子更是远了。"话落，她冷清地道："铮二公子，别想得太远！谢芳华能不能活到那时候还是未知数。"

秦铮本来有些暖意的脸闻言倏地一沉，目光染上一抹青黑，看着她，感觉到她从心里溢出的冷木，他抿了抿唇，沉默了一瞬，忽然转头对忠勇侯告状："爷爷，您听听她说的是人话吗？您、子归兄、我、我娘，都费尽心力地要给她祈福，找神医，治好她的病。偏偏她自暴自弃！简直是令人可恼！"

忠勇侯本来看了二人半天，察言观色，从二人神色，对秦铮伤口的来源有了大概的认知。见秦铮对他告状，他哼了一声，对谢芳华骂道："何止不是人话？简直是鬼话连篇！臭丫头，以后再不准你说这种话！三年长什么长？眨眼就过去了！一辈子也没你想象的那么远，我老头子活了一辈子，眨眼间就这么大岁数了！你以后不准再给我说这种话！铮小子哪里不好了？你将来嫁给他，是你的福气！"

谢芳华猛地转过头，恼怒地瞪着秦铮。他竟然告状？他多大了？还告状？

秦铮见她看来，对她露出无辜的神色："华儿，我最听不得你说这种话了，我管制不住你，但总有人能管得住你。你听爷爷的话，以后不要再说了。"

谢芳华实在忍不住抬脚想踹他。

秦铮在她刚抬起脚的第一时间，忽然低下头，看着她的脚下。

谢芳华的脚刚抬起，便堪堪顿住，慢慢地将脚尖在地面上碾了碾，对忠勇侯道："爷爷，我看他的胳膊好得很，根本用不着看大夫。铮二公子想落下疤痕，记住该记住的事情，大夫也不能强求不是？就这样吧！"

忠勇侯看向秦铮。

秦铮对忠勇侯叹了口气："爷爷，虽然我想留下点儿痕迹，但没想要废了胳膊啊！您这一掌下来，我的胳膊若是不管不顾的话，怕是真要废了。您愿意您孙女婿少一条胳膊？"

"你个臭小子，少来这一套！"忠勇侯识破他的伎俩，对他厌恶地道，"娶个媳妇儿而已，至于你这日日地绞尽脑汁，用尽伎俩？出息！"

秦铮忍不住咳嗽了一声，偏开了头，似乎自己也觉得颜面无光。

"你们两个，赶快去拿药箱！"忠勇侯吩咐侍画和侍墨。

二人瞅了谢芳华一眼，见小姐没阻止，连忙应声，跑出了海棠亭。

"待拿来药箱，你就赶紧给他包扎。一会儿李家那小子就要来了。这个臭小子是我的孙女婿，若是输给了李小子，我的脸上也无光。"忠勇侯对谢芳华道。

谢芳华不言声。

"哎，若说南秦皇室啊，每一代，也都会出那么一两个痴情的种子。你这个臭小子，还颇有点儿先皇的脾性。”忠勇侯见谢芳华不言语，对秦铮话起了家常，“当年德慈太后，出身将军府，自小受熏陶，就是一副刚硬的骨气。那时候啊，她是个美人，可谓是文武双全。以着当年王家的显赫，根本不屑将女儿嫁入宫门。但是先皇看中了德慈太后，誓必要将她求娶进宫，百般手段用尽，最后总算是抱得了美人归。用的无非是一招，赖皮！”

秦铮翻了个白眼：“爷爷，您在说我赖皮？”

“你的脸皮的确够厚！”忠勇侯糗了他一句。

秦铮哑然。

侍画、侍墨很快就拿来了药箱，同时端来了一盆温水。

“丫头，快点儿给他包扎！”在谢芳华第一天从无名山回来，忠勇侯便见到了她的包扎手法，手法干净利落，让他这在战场上待了半辈子的老将都自愧不如。

谢芳华站着不动。

“老侯爷，奴婢也会包扎，小姐身子骨弱，这等活计，若不然奴婢来做吧？”侍画试探地看向忠勇侯询问。

“不用你！”秦铮伸手一把拽过谢芳华，对她指了指手臂。

谢芳华被他拽到了近前，看着他，挑眉：“你的手不是不能动吗？”

“刚刚不能动，现在好些了！”秦铮悄声道，“你快给我包扎，你还看不出来吗？老头子爷爷喜欢我，若是你不给我包扎，他是不会放过你的。”

谢芳华冷眼瞅着他，得寸进尺，缠人到这种地步，他秦铮是连半点儿脸面都不要了？

“脸面这种东西，我向来觉得无用至极，不能当饭吃，更不能娶媳妇儿。”秦铮对她露出笑容，声音不由得变得轻软，低声道，“华儿，你也累了吧？若是不想一会儿李沐清来了看到你我如此，累及你的闺誉，你就快点儿，给我包扎完，我准你回房。”

谢芳华冷笑：“我做什么还用得着你准许了？铮二公子，我是谢芳华，你看清楚了，我不是你的听音。”

“哦，你不说听音，我还真给她忘了。昨夜，她非要研究棋谱，我准许她研究了一整晚，不知道最后一局棋研究明白没有？若是还没明白，那今晚我看她又不用睡觉了。”秦铮似乎恍然想起听音。

谢芳华从他话语里听出昨日他定然为难品竹了，顿时咬碎了银牙，对他骂道：“你除了会威胁人，还会做什么？”话落，低声咬牙切齿地道：“秦铮，你真以为我拿你无可奈何了是不是？屡次得寸进尺？”

秦铮见她真的怒了，身子向后仰了仰，看着她，十分无奈地道：“华儿，你怎么就不明白呢！是你拿我无可奈何，还是我拿你无可奈何？”

谢芳华瞅着他，一时间胸口微微起伏。

秦铮也看着她，眸光轻轻悠悠。

二人对视半晌。谢芳华伸手推开他拽着她的手，秦铮抓着不放。谢芳华用了些力道，他竟然还加大力道拽着，她顿时气恼："你不松手，我怎么给你包扎？"

秦铮闻言缓缓地笑了，慢慢地放开她的手臂。

谢芳华不再看他，挽起袖子，露出两截手臂，虽然吹了漠北的风雪八年，但京城水土好，本来有些微粗糙的肌肤被落梅居的好穿好戴好吃好喝养回来了几分。正午明媚的阳光照耀下，肌肤凝脂如玉，白皙细致。

秦铮微微怔住，整个人一瞬间静了静。

谢芳华不看他，就着侍画端来的水盆为他清洗伤口，很快就将血水洗掉，然后拿过煮了海棠的酒又将伤口洗了一次，然后拿过药箱，将上好的膏药抹在他伤口上。做完这些，她扯过包扎的缎带，利索地给他缠在胳膊上。

秦铮在她用缎带缠上他胳膊时才回过神来，说道："你给我抹的是不留疤痕的凝脂膏？"

谢芳华看了他一眼，停下手："不想用的话，你可以现在重新将药洗了，我不会再管你。"

秦铮似乎心里做着抗争，对她道："我是要留着一道疤痕的。你刚刚没听清吗？怎么给我用这么好的药？"

谢芳华嘲讽地看着他："这里是忠勇侯府，铮二公子，你坐的地儿本来就没有差药。若是真不想用，可以回你的英亲王府。"话落，她伸手指了指，"大门就在那里，你胳膊虽然伤了，但是好腿好脚，总能走回去。或者去太医院找孙太医。他听你的话，你不让他用好药，他绝对不敢用好药。"

秦铮皱眉，为难了片刻，叹了口气，有些伤感地道："算了！虽然违背了我的初心，但到底是你亲手给我包扎的。就这样吧！"

谢芳华闻言心里狠狠地骂了他一句，将最后一个结给他系死，才罢了手。

这时，有两个人的脚步声从外面传来，二人脚步声都轻浅，显然都是武功极好之人。

谢芳华凝神静听了一下。

这两人的脚步她都熟悉。正是谢墨含和李沐清。

第三十章
战书

京　门　风　月

“小姐，老侯爷、铮二公子，是世子和右相府的李公子来了。”侍画低声禀告道。

秦铮偏头向门扉处看了一眼，忽然伸手拽下谢芳华挽起的衣袖，本来华丽的锦绸挽起得就松软，被他轻轻一拽，绸缎的衣袖垂落，盖住了她露在外面的手臂。

谢芳华一怔，收回视线，看向他。

秦铮自然地瞥了她一眼，漫不经心地将自己的衣袖拂落，若无其事地道：“如今李沐清来了这里，算是外男吧？你与我是有婚约之人，到底是不方便见他。我见那边有一道小门，你从那里走出去，避开吧！”

谢芳华瞅着她，现在他知道顾忌她闺中礼数了？

“爷爷，你说我说得对不对？华儿是不是该避开？”秦铮偏头问忠勇侯。

忠勇侯嗯了一声，对谢芳华摆摆手：“半日都陪我们在这里，你也累了，回去吧！含儿也来了，刚到晌午，这个时间李小子怕是还没吃午膳。午膳你自己在房里吃，我们就让人端来一起在这里用膳了。”

“爷爷，若是就外男不能进内苑的闺阁来说，就不该让右相府的李公子进来。不如您带着他们回您的荣福堂，或者去哥哥的芝兰苑更好！”谢芳华建议。

“行！”秦铮不等忠勇侯说话，也不腻在海棠苑了，痛快地站起身。

忠勇侯咕哝了一句“啰唆”，但似乎也觉得小辈们的感情之事不宜太多纠缠。这个臭小子如防狼一般地防着李沐清，也是有缘由的。而右相府的那个臭小子李沐清屡次三番地与他孙女有交集纠缠，未必就是个好惹的，背地里的心思，怕是只有他自己明白。他如今感觉自己老了，禁不住折腾了。所以，还是不要再节外生枝多惹麻烦的好。于是，二话不说，也同意地站了起身，极给秦铮做脸。

谢芳华见此，已经对忠勇侯失语了，眼见谢墨含和李沐清走在门扉处，她对侍画、侍墨吩咐：“拿了药箱，收拾一番，我们回房。”

“是！”二人连忙动手收拾东西，动作极快，转眼便收拾好了。

这时，突然一阵风刮来，轻薄的面纱被风卷起，掀飞了出去。

谢芳华伸手，没来得及拽住。

秦铮也同时伸手，却因为那一阵风来得太突然，可谓是平地起风，他没料到谢芳华的面纱会被风吹走，等反应过来，慢了半拍，伸手去抓，也没够到。

面纱顺着风竟然吹向了门扉处。

谢墨含一怔。

李沐清正巧走来，伸手抓住了面纱。

在他抓住面纱之后，那一阵风过去，海棠亭内外除了被风卷起飘在半空中的海棠花瓣，再无多余动静，也无人声。

谢芳华一张倾国倾城的容颜就那样暴露在了飘飞的海棠花瓣下。

李沐清有一瞬间的痴然，口中不自觉地低声道：“春风吹起海棠雨，世间安得一绝色。”

虽然他声音极低，但是谢墨含距离他最近，听得了个清楚，猛地回神，看着他。

李沐清骤然惊醒，倏地收回视线，食指掩住唇瓣，低低地咳嗽了一声。

谢墨含清楚地看到他俊逸的脸庞有一丝不自然和细微的红晕，正午的阳光下，有些炫目。他心底暗暗一惊，看着他手中的轻纱，皱了皱眉，忽然对海棠亭里的人儿训斥：“妹妹，你身子不好，怎么还待在这里吹风？还不赶紧回房？受了寒怎么办？又要病几日了。”

谢芳华虽然没听清李沐清说的话，但她懂唇语，还是看明白了他说的话。心思微微触动，缓缓地背转过身子，对侍画、侍墨冷静地道：“侍画扶我回房，侍墨去取回面纱。”

“是，小姐！”侍画立即扶住谢芳华，搀扶着她从那条不怎么走的小路向小门走去。

侍墨瞅了秦铮一眼，见他脸色难看地盯着李沐清，连忙收回视线，向李沐清走去。

她刚抬脚，秦铮忽然抬步，也走向李沐清。

只有一条路，侍墨自然赶紧给他让路。

秦铮脚步不是太快，但也不慢，不多时便来到了门扉处，阴郁地看了李沐清一眼，对他伸手，沉声道：“拿来！”

李沐清慢慢地抬起头，放下掩在唇边的手，神色恢复自然，看着秦铮阴郁的眼神，浅浅一笑：“秦铮兄，当初我也是想求娶忠勇侯小姐的，却被你捷足先登了！但愿，这三年，你守好了她，别出变数。否则，正如你所说，兄弟夺女人，真要问问手中的剑了。”

秦铮闻言，眸光瞬间凌厉地看着李沐清。

李沐清面容平和，含笑温润地看着秦铮。

两个人中间有某种气流交汇，连站在二人旁边的谢墨含都感觉到了雷雨之势。他不由得暗暗心惊。若说秦铮因八年前看中了他的妹妹的话，那么李沐清这是为何？总不能因为刚刚的一眼便一见倾心吧？

不过基于除夕之日他跟随她前往法佛寺，数日前又伴随她前往清河崔氏来说，早有交集纠缠，恐怕不是一见倾心这么简单。

他一时间也有无数不解。

过了半晌，秦铮忽然勾唇笑了，笑容如春风拂面，意气风发地道："李沐清，兄弟一场，爷早就知道你是个人物。今日爷就接下你的战书了！不过，若是到头来你被我的剑砍得难看，可不要怪我不顾兄弟情谊。"

"好说！"李沐清微微一笑，端的是君子风度。

秦铮轻哼一声，伸手去拽他手中的面纱。

李沐清扬手轻巧地躲开，同时，面纱在他手中变成了一个花团，他笑道："这个被风吹到我手里，也算是天意，我就留下了。"

秦铮忽然眯起眼睛，凛冽地道："被风吹起你拾到就能据为己有？不物归原主吗？"

李沐清摇头："若我没记错，秦铮兄和芳华小姐只不过是订了婚约而已，若是大婚，还要三年，她还不算是你英亲王府的人。这个面纱，还不算是你的私有物。我就算留下也不算是失礼。若是她想拿回，只管找我来取就是！"

话落，他将面纱往袖中收去。

秦铮忽然催动功力，一股气劲凌厉地打向李沐清的手。

李沐清若是不躲避，必定手臂废掉，他瞬间错开两步，躲避秦铮的气劲。但气劲是无形的，而且秦铮突然发力，即便他躲得及时，未伤到他的手臂，但他的半截衣袖和手中的半截面纱已经化成了灰，灰烬转眼间便随着微风飘走了。

事情发生不过是转眼之间。

李沐清站稳脚步，低头便看到自己残破了半截的衣袖和手中抓住的只剩下半截的轻纱。他静了一瞬，抬眸看向秦铮。

秦铮冷眼看着他："爷的东西还从没有不经我允许就落入别人手的道理，兄弟也不例外。"

李沐清闻言轻轻动了动眉梢，缓缓地笑了："秦铮兄，做人还是不要太张狂霸道的好。好好的面纱，被你这么给毁了，稍后若是芳华小姐来找我要，你让我拿什么来交代？"

秦铮嗤笑一声："少给爷来这套！我认识你也不是一日两日了。人人传你有君子之风，实际上不过是继承了右相府狡诈若狐的门风而已。"

"嗯，这话我倒是同意！右相府出身的人，一直是狡诈若狐。老一辈作古了的那个死老头子，这一辈的右相李延，如今你这个臭小子，果然也有着不输你祖辈的风骨。”

忠勇侯此时来到了门扉处，接过秦铮的话，看着李沐清，大手拍拍他的肩膀笑道，“好小子！难得你看起来彬彬有礼，却是能明摆着跟秦铮这个小魔王斗上一番。我老头子算是没看错。不知道你的棋艺是不是也能继承你祖父，胜他一筹？”

李沐清这些年跟谢墨含也算是熟识，交情不错，是以时常在忠勇侯府走动，对忠勇侯自然也算熟稔，见忠勇侯来到，他拱手见礼，微笑地喊了一声：“谢爷爷！”

忠勇侯摆摆手：“我不在乎这些礼数，我就问你，你棋艺如何？得没得你祖父真传？”

李沐清本就通透，听他如此说，对找他来的事情也猜出来了几分，谦逊地笑道：“祖父教导我几年，不敢说尽得他真传，但能悟透祖父棋风的十之八九。”

“嗯，有十之八九也是不错了。”忠勇侯指指秦铮，当着俩人的面，不客气地问：“你的棋艺，能不能下得过这个臭小子？”

秦铮冷哼一声。

李沐清看着秦铮，似乎揣摩了一番，笑着回话：“这么多年，我虽然和秦铮兄、子归兄交好，但还真是未曾领教过两位的棋艺。不知几何。”

“那正好！今日我老头子给你们俩坐镇，你们俩就比试一番。”忠勇侯本来就有兴致，此时闻言更是兴致大增，大掌拍了拍李沐清肩膀，对他道，“我说你爷爷当年棋艺了得，堪称一绝，举南秦京城无敌手。他偏偏不信，不屑一顾，说跟我下棋的人都是臭棋篓子，说你爷爷沽名钓誉。今日，你就好好地和他下，使出你所有的本事，别客气。否则，你若是输给了他，我老头子和你九泉下的爷爷也跟着你没面子。知道吗？”

李沐清瞅了秦铮一眼，笑得温和：“知晓了！”

“走吧！这里毕竟是我家小丫头的闺阁，我们一帮子爷们儿，不适宜多待，扰了她清静。含儿，去你的院子。”忠勇侯对一旁一直没插话的谢墨含吩咐，“让侍书告诉福婶，将饭菜送一份来海棠苑给小丫头，其余的都送去你的院子。我们在你的院子用膳。”

谢墨含点点头。

忠勇侯大步往外走去。

秦铮站着没动，看着李沐清手里的半截面纱道：“若是今日下棋你赢了，这半截面纱爷我准许你带走。若是你输了，这半截面纱给我。如何？”

李沐清笑看着他：“秦铮兄觉得自己的棋艺能赢得过我吗？”

“不试试怎么知道？”秦铮冷眼瞅着他。

李沐清伸手抖了抖半截面纱，不经意地道：“这赌注我不觉得对我有利，毕竟这面纱如今在我手里，而不是在你手里。若是我赢了，这块面纱准许我带走外，是不是也该从你手里拿出一样东西做赌注，准许我带走？”

“果然是狡诈！”秦铮骂了一句，将手中的岐山白玉棋掂了掂，“你若是赢了爷，这个棋爷送给你。”

“这样就公平了！”李沐清笑着点头。

秦铮瞪了他一眼，大踏步跟上忠勇侯，出了海棠苑。

侍墨清楚地看到二人因为争夺面纱而动了手，也清楚地听到二人拿那半截面纱做赌注。如今看着李沐清手里的半截面纱，不知道该不该再开口上前要回。

“这位姑娘，刚刚我和铮二公子的赌约你应该也听到了，这面纱我暂时是不能还给你家小姐了。”李沐清对侍墨笑了笑。

侍墨看向一旁的谢墨含。

谢墨含对侍墨摆摆手：“你先回去吧！”

侍墨得了命令，点点头，给二人做了个福礼，退了回去。

谢墨含转头看向李沐清：“沐清兄，你这是何意？”

李沐清面色坦然，眸光情绪难辨：“子归兄，就是你看到的意思。”

谢墨含眉头拧紧，疑惑难解地道：“吾妹体弱，旧疾缠身，多年来从未踏出过府门，按理说，她这样的女子，满京城都无人喜欢才是。如今皇上已经给她和秦铮兄圣旨赐婚，你这样岂不是会困扰自己也困扰她？”

李沐清如玉的手轻轻地攥着面纱，面纱丝滑，他情绪难辨的眸中染上一抹深意，淡淡一笑：“子归兄，正因为她是这样的女子，满京城才只有她一个。”

谢墨含抿起唇，打量他神色，愈发觉得难懂。

李沐清勾了勾嘴角：“子归兄，你不觉得这样才有意思吗？人若是无欲无求，还有什么滋味？”话落，他有些低沉地道：“生长在右相府，我看惯太多事儿，名利不过云烟，唯那一心人难求。”

谢墨含本来还想再说什么，闻言一时失语，不知再如何开口。

“走吧！”李沐清轻笑一声，对他道，“子归兄，你也不必因此多增添心思，若是秦铮能守得住，那么谁也求不来。若他守不住，那么，不止是一个我。”

谢墨含无言以对。

“春风吹起海棠雨，世间安得一绝色。被世人晓得，也不过是早晚之事。秦铮早了一步，我早了一步，并不代表晚了那一步的其他人就没有争夺之心和能力。”李沐清回头向海棠亭看了一眼。早先那一幕，他自己知道，恐怕再也挥之不去了。

谢墨含暗暗叹了口气，点点头，不再说话。

不多时，一行四人先后离开了海棠苑，向芝兰苑走去。

谢芳华回到房中，站在窗前，透过轻薄的帘幕，颦眉目送着四人先后离开，一时间，心思难言。

关于李沐清，夜闯法佛寺，千里走清河，京城十里外除夕夜里落脚的那间面馆吃面，远离京城他自己那处别院的亲手下厨。从清河崔氏二老爷书房暗道出来时背着她走了一两个时辰。

这些事情发生之时，她措手不及，但发生之后，却未对她造成困扰。

就像是他的人一般，谦逊温和，君子之风，在正好的时候出现，陪着她做了正好暗中做的不能为人所知的事情。

有些事情，她不能让秦铮知道，而李沐清却可以。

侍墨走进屋，来到谢芳华身后，犹豫了一下轻声开口："小姐！面纱……"

"没要回来吧？我知道了！"谢芳华摆摆手。

侍墨一怔，看向一旁的侍画。

侍画对她摇摇头，她也不明白小姐是怎么知道的。

"到了李沐清手里的东西，是难要回的。"谢芳华情绪不明地给二人解惑。

二人恍然。

侍墨思索了一下，还是道："铮二公子将面纱毁了一半，同时毁了右相府李公子的半截衣袖。如今二人以棋局做赌注论输赢。若是铮二公子棋局上赢了李公子，面纱则铮二公子拿回，若是李公子赢了铮二公子，那么，铮二公子将他的岐山白玉棋输给李公子。如今人已经去了世子的芝兰苑了，老侯爷做裁判。"

谢芳华回转身，不由得笑了："我倒也想知道他们谁赢了！"

"小姐？"侍墨讶然地看着谢芳华。

谢芳华不以为意地摆摆手："一块面纱而已，忠勇侯府多得是！"话落，她吩咐二人："用午膳吧！"

二人对看一眼，见小姐真的不在意，便齐齐出去端饭。

不多时，海棠苑的正屋里便飘出了饭菜香味。

谢芳华一个人安静地吃了午膳，之后，便懒洋洋地躺在美人靠上拿了一卷书看。

侍画、侍墨二人收拾了碗碟，悄悄地退出了正屋。

一个时辰后，谢芳华看得累了，对外面问："去哥哥的院子问问侍书，他们的棋下得怎么样了？谁输了谁赢了？"

二人应了一声。

谢芳华放下书卷，整个身子躺在美人靠上闭目养神。

过了大约两盏茶，侍画从外面走回来，站在门口，低声道："小姐，奴婢去了世子的芝兰苑，怕被里面的人察觉小姐关注他们的动态，便没进去，让人喊了侍书出来悄悄问的。侍书说如今铮二公子和李公子的棋局正在下着，老侯爷和世子旁观。芝兰苑里静悄悄的，他们的棋艺都太高，且棋局风云变幻的，如今还什么也看不出来。没有谁输谁赢的势头。”

谢芳华闻言笑了笑：“那就是半斤八两了？”话落，懒洋洋地道：“行了，你们都去休息吧！等他们散场了，再来告诉我结果得了。”

侍画点点头。

谢芳华安静地闭着眼睛躺着，不知不觉又犯起了困意。

似睡非睡间，一个人脚步匆匆地闯了进来，紧接着，侍画低喝：“听言，你乱跑什么？动静轻点儿，小姐在看书。”

她话落，外面跑来的脚步顿时放轻了，听言的声音小声地传来：“侍画姐姐，我听说我们家二公子来了？是不是？”

“你今日跑哪里去了？铮二公子何止是来了，今日在咱们海棠亭坐了整整半日呢，本来是小姐吩咐你看顾海棠，可是整整半日，你连影都没露！”侍画低声训斥听言。

听言闻言顿时苦下脸：“我被崔意芝给骗出去了嘛，出府了一趟，刚刚回来。听说二公子一大早就来了咱们府，我就赶紧过来问了。”

“你要记住，你如今是咱们忠勇侯府海棠苑的人，不是英亲王府落梅居的人。你家二公子已经将你送给我们小姐了，不要再口口声声你家二公子了。”侍画警告他，“再让我听到，就罚你不准吃饭。”

“哎呀，侍画姐姐，你好厉害！”听言垮下脸，“好，好，我记住了。咱们家小姐救了我一命，我铭记在心。不过咱们小姐三年后要嫁给二公子的，早晚都是一家人，我如何称谓，也是没关系的了。”

“怎么就没关系？一日没大婚，一日就不做定准。这是小姐说的话。你给我记住了。”侍画声音有些严厉，“若是记不住，罚你不吃饭是轻的！”

听言身子哆嗦了一下，有些委屈地点点头：“知道了！”

“你刚刚说你被崔意芝骗出去了？”侍画回过神，问正事儿，“是清河崔氏的二公子？也就是你同父异母的弟弟？”

听言点点头，有些郁郁地道：“是他。”

“他怎么骗你出去了？他找你做什么？”侍画低声问。

听言犹豫了一下：“嗯……也没有大事儿，就话了些家常……”

“他找你话家常？”侍画看着听言的神色，明显不信。据她了解，清河崔氏二公子可不是个善类。

“听言，你进来！”谢芳华本来不想理会，但听他说起崔意芝，蓦地想起两日前，在英亲王府的梨花轩里，崔意芝说要住去秦铮的落梅居，但是后来并没有去，而且在英亲王府也没有看到他。如今他找听言做什么？

听言突然听到谢芳华的声音，吓了一跳，抬头看向里屋，只见里屋安静，他偏头看向侍画。

“小姐喊你呢，还不赶快进去！”侍画上前一步，打开了房门。

听言有些紧张地迈步，进了门槛，入目处，画堂的屏风阻隔，远远的，一排水晶帘和华丽的九尾烟罗帐，里面的美人靠上，隐约躺了一个人。

他不敢再探望，立即垂下头，喊了一声：“芳华小姐！”

“你说崔意芝找你？骗了你？他是如何找你的，找你做什么？具体说来！”谢芳华声音寻常，却有一股不容置疑的味道，“若是你不实话实说，我就将你送回清河崔氏给他吧！”

听言吓得面色一变，连忙摇头：“您可别将我送回清河，我是打算一辈子也不回去的。清河那个家就是一个狐狸窝，哪里有这里舒服自在？我不回去！”

“嗯，你知道这里舒服自在就好。说吧！”谢芳华满意地点点头。

听言嘟起嘴，再不敢隐瞒，实话实说：“今日清早，英亲王府一个负责内院采买的婢女通过忠勇侯一个交好的老乡来给我传话，说二公子在来福楼，要见我。我一听说二公子要见我，以为有什么事情，就从后门口出府去了。到了来福楼之后才发现，哪里是二公子？而是崔意芝。您知道，这么多年，他没来过英亲王府，虽然是我弟弟，我也不识得他。后来他自报其名，我才知道是他，当即就有些恼怒。但他说知道我如今是您的人，不好明面上来找我，若是找我，得通过您，除了麻烦之外，还怕扰了您清静，便假借了二公子的名字，骗了我出去。”

谢芳华点点头，没说话。

“他问我一些关于二公子的事儿，也问了我一些关于二公子的婢女听音的事儿。还问了一些芳华小姐您的事儿。”听言继续道。

谢芳华嗯了一声。

“真的就是这些事儿！我没骗您。”听言道。

“你都对他说了？”谢芳华淡淡问。

听言摇摇头，立即反驳道：“他因为有那样一个手段多样的娘，从娘胎里就长了一副弯弯绕的肠子。我虽然没自小跟他在一起长大，但关于他和他娘的事迹也听到一些。我才不相信他，无论是他问什么，我自然是都不说的。”

“据我所知，崔意芝可是一个不达目的不善罢甘休的人！既然骗你出去，总要从你口中套出些话才会作罢，否则他能轻易放你回来？”谢芳华扬眉。

听言顿时恨恨地磨牙，恼道：“您说对了！他见套不出我的话来，竟然给我下了迷幻药。在我神智不清的时候，逼问了我很多事情。”

谢芳华眯起眼睛：“你如今可还记得都对他说了什么？”

听言挠挠脑袋："我不太记得了！"

谢芳华透过水晶帘看着他，眉头不由得皱起。

"不过，我肯定没将我家公子的隐秘事儿告诉他，只是听音姑娘的一些事情我可能说了。对于您的事情，我才来海棠苑没几日啊，知道的都是鸡毛蒜皮点的小事儿，就算说了，他也听不出个所以然来。"听言道。

"你确定？"谢芳华询问。

听言立即保证："我确定。"话落，他嘿嘿一笑，得意地道："芳华小姐，您怕是还不知道吧？我和二公子自小都做过特殊的训练。关于这种迷幻药逼口供的事情，我们绝对能做到一点儿缝隙也不外露。"

谢芳华忽然笑了："若是这样的话，崔意芝是当真没问出什么来了？"

"嗯，就算问出些事儿，也是无趣的小事儿。因为我身体早就服过天山雪莲，再加之二公子自小就给我吃了些抵抗迷幻类药物的药，所以，我虽然中了迷幻药，但也不过是一炷香的时间就能醒过来。一炷香的时间他也问不出多少东西。"听言肯定地道。

谢芳华点点头："崔意芝如今在哪里？还在来福楼？"

"我出了来福楼时他还是在的。"听言道。

谢芳华摆摆手："秦铮如今在芝兰苑，你要见他就去芝兰苑吧！"

听言见谢芳华这样轻易地就放了他去找秦铮，顿时高兴地扯开嘴角笑了，连连道谢，转身跑出了房门，一溜烟便跑出了海棠苑。

侍画看着听言跑出去，暗自摇摇头，听言到底是自小在铮二公子身边长大的人，心还是向着铮二公子的。如今在小姐这里，无非是被迫无奈罢了。

谢芳华放走了听言，静静地躺在美人靠上沉思。崔意芝如此辗转打探秦铮、听音以及她的事情，为了什么？无非是要弄清楚这中间的关联。难道他发现了什么？

毕竟当初秦铮将听言当作聘礼给了她，而她收下了。

当初清河崔氏的二老爷为了救小儿子，追来了忠勇侯府，哥哥给了他答复，让他回清河家中等。但是转眼她便去了清河救好了他的小儿子。

这件事情虽然是未曾通过崔意芝的手，但是若他掌控了清河嫡系一脉的势力的话，要查些蛛丝马迹也未必不可能。毕竟他连秦铮算计秦钰火烧宫闱的事情也知晓。而且，但凡有脑子的人都会知道，这件事情与忠勇侯府有关。

想必皇帝心中也是明白的！

而崔意芝自然不是个没脑子的善类！

如今他这般动用心思手段从听言处查探，是不是也就是说，他在考量哪边更有价值，在选择站队？

对于京城突然出现的清河崔氏二公子，皇帝怎么可能放过？也许已经私下里召见过了！

对于皇帝来说，给出的砝码，应该是清河崔氏一族的永葆兴旺吧！

而她呢？

她能给崔意芝什么？

就她从短短几次接触中所认知的崔意芝，恐怕看重的不止是清河崔氏一族一脉一地。既然他踏入京城，必有自己所求所想。

当然皇上也不是没眼力的人。

寻思片刻，谢芳华缓缓地坐起身，对外面喊：“侍画！”

“小姐，奴婢在呢！”侍画走进来，站在门口。

“你去查一下崔意芝如今是否还在来福楼！无论他在哪里，你都亲自去一趟，当面递给他一句话。”谢芳华吩咐侍画，一字一句地道，“你就说，不管听言出身于清河，还是长大在英亲王府，那都是前尘之事，如今他是我忠勇侯府海棠苑的人。崔二公子对他做了什么，就是与我作对。”

侍画暗暗记住，在谢芳华话落后对她轻声询问：“小姐，就这些吗？”

“就这些！”谢芳华摆摆手。

侍画点点头，走了出去。

侍画离开后，谢芳华再度躺回美人靠上，这回却再无睡意，静静地想着事情。

一个时辰后，侍画从外面回来，对谢芳华禀告：“小姐，崔意芝在听言离开后就前往了自己在京城下榻的院落，奴婢避开人，直接找到了那里，亲自见到了他。”

谢芳华嗯了一声：“如何？”

“奴婢将小姐的原话一字不差地传达给了他。他似乎有些讶异，但是什么也没说。”侍画道，“您只吩咐传话，所以奴婢没多待，就回来了。”

谢芳华沉思片刻，笑了笑：“传到就行了！”

侍画见谢芳华再不吩咐别的事儿，便退到了门口。

谢芳华站起身，看向窗外，如今太阳已经西斜，再有一个时辰也该落山了。她在窗前静静站了片刻，从抽屉中抽出字帖，铺好宣纸，自己动手研墨练字。

不知不觉，便练了一个时辰，桌子上摆满了字帖。

太阳落下山去，红霞染红了半边天，浣纱格子窗上染了一层霞光，映在字帖上，窗台前的桌案上，有一种炫目和华丽。

侍画在外面轻声道：“小姐，芝兰苑的棋局结束了！”

谢芳华停住笔，抬起头，向外看了一眼，沉静地问：“谁赢了？谁输了？”

侍画答道：“平局！”

谢芳华挑眉，说道：“那半截面纱李沐清带走了？”

侍画摇摇头：“李公子交给世子了！”

谢芳华慢慢地放下笔，揉揉额头："如今他们都离开了？"

"没有，昨日英亲王妃不是吩咐铮二公子给咱们府送来了第六号画舫的人吗？"侍画道，"老侯爷留了两位公子在府中用晚膳。说稍后去咱们后花园水榭一边用晚膳一边看杂耍表演。"

谢芳华的手叩叩桌案，咕哝道："这个老头今日可是真能闹腾！"

侍画低声问："小姐，您要过去水榭吗？"

"不去！"谢芳华摇头。

"那奴婢去厨房看看晚膳，给小姐端来房间。"侍画向厨房走去。

不多时，侍画回来，将饭菜摆好，谢芳华用罢晚膳，天已经黑了下来。

侍画掌上灯，朦胧的光晕在房中荡开，初春的夜晚还是需要生一个小火炉的。火炉伴随着灯光，有丝丝的暖意。

水榭内隐隐地传来喧嚣热闹的声音。

谢芳华拿着书卷窝在床上看了片刻，放下书卷，挥手熄了灯，睡下了。

不多时，外面传来脚步声，分外熟悉。

侍画闻声立即迎到了海棠苑门口，见是秦铮，连忙见礼："铮二公子！"

秦铮停住脚步，向里面看了一眼，除了几间婢女居住的厢房亮着灯外，正屋黑漆漆的，没掌灯。他挑眉，懒洋洋地问："你家小姐呢？"

"我家小姐睡下了。"侍画道。

秦铮唔了一声："天色还早，她怎么睡得这样早？"

侍画寻思了一下，斟酌着道："小姐身体不好，昨日和今日都未曾好好休息，倦了，便睡得早些。"

秦铮闻言似乎笑了一下，不再说话，站在门口静静地看着正屋。

侍画拿不准秦铮这么晚了还来这里做什么，他不说话，她作为一个婢女也不好询问，只能陪着他站着。

过了片刻，秦铮收回视线，对她道："本来想找她说几句话，既然她睡了，就算了。"话落，转身离开了海棠苑。

较之来时的轻快，他的步履有些缓慢。

侍画见他走了，暗暗松了一口气，转回身来到谢芳华门口，对里面轻声道："小姐，您睡熟了吗？铮二公子刚刚来过了。"

"我知道了！"谢芳华在秦铮还没来到海棠苑时就知道了。

侍画禀告完，见谢芳华没什么吩咐，便回了自己的房间。

谢芳华本来已经有了些困意，被秦铮搅乱，在床上辗转反侧许久方才彻底地睡去。

第二日，一觉睡到天亮，谢芳华方才起床。

梳洗用罢早膳后，谢墨含进了海棠苑。

谢芳华挑开帘幕，推开房门，站在门口，等着谢墨含走近。

今日的天色也是极好，阳光明媚，似乎从立春之后，都是这样晴朗的日色，未曾见阴天。

她刚迈出门槛，阳光打下来，她伸手遮住眼睛，浑身有一种暖意和懒散之意。

谢墨含见她的模样，笑了一声，温声道："妹妹！"

"哥哥！"谢芳华对他笑吟吟地喊了一声，有些俏皮。

"英亲王府的管家今日一大早就来知会我，说英亲王妃准备妥当了，你的行囊若是打点得没问题的话，今日下午就起程去法佛寺。"谢墨含道。

谢芳华倚靠在门框上，闻言蹙眉："这么急？"

"英亲王妃是个爽利的人，英亲王府的人办事效率向来高。"谢墨含来到近前，站在门口看着谢芳华，"不过据从宫中传出的消息，说林太妃也要去吃斋小住，打算和英亲王妃同路，好有照应。"

谢芳华眉梢上扬："林太妃？"

谢墨含点头。

谢芳华笑了笑："哥哥，你知道林太妃和谢氏六房的老太太商议的关于谢惜和八皇子秦倾的婚事儿吗？"

谢墨含微微讶异："竟然有这事儿？"话落，他说道："林太妃和六房老太太是手帕交，先皇离去后，她们又重新走动了起来，这些年，走得近了些，互通书信。林太妃和六房老太太都是喜佛之人，而秦倾和谢惜一直为二人代笔书信。若是这几年有了什么私情，也不奇怪。"

"恐怕有私情的是谢惜，而秦倾就未必了。"谢芳华道。

谢墨含面色轻轻飘起一抹轻愁，叹了口气："本来以为六房的老太太是个明智的人，到底也是脱不开世俗。"

"哥哥为何这么说？"谢芳华询问。

"林太妃为何以前不敢和六房的老太太走动，这几年偏偏敢走动了？岂能是老姐妹之情那么简单？若是皇上不允许，林太妃就算是他亲娘，也不敢随性地亲近除了后宫之外的女眷。"谢墨含道，"若是不出秦铮灵雀台逼婚，非你不娶的意外，皇上怕是会赞成这一桩婚事儿的。如今嘛，就两说了。"

谢芳华嘲讽地笑笑："秦铮逼婚这个变数，打乱了皇上许多计划吧！谢氏六房皇上本来是想借由林太妃和秦倾利用的，可是如今偏偏不好利用了。"话落，她有些可笑："这样说来，我该感谢秦铮了。"

谢墨含见她嘴角嘲讽的笑丝毫不加掩饰，除了对当朝九五至尊深切的嘲弄，还有对秦铮逼婚隐约的排斥情绪，他伸手摸了一下她的头，道："妹妹，众所周知，秦铮对你可谓是用尽心思。这么多年，我从没见他对谁如此过。外面如今人人都说铮二公子风流，有个娇弱高贵的未婚妻，还有个天仙可人的婢女。可是只有我们少数几人知晓，你就是听音，听音就是你，听音和谢芳华其实是一人。他这般对你，到如今，你难道还没有对他升起一丝情意？"

"哥哥又想说什么？想为他做说客？"谢芳华无奈地看着谢墨含。从她的爷爷，到她的哥哥，都被秦铮灌了迷魂汤一般。秦铮给了他们什么好处，让他们这样帮他说话？她皱眉："昨日您不是还一直看秦铮不顺眼阻止我去法佛寺吗？今日怎么又转了想法了？"

谢墨含叹了口气："哎，昨日你不知道，李沐清对你似乎……"

"哥哥，我说过，忠勇侯府一日不稳，我一日不谈私情。"谢芳华打断谢墨含的话，"无论是秦铮，还是李沐清，亦或者是别人，又有什么关系。别人如何想法，我不需要知道。我只需要知道我自己的想法和目的，守护好忠勇侯府和谢氏不倒就够了。"

谢墨含未出口的话语吞了回去，无言地看着她。

"行了，打我从无名山回来，每次你来找我都三句话不离秦铮，我都听厌了。"谢芳华挥手赶人，"哥哥，你若是没别的事儿，就忙你的去吧！你让人去回话吧，我这里没什么可收拾的，若是英亲王妃下午起程，我随时能走。"

谢墨含揉揉额头，失笑道："你这个小丫头，除了这件事儿，我还有一件事情要告诉你。昨日晚上，六号画舫表演完，爷爷当即就打了赏银，让秦铮将人带回英亲王府了。"

"知道了！"谢芳华点点头。

"还有一件事情，最近朝堂上每日都有弹劾舅舅和褒扬四皇子的折子，皇上如今都给压下了，未曾表态对此事会如何处理，但我想用不了几日，他就会表态了。"谢墨含道。

谢芳华眯了眯眼睛："哥哥认为皇上会如何处理此事呢？"

谢墨含低声道："无论舅舅多年来立了多少军功，此番这一过着实有些大，不降罪怕是不成。降罪的话，就有轻有重了。轻可以记一大过，重呢，就不好说了。"顿了顿，他又道："对于四皇子，我猜测有两个处置，一是记大功，与火烧宫闱的功过相抵，继续留在军营。但定然不是如今的无官无职在军营中戴罪历练了。二是下旨回京。"

"对于舅舅，皇上那边是何想法，我们都知道。我们这边，你背后是如何行事的？"谢芳华问。

谢墨含摇摇头："我什么都没做，任事态发展。"

第三十一章

咬你

谢芳华放下遮住阳光的手："哥哥这样做是对的，这种时候，忠勇侯府不做才是做，不动才是动。以静制动，才是最好的态度。无论朝中折子堆得多高，外面流言蜚语多重，忠勇侯府目前一定要稳住不动，留中不发。"

谢墨含点点头："我思来想去，皇上是想逼迫忠勇侯表态。但这么多年，忠勇侯一直秉持着忠君为国，若是出面表态的话，自然就不能公然将舅舅的过错和失察抹杀。也许，皇上要的就是忠勇侯府大义灭亲了。"话落，又道："不过爷爷早在三年前就退出朝局了。而我因为病体一直未入朝当值应卯。而你是女儿家，是以，我们忠勇侯府虽然是置身朝局之中，但也算是脱离朝局之外。这样的状态下，只要我们自己不主动出手，皇上便无缝隙可对我们下手。"

谢芳华轻蔑地一笑："想要逼迫忠勇侯府出手，自然是没那么容易的。"

"再等等事态发展吧！看看皇上如何处置。这事情长久拖下去，京中无数流言蜚语满天飞。说武卫将军的有，说忠勇侯府的有，说皇室的有，就连当年博陵崔氏如何退出京城贵裔圈，武卫将军如何请旨去漠北戍边的事情，更甚至是姑姑因何代替大长公主远嫁北齐这等事情都被人翻了出来。皇上不会任由此事拖太久的。"谢墨含道。

谢芳华点点头。

谢墨含又说了两句闲话，嘱咐她山寺风硬，比京城冷，多带些衣服，便出了海棠苑。

谢芳华目送谢墨含离开，倚在门框懒洋洋地不想动。

过了一会儿，听言悄悄从海棠苑门口探出头，向谢芳华瞅了两眼，然后又缩回脑袋，似乎想上前，但又有些顾忌。

谢芳华自然是瞅见听言缩头缩脑的模样了，忍不住好笑："听言，你想说什么就过来说，我还能吃了你不成！"

"就是，贼眉鼠眼的！你在做什么？"侍画忍不住想训听言。她们八人自小被世子教导作为小姐的贴身侍候之人，规矩自然是严苛的。可是同样是主子身边侍候的人，听言简直是被铮二公子给宠得没有丝毫规矩。

听言闻言挠挠脑袋，跑了进来，站在距离门口一丈之遥，不敢看谢芳华，小声道："芳华小姐，小人求您一件事儿。"

"说吧！"谢芳华看着他。

"听说您要和王妃去法佛寺祈福，能不能带上小人？"听言紧张地道，"小人会干粗活。住在寺院，也需要粗使的小厮是不是？小人不会别的，就会干些杂务。"

"你是不是这些日子在海棠苑憋闷了，想出去透风？"谢芳华问他。

听言连连点头。

谢芳华笑了笑："行了，你去收拾吧！下午英亲王府来人传话，你就跟着我去。"话落，补充警告道："不过你别忘了如今你是我的人就行了。"

听言没想到谢芳华这么痛快就答应了，顿时欢呼地蹦了两下，须臾，又后知后觉地觉得失礼了，连忙作了作揖，跑出了海棠苑。

"真是没规矩！"侍画嘟囔。

谢芳华偏头瞅了侍画一眼，语气柔和："我其实也不需要你们在我面前有那么多规矩，规矩都是给外人看的。你们只需要做好我交代的事情就行了。"

侍画心神一醒，连忙垂首："是，小姐！"

谢芳华不再多言，转身回了房。

中午，用过午膳后，英亲王府果然有人来传话，说未时一刻，在城门口碰面。

谢墨含不放心，亲自安排了一番，将谢芳华所用的衣物用具装了满满的两大车。

谢芳华先是去了荣福堂一趟，忠勇侯倒没说什么，只吩咐她小心一些，她出来之后，由侍画、侍墨扶着走向大门口。

谢墨含站在大门口，一一对跟随的一队护卫队的队长吩咐着事情。

谢芳华远远地便看到哥哥站在那里。按理说，这等小事情，侍书做就可以了，但哥哥因为爱护她，对她的事情都亲力亲为。

不多时，来到近前，谢墨含打住话，对谢芳华道："妹妹，你要小心一些。虽然有秦铮和英亲王妃在身边，但到底如今京城盯着你的人太多，别出了差错。"

"哥哥放心吧！我多加小心就是了！"谢芳华点点头。

谢墨含看着她头上重新戴上的面纱，笑着道："除了林太妃，还约了谢氏六房的老太太，谢氏六房的老太太自然要带上谢惜，而林太妃自然带着八皇子了。”

谢芳华不太意外：“看来六婶没听进去我的话。”

“大约六婶也是有考量的，有些事情，不能做得太明显。走一步看一步吧！”谢墨含道，“除了他们，我刚刚得到消息，右相夫人也要一起去法佛寺吃几日素斋。她与英亲王妃本来就交好，据说这次建议英亲王妃给你祈福就是她的主意。所以，清静的法佛寺这回怕是不清静了。”

谢芳华不置可否：“的确是会很热闹！”

“李沐清也陪着右相夫人去小住。你……哎……”谢墨含有些苦恼，“算了，我不多说了，你心里明白就好。”

谢芳华垂下眼睫，点点头。

侍画、侍墨扶着她上了马车，帘幕落下，遮住她的身影。

谢墨含对侍画、侍墨、侍蓝、侍晚又嘱咐了两句，一行五十人的亲卫队护送谢芳华离开了忠勇侯府，向城门而去。

谢墨含待一行人走远，才不舍地回了内院。

不多时，忠勇侯府的一队人马来到了城门口。

此时，英亲王府的队伍已经先一步来到，等在了城门口。

秦铮骑在膘肥体壮的高头大马上，红棕色的马配着他一身鲜华的锦缎软袍，当真是少年清俊，鲜衣怒马，风流洒意。

谢芳华透过帘幕缝隙看了他片刻，身子懒洋洋地靠在车中铺了厚厚的锦绣被褥上。

秦铮见忠勇侯府的马车来到，径直打马来到被侍卫护在中间的马车前。忠勇侯府的亲卫队见是英亲王府的铮二公子，连忙让开了道。秦铮的马靠近谢芳华的马车，微微弯腰，伸手挑开了她马车的帘幕。

谢芳华刚摘掉面纱不久，一张没有任何掩饰的容颜映在他的眼前。

晌午明媚的阳光透过掀开的帘幕，这一张容颜如被一夜雨露洗礼的海棠花，娇艳明媚，国色天香。

秦铮痴了一下，不过见谢芳华抬眼，面无表情地看着他，他顿时回过神，眯了眯眼睛，嗤笑道：“春风吹起海棠雨，世间安得一绝色吗？”

谢芳华一怔。这是昨日李沐清说的话，难道他也听到了？距离那么远！当时起风，就算他武功再好，应该也听不清才是。

秦铮忽然挥手落下了帘幕，轻喝一声：“起程！”

这一声轻喝隐隐带着丝怒意。

谢芳华马车的帘幕被他甩得猛地晃动了片刻，车前坐着的侍画、侍墨二人不由得跟着颤了颤身子。

谢芳华看着晃动的帘幕，听着他隐隐含怒的声音，不以为然地闭上了眼睛。

伴随着秦铮一声下令，英亲王府和忠勇侯府的队伍都准备起程出城。

英亲王妃纳闷地挑开帘幕，从车内探出头来，看着秦铮道："臭小子，急什么？右相府、宫里林太妃、谢氏六房的车马还都没到呢！既然都要去法佛寺，那么就等等一起走？"

"等他们做什么？无非是一段路而已，他们还能被狼叼去不成？"秦铮冷哼一声，挥手："起程！"

两府队伍的侍卫都知道铮二公子似乎不高兴，都看向英亲王妃。

知子莫若母，英亲王妃自然是听出秦铮不快了，刚刚还好好的，不明白怎么谢芳华一来他就有气了。瞪了他一眼，摆摆手，对侍卫们吩咐："不等就不等了！留一个人在这里等着林太妃、右相夫人、谢氏六房的老太太来了都给传一句话，就说我们先走了，让他们一起走。"

两方队伍见英亲王妃同意，连忙起程出城。

英亲王妃落下帘幕，对车内的春兰嘀咕："这臭小子好好的怎么突然又发疯了？"

春兰凑近她，悄声道："刚刚奴婢从缝隙看到咱们二公子挑开了芳华小姐的马车帘子，看了一眼，不知怎的就怒了。"

"这个臭脾气，说翻脸就翻脸，不知道随了谁。"英亲王妃叹了口气，"若说他吧！喜欢人家是真喜欢到了心坎上，可是发起怒来，也是毫不留情。若华丫头不是个大度的，就算她病好了，以后真大婚了，这日子岂不是三天打两天吵的？"

"王妃，您想得太远了。"春兰不由得笑了，"再说，不是有那么一句话说得好吗——不是冤家不聚头！若是真能成为了夫妻，这样吵吵闹闹也比相敬如宾好。"

英亲王妃闻言面色动了动，伸手打了春兰一下："你个死丫头，这是变着相地说我呢！"

"奴婢哪里敢！今日看王爷对您依依不舍地相送出大门口，奴婢是替您高兴。"春兰捂着嘴笑，"多少年了，王爷总算是开窍了，您也开窍了。"

英亲王妃也忍不住笑了，叹了口气："蹉跎了这么多年，到底是执念，其实，放下了也就放下了。如我，如他。"

"您和王爷的一辈子还长着呢！"春兰笑着道。

英亲王妃笑笑，不再说话。

真正的好年华也就是那么几年，虽然一辈子还长，但到底是韶华不在了，他们都不年轻了。曾几何时，有一种东西，不是现在想找就找得回来的。

两方队伍浩浩荡荡两百多人，向法佛寺而去。

秦铮骑着马，走在两个队伍中间的接口处，迎着晌午的阳光，明明他鲜衣怒马是如此张扬狂妄的做派，他周身偏偏有一种散漫的清淡温凉，月白风轻之感。

谢芳华车前坐着的侍画、侍墨对看一眼，二人心神交汇，齐齐想着，就论这份容貌风采，实在是与小姐般配，只可惜脾性太差。换句话说，若不是他这份脾性，今日也不能被皇上指婚，更不能拴着小姐跟随英亲王妃前往法佛寺了。

南秦京城到法佛寺大约五十里，寻常车马路程要两个时辰。

队伍一路极为顺畅地来到了法佛寺山门前。

法佛寺的住持、长老和一众僧众已经得到消息在山门口等候。

两队人马停住，秦铮从队伍中间催马上前来到山门口，扫了法佛寺众僧一眼，随意地道："住持和各位长老好啊！"

法佛寺的住持连忙上前一步，道了一声："阿弥陀佛，铮二公子好！"

"铮二公子愈发钟灵隽秀了！"几位长老齐齐打了个佛偈，朗声道。

秦铮扬了扬眉，也不客套，询问道："下榻之处可准备妥当了？"

"昨日里王妃派人来传话，老衲就带着敝寺僧人将后山宅院都收拾妥当了。老衲这就领铮二公子过去看看，若是您不满意，老衲着人再收拾。"法佛寺住持不敢得罪这位名扬京城的公子爷，连忙道。

秦铮摆摆手："不必看了！既然来了这里，就没那么多讲究，干净整洁就行了。"话落，吩咐道："带路吧！"

法佛寺住持没想到秦铮这么好说话，心底一松，连忙点头。

英亲王妃从马车中挑开帘幕，探出头来，温婉地道："住持大师不必亲自给我们带路，稍后林太妃、八皇子、右相夫人、谢氏六房的老太太也会到这里，你吩咐一个人给我们带路就行。你就留在这里等候吧！"

"老衲恭迎王妃。"法佛寺住持再度见礼。

"我佛面前，众生平等，大师就不必多礼了。"英亲王妃笑着摆摆手。

法佛寺住持点点头，对身边一位长老吩咐了一句，那长老颔首，连忙带路。

两炷香后，队伍停在了法佛寺后山的院落门前。

秦铮扫了一眼，翻身下马，扔了马缰，回身看着英亲王妃和谢芳华的马车。

英亲王妃的马车先有了动静，帘幕挑开，春兰先从车内出来，伸手扶着英亲王妃下车。

侍画、侍墨挑开帘幕，向里面看了一眼，之后又互相对看了一眼，有些为难。

"她怎么了？"秦铮很快就发现了那二人的神色，出声询问。

侍画看了秦铮一眼，低声道："我家小姐似乎睡着了！"

"这么颠簸的山路她也能睡着？"秦铮扬眉，声音不由得拔高，抬步走了过来，来到车前，就着二人挑开的帘幕看了一眼，见谢芳华纤细的身子躺在厚厚软软的被褥上，怀里抱了一个枕头，果然睡得纯熟。他盯着她看了片刻，不由得被气笑了。

他因为昨日李沐清那一句话，生了那么久的气，而她呢？没事儿人一样！

她到底还有没有良心和心肝？

她的心肝难道真是石头做的，怎么也捂不化了吗？

就算他捂不化，也能给捂热了吧？就算捂不热，他架火烤行不行？

秦铮薄唇抿起，对二人道："你们让开！"

侍画、侍墨闻言对看了一眼，默默地让开了。

秦铮靠近车前，将谢芳华抱在了怀里。

谢芳华猛地睁开了眼睛，正对上秦铮清泉般的眸光。往日看他的时候，他的眼中从来就如深潭一般，幽深青黑，今日竟是难得一见的清澈，虽然有些细细的波纹，但那深处似乎一眼就被她望到了。虽然抿着唇，板着脸，但晴朗的容颜被日色照耀，这份华艳怎么盖也盖不住。她一时间有些愣神，几乎忘了所有反应。

秦铮满意地看着谢芳华才睡醒的模样，有些迷糊和愣神，她没戴面纱，他用宽大的袖子盖住了她的脸，回身大踏步向面前的院落走去。

谢芳华眼神一黑，回过味来。山路颠簸，加之她内伤未复原，是以乏困，左右无事，便睡着了。感觉到四周有无数双眼睛落在她身上，她顿时不自然起来，对秦铮低声道："你做什么？我睡着了，你喊醒我就是了，你抱我做什么？快放我下来！"

"我竟不知你何时这么嗜睡了？连我靠到近前你都没反应。"秦铮低头看了她一眼，心情蓦然好了几分，"是不是说，你对我根本就没有防备？凡是我在的地方，让你安然？昨日在海棠亭，你也是这般睡得踏实。"

谢芳华翻了个白眼："别废话，快放我下来！"

"你最好别说话了，就假装睡着了，否则，如今这么多人看着你，你从我身上下来才是脸往哪里搁？我怕你连路也不会走了。尤其是我娘，她最会笑话人了。"秦铮道。

谢芳华顿时没了声，也不再抗拒了。

秦铮唇角勾起一抹笑，抱着她继续往前走，几步便来到了英亲王妃身边，对她挑了挑眉，面不改色地道："华儿身子弱，受不住颠簸，睡着了，我先抱她进去。娘您若是不累，就慢慢打理安置吧！"

"臭小子，去吧！"英亲王妃笑骂了一句。她的这个儿子，向来变脸比翻书快，怒得快，好得也快。以前还能克制一些，如今遇到谢芳华，他是半点儿也不克制了。

春兰同样抿着嘴笑。

秦铮脸不红心不跳地抱着谢芳华进了院子。

法佛寺在建寺的时候，特意开辟出这一片后山，分作几个院子，就是用于香客们留宿之用。当然，这香客肯定不是寻常香客，而是如英亲王府、忠勇侯府、右相府等。

英亲王妃早就派人来传过话，是以，各个院落早已经被打扫得明窗几净，不染纤尘。

每一处院落谁入住，都提前做了安置。

因谢芳华身子不好，英亲王妃给她选择了朝阳的最东面的一处院落，这一处院落也是最大的，内含两个东西跨院。谢芳华居住在东跨院，因英亲王妃不放心她自己居住，是以，将秦铮的房间安排在了她的隔壁。英亲王妃自己居住在了西跨院。

林太妃和八皇子紧挨着英亲王妃的西跨院。

谢氏六房的老太太和谢惜挨着林太妃下榻西侧的院落。

右相府的李夫人和李沐清则是安置在了最西边的一处院落。

秦铮抱着谢芳华到了安置好的院落，直接带着她进了屋。

刚一进屋，谢芳华打开他的手，从他身上跳了下来，一张脸有微微红晕，似是抹了胭脂。

秦铮似乎早就察觉到她忍不住了，顺势松开手，揉揉胳膊，先发制人："别不领情！你虽然看着轻盈，但我抱起来也很压胳膊的。毕竟你是一个人，不是一件衣服拿着轻便！"

谢芳华本来有些羞恼，但闻言偏开头，轻哼道："谁用你抱了？我有手有脚，会走！"

"行，我记住了，下次你走不动的时候，别求着我抱你。"秦铮扭头出了房间。

谢芳华转过头，只看到他一片衣角和门帘剧烈地晃动，她瞪着看了片刻，收回视线打量房间。

这间房间显然是早就准备好了，收拾和打理不可谓不用心。

她正打量着，侍画、侍墨、侍蓝、侍晚拿着东西进了屋。

"这个院子里面就住了咱们自己吗？"谢芳华对四人询问。

侍画上前一步，低声道："小姐，这院子里除了住着我们，还住着铮二公子。他就在您房间的隔壁住。"

谢芳华顿时皱眉："他怎么住在我旁边？"

侍画叹了口气："小姐，您身体弱，有病在身，王妃不放心，据说铮二公子也不放心。反正你们是被圣旨赐了婚的未婚夫妻，所以，王妃就这样安置了。"

谢芳华揉揉额头："那其他人呢？"

侍画按照英亲王妃对其他人的安排说了一遍。

谢芳华听闻李沐清住在最西边的院落，眸光闪了闪，点点头，没再说话。

侍画、侍墨、侍蓝、侍晚四人开始将携带来的笔墨纸砚盘盏茶具等一一摆在房间。

谢芳华站在窗前看着窗外，窗外有英亲王府和忠勇侯府的侍卫正往院里搬卸东西，隔壁的房间没有动静，秦铮不知道干什么去了。

谢芳华在窗前站了片刻，回头问："品竹是不是没被秦铮带来？"

"回小姐，是的，品竹被留在了落梅居看守。"侍画回道。

谢芳华点点头，皱眉沉思片刻："如今英亲王妃离开英亲王府，英亲王府内院的中馈应该都交给别人打点了吧？可是刘侧妃？"

侍画点点头："奴婢今日一早就打听了，是交给了刘侧妃，除了府中的中馈账本，还有府外的许多产业，也都一并交给刘侧妃了。"

谢芳华闻言挑眉，片刻后，忽然笑了："到底是英亲王妃，这一手可是大手笔。刘侧妃就算觉得不妥，秦浩就算知道是有陷阱，也放不开这些偌大产业带来的诱惑。"

侍画也是明白这中间关联的，想了一下，低声道："小姐，据奴婢所知，英亲王府的大公子秦浩对听音似乎甚是关注。如今铮二公子不在英亲王府，英亲王府内只剩下刘侧妃和秦浩了。英亲王向来不管内院之事，他们二人岂不是一手遮天？奴婢怕品竹应付不过来，是不是给世子传信，让世子关照？"

谢芳华食指放在唇边，沉吟片刻，说道："英亲王府的内院向来不好伸进手去，尤其是落梅居。哥哥就算能有办法伸进手去，但若是他干涉了，那么一直盯着忠勇侯府盯着哥哥的皇上必定也会察觉他的动作。"

"那怎么办呢？"侍画有些忧心。

谢芳华淡淡一笑，轻若云烟地道："秦铮既然敢不带她出来，就有护住她的本事。他秦铮横着在京中走这么多年了，品竹不会有事儿，不用担心。"

侍画想想也是，遂放下心来。

不多时，侍画等四人便将带来的一应用具摆设妥当。

春兰匆匆从西跨院角门走了进来，侍画在屋中看到，立即迎了出去。

"侍画姑娘，芳华小姐可是还睡着？"春兰走进来，见侍画迎出来，对她压低声音询问。

侍画回头看了一眼，只见本来没遮掩的帘幕落了下来，她心里了然，同样压低了声音回话："回兰妈妈，我家小姐还在睡着，她身子骨弱，从来没走山路颠簸这么远，如今受不住，恐怕一时半会儿醒不了。"

春兰也不意外，笑着道："我就猜芳华小姐受不住在睡着。不久前，宫里的林太妃到了，说天色还早，不是很累，想今日晚上去听普云大师念经，王妃让我过来问问。若是芳华小姐累，只管休息，明日一早再沐浴吃斋。"

侍画点点头："等我家小姐醒来，我会告诉她。"

"二公子呢？"春兰向谢芳华隔壁的房间看了一眼，见隔壁房间的帘幕也落着，看不到里面的情形，疑惑地问。

侍画摇头："铮二公子将我家小姐放进房间就出去了，不知晓是不是在他自己的房间。"

"我过去看看！"春兰绕过侍画，来到秦铮的房间门口，从木门的缝隙往里面看了片刻，扭回头，顿时笑了："这个二公子，定然昨日夜里没睡好，如今这是睡下了。"

侍画有些讶异，原来铮二公子跑房间去睡觉了。

"二公子喜静，芳华小姐也喜静，所以，二公子吩咐，这个院子除了你们近身侍候芳华小姐的四大婢女和听言，还有二公子带来的厨子林七，其余人都没安排进来，侍卫都安置在了王妃的院子。"春兰压低声音对侍画道，"你们好好地照顾侍候着二公子和芳华小姐，有什么事情，随时去西院找我。这两位主子的事儿可是最打紧的，别太顾忌王妃的身份不敢去打扰。这也是王妃的意思。"

"是！"侍画点头。

春兰不再逗留，回了西跨院。

侍画转身回了房。

谢芳华依然站在窗前，窗前厚重的帘幕遮住了渐渐落下的夕阳，她一身锦绣绫罗的衣裙尾曳在地，整个人分外沉静。听见侍画回来，回身对她道："去给我找一本经书来。"

"小姐，您要什么样的经书？"侍画一怔。

"随便一本就行，打发时间。"谢芳华道。

侍画顿时笑着点头，又走了出去。

在法佛寺随便寻找一本经书还是很容易的，不必惊动任何人。不多时，侍画便拿了一本经书回来，递给谢芳华。

谢芳华接过经书，窝在窗前的软榻上看。

一个时辰后，天色暗了下来，屋中光线昏暗了，谢芳华放下了经书，看向窗外。

这时，听言和林七一边悄悄说着话一边来到了门口。

"是不是晚膳做好了？"侍画在门口看着二人问。

"做好了！我过来询问二公子和芳华小姐是不是现在用膳？王妃、林太妃、右相夫人、谢氏六房的老太太等人在住持方丈那里用斋饭了。咱们这个院子里有小厨房，二公子带了我来，说不吃寺里的饭菜，我单独负责公子和芳华小姐的膳食。"林七连忙道。

"二公子似乎还在睡着，我家小姐刚刚醒。"侍画向隔壁看了一眼，见隔壁房间的帘幕落着。

"那就等等二公子？"林七看了眼天色，说道，"每日落梅居都是这个时辰用膳，我已经做好了，若是等的话，就凉了。"

“哎呀，不用等。喊二公子就是了。”听言毕竟自小在秦铮跟前长大，比起林七在秦铮面前的小心翼翼，他胆子大多了。说话间，便来到了秦铮门口，伸手敲门：“公子，醒醒，吃饭了。”

他喊完之后，里面没有声音。

他又喊了一遍，里面还是没有声音。

他不由纳闷，嘴里嘟囔道：“以前公子睡觉从来不会睡得这么死啊。”话落，他靠近门缝去看，这一看，顿时叫了一声：“哎呀，谁说二公子在睡觉的？哪里有人？”

侍画不由惊异，走过来，说道：“没有人吗？刚刚兰妈妈来了，说二公子是在睡觉的。”

“难道我眼睛看花了？”听言又重新趴门缝看了一眼，还是摇摇头，“真没人。”

“你闪开，我看看！”侍画走到近前，趴门缝看了一眼，然后撤回身，也有些纳闷，“二公子真的不在，难道早先兰妈妈真看错了？”

“你们在干什么？”秦铮的声音忽然从身后传来。

几个人齐齐一惊。

林七连忙喊了一声：“二公子！”话落，看着他手中的东西眼睛顿时亮了亮：“山鸡？”

侍画、听言回转身，也看到了秦铮和他手中提着的两只山鸡。

侍画暗暗想着在佛门圣地，铮二公子公然杀生，这是来斋戒祈福吃素的吗？

听言眼睛也亮了亮，上前一步，眼馋地道：“公子啊，原来你出去打山鸡了？可是您这回来得也太晚了，林七将饭菜都做好了。”

“那就等等再吃，将这个拿去，现在做了。”秦铮将手中的两只山鸡扔给林七。

林七接住两只还活着的山鸡，吞了口口水，小心翼翼地道：“二公子，这不好吧？佛门之地，怎么能杀生呢？”

秦铮挑眉：“佛门之地不能杀生吗？”

林七摇摇头，没听说过佛门之地能杀生。

“出家人不能杀生，我又没有出家。”秦铮道。

林七顿时失语。

侍画此时开口道：“二公子，这不好吧？王妃是带我家小姐前来祈福的，若是不吃素的话，岂不是不灵验？”

秦铮扬眉：“我娘不是吃素帮她祈福吗？况且，她不是明日才去听佛法沐浴吗？今日暂且不算。”话落对林七摆摆手，催促道：“别废话了，快去！”

林七应了一声，拿着山鸡向小厨房走去。

听言晓得有山鸡吃，欢呼一声，也跟着林七去了。

侍画也没了话。

秦铮拍拍沾了些山间草叶的衣袖，抬步来到谢芳华屋门口，伸手推开了门，迈入了门槛。

入眼处，谢芳华静静地半躺在软榻上，闭着眼睛，手边放着一卷经书，显然是不久前在看。昏暗的光线中，十分的安静。

秦铮来到近前，伸手去拉她的手。

谢芳华快一步地反应过来，躲开他的手，睁开眼睛，警惕地看着他。

秦铮见她对他如此提防，脸色一沉，晴朗的眸光有些阴郁，身子前倾，按住了她肩膀。

谢芳华半躺着，察觉他探身的动作时想起身，奈何被他罩住，躲也难躲开，顿时撑起手对他瞪眼。

“华儿，我还没有吻过你，是不是？”秦铮靠近她，距离她脸一寸距离，声音低沉。

谢芳华心下一颤，面色微变，但还是尽量克制情绪，冷静地对他警告：“秦铮，这里是佛门圣地，你不要乱来。否则枉费了王妃的一番苦心。”

秦铮呵地一笑：“是吗？佛祖真的灵验，能治好你的病？”

“灵验不灵验我不知道，但我知道，心诚则灵。若是你没有诚心，一定不行。”谢芳华看着他。

秦铮轻蔑地勾了勾嘴角：“我看不出你有丝毫的诚心。”

谢芳华眼睛涌上一层暗涌，也勾了勾嘴角，似笑非笑，漫不经心地道：“我拖拖拉拉病了这么久，也活了这么久，不止对佛祖没诚心，对什么都没诚心了。铮二公子，你跟我谈诚心的确是个错误。但是你总不能浪费了王妃的一番好意不是？”

“你对我娘竟是比对我还上心！”秦铮盯着她的眼睛。

谢芳华偏开头，不想与他的眼睛对上，也不想让他此时带着从山林出来的草木气息沾染她，沉静地道：“要说话好好说！你先让我坐起来，这样没办法说……”

她后面的话还没说完，秦铮忽然俯身低头一口咬在了她偏开头的脖颈上。

谢芳华忍不住低呼了一声，一丝清晰的痛意从脖颈上传来，她立马劈手打秦铮。

秦铮轻而易举地攥住了她的手，同时对她警告：“你若是敢打我，我就咬得更深些，面纱和衣服都遮不住，让你明日不敢见人。”

闻言，谢芳华的心怦怦地跳了起来，手用力地挣脱了两下，没挣脱开，顿时气闷。

秦铮又低下头，似是品尝地在他咬的地方吻了吻，直到她不挣扎了，才满意地放开唇，微微偏头，看着她，一字一句地道：“谢芳华，昨日在海棠亭我就想咬你了。”

谢芳华眉头打成结，一言不发地看着他。

“春风吹起海棠雨，世间安得一绝色。”秦铮声音忽然压低，喃喃的似是在自言自语，又似是在对谢芳华说，“怎么能从李沐清嘴里说出来？”

谢芳华跳动的心倏地停住，原来他还在为昨日的事情找茬！

“可是该死的！昨日那一幕，我想了一夜，也没有比这一句话对你的形容更贴切。”秦铮忽然伸手捶了软榻一拳，软榻顿时砰的一声，陷下去一块，他抿唇，冷冽且恼怒地道，“走了个燕亭，难道还要再走一个李沐清，我才能放心吗？”

谢芳华无言地瞅着他，脑中忽然闪过某种情绪，堪堪被她抓住了。她想着，秦铮这是……本来气闷的情绪顿时消散，忍不住笑了，对他嫣然绵软地道：“铮二公子，容我提醒你，右相府的公子可不是个好惹的，怕是没那么容易被你赶走。”

秦铮闻言被气笑了！

他盯着谢芳华，笑得深且沉，一字一句地道：“你还没有被我咬够是不是？你想明日见不了人是不是？本来我娘是来给你祈福，可是……”他摸着她被咬出红粉印痕的脖颈，“若是被人看到你与我在背后侮辱佛门净地，你说会如何？”

谢芳华看着他，不说话。英亲王妃能如何？她护儿子爱儿子早已天下皆知，还能训斥批评他不成？不训斥他难道会跑来训她不守闺仪？她的儿子什么德行她比谁都清楚。

“哦，我说错了！其实我娘不会如何。毕竟她护着我，喜欢你。主要是其余的人。比如林太妃、谢氏六房的老太太，还有右相府的夫人。”秦铮眉目含笑，轻轻摩挲着她的脖颈，“若是被看到，你说，她们这等信佛爱佛之人会如何？”

谢芳华想不出来被她们看到会如何！

“爱佛信佛之人呢，最是看不得我们这般在佛门圣地侮辱佛门清规。”秦铮似乎是累了，索性将半个身子靠在她身上，懒洋洋地道，“所以，她们一定认为我们再不适合待在这里祈福。就算待在这里，也是不灵验的。一则是将我们劝走，说实话，这个其实挺没面子的。二呢，自此后，对我们再不待见，看到我们就黑脸。我脸皮厚得习惯了，可以置之不理，视若无睹。可是你呢，你脸皮子薄，是不是以后见到这些人心里就不会太舒服？”

谢芳华忍不住咳嗽了一声。本来二人刚刚中间隔了一段距离，可是如今他靠在她身上，丝毫距离缝隙都没有了，他的气息霎时笼罩来，让她一时咳嗽难止。

咳嗽的声音传到了外面，让人听起来似乎被压着一股气，有些揪心。

侍画想到小姐身子不好，不放心，连忙迈步进了门口，当看到二人的姿势，她一惊，立即反应了过来，又退出了门外。

侍墨本来也要跟进屋，正好与进去又出来的侍画撞了个正着，她一怔，低声问：“你怎么出来了？小姐怎么咳嗽了？”

侍画对她摇摇头，示意她别问。

侍墨探头向里面看了一眼，隐约也看到了二人靠在一起的影子，她了然，伸手关上了房门，遮挡住了外面的视线。

二人毕竟是自小得谢墨含训练的，这点儿灵敏的反应还是有的。这里是佛门之地，若是秦铮和谢芳华这般亲密被外人撞见，传出些什么，对以病来祈福的谢芳华来说自然是不利。

当然，秦铮不在乎什么，但是她家小姐可不能不在乎。

谢芳华连续干咳了好一阵子才勉强地止住，再抬眸的时候，眼睛被剧烈的咳嗽染了几分泪意。昏暗的光线上，看起来雾水蒙蒙。

秦铮忍不住低头靠近她的眼睛。

谢芳华身子往后仰了仰，无奈地羞愤道："秦铮，你是不是因为刚从山林里回来，犯了兽性了？我有病在身，你总不至于对这样的我饥不择食吧？"

秦铮不理会她，依旧靠近她的眼睛，薄唇在她眼帘处流连了一圈，才撤回身，放开她，直起身轻斥道："谢芳华，你病了多年，没病坏脑子吧？你最好没病坏脑子。若是你脑子也给病坏了的话，我除了给你祈福求佛祖保佑你病好外，还保佑你脑子也能好转。"

谢芳华摆脱钳制，揉揉手腕，忍不住踹了他一脚。

秦铮着着实实受了，看着她道："我娘也有爱踹人的毛病，我看兰姨也有爱踹人的毛病，是不是你们女人都喜欢踹人？"

"你也没少踹人！"谢芳华直起身子，伸手去摸脖颈，那里还有细微的痛意，她忍不住恼恨："若是明日这个痕迹不消除怎么办？你属狗的吗？"

"哦，你不提狗我都忘了，我唯一的一条狗还是因为你们忠勇侯府的人给轧死了呢！子归兄那里记了一笔账。当然，如今你是我未婚妻了，待你嫁给我，这笔账我可以不算。"秦铮见谢芳华起身，索性自己靠在了软榻上，对她笑道，"若是你觉得亏了，可以咬回来。爷任你随便咬，咬多浅多深都行。"

谢芳华偏过头，真想一口咬死他，但看着他懒洋洋任君采撷的模样，才不上当。站起身，走到不远处的菱花镜前去看脖颈的伤口。

屋中的光线太暗，看不清。

她走到桌案旁，拿出火石，掌了灯，屋中顿时明亮起来。

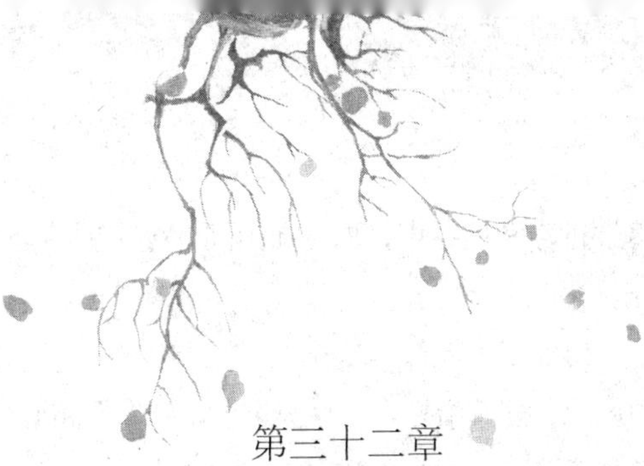

第三十二章
飘香

谢芳华将灯拿到镜子前，对着镜子看了片刻，眉头轻蹙。还算秦铮有分寸，若是她稍后抹点儿药的话，这样的红痕明早应该能消退。她扭回头，将灯盏放下，看着他。

秦铮对她微笑，朦胧的灯光下目光也随之温柔：“谢芳华，我一而再再而三地告诉你了。你一定要记住，除了我之外，不要喜欢上任何人，否则，后果不是你能想象到的。你知道吗？”

谢芳华冷嘲地看着他：“铮二公子多虑了！我这副样子，随时一脚踏入鬼门关，谁会喜欢上我。除了你这个眼瞎的，应该没什么人。就算有，也不过是一时兴起而已。”

这话是隐约地在指李沐清了！

秦铮闻言忽然笑开了：“你说爷眼瞎？”

谢芳华哼了一声，他可不是眼瞎吗？堂堂英亲王府的嫡出公子，这南秦上下，有几家的门楣贵裔能比得上他家和他的身份？多少春闺女子爱慕思慕他，偏偏他不屑一顾，只看上了她这个没心没肺的。不是眼瞎是什么！

“你说错了，爷不是眼瞎，是心瞎。多年前就瞎了，这一辈子，怕是都救不回来了。”秦铮闭上了眼睛，最后一个字尾音落，有着隐隐的自叹和无奈。

谢芳华心思一动，看着他，可他已经闭上了眼睛，朦胧的灯光下，再看不到他眼睛里的神色，只看到他清俊的容颜。这一刻，没有狷狂，而是一种让人移不开眼睛的风轻月静之感。她静静地看了他片刻，转身出了房门。

侍画、侍墨见谢芳华出来，神色如常，都齐齐松了一口气。

谢芳华靠在门口，傍晚的山风有些凉意，吹散了她心里涌上的某些丝丝绕绕的情绪。

前方寺院传来暮鼓钟声和诵经声，飘荡在山间，令本就清幽的山寺更有一种空灵纯净之感。

谢芳华轻轻吐了一口浊气。

“小姐，傍晚山风凉，奴婢给您拿一件披风披上吧？”侍画轻声问。

谢芳华确实感觉到了凉意，但又不想回屋，点点头。

侍画连忙去衣柜里取了一件披风帮谢芳华披上。

谢芳华摸着披风上的绒毛，想起了漠北的武卫将军，她看向西北方向，低声问：“今日有关于皇上对漠北戍边之事的旨意下达吗？”

侍画摇摇头，压低声音道：“奴婢刚才特意去打探了，今日皇上没对此事置喙。朝堂一切安稳，也没发生任何异常。”

谢芳华抿了抿唇，忽然问：“距上元节还有几日？”

侍画低声道：“还有三日。”

“时间过得可真是慢！”谢芳华拢了拢披风，从西北方向收回视线。

不多时，一股浓浓的炖肉味从小厨房的方向飘来。

谢芳华顺着香味看去，只见听言和林七端了两个大托盘从小厨房走了出来。随着二人走出，香味也扩散到了整个院落。

侍画忍不住对谢芳华说道：“小姐，这个香味要是传出去，盖也盖不住的。若是被前方法佛寺的住持长老们以及林太妃等闻到，会不会盘问？”

“后山距离前山还有一段距离，应该是飘不远。况且前方达摩堂里面定然是燃着香了。就算有些味道飘过去，应该也能被浓浓的烧香味覆盖。”谢芳华笑了笑，“既然做出来了，就不能浪费了。”

侍画点点头。

“芳华小姐，您是不是饿了？早就出来等着了？”听言嬉皮笑脸地跑过来，馋嘴地道，“好香啊，我在刚刚出锅的时候偷吃了一块。林七这手艺虽然只跟宴府楼的大厨学了两日夜，但绝对是有大厨的天赋。这味道做得，可真是香飘十里。”

“香飘十里就算了，这里可是法佛寺，还是不要太张扬了。”谢芳华笑了笑。

听言点点头。

“芳华小姐，放在哪个屋子里用膳？”林七走到近前，往隔壁房间瞅了一眼，对谢芳华试探地问。

谢芳华还没答话，秦铮从里屋走了出来，站在门口，扫了一眼，吩咐道：“就在这院中用膳吧！今日晚上爷高兴，准许你们一起陪我们俩吃。”

听言顿时欢呼一声：“公子最好了。”

林七也霎时眉开眼笑。

侍画、侍墨、侍蓝、侍晚四人看向谢芳华。

谢芳华倒没什么意见，对四人点点头。法佛寺所建造的院落房间毕竟不如各府的府邸，房间容两三个人用膳还好，但若是七八个人，就挤得没地方了。

四人见谢芳华点头，也不再顾忌，连忙去搬桌子椅子，摆在院中的一处参天古木下。

听言、林七将炖山鸡和各种炒菜一一摆在桌案上。

侍画从屋中取出两盏灯，昏暗的夜色顿时明亮起来。

众人还没落座，西跨院方向忽然传来一声啧啧声："唔，好香！沐清兄，你说东跨院这是做的什么这么香？大老远就能闻到味了？"

这声音突然传来，众人齐齐一怔，都不约而同看向西跨院。

秦铮也慢慢地转过头，本来轻松的脸色霎时有些不善。

谢芳华听出是八皇子秦倾的声音，想着李沐清和秦倾二人十有八九是被香味引来的，否则，今日刚刚到法佛寺，他们当该陪在几位老夫人和夫人身边才是。

"若是我猜测得不错的话，应该是炖山鸡。"李沐清温和地说道。

"炖山鸡？"秦倾讶异地问，"哪里来的山鸡？"

李沐清失笑："自然是狩猎打来的山鸡。你别忘了我们如今在哪里！这里是法佛寺，不是京城，出门就是山林，打一两只山鸡还是很容易的。"

"也是！"秦倾恍然，随即一拍掌心，"啊，一定是秦铮哥哥馋嘴了，忍不住跑去打了山鸡来。我们有口福了。快点儿走，我也想吃炖山鸡。"

"你的秦铮哥哥怕是不乐意看到我去。"李沐清微笑道。

"咦？为什么？你们不是一直交好吗？"秦倾疑惑地看着李沐清，话落，不等他答话，哦了一声："我想起来了，自从燕亭走后，你们似乎有许久没在一起喝酒狩猎了。"话落，又道："不对啊，昨日我可是听说你和秦铮哥哥都在忠勇侯府下棋来着。难道你下棋将秦铮哥哥赢了，他才不待见你？"

李沐清浅笑："你的秦铮哥哥能是那么好赢的吗？我没输就不错了。"

"和棋？"秦倾问。

李沐清点点头："嗯，和棋！"

"既然是和棋，你没赢了他，他也没赢了你，也不算是没面子。那他为何不乐意见你？除了这个，你哪里得罪他了？"秦倾更是不解，"据我所知，京中与你们年岁一般的这些人里，秦铮哥哥只不待见我四哥秦钰。对你和忠勇侯的世子、燕亭、王芜、宋方、程铭等都是一样的，可没听说他这些年讨厌你啊。"

李沐清叹了口气："让他讨厌其实很简单，只需要碰触他底线就成了。"

秦倾更是觉得云里雾里。

李沐清好心地给他解惑："他为何不喜你秦钰哥哥？"

"自然是彼此从小就看不对卯，也是与在皇祖母跟前争宠有关。同样是孙子，皇祖母忒偏心秦铮哥哥了。"秦倾道。

李沐清摇摇头："他是德慈太后的亲孙子，偏袒理所应当，秦钰心里也明白得很。那不是看不对眼的理由。"

"不是这个，那就是众所周知的普云大师给他们批的卦象了。说二人会应验同一个情劫。"秦倾不太相信，"我是不怎么相信这个的，从小到大，我随着太妃每年都要来法佛寺吃斋念佛几日，我每年都要见上普云大师一两面，看着没什么通天入地之能，只不过比普通的和尚道法高深而已。能推算出这样的事情？我觉得听听就算了。但是偏偏其他人都信得不行。尤其是秦铮哥哥，他明明不信佛，偏偏在这件事情上执拗得很，非说秦钰哥哥会抢他媳妇儿。"

李沐清叹了口气："普云大师被誉为第一高僧，自然有过人之处。"

"如今也没应验嘛！秦铮哥哥要娶芳华小姐，秦钰哥哥如今在漠北，连芳华小姐长什么样还没见到呢，怎么夺啊！"秦倾摇摇头，说什么也是不信的。

李沐清偏头瞅了秦倾一眼，意味不明地道："若是要喜欢上一个人，其实也是很简单的。不需要多长时间，有时候一眼也就够了。"

秦倾这会儿算是听出点儿味来了，顿时瞪大眼睛看着李沐清："喂，沐清兄，你不会是……你……你……不会看上谢芳华了吧？才得罪了秦铮哥哥！"

李沐清没说话。

秦倾见他没否认也没承认，盯着他，猜测道："难道是听音姑娘？你看上听音姑娘了？"

李沐清苦笑了一下，没回答，转移话题："到东跨院了，若是我进去被赶出来，是不是会很没面子？"

秦倾也是个人精，闻言觉得他猜测得八九不离十，李沐清不是看上听音了，就是看上谢芳华了。他心中翻滚闹腾了半晌。他讷讷了半晌无言，才勉强定下神，说道："自然要进去，我想吃炖山鸡。"

"我也想吃！"李沐清道。

"那你怕什么？没面子就没面子呗！你虽然有某些想法，也还没真抢了不是？昨日还能坐一处下棋呢，今日怎么就不能坐一处吃山鸡了？"秦倾拍拍李沐清肩膀。

李沐清展颜而笑："你说得对，没面子就没面子吧，脸皮总要厚些，面子薄吃亏。"

秦倾深以为然地点点头。

二人来到门扉处，一起推开了东跨院的门扉。

入眼处，东跨院分外安静。

谢芳华和秦铮站在门口，谢芳华的脸上不知何时已经蒙上了面纱，身上披着火红的披风，在夜色中，面纱轻拂，火红的披风华艳，她身段纤细婀娜，异常显眼。

秦铮抱着肩膀懒洋洋地倚着门框站在那里，除了寻常穿的一身华丽的锦袍外，周身无丝毫点缀。即便这样，他清俊的容貌在夜色下也是极其醒目，夺人视线。

远远看来，仿如一对璧人。

李沐清的脚步不由得顿了一下，眸光闪过隐约如远山云黛的情绪。

秦倾也轻轻吸了一口气，目光闪过一抹惊艳，靠近李沐清，耳语道："我们刚刚说的那些话声音虽小，但怕是被秦铮哥哥和谢芳华给听到了。怎么办？"

"刚刚我们的声音并不小，他们自然听到了。"李沐清眸光动了动，笑着道。

秦倾垮下脸，小声道："你看看秦铮哥哥的脸色，有些难看，我怕是就算他让我们吃炖山鸡，这也难以下咽啊！"

李沐清眨眨眼睛："八皇子若是怕吃不舒服可以回去陪林太妃念佛经。至于我吗？既然进来了，就再没出去的道理。就算难以下咽，也总要吃几口。"

秦倾顿时低呼一声："其实你们都不知道，我最怕念经了。"

李沐清嗯了一声。

秦倾哀呼："我从小在太妃身边长大，听腻了念经，如今听到就头疼。"话落，他揉揉额头："不过为了讨太妃欢心，我还得佯装喜欢经书，可真是苦死我了。"

李沐清看着秦倾头疼不已的模样，失笑："你竟然也是个会做戏的，这么多年，林太妃竟然没看出你其实不喜欢佛经。"

秦倾捶了他一下，悄声道："你千万别给我说出去啊！这么多年，太妃在宫中虽然说是享福，但也是苦闷孤寡，她的依靠是我，她的喜好也就是经书了。我能陪着她解闷，也算是尽尽她费心教养我这么多年的孝心。"

"安心！只要你自己不说，我是不会给你说出去的。"李沐清笑着点头。

秦倾拍拍胸口，表示放心了。

李沐清偏头看了他一眼，笑意深了些。在这京城里长大的孩子，有哪个是没有心思的？就像是燕亭，寻常大大咧咧，但是对于谢芳华的心思不是也埋藏了多年不被人察觉？更何况在皇宫里长大的孩子，尤其是母亲早亡，被林太妃教养在身边的秦倾。虽然林太妃为人随和，不参与宫中诸事，但是他能够平安长大，也是看惯了阴谋诡计，尔虞我诈。如今他说了一个秘密给他听，他也透露他一个秘密出来。这是互相买账了。

秦倾将心放回肚子之后，闻到浓郁的炖山鸡味便忍不住了，对站在门口的秦铮笑嘻嘻地道："秦铮哥哥，你今日的晚膳不介意多两个人吧？"

秦铮冷眼瞅着走来的那二人，冷笑道："我若是介意呢？"

秦倾挠挠头："你这里的炖山鸡实在是太香了，就算你介意的话，我们也是要吃的。"

秦铮冷哼一声，凉凉地道："秦倾，你陪着林太妃前来礼佛，不是该吃素吗？"

秦倾嘘了一声："秦铮哥哥，我上一次吃山野之味还是半年前四哥没走的时候打猎给我的呢。弟弟可没得罪你啊，你就忍心馋着我吗？"

秦铮不给面子地道："秦钰有当哥哥的样子，我没当哥哥的样子。你可以等着他回来打给你吃。"

秦倾顿时对秦铮作了一揖，讨饶道："好哥哥了，哥哥都是一样的。只不过是四哥和我都生长在宫里，是以更近些。但是论起来，我们都是一个祖宗，该不分彼此才对。"

秦铮笑了一声，不再理他，看向李沐清。

秦倾知道他过关了，暗暗松了一口气，当先跑到桌案前，一屁股坐了下来，拿起筷子，准备开吃。

听言站在桌子旁，哀怨地瞅了秦倾和李沐清一眼。这两个人实在是破坏了他们院子里好好的气氛。尤其是李沐清，这个李公子，他以前是待见他的，待人温和，彬彬有礼，谦逊温雅。可是偏偏他怎么就得罪了公子呢？凡是与公子作对的人，都是他的敌人。于是，他见秦倾要开吃，没好气地夺过秦倾的筷子。

秦倾抬头看着听言，纳闷地道："你抢我筷子做什么？听言，几日不见，你长高了啊，看来忠勇侯府的伙食不错啊！"

听言板着脸道："八皇子，我家公子和芳华小姐还没坐下来呢，您怎么就先用了？您这个客人连宾主之道都不懂吗？"

秦倾一噎。

李沐清忽然笑了一声，径直跟随秦倾身后走到桌案旁，自然地坐了下来。自始至终，没与秦铮说话，也没与谢芳华说话。

听言脸色难看地瞅着李沐清，阴阳怪气地道："李公子，您以前对我家公子可是从不得罪的。如今这是刮了什么东南西北风了？让您与我家公子作对起来了？"

李沐清抬眸，笑看了听言一眼，温和地道："若是我没记错，你现在是忠勇侯府的人了。如此再张口闭口'我家公子'地称呼秦铮兄，是不是该罚？"

听言一噎。

李沐清转头看向门口脸色难看地看着他的秦铮笑道："秦铮兄，一顿山鸡而已，你该不会这么小气吧！据我前几日所知，谢氏云继兄炖了一锅山鸡，人家一口没吃到，却被你连锅都端回了英亲王府。比起你来，我蹭你几块山鸡吃而已，这面皮还要再练上几年才能更厚。"

秦铮看着李沐清，倏地笑了，转过身，忽然将谢芳华打横抱了起来。谢芳华一惊，他看了她一眼，传递了某种危险的气息给她，见她本来要说什么住了口，任他抱着，他满意地走向院中，边走边漫不经心地道："一顿山鸡而已，李沐清，你当爷管不起吗？不过说实话，你的脸皮再练上十年，怕是也不及爷！"

李沐清见秦铮将谢芳华打横抱了起来，谢芳华并没有抗拒，他浅浅地笑了笑，没说话。

秦铮抱着谢芳华走到桌前，并没有将她放在椅子上，而是抱着她坐了下来。

谢芳华感觉所有人的视线都聚在她的身上，她心里一阵闹腾，悄悄地捏了秦铮一下。

秦铮低头瞅了她一眼，对上她的时候，语气温柔："乖，你今日舟车劳顿，被累坏了，就别强自撑着了。你我有了圣旨赐婚，不是外人，我侍候你用晚膳也是应当，你不用不好意思。"

谢芳华心里暗骂了一句，没吭声。

"都坐下来，用膳吧！"秦铮对听言、林七、侍画等人摆摆手。

听言、林七对看一眼，心底唏嘘一声，立马坐了下来。

侍画、侍墨、侍蓝、侍晚四人犹豫了片刻，也慢慢坐了下来。

"现在可以吃了吧？小管家？"秦倾跟听言要筷子。

听言将筷子给了秦倾。

秦倾迫不及待地夹了一块山鸡肉，吃了一口气，哀叹地道："哎呀，有这么好的肉，没有酒可惜了。"

秦铮挑了挑眉："你想喝酒？"

秦倾点点头。

"吃到肚子里的山鸡可以闻不到味道，但你若是喝了酒的话，林太妃还没那么老，你不怕她闻到味道唯你是问？"秦铮不留情地打击他。

秦倾顿时偃旗息鼓："那还是算了，我可怕太妃对我唠叨了。"话落，他又道："就算我不喝，秦铮哥哥、沐清兄，你们可以喝些啊，你们又不怕。"

李沐清叹了口气："我如何会不怕？我娘礼佛，若是知道我如此，她也会唠叨几日。"

秦铮斜睨了李沐清一眼："你本来可以不吃！"

李沐清微笑："秦铮兄，你是不是巴不得我脸皮子能够薄些？可惜，我虽然脸皮没你厚，但也不怎么薄。无论你说什么，我今日也是要赖在这里吃山鸡的。"

秦铮正夹了一块鸡肉，闻言似乎实在忍无可忍，对着李沐清打了去。

李沐清不慌不忙地用筷子轻轻接住，笑意漫开："多谢了！"

秦铮哼了一声，重新夹了一块鸡肉放进碗里，剔除了骨头，然后伸进面纱里喂谢芳华，动作异常自然熟稔。

谢芳华皱了皱眉，但知道这个时候秦铮是故意的，她执拗怕是也执拗不过，于是张嘴吃了。既然他要侍候她，她索性就让他侍候。反正如今她和他圣旨赐婚，在京中的名声跟着他一起也不怎么好了，倒也不必顾忌许多。

秦铮做得自然，谢芳华吃得自然，李沐清仿若未见，却惊住了秦倾。

秦倾张大嘴，睁大眼睛看着秦铮："秦铮哥哥，我没认错人吧？你还是我的秦铮哥哥吧？你……你竟然能够这么温柔小意地侍候人？你何时做过这样的活计？"

秦铮看了秦倾一眼："没做过不代表不会，只不过以前没遇到那个人而已。"

秦倾哀呼一声："这若是让别人来看到，不知道是否跟我一样都快认不出你了。人人都说四哥温柔良善，待人和煦，但是如今看看你，你这也太温柔了，你……你也不怕我们这些人长针眼？"

"怕长针眼你可以不吃！"秦铮瞥了他一眼，警告他别再多话。

秦倾放下筷子，双手举起，做了个投降的动作，之后，低下头，再不敢多话。

"好吃吗？"秦铮不再理会秦倾，低头问谢芳华。

谢芳华点点头，自然是好吃的。

林七见谢芳华点头，顿时高兴："芳华小姐，宴府楼的何晏大厨给了小人一本食谱，小人日日钻研呢！不过我这手艺还是不及上次二公子从外面拿回来的那山鸡炖得好吃。"

"待小住些日子祈福完事儿后，我带你去谢云继那里讨教。"秦铮道。

"多谢公子！"林七顿时喜得眉开眼笑。

听言有些嫉妒地看着林七，嘟囔道："如今我不在公子身边了，你可是得了便宜。"

林七嘿嘿一笑。听言说得对，若不是他被送给了忠勇侯府，他还没机会到二公子身边。虽然险些被二公子扒了皮，但到底如今他这个位置也是人人羡慕求不来的。

"咱们家小姐也没亏待你！"侍画看不过去了，对听言瞪了一眼。

听言似乎有些怕侍画，立马收起了嫉妒的表情，讨好地对侍画道："侍画姐姐，芳华小姐对我自然是极好的。我每日里只管打理海棠亭，海棠亭其实也没太多活，多半时候我都是在睡觉。去了忠勇侯府，我都胖了。"

侍画轻轻哼了一声，算是饶过了他。

秦铮闻言瞅了听言一眼，点点头："当真是胖了。所以，你就老实地在忠勇侯待着。若是你表现好，讨得华儿欢心，待她嫁我之日你还能当作陪嫁跟过来。否则的话，你就只能一辈子待在忠勇侯府了。"

听言连忙打起精神："一定好好表现，不敢懈怠，好好地侍候芳华小姐的海棠。"

谢芳华看着听言的模样，忍不住笑了一下。

李沐清眸光扫了几人一眼，斯文地吃着山鸡，没说话。

秦铮也不再说话，专心地剔除骨头喂谢芳华，半晌过去，他自己竟没吃一块。

虽然谢芳华存心豁出去了想要他侍候，可是这么半天，别人都在吃，他却一块也没吃，还是有些过意不去。况且她也吃了个半饱了，对他道："我吃饱了，你自己吃吧！"

这是她来到这里之后，第一次开口说话，身为谢芳华的她，声音自然是婉约轻柔，才般配她大家闺秀侯府嫡女的身份，与听音有些不太美妙的声音自然是天差地别。

李沐清和秦倾都是第一次听到谢芳华开口，都不由得顿住了筷子，怔了怔。

秦铮微笑："我知道你还没吃饱，你只管吃，我还不饿，喂饱你我就高兴了。"

谢芳华撇开头，伸手推了他一下："晚上还是不要吃太多的肉食为好，免得半夜难受。"

秦铮面色露出暖意，放下筷子："那我送你回房？"

谢芳华确实也不想在这里待着了，点点头。

秦铮抱起她，向房间走去。

秦倾看着秦铮自然地送谢芳华回了房间，唏嘘一声，偏头对李沐清悄声道："若你一眼看中，一见倾心的人是谢芳华的话，我劝你还是算了。你没看秦铮哥哥对她宝贝得跟什么似的吗？岂能给你机会？"

李沐清云淡风轻一笑："听音是一个婢女，他同样也宝贝得跟什么似的。照你这样说，我一样都没机会了？"

秦倾一噎："你……你还当真了？"

李沐清一笑："没开玩笑。"

"你可真敢说！"秦倾唏嘘，"秦铮哥哥是不是知道？你……你竟然不藏着掖着，这种事情反而还让他知道？"

李沐清眸光微闪，慢慢地放下了筷子，浅淡而有些自嘲地道："我不是被人人说成是有君子之风吗？这个枷锁压在身上，加上右相府清流门第的枷锁，既是君子，做什么都要光明正大，坦坦荡荡不是？所以，我要做，自然也要堂堂正正，明明白白不是？若是背后耍阴谋手段，岂能当得上君子之风？"

秦倾闻言伸手拍拍他肩膀，有些怜悯地道："出身在右相府，也是你的命。"

李沐清忽然笑了，挑眉："出身在皇室，难道不是你的命？你的命未必比我的命好。"

"也是！"秦倾揉揉额头，"李沐清，我第一次发现你可真不讨喜，怪不得秦铮哥哥对你防得跟什么似的。君子若是做起什么事情来，光明正大的手段恐怕十个小人的手段也吃不消啊。哎，你可悠着点儿，别把秦铮哥哥惹急了。”

李沐清不置可否，说了一句无关的话：“四皇子秦钰快回京了吧！”

秦倾点点头，顿时高兴地道：“是啊，漠北军营的事情四哥立了大军功，可以将功抵过。这样的话，他一切的罪责全就免了，左相老儿和那一帮子朝臣想阻拦也拦不住了，只等着父皇下旨他就能回来了。”

李沐清点点头，见秦铮已经送谢芳华回房后出来，他意味不明地道：“恐怕他没那么容易回来。我是君子的话，那么四皇子是君子也是小人。”

秦倾顿时对李沐清瞪眼：“不准你这么说我四哥！他才不是小人呢。”

李沐清对他笑了笑：“八皇子，你难道从来就没有想过为何南秦京城内外，南秦国土上下，甚至是北齐，从来无人说四皇子秦钰的不好吗？哪怕他纵火烧宫闱，酒后失德，可是整个南秦上下，都同情他的遭遇，传扬他被人陷害，自始至终无人说四皇子真的失德，你都不想这是为什么吗？”

秦倾看着他，一时目光变幻。

“能让一个人说好容易，让十个人说好也容易，让一百个人说好也不难，但让成千上万，甚至几十万几百万的人说好，你说，难不难？”李沐清似是反问，语气温浅，漫不经心，“四皇子秦钰，可没传说中的那么好。”话落，他又补充道：“至少对于漠北戍边武卫将军兵权这一件事情来说，胜利的人唯有他一人而已。他就没那么好。”

秦倾咬了咬唇，转头坚定地看着李沐清：“就算他没那么好，背后有些阴谋又如何？他是四皇子，是皇后嫡子。上有兄，下有弟，都背后积攒笼络势力想要置他于死地，他不做些什么岂能行？就算做些什么，也是符合他身份该做的事情。”

李沐清闻言轻笑：“其实你什么都明白！”

秦倾哼了一声，看向已经重新回到桌前的秦铮，犹豫了一下，对他道：“秦铮哥哥，你知道四哥什么时候能回来京城吗？”

秦铮不看他，拿起筷子，面无表情地道：“不知道。”

秦倾小心翼翼地瞅着秦铮：“秦铮哥哥，若是父皇下旨让秦钰哥哥回来，三哥和五哥肯定会在半路出手对付他，你不会跟着他们一起出手对付他吧？”

秦铮挑了挑眉。

“秦铮哥哥，关于漠北戍边军营之事，虽然明面上是武卫将军治军不严，但实则明白的人都懂到底如何。他也算是得罪忠勇侯府了。就算他回来，也不会和你抢芳华小姐的。你就别出手对付他了好不好？”秦倾对秦铮求道。

秦铮眯了眯眼睛：“你能代替他保证他不出手抢我的女人？”

秦倾刚想要举手保证，但觉得自己也拿不准，毕竟今日虽然没见到芳华小姐的容貌，但就这一份纤细柔弱不禁风雨似一株海棠花的模样任何一个男人都想要呵护吧？他扯了扯嘴角：“也许四哥真不会抢！毕竟芳华小姐有病在身，大病多年，走路都费力，不是什么人都能如秦铮哥哥你这般一心看到心尖上的。”

秦铮嗤笑一声：“从小到大，凡是我看上的东西，秦钰没少跟我抢。”

秦倾叹了口气：“秦铮哥哥，这么说你也是要出手的了？”

秦铮冷嘲一声：“不管我出不出手，若是秦钰连回京城的本事都没有，他还妄想要皇权至尊那个位置？做梦吧！”

秦倾一呆。拿不准这句话的意思，到底他出手还是不出手。

“你还吃不吃？要吃的话就别再废话！若是不吃，就赶紧滚蛋！”秦铮不想再与秦倾多说，挥手赶人。

“自然要吃！”秦倾知道这话题是继续不下去了，只能住了口。

李沐清却是不吃了，坐在桌前，靠着椅背，看着几人吃。

秦铮也不理会李沐清，根本不在乎他吃多少。

早春的夜晚，清凉的风微微拂来，虽然这一排院落建立在背坡的地方，但到底也是建立在山顶上，坐久了还是有些凉寒之意。

待秦铮吃的时候，饭菜已经有些凉了。

侍画犹豫了一下，对秦铮道：“铮二公子，饭菜有些凉了，你这样吃了怕是伤胃，若不然奴婢拿去给您热热？”

林七立即站起身：“我去！”

“我去吧！”听言也立即站起身。

秦铮摆摆手：“不用，爷胃口好着呢，吃什么都是香的。”

三人对看一眼，都不再言声了。

这时，西跨院门扉处传来英亲王妃的一声低骂：“臭小子，躲在这里吃炖肉，你不知道这里是寺庙，忌讳杀生的吗？连小住几日吃素都忍不了？”

秦铮抬头瞅了一眼，没言声。

李沐清和秦倾对看一眼，连忙站起了身。

李沐清微笑地见礼：“王妃！”

秦倾笑嘻嘻地见礼：“伯母！”

侍画、侍墨、侍蓝、侍晚、林七、听言几人也都齐齐见礼。

英亲王妃由春兰扶着走了过来，再无别人。她扫了几人一眼，目光落在李沐清和秦倾身上，笑骂道：“你们两个小子原来也在这里偷着吃炖肉！若是叫林太妃和右相夫人知晓，能饶了你们俩？”

李沐清温和含笑：“我二人闻到味道，实在嘴馋，便找来了这里，还请王妃代为隐瞒。”

“伯母，您可千万别告诉太妃，否则我的耳朵这几日就甭想清静了。”秦倾告饶。

英亲王妃看着二人的模样，顿时笑了，摆摆手：“念你们初犯，我就不计较了。下不为例。”

李沐清点点头，秦倾也作揖表示感谢。

英亲王妃转向秦铮，看着他，板起脸：“臭小子，你吃得倒欢快？我问你，华丫头呢？她吃饭了吗？你好好照顾她没有？”

秦铮皱眉，不答英亲王妃的话，反而嫌弃她道：“娘，你身上一股子香火的味道，刚从达摩院念经回来？还跑来这里做什么？赶紧回去洗洗睡吧！”

英亲王妃顿时竖起眉头，上前两步，照着秦铮的脑袋打了一巴掌，怒道：“臭小子，我是为了谁辛苦跑来吃斋念经？还不是为了给你娶媳妇儿？你如今倒是嫌弃你娘了？”

秦铮没躲开，任英亲王妃打了一巴掌，夹起一块剔除了骨头的鸡肉放进她的嘴里，口中道：“我的好娘亲，儿子知道您辛苦了！您也眼馋了是不是？来，吃块肉，消消气。”

英亲王妃被肉堵住了嘴，没法说话，只能将鸡肉吃了，又气又笑地看着秦铮道：“少拿这个贿赂我！这后山距离前山虽然不近，但也不算太远，你这炖肉味儿飘得满山都是。我们在达摩堂念经香火虽然燃得旺盛，但还是隐约能闻到。就算我们闻不到，这满山各处走动的僧人能闻不到？你可真是胡闹，竟然刚来山寺里的第一天就炖山鸡吃！”

“这只能怪林七炖的山鸡太香，味儿太浓。”秦铮不反省自己这个打猎的人。

林七顿时被秦铮一句话吓得脸都白了，胆战地看着英亲王妃。

英亲王妃笑着看了林七一眼，那孩子吓得面无土色的样子，让她不忍责怪，改了一副慈善的面孔，夸奖道：“林七这手艺的确是不错，不愧是得宴府楼大厨何晏的真传！”

林七有些惊异王妃竟然夸他，一时间有些手足无措。

“没有他这个打猎的人，你也做不了炖山鸡的人。行了，我不问你的罪，别吓成这副样子了。”英亲王妃不忍心地说了一句，扭头对秦铮质问：“华丫头呢？你还没回话呢！”

“房里呢！”秦铮道。

英亲王妃看向房间，只见房间里掌着灯，帘幕厚重，遮住了从窗外探视的可能。她丢开秦铮，向房间走去。

春兰连忙抬步跟上英亲王妃。

侍画、侍墨四人对看一眼，也连忙跟在身后进房间侍候。

“伯母，太妃可回去了？”秦倾在英亲王妃背后问了一句。

“回去了！你若是吃完了抹抹嘴漱了口散了肉的味道也赶快回去吧，太妃跟前只有嬷嬷和婢女怎么行？这是宫外，不比宫内，你要多看顾着些，太妃年纪大了，别出差错。”英亲王妃头也不回地叮嘱道。

秦倾点点头：“我这就回去！”话落，他看向李沐清：“走不走？”

“走！”李沐清颔首，对依然慢悠悠自己吃着炖山鸡的秦铮道：“多谢秦铮兄海涵请了一顿饭，改日下了山，我做东，回请你。”

秦铮嗯了一声，没好气地道：“你快些滚，别总在爷这儿碍眼。”

李沐清笑笑，对秦倾示意，二人一起离开了东跨院。

英亲王妃来到房门口，侍画快走一步，头前挑开帘幕，对英亲王妃道：“王妃请。”同时对里面轻声道：“小姐，王妃来了。”

谢芳华从里屋应了一声，同时也迎了出来。

英亲王迈进门槛，见谢芳华款步走了出来，今日没戴面纱的她肤质如玉，颜色瑰丽，她顿时惊艳了一下，停住脚步，眸光闪过一丝恍惚。

“王妃！”谢芳华来到近前，看清了英亲王妃眼底的恍惚，清淡地喊了一声。

英亲王妃回过神，伸手抓住她，看着她，张了张嘴，好半晌才说出一句话：“好孩子，这样看来，你简直是太像你娘了。刚刚你对着我走过来，我还以为是看到了玉婉。”

谢芳华垂下眼睫：“我不及我娘。”

“哪里的话？依我看，你更胜过你娘美貌一筹才是。”英亲王妃反驳，话落，摇摇头：“不，不对，论容貌，这样在灯光下细细看清之后，你和你娘长得也就是几分相似而已。你眉目其实更像你父亲。只不过，你这姿态和从骨子里发出的气质，才是更胜你娘一筹的地方。”

谢芳华浅浅地笑了一下。她娘离开的时候，她还太小，对她的记忆太浅薄，浅薄到所有的认知都是后来从福婶、爷爷、哥哥以及别人的嘴里听到的。至于容貌，自然是从画像上看到的。

若是叫她自己说，她是不像她娘的。当然，说的不是面部特征，而是后天形成的某些东西。

从画像就能看出，她娘是真正从骨子里柔到骨子外的女人。而她呢，或许前世还真是像她娘的，但是这一世，称作柔和情的那种东西早就被她给丢得没影了。

“这两日你的脸……这是好了？”英亲王妃拉着谢芳华来到罩灯前，细细地打量她，心下暗赞，这一副容貌怕是早就被她那不省心的儿子给看到了，怪不得步步紧逼，缠人缠得厉害。

谢芳华低低咳嗽了一声："这两日没吃药。"

"为何没吃药？你没吃药身子可受得住？"英亲王妃担心地看着她。

谢芳华点点头："药也不是一直吃的，总要吃一阵子休息几日，否则总是拿药喂着，是药三分毒，也是伤体魄。"

英亲王妃点点头，笑着道："看来法佛寺的确是能让人静心休养。这里山水清灵，你初来山上，连气色都好了很多。看来明日之后，我一定要更诚心地礼佛祈福才是。"

谢芳华看着她，笑着问："要祈福几日？"

"最少要七日。"英亲王妃道，"时日太短的话怎么能见诚心？"

谢芳华低下头，思量了片刻道："三日后就是上元节了，本来我还想着多年未曾出府看花灯了，今年我身子好了些，可以出府去看京城的花灯，真是可惜了。"

英亲王妃见她有些遗憾，顿时不忍心，笑着道："既然你想看灯盏，自然是不能错过了。这样吧，待上元节那一日，我让铮儿带着你出去看花灯。"

谢芳华闻言摇头："还是算了，明年再看吧！我本来是来礼佛的，怎能够贪玩？佛祖怪罪，该不灵验了。"

英亲王妃笑着道："我是为你来礼佛，你是陪着我来礼佛而已。你呢，静心养神最是打紧，不用日日陪我礼佛。三日后，你出去玩不打紧。我有诚心佛祖能看到，就一定灵验。你就放宽心，稍后我告诉铮儿，让他三日后务必带你去。"

谢芳华闻言不再顾虑，缓缓地笑了："谢谢王妃！"

"你这孩子，一家人，谢什么？"英亲王妃拍拍她的手，"行了，你早点儿休息吧！明日一早我派春兰来喊你，若是你身子没有不适，就跟着我去达摩堂听佛法。"

"好！"谢芳华颔首。

英亲王妃嘱咐完了之后，由春兰扶着出了房门。

谢芳华送到了门口。

英亲王妃来到院中，见秦铮已经吃完了，懒洋洋地靠在椅背上休息。她瞪了他一眼："臭小子，夜晚警醒一些，华丫头在忠勇侯府金尊玉贵，如今在这山寺中，恐防不习惯，你好不容易才让老侯爷答应将宝贝孙女交给你，给我好好看顾着，可别出了差错！"

秦铮抬起眼皮，懒洋洋地道："今晚我和她一个房间住看着她，这样您总放心了吧！"

英亲王妃顿时笑了："行，就这样决定了！你若是这样精心地看顾她，你娘我也能睡个好觉，免得因怕她犯病睡不踏实。"

第三十三章

同房

和她一个房间住？那她还要不要睡觉了？

谢芳华闻言自然不同意，站在门口，立即对英亲王妃道：“王妃，我带来了四个婢女，她们都自小受哥哥仔细教导，我不会出什么事儿的，用不着铮二公子看顾。”

秦铮挑了挑眉，没说话。

英亲王妃回转身，看着站在门口的谢芳华，笑着道：“你这孩子，如今你和这臭小子可是圣旨赐婚，若不是顾及你的身子不好，现在就该大婚了。未婚夫妻和夫妻不过是一步之遥。这个臭小子认定了你，我们英亲王府也是认定了你。无论什么时候，你都是英亲王府的人。他照顾你是应该的。”

谢芳华抿了抿唇，还是摇头：“话虽然这样说，但是到底还未曾大婚，男女怎可共处一室？尤其如今还是在法佛寺这等佛门圣地，更不能污了……”

“我不过就是在房间看顾你别半夜犯病而已，又不会做什么，怎么会污了佛门圣地？”秦铮嗤笑一声，打断她的话，“哪里有这么多顾忌和废话？你要知道，我可是当着皇叔和不少朝中重臣立过重誓的。若是你真出了事儿，就算我们没大婚，我也九泉之下陪着你去。如今你的命就是我的命。”

“哎呀，你们两个人的命也是我的命！你们若是出了事儿，我也不活了。”英亲王妃拿出手帕擦擦眼睛，摆摆手，“行了，都别说了，就这么定了。”

谢芳华一噎，她的命担负了人家母子两个人的命了，还能再说什么？

“今日在这院子里的人都是自己人！华丫头，你放心，你们没大婚共处一室的事情他们不会传扬出去。”英亲王妃怕谢芳华心里别扭，安抚了她一句，收起帕子，转头对院中的人严厉地道："都听见了吧？谁若是泄露出去一字半句，我就板子打折他的腿！"

听言、林七、侍画、侍墨、侍蓝、侍晚，还有春兰等人齐齐点头保证。

"你就放心，这些人既然都被安置到你们身边，自然都是靠得住的可信之人。你就安心由他照顾吧！"英亲王妃又对谢芳华说了一句话，转头对春兰道："走吧，扶我回去。"

春兰笑着点头，扶着英亲王妃离开回西跨院。

不多时，二人走得没了踪影。

东跨院一时间安静得有些诡异，院中这些人都压着气息不敢弄出动静。

谢芳华阴郁地看着秦铮。

秦铮闲适地坐在椅子上看着谢芳华，不同于她的阴郁，他嘴角挂着浅笑，清俊的容颜如夜晚开放的夜来香。

"你可真敢！"谢芳华半晌后吐出一句话。

秦铮扬唇，笑吟吟地看着她："爷有何不敢？"

"你最好规矩些，否则别怪我没病发却忍不住先下毒毒死你。"谢芳华警告地看了他一眼，转身回了房，随着她进屋，门砰的一声关上。

秦铮看着因猛力而晃动的门，片刻，转头，问向身边："她是不是害羞了？"

林七唏嘘了一声，不知道该怎么回答。在他看来，芳华小姐可不是害羞了，是恼火了。

听言不愧是和秦铮一块儿长大的，闻言连忙笑嘻嘻地道："芳华小姐是害羞了，公子，您还是小心一些，别真被下了毒。"

秦铮粲笑一声："毒死我她这辈子就嫁不出去了。"话落，站了起来，懒洋洋地摆摆手，洒意地道："你们都散了吧！"

听言和林七点点头，收拾剩菜残羹前往小厨房。

侍画、侍墨、侍蓝、侍晚四人本来已经安排妥当轮班给谢芳华守夜，可是如今她们还如何守夜？

"没听到吗？你们也散了吧！"秦铮扭头瞅了侍画四人一眼，语气轻慢地道，"她有我照顾，你们该休息就休息，最好离得远些，别来打搅。"

侍画四人对看一眼，连小姐都拿这个人无奈，他又是老侯爷和世子准许的人，只能点头。

秦铮交代完，慢悠悠地踱步向房间内走去。

来到屋门口，他伸手推门，门被什么东西从里面阻隔住，他以寻常的力气推纹丝不动。

他眉梢轻挑，微微用力，门却是还不开，他转身走到窗下，伸手推窗子，窗子从里面关着，同样纹丝不动。他站了片刻，忽然嗤笑一声，伸手拔下头上的玉簪，在窗户缝隙轻轻一勾，里面传来啪嗒一声细微声响，窗子瞬间打开。

他伸手将里面厚重的帘幕扒拉开，看向屋内。

谢芳华窝在软榻上看经书，屋中朦胧的光晕打在她的身上，泛出昏黄的丽色。知道他打开窗子时头也没抬。

秦铮瞅着她，站在窗外含笑问："门虽然能挡得住我，但是窗子挡不住，这么轻易就让我打开了。你若不想让我进来，还有没有别的招数？"

谢芳华没抬头，也不理会他。

"你若是再没别的招数，我可就要进来了啊！"秦铮看着她。

谢芳华依然不理会。

秦铮伸手去扶窗棂，在指尖刚要碰到的时候忽然缩了回来，对屋内倏地一笑："你还真敢给爷下毒！"

谢芳华没想到这么无形的毒都被他给看破了，抬起头，看着窗外，对他缓缓而笑，轻柔地道："二公子，我这屋子里可是半步是毒，一寸是迷药。你若是不怕今日把命交代在这里，只管进来。"

秦铮瞅着她，眸光碎了一抹异色的潋滟，片刻后，他扬眉轻狂地道："爷还真不怕！"话落，他轻轻提力，身子不碰触窗框四边，只衣袂擦了点儿边角，转眼间，人便站在了屋子正中。在脚落地的同时，他脱了外衣，随手扔在了地上。

谢芳华看着他皱眉。

秦铮勾唇笑了笑，对她道："你说，若是今日我们真做些什么的话，污了这法佛寺的圣地，是不是也别有一番滋味？"

谢芳华冷眼瞅着他，声音却是温柔："二公子是南秦少有的钟灵隽秀人物，你若是真做些什么的话，我谢芳华这一副破身子，也不是亏了，而是赚了。"

"你当真这样想？"秦铮轻笑。

谢芳华学着他惯常的模样扬眉："自然！"

秦铮歪着头似是思考她这话的真假，看了半晌，依旧无法从她那张清丽沉静的脸上看出丝毫情绪，遂作罢，抬步走近她。

谢芳华窝在软榻上没动，任他走近。

秦铮三两步便来到了谢芳华面前，笑着道："既然你觉得不亏，我正好也觉得不亏，那我们就做些什么吧！反正如今天色还早，长夜漫漫，我看你的样子也无心睡眠，我也正是，我们算是想到一处了。"话落，伸手将谢芳华打横抱了起来。

谢芳华丢了经书，乖顺地任他抱着。

秦铮低头轻轻吻了她粉嫩的唇瓣一下，蜻蜓点水，便抱着她温柔地向大床走去。

谢芳华没想到他会吻她，身子细微地颤了颤，但并没说话。

来到床前，秦铮将她放在了大床的里侧。从家里带出来的锦绣被褥温暖轻软，她身子软软地躺了上去，锦绣被褥的华丽衬托起她的肤色，异常的艳丽。

秦铮眸光闪过一抹魅色，俯首轻笑着问：“用我帮你脱衣服吗？”

谢芳华闭上眼睛，没说话。

秦铮伸手放在她腰间，轻轻一挑，她腰间的丝带瞬间解开，锦绣绸缎从肩膀处滑落，露出里面轻软的锦绸内衣，漂亮的锁骨，纤细白皙的脖颈，以及脖颈上那一处不久前被他咬到的隐隐的红痕。他看着，眸光细微地一变。

谢芳华静静地躺着，心口微微起伏。

过了半晌，秦铮踢了靴子，上了床，挨近谢芳华，伸手扯过被子，搭在两人的身上，被子刚盖上，他的胳膊一软，身子也软软地躺了下来。

谢芳华这时睁开了眼睛。

秦铮看着她又气又笑：“你这个女人，为了不让爷非礼你，连自己的身上都下药，可真是让爷开了眼界了。”

谢芳华看着他额头浸出些微汗珠，可见刚刚抵抗药力用了很大的力度，她轻轻哼了一声：“对付你这种恶人，我不下药怎么行？”

秦铮眼皮翻了翻：“若是爷刚不抱你上床，你难道准备这一夜都窝在软榻上睡？”

“那也比如今跟你躺在一张床上强！”谢芳华想着她还是低估了秦铮的厚脸皮。她将门用黏合的药水黏住了，他若是想进来，只能破门而入。于是他选择了窗子，她将窗子下了迷幻散，可是他偏偏察觉了衣袂不沾，她犹豫再三，还是狠心给自己身上下了软筋散。只要他靠近，他也要中招。软筋散是即时发作的药，可是他偏偏将她抱到了床上，竟然自己也上了床躺下，盖了被子才受不住彻底发作，也是本事了。

秦铮轻笑：“你不喜欢跟我躺在一张床上，是因为不习惯。我们今日先试一次，以后你习惯就好了。”

谢芳华无言，重新闭上眼睛，不想再搭理他。

秦铮唔了一声：“其实我这些年也一直一个人睡，身边乍然躺一个人，我也不习惯。”

谢芳华当没听见。

“但是总会习惯的。”秦铮又道。

谢芳华尽量地忽视身边的他，准备睡去，有了软筋散做保障，他今日休想做什么。

秦铮见她不搭话，猜出她是不想理他，便也住了嘴。但是他并没闭眼睛，而是看着棚顶，静静地躺着，并未刻意收拢气息。

然而，谢芳华越是刻意忽视，却越觉得身边的少年清冽，隐约带着丝梅香的气息无处不在，甚至将她笼罩，让她有些喘不过气来。

谢芳华想躲开秦铮气息对她的干扰，偏偏浑身酸软无力，连抬手指头的力气都没有，顿时有些后悔对自己下了这么重的药。他不能动，她同样也不能动。

本来觉得，对付秦铮就该如此，偏偏他的气息太过强烈，躺在身边也是影响了她。

秦铮感觉到身边的女子情绪细微的变化，她身上散发出幽幽的清香，这种清香不同于落梅居的落梅，也不同于海棠苑的海棠，似乎是雪山之巅那最纯净的雪莲，香中有一种清冽。他心神一荡，顿时有些心猿意马。

这种感觉随着她幽幽散发的香气愈加浓烈，让秦铮忍不住想抱谢芳华，偏偏因为中了软筋散浑身酸软，加之早先硬撑着功力抵抗软筋散，是以，如今是丝毫力气都没有了。他试了试，用尽全力，额头有汗珠滚落，却只动了一下手指，半晌后，他颓然地放弃。

谢芳华终于受不了地睁开了眼睛，偏头再看秦铮。当看到他软袍被汗水浸透，干扰她的强烈的气息霎时没了，有些奇怪地问他："你怎么了？"

秦铮看着她，有一种颓靡的清俊。

"你身体难道对软筋散自动抵抗？"谢芳华皱起眉头。

秦铮不说话，眸光静静地瞅着她。

"若不是你身体自动对软筋散抵抗的话，就是你在运功抵抗。"谢芳华看着他，"你知不知道这个软筋散和寻常的软筋散不同？过度抵抗会伤身，而且，会折损功力。"

秦铮目光终于褪去旖旎，染上了无奈，叹了口气道："我发现跟你睡在一张床上，的确是个错误。"

谢芳华有些来气，骂他："本来就是错误，你自找麻烦！"

秦铮苦笑："那怎么办？如今我们两个人都不能动弹，我想离你远点儿，也离不了了。"

谢芳华虽然不明白他怎么突然认识到这是个错误了，但觉得只要他认识到了，还算是有救。她想了一下："要不然喊人进来，将你搬出去？"

"不行，那爷多没面子！"秦铮立即摇头。

谢芳华瞪眼："面子值几个钱？"

"有些面子不值钱，但是关于这件事儿，面子还是比较值钱的。"秦铮看着她，也瞪眼，"难道你想让你我的下属都知道咱们俩如今的事儿？你为了防着我，连自己都狠心下毒？我丢了面子，你有面子吗？以后他们心里指不定怎么笑话我们呢！"

谢芳华也觉得有些没面子，但是也不能就这样下去啊。她还要不要睡觉了？

"再说了，你让人将我从你的房间抬出去，不出一炷香，我娘就该知道了。你以为那些暗卫隐在暗处是摆设吗？咱们这个院子里除了近身侍候的几个人外，还有多少人在暗处？我就不相信你不知道有你哥哥派来的忠勇侯府的隐卫？只要看到，不出明日，该知道的人都知道了。"秦铮轻轻哼了一声，"传扬出去，咱们俩以后都别混了！"

谢芳华觉得秦铮说得不无道理，不由觉得头疼，气恼地骂他："都是你没事儿找事儿。我用得着你夜里看着吗？好好的觉不睡，还拐了王妃下命令，尽是馊主意！"

秦铮扁扁嘴，有些理亏："我就是想亲近你，谁知道……哎，到头来还是爷自己受罪！"

谢芳华看着他，虽然她早已经丢了情欲之事，但是她毕竟是聪明的，丢了不等于不懂。闻言脸顿时红了，羞愤道："秦铮，你活该！"

"是，爷活该！"秦铮也觉得自己真是活该。

谢芳华看着他，见他一副难受得恨不得给自己两拳的模样，怒气小了些，问他："现在怎么办？"

"还能怎么办？你我都不能动，连根手指头都抬不起来，只能这样了。"秦铮恹恹地道。

谢芳华叹了口气。

"其实，就算你不给爷下药，爷也不会对你做什么啊！你这个女人，爷哪里不好了？这南秦京城多少女人想让爷亲近，爷还不屑一顾呢，偏偏你防我跟防什么似的。"秦铮不满地道。

谢芳华忍不住没好气："我没看出你有哪里好了。多少女人都喜欢你，你偏偏不屑一顾。我不喜欢你，你偏偏得寸进尺。这一点就是你自找的，活该。"

秦铮笑了一声："多少女人也不是你！你如今见爷哪里都不好，总有一天我会让你知道我的好。"

谢芳华撇撇嘴，懒得再说话了。

秦铮似乎也懒得说话了，说话也是费力气的一件事情。

不过二人都觉得这样说了一番话之后，躺在一张床上，盖着一床被子没那么难以忍受了。

过了半个时辰，秦铮嘟囔道："喂，你睡得着吗？"

谢芳华摇摇头，身边躺着一个人，她哪里能睡得着？按理说，她在无名山八年，也不是没和人一起挤着睡过，但那些人都是可以当作活僵尸的人。如今这个人不同。她心底清楚地知道他对她意图不轨，这种危险性让她连半丝困意都没有了。

"我也睡不着，怎么办呢！"秦铮叹了口气。

谢芳华用鼻孔轻轻哼了一声，连活该都懒得再骂他了。

"既然咱们俩都睡不着，就聊天吧！怎么样？"秦铮对她问。

谢芳华挑了挑眉，她不觉得和他有什么好聊的。她在无名山八年，那是一段除了爷爷和哥哥这两位至亲之人外不能被外人知道的过去。那种暗无天日的日子里，除了杀与被杀，拼命地填充东西外，她再没别的有趣的事情。

"我跟你说说我小时候的事儿如何？"秦铮见谢芳华不语，对她道。

"不想听！"谢芳华摇头。

秦铮顿时瞪眼："爷想跟你说，你怎么能不想听？"

“不想听就是不想听，你什么时候的事情我都没兴趣！”谢芳华道。

秦铮顿时气怒，恼恨地看着她：“你这个女人，是一点儿也没拿我当你的未婚夫是不是？我们如今已经圣旨赐婚了，难道你觉得除了我，将来还能嫁给别人不成？”

谢芳华闻言微笑，轻软地道：“铮二公子，别太自信，有些事情说不准！”

秦铮怒极，额头的青筋跳了跳，狠狠地看着她，咬牙切齿：“若是爷现在能动弹，一定掐死你。”

谢芳华很不想打击他，但还是忍不住打击他：“很遗憾啊，我给你下的这种软筋散，不到六个时辰，你是动弹不了的。六个时辰后，天已经亮了。王妃该派兰姨喊我去祈福了。”

秦铮一噎。

谢芳华状似替他惋惜地又道：“哎，怎么办呢？您只能忍着想要掐死我了。”

秦铮气极而笑，牙齿咯嘣了两声：“谢芳华，你等着！等着爷能动弹了，饶不了你。”

谢芳华偏头瞅了他一眼，眸光闪了闪：“我这么一副病弱的身子，你若是打我的话，我的确是打不过你的。可是你在动我之前，可要仔细地好好地想想，我哥哥能不能饶了你，还有我爷爷。哦，还有我堂兄堂弟们，以及谢氏忠勇侯府的暗卫们。”

秦铮轻轻呼吸了一口气，磨牙：“谢芳华，我竟才知道，你虽然身子不好，嘴皮子功夫可是好得很。”话落，他费力地转了转头。因为躺下的时候本来就挨得极近，所以，他费力半晌微微偏了些头的话，就正巧贴到了她脸庞，他笑得凉凉的：“你说，我虽然身子不能动弹，但若费力一些，还能不能试着封住你的嘴。”

谢芳华顿时往外退，奈何她本就旧伤未愈，两日前为了对抗皇帝又增添了新伤，尤其是药先下在了自己的身上，不像秦铮一般，能提力对抗，她费力片刻，依然纹丝不动，顿时脸色有些难看：“秦铮，你敢……”

一个尾音未落，秦铮的唇瓣已经贴在了她的唇上，为了发泄心中的恼火一般，狠狠地碾压地辗转地吻了起来。

谢芳华顿时连呼吸都停了，大脑有一瞬间放空。

因是夜晚，房间本来就黑暗，床帐帷幔遮掩着，将这个大床与房间隔出了一个小世界。在这个世界中，她哪怕是给自己和秦铮都下了药，也是抵不过他的怒火和反抗药物的毅力。

谢芳华想躲开，却是半丝力气没有。

而且，秦铮也不容她躲避，将她细微的呼吸和唇齿间的清甜一并吞入口中，疯狂且不容抗拒。

谢芳华挣扎片刻，只能有些脑火地任他吻着。

秦铮感觉到了她的乖觉，心中油然升起一股得意，睁开眼睛看了她一眼，见她死死地闭着眼睛，他又升起一股恼火，唇下用力地咬了一下。

谢芳华痛得吸了一口气，忍不住轻吟一声，猛地睁开了眼睛。

秦铮放开唇瓣，见她唇瓣被他咬到的地方虽然没被咬破，但是有细微的血印，其余的部分借着窗外细微的月光，隐隐如水蜜桃一般，被他肆虐得红红肿肿。他心神一荡，眸光涌上了一抹暗色。

谢芳华本来想开口骂他，但清楚地看到了他眼底的沉暗汹涌，面色细微地一变。

秦铮复又覆在了她唇瓣上。

这一次，含着她两片唇瓣，轻轻地吻着，细细地品着，如狂风骤雨后的无声细雨般缠绵。

谢芳华本来心中窝了不少的恼火，但是被他如此的轻吻给细细抚慰了，如一块冰，放在他温热的手里，一寸寸地融化。尤其是隐隐黑暗中，视线蒙眬，他这张清俊的脸靠得太近，却是能看清异常的清俊。尤其，他还是一个少年。少年的气息干净清爽盈盈梅香。即便她早就丢失了情欲之事儿，但是身体的本能还在。他如此这般，让她的心神忍不住轻轻飘忽起来。

似乎过了许久，秦铮不舍地离开她的唇瓣，看着她，嘟囔了一句："不专心！"

谢芳华回过神，看着他，心底深处罕见地涌起一股复杂情绪。

秦铮瞅着她，分外认真地道："你再这样看着我，这一夜我们真不必睡了。我也许能吻你一夜，你信不信？"

谢芳华瞬间闭上了眼睛。

秦铮倏地轻笑，声音温柔："这就乖了。"

谢芳华睫毛动了动，清丽的脸如被烧着了一般，心里翻江倒海。

有些东西，她不想承认，却是不受她控制了。

这样的秦铮，她不止一次地觉得，也许这一生她都会摆脱不了了。

秦铮看了她片刻，费力地想去握她放在身侧的手，可是够了半晌，还是没够到，遂放弃，无奈地道："你睡吧，我不扰你了。"

谢芳华睁开眼睛看了他一眼，没说话。

秦铮挑眉："怎么？我说不扰你，你不相信？"

谢芳华连摇头的力气都没有了，又重新闭上了眼睛。不是她不相信，是她真能睡得着才行。身边有这么一个人，又对她做了这样的事儿，她一时半会儿如何能睡得着？

她忽然觉得，她前辈子一定欠了秦铮的。至于欠了什么，她却是没记忆了。

秦铮瞅着她，半晌后，无声地笑了。

厚重的帷幔里，他的笑容华艳至极。

过了片刻，见谢芳华依旧无声地闭着眼睛，他也闭上了眼睛。

这一次，是彻底地除了彼此细微的呼吸声，再无别的声音。

就这样静静地躺了一个时辰，一个时辰后，谢芳华终于平复了心绪，睡着了。

秦铮感觉到她呼吸渐渐地均匀了，慢慢地睁开眼睛，静静地看着她。目光是她睁开眼睛看他的时候从来不会看到的温柔。那一种温柔，融化了世间任何风花雪月。

就这样静静地看着，他的眸光除了温柔外，又不自觉地溢出满足。

第二日一早，春兰便打开了东跨院的门，走了进来。

她刚进入，只觉得院子里静悄悄的，一个人影也看不见，不由得奇怪地四下打量。

她正打量着，侍画、侍墨、侍晚、侍蓝等从房间里走了出来。

"兰妈妈！"四人一起喊了一声。

春兰点点头，瞅了正屋一眼，见帘幕落着，悄声问："二公子和芳华小姐还没起吗？"

四人摇摇头。

"哎呦，如今天都亮了，昨日普云大师说辰时开始讲经，如今卯时三刻了，两位主子还没起，王妃让我过来喊人。这可怎么办？难道今日不去了吗？算起来，今日是第一日，重要一些。"春兰顿时有些为难。

侍画等四人对看一眼，都没说话。

春兰犹豫了一下，想就这样离开去回禀王妃，但又觉得既然是来给芳华小姐祈福，第一日她不去露一面怎么行？挣扎半晌，说道："哎，我去敲门喊一声，看看今日芳华小姐能不能去听法。"

四人点点头。

春兰快走几步，来到窗下，对里面喊："二公子、芳华小姐，您二人醒了吗？"

秦铮困倦地哼了一声，极其细微。

谢芳华声音有些乏力地从屋中传来："兰姨，我醒了，二公子还没醒。您去回禀王妃，我这就起来，稍后就去找王妃，辰时准时到达摩院。"

"好嘞！"春兰得到回应，立即转身往西跨院去回禀。

侍画等四人听到谢芳华的回应，知道小姐安好，也彻底地放下心来，去小厨房给她准备膳食。

屋中，谢芳华给自己下的软筋散的药力刚刚散去，侧着身子睡了一晚上，分外的疲惫僵硬。她支撑起身子，困难地坐了起来，一时间觉得分外没力气，还想继续睡。

她坐在床上试着凝聚功力，找回了些精气神和力气。

放下手，她看向秦铮。秦铮的眉头深深地皱着，似乎介于想挣扎着醒来，却又困得睁不开眼睛的乏力状态。

她瞅了片刻，觉得看着这样的他分外解恨，忍不住扯动嘴角。唇瓣传来细微的痛意，让她记起昨日他对她做的事儿，顿时有些恼恨地伸手拽他：“浑蛋，你给我起来！”

秦铮身子软绵绵的，经她一拽，他的身子跟着手臂晃了晃，依然没醒来。

谢芳华见他睡得沉，手下用力，拧了他一下。

秦铮艰难地睁开眼睛，眼睛处于半睁开半不睁开的状态，疲惫、乏力、困倦地看着她：“你拧我做什么？”

“起床了！”谢芳华瞅着他，以她高超的医术，自然知道秦铮是怎么回事儿。他昨日强行运功抵抗了两三次药力，药力反噬他，吞了他一些功力，虽然吞得少，但到底加重了药性。依照正常来说，下了药之后，六个时辰可解，但解了之后，人会有段时间内的乏力，但由于他运功抵抗，六个时辰后，药力仍无法散去。

“昨日你好好睡了大半夜，可是我呢？我一夜未睡。”秦铮看了她一眼，又闭上了眼睛，“再说，如今我浑身酸软，药力显然还没过去，我怎么起得来床？”

“起不来也得起，王妃派兰姨来喊了。”谢芳华看着他眼底的青影，想着原来他一夜没睡吗？她觉得更是解恨了些。

“不是只来喊你一个吗？”秦铮摇摇头，“你既然能起来，你就去吧，再让我睡会儿。”

“不行，你陪着我去！”谢芳华伸手掐他，“快点儿起！”

秦铮被她掐得疼，睁开眼睛，瞪着她：“你这个女人怎么回事儿？你不是看着爷碍眼吗？如今干吗还要我陪着你？我就不信我不去你还没法面对她们那群女人和那群和尚了，你自己怕什么？”

谢芳华看着他：“我自然是不怕的，谁也不怕。但是既然你是我未婚夫，又陪着我来了这里，你是不是该寸步不离地跟着我照顾我？哪有我去祈福，你在房中睡觉的道理？”

秦铮倏地笑了：“你这是从心里承认我是你的未婚夫了？”

谢芳华轻轻哼了一声。

“既然你如今这般郑重地承认了，以后就不要再说跟我没关系的话了。”秦铮认真地看着她，“谢芳华，你是我的未婚妻，我是你的未婚夫。你可记住了，知道了吗？”

谢芳华瞥了他一眼，没说话。

“你把你是我未婚妻的话再跟我说一遍，让我知道你心里彻底地认识到你我的关系了。我就算是挣扎着，也起来寸步不离地陪着你。”秦铮道。

谢芳华偏开头：“你现在这副样子，起得来吗？”

“自然起得来。”秦铮看着她。

“你是我的未婚夫，我记住了，你放心，我会不遗余力地利用这个身份压榨你的，直到你受不了，跑去皇上那里，取消婚约为止。”谢芳华恶狠狠地道。

秦铮眨眨眼睛，顿时笑了，暖暖地、懒洋洋地道："你放心地利用这个身份压榨我，爷就怕你不利用这个身份压榨。我跑去皇上那里的话，也不会是为了取消婚约，顶多是去反抗下你利用这个身份，将来指不定会给我捅出什么娄子。"

谢芳华眸光微闪。

"不过，你既然是我的未婚妻，将来的妻子，是我认定了要明媒正娶的女人，那么，不管你捅出什么娄子，也是我的女人。我的女人我自然是要护着的，就算是皇上，也不能欺负了你。"秦铮说着话，挣扎着坐起身。

他刚起了一半，额头便冒出了细微的汗。

谢芳华其实也没真想将他拽着拖走去陪她祈福，因为她清楚地知道，他这副样子，连起来都困难，是不可能跟她祈福的。只不过她有心想要折腾他一番罢了。看了他一会儿，见他挣扎得费力，于是伸出一根指头在他胸前轻轻点了一下，他顿时受不住地重新跌回了床上。

"你做什么？爷好不容易起来了！"秦铮不满地看着谢芳华。

谢芳华忍不住好笑，摆摆手："行了，我也就说说，你这副样子，怎么能跟着我去祈福？还是别起了。我自己去吧！"

"那怎么行？这样的话，你那未婚夫的话也是说着玩的了，爷可不准许你拿这个开玩笑。"秦铮摇头，准备再次起来。

谢芳华拿了个枕头，往他身上一放，便将他压得纹丝不动了。她挑了挑眉，笑得温柔："铮二公子，你就好好躺着吧！我觉得，就算是你现在跟着我起来，也是个累赘。你想跟着，我还不想用呢。"

秦铮一噎。

"另外，我没跟你开玩笑！"谢芳华转过头，从他腿上迈了过去，轻轻地跳下了床。

她还没穿外衣，仅着里衣，有些曲线隐隐流露。

秦铮看着她，眸光细微地染上了些异色，想起昨日对她可着劲地亲吻许久，心神顿时一荡。知道如今是不可能再做什么了，为了免于自己难受，不敢再招惹她，费力地偏过了头，不再看她。

谢芳华下了床之后，才发现推开被子的自己只穿了里衣站在地上，她立即看秦铮，秦铮正巧偏过了头。她蹙了蹙眉，想着他还算是有自知之明。于是，拿过外衣，开始穿戴，不多时便穿戴妥当。

"小姐，您和铮二公子都起了吗？需要奴婢现在进去侍候您二人洗漱吗？"侍画听到里屋的动静，站在门外轻声问。

"我起了，他没起。"谢芳华走到门口，伸手从头上拔下一根簪子，在昨日她用药水黏合的地方用力一划，黏合的胶剂应声裂开，她伸手推开了房门，走了出去。

侍画见她出来，向后退了一步。

“我去你的房间梳洗用膳。”谢芳华对侍画吩咐。

侍画点点头。

谢芳华由侍画伺候着，快速地梳洗，不多时，便打点妥当，侍墨端来了饭菜。

简单吃了早膳，谢芳华戴上侍画取来的面纱，出了房间。

林七、听言已经起来，站在院中。

谢芳华看了二人一眼，对他们吩咐：“二公子如今还在房间睡着，你们进去看一眼，若是他想继续睡，就让他继续睡。若是他想用膳，就侍候他用膳。”话落，补充强调：“不过别拿掉他身上的枕头。”

二人疑惑，为什么不拿掉他身上的枕头？

“听到我的话了吗？”谢芳华见二人不语，问了一遍。

“听到了！”二人连忙齐齐答话。

“走吧！”谢芳华偏头对侍画四人点点头。

一行人离开了东跨院，前往英亲王妃所住的西跨院。

出了门，便见到春兰已经扶着英亲王妃走出房间，时间掐得正好。

“哎呦，你瞧这孩子这不起来了吗？”英亲王妃对春兰道，“你还担心她起不来！”话落，又道：“我看是那个臭小子起不来才是。就知道祈福指望不上他。”

“二公子不过是个作陪的，他讨厌佛祖得很，您让他一心跟着礼佛，比杀了他还难。他不起来就不起来吧，您就不要难为他了。只要芳华小姐这个正主儿起来了，不就好了吗？”春兰笑着道。

英亲王妃点点头：“你说得有理！”

二人说话间，谢芳华来到了近前，喊了一声：“王妃！”

英亲王妃笑着点点头，上前一步，拉住她的手，低声问：“昨日那臭小子没欺负你吧？”

谢芳华闻言面色一红，怎样才算是真正的欺负？昨日他对她亲吻算不算？但是话又说回来了，她给自己和他都下了药，如今她起来了，躺在床上起不来的人是他。这样算起来，到底是谁欺负了谁？她低低咳嗽了一声，有些不自然地摇头：“没有。”

英亲王妃仔细地瞅着她，她毕竟是过来人，见她隔着面纱，气色隐隐不自然，顿时笑开了，也不再询问，拉着她向达摩堂走去：“走吧，林太妃和谢氏六房的老太太怕是早就到了。”

谢芳华点点头，见她不再询问，暗暗松了一口气。

一行人向达摩堂走去。

第三十四章

大火

京　门　风　月

后山的院落距离前山的寺院有一段距离。英亲王妃显然是顾及谢芳华的身子，一边与她闲话，一边走着，走得并不快。

走到一半的时候，正巧碰到了从西边岔路口走过来的右相夫人和李沐清以及两个侍婢。

右相夫人由两个侍婢扶着，李沐清走在身边。

今日的李沐清身穿一身素淡的长衫，远远走来如这山寺中的一抹清风，处处透着温雅。

谢芳华看了右相夫人和李沐清一眼，右相夫人为了她自己和儿女的地位，双手沾染了右相府后院许多无辜婴儿的鲜血。

在这个以男人为天的皇权社会，不能说她做得不对，她做的是大多数女人都做的事情。

夫为天，妻为地，妾为贱。

谢芳华正在打量间，两方人已经碰了头。

李沐清含笑躬身给英亲王妃见礼。

英亲王妃笑着对李沐清摆摆手："起吧，哪里有那么多礼数！这孩子就是比我家那臭小子规矩懂事儿。"

李沐清笑笑，直起身，眸光若有若无地向谢芳华扫来。

谢芳华站在英亲王妃身边，没看李沐清，没说话，亦没给右相夫人见礼。

"昨日太累，今日起得晚了，我还以为我是最晚到达摩堂的一个，没想到这里遇到了你们。"右相夫人笑着打招呼，"王妃这么多年从来不曾踏足寺院小住过，乍然来到这里，昨日睡得可习惯？"

"这些年在王府内可给我憋得够呛，如今出来，这山寺空气清新，夜里安静，睡得自然习惯着呢！”英亲王府也笑着打招呼。

“芳华小姐今日也跟着来祈福了，身子可是爽利了些？”右相夫人看向谢芳华，笑着问。

谢芳华点点头，隔着面纱虚弱地道：“身子还好，劳烦王妃辛苦来了这里为我祈福，我自己怎么也要争气些。”

“这第一日普云大师要给你沐浴佛光，洗涤污浊之气，自然要辛苦一些。若是明日之后，你身子难为，也可以来半日歇半日。”右相夫人笑着道。

谢芳华点点头：“多谢夫人指点。”

“指点就罢了，我也是这么多年总跑来这寺院小住，才知道一些这里面的门道。”右相夫人顿时笑了，向一行人身后看了一眼，问道：“铮二公子呢？没陪着你们一起过来？”

“那个臭小子，还睡着呢，怎么能指望他？”英亲王妃摆摆手。

“他们爷们儿是不喜欢我们娘们儿做这些事情。铮二公子的性情一直以来就不受拘束，让他跟来祈福已经是难为他了，更别说还要他去听佛经了。”右相夫人一边说着一边笑着摆摆手，“清儿，你不喜这等事情娘也知道，你也别跟着了，去别处玩吧！”

李沐清闻言失笑，无奈地道：“娘，我又不是小孩子，去哪里玩？”

“去找铮二公子玩！你们以前不是一直玩耍在一处吗？如今这个年节年前年后都忙，我看你们在一起的时候都少了。”右相夫人道。

李沐清眸光动了动，笑道：“他如今还没起来，我若是去吵了他，他没准跟我翻脸。他的脾性可是不论我们的交情的。”话落，又道：“我也不是不喜听佛经，法佛寺虽然不进闲杂人等，但是你们身边也需要有人看顾。侍卫们不方便陪同，儿子就陪着你们吧！”

“哎呦，这孝心真是可嘉！”英亲王妃忍不住赞扬，对右相夫人说道，“孩子一片孝心，行了，就让他去吧！我们一帮子女眷，若是有什么事情，确实不方便，让他跟着也好。”话落，又道：“我家那个臭小子的确是那个死德性，若是吵了他，他连我的脸都翻。秦倾那个毛小子不是也跟着太妃去了达摩堂了吗？他们二人在一处，也有个伴。”

右相夫人闻言点点头，目光扫了谢芳华一眼，笑道：“那你就跟去吧！”

李沐清笑了笑，不再说话。

一行人缓步向达摩堂走去。

英亲王妃一直拉着谢芳华的手，同时与右相夫人说着闲话，不多时，来到了达摩堂。

达摩堂门口有一个小沙弥等在那里，见一行人来到，连忙双手合十，打了个佛偈，朗声道：“里面已经准备妥当，敝寺的普云大师和住持大师以及各位长老已经就座。林太妃和谢氏六房的女眷们也都已经到一会儿了。如今时辰正好，王妃和李夫人快请进吧！”

英亲王妃点点头，携着谢芳华当先迈进了达摩堂的院门。

正如那个小沙弥所说，林太妃、谢氏六房的老太太、秦倾、谢伊，以及法佛寺的一应僧众都已经盘膝就座。首位坐着普云大师，他身旁留了一个位置。次位坐着法佛寺的住持和一应长老。林太妃和谢氏六房等女眷都坐在众僧包围的中间。地上放了蒲团，其中留了几个位置，正是给英亲王妃等人留的。

"王妃请下座。既然是来给芳华小姐祈福，芳华小姐就坐在老衲身旁吧！"普云大师见一行人进来，看了几人一眼，发出苍老的声音。

英亲王妃十分虔诚地点点头，松开了谢芳华的手，对她温声道："华丫头，过去吧！"

谢芳华蹙眉，就算是祈福听佛经，她有必要坐到普云身边？

"听普云大师的就是了。"英亲王妃拍拍她的手，低声道，"普云大师名扬天下，可不止是佛法高深，卜算也是高明。他让你坐在他身边，必有用意。"

谢芳华想起除夕那日来法佛寺抢夺心经，当时在这老和尚的手心写了自己的名字。既然他知晓她的秘密而给她瞒下，那么无论有什么用意，也不必理会了。于是，她缓步走到普云大师身边的座位上坐了下去。

英亲王妃、右相夫人、李沐清等人依次就座。

普云大师见谢芳华坐在了他身边，点点头，对法佛寺住持道："开始吧！"

法佛寺住持点点头，对众僧摆摆手。

众僧开始闭上眼睛，齐声念佛经。

众人闭上了眼睛，齐声念了起来，有模有样。

谢芳华坐在普云大师身边，静静地看着场中的人，除了李沐清与她一样没闭眼外，整个达摩堂一片诵经声。

她隔着面纱静静地看着诸人的时候，李沐清也静静地隔着众僧看着她。

二人视线交汇，各自无声。

谢芳华想看清楚李沐清在看着她的时候眼底的东西，可是，不知是隔着面纱的原因，还是如何，她看不清，她找寻不到他眼底的情绪。

看不清一个人眼底的情绪，有两种原因。一是不入心，二是对方心思太深。

她一直就知道，这个右相府的公子李沐清不是一般的公子哥。秦铮自诩棋艺高绝，二人却下个平手，论心思谋略，都足以说明李沐清的心思之深，谋略之深。

只是，若说他对听音有兴趣也就罢了，如今却是对她……

那么，他是不是也知道听音就是谢芳华？

"李公子，诵经要专心！"普云大师闭着眼睛，在满堂经声中开口，"你心中无佛，不如不来。"

李沐清闻声将放在谢芳华身上的视线转向普云大师，温和地认错："大师说得是！"话落，也不争辩，双手合十，缓缓地闭上了眼睛。

普云大师不再说话。

谢芳华静静地坐着，并没有闭眼，她经历了前一世的轮回，无论什么事情，只信自己。况且她身子好得不能再好，身边这个老和尚明明知道，却不点破，陪着做这一场戏。

大约过了半个时辰，达摩院外忽然传来急匆匆的脚步声。

谢芳华顺着声音看去。

满堂的僧众无人睁开眼睛，诵经声丝毫没受到影响，似乎都入了境。

不多时，一个小沙弥跑了进来，气喘吁吁地道："住持，大事不好了，后山起火了！"

法佛寺的住持一惊，眼睛睁开，腾地站了起来，看向那小沙弥："你说什么？"

普云大师也睁开眼睛，问向那小沙弥："后山哪里？"

"是后山的山林！不知为何起的火，火势很大，快要蔓延到了后山的院落。住持、普云大师，咱们的僧众大部分都聚在这里，如今没有几个人救火，快去救火吧！"那小沙弥急急忙忙地说道。

法佛寺住持闻言顿时急了，看向普云大师："师叔，得赶快去救火。"

普云大师摆摆手，吩咐道："敲警钟！"

法佛寺住持连忙往外走，一边走一边疾声道："走，大家快去救火！"

一众僧众闻言连忙从地上站起身，急匆匆地跟着法佛寺住持跑了出去。

与此同时，法佛寺发生紧急事情才会敲醒的警钟被敲响，响彻全山。

普云大师见众僧离开，也跟着站起身，看向一众女眷，对为首的英亲王妃道："王妃，既然后山起了火，今日的祈福怕是只能到此为止了。"

英亲王妃没想到出了这等事情，也站起身。她清楚地听到那小沙弥说大火快蔓延到了后山的院落，想起正在睡觉的秦铮，顿时有些焦急，对谢芳华疾声问："华丫头，你出来房间的时候，说铮哥儿在房中睡觉？他真的在睡觉？"

谢芳华也站起身，她刚来到这里不久，如今的秦铮怕是还躺在床上。虽然有他自己的隐卫，但是万一出现意外状况，无人救他的话……这样一想，她立即对侍画、侍墨道："你二人立即去东跨院，务必保证铮二公子的安全。"

侍画、侍墨见小姐如此郑重其事地吩咐她们，便知道铮二公子今日未出房间，一定不是睡觉那么简单，于是连忙道："那您这里……"

"有侍蓝、侍晚在，我不会有事！快去！"谢芳华吩咐。

侍画、侍墨点头，再不耽搁，飞身出了达摩堂。

英亲王妃见此愣神了片刻，焦急地上前两步，抓住谢芳华的手，对她低声问："铮哥儿不会有事儿吧？他怎么了？为何一直在房中不出来？"

谢芳华拍拍英亲王妃的手，镇定地温声道："王妃别急，昨日二公子一夜未睡，才困乏得很，今日起不来。刚刚您一说，我怕他出事情，便吩咐我的两个婢女去了。您放心，他的本事不用我说，您也知道，不会有事儿的。"

英亲王妃看着谢芳华，见她一派沉静，虽然心中清楚这场火来得蹊跷，但此时这等关头，还不清楚后山大火的情况到底如何，只能压下，对她道："我们也赶快去看看吧！"

谢芳华点点头。

英亲王妃担心儿子，拉着谢芳华的手快步往外走。

"走，咱们也去看看！"林太妃也坐不住了。

"娘，既然秦铮兄在后院，我也赶紧去看看！"李沐清看了谢芳华一眼，对右相夫人道。

右相夫人立即拽住他的胳膊："你这样跑去，将娘扔在这里？铮二公子有王府的隐卫。"

李沐清被拽住，对她道："娘，我喊两个人出来保护您。秦铮兄虽然有本事，也有王府的隐卫在，但是也恐防万一。"话落，他又道："林太妃、六房的老太太年纪都大了，我觉得你们还是不要去后山了，就在这里等着吧！若是火势能控制住，自然是极好，若是控制不住，孩儿去看看，也会立即派人来传消息让你们立即下山。"

右相夫人闻言还是有些担心："可是你……"

"娘，我不会有事儿，起个火而已，您放心吧！"李沐清堵住右相夫人的话，轻声对外喊了一声："来人！"

"公子！"两个人立即出现在了他面前。

"保护好这里的人。"李沐清吩咐。

"是！"那两个人立即颔首。

李沐清吩咐完后，不再多说，身影一闪，出了达摩堂。

秦倾也有些担心秦铮，但是又不放心身边的林太妃，焦急不已，也对外面喊："来人！"

"主子！"有一个人立即出现在了秦倾的面前。

"你去后山的东跨院看看，别让秦铮哥哥出事儿！"秦倾摆手吩咐。

"是！"那人已经应声，顷刻间出了达摩堂。

右相夫人得到儿子的嘱咐，只能停住了脚步；林太妃和谢氏六房的老太太也觉得自已年岁大了，去了也帮不上什么忙，没准还给添乱，不如不去。

英亲王妃则是已经拉着谢芳华出了达摩堂，没理会身后的人。

普云大师道了一声“阿弥陀佛”，对林太妃、右相夫人等人道：“各位施主就候在这里吧，老衲去看看。若是火势太大，挡不住的话，各位施主务必赶紧下山。”

“大师快去吧！”右相夫人点点头。

普云大师不再多说，也快步出了达摩堂。

一行人离开后，只剩下一群女眷和秦倾。秦倾很想去后山看看情况，但是他自然不能离开。于是轻轻提力，上了达摩院的房顶，向后山看去。

只见后山的山林的确如那小沙弥说，一片浓烟和火海，已经染红了半边天。

他面色一变，早上来达摩堂的时候，还没有起风，可是如今，他站在房顶上，分明感觉到风很大。按理说，春天刮这样的风不奇怪，但是就怪在今日的风比往日大。尤其是风向来源于北方，这样的北风刮来，火势顺着风向卷着向南蔓延，转眼间便移出数丈之地。这样的火势，趁着风向，短时间内如何能熄得灭？

火势已经逼进了东跨院，东跨院内此时浓烟滚滚。

恐怕后山那些院落都保不住了。

“八皇子，您看得到吗？火势如何？很严重吗？”谢惜一直没找到机会与秦倾说话，如今见他上了房顶，面色一片凝重，鼓了半晌勇气，才轻声开口。

秦倾转回头来，看向谢惜。

林太妃此时也问：“看得到吗？”

秦倾点点头：“看得到，火势很大，一时半会儿恐怕控制不住。”

“那怎么办？”林太妃不由得想起两百多年前法佛寺那一场大火，烧毁了半个寺院，那是何等的惨烈。

“现在蔓延到哪里了？”谢氏六房的老太太问。

秦倾抿了抿唇：“已经快要吞没整个东跨院了。”

谢氏六房老太太面色一变：“那是芳华小姐的住处啊。大火从北方山林而来，可是怎么却从东跨院烧了起来呢？”

“是东北方向来的风。”秦倾解释。

谢氏六房老太太道了句：“阿弥陀佛，希望这火赶紧被扑灭。”

“秦倾，依照你看到的情形看来，这火会不会烧到这里来？”林太妃镇定地问。

秦倾考量了一下，摇摇头：“难说！”

“英亲王妃和芳华小姐已经去了吧？”林太妃顿时犯起愁来，“她们两个女人家，尤其芳华小姐还那副病弱的身子，她们去凑什么热闹？怎么刚刚没拦住？妇人之家，哪里能救得了火？”

秦倾闻言再看向后山，除了能看到北山山林和院落处的大火外，再看不到其他，他叹了口气："秦铮哥哥在东跨院，伯母和芳华小姐不放心，自然是要去的。"

林太妃对他嘱咐："你就在上面，时刻关注着火势，暂时别下来了。若是苗头不对，火势控制不住，蔓延到这里来的话，我们都得赶紧下山。"

秦倾点点头。

"哎，本来好好地来给芳华小姐祈福，怎么就出了这等事儿。"谢氏六房老太太揉揉额头，"这个孩子，一直以来多灾多难的，连给她祈福，竟然也……"

"祖母，您别担心，芳华姐姐不会有事儿的。"谢惜扶着谢氏六房的老太太，轻声道。

谢氏六房的老太太点点头。

英亲王妃、谢芳华等一行人出了达摩堂后，快步走向后山的院落。

英亲王妃拉着谢芳华走得快，谢芳华跟着她，面纱随风飘摆，她看了一眼风向，眯了眯眼睛。

"跟得上吗？"英亲王妃走了片刻，发觉自己走得太快了，回头问谢芳华。

"跟得上！"谢芳华点头，"您只管走，不要顾及我。我没事儿。"

英亲王妃不再说话，端庄的脸色微微地板着，薄唇抿在一起。

路上一个僧人也无，都去后山了。

走到一处拐角，忽然侧面出现了四个黑衣人，四人都拿着剑，迎头就对当先的英亲王妃和谢芳华砍来。

谢芳华眸光眯了眯，瞬间拉着英亲王妃倒退了两丈远。

英亲王妃被拉得一怔，当看清楚出现的四名黑衣人，脸色蓦地一寒。

侍蓝、侍晚已经感觉到了杀气，二人立即拔出腰间的宝剑，迎上了四人。

春兰武功虽然不好，见此也没尖叫，立即从腰间拿出匕首，迎上了四人。

转眼间，侍蓝、侍晚便和四人过了几招。

过招之下，二人发现，四人的武功与二人武功相当，而且，这等狠辣的招数和出手不留余地，不是杀手就是死士无疑。

侍蓝当即大声道："小姐，您和王妃快走！"

"王妃、芳华小姐，您二人快走！"春兰到底是武功太差，说话间，胳膊挨了一剑。

英亲王妃板起脸，从袖中抽出一枚物什儿，就要向上空抛去。

谢芳华伸手按住了英亲王妃的手，低声道："不要放出去！"

英亲王妃偏头看向她。

谢芳华冷静地道："今日这件事情蹊跷，您放出这种东西，最先收到信号的一定是秦铮。他身体不适，没办法赶来，恐防被他看到乱了阵脚。另外，我对付得了他们，还用不到您放信号弹。"话落，她伸手入怀，拿出一个玉瓶子，拧开瓶塞，喊了一声："你们闪开！"

侍蓝、侍晚自然听话，回头瞅了一眼，立即拉着春兰侧身闪开了。

谢芳华扬手将瓶子中的药粉对着四人洒了出去。

那四人在听到她喊闪开的时候，也看到了谢芳华手中的瓶子，但他们对看一眼，都齐齐冲到了谢芳华近前，当头对着英亲王妃和她砍下。

但是他们到底是不了解谢芳华。

谢芳华的手不但快过他们手中的剑，而且转眼便将药粉洒在了他们的身上。

昨日给她自己和秦铮下的软筋散，今日再次派上了用场。

这种被她研制出来的奇效软筋散，比世间任何毒药都要发作得及时。

所以，软筋散刚洒到四人的身上，四人身子齐齐一软，手中的剑不但再没力气砍下去，身体也顿时虚软地栽倒在了地上。

英亲王妃有些愣神地看着迎面仰倒的四人。

"你们二人过来，立即掰开他们的嘴，拿出他们藏在舌根下的毒药。"谢芳华吩咐道。

侍蓝、侍晚闻言立即上前掰开黑衣人的嘴。不过转眼工夫，三个人口中的毒药已经被强撑着力气咬碎，只有靠近谢芳华最近的一个人中的软筋散太多，药效太大，还没来得及咬碎口中含着的药，已经被侍画强行地掰开他的嘴，将他含着的药抠了出来。

那三人当即面部发黑，不多时，整个人开始腐烂，转眼间，地上那三人都化成了水！

春兰睁大眼睛，惊呼一声。

"好强烈的化尸水！"谢芳华冷笑一声。

英亲王妃回过神来，脸色分外难看，说道："这个人好好看管，一定不能让他再死了。我倒要看看，是谁想要杀我和你。"

"这四个人都是死士，要从他口中撬出主谋怕是难。"谢芳华道。

"别说是死士，就算是死人，也得开口说话。"英亲王妃凌厉地道，"交给铮儿吧！铮儿有办法让他说。"

"你们看好了这个人，稍后交给秦铮。"谢芳华点点头，对侍蓝、侍晚吩咐。

"是！"二人收了剑。

侍晚上前一步，敲昏了还欲找别的办法寻死的那个人，与侍蓝一起拖起了他。

"春兰，你的伤如何了？别傻站着了，赶紧看看伤势！"英亲王妃对春兰轻喝了一声。

春兰身子一激灵，回过神，看向英亲王妃，随即，伸手指着谢芳华，讷讷地道：“芳……芳华小姐她……”

英亲王妃知道春兰想说什么，今日发生这样的事情，虽然是意外，但是谢芳华的作为更让人意外。若是传出去，谁能信她是忠勇侯府一直卧床多年的谢芳华？若不是她一直抓着她的手，连她都不敢相信。

“我虽然大病多年，身子弱，但没事儿的时候研究了些医药毒术。兰姨不必惊异。”谢芳华沉静地道，“危急关头，起点儿作用。我爷爷和哥哥知晓，只不过从来不曾外传而已。是以王妃和你不晓得。”

一句话，轻飘飘地避重就轻。

“忠勇侯府是钟鸣鼎食之家，藏书数十万册，你虽然病着，但会些防身术也不奇怪。”英亲王妃拍拍谢芳华手，冷静下来，对怔愣的春兰道：“有什么大惊小怪的？赶快看看你的伤势！”

春兰能一直跟在英亲王妃身边，自然也不是个心傻的，这里面定有隐情。但是这样的事情，自然不能被外人知道。她连忙点点头：“的确没什么大惊小怪的，奴婢这不是被突然出现的杀手给吓到了吗？”

“我这里有止血的药，你流这么多血，伤口肯定深，不包扎不行。”谢芳华又从怀里拿出一瓶药，上前一步，扯开春兰的袖子，将药粉洒在她的伤口上。

春兰点点头，任谢芳华给她包扎。

药粉洒在伤口上后，血立马止住了。她伸手撕扯了春兰的一截衣袖，利索地给她包扎起来。

春兰有些惊奇，看着谢芳华，一句话也说不出来了。

“兰姨要记住，十日不能沾水！”谢芳华包扎完之后，也不理会春兰如何神色，看向北山。只见浓烟弥漫，火光冲天，短短时间，东跨院已经淹没在一片火海中，已经开始吞噬西跨院。她皱了皱眉，说道：“看此情形，北山这些院落怕是都难逃这一场大火！”

英亲王妃虽然焦急担心儿子，但经过刚刚刺杀一事，她已经镇定下来，说道：“这一场火来得的确大，烧了院落是小事儿，只是吞噬了这佛门圣地，加之因为你来祈福，传扬出去，恐怕对你和忠勇侯府不利。”

在这个信奉神佛鬼怪的社会，人们会把很多解释不了的事情或者黑暗的事情归结为神鬼之说。谢芳华第一次踏入佛门圣地，便导致佛门圣地失火，这样的事情一经传扬出去，天下百姓们会说出什么言论可想而知。

英亲王妃冷静下来的第一时间就想到了这件事情的后果，直接牵扯的人是谢芳华。她心里顿时凝重起来。

显然，这是一场处心积虑的预谋。

谢芳华在听说法佛寺失火的第一时间便知道这件事情是冲她和忠勇侯府来的了，如今见英亲王妃点破，她淡淡一笑，沉静地道：“当初四皇子秦钰纵火烧宫闱，被贬去漠北之后，无名山在同一时间毁了。若说是天意运数，那么，如今的我，是不是和当初的四皇子遭遇甚是相似？漫天的流言蜚语，传扬什么天煞孤星，他克毁了无名山，我克毁了法佛寺？”

英亲王妃一怔。

“如今呢，四皇子将功抵过，过往再不追究，天下人不再传扬他克毁无名山，而是传扬他有胆有识，挽救了两国边境之战，免于两国因此而起的纷争。”谢芳华笑了一声，“比起宫闱，比起无名山，法佛寺虽然是佛门圣地，但是，天大的过错，只要有天大的功劳盖住，也就两两相抵了。既然四皇子能寻求到天大的功劳，那么，我也学他的作为，寻求一个天大的功劳就是了。”

英亲王妃看着谢芳华，轻轻叹了口气。既然她有主意，她便也不需要操心了，拉住她的手道：“我们过去吧，希望铮哥儿没事儿。”

“别人只有一条命，他能有九条命。您放心吧！”谢芳华道。

英亲王妃本来有些担忧，闻言顿时笑了：“也是！”

一行人继续向前走去。

靠近大火蔓延的地方，便感觉到浓浓的热气扑面而来，伴随着呛鼻的滚滚烟尘。

浓烟中，隐约看清法佛寺的僧人每人提着木桶，正围一圈浇水扑火。

大火疯狂肆意地直扑，似乎连人也要被卷入火中。

“怎么不见铮哥儿？”英亲王妃扫了一圈，没见到儿子，不免又担心起来。虽然她清楚这么多年来儿子的本事，但到底昨日他是住在谢芳华的房间，难免有意外发生。

“你们现在就和侍画、侍墨联络，看看她们在哪里？秦铮是否安全！”谢芳华回头对侍蓝、侍晚吩咐。

二人立即点头。

侍蓝从怀中掏出一个牧笛，吹了起来。

她的牧笛声刚响起不久，西方五百米处也传来同样的牧笛声。

侍蓝收了笛声，对谢芳华道：“小姐，她们在西方五百米处，说铮二公子很好，让您别担心！”

英亲王妃闻言松了一口气。

“走，我们过去找他。”谢芳华道。

英亲王妃点头，一行人向西走去。

刚走了不远，忽然一阵风刮来，有一束火苗飘到了谢芳华戴着的面纱上，面纱瞬间着了。

英亲王妃距离谢芳华最近，这次惊得忍不住叫了一声："华丫头！"

谢芳华在纱巾着起来的那一刻，挥手打掉了纱巾，一团火滚落在地上，顺着风，吹向了侍蓝、侍晚拖着的黑衣人。

谢芳华眯了眯眼睛，立即道："盖灭！"

侍蓝、侍晚知道这个人的重要性，瞬间齐齐出掌，用绝对强势的掌风合在一处，瞬间压灭了即将燃在黑衣人身上的火势。

黑衣人胸前一大片衣物已经烧没，皮肤烧焦了一块。

英亲王妃连忙拉住谢芳华，仔细地打量她，见她完好，松了一口气："还好没烧到你。这若是反应慢一点儿，后果可就不堪设想了。"

谢芳华笑了笑，没说话，眸光看向一处，有些森凉，对侍蓝道："你过去，将那个提着两个桶的和尚给我带来。"

侍蓝知道刚刚那火苗来得不是意外，听从谢芳华的指示立即奔了过去，伸手去扣那和尚肩膀，那和尚猛然转回头，看着侍蓝，疾呼道："这位女施主，你快躲开，小心引火上身。"

侍蓝不说话，出手去点他的穴道。

"你要做什么？"那和尚顿时挥手去打侍蓝。

谢芳华站在不远处看得清楚。这和尚看似无辜，出手却是杀招，只看他抬起的手势，侍蓝恐怕不是他的对手。她冷笑一声，从头上抽出一根簪子，甩手对准那和尚打了出去。

簪子刺中了那和尚的手，那和尚啊的一声。

侍蓝趁机点了他的穴道。

"带过来！"谢芳华对侍蓝吩咐。

为防这和尚跟早先四人一样嘴里含毒，侍蓝掏出一块手帕，塞在了他的嘴里，拽着他向谢芳华走来。

这和尚大约三十多岁。

英亲王妃的脸已经沉得极其难看了："竟然连法佛寺的和尚都参与在内了，好大的手笔！"

谢芳华没说话。

侍蓝来到近前，将簪子递还给谢芳华。谢芳华接过，插入了发髻里，对她道："拖上他，走！我也想看看，还有没有人再来刺杀这两个人。"

侍蓝点点头。

"芳华小姐，您的面纱如今没有了，您的脸，可怎么办？"春兰觉得今日这一路实在太惊险了。

谢芳华知道自己的面纱没了，可是她怀里有备用的，伸手又拿出来一块。

“算了，你的容貌总不能一直遮遮掩掩。”英亲王妃拦住她的手，看着前方蔓延得扑都扑不灭的火海道，“俗话说，凤凰浴火，才能重生。若是这一场大火烧没了你的病，也是好的。”

谢芳华心思一动。

英亲王妃对她轻轻一笑，摸摸她的脸，慈爱地道：“你这个傻孩子，你的脸又不是见不得人，整日藏着掖着做什么？当年你娘和我都是顶着这样一副姿容。若不是你父亲重情重义，若不是你娘生死相许，如今他们都跟我一样活得好好的。”

谢芳华看着英亲王妃，对这位和她娘亲是手帕交的长辈，无论什么时候，她都觉得亲近。她轻轻叹了一口气：“听您的，不戴就不戴了。若是我的病就此好了，那真要感谢这一场大火了。”

英亲王妃拉住她的手：“你的病自然会好的。这火总不能白烧一场。若说你这病是邪病，那这么邪着治了也没啥不好。”

谢芳华笑着点点头。

“走吧，将这个人也给臭小子送去！”英亲王妃扫了一眼侍蓝手里的和尚，脸又沉了下来。

一行人继续向前走。

走出一段路，有人喊：“风又大了，这火拦不住了，我们快撤吧！”

“若是再晚走的话，我们怕是都会被大火包围，葬身火海！”又有人喊了一声。

谢芳华顺着声音看去，只见熊熊大火扑来，有两个和尚提着桶扯着嗓子在喊。

英亲王妃也顺着声音看去，烟熏火燎中，看不清楚那两个和尚的面貌。

“小姐，这两个人……”侍蓝低声问。

“不用理会他们，我们先去与秦铮汇合。”谢芳华断然道。

侍蓝点点头。

一行人加快脚步。

转过了两道围墙，来到刚刚牧笛传出的声音处，只见那里围了不少人。而众人中间，秦铮靠在距离水井不远处的一株树干上，他的身边站着林七、听言、侍画、侍墨。

他一身衣衫有些残破，华丽的衣袍外侧沾染了些血迹，青丝有些凌乱。

听到脚步声，他慢慢地转过头来，当看到英亲王妃和谢芳华以及侍蓝、侍晚手里各提着一个人时，眸光眯了眯。

第三十五章
拒绝

京　门　风　月

英亲王妃见到儿子，立即松开谢芳华的手，快走几步，来到他面前：“你伤在了哪里？”

秦铮看着英亲王妃，摇摇头：“没受伤！”

“没受伤你怎么这副样子？”英亲王妃指着他身上的血迹，不相信。

秦铮低头看了一眼，皱了皱眉：“别人的。”

“真的？”英亲王妃怀疑。

“自然是真的！谁能伤得了你的儿子？”秦铮嗤笑一声，推开英亲王妃要检查的手，看向谢芳华，眉头皱紧：“怎么没戴面纱？”

谢芳华打量了他一眼，凭她的医术，知道秦铮肯定是受伤了。

“她还戴什么面纱？面纱险些着了，毁了她的脸。”英亲王妃注意力被转移，伸手一指侍蓝、侍晚手里的人，“喏，就是这两个人，被我们抓住了，回头你好好地撬开他们的嘴审问，看看到底是谁指使的。”

“就知道你们也会遇到杀手。”秦铮勾了勾唇，“抓住了活人，不错！”

“这都是……”英亲王妃刚要说谢芳华的功劳，顿住了口，怒道：“想要刺杀娘，是那么容易的事儿吗？光天化日之下，胆子真是大得没边了！我倒要看看，是哪个人背后指使的。”

“普云大师和住持不是在这里吗？先让他们来看看，认识这个和尚吗？”秦铮打量了那和尚一眼，对身边摆摆手，“林七，你去将他们那两个老和尚喊过来！若是伤了王妃和忠勇侯府的小姐，别说这大火烧了这几处院子了，十个法佛寺也得都陪葬了。”

林七立即应声，跑去了不远处。

普云大师和法佛寺住持正在想办法救火，但是这风如此大，火势汹涌，千名僧人救火，却是依然让大火蔓延，有控制不住之势。

法佛寺的住持已经急得团团转了。

普云大师到底是一代高僧，面上神色还算是镇定。

林七来到二人身边，传达了秦铮的意思。

二人闻言齐齐转过头，向秦铮、英亲王妃、谢芳华待的方向看了一眼，当看到侍蓝手里提着的那个和尚，面色顿时都凝重下来，对看一眼，齐齐走了过来。

“普云大师、住持，你们二人看看，可认识这个和尚！”英亲王妃当先开口质问。

普云大师看了片刻，摇摇头：“老衲不识得！”

法佛寺住持打量半晌，说道：“他看起来面善，但是老衲也是叫不出名字，不确定是不是这寺里的记名僧人。”

“这个人在我们刚刚来的路上，引火要烧死我和华丫头，被我们身边这两个有功夫的丫头给抓住了。”英亲王妃指了指侍蓝、侍晚，“如今大火蔓延，火势紧急，就暂且不用追查了。人先放在我们这里，只让你们二人看清楚了他的样貌，回头阻止住了这大火，再仔细地查！”

普云大师点点头：“王妃海涵！这大火来得太急太突然，一定要查个明白的。”

“先救火要紧！”法佛寺住持也点点头，看着英亲王妃，“王妃，您看看这火势，不知道您可有办法？”

“我一个妇人之家，能有什么办法？”英亲王妃叹了口气，看着漫天的大火，“就目前看来，风不停，没有更好的灭火措施，这片别院恐怕是救不下了。如今只能舍弃这片别院，阻止住大火再往前山的寺院蔓延，免于把整个法佛寺都烧了。”

“阿弥陀佛！这风太大，这火势可怎么阻得住啊！况且这里是山上，除了这口水井，再无别的水源啊，如何能引水？”法佛寺住持心下焦急，“这可是千载基业，难道就要毁在我的手上？那么老衲只能圆寂以谢佛祖了！”

普云大师闻言也道了声：“阿弥陀佛！若是毁了，也是天意。”

“狗屁的天意，爷才不信这个！”秦铮嗤笑一声，伸手指指自己身上的血迹，又指了指被侍蓝、侍晚拿捏在手里的和尚和黑衣人，他嘲讽地道，“难道你们说这也是天意？”

闻言，法佛寺住持看向那二人，一时间没了话，面上一片愁云惨淡。

“若是有人暗中生事儿，那么，这主谋之人显然懂得天文之术，能观得了这风向星象，可是了不得。老衲钻营半生，虽然能预知这天之变数，但也是一知半解。”普云大师话落道了声，“阿弥陀佛。”

"一个时辰后，风会停！"秦铮道。

普云大师一怔。

法佛寺住持立即看着秦铮："铮二公子，你说这风一个时辰后会停？可是确实？"

秦铮轻哼："爷的嘴里什么时候说过虚言？"

"这……这若是一个时辰风才会停的话，那……那这一片院落都会烧没了吧！"法佛寺住持看向普云大师。

普云大师也看着秦铮，讶异地道："铮二公子会观星象？"

秦铮挑了挑眉："观星象有何难？"

普云大师顿时向前走一步，激动地看着秦铮："你说一个时辰后这风会停，是如何观测出来的？"

"天机不可泄露。"秦铮莫测高深地对他道。

普云大师一噎。他也经常拿这句话噎人，顿时苦笑不已。

"我觉得，你现在不是该关心我如何观测出这星象，而是应该想办法在一个时辰内让这火势不再向别处蔓延。"秦铮懒洋洋地道。

"不错！"法佛寺住持不敢相信连普云大师都观测不出来的星象变化秦铮能观测得出来，但是如今，他也只能相信他。

普云大师见秦铮莫测高深，知道问也问不出来，只能作罢。

"师叔，您快想想办法，一个时辰怎样控制住这火势不蔓延。"法佛寺住持看着普云大师。

"容我想想！"普云大师连忙思索。

"依我的建议，法佛寺上千的僧人不必再灭火了。"谢芳华此时缓缓开口，"所有僧人都集合在一起，将寺院里所有井水都打上来，从我们站着的位置开始，在地面泼水，一直泼到前山的寺院各处，将这一片地方变成一条河，用水将火势截在这里。这样，一个时辰总能挺住了。"

法佛寺住持闻言眼睛一亮。

普云大师立即道："芳华小姐说得对，这的确是一个好办法。"

"华儿可真是聪明！"秦铮勾唇笑了笑，对二人道："既然是个好办法，还不快去！"

法佛寺住持连忙应声，立马去吩咐人了。

普云大师抬头看向火势。入目处，北山山林和别院一片浓浓火海。他又有些不确定地道："这么大的火，就算用水泼在地面，可真能挡得住？"

谢芳华笑了一下："一个时辰后就下雨了。法佛寺前山偌大的寺院总能保住了。"

普云大师再度一惊，转头看向谢芳华："你怎么知晓一个时辰后会下雨？如今虽然已经到了春日里，但是老衲观测，这天象不像是有雨的星云啊。”

谢芳华也不解释：“一个时辰后自有分晓。”

普云大师又看向秦铮。

秦铮扬了扬眉，对普云大师道：“我看你这天下第一高僧的名号该作废了，沽名钓誉！”

普云大师叹息：“怪哉！怪哉！”

英亲王妃扑哧一声笑了，瞪了秦铮一眼：“你何时会观测星象了？娘怎么不知道？”

秦铮瞅了她一眼：“您儿子会什么当娘的非要都知道？”

英亲王妃白了他一眼，刚要笑骂他，忽然想起没见到一个人，立即问：“右相府的李沐清恐防你有事儿，早先来了这里，如今哪里去了？”

秦铮哼了一声，没答话。

英亲王妃见他没有要说的打算，问向听言：“听言，你来说。”

听言眨眨眼睛，挠挠头，看了秦铮不太好看的脸一眼，嘻嘻一笑：“小姑姑，我如今已经不是英亲王府的人了，也不是二公子身边的人了。我是芳华小姐的人。”

言外之意，就算他知道，也有权力不回答她。

英亲王妃劈手给了听言一巴掌。

听言虽然能躲开，但还是着着实实地挨了，没敢躲，脑袋被打得疼痛不已。

“林七，你来说！”英亲王妃撤回手，板下脸。

林七顿时犯了难，偷偷看了秦铮一眼，见秦铮脸色不好看，但不像是不让他说的样子，他咳嗽了一声，小声道：“今日多亏了右相府的李公子，咱们家二公子才脱困。”

“嗯？你仔细说说，怎么回事儿？”英亲王妃闻言正色地问林七。

林七连忙道：“芳华小姐离开后，我和听言二人便进房侍候二公子，我们也就在房间待了一炷香，便听到外面喊山林失火了。我二人大惊，听言闻声跑出去探情况，他刚离开，就冲进来了四名黑衣人。小人只会些皮毛的功夫，当时吓傻了，幸好公子的隐卫青岩现身，与那四个人打在一起。青岩将那四人逼退出了房间，我刚将公子衣服穿戴妥当扶他下了床，谁知道床下忽然传来砰的一声响，竟然从床底下破出了一个黑洞，蹿上来两个和尚。那两个和尚进来后二话不说，对着公子拿着剑刺了下来。公子身子软，拉着我躲了两招，眼看躲不开，公子……”

“她若是想知道，你简单说就是，啰唆什么，废话这么多！”秦铮斥了林七一声。

林七一哆嗦，立即住了嘴，看了秦铮一眼，顿时反应过来，连忙道：“是，小人简略地说。”话落，他道：“总之就是危急的时候，李公子出现了。那两个和尚一见敌不过李公子，要逃跑，李公子追了出去。如今不知道追哪里去了。”

“这么说还是多亏李沐清了！”英亲王妃松了一口气，纳闷地对秦铮道：“你昨日还好好的，怎么今日身子这么差？连床都起不来了？”

秦铮目光向谢芳华扫来。

谢芳华自知理亏，撇开头。

秦铮慢慢地道：“昨日华儿喝药，我好奇，抢着喝了一口，就浑身无力了。”

英亲王妃看着他不像说假，又见谢芳华撇开头，顿时被气笑了，笑骂道：“那是华丫头治病的药，你怎么能好奇抢着喝？药能随便喝的吗？活该！”

“是有些活该！”秦铮点头。

“那你怎么不召唤隐卫出来？只留一个青岩在身边？”英亲王妃想着林七说得简单，但是可以想象，当时情形多危急。

“丢人！”秦铮吐出两个字。

英亲王妃顿时竖起眉头：“召唤隐卫又有什么丢人的？比你丢了命强吧？”

秦铮撇开脸，不再言声。

“小姑姑别生气，其实我也觉得只那么两个和尚，若公子对付不来，召唤隐卫队的话，被隐卫队看到，以后还如何服众？的确是小题大做，丢人。”听言也说道。

英亲王妃劈手又给了听言一巴掌，怒道：“死要面子活受罪！隐卫本来就是保护主子的。你们两个从小一块儿长大，这死脾气倒是养得一样？下次再敢如今日这样险些出事儿，看我不先拧下你们俩的脑袋。”

“哎呦，小姑姑，您干吗不打他，总是打我？虽然他是您儿子，但侄子也是子啊。”听言捂着脑袋不满了。

“少给我贫嘴！你如今结实，你看看他，一阵风就能吹倒，若是不靠着树干，我怕他如今连站都站不住，还死撑着呢！这一点德行最像他父亲。”英亲王妃板着脸骂道，“打你两下也是应该！他不召唤隐卫，你干什么去了？你又不是不能召唤？”

“嘻嘻，您都说了，我与公子一个德行嘛！两个和尚都打不过，也觉得太丢人了。”听言话落，见英亲王妃又要对他打来，他连忙告饶地改口：“再不敢有下次了，小姑姑饶了我吧！下次公子不召唤隐卫，我召唤。”

英亲王妃见他认错，撤回了手，算是饶过了他。

谢芳华无语地看着秦铮。

秦铮见谢芳华看来，对他似乎不耻，他瞪了她一眼，说道：“我手中有从你身上顺手拿来的软筋散，就算李沐清不出现，爷也能对付得了那两个人。没最早出手，是想从武功路数上看看那两个和尚的底细，到底是不是这寺里的僧人。偏偏李沐清正巧出现，坏了爷的好事儿！”

谢芳华撇开脸。还算他脑子没被软筋散的药性给弄坏了，知道可为和不可为。

“臭小子！”英亲王妃闻言又骂了秦铮一句，“人家李沐清是为了你，他如今还没回来，可别出了事儿！”

“他狡诈如狐，能出什么事儿！”秦铮哼了一声。

英亲王妃懒得和他争论，不再言语。

“小姑姑，和尚们都过来泼水了，稍后这里真变成河了，咱们躲远点儿吧！”听言见法佛寺住持吩咐寺院的所有僧人都不再救火，而是专门打水泼水，插进话来道。

“也是！走，我们去达摩堂，林太妃和八皇子一众人可别出事儿。”英亲王妃点头。

侍蓝指指她和侍晚手里的两个人，询问：“小姐，这两个人……”

谢芳华看向秦铮。

“青岩！”秦铮喊了一声。

“主子！”一身黑衣的少年应声出现在秦铮的身后。

秦铮指了指侍蓝、侍晚手里的两个人，简单地吩咐：“带走，扒了皮地审！”

青岩点头，走到侍蓝、侍晚身边，一手拎起一个人，消失在了眼前。

这是谢芳华第一次看到青岩，不知道他修习的是什么功夫，周身隐隐云雾，只看到一身黑衣，显然他一直就在秦铮周围，但是她完全感应不到。这样的功夫，足以堪比言宸，但和言宸的武功似乎又不是一个路数。

她正想着，秦铮向她看来，挑了挑眉。

谢芳华感应到他的视线，收回心思。

“走吧！”英亲王妃看了二人一眼，对秦铮道：“你不能自己走吧？”不等他答话，对听言道：“你扶着他，这水已经泼上了。”

听言立即过去搀扶秦铮。

秦铮打开他的手：“爷有那么没用吗？”话落，慢慢地直起身，向前迈了一步，虽然脚步还是有些虚软，但的确能自己走。

听言后退了一步，嘟囔了一句什么，不再扶他。

“既然能走自己走最好！”英亲王妃拉住谢芳华的手，温和地道，“走吧！希望这泼水成河拦住火势的招数真能坚持一个时辰。”话落，她抬眼看了一眼天空，这半边天都被染红了，除了红色，哪里能看到什么星云。但她又莫名地相信谢芳华所说的话。

一行人离开了这里。

法佛寺住持看到一行人离开，想要开口喊，想了想，又住了口，回身对普云大师道：“师叔，我真觉得没底啊！忠勇侯府的芳华小姐说一个时辰会下雨。这……能下得了雨吗？您看看，除了这北方一片天空被火染红了之外，南方那一片天空多好的日头啊。无论怎么看，都不像是要下雨的样子。”

“老衲钻营大半生占卜、星象，占卜还能说十拿九稳，悟到了些成就。但是这星象嘛，却是变化万千，怎样也不得其门。”普云大师叹道，“如今没有别的办法，我们也只能相信芳华小姐了。”

法佛寺住持闻言也无奈地点点头。

上千名僧人排开了长线，围着这一口大井的井边打水，有人负责打，有人负责泼，不多时，这一处地方便因泼水太多汇成了一片河。

半个时辰后，李沐清提了一个僧人回到了这一处地方，当看到众僧人在泼水，他愣了一下，随即看向疯狂蔓延的大火，便了然了。他来到普云大师和法佛寺住持面前，将那和尚的脑袋扳正，对二人问：“两位大师，可认识这个僧人？”

“无忘？”法佛寺住持惊异地看了李沐清手里提着的人一眼，失声喊道。

普云大师也露出惊色。

“我见过无忘大师两次，怕认错，特意提人过来给您二人辨认。”李沐清叹了口气，“果然是无忘大师。”

“他……这是做了什么？”法佛寺住持的手有点儿抖。

“他和一个与他年岁差不多的僧人从东跨院正屋破床而出，意图刺杀秦铮兄。我正巧及时赶到，那两个人见我去了，大约是怕被我认出，意图撤退离开，我追了去。只拿住了这一个僧人，那个跑掉了。”李沐清解释。

“这……怎么会？”法佛寺住持上前摸了摸那僧人的脸，脸上并无易容之物。他仍旧有些不敢置信，回头看向普云大师：“师叔，您看，他……”

“的确是无忘无疑！”普云大师道，“他的两个耳后都有一颗黑痣。”

法佛寺住持也看到了垂着脑袋的僧人，他的两个耳后的确都有一颗黑痣。

“他在寺院待了十年了吧？一直本分，如今为何要刺杀铮二公子？”法佛寺住持不解。

“如今他死了，只能稍后等大火熄灭了，再查清楚原因了。”普云大师道。

“李公子，那个逃跑的僧人你可看到了面相？”法佛寺住持问向李沐清。

李沐清点点头：“稍后大火停了，我就去画出画像来。”

法佛寺住持点点头，心中顿时忧愁起来，今日竟然莫名其妙起了大火，而且有人同时刺杀了英亲王妃、芳华小姐、铮二公子这三人，且是寺院的和尚参与其中，还都被人抓了个正着。无论这场大火能不能熄止，法佛寺今日之后都将卷入麻烦之中。

普云大师道了声：“阿弥陀佛！李公子，英亲王妃和芳华小姐、铮二公子都去了前山了，你也去吧！老衲和住持在这里坚持半个时辰，若真如铮二公子所说到时风会停，如芳华小姐所说到时候会有一场春雨，那么，这法佛寺千载基业也就保住了。否则，千载基业一毁，我二人只能自刎以谢佛祖了。”

李沐清一怔，抬眼看了看天色：“他们说半个时辰后会风停有雨？”

“他们半个时辰之前说的。”法佛寺住持道。

李沐清点点头，笑了一下：“我竟看不出这天象是有雨的样子，没想到他们都会观星云图。这倒是令我吃惊了。”

“老衲也是吃惊的！”法佛寺住持道。

“宁可信其有不可信其无。两位大师再让众僧人坚持半个时辰吧！我带着这无忘大师去找他们。”李沐清道。

普云大师和法佛寺住持齐齐点了点头。

李沐清提着那僧人的尸首离开了。

秦铮、谢芳华、英亲王妃一行人这一次一路顺畅无阻地来到了前山寺院的达摩堂。

达摩堂内，林太妃、谢氏六房老太太、右相夫人等人完好，这里并没有杀手、死士刺杀。

秦倾一直坐在房顶上，远远看着那大火吞噬了一间又一间院子，心底愈发的发寒发惊，他虽然有些心思胆识，但到底是年岁还小，面色有些发白，加之坐在房顶，风很大，让下方的人看来有些瑟瑟发抖。

谢惜一直注意着秦倾，见少年的脸一寸寸变白，她忍不住地喊了一声：“八皇子！”

秦倾听到声音转回头来看向谢惜。

谢惜本来想说什么，但看到他陌生的目光，顿时垂下了头。

秦倾回过神来，将站在谢氏六房老太太和林太妃中间的少女打量了一眼，眸光动了动，开口：“你要说什么？”

谢惜抬起头，看着他，轻声道：“我是见你在上面看起来很冷，不如下来吧！若是大火蔓延到这里，会有人来告诉我们撤离下山的。”

“不用，我不冷！”秦倾摇摇头。

谢惜还想再说什么，见他已经转过了头，只能闭了嘴。

谢氏六房的老太太看了谢惜一眼，又看向秦倾。从昨日到今日他和谢惜会面看来，他对谢惜不甚关注，怕是对她没有心思。可是谢惜显然与他不一样，对他的心思颇深。

她想起今日见到的谢芳华，虽然身子骨孱弱，戴着面纱，却令人一眼便看出大家闺秀的风采和气度。谢惜比起她来，到底还是差远了。同是谢氏一脉，谢氏旁支的底蕴到底是不及忠勇侯府。

尤其是那日谢芳华身边的婢女代为传了她对谢氏六房说的一番话，让本来就在权衡利弊的她和明夫人不得不更加慎重了。八皇子似乎的确不是谢惜夫婿的好人选。偏偏谢惜这丫头因为书信传书对他上了心。毕竟自小在她跟前长大，她才有些纵容，有点儿心思想要成全她，可是如今，她那一点儿心思也动摇了。

“伯母和秦铮哥哥他们来了！”秦倾忽然道。

林太妃、谢氏六房老太太闻言齐齐一怔，回过神来。

右相夫人一喜，连忙问：“清儿呢？他也回来了吗？”

秦倾摇摇头：“没看到他。”

右相夫人的心顿时提了起来，紧张地道：“他不是去找铮二公子了吗？如今铮二公子好好地来了，他怎么没回来？”话落，她担心地往门口走：“不行，我得去看看。”

“你家的娃子是个聪明有本事的，我觉得你不必忧心。没回来不一定是出事儿了，一定是别有安排。”林太妃喊住右相夫人，“你一个妇道人家，外面是大火，还是别去了，别他回来找不到你。”

“就是！别去了，等王妃和铮二公子来了问问。”谢氏六房老太太连忙道。

“那好吧！”右相夫人点点头。

“哎，看你寻常是个冷静处事稳妥的，怎么摊到孩子身上就这么不冷静了？依我看啊，你宠儿子也不次于王妃宠铮哥儿。”林太妃笑道。

“据说李公子这些年不仅能文能武，还能经商，在外面打理了无数产业。”谢氏六房老太太道，“这可真是一个面面俱到的奇才。”

右相夫人镇定了些，笑着叹了口气：“也不瞒您二人说，这么多年，我背后做了不少事儿，年年都来这法佛寺祈福为的是什么？就是为了在佛祖面前忏悔，我辛辛苦苦守大的孩子，可不能有个长短，否则啊，我就甭活了。”

三人正说着话，英亲王妃、秦铮、谢芳华三人走进了达摩堂。

“王妃、二公子，你们来了？清儿呢？”右相夫人立即走到英亲王妃面前询问。

英亲王妃见她焦急，一时间也不好说李沐清追着杀手不知跑去了哪里，偏头看向秦铮。

秦铮看了右相夫人一眼，倒没有面对李沐清时的难看脸色和不耐烦，语气寻常地道：“他不会有事儿，你放心吧！”

右相夫人见他神色如常，顿时放了一半的心，见他不想多说，也知道他的脾性，不好再追着问去了哪里。

英亲王妃暗暗松了一口气。

谢芳华瞥了秦铮一眼，想着恶人有一样好处，省得多费口舌。

“秦铮哥哥！”秦倾在房顶上喊了一声。

秦铮抬头看向房顶，见他向他看来，但目光有着惊艳。他向前走一步，正巧挡住了谢芳华的身子，面无表情地对房顶上的秦倾问：“你坐在那里干什么？”

秦倾的确是因为谢芳华的容貌吃惊了片刻，他没想到谢芳华长得这样美，若不是跟随英亲王妃和秦铮在一起，他几乎认不出来是她。听到秦铮的声音，他回转头，便看到了秦铮难看的脸，他立马偏过头咳嗽了一声，讷讷道："在房顶上查探北山的火情！"

秦铮冷哼一声："除了做这个，你还能做什么？"

秦倾一噎，脸有些红，忽然站起身，从房顶上下来，走到秦铮身边，对他不忿地道："秦铮哥哥，你比我大几岁，所以，才能做很多事情。我若是比你大的话，我也能，也没必要守在这里放风了。"

秦铮不以为然地瞧了他一眼。

秦倾心中憋闷，看向他身后的谢芳华："芳华姐姐，原来你一直戴着面纱是因为你容貌太美了是不是？"

谢芳华看着秦倾，这个少年与她一般高，她正好能看到他的眼睛。

谢芳华盯着他眼睛看了片刻，笑了笑："八皇子，我一直戴着面纱，不是我太美了，而是因病太深，太丑陋而已。"

秦倾咦了一声，打量她完美得如一块白玉般的脸："那你如今这是……"

"我也不太懂，大约是灵台寺这佛门圣地当真能净化污浊。"谢芳华向北方红了半边的天空望了一眼，似叹息地道，"听说北山山林和院落着火，我因担心二公子，和王妃从这达摩院急急赶去，半路遇到了杀手，后来一阵火苗吹到我身上，正巧烧着了面纱，面纱烧去后，却没烧到我的脸，而我脸上因这些年吃药和积累的毒素却不知为何散去了，也就成了你如今看到的样子。"

秦倾闻言顿时睁大眼睛："竟然……这么简单？"

谢芳华收回视线，淡淡一笑："不是这么简单还有何难？我自己至今还是云里雾里呢！"话落，她偏头瞅了英亲王妃一眼："八皇子不信问王妃和兰姨，再问问北山如今泼水救火的僧人，当时虽然都急着救火，但还是有僧人看到我面纱被火烧掉了，我本来不能见人的脸也能见人了。"

秦倾怎么也不敢相信会有这样的奇事儿，看向英亲王妃。

英亲王妃叹了口气："可不是吗？我一直站在她身边，从未离开过。这等奇事儿也是平生仅见。"话落，她双手合十："感谢佛祖保佑，没准华丫头这病就因这一场无妄的大火给烧好了呢！否则为何昨日她上山，今日就偏偏突然着了大火？"

"不是有贼人在暗中作怪吗？"秦倾疑惑。

"是有贼人趁机作怪，但你看看她这副样子，不再是弱不禁风了，这可不是单单贼人作怪这么简单的事儿。等这一场火消停后，贼人作怪是一定要查的，她的病也要立即让大夫看。另外也要查查这场大火的来源，若这场大火凭白而来，查不出什么的话，那就是天意了。"英亲王妃道，"是天意和佛祖要帮华丫头驱除病魔。"

秦倾挠挠脑袋，被这神奇的事儿弄得一时间有些懵，眼睛扫了一圈，见林太妃、谢氏六房老太太、右相夫人、谢惜等都一个个面色惊奇，他道：“芳华姐姐不还没有开始祈福吗？”

谢芳华见他一口一个芳华姐姐，论她忠勇侯府小姐尊比皇后公主的身份，倒也当得这一声姐姐，便没有说话。

英亲王妃摇摇头：“这就需要得道高僧来解释了！如今普云大师在忙着救火。”

“据说两百多年前那一场大火，上天收走了回绝大师去西方佛祖那里讲经。如今，若是这一场大火真救好了芳华小姐病的话，那么，正如王妃所说，也真是上天的旨意和佛祖的旨意了。”右相夫人靠近过来，仔细地打量了谢芳华一眼，说道。

“这也有道理。”林太妃感慨一声，看着谢芳华慈爱地道：“若是芳华小姐真是应了这浴火重生的话，这可真是一件好事儿。”

“是好事儿，老侯爷也可以安心了。”谢氏六房老太太瞅了一眼身边的谢惜，再瞅谢芳华，更是感慨忠勇侯府底蕴深厚，旁支族亲不可比拟。

谢惜也正打量着谢芳华，小妹妹最近总在她耳边叨咕芳华姐姐，她自小在祖母身边教养规矩，性子淡薄，也不能如谢伊一样亲热地去挽住她的手。更甚至，如今这样站在一起，顿时让她自己都觉得自惭形秽。

她悄悄转眸去看秦倾，秦倾从下了房脊之后，一直没看她。

是不是男人都是一样？为容貌所困？“秦倾，你当我是死人吗？”秦铮忽然凉凉地扫了秦倾一眼。

秦倾顿时感觉浑身嗖嗖冒凉气，比在房顶上时还要冷许多，他立即后退了一步，转过头，对秦铮笑着讨饶道：“秦铮哥哥，我知道你在意芳华姐姐，我不过就是好奇而已，多看了两眼。你放心，我还是很珍惜我这条小命的，不敢得罪你，不会跟你抢人的。再说芳华姐姐还大我一岁呢！我将来可不要娶年龄大我的媳妇儿。”

谢惜闻言身子一颤，脸色细微地一变。她比秦倾大了三个月，那么也就是说她了。

谢氏六房老太太一怔，看向秦倾，他虽然笑嘻嘻地对秦铮说着，但她却觉得他其实对林太妃有意给他娶谢惜心如明镜一般，如今这是间接地表明态度了。

林太妃心思一动，看向秦倾，秦倾并没看她，她定了定神，笑骂道：“你这小毛头，年岁大又怎么了？媳妇儿年岁大一些，会疼人。”

秦倾回头看向林太妃，翻了个白眼，孩子气地道：“太妃，媳妇儿大的话，显得我是小丈夫。我要做顶天立地的大丈夫，自然要娶听话的小媳妇儿。”

“媳妇儿听话和年龄有什么关系？”林太妃嗔了他一眼，“你这是什么论调？”

“反正我不娶年岁大的媳妇儿。”秦倾靠过来，抱住林太妃胳膊，撒娇地道，“太妃，我还小，总也要二十及冠之后再说亲，而且要像秦铮哥哥这般一眼就中意的。您看，芳华姐姐和王妃相处得多像母女？那是因为她也喜欢秦铮哥哥，所以担心他，关心他，进而也会喜欢他的母亲，对王妃好。我将来也要娶个中意的，两情相悦的，我喜欢的，你也喜欢，喜欢我的，也因喜欢我而喜欢您的。将来，我们一起养您的老。这多和美。”

这一番话，他是间接地表明了态度，不要谢惜。林太妃暗暗叹了口气，伸手敲了他额头一下：“好，听你的。你喜欢什么女子，就娶什么女子，我等着你们一起孝敬我。”

“这就对了嘛！”秦倾顿时笑逐颜开，少年的脸阳光明媚。

谢惜忽然撇开头，默不作声地看向北方的天空，她忽然感觉到无地自容。

谢氏六房老太太忍不住看了谢惜一眼，老眼露出担忧。

秦铮可不管谢惜那些心思和伤痛伤心，如今见秦倾这么识得抬举，弯了弯嘴角，哼道：“算你识相！”

秦倾对林太妃告状：“太妃，您看看，秦铮哥哥真霸道！”

“他自小就是这副霸道的性子，本就不是个吃亏的，偏偏德慈太后和王妃宠着他。”林太妃笑了起来。

“祖母，咱们在这里也帮不上什么忙，我看北方火烧得更大了，不如咱们下山回府吧！反正后山的院落烧了，这山上也没地方住了。”谢惜慢慢地转过身，对谢氏六房老太太轻声道。

谢氏六房老太太点点头：“好，我们的确是帮不上忙，这就下山吧！”

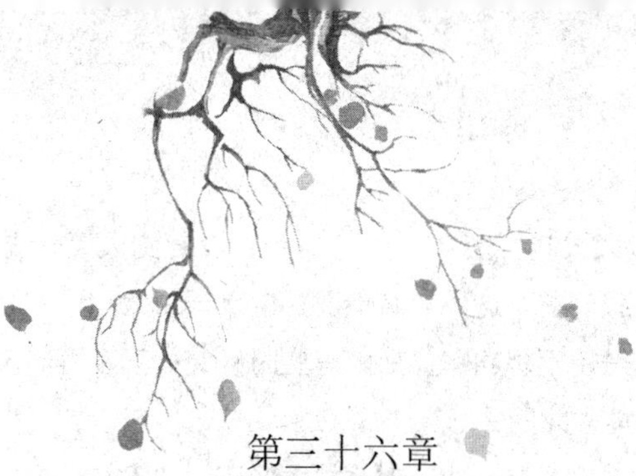

第三十六章 下雨

谢氏六房老太太看向林太妃，坦然地笑道：“太妃，我这孙女儿胆子小，况且我们继续留在这里也帮不上什么忙，我们就先下山了。你和八皇子是与我们一起下山回京，还是继续待在这里等等？”

林太妃好不容易出宫一趟，自然是不想回去的，一时间有些犹豫。

“就算大火不蔓延到这里，后山的院落也烧了，再没我们住的地方了。况且今日之后，法佛寺还要查找失火的起因，怕是也无心再做佛事儿。”谢氏六房老太太觉得与林太妃相交一场，无论她基于什么原因想促成八皇子和谢惜这一桩婚事儿，以后能不能再走动，也要看朝廷对谢氏的动向。

林太妃点点头：“是啊，这一场大火就算烧不到前山，我们也不能继续待在这里礼佛了。”话落，她看向秦倾。

秦倾也不想回宫，看向秦铮：“秦铮哥哥，你们打算下山吗？”

“不下山难道待在这里睡地吹冷风？”秦铮挑眉。

“可是我不想回宫！”秦倾道。

秦铮瞅着他，没说话。

“秦铮哥哥，这一场大火难道真是天火？你真相信？”秦倾看着秦铮。

秦铮冷笑了一声。

秦倾嘎嘎嘴角：“我就问你，你今日回英亲王府吗？”

“我回不回都与你没关系！”秦铮不买他的账。

秦倾一噎，知道在秦铮这里行不通，他去看英亲王妃，喊了一声：“伯母！”

英亲王妃想着今日大火起得突然，尤其如今还没看到火灭，更不能一走了之。她道："如今天色还早，我们留在这里看看情况。谢六老太太和惜姑娘若是想下山，现在就走吧！林太妃和你若是还不想回宫，那就等些时候，火灭了再商议。反正这里距离京城几十里路，说回去也能立即回去。"

秦倾一听，便知道这里面有事情，他对林太妃道："太妃，如今太阳也才升起没多久，我们也跟着伯母和秦铮哥哥等等吧！"

"好！"林太妃点点头，看向谢氏六房老太太，握住她的手道，"你我老姐妹不常见，本来以为能坐下来多说几日话，可是今日却出现了这么个事儿。实在可惜。"

谢氏六房老太太也回握住她的手，宽慰她："八皇子用不了两年也就能出宫立府了。到时候他将你接出宫，我们坐在一处聊天的日子还长着呢。"

"也是！"林太妃顿时笑了。

"那我们祖孙就先下山了！"谢氏六房老太太道。

林太妃撤回手，点点头："下山吧！山路不易走，你们慢一些！"

谢氏六房老太太点头，看向谢芳华，少女亭亭玉立，比天上的阳光还夺目光彩，她不止是继承了她父母的容貌，也承袭了忠勇侯府的尊华。"六婶祖母和惜妹妹早些下山也好，我让人护送你们回府。"谢芳华道。

谢氏六房老太太向前走了一步，伸手抓住谢芳华的手，慈爱地道："这么多年，老侯爷为你的病操碎了心，如今你的病若是真得神佛保佑，奇迹地好了的话，这可是天大的喜事儿。"

谢芳华微笑地点点头："这么些年，六婶祖母您也没少为忠勇侯府操心。"

"哎，我操什么心啊，都是瞎操心，年纪大了，不抵用的。"谢氏六房老太太顿时笑了，回头对谢惜招手："惜丫头，你过来，和你芳华姐姐亲近亲近。谢氏六房虽然搬出忠勇侯府多年了，但到底是一家人，你们姐妹的血脉关系可不是其他的旁支。"

谢惜慢慢地踱步过来，扯了扯嘴角，她心中不好受，实在笑不出来，喊了一声："芳华姐姐！"

谢芳华对她笑了笑，温和地回礼："惜妹妹！"

"这个孩子啊，自小在我身边跟着我一起吃斋念佛，被我教养得太文静乖巧了，不像谢伊那个丫头，自小家里爷们儿不抵事儿，她就跟着她娘抛头露面出府走动。这么多年，小小年纪，却长成了一副活泼的皮猴子性子。"谢氏六房老太太道。

谢芳华笑着点头："文静有文静的好，活泼有活泼的好，惜妹妹很好，伊妹妹也很好。"

"你这孩子就是会说话！"谢氏六房老太太笑着拍拍她的手，"我们出府时，是与太妃一起，没带多少随从，怕进了山寺人太多乱哄哄。既然你要派人送我们，那就送吧，六婶祖母就不客气了。”

谢芳华闻言笑容漫开，到底是个聪明的老太太，她点点头：“六婶祖母放心，我出门时哥哥不放心，给我安排了不少人手，一定将你们平安送回京城府邸。”

“好！”谢氏六房老太太点头。

谢芳华回头对身后侍画、侍墨吩咐：“你二人去安排人手护送六婶祖母和惜妹妹下山，务必安排妥当。”

二人应是。

谢氏六房老太太松开谢芳华的手，回头招呼谢惜，二人不再多逗留，离开了达摩堂。

林太妃看着二人离开，眸中情绪闪过，最后化为无形的叹息。

谢芳华看了林太妃一眼，听到达摩堂外传来轻缓的脚步声，她不动声色地顺着声音看去。

秦铮等人自然也听到了脚步声。

右相夫人立即惊喜道：“是清儿回来了！”

她话音未落，便见李沐清提着一个和尚从外面走了进来。

右相夫人立即迎上李沐清，将他全身上上下下打量了一遍，松了一口气：“没事儿就好！从你离开，娘这心一直不踏实。”

李沐清看着右相夫人，无奈地笑了笑：“娘，我不是小孩子了。”

“娘知道你不是小孩子，但你不是我儿子吗？这不是不由自主地担心吗？”右相夫人叹了口气。

英亲王妃笑着道：“当娘的都一样，为子女担着心，以后你做了父亲，也就明白了。”

李沐清闻言微笑，将手中提着的和尚往秦铮面前一放，对他道：“只抓住了一个，还让他死了。很抱歉啊秦铮兄。”

秦铮看了一眼地上的和尚，眉心发黑，显然是服毒而亡，他抬起头，对李沐清嗤了一声：“废物！”

李沐清也不恼，慢悠悠地道：“若不是我及时出现，你这条小命没准就不见了。当时的你可是连还手抓人的力气都没有，到底咱们俩谁是废物，你该比我清楚。”

秦铮一噎。

“一共两个，跑了一个。当时这二人都蒙着面，但是交手的时候我都给扯掉了面纱。跑的那个人我能画出模样来。”李沐清道。

秦铮点点头：“里屋有纸，你现在就去画。”

李沐清见秦铮明明看起来没力气虚弱的样子，偏偏还大爷似的对他颐指气使，无奈地摇摇头，进了达摩堂的一间室内。

谢芳华看向地上那个死去的和尚。

这和尚服毒而死，除了眉心发黑外，外表看不出任何异常，但是这毒却不是寻常的毒药。

秦铮踢了踢那和尚的身子，那和尚随着他的脚晃动了一下，他抬起头，见谢芳华正在看着这和尚，眸光若有所思，他挑眉：“你看出了什么？”

谢芳华抿了抿唇，对他道：“的确看出了点儿东西，但是，还需要进一步检验。”话落，对他道：“你身上带着匕首吗？”

秦铮摇摇头：“爷从来不用匕首这玩意儿。”

“奴婢这里有！”春兰从怀中拿出匕首，匕首小巧精致，是用来防身的。

谢芳华点点头，接过匕首，上前走了一步，靠近那和尚，忽然想起什么，又停住脚步，将匕首递给秦铮：“你将他的胸膛划开。”

秦铮接过匕首，对她挑眉。

“这么多年，为了治好我自己的病，我钻研过不少医书。记得从一本古书上看过一种毒。那种毒来自外域。说是毒，其实是蛊。当服了药引之后，蛊即发作，餐食人心而使人致死。”谢芳华缓缓解释，“我看这个僧人中的像是这种蛊。不过需要你挖开他心口看看。”

众人闻言都面色一变，一时间难以置信。

尤其是林太妃，她的脸当即白了，立即道：“芳华小姐，这是佛门圣地，万一你说的不确实，这样剖胸看心不太好吧，亵渎佛祖啊！古人有云，死者为大啊。”

谢芳华闻言看向林太妃，平静地道：“这种毒蛊想要检查是与否，唯有剖胸看心。”话落，她笑了笑：“即便是佛门圣地，就真的干净吗？若是真干净的话，这个和尚又怎么会去刺杀秦铮？又怎么会被李公子抓住后服毒而死？”

林太妃哑口，一时间无言反驳。

秦铮笑了一声，接过匕首，当即蹲下身，对准那个和尚的胸口。

“铮儿，慢着！”英亲王妃开口阻止秦铮。

秦铮挑眉，看向英亲王妃。

“法佛寺发生了这么大的火，你、我、华丫头又同时遇刺。这种事情，怎么能够不让你父王知晓上达天听呢？”英亲王妃慢慢地道，“这个人先留着，等你父王来了，再做处理。”

秦铮眨了眨眼睛，懒洋洋地道：“娘，您确定？”

“自然确定！”英亲王妃道，“你父王是我们娘俩的依靠，我们不靠他靠谁？”话落，她偏头看了一眼谢芳华：“再说还有华丫头，她是忠勇侯府唯一的小姐，险些出事儿，怎么了得？老侯爷和世子知晓被刺杀之事，也是不会善罢甘休的。另外，华丫头虽然自小钻研医毒之术，但到底她如今身体如何，也要有个医术高明的医者来诊断一番，才能下定论。”

秦铮眸光细微地变幻了一番，缓缓地站起身，漫不经心地道：“听娘的。”

英亲王妃回头对林七和听言吩咐：“你们两个人现在即刻下山，骑快马回京去给王爷和谢世子报信！法佛寺突然失火，有人趁失火时刺杀我、铮哥儿、华丫头。刺客已经抓住，如今法佛寺大火还未熄灭，请他们拿个主意。我们是立即回京，还是他们赶来。”

林七和听言看向秦铮，齐声道：“我们走了，二公子谁来侍候？”

“还能没有人侍候他？你们只管走就是了。”英亲王妃摆摆手。

秦铮也摆摆手。

二人不再耽搁，立即跑出了达摩堂。

“是否应该进宫给皇上传个话？”林太妃见英亲王妃没吩咐，那二人就这样离开，她道。

“王爷和谢世子得到话，皇上那里还能得不到话？也许如今京城里早就得到消息了。”英亲王妃道，“太妃放心吧！”

林太妃点点头。

李沐清从屋中拿着一张画像走出来，递给秦铮看：“跑的那个人就是他。”

秦铮看了一眼画像，眯起了眼睛。

“怎么了？你认识？”英亲王妃打量秦铮神色，见他如此，不由询问。

秦铮不答话，慢慢地将画像翻转过来，给英亲王妃等人看。

右相夫人最先惊呼：“这不是跟地上死去的这个无忘大师长得一样吗？”

“是一模一样，怎么有两个无忘大师？”林太妃也露出惊异之色。

英亲王妃不由疑惑：“法佛寺到底有几个无忘大师？”

“自然是一个！”右相夫人和林太妃齐齐道。

“那就奇怪了，难道是其中有一个施了易容术？”英亲王妃问。

李沐清摇摇头：“我敢确定，逃跑那个人未施易容术。我挑掉他面巾，看到其容貌，对于是否易容，我还是能看出几分的。”

“这样的话，只能等普云大师和住持出来解惑了。”英亲王妃道。

“地上躺着的这个人双耳朵后有黑痣，画像上的人却是双耳干净，什么也没有。”谢芳华仔细看了片刻，对照之后，对李沐清道：“李公子，你确定你当时看仔细了？”

李沐清立即笑了：“芳华小姐的眼睛好毒辣，这个细节竟然被你看出来了。”话落，他摇摇头：“逃跑的那个人耳后的确没有黑痣。我看得很清楚。”话落，他道：

“你们可能不知，但是我娘知晓，我自小便有着对人的样貌特征过目不忘的记忆。但凡有谁在我面前出现过，我都能画出其画像，连一处细微之处也不会模糊。”

右相夫人点点头：“不错，的确是这样。”

秦倾忽然道：“我再上房顶去看看，北方天空似乎越来越红了。大火是不是蔓延过来了？”

“那你快上去看看！”林太妃闻言立即对他催促。

秦倾到了房顶之后，他一看之下，大惊失色，对秦铮道：“秦铮哥哥，你快上来看看，法佛寺的僧人拦不住大火，已经全部撤退，向南山跑来了。”

秦铮闻言扬了扬眉，看了一眼十几丈高的房顶屋脊，没言声，也没动作。

“他如今走路都虚弱无力，怎么能上得去房顶？还是我上去看吧！”李沐清轻轻提力，踩着廊柱，上了房顶。

谢芳华抬头看了一眼天色，太阳此时已经渐渐地隐去，一层淡淡的灰色云雾向这片上空聚拢来。

秦铮也随着谢芳华抬头，看了一眼，忽然笑了笑，凑近谢芳华，对她低而温柔地道：“你看，我们是不是真是天作之合？竟然连观测星象都能做到。”

谢芳华瞥了他一眼，没说话。

秦铮伸手将她头上的簪子拔下来，谢芳华蹙眉看着他，他将她微微散乱的云髻理了理，将簪子给她重新插了上去，对她道：“我看你这簪子插斜了，帮你端正一下。”

谢芳华点点头，算是承了情。

“北山院落全部被大火烧着了，火顺着风向扑过来了，普云大师和住持带着众僧人撤退到南山来了。”李沐清上了房顶后，看着北方，语气寻常地给下面的人陈述情况，“虽然地面都浇了水，泼成了一条河，但到底是挡不住风卷起的火苗，越过水和河面向这边来了。”

“哎呀，这样的话，我们岂不是要立即下山？”林太妃顿时有些慌了。

“我们自然是要赶紧下山！”右相夫人立即道。

秦倾跳下房顶，对秦铮道：“秦铮哥哥，我们赶紧下山吧！这火苗来势汹汹，怕是很快就会扑来这里。不止是咱们得躲，法佛寺这些僧人都得躲下山。这火无水可救。”

“谁说无水可救？”秦铮站着不动。

“难道你有水？怎么救？”秦倾到底是年岁小，有些急迫。

“除非下雨。”李沐清也跳下了房顶，看着秦铮和谢芳华，“听普云大师和住持说秦铮兄说风会停，芳华小姐说会下雨。如今已经到你们二人说的时候了吧？”

“还差半炷香时间。”谢芳华道。

“真的会下雨？”林太妃顿时问向谢芳华，不等她回话，看向天空。

右相夫人也看向天空，看了半晌，除了灰色的云层遮住了太阳外，看不出是下雨的征兆，她立即道："这不像是要下雨啊。"

"我看着也不像啊！"林太妃道。

谢芳华没说话。

秦铮也没有说话。

"再等半炷香！"英亲王妃看了二人一眼，她虽然也看不出这是会下雨的天象，但是她相信她的儿子和她未来的儿媳妇儿，直觉这两个孩子不会有虚言。

"那就再等等吧！"李沐清笑了笑。

秦倾也是疑惑的，他又看向天空，有些泄气地道："实在看不出是下雨的天气。那就再等等吧！"

"万一不下雨呢？这火马上就烧过来了，连我都听到外面传来的声音了，是法佛寺僧人一边跑一边救火的声音吧？这可不是儿戏！"林太妃有些急迫地道。

"太妃若是不相信，只管下山就是！"秦铮看了林太妃一眼，对秦倾道："你现在就护送太妃下山。"

秦倾有些犹豫，一时间拿不定主意。但见众人都不走，连右相夫人也没说话，他咬了咬牙道："太妃别急，大火如今不是还没蔓延过来吗？半炷香的时间估计能撑得住。若是半炷香之后不下雨，我们赶紧撤离。"

"好吧！"林太妃点点头，想着年纪大了，到底是不禁吓了。

不多时，普云大师和法佛寺的住持带着众僧人回到了达摩堂。

这时，正巧是半炷香时间。风顿时停了，细密的大雨无声地从上空飘落了下来。一时间一个个都呆在原地，仰头看着天空。

细密的雨打在每个人的身上脸上，这一刻，无人说话，除了天空细密飘落下来的雨，万籁俱寂。达摩堂内外站了足足千人，安静得连呼吸声都不闻。

秦铮没看天空，而是看着谢芳华。

谢芳华也没看天空，见秦铮看她，她也看着他。

这一刻，天地中，似乎只剩下彼此的眼睛。

李沐清从天空中收回视线，便看到了彼此对视的秦铮和谢芳华，他微微一怔。

"师叔，真的下雨了啊！铮二公子和芳华小姐真没说错啊！"法佛寺住持此时开口，面色激动，几乎语无伦次，"谢天谢地……佛祖保佑……法佛寺各位先祖保佑啊。"

"阿弥陀佛！"普云大师收回视线，双手合十。

两人的声音惊醒了众人，都齐齐看向二人。

谢芳华自然将头转了过去，正巧碰到了李沐清的目光，她看了他一眼，又转过去看别人。

李沐清忽然笑了一下。

秦铮扭过头，便看到浅浅漫开嘴角的李沐清，他眯了眯眼睛，没说话。

这时，法佛寺住持忽然疾步走了过来，来到谢芳华和秦铮的面前，扑通跪了下来。

秦铮挑了挑眉，没动作。

谢芳华错开一步，避开了法佛寺住持的大礼。

“老衲多谢铮二公子和芳华小姐神算，保住了我法佛寺千载基业，法佛寺一千二百名僧人都在此拜谢两位了。”法佛寺住持俯下身，叩了个头。

“多谢铮二公子和芳华小姐神算保住了法佛寺千载基业！”一群僧人见住持都跪下叩谢了，也齐齐跪了下来。

“你这老和尚，是想折我们的寿吗？”秦铮嗤了一声，“保了法佛寺千载基业的不是我们，而是上天，我们可不会呼风唤雨，只不过是看出了有雨的星云而已。”

“当得！当得！”法佛寺住持连声道，“若不是你二人说一个时辰风停雨下，天意该感谢，但您二人对法佛寺也是大恩！”

“铮二公子，法佛寺失火，火因不明。的确如住持所说，若没有你和芳华小姐，我们也不能泼水全力地阻止一个时辰。天意该感谢，但你二人对法佛寺也的确是大恩，他给你二人叩头，也是应该！你们二人就安心受了吧！”普云大师是高僧，自然是不跪的。

秦铮闻言不再言声。

法佛寺住持又接连叩了两个头，才缓缓站起身，一脸激动。

“老衲惭愧，钻营半生，自认为悟道，却是只通皮毛，依然窥不到天机星象。”普云大师感慨道，“看来此事之后，老衲真该隐居山林，一心修佛了。”

法佛寺住持也道了一声惭愧，说道：“出家之人，要放弃一切悲喜，老衲修习多年，却也是枉然。只一场大火，却是使得老衲提心吊胆，这一事儿之后，老衲也要静思已过。”

“你们一个要一心修佛，一个要静思已过，也得等解决了今日之事后再说。”秦铮慢悠悠地道，“看到地上这个和尚了吗？”

二人闻言看了一眼地上死去的和尚，点点头。

“他可是你们法佛寺的人？”秦铮扬眉。

二人对看一眼，齐齐叹了口气，再度点点头。

“虽然今日法佛寺着火，损失甚大，但是有你们法佛寺僧人趁此机会参与刺杀我，这件事情法佛寺就脱不了干系。”秦铮道。

普云大师点点头。

法佛寺住持道："无忘这么多年因在法佛寺位份高，又一直恪守本分，所以很受法佛寺众弟子们尊敬，从来未曾发生这等事情。今日他去刺杀铮二公子，又被李公子抓了个正着，这件事情老衲和师叔也甚是意外。一定要查明。"

秦铮点点头。

"既然下雨了，法佛寺这一场浩劫总算是躲过去了。"英亲王妃道，"咱们都别在这里淋着了。尤其是华丫头身子骨弱，太妃年岁大了，还是找个地方避雨吧！"

"进大殿吧！"法佛寺住持道。

众人点头。

秦铮伸手牵了谢芳华的手当先往大殿走，一边走一边吩咐："将那个僧人也搬进大殿来。稍后我们给他验尸，看看他中的到底是什么毒。"

法佛寺住持点头，对两个僧人吩咐了一声，那两个僧人立即抬了地上的无忘进大殿。

英亲王妃、林太妃、秦倾等人一一进了大殿避雨。

李沐清看了一眼当前走着的二人，站着没动，眸光有些深幽。

右相夫人看了李沐清一眼，对他提醒了一声，李沐清偏头对她笑笑，右相夫人暗暗叹了口气，母子二人一起进了大殿。

秦铮进去之后，便拉着谢芳华坐在了佛祖身旁的檀木椅子上。

随后跟进来的林太妃脚步一顿，立即道："你这孩子，怎么能坐在那里亵渎佛祖？还不赶紧下来？"

"太妃，若是没有我们，这座大殿都烧了，如今我们坐坐怕什么？佛祖还真会怪罪？他若是这么不通人情，那么也枉为佛祖了，一点儿也不大度。"秦铮道。

林太妃一噎。

英亲王妃笑骂："这个死孩子，满嘴胡言！"

"铮二公子是真性情，佛祖自然是不舍得怪罪你的。"普云大师笑了一声，吩咐后面跟进来的人给众人搬椅子看座。

众人依次落座。

"李沐清，将你刚刚画的那幅画像拿出来给两位大师看看吧！"秦铮看向李沐清。

李沐清点点头，将早先他自己画的那幅画拿了出来，递给普云大师和法佛寺住持。

法佛寺住持迫不及待地先接过画像，看了一眼，顿时睁大眼睛，露出不敢置信的神色，须臾，他又摇摇头："不对，这个人不是无忘。"

无人说话。

法佛寺住持又多看了几眼，将画像递给普云大师："师叔，您看看。"

普云大师接过画像，若有所思。

“师叔，这个人是不是无忘？”法佛寺住持道。

普云大师放下画像，看向李沐清：“这就要问李公子了，你画的这个人，到底是不是无忘？”

李沐清摇摇头，温和地道：“当初我赶去东跨院时，刺杀秦铮兄的人是两个蒙面和尚，逃跑之人正是这画像上的人。”

普云大师点点头。

“李公子，你确定没看错人？这两个人真是长得一模一样？”法佛寺住持盯着李沐清问。

李沐清摇摇头：“不会看错！”话落，他道：“那逃跑之人耳后无黑痣，这个被我抓住的人耳后有黑痣。这是唯一的一处区别。”

“这就奇了，从来没听说有人与无忘长得一般模样。”法佛寺住持奇道，“李公子，你确定不是易容术？有的人易容术炉火纯青，是真的能将自己变成一个人一模一样的。”

李沐清笑着道：“大师，易容术我也略懂皮毛，世界上再精妙的易容术，也易容不了眼睛，不能完全像一个人。”

法佛寺住持见李沐清说得肯定，更是奇怪。

普云大师沉思片刻，面部露出凝重之色：“我倒是知道有一个人与无忘长得一般模样。”

“师叔您认识？”法佛寺住持一惊。

普云大师摇摇头：“不是认识，是我知道应该是有一个人与无忘长相一样的。”话落，他给众人解惑：“二十年前，一个老妇人带着十岁的无忘来求我收容，那老妇人染了恶疾，知晓自己命不久矣，恐怕无忘饿死街头，求我收下他，我说法佛寺不收俗家弟子，若是收容的话，那么就要皈依佛门。那老妇人犹豫了半日之后，答应了。”

众人知道这其中定然有故事，于是，都无人插话，静静听着。

“后来，那老妇人撑了半日去了。她去之前，给我留下一句话，说无忘还有一个同胞弟弟，流落在异方。若是有朝一日，无忘想还俗，去找他的弟弟的话，还请我准许。若是他不想还俗，就请法佛寺永远给他留一席之地。她说这个孩子命不好。临终之前，又交给了我一块玉佩，让我代替他保管。”普云大师道。

“师叔，您收留无忘的时候我是知晓的，但是竟然不知道他还有一个同胞弟弟？怎么从来未曾听你提起过？”法佛寺住持惊讶道。

普云大师摇摇头：“那老妇人死后，无忘伤心了一年。那一年，你是知道的，他没说过一句话，连你都以为他是个天生的哑巴。一年后，我见他一直如此下去不忍，便找他谈了一次话。说若是他不想落身佛门，我便给他寻找一户无子无女的富裕人家，让他还俗，托人收养他。他不同意，从那之后性子就改了些，似乎也想开了，一心待在了佛门。我当时要将那块玉佩给还他，他没收，让我代为保管。”

“后来呢？他找到弟弟了？”法佛寺住持疑惑，若是找到弟弟，他该知晓才是，没道理人就在他的眼皮子底下，他却是毫无所知。

普云大师摇摇头：“因为无忘是我收留的，加之他和那老妇人投靠我门的时候，虽然衣衫褴褛，但是一见就不是寻常之人。无忘那时候已经十岁，是什么记忆都有的年龄了，我对他一直较为关注。这些年，除了十年前我找他谈过一次外，并没发现他暗中做什么。”话落，他道：“这法佛寺虽然大，但是进一个人，出一个人，若是距离我近的院落两百米内，还是瞒不过我的耳目的。无忘住的院落一直就距离我的禅房近，这些年，我敢保证，他并未做什么。”话落，忽然摇摇头道：“也不对，不是这么多年，是一年多以前，我不曾禅让住持位置给你的时候，他若是做什么，是瞒不过我的耳目的。但是一年前，我便搬去了藏经阁，不再理会寺中琐事儿了。他这期间若是做了什么，我也不敢保证。”

“十年前，您与他谈了什么？”法佛寺住持问。

“因为十年前，距离他来寺里已经十个春秋了，他由十岁到二十岁，成人了。若是他有了凡心，还忘不掉旧事儿，想要还俗下山娶妻生子的话，也正是好年华。况且他虽然在法佛寺落身十个春秋，但是文治武功，四书五经，通史子集，一样没落下不说，还样样拔尖。”普云大师道，“我当时是觉得他埋没在寺院实在太过屈才。于是，找他深谈一次。我本以为他会同意还俗，没想到他却是拒绝了，说愿意一辈子留在法佛寺。”

“当时师兄弟们都知道他可以还俗，都逗他，以为他定是要还俗的。后来他一直安然地待在寺中，弟子们再无人开玩笑了。”法佛寺住持道，“我年长他一辈，比他早入山门十年，算起来，也在法佛寺待了三十年了。其实，若是论才干，我不及他，只不过是我辈分高，资格老，师叔您才将住持之位禅让给了我。若无我，他该是最适合住持的人选。”

普云大师点点头，看着地上躺着的和尚，有些心痛地道：“这么多年，一直安守本分，我竟不知，他为何要去刺杀铮二公子？何时寻到了他的弟弟，他弟弟竟然也出家了，同是和尚，这就令人奇怪了。”

“若是照师叔这样说来，那也就是您搬去藏经阁这一年的事儿了。”法佛寺住持道。

“应该是！”普云大师点点头。

“都怪师侄无能，没看顾好法佛寺，今日竟然发生了这么大的事儿，险些毁了法佛寺千载基业，实在是罪该万死。”法佛寺住持自责地道。

“天意难测，世事无常，你也无须自责，没有谁能预测到未来。”普云大师训斥法佛寺住持，“若是这千载基业真毁了，那就是天要亡法佛寺。如今上天下了一场雨来灭火，法佛寺保住了，这就是天佑我法佛寺。佛门弟子，一心向佛，佛祖庇佑，福祸苦难，四大皆空。你身为住持，莫要着相。”

“师叔教训得是！弟子的确是着相了。”法佛寺住持站起身，双手合十，道了声“阿弥陀佛”。

秦铮翻了个白眼，似乎实在是看不惯他们什么佛祖庇佑的说法。

“铮二公子，你虽然无佛心，但是与佛有缘，切莫轻慢我佛。”普云大师清楚地看到了秦铮的白眼，缓缓道。

“佛祖普度众生，我未婚妻的病看来都被这一场突如其来的大火治好了。这可是佛祖的功劳，我怎么敢轻慢？”秦铮笑了一声，撇撇嘴，敬谢不敏地道，“我与佛没缘，老和尚你可别瞎说。爷只与我的华儿有缘，还准备早日大婚呢！”不等普云大师说话，他又道“你以后若是一心礼佛，可要天天给我祈福，保佑我们早日大婚，到我们大婚时你再送我们一份大礼，这才叫真正的感谢。”

普云大师闻言顿时大笑：“好说！老衲手里的确有一件宝贝，但不是给大人用的，是给孩子用的。这么多年，老衲一直没舍得送出去。既然铮二公子这样说了，那么到时候你大婚之时，老衲一定送上祝你早生贵子。”

第三十七章

外公

京　门　风　月

秦铮这回可大乐了，这话他最爱听：“老和尚，你要说话算话。”

“阿弥陀佛，出家人不打诳语！”普云大师道。

“你们都给我作证！”秦铮弯起嘴角，目光扫了一圈大殿内的众人，“娘，您一定要记着，到我和华儿大婚的时候老和尚不去送礼，您就打上门来！”

“臭小子！”英亲王妃也是眉眼笑开地笑骂了一句。

“你听见了吗？到时候你也跟我一起记着。”秦铮扭头笑着对谢芳华道。

谢芳华见他笑吟吟，眉目盈盈，如初春的梨花，轻轻瞥了他一眼，没说话。出家人不打诳语吗？这老和尚最会做戏了，心思深着去了。真是越修道行越成精了。

“你这是什么表情？”秦铮不干了。

谢芳华甩开他的手，见他眉头立即竖了起来，见众人都看着他们，她顿时克制住情绪，对他温柔一笑，有些羞涩地道：“二公子，这种事情有你和王妃记着就好了。若是普云大师不履行承诺，你总不能让我打上门来。”

秦铮一呆。

秦倾忍不住扑哧一声笑了。

英亲王妃也忍不住笑起来：“华丫头说得对，这种事情，有我和你记着就好了。若是普云大师不履行承诺，你总不能让她打上门来！”

林太妃也好笑：“真是两个孩子，你们快看看他们，年轻真好！明明今日这么一堆的糟心事儿，看见他们两个在这，就忍不住开心。要我说，皇上这门婚事儿指得好。芳华小姐来了这法佛寺，这一场大火后，还能说能笑了，与正常人一般无二。看着他们二人，可真是郎才女貌。”

右相夫人也笑着应和，说道：“可不是吗？不说英亲王府和忠勇侯府门户当对，只说这两个孩子，我看着都欢喜。”

秦铮闻言转过眸去，看了右相夫人一眼，目光落在李沐清身上。

李沐清见他看来，淡淡地笑了笑，眼底意味浓郁，只有秦铮看得清。

秦铮哼了一声，收回视线，打住众人的话，对普云大师和法佛寺住持说：“这么说，画像上的这个人是地上躺的这个人的弟弟了？他的死因不是毒，据说是蛊。为了验证是不是被虫蛊餐食了心，稍后就给他的胸开膛，看看里面的心还在不在。”

普云大师一惊，腾地站了起来。

法佛寺住持闻言险些跌倒。

二人皆不敢置信地看着秦铮。

秦铮挑眉：“怎么了？看你们这副样子，是被吓住了？还是不相信我说的话？”

普云大师定了定神，看向地上躺着死去多时的人，半晌，才缓缓地摇了摇头：“老衲不是不相信铮二公子的话，只是觉得，这虫蛊之术据说是外域一个称为魅族的小族的秘术。古书记载，外域魅族距离中土南秦隔了十万里之遥，比漠北边境还远了十倍不止。这……若无忘中的是虫蛊之术的话，怎么可能传播到了这里？”

“这种虫蛊之术，老衲也觉得仅是传说。”法佛寺住持也看着无忘道。

“是不是传说，稍后等京城来人，检验一番就知晓了。”秦铮漫不经心地道，“我也想知道这虫蛊之术是怎么从十万里之遥的魅族传来南秦的，这可比一场大火险些烧没了法佛寺有意思多了。”

普云大师双手合十，道了一声“阿弥陀佛”，不再说话。

法佛寺住持看着无忘，似乎还没从这个消息中回过神来。

大殿内一时间静得连一根针落下都能听得见。

大约过了一炷香时间，外面有两个人气喘吁吁地跑了进来，打破了静寂。

众人向外看去，只见听言、林七二人匆匆跑来。

林太妃咦了一声：“他们不是刚刚下山不久？怎么这么快就回来了？”

“一准是京中的人早就得到了消息，他们大约刚下山不久后就碰到了。如今这是头前一步赶回来报信了。”右相夫人道。

二人正说着话，听言和林七跑到了门口，两人浑身被雨水淋透，听言抹了一把脸上的雨水，对里面急促地道：“小姑姑、二公子，王爷、皇上来了，还有谢世子也来了。”

英亲王妃闻言一怔：“皇上也来了？”

普云大师面上顿时露出凝重的神色。

秦铮嗤了一声："发生了这么大的事儿，皇叔还能在宫里坐得住？"话落，他懒洋洋地对听言问："他们如今走到哪里了？"

"走到山门口了，马上就进来。"听言道。

秦铮顿时笑了："就算父王和子归兄来了，这件事情太大，恐怕他们也不能做主彻查。皇叔如今来了正好，这南秦的地界里，没人能大过他去。就让他好好地给我们做主，这火是如何着的？谁派死士刺杀我们？揪出个水落石出！"

谢芳华扭头看向殿外，殿外雨比刚才大了些，她不动声色地笑了笑。

皇上自然是该坐不住的！

法佛寺失火，连烧了北山的一整片山林，同时大火扑向了一片别院，进而蔓延到南山古寺殿堂斋院。若是将法佛寺全部烧毁，那么，千载的寺庙成为废墟不说，继无名山被毁，这又是一件震惊朝野的大事儿，更甚至，它若烧毁，比无名山被毁所造成的影响要大。"在想什么？"秦铮忽然偏头看谢芳华，见她脸色虽然平静如常，但是眼底有着清冷的光，他攥住她的手，捏了捏，低声问。

谢芳华收回思绪，对他道："我在想，皇上、王爷、哥哥来的时候，有没有带太医或者大夫。"

秦铮挑眉，抬头看向门口，对听言问："可带了太医或者大夫？"

听言一怔，立即懵懵地摇摇头："没仔细看，不晓得带没带。"

"废物！"秦铮骂了听言一句，问向林七："你可看仔细了？"

林七闻言连忙点头："小人看仔细了，队伍里跟着孙太医，谢世子还另外带了一名忠勇侯府的大夫。"

秦铮点点头。

"走吧，都别坐着了，既然知道皇上来了，咱们都出去迎迎吧！"林太妃站起身。

"迎什么迎？佛祖面前，众生平等！"秦铮坐着不动，一句话挡回了林太妃的话，"皇叔也是众生里面的一个。"

林太妃一噎。

"众位施主坐着吧，老衲和住持出去迎迎。"普云大师扫了一圈众人，向外走去。

法佛寺住持立即跟在他身后。

右相夫人看向李沐清。

李沐清笑了笑，站起身。

右相夫人见儿子站起身，自己也跟了出去。

秦倾自然也连忙起身去了。

大殿中转眼间就剩下了英亲王妃、秦铮、谢芳华。

"铮儿，趁着人还没进来，这件事情，你跟我说说，你想闹到哪个地步？"英亲王妃见人都出去，低声询问秦铮。

秦铮眸光微闪："娘，您说这件事儿若是执意闹大的话，能闹到哪个地步？"

英亲王妃皱眉："这件事情，从纵火烧山，到我和华儿被刺杀，再到你被刺杀，另外还有法佛寺僧人掺合一起暗算你，绝对不是一两个人能做成这一套连环的戏码。若是你要闹大，那么，怕是朝野要震动了。"

秦铮轻笑："朝野本来也不平静，震动一下难道不好？"

英亲王妃对他板起脸："没个正经，我与你说正经的，你赶紧与我老实地说，你到底想要做到哪一步？是不留余地，还是留点儿余地？你现在赶紧与我说清楚，我也好在皇上、你父王面前施为。"

"秦钰要回来了！"秦铮不答英亲王妃的话，突然说了一句不相干的话。

英亲王妃一怔。

谢芳华在旁边听着，眯了眯眼睛。

"总要留着点儿给他玩，就弄个半死不活吧，都玩没了也没意思。"秦铮话落，偏头看向谢芳华，又捏了捏她的手："华儿，你说呢？"

谢芳华看了一眼被他攥住的手，什么佛门圣地不宜在佛祖面前无礼，他秦铮可是一点儿也不在乎。不过幸好她重活一回，倒也不怎么信封神佛，对他的举动也不甚在意，只抽出手，语气清淡地道："我只是一个闺中女子，病能借这一场大火好了就谢天谢地了，哪里还有本事掺合这等追查幕后人和牵扯朝堂的朝事儿？待我哥哥来了，哥哥给我做主便是。"

秦铮翻了个白眼。

英亲王妃看着谢芳华，缓缓地笑了，说道："华儿的病若是真好了，那我也要谢天谢地了。英亲王府虽然从来不供奉佛堂，但你的病若是好了，我回去之后就建立一座佛堂，供奉佛祖菩萨。逢年过节，早晚三炷香地供奉。以后每年的年节，我也来这法佛寺上香谢佛恩。"

谢芳华回英亲王妃一笑，不再说话。

短短几句话的时间，外面传来"皇上驾到"的高呼声。

英亲王妃住了口。

不多时，一群人浩浩荡荡地进了达摩堂。

谢芳华一眼便看到了一名老者，坐着的身子不由得站了起来。

这名老者不是别人，正是她的外公。

博陵崔氏当年之所以没落下去，也是因为当年的博陵崔氏家主弃家入了道教。而弃家的那个人正是她的外公，崔荆。

当年，她娘嫁入忠勇侯府之后，她的外婆病了一场，不得治，去了。她外公处理了她外婆的后事百日之后，将博陵崔氏家主的位置传给了她的舅舅，也就是如今漠北的武卫将军，自己跟着一位云游的道人走了，自此后，杳无音信。

谢芳华还是在她娘亲的书房里看到过她外公的画像。

这么多年，她没想到，外公竟然回来了。

这一刻，她不知是什么感情，只觉得眼泪在眼眶转。虽然她自小未曾见过外公一面，但从她娘小心翼翼收藏的画像来看，她娘一定是极其敬爱自己的父亲。她以前不曾出府时就想着，会不会有朝一日外公回来?

如今看着那个仙风道骨的老者，她想迎上前去，却是怎样也迈不动步子。

英亲王妃也看到了外面走进来一群人之中仙风道骨的老者，腾地站起身，不敢置信地看着："竟然是……竟然是……"

秦铮目光在那老者身上转了一圈，听到英亲王妃的话，回头瞅了她一眼，又见谢芳华眼泪在眼圈转，神色怔怔，似喜似悲，他也坐不住了，站起身，伸手擦了一下她的眼睛，低声问："怎么了？那个老者是谁？"

"是我外公！"谢芳华低声道。

秦铮一愣，转过头，有些讶异地看着那老者："博陵崔氏上一代家主？"

谢芳华点了点头。

秦铮收回视线，见她短短时间眼眶有些红，又问："你确定？"

"自然是确定的！"谢芳华顺手扯过他衣袖，擦了擦眼睛，然后推开他，走了出去。

秦铮看着他衣袖上的一片水渍，呆了一下。她拿他衣袖擦眼泪？做的可真是顺手！他很想追上去问问，她知道自己刚刚做了什么动作吗？他压制住了想法，看向英亲王妃，喊了一声："娘？"

"是，是博陵崔氏上一代的家主！没错！"英亲王妃回过神，对秦铮招手："铮儿，快走，我们出去看看！"

秦铮点点头。

这是谢芳华第一次没戴面纱出现在众人面前。

天空下着细密的雨，她一身锦绣华裳走出来，如玉雪山之巅浊世的雪莲，又如冰川山涧中那一缕冰泉，又如九天之上那一抹轻云流彩。

皇帝一眼所见，脚步猛地停住了。

英亲王、左右相等也顿时停住了脚步。

所有的目光交织在了谢芳华的身上。

包括博陵崔氏上一代家主，谢芳华的外公，崔荆。

谢墨含看到谢芳华的面纱竟然摘掉了，也是一怔，脚步顿了顿，将众人神色看在眼底，暗暗叹息一声，越过挡在他前面的皇帝和英亲王，迎上谢芳华，喊了一声："妹妹！"

谢芳华自然也看到了众人的神色，见谢墨含迎上前，她停住脚步，抓住谢墨含的手，先是对他责备地道："哥哥出府上山来，山风凉寒，你怎么穿得这么少？"

谢墨含心下一暖，将她上下打量了一遍，见她完好，松了一口气地道："我听闻法佛寺失火出事儿，就急急忙忙赶来了。"

"侍书，哥哥急，你怎么也不提醒着他一些？"谢芳华质问旁边给二人打伞的侍书。

侍书顿时苦下脸："小姐，世子听到消息后，走得太急，没容小人准备啊，小人只能赶紧追来了。这伞幸好还是咱们车上备着的呢，否则，别说衣服没有，现在浑身都淋湿了。"

"你现在就吩咐人去找一件轻裘来给哥哥披上。"谢芳华对他道。

"知道小姐无恙后，我就已经吩咐人去取了。"侍书道。

谢芳华点点头，伸手帮谢墨含往上拉了拉衣领，对他轻声问："哥哥，那是外公吧？"

谢墨含点点头，回转身，看向须发花白仙风道骨的老者："是外公！"

谢芳华看向老者，老者见她看来，眉目露出一抹和蔼的笑。

谢墨含拉着谢芳华走向老者，对老者道："外公，这是华儿！"

"外公！"谢芳华走到老者面前，喊了一声，鼻音有些浓郁，微带哽咽。

老者应了一声，伸手去摸谢芳华的头。

谢芳华抿起唇角，眼泪在眼圈内打转。若是她娘还在，见到外公，不知会有多高兴。

"三分像你娘，七分像你爹。到底还是谢氏的女儿！"崔荆落下手，感慨一句。

谢芳华对他笑了笑，低声问："外公离家出走多年，娘亲临死也没能见外公一面，华儿出生后一直不曾见过外公，如今外公怎么回来了？"

"说来话长！半年前，我在青云之山和一道友摆八卦观星阵，恰巧窥到了南秦京城的天象。南秦星移斗转，星海纵横，霞云失色，火烧天峰。这是大凶之兆。我当时只参悟了前半个星卦，道法太浅，没参透后半个星卦，于是，便起程回来走一遭。"崔荆道。

"原来如此，还要感谢这天象了，否则华儿和哥哥不能见到外公了。"谢芳华涩然道。

"你这孩子，外公虽然入道，但到底还是你外公！除了要回来参透这半个星卦外，也是想看看你们。"崔荆又摸摸她的头，怅然道，"一别多年，南秦依旧繁华，但到底是物是人非了！入道之人，也并非真就脱离肉骨凡胎，没有七情六欲，天下没有真正不问世事的地方。外公避开红尘，也不过是图个清静罢了。”

谢芳华闻言心里一暖，松开谢墨含的手，挽住了崔荆的胳膊。

崔荆瞅着她，捋着胡须，慈爱地笑了。

“荆叔叔，您总算回来了！”英亲王妃此时也来到了近前，有些激动地看着崔荆。

“一别多年，你这小丫头可没变模样！”崔荆看着英亲王妃，笑着点点头。

英亲王妃眼圈也微微泛红，嗔怪道：“这个天下，如今也就您还喊我小丫头。”话落，她掏出帕子，抹抹眼睛，有些酸涩道：“紫箐没照顾好玉婉，荆叔叔，您不怪紫箐吧！”

“婉儿本命如此，造化如此，实乃天意！”崔荆摇摇头，感叹一声，“当年，我走时，紫云道长便算出了她的运数，我初时不信，后来接连发生了几桩事儿，也就信了。”

“紫云道长是当年云游到南秦，带走您的那位道长？”英亲王妃问。

崔荆点点头。

“他当时既然能算出，为何不求他改了玉婉的命数？”英亲王妃又道。

“你这小丫头，命数能是随意更改的吗？”崔荆笑了笑。

英亲王妃揣起帕子，一时无言。

“这个是你家小子？”崔荆移开眼睛，目光落在站在英亲王妃身后的秦铮身上。

英亲王妃回过神，挥手一把将秦铮拽到了崔荆面前，对他道：“正是我那个不知道造了什么孽生出来的混小子。”话落，对秦铮道：“你傻站着干什么？还不快来见过外公！”

“不该是叫外公吧，论清河崔氏，他该喊我一声堂叔外公。”崔荆道。

“荆叔叔，您大约还不知晓，华丫头和这个臭小子得了皇上圣旨赐婚，如今他喊您一声外公，也是当得！”英亲王妃顿时得意地笑了，“您没想到吧？当年我和玉婉约定，她生了闺女嫁我儿子，如今玉婉虽然去了，但这一桩约定却是履行了。”

“哦？”崔荆有些意外，看着秦铮，缓缓笑了，“老道一路赶来京城，竟是没留心这个消息。若是照这样说的话，喊我一声外公，是该当得！”

“外公！”秦铮趁机笑吟吟地喊了一声，分外心甘情愿。

“好！”崔荆大笑，应了一声，从怀中取出一个物什儿，递给秦铮，“外公给我外孙女婿的见面礼！”

谢芳华顿时不满，她可都没得外公的见面礼，凭什么秦铮喊了一声，就有见面礼了？

秦铮不等谢芳华有所言语动作，立即伸手接了，没看清是什么物什儿，转眼便揣进了怀里，笑得欢喜：“多谢外公！”

崔荆笑着点点头。

谢芳华偏头瞪了秦铮一眼，有些不甘心。

秦铮对谢芳华眨眨眼睛，笑得得意。

“朕就知道，只要一见到崔老，他们眼里就没朕了！朕站这半晌，也不得理会。”皇帝此时开口。

英亲王妃慢慢地回转身，对皇帝道：“皇上往这里一站，谁敢不理会您？臣妇这里还等着皇上给我、我儿子、未来的儿媳妇儿做主呢！”

“做主什么？”皇帝看着她问。

“法佛寺失火时，我们三人都遇到了刺杀。”英亲王妃正了神色。

皇帝眯起眼睛：“你们三人可是受伤了？”

“铮儿受伤了！我的婢女春兰给我挡了一剑，我和华丫头才没事儿。”英亲王妃简略地道。

“凶手可是抓住了？”皇帝问。

“自然是抓住了！”英亲王妃道。

“好，此事朕给你们做主！光天化日之下，竟然有人趁火作乱，刺杀堂堂王妃，王法何在？”皇帝板起脸，威严地道，“现在就带凶手来，你们将经过仔细说与朕，朕现在就命人彻查。”

英亲王妃点点头：“外面下着雨，先进大殿再说吧！”

皇帝颔首。

英亲王看向英亲王妃，将她上下打量了一遍，低声道：“你真不曾受伤？”

英亲王妃摇摇头：“我是不曾受伤，铮儿受伤了。”

英亲王松了一口气，回头看向秦铮：“你伤在了哪里？”

“小伤！”秦铮道。

英亲王见他气体虚弱，面色隐隐苍白，知道受伤不轻，但他面上却云淡风轻，不当回事儿，显然不愿意多说，他点点头：“稍后让孙太医给你把把脉，开一副药方子。”

秦铮嗯了一声。

“还有华丫头，我见你今日气色倒是极好，这是怎么回事儿？”英亲王又看向谢芳华。

谢芳华摇摇头。

“你说也奇了怪了，法佛寺失火，铮儿在后山院落里睡觉，我和华丫头担心他，一起去找。半途中，遇到了杀手，之后，又遇到了一个和尚暗算，有一簇火苗烧来，烧掉了她面纱的同时，竟然也消散了她脸上的病态。”英亲王妃对英亲王道，“这事儿我亲眼所见，你说奇不奇怪？我观察了她两个时辰了，她都未曾重犯病症，我就在想，是不是这一场大火让她的病突然好了？”

“一场大火就烧没了华丫头的病？哪里有这等怪异之事？”英亲王显然不信。

皇帝目光也落在谢芳华脸上，一双眼睛探究深邃。

“我也觉得不可能，但是以前的华丫头什么样子你也见了，如今这样子可真是好模好样的，哪里像是还有病？”英亲王妃质问。

英亲王看着谢芳华，一时无言。

“孙太医不是来了吗？稍后让孙太医给华丫头看看她的身体到底如何。另外，朕听说崔老也晓得医术，稍后再让崔老看看。”皇帝缓缓开口，“若是华丫头这病真的就此好了，也是一件大喜事儿！老侯爷也不必日日忧愁了，朕也可宽心了。”

英亲王妃点点头，催促道：“那就快进大殿吧，都别在这里淋雨了，赶紧先给华丫头看看。”

一行人一起进了大殿内。

大殿内空无一人，地上没有了无忘的尸首。

秦铮发现地上无忘的尸首不见了，目光顿时眯了起来。

谢芳华自然也发现了，目光一寒。她因为外公突然回来，一时间分散了心神，竟然没发现大殿内什么时候没了无忘的尸首，她看向秦铮。

秦铮垂下眼睫，对她无声地摇了一下头，偏头看向李沐清。

李沐清自然也发现了，抿起唇，也摇了摇头。

“尸首呢？哪里去了？”英亲王妃自然也发现了，当即面色沉了下来。

进入大殿的皇帝脚步一顿，回头看向英亲王妃，问道：“什么尸首？”

“刚刚我们迎出去时，这地上明明有一具尸首。短短时间，怎么不见了？”英亲王妃对两旁众人质问：“谁看见了？”

侍画、侍墨安排人送谢氏六房老太太下了山，跟着皇帝的队伍进了山寺，自然不晓得，齐齐摇摇头。侍蓝、侍晚随着谢芳华跟出了殿外迎崔荆，自然也没看顾殿内的尸首。

听言、林七因为好奇，也跟着秦铮、英亲王妃、谢芳华出了殿外，忘记了殿内的尸首。

这样一来，竟然谁也不晓得殿内的尸首何时没了！

早先无忘躺着的地面，没有一丝痕迹，大殿因僧人每日打扫，十分干净。今日即便外面下雨，众人进出踩了脚印，也不见乱象。

谢芳华先看了一眼大殿内的环境，与她刚刚出去时别无二致。

无忘尸体躺着的地方没有水渍，自然不是被化尸水给化尸了。

有人把尸体给挪走了。

她四处看了一遍，抬头看向大殿的殿顶。

与此同时，秦铮和李沐清也看向殿顶。

廊柱支撑，红木相接，刻着祥云天花图，一样没有痕迹。

谢芳华盯着房顶看了片刻，目光最后落在她和秦铮早先坐着的佛祖佛像上。

普云大师和法佛寺住持进来之后见没有了无忘的尸首，脸色都是齐齐一变，也惊住了。

英亲王妃面带怒意："这可新鲜了！我们多少人在，一具死人的尸首还能凭空消失不成？"话落，她质问普云大师和法佛寺住持："这里是否有密道暗门之类的机关？"

法佛寺住持不知如何回答，看向普云大师。

"两位大师，今日寺院连番出事儿，你们寺院僧人涉嫌刺杀铮儿，你们还以为能不被牵连其中吗？到底有没有？实话实说！"英亲王妃轻喝道。

普云大师点点头："的确是有！"

"在哪里？"英亲王妃问。

"就在这佛祖宝座下的莲台下。"普云大师双手合十，"阿弥陀佛，可是这个密道除了历代住持知晓外，再未曾外传。老衲曾经担任住持，传位之时，将这暗道之法传给了住持，只有我俩知晓，再无旁人。"

"现在就打开暗道！查！"英亲王妃气怒道。

普云大师点点头。

法佛寺住持也觉得这事情太过严重，怎么能不查？尤其还是在皇上面前。他一时间暗恨，怎么没死死地看住无忘，竟然发生了这种事情。

当即亲自上前，转动机关，偌大的佛像无声地升起，里面露出一个黑洞来。

"这个暗道是通向哪里？"英亲王妃质问。

"通向后山的山崖，那是一处绝壁，只有一个铁索桥，是法佛寺的禁地。"住持道。

谢芳华心思一动，那岂不是她和李沐清来偷盗《心经》时走的路径？眼角余光去看李沐清。

李沐清眸光动了动，似乎向谢芳华的身上看过来一眼。

英亲王妃立即喝道："来人，下去查！"

她喝声刚落，有几个英亲王府的护卫立即走上前，毫不犹豫地跳了下去。

"来两个人，跟去查！"皇帝此时也开口吩咐。

吴公公闻得旨意，一摆手，皇帝的近身侍卫里也有两个人跟着跳了下去。

左右相二人同时对身后摆了摆手，又各自有两个护卫跟着跳了下去。

“尸首消失不过是在我和华儿出去迎外公，说了几句话，再转回来，短短不过半盏茶的时间。”秦铮慢悠悠地道，“来人，立即去后山的铁索桥查看，同时将法佛寺方圆十里，都给我派人守死了，一只苍蝇也不准飞出去。”

“是！”有一人在外应声。

皇帝看了秦铮一眼，对他哼了一声：“臭小子，在你的手里竟然还会弄没尸首？我看你是愈来愈废物了，连个尸首也看不住。如今若是找不到尸首，还怎么查案？”

秦铮看向皇帝，玩味地一笑：“皇叔，不是有一句话说得好？牡丹花下死，做鬼也风流。华儿在我身边，她的病有所好转，我这整个心思都扑在了她的身上，哪里还有心思看一个死去的秃和尚？找不到尸首就不能查案了吗？不见得！”

皇帝嗤笑：“整日里围着女人转，瞧瞧你的出息！”

“皇叔您说这话好没道理！您不整日里围着女人转？您若是清心寡欲的话，还要后宫的妃嫔做什么？依侄儿看，趁早解散后宫得了！等您解散了后宫，想要训斥我有没有出息也能理直气壮。”秦铮反驳皇帝。

皇帝一噎，骂道：“混账！”

秦铮翻了翻眼皮，不客气地道：“整日里听你说这两个字，能不能换个新鲜的？”

“王兄，你看看你的好儿子！他整日里满嘴胡言，正事儿不做一件！朕说说他，如今十个不服八个不服，连朕的后宫也编排上了。”皇帝转向英亲王气道。

英亲王揉揉额头，只能无奈地转移话题道：“皇上，现在不是追究他没看住尸首的过错，而是要尽快查案！”

皇帝闻言不再搭理秦铮，说道：“既然他吩咐先封锁了法佛寺方圆十里，那么有人作乱的话，也逃不出去。”话落，看向谢芳华：“孙太医，先过来给华丫头看诊，案子查的话不急一时，慢慢查。”

谢芳华垂下眼睫，案子不急一时吗？时间拖得越长，那么越会被人抹平了痕迹。她的病重要？皇上无非是想让人觉得他重视忠勇侯府罢了！

孙太医听见皇帝召唤，立即走上前。

谢芳华挽着崔荆挨着坐在椅子上。

秦铮难得看见谢芳华小女儿家的模样，心里有些吃味，撇撇嘴，暗暗打着主意，有朝一日，也让她对自己这样。

谢墨含看了秦铮一眼，缓缓地笑了笑。

李沐清看着崔荆，若有所思。

孙太医恭敬地给谢芳华请了个安，和声道：“芳华小姐，请伸出手腕，老夫给你把脉。”

谢芳华慢慢地伸出一只手，另一只手还挽着崔荆。

崔荆端正地坐着，从见到谢芳华叙旧之后，褪去了几分仙风道骨的姿态，像个寻常的含饴弄孙的和蔼老者。

谢芳华的手腕纤细，似乎不盈一握。

孙太医看着，谨慎地回头问秦铮："二公子，您的帕子借老夫一用！"

秦铮闻言走过来，从怀里掏出一方帕子，盖在了谢芳华的手腕上，也不离开了，站在孙太医旁边看着。

孙太医小心翼翼地将手放在了谢芳华盖着绢帕的手腕上，仔细把脉。

谢芳华静静地等着他的结论。

孙太医不是无才之辈，以他的医术，定然是能摸出两个人相同的脉象里的几分门道来，却从未说破。今日，她的脉象还是一如既往，因伤势未愈，还是处于虚弱阶段。

皇帝也忽然站起身，来到了孙太医身边。

孙太医眼角余光看到了皇帝明黄的龙袍一角，手细微地一哆嗦。

秦铮偏头看了皇帝一眼，挑眉："皇叔，你这么关心我的未婚妻，是因为忠勇侯，还是因为关心侄子的婚事儿？"

"朕都关心！"皇帝开口。

"那不如趁着现在，皇叔改下一道圣旨，让我和华儿提前完婚吧！今日华儿的病若是因法佛寺这一场大火好了，也是佛祖保佑我们一段好姻缘。"秦铮趁机要求。

"圣旨能是随意更改的？别再说话打扰孙太医诊脉！"皇帝一句话，四两拨千斤地挡回了秦铮的要求。

秦铮用鼻孔哼了一声。

英亲王妃忽然也走到了近前，站在秦铮身边，对孙太医温和地道："孙太医，你的医术我信得过，你慢慢地给华丫头诊脉，看看她经过这一场大火，是否洗去了九年前的血光之灾？"

"是，王妃！"孙太医心里有些打鼓。

"不错，你好好诊脉，诊好了，朕重重有赏！"皇帝接过话。

"是，皇上！"孙太医的手有些细微地抖。

"诊不好，你一家老小都不用活了！"秦铮散漫地说了一句。

孙太医额头顿时冒下冷汗，苦着脸道："铮二公子，您可千万别吓唬老夫，老夫年纪大了，不禁您的吓啊！"

"既然不禁吓，就要好好诊脉！"秦铮道。

孙太医点点头。

第三十八章
圣灵

京　门　风　月

过了好半晌，孙太医才撤回手，对左右各自请了一礼，说道：“回皇上、王妃、铮二公子、谢世子，恕老臣医术浅薄，芳华小姐这病，实在说不出个所以然来！”

秦铮顿时眯起了眼睛：“你诊了半晌，就给爷得出了这么个结论？”

皇帝脸色也深重：“你是否有什么顾忌？只管放心大胆地说！朕在这里，你怕什么？”

英亲王妃蹙眉，接过话道：“孙太医，你行医多年，医术在南秦京城是出了名的好。如今怎的诊不出所以然来？无非是她身体如今到底是好是坏。别的说不出来，好坏你难道都分辨不清吗？”

“若是连好坏都不会说，分辨不清的话，我看你真该告老还乡了。”秦铮哼道。

孙太医顿时告饶：“老臣年岁大了，的确是该告老还乡了。老臣这就请旨，请皇上准许老臣告老还乡！”

“你不过是比朕大几岁而已，还不到告老还乡的年纪！”皇帝摆摆手，驳回他的请求，“正如他们二人所说，你只说如今华丫头身体是好还是坏！”

孙太医又擦擦额头的汗，说道：“皇上、王妃、铮二公子，老臣实在医术浅薄，芳华小姐脉象太乱太复杂，老臣毕生钻研医术，也不曾见过如今她这等奇脉啊！老臣说的是实话，不敢有半句虚言。老臣的确诊断不出好坏，像是不好不坏。这等拿不出定论的话，老臣怎么能随便说？”

皇帝闻言面色沉重：“你当真诊断不出来？”

“老臣确实诊断不出来！”孙太医连连请罪，“皇上恕罪，王妃恕罪，铮二公子恕罪，谢世子恕罪！”

秦铮骂了一声："废物！"

"老臣的确是废物！不堪大用！铮二公子还是快寻求比老臣医术更高明的医者吧！"孙太医连连作揖。

"行了，孙太医虽然向来圆滑，但他今日说的是实话！"英亲王妃见孙太医不像是说假，这种情况下，他也不敢说假得罪哪一方，便替他开解。

"多谢王妃体谅老臣，老臣的确是医术还不够精湛！"孙太医感激地对英亲王妃道谢。

"既然不堪大用，你就给爷滚一边去！"秦铮伸手扒拉开孙太医，对崔荆道："刚刚皇叔不是说外公也通晓医术吗？就让外公来给华儿诊脉！外公可是修道之人，自古佛道本是一家，外公既然能观星云，测命数，想必也能看得了华儿这怪病的来龙去脉。"

崔荆捋着胡子笑了笑："老道方才早就给华丫头看过脉了，也看过了她的定数。她是怪格之命，福祸参半，祸福相依。昔日的确是有血光晦气缠身，有阴灵邪气笼罩她，是以，恶疾多年。今日，佛祖前，天意庇佑，造化浴火，使得她无形中借由火光化去了污浊阴灵邪气，如今她虽然依旧体虚脉乱，精气虚无，但只要好好将养，自此以后，再无性命之忧！可以说，如今她身体确实是不好不坏。"

秦铮扬眉："再无性命之忧？也就是说，我们大婚，她做我的妻子完全不碍事儿？"

崔荆大笑："她只是虚弱多年，未来仔细调养待补，再无阴虚之病，只剩下实病。只要好好用药将养调理，别说做你妻子，就是生儿育女，也是不成问题。"

秦铮闻言大喜："这就是好了，如何还叫不好不坏？"话落，他转头对英亲王妃道："娘，你说是不是这就算是大好了？"

"自然！"英亲王妃也笑了，"比起最坏伤及性命的结果，可不就是大好了？若她一下子全好了，我倒是不信佛祖了。如今只去了阴灵邪气之症，那么，以后好药补着，好好调理着，总能真正大好！"

秦铮立马上前一步，一把拽起坐着的谢芳华，将她抱在怀里，欢喜地道："华儿，你听到了没有？将来我们大婚，你是能给我生儿育女的！"

谢芳华没想到她外公竟然连"生儿育女"的话也说了出来，一点儿也不顾忌她女儿家的薄面。如今又听秦铮如此说，如此当众搂抱她，她的脸顿时红透了，又羞又急："你胡言乱语什么？赶紧放开我！"

"不放！"秦铮孩子气地摇头。

"还有人在呢，你还要不要脸面？"谢芳华低斥。

"不要了！"秦铮道。

谢芳华一噎，低声骂他："你不要我还要呢！"

"你也不必要了！"秦铮霸道地搂着她。

谢芳华一时失语。

“臭小子，这么多人在呢，抱一下得了！”英亲王妃看出了谢芳华的挣扎和窘迫。

秦铮闻言虽然不想放手，但也懂得不能惹急了谢芳华，见好就收，笑着放开了她。

谢芳华立即退后了一步，脸上红如火烧，羞恼地瞪了秦铮一眼。

崔荆却是大笑：“真是两个孩子！”

皇帝见秦铮如此，脸色有些沉：“秦铮胡闹，越来越不守礼法了，佛门圣地，侮辱圣洁。”话落，咳嗽了一声，对崔荆道：“崔老所言可是确实无误？对于道法，朕不太懂。您离京多年，突然归来，朕也是意外。不知道如今您道法几何？难道修行这二十年来竟然还懂得了通灵辟邪之术不成？”

崔荆闻言笑了笑，说道：“天地交合，阴阳合德。万物有生，既有长，有因，既有果。虚实相生，利与自然。”

皇帝不懂地摇摇头。

崔荆笑道：“老道当初弃家出走，是避于世，想安于静。这么多年下来，归于本一，倒没特意地去探求道法几何？”话落，他道：“皇上若是不信老道所说，再寻求医者给我外孙女看诊就是了！”

皇帝见他三言两语便堵住了他的嘴，心中有些不快，但看他仙风道骨，眉心有隐隐紫气，紫气被誉为吉兆，而且他竟然能不打伞还淋不到雨，实在高深。他也拿不准他如今的底细，也不好再发作，只对身后摆摆手：“吴权，还有无医者跟来？”

“回皇上，左相听闻了芳华小姐的病情，特意从府中带了一位大夫来。”吴权道。

“哦？”皇帝回身看向左相。

左相卢勇来到这里之后，一直没开口说话，此时见提到他，立即站起身，对皇帝恭敬地道：“回皇上，老臣是带了一名大夫来，但这大夫却不是我府中的，而是半日前，从范阳卢氏我的家族而来，是当地最有名望的医者。老臣在除夕之日见到了芳华小姐，见皇上您和忠勇老侯爷为其忧心，便想替您分忧，特意给族里去了书信。族主请来了这名医者。这医者除了会医术外，还懂得阴阳之术。在当地隐居，每十日只给一人看一诊，无论是邪病、实病、虚病，都能看出几分门道来。因立的规矩特殊，脾性古怪，所以，只在当地小范围流传。老臣以前也是不知晓还有这一号人物。如今得知了，赶紧派人去请了来。”

“嗯？竟然还有这样一号人物？叫上近前来，让朕看看。”皇帝道。

卢勇点头，对身旁的随从吩咐了一句，随从立即出了殿门。

“既然规矩特殊，脾性古怪，想必是有些真才实学。这样的人最是难请，你是用什么办法将人请来的？”英亲王妃趁着那随从去叫人的空当问卢勇。

卢勇摇摇头：“老臣只去了一封信，不知道范阳卢氏的族主是如何请动此人进京的。”

英亲王妃见他不说，想来未必不知，只不过不想当着这么多人的面说罢了，遂不再追问。

不多时，那随从带着一个个子矮小，满面胡须的老者走了进来。

这老者五短三粗，且眉间一抹青气。不知是因为外面下雨待久了寒凉的缘故，还是因为他本身就带着一股冷寒之气，随着他进来，大殿内的温度便低凉了几分。

谢芳华盯着这医者看了一眼，眯了眯眼睛。

崔荆老眼动了动，依然端正地坐着。

秦铮对着进来这人质问："你是大夫？"

那医者进来后，给皇帝见了礼，开口回秦铮的话，语调有些硬涩沙哑："回铮二公子，确切来说，老夫不是个大夫，而是阴阳仙。老夫修的是阴阳之术，专攻驱邪避疾之法。医术自然也会些，只不过不太精湛，不敢称为医者。"

秦铮哦了一声，不阴不阳地问："阴阳仙？"

"是！"这医者颔首。

"你叫什么名字？"秦铮问。

"老夫没有名字，人都称呼我阴阳怪者。"那医者道。

秦铮瞅着他，片刻，笑了一声，对卢勇道："范阳卢氏的地盘里有这等好才华的术士，怎么不早些请出来？如今偏偏待我的华儿病情有了生机后，才慢悠悠地将人拉出来？左相，你是何居心？"

卢勇立即道："铮二公子这质问得没道理！老臣哪里有什么居心？这阴阳怪者即便是在范阳卢氏的地盘，也是不被多人所知，范阳卢氏也是不久前才知晓，告知了老臣。老臣想到芳华小姐的病无人可治，才特意去信请人来解忧。"

秦铮哼了一声。

"行了，不管如何，无论早晚，如今人来了就好，正巧赶这个机会给华丫头看看。"皇帝摆摆手，止住二人的话，对那医者吩咐："你过去看吧！"

那医者应旨，走到了谢芳华的面前。

谢芳华淡淡地瞅着这医者。阴阳之术被誉为邪术，需要天生长有阴阳眼的人才能学阴阳之术。

卢勇是知晓了什么吗？比如说，她是灵魂重生之人。

谢芳华袖中的手指紧紧地捏在一处。卢勇是早有预谋吧？否则怕是不会这么赶巧请阴阳仙今日来京。

谢芳华心里虽然闪过无数想法，但面色神情岿然不动。

"芳华小姐，请看着我的眼睛！"阴阳怪者硬涩沙哑地对谢芳华开口。

谢芳华微微抬眸，神色沉静地看向他的眼睛。

他虽然人长得怪，长得丑，但是却有着一双好眼睛，眼睛如斑斓的珠子，他射出精光的时候，似乎瞬间便产生了引力，将看他眼睛的人吸进眼里。

谢芳华只感觉眼睛突然地疼了一下，眼前瞬间一花，头脑有一瞬间的眩晕，便突然什么也看不清了。随着眼睛看不清，她坐着的身子也晃了晃。

“华儿！”秦铮忽然喊了一声。

谢芳华心神一醒。

“阴阳怪者，你这是看病还是想要伤人？”秦铮忽然劈手给了那阴阳怪者一掌，断然喝道，“我看你这不像是看病，倒像是要伤我的未婚妻！”

阴阳怪者错身，灵巧地避开了秦铮的掌风，依然看着谢芳华的眼睛，没移开，没答话。

“秦铮，不要胡闹！”皇帝喝了一声。

秦铮收了掌风，脸色有些沉，冷眼看着阴阳怪者，对皇帝道：“皇叔，我的华儿早先还好好的，若是他今日当着我的面敢将华儿如何，弄得受了伤，我将这个人大卸八块，五马分尸。”话落，他狠狠地补充道：“另外，左相府一个畜生也别想跑了！”话落，又道：“还有范阳卢氏，不信就试试我的手段！”

左相面色细微地一变。

皇帝顿时恼怒：“你在胡言乱语捣什么乱？阴阳仙是来看诊的，如何会害了华丫头？”

秦铮冷哼一声：“他最好不会伤到她！”

“王兄，你们也不说说他，他日日这般胡闹，早晚得闯大祸！”皇帝看向英亲王和英亲王妃。

英亲王看向秦铮，见他一脸阴沉，他动了动嘴角，叹道：“铮儿，不准胡闹！左相请来阴阳仙是一番好意。这么多人在这里，华丫头不会有事儿！”

英亲王妃目光转了一圈，偏头看了皇帝一眼，慢声道：“皇上息怒。铮哥儿自小就是这个脾性，对自己喜欢的人或者东西死把着不放。关于这个阴阳仙，臣妇也是第一次见，铮儿更是第一次见，除了左相突然将人带来外，也未曾考察其过往，我们不知根底，有所怀疑排斥也是应该。”话落，她又补充道：“毕竟华丫头可是金娇玉贵，她不止是忠勇侯的千金小姐，也是英亲王府未来的儿媳妇，身份尊荣。臣妇辛苦带她来这法佛寺祈福，好不容易邪病褪去，万一有人趁机捣乱，再因此添病端的话，别说铮儿不依，就是我也饶不了他。不止他，还有引荐他的左相以及范阳卢氏。”

左相闻言立即表态：“铮二公子一直看老臣不顺眼，信不过老臣是应该。王妃不该信不过老臣。老臣还没人老糊涂，怎么能引荐人来害芳华小姐？老臣与忠勇侯府和英亲王府可不曾有过大冤仇。”

“是啊，你们就不要疑神疑鬼了！朕在这里，卢勇怎么会害了华丫头？”皇帝缓和了面色，“阴阳仙的确是少见，也较为怪异。不过华丫头既然是邪病，正对了阴阳仙的阴阳术，也许他真能看出华丫头的病因病果来。”

“既然皇上和左相都这样说，那臣妇也就放心了！只要华丫头不会出事儿，一切都好说。臣妇也不是不讲道理之人。”英亲王妃也缓和了面色，对秦铮道，“铮儿，你退后一些，别再捣乱了。谢世子和你外公都不曾言语阻止。你也莫急了。”

秦铮闻言回头看了英亲王妃一眼，又看向谢墨含和崔荆。

谢墨含对秦铮摇摇头，示意他少安毋躁。

崔荆端坐着，面色如常，依旧仙风道骨。

秦铮看向谢芳华，见她一双眸子静静的，如一潭湖水，无波无澜，面上有一种奇异的静，似乎入了一个除了阴阳仙和她，谁也不知的世界。他虽然心中担心，但看模样她已经不比早先那般乍然的触动。抿了抿唇，退后了一步，坐回了她的身边，伸手握住了她的手。

她的手罕见的冰凉，出了一层薄汗，从指尖到手心，寒凉入骨。

秦铮眸底微微一沉，将她整个手包裹在自己的手中，用自己的手温暖她。

谢芳华的指尖忽然动了动，轻轻地挠了一下他的手心。

秦铮一怔，低头看向她的手，只刚刚那一下，她的手已经不动了。他细细回味了一下，伸手对着阴阳仙按照谢芳华刚刚的动作画了个半圈。

就在他的半圈刚刚画完收手的时候，阴阳仙忽然身子剧烈地震颤了一下，立即撤回了对视谢芳华的眼睛，后退了两步，伸手捂住胸口，面色奇异地扭曲，似乎极为痛苦。

谢芳华却无事地看着他。

左相一惊，立即问：“阴阳怪者，你怎么了？”

皇帝也看向阴阳怪者，不明所以。

众人见谢芳华无事，目光都聚在了阴阳怪者的身上。

阴阳怪者看了众人一眼，似乎极力地压制着什么，过了半晌，终究是没压制住，忽然一口鲜血吐了出来，吐到了地面上。

血分外的红！

众人又是一惊。

左相忍不住上前一步，来到了阴阳怪者的面前，又问了一句。

阴阳怪者吐出一口血，似乎好受了些，对左相沙哑地开口：“相爷无须担心，老夫无事。”

左相松了一口气，对他问：“为何如此？你怎么会吐血？”

阴阳怪者抬起头，看向谢芳华，见她静静地坐着，清丽脱俗的容貌在他的眼里格外刺目，看了一眼，他立即移开了眼睛，对左相拱了拱手：“芳华小姐身上有圣灵之物庇佑，老夫想要一探究竟，奈何术法有限，反而被那圣灵之物伤了。相爷恕罪！”

左相眸底顿时蹦出一道光，不过转瞬即逝，他看了谢芳华一眼，纳闷道：“什么样的圣灵之物？怎么如此厉害？你确定不是邪物？”

“左相，你别得寸进尺，怎么问话呢？”秦铮阴冷地道。

左相看了秦铮一眼：“铮二公子别急，芳华小姐病了多年，病症确实怪异，因她是应验血光之灾而染病多年，若是无邪气，她怕是早好了。老臣这样问，原也没错！”

秦铮冷冷地看着他：“我竟不知左相何时也关心起我的未婚妻来了！你该关心的不是你女儿吗？你女儿何时嫁入英亲王府给我大哥，日子定了吗？我看你倒是很清闲！”

右相面色一僵，他无论如何也不会忘记他的女儿是因为惹怒秦铮而被逼要下嫁秦浩的。

“秦铮，你让朕说你什么好？你就不能少说一句？再说左相确实没问错！”皇帝瞪了秦铮一眼，对阴阳仙问：“你快说，是什么样的圣灵之物，确定不是邪物？”

阴阳仙看了皇帝一眼，摇摇头：“的确不是邪物，老夫从不虚言。但究竟是什么圣灵之物庇佑，老夫却是不知了。若是知晓的话，也就未必会受伤吐血了。”

皇帝哦了一声，看向谢芳华：“华丫头，你身上有什么圣灵之物？”

谢芳华对皇帝笑了一下，摇摇头：“我也不知。我身上除了几丸药，没有什么东西。”

皇帝纳闷：“那为何这位阴阳怪者说你身上有圣灵之物？”

谢芳华也跟着纳闷，看向阴阳怪者，端静地道：“这也是我奇怪的地方，阴阳怪者为何如此说呢？我的确是身上没有什么东西！”

阴阳怪者伸手捂住胸口，闻言回话道：“老夫自小便长有阴阳眼，通灵阴阳之物。后来得遇恩师，钻营大半生阴阳术，潜心苦学至今，自认为阴阳一术学到了八分火候，断然不会看错！芳华小姐身上应该是佩戴了圣灵之物。”

谢芳华顿时笑了：“我说没有，你却言之凿凿，这可如何是好？难道让我当众脱了衣物任你检查？”

“胡说！”秦铮顿时不干。

阴阳怪者看着谢芳华，见她言辞不像是说假，一时间也露出疑惑的神色。

皇帝也打量谢芳华，的确从她面相看不出什么，但他执掌江山多年，坐在龙椅宝座上看惯了多少人物，今日觉得谢芳华身上一定是藏着某些不为他所知的东西。她身上的病怕是没那么简单。就论这份沉静，言谈浅笑，岿然不动，连当年的德慈太后怕是也不及她的定力。怪不得能让秦铮看上，非她不娶。

“让你来给她看诊看病，你却只看到了她身上的圣灵之物？”英亲王妃接过话，不满道。

阴阳怪者垂下头，斟酌了一下，沙哑地说道：“芳华小姐经脉倒行逆施，混杂之象，气体虚浮，内腹微枯，有劳怒创伤之症。但这等病症，调养一番便可好转。这是实病。”顿了顿，他沉思片刻道：“至于虚病，她有圣灵之物护体庇佑，老夫看不出其阴脉。总之，就目前来说，她的体格不好不坏！”

“依然是这个结论！”林太妃此时插进话来，“既然孙太医、崔老、阴阳怪者这三人都如此说，芳华小姐的身体目前也就确实如此了。”

皇帝对这个结论显然不甚满意，没答话，一时间探究地看着谢芳华。

李沐清忽然开口：“你所说的圣灵之物莫不是这法佛寺佛祖的神灵之光在庇佑她？”

阴阳怪者立即向李沐清看过来。

众人闻言也都看向李沐清。

李沐清浅浅一笑，温和地道：“当年，芳华小姐应验了血光之灾，染了一身恶疾。因忠勇侯老侯爷不信佛，所以，这么多年来，未曾来法佛寺祈福沐浴佛光洗礼血灾。如今，承蒙我娘提醒，王妃关照，邀她来了这法佛寺，自她来了之后，这病却无形地消失了。虽然说是怪事儿一桩，倒也是应验了当年突然得的怪病。既然是怪病，那么来也无形，去也无形。我们肉眼凡胎，看不见，摸不到，想不透，悟不出，也是应该。”

“照这样说来，也有道理！”林太妃是信佛之人，闻言立即应和。

“我也觉得清儿说的有道理！王妃，你说呢？”右相夫人看向英亲王妃，若是谢芳华因她的提议治好了病，英亲王府和忠勇侯府都得搭她右相府的交情。那么以后无论这朝局如何变幻，右相府在皇上面前得信任，又卖了英亲王府和忠勇侯府一个人情，总能容易立足些。

英亲王妃点点头，看了一眼偌大的佛祖佛像，慈眉善目，普度众生，她顿时笑了：“我也觉得李公子说得有道理！都说心诚则灵，我可是诚心来为华丫头祈福，虽然遭遇了这一番波折，祈福第一日大火便烧了北山和后山院落，但到底是天意庇佑，下了一场雨，免于法佛寺遭劫难。虽然有人借机刺杀，但也是有惊无险。这怎不是奇事儿一桩？不这般解释，还能作何解释？”

“无论是奇事儿也好，怪事儿也罢！忠勇侯府不求别的，只求吾妹平安就好！”谢墨含一直不曾开口，此时缓缓出声，站起身，对着佛祖的佛像便是一拜，口中道：“今日吾妹的病好了，回府后，忠勇侯府也要搭建佛堂，爷爷不喜佛事儿，以后墨含逢年过节早晚三炷为佛祖上香。”

“阿弥陀佛！”普云大师一直没开口，此时也道，“自法佛寺失火，老衲一时被乱了心神。如今见芳华小姐比来那一日的确是气色好，退了灰暗之气，想必芳华小姐许是上一世结了善缘，这一世佛祖庇佑，我佛慈悲，为你逢凶化吉。”

“阿弥陀佛，师叔说得有理！法佛寺千载古寺，佛祖普度众生，解苦救难。”法佛寺主持道，“另外，两百多年前，回绝大师出身在谢氏，这件事情虽然鲜有人知，但是在座诸位怕是都知晓。据传闻，当日回绝大师圆寂之日，法佛寺浴火，火熄灭后，西方天空祥云七日不退。回绝大师去了西方我佛圣地讲经。如今大约是回绝大师圣灵在庇佑为芳华小姐洗礼邪气。今日这大火，也就对应上了。”

林太妃立即惊呼一声："若是这两桩事情联系上，那么就正巧对号入座了。"

"还真是这样！"右相夫人也惊异地道。

谢芳华很佩服这些人的想象力以及左拉右扯寻求关联的能力加上做戏的本事。在座的人都不是傻子，也不一定十分之信佛。若是真信佛之人，不会杀生。刺客可不是佛祖派来的。可是偏偏，一切都归咎在了佛祖身上。

不过这样的说法生出来，就目前来说，对她是没有害处的。

毕竟佛祖洗礼，治好了她的病魔缠身。

被佛祖的圣灵庇佑难道不好吗？天下百姓也不会说不好，只会羡慕她得此福气吧？

那么关于早先英亲王妃担心的因她来到法佛寺祈福，法佛寺便遇大火，是她给法佛寺污浊了佛光带来了灾难的说法便不成立了。

"若是这样说，也是说得过去，那就是华丫头的福气了！大病一去，接下来悉心将养，到底是喜事儿一桩，可喜可贺！"皇帝沉默半晌，笑着对谢墨含道，"谢世子，你和老侯爷以后可以宽些心了，不必再为华丫头这病忧愁了！"

"是，这是妹妹的福气，也是忠勇侯府的福气！"谢墨含点头。

"接下来，就是你的病了！我看你从年前便好了许多，体弱隐疾何时能治愈？你年岁也到了，文武双全，有才华，朕可是想让你尽快入朝做事儿啊。自从三年前老侯爷退朝养老，朕就少了一个臂膀。你若能尽快入朝，朕又多了一个助力。"皇帝将目光落在谢墨含身上。

谢芳华眸光细微地一缩，就知道从她身上行不通门道后，皇帝会把目光转向哥哥身上。

谢墨含摇摇头："自从吃了舅舅从漠北带回来的药方子，我的身子是一日比一日好转。皇上您放心，只要我能好，一定入朝为皇上分忧解难！忠勇侯府向来忠心耿耿，决不推辞。"

"好！这才是好样的！"皇帝总算露出了笑脸。

"既然华丫头身子没事儿了，那么接下来就好好地查一查到底是何人在背后想要害我和铮儿以及华丫头吧！"英亲王妃不想再耽搁，将话引了回来。

皇帝点点头，坐下身，对英亲王妃道："到底是怎么回事儿？前因后果，仔细经过，你现在便与我说一遍。朕也好给你们做主。"

英亲王妃点头，简略地将起火前后的经过给皇帝说了一遍。当然是略过去了谢芳华出手对付杀手的事情。

英亲王妃说话有条有理，字清句酌，让人听不出她隐瞒了什么。

皇帝听罢后点点头，看向李沐清，问道："你是说，有两个一模一样的和尚？你擒住了一个跑掉了一个？擒住的人是法佛寺的无忘大师？跑掉的那个人你还画了一幅画像？"

李沐清点点头："正是！"

“画像在哪里？”皇帝问。

“在这里！”法佛寺住持上前一步，将那幅画像递给皇帝。

皇帝接过后看了一眼，放下，对法佛寺住持和普云大师道：“你们是否已经确认过，早先消失的那具尸首是无忘？”

普云大师和法佛寺住持齐齐点头：“确认过，的确是我寺的无忘！”

“那么这个画像上与无忘长得一模一样的人是谁？”皇帝问。

法佛寺住持看向普云大师。

普云大师将早先收留无忘的经过与皇帝又简略地说了一遍，同时也说了关于谢芳华在一本古书上看到的关于外域魅族毒蛊之事。

皇帝听罢后，眉头皱了起来，转向谢芳华，看不出情绪地道：“华丫头，朕竟然不知你这么多年闭门养病，还懂得观星云和医毒之术？你且说来，你是在哪本书看到的。”

谢芳华知道皇帝已经对她起了疑心，不过事情到了这个地步，起了疑心也没什么惧怕的。她温声道：“回皇上，我因卧病在床，多年来苦闷，不能出府玩耍，日夜难熬，总要找些事情打发时间。做得最多的事情，也就是看书。忠勇侯府所有书都被我看遍了。关于八卦星云和医毒之术是从我娘陪嫁带来的古籍孤本上看到的，如今还在忠勇侯府我娘的嫁妆里收着呢！您若是要看，待回府后，我给您找出来。”

皇帝自然是不能去翻一个死去之人的嫁妆来查实，对坐在谢芳华旁边的崔荆道：“朕记得崔老未离家出走之前就喜好收集这等奇闻异事的书籍古谱。”

“是啊！”崔荆捋着胡须道，“我虽然生就肉骨凡胎，但是偏偏有一颗向道之心。不喜入仕，偏喜好江湖道法，奇闻异志，因此收揽了不少这类的古书籍。我的儿子不喜，小女儿却是喜欢得紧，随了我的缘。她出嫁带走了两本珍本。想来华丫头就是从那两本珍本上看的。”

皇帝点点头，对谢芳华问：“你说无忘中蛊毒而死，而这蛊毒之术传自距离南秦隔了十万里之遥的外域魅族？”

谢芳华笑了笑：“古籍孤本上是这样记载。”话落，她看向普云大师：“大师也是知晓这个外域魅族和这虫蛊之术的。”

“老衲是知晓一些。魅族据说是外域的一个小族，虫蛊之术是魅族王室的不外传秘术。”普云大师点头，疑惑地道，“只是老衲奇怪，无忘怎么会中这虫蛊之术。”

“也许那无忘就是外域魅族之人也说不定。”秦倾一直没说话，此时插口道。

“大师您刚刚不是说将无忘大师托付给您的那个妇人临终交给您保管了一件玉佩吗？那玉佩您早先说无忘大师没有收回去，如今不妨拿出来看看。无忘大师的尸首虽然没有了，不能再查实，但若是还有那妇人留下的玉佩，也能查出些线索。”李沐清道。

普云大师点头，有些凝重地道：“这玉佩一直收在老衲的怀里，随身携带着，因关系无忘身世，未曾放在别处，恐防遗失。”

“既然还在，大师便拿出来吧！”皇帝说道。

普云大师点点头，伸手入怀，掏出一个小玉匣。玉匣子扁平，如手掌般大小，看起来十分轻便，易于随身携带。他将玉佩拿了出来，展现给众人看。

众人抬眼看去，只见是一块无字的玉佩，未经雕琢打磨，是天然形成的，形状如弯刀。

“玉佩上面有字吗？我怎么看不清。”林太妃看了半晌，也没看到玉佩上有字，不由问。

“没有字！”普云大师摇头。

“那玉匣子上呢？有字吗？”林太妃又问。

普云大师依旧摇头：“也没有！”

“这就奇了，哪里有玉佩没有字的？”林太妃不由纳闷，“这岂不是跟没线索一样？这样的玉佩跟寻常玉佩没有二样，只不过是未经雕琢而已。”

“大师，你将玉佩给朕，朕看看。”皇帝对普云大师伸出手。

普云大师将玉佩递给皇帝。

皇帝接过玉佩，上下左右仔细地看了一遍，似乎除了弯刀的形状，哪里也没看出特别。他转头递给英亲王：“王兄，你也来看看。”

英亲王接过玉佩，看了片刻，同样没看出所以然来，递给一旁的左右相看。

左右相看过之后，递给了一旁的李沐清，李沐清看过之后没说话，递给了秦铮。

秦铮接过玉佩，看了一眼，递给了谢芳华。

谢芳华接过玉佩，静静地看了片刻，用手轻轻地摸索，她中指在玉佩的刀刃上用力一划，手指顿时出了血。秦铮刚要训斥她，便见玉佩瞬间吸收了她手指流出的血，转眼间，晶莹剔透的玉佩成了一块血玉，玉佩的中间现出了几个字。

魅族至尊，通灵宝玉。

这八个字，在血玉上泛着金光，分外夺目，一时间将大殿都给照亮了。

众人齐齐惊异地看着谢芳华手里的玉佩。

秦铮则是猛地伸手拿掉她手里的血玉，扔给一旁的英亲王妃，伸手攥住了谢芳华的手，对她冷下脸，怒道：“你做什么？血多得没地方放吗？”

谢芳华看了他一眼，没言声，想要撤回手。

秦铮抓着她的手不放，从怀中掏出一个药瓶，倒了些许白粉在她的手指上，白粉洒上之后，鲜血顿时止了。他拿出绢帕，将她整个手都给包裹了起来。

他对她道：“三天内，不准沾水！”

谢芳华垂下眼睫。

“听到了吗？”秦铮见她不答话，竖起了眉头。

“听到了！”谢芳华慢慢地点了点头。

秦铮见她答应，算是放过了她。

众人一时间神色各异。

英亲王妃攥着玉佩，刚拿在手里片刻，玉佩上的血迹便流失了，血玉恢复了原状，上面的字迹也不见了。

“你们刚刚都看清血玉上面的字了吗？”林太妃眼神不太好，只看到是一行字，但没看清楚到底是什么字。

秦倾在一旁回话道：“太妃，是写着‘魅族至尊，通灵宝玉’八个字。”

林太妃一怔：“这么说这块玉佩是魅族的王族信物？”

“应该是的！”秦倾点点头，看向皇帝。

皇帝自从看到谢芳华割破手指捅破玉佩的秘密开始，一张威严的脸上便情绪难辨，看不出心中所想。

英亲王面上则露出端凝之色。

“这块玉佩放在老衲这里二十年了，老衲一直未曾勘破这玉佩的秘密。不想芳华小姐聪明绝顶，将这秘密给勘破了。”普云大师打了个佛偈，“看来这无忘果然是魅族之人。”

“依这玉佩看来，怕还是魅族的王族之人。”法佛寺住持道。

“他在我寺待了二十年，今日却是遭了大难。只可惜没看顾住尸首，竟然让他消失了。”普云大师叹了口气，“我一直奇怪，他是如何消失的，这密道之法是如何泄露出去的？”

“佛门之人，轻易不会来挪动佛祖之像。这法佛寺流传千载，难保这密道在这千年来没被发现泄露出去。老衲虽然德才不佳，但却是个稳妥守口如瓶之人，断然不会从老衲的口中泄露出去过密道。”法佛寺住持道。

“我知你是稳妥之人，否则也不会将住持之位传给你。”普云大师点点头。

“现在说这些都无用了，要尽快找到无忘的尸首。”英亲王开口打断二人的话，“本王觉得，立即清点法佛寺众僧人，除了控制密道、后山索道山崖外，还要全寺搜索，看看是否还有无忘的同谋？毕竟他在寺中待了二十年之久。”

普云大师点点头，对法佛寺住持道：“现在就集合所有法佛寺弟子，清点人数！”

法佛寺住持应是，站起身，向外走去。

第三十九章
审问

“皇上和各位先坐着，老衲也去看看。”普云大师对皇帝道。

皇帝摆摆手：“李沐清、秦倾，你二人跟着普云大师和住持去清点，务必查实！”

“是！”二人齐齐站起身。

一行四人走出去后，英亲王妃将玉佩举着对皇帝道：“这玉佩怎么办？”

“给我先收着！”秦铮接回玉佩，直接揣进了怀里。

皇帝瞪了秦铮一眼，对他道：“这是信物，你要仔细地留好了。”

“皇叔放心，到我手里的东西，我不松手扔掉，没人能拿走！”秦铮懒洋洋地道。

皇帝对英亲王和左右相道：“王兄，两位爱卿，关于这件事情你们怎么看？”

英亲王沉思片刻，说道：“臣有两种揣测，一种是，二十多年前，十万里之遥的魅族一定发生了政变或者是了不得的大事儿，那个妇人才带着一个孩子不远万里为了躲避来到了南秦。二十年后，魅族有人找来了，找到了无忘。只是不知为何无忘要刺杀铮儿。这就只能再查了。另一种是，魅族之人没找来，但是有人知晓了无忘的秘密，拉拢了他，趁机筹谋作乱。至于目的，也要再查。”

皇帝点点头：“王兄说得不无道理。”话落，看向左右相。

左相斟酌了片刻，说道：“老臣以为，这件事情，怕是要从二公子的仇家上排除。这件事情显然首要目标是二公子。因为无忘要刺杀的人是二公子。”

秦铮闻言扬眉，看着左相：“若说我的仇家，怕是第一个就是你左相。”

左相面色一僵：“二公子，你这说的是哪里话？老臣怎么能算是你的仇家？”

“这么多年，我没少欺负你，踩着你马车过，你心里就没恨没怒？说出去谁信？”

秦铮向来说话不给人留面子，“还有你女儿，她惹了我，我帮她选了一门好姻缘，配给了我大哥，你心里就情愿？没恨不得我死？尤其如今我大哥马上就要成为你的准女婿了，英亲王府偌大的门楣，他难道不想独占？”

左相脸色青一下白一下，压下心中的恼怒，叹道：“铮二公子，你的脾性张狂肆意，整个南秦谁人不知何人不晓？老臣活了一把年纪，至于因你踩着我马车过便记恨？都说宰相肚里能撑船。老臣身为朝中重臣，若是连这点儿肚量都没有，那老臣可就白活了。至于我的女儿……”他看了谢芳华一眼，顿了顿，说道：“她自己不争气，触怒了你的逆鳞，道是自己走的，老臣哪里会怨你？再说，大公子如今在户部任职，将来自有一番天地。老臣的手哪里敢插进英亲王府去帮他独占？二公子放心吧！别说大公子无心，就是有心，老臣绝不干这样的事儿。若是老臣干了，别说你不容我，就是王妃、王爷也是不容我的。”

秦铮笑了一声：“左相真是好口才，巧辩如簧！虽然说得好听，但你心里怎么想的我便不知道了。”话落，他不等左相开口，又道：“不过爷也不需要知道。我得罪的人多了去了，不差你一个！到底是谁背后害爷，爷总要查出来的。只要查出来，爷一定抽了他的筋，扒了他的皮，让他后悔派人刺杀我。”

左相心里寒了寒，揉揉额头：“老臣也希望尽快查明此事！这等光天化日之下敢公然刺杀王妃、二公子、芳华小姐之人，实在是胆大包天，预谋不小。”

“会不会是冲着忠勇侯来的？”右相接过话道。

谢芳华抬起眼皮，看向右相。

皇帝哦了一声。

右相看了谢芳华一眼，缓缓斟酌道：“老臣刚刚走在路上时，仔细地询问了一番报信的人。那报信的人说，铮二公子今早睡的房间，正是芳华小姐所住的房间。”

“昨日我担心华丫头身子骨弱，一直娇养在忠勇侯府，刚上山寺，怕是受不得山风，便让臭小子给她守夜。”英亲王妃接过话道，“不想臭小子贪嘴胡闹，竟然吃了华丫头的药，华丫头向来治病的药都是以毒攻毒的方子，寻常人怎么能随便喝？他一喝之下，竟然浑身乏力中了毒，起不来了。”

“所以老臣猜测，这刺杀的人是冲着芳华小姐来的。因王妃和二公子出行都带着护卫，一般寻常人是不晓得那屋子里住着的人不是芳华小姐而是二公子的。所以，阴错阳差，刺杀了二公子。”右相道。

“这个道理行不通！”秦铮开口反驳，“若是外人来刺杀不知其中内情，但法佛寺的僧人无忘岂能不知？我娘带着华儿一起前来达摩堂祈福，众僧人都亲眼见了她。而我遭遇刺杀的时候，正是着大火之时，这期间足够知晓那间屋子里住的人不是她了，这刺杀不是冲着我来的是什么？”话落，他又道：“况且我娘和华儿在去寻我的路上也遇到了刺客，这明显是冲着我们三个人来的。”

右相闻言住了口。

“你说还抓到了两名刺客，那两名刺客如今在哪里？”皇帝问向秦铮。

“一名是死士，一名是一个和尚，都押下去审问了！”秦铮道。

“死士和和尚？”皇帝皱起了眉，“既然是死士，审问也怕是没用。那和尚是什么人？”

“皇叔，死士在别人的手里是没用，但是在我的手里，人死了，也能开口说话。至于那个和尚，等审完了再提人来让法佛寺的住持过目查找名姓。”秦铮道。

皇帝点点头。

一时间殿内再无人说话。

谢芳华看向殿外，普云大师和法佛寺住持正在点名。李沐清和秦倾站在二人旁边，院中黑压压地站了上千名僧人。

她看了片刻，缓缓站起身，向殿外走去。

“你做什么去？”秦铮立即问。

“出去透透气！”谢芳华道。

“我跟你一起出去！”秦铮也站起身，抬步跟上她。

谢芳华回头瞅了一眼，见他跟上来，没阻止。

二人一起走向殿外。侍画、侍墨、听言、林七立即拿着伞跟在二人身后。

“荆叔叔，您看这两个孩子怎样？”英亲王妃见谢芳华和秦铮离开，笑着问一旁的崔荆，与他闲话家常。

崔荆捋捋胡须，看着二人的背影，莫测地道：“是不是姻缘，也要看天意。”

英亲王妃一怔，立即正了神色：“荆叔叔，您这话怎么说？”

众人闻言也看向崔荆。

崔荆摇摇头：“老道还没那么大的本事，能窥探将来之事。只是看着两个孩子性情迥异，却牵扯在一起，若是一心促成姻缘，这姻缘之路怕是也不会太顺。”

英亲王妃闻言松了一口气，笑道：“瞧瞧刚刚您老说那句话把我吓的！他们的姻缘不顺那是一定的，不用您说，我也知道。”话落，她瞥了皇帝一眼：“就论这个三年后才能大婚，又岂能顺利了？”

皇帝也看了英亲王妃一眼，没说话。

“他们还小，还都是个孩子，三年也不是多长。少年儿女，多磨砺一番心智，也未必是坏事儿。”英亲王不想刚走了个秦铮，又让他的王妃和皇帝杠起来，连忙插话。

英亲王妃轻轻哼了一声：“我还等着抱孙子呢，岂不是也要等几年？”

英亲王闻言顿时笑了：“你还年轻，这么早就想着什么孙子？”

“哪里还年轻？”英亲王妃嗔了英亲王一眼。

英亲王低声道："在我眼里，你就是年轻的。"

这一句话说得极低，但是英亲王妃距离他近，听得却是清楚，不由得脸红了一下。

皇帝虽然没听到什么，但看二人神态，眸光沉了沉，心头升起一丝烦闷，撇开了脸，看向殿外。

秦铮和谢芳华已经走到了大殿门口。

谢芳华先是向北山方向看了一眼，只见北方的红光已经被云层遮住，天空灰蒙蒙的，浇灭了早先蔓延的火色。她收回视线，看向院中林立的僧众。

秦铮站在谢芳华身旁，从侍画手里接过伞，将她和自己打在一方伞下。

半个时辰后，法佛寺住持收起名册，对普云大师道："师叔，除了无忘，寺内的所有僧人都在。"

普云大师点点头，向左右看了一眼，对李沐清和秦倾道："八皇子，李公子，你们也看到了，从名册上看来，除了无忘，法佛寺不曾少一个僧人。"

李沐清和秦倾齐齐点头："我二人这就进殿禀告皇上。"

普云大师点点头。

二人进了殿内。

"铮二公子、芳华小姐，你二人说还抓到了一个刺杀的僧人，这可奇了。除了无忘，我法佛寺再不少僧人了。"普云大师道，"看来是有人混进了寺中，冒充了僧人。"

秦铮点点头："稍后我的人审完了那和尚，给你带回来辨认。"

普云大师颔首。

大殿内，听闻李沐清和秦倾的禀告，有隐隐的谈话声传来。

又过了半个时辰，早先下入暗道的人都逐一返回，对皇帝禀告，没有找到无忘的尸首，也没有寻到蛛丝马迹。

皇帝脸色阴了阴，对外面喊："秦铮，你进来！"

秦铮扭头瞅了一眼，慢慢地踱步进了大殿，倚在门框上看着皇帝："皇叔有何吩咐？"

"将你的人叫来再问问，可有线索？"皇帝吩咐他。

秦铮点点头，对外面喊了一声："来人！"

有一人随着他话音落，出现在了他的身后。

"情况如何了？"秦铮问。

那人正是青岩，闻言回话："封锁了方圆十里，现在逐一排查搜索各个寺院和山林。因下着雨，痕迹早就被大雨洗刷没了，目前还没有线索！"

秦铮点点头，又问："那个死士和和尚身上可查出什么来吗？"

"从那个死士的身上找到了一样东西。这东西是藏在了他的发髻里。"青岩伸手入怀，将一颗珠子递给秦铮。

秦铮伸手接过，眯了眯眼睛，漫不经心地问：“还有吗？”

“还有他的第二个脚趾皮层里印着一束柳条的花纹。”青岩道。

秦铮嗯了一声：“还有呢？”

“这个死士身上再没有别的线索了。”青岩道。

“我说的是那个和尚！”秦铮道。

青岩点点头，说道：“那和尚是王妃和芳华小姐活捉到的，已经招供了。公子若是见他，现在就可以见。”

秦铮摆摆手：“你先下去吧！”

青岩退了下去。

秦铮捏着手里的珠子，对大殿内的皇帝和英亲王问：“皇叔，爹，你们二人看看，这个珠子可眼熟？”

皇帝早已经看到了秦铮手里的那颗珠子，珠子极其细小，是黑色的墨玉珠子。珠子上有清晰的花纹，这个花纹不同于一般的祥云或者飞鸟虫鱼之类的花纹，雕刻的是麒麟的文理，十分清晰。

这样的珠子并不常见，还只是在小范围内才能见到，而且，不轻易示人。

皇帝一时间没言语。

英亲王的面色微微发沉，也没言语。

“左右相可识得？”秦铮拇指和食指捏着珠子，极小的珠子在他的手里打转。

左右相二人都没言语。

“你们难道都不认识吗？还是不想认识？”秦铮笑了一声，有些嘲弄地看着珠子，转了个方向，对林太妃和英亲王妃道：“太妃、娘，您二人可识得？”

林太妃对秦铮道：“铮哥儿，你拿到近前来，我仔细地瞅瞅，别是假的。”

秦铮将珠子对着秦倾扔了过去。

秦倾立即伸手接住，看了一眼，小脸有些凝重，递给林太妃。

林太妃接过珠子看了半晌，交给一旁的英亲王妃，同时叹了口气道：“当年，先皇得岭南进贡了一块麒麟墨玉石，着懂得玉石的大师相看，说这麒麟墨玉石甚是难得，百万年才产得一块，是珍宝。先皇甚是喜欢，想要打造一方砚台，但是麒麟墨玉石太小，不足以打一方砚台，用之不能，放置的话太可惜。德慈太后便给皇上出了主意，不如打造成珠子，给皇室和宗室的每一个皇子王孙都佩戴上一颗在玉佩上，以示吉祥富贵。”

英亲王妃此时看着珠子，接过话道：“不错！当年分割麒麟墨玉石的时候我也在场。已经出生了的皇室宗室男嗣子孙每人都有份。没出生的、公主和郡主都不计算。皇室里的皇子有四人，三皇子、四皇子、五皇子、八皇子。宗室里的公子有二人，秦浩和秦铮。岭南裕谦王有两子，秦毅、秦佩，虽然远在岭南，但是德慈太后也将他们给算上了。本来是八人，但是当初麒麟墨玉石分开做成珠子后，能工巧匠给多做出了两个。于是先皇赐给了两个侯府的世子。一个是忠勇侯的谢世子，一个是永康侯府的燕亭小王爷。”

这么一来，范围一下子缩小到了这十个人的身上。

“八皇子，快看看你的墨珠还在没？”林太妃有些紧张地看向八皇子。

秦倾也觉得事态已经十分严重了，立即伸手入怀，翻找口袋，不多时，从他的怀里拿出一块玉佩。

玉佩的细绳处拴了一颗黑色的珠子，正是墨珠。

林太妃松了一口气。

“铮儿，你的呢？”英亲王妃拿着手里的那颗珠子问向秦铮。

秦铮伸手入怀，掏出一块玉佩，在英亲王妃的面前抖了抖，玉佩上的墨珠黑得发亮。

英亲王妃点点头。

“谢世子，你的玉佩可也随身带着？”皇帝问向谢墨含。

谢墨含颔首，从怀中拿出一块玉佩，玉佩天然晶莹，映照得墨珠黑耀璀璨。

“你们三个人的珠子还在，那么就看其他人的了。”英亲王妃转头问英亲王：“大公子呢，怎么没与你一同上山来？”

英亲王看了英亲王妃一眼，对她道：“秦浩不在府中，昨日你离开后，他便被皇上派了公差出城了。”

“哦？去了哪里？”英亲王妃问。

“数日前，他和秦倾不是去了清河一趟吗？半途中遇到了劫匪，回京后，皇上让他彻查劫匪，前日有了眉目，找到了那劫匪的巢穴。他请了旨意，带着人去了。”英亲王道。

英亲王妃点点头：“什么时候能回京？”

“这就说不准了！”英亲王道。

英亲王妃看向秦铮。

秦铮挑了挑眉，对皇帝道：“皇叔现在可真是急于用人啊，一人多用。我大哥担任着户部的职位，如今你又给了他京麓府兵。朝廷如今这么缺人用吗？抓住一个人可着劲地使唤？”

皇帝没好脸色地看着秦铮：“朝中如今是缺人用！你若是肯下场考举入朝的话，朕也能现在就对你破格启用！”

秦铮嗤了一声：“侄儿怕掀翻了您的朝堂，到时候给您惹麻烦。”

“你不入朝难道就不给我惹麻烦？每日都是麻烦！”皇帝哼了一声，“你如今连上书房的课业都不去上了，倒是清闲得很。你到底想做什么？与朕说说！”

“我想找出凶手！有仇报仇，有冤报冤！”秦铮道，“皇叔您也不想我入朝，也不敢用我入朝，如今就不用说这些虚话了。您不爱听我也不爱听。”

皇帝瞪眼。

“皇上要破格准许你入朝，这是格外开恩，对你宽厚。你在胡说什么？”英亲王顿时训斥秦铮，“你身为英亲王府嫡子，将来继承爵位，守护南秦江山，为南秦朝局分忧解难是你的责任，能是你说推脱就推脱的吗？胡闹！”

秦铮撇嘴：“爹，那也得等皇叔哪天高兴了，赏赐了我爵位之后再说责任。”

英亲王顿时无言反驳，住了口。

关于秦铮的爵位，他已经上奏折请示了不止一回两回，可是皇上就是不松口，反倒是每每提拔秦浩。他也不明白皇上心中到底是何想法。以前他觉得秦铮不上进，不如秦浩，秦浩有才学，有能力，得到皇上重用也是应该，所以也不曾深想。如今他却觉得有哪里不对劲了。

“你大婚之日，朕自然会赏赐你爵位！”皇帝忽然道。

英亲王立即看向皇帝。

秦铮挑了挑眉，浅浅地笑了：“皇叔实在太厚爱我了，想要我大婚那日给我一个双喜临门吗？”话落，他看向一旁的谢芳华：“华儿，你可不准不嫁我，否则我的爵位可就没有了。”

“皇上说你大婚之日，又没说我们两个大婚之日。我就算不嫁你，也干涉不到你的爵位。”谢芳华道。

秦铮眉头顿时竖起来，恼道：“爷从认定你的时候开始，就拿定主意娶你了，没想过换别的女人来娶！你给爷收起你那些不着调的想法。”

谢芳华偏开头，不言声。

“听到了没有？”秦铮一把将她身子粗鲁地拽过来，让她看着他。

谢芳华眼角余光见众人都看着他们，她有些头疼，点点头，无奈地软声道：“知道了。”

秦铮见她松口说了软语，饶过了她。

“皇上说铮儿大婚之日就给爵位，臣妇可是在这里听得明白。在场还有这么多人呢，你身为天子，金口玉言，可不能到时候出尔反尔说话不算数。”英亲王妃接过话道。

“朕何时出尔反尔说话不算数了？”皇帝扫了英亲王妃一眼，对她语气鲜有的严厉，“你还是管好你的好儿子吧！他何时乖顺了，懂得顾全大局了，懂得祖宗的江山守之不易了，朕才真的敢用他。如今就照他这个样子，朕还真是不敢用他入朝。”

“铮儿如今还是个孩子，就算你现在让他入朝，我也是不同意的。”英亲王妃姿态端正，似乎不惧皇帝的话，同时反驳道，“祖宗的江山是守之不易，但臣妇觉得皇上也不用太过提心吊胆了。这南秦的江山从根本上还是固若金汤的，只要拿捏好分寸，也不会出什么大事儿。”话落，她补充道：“当然，这个度还是要皇上你来把握。”

她这一番话，虽然意思隐晦，但是聪明人都能听得明白。

皇帝脸色沉了沉，有些恼怒："朕做了二十几年皇帝，难道会不懂得为君之道？不用你提醒！"

英亲王妃顿时笑了："忠言逆耳利于行。皇上就算做了二十几年的皇帝，因为身处其位，站得太高，有些东西也未必会看得清。臣妇是一个妇道人家，且作为你的王嫂，一家人，虽然女人不得干政，提点一下也无妨。皇上你愿意听就听听，不愿意听当作耳旁风也就罢了。"话落，补充道："当然，若非事关我儿子，臣妇才没这等闲心管这些事情。"

皇帝一时间哑口无言，被她那一句王嫂给刺得心口有些闷痛，不再言声。

英亲王坐在一旁，觉得气氛有些僵硬，想要开口缓和气氛，但有些事情已经如经年累月积攒下的岩石层，不是一两句话便能消除的。揣测半晌，还是没开口说什么。

"如今秦浩不在京城，那他玉佩上的墨珠怎么检查？"林太妃出言打破僵硬的气氛，"还有四皇子、燕亭、秦毅、秦佩如今都不在京城。"

皇帝没说话。

英亲王皱了皱眉，沉重地道："这件事情非同小可。"

"可不是非同小可？"英亲王妃哼了一声，"不是皇子就是王孙，却派了死士来刺杀。若不是春兰替我挡了一刀，如今我命都没了。"

英亲王脸色微变，伸手攥住了英亲王妃的手。

皇帝脸色猛地一沉："竟然有人敢刺杀于你！这件事情，你且放心，朕定然会查个明白，无论是查到谁身上，绝不饶恕。"

英亲王妃见皇上说了这句话，便不再言声了。

"皇上，老臣觉得，还是先将在京中有墨珠的这几个人都查一遍，若是身上都有墨珠，再向外查。"右相出言建议。

"来人，去将三皇子、五皇子立即给朕喊来！"皇帝出声命令。

吴公公应声，立即去了。

"刚刚你的隐卫说，那个死士第二个脚趾皮层里印着一束柳条的花纹？"皇帝问秦铮。

秦铮点头："您没听错，他是这样说。"

皇帝向左右相看了一眼："你们可能猜透那个死士第二个脚趾皮层里印着一束柳条的花纹是什么意思？可有谁见过这样的图案？"

左右相摇了摇头。

英亲王道："铮儿，将那个死士带来，让我们都看看。另外，刚刚那隐卫说抓到的那个和尚招供了？也一并让人带来吧。皇上和左右相在这里，一起审审。"

秦铮挑眉："这座大殿刚刚丢失了一个无忘和尚，如今手里攥着的死士和和尚我哪里还敢放出来？谁知道放出来后，会不会再丢失了？"

“朕在这里盯着，还有谁敢？”皇帝板下脸，“你只管让你的人将人带来！只凭你的护卫言语禀告，不能算证据。”

秦铮点点头，打了个响指，对外面喊：“来人！”

青岩顿时出现在殿外。

“去将那两个人带来这里！”秦铮吩咐。

青岩颔首，应声去了。

“你身边这个隐卫，比朕身边的近身亲卫的武功都高。”皇帝看着青岩无声无息地出现又离去，对秦铮意味不明地道。

秦铮眨眨眼睛：“这可是当初皇祖母给我挑选的人呢！”话落，又道：“皇祖母不止给我挑选了一个，也给秦钰挑选了一个。他们都是从无名山出来的。秦钰身边的那个隐卫武功也高。”

皇帝闻言叹了口气，缓和了面色：“你皇祖母离开也三年了，这三年过得可真快。”

英亲王见提到自己的母后，面上涌上了些伤痛和怀念。

“父皇，您什么时候招我四哥回来？”秦倾见提到秦钰，悄悄看了秦铮一眼，忍不住开口询问。

“朕还在斟酌漠北的事情，待斟酌妥当，该如何处理，再对他安排。”皇帝道。

秦倾点点头。

谢芳华看了皇帝一眼，皇帝这句话明显是暂且不想透露让秦钰回来的时间，一定是心中已经有了想法了。

不多时，青岩提了两个人来到殿外，并没有进来，而是轻轻甩手，将那两个人扔在了内殿的正中央。

秦铮摆摆手，青岩退了下去。

那个死士被扔在地上一动不动。那个和尚在地上瑟瑟发抖，如一摊烂泥一般，看样子魂儿都已经吓没了。

“就是这两个人？”皇帝问。

秦铮瞥了皇帝一眼，不答他的废话。

“吴权，你去将那个和尚揪起来，问问他是何人？受谁指使？”皇帝吩咐吴公公。

吴权点头，连忙走上前，伸手一把将地上哆嗦的和尚揪了起来，对着他尖着嗓子问：“你是何人？受谁指使？为何要刺杀王妃？从实招来！否则杂家叫你好看！”

那和尚闭着眼睛，不敢睁开，哆哆嗦嗦，一句话也答不上来。

“你的眼珠子有还不如没有。”吴权威胁地道，“睁开眼睛看着杂家，你若是再不说出原由来，杂家就挖了你的眼睛，然后将你抽筋扒皮，一块块切碎，剁了喂狗！”

那和尚似乎怕极了，闻言立即将眼睛睁开了。满屋的人，尤其那明黄龙袍的身影更为刺目，一看之下，他吓得头一歪，昏死了过去。

秦铮嗤笑了一声："到底是哪个蠢人派来的？竟然派了个胆子小的！"

"不要小看胆子小的，做出来的事情胆子可不小！华丫头差点儿被他毁容！"英亲王妃想起当时情形，心中恼怒，"我倒要看看，是谁主使的。"

"来人，用水泼醒！"吴权将那和尚放在地上，对一个小太监吩咐了一声。

那小太监立即跑出了内殿，不多时，便打了一桶水来，泼在了那和尚身上。

连番泼了几桶冷水，那和尚醒了过来。

吴权凑近他，恶狠狠地道："快说，谁指使的你！你现在说了，杂家求皇上留你个全尸，你还能完整地去投胎重新做人，但你若是还不说，那么，杂家就将你喂狗，来世做畜生。"

那和尚脸色白如纸，终于抵不住开口："小人……小人是……是……"

吴权抬脚踹了他一脚："利索点儿说！"

"小人叫王财，是京城外百里闫庄子人……小人平日里无甚营生，靠偷盗为生。也不知道是谁主使的小人啊。"那和尚颤抖地道。

吴权竖起眉头："你不说实话，杂家可就要一块块地生割你了！"

"公公且慢，小人说，小人说……"那和尚连忙告饶，"两日前，有人找到小人，给了小人一千两金子，让小人扮和尚混入法佛寺，说趁机毁了忠勇侯府的小姐。先给五百两，若是事成之后，再给五百两。小人开始不敢，但那人说届时会有人帮助我。那可是一千两金子啊，小人偷盗一辈子也偷不来这么多钱，便动了心……"

"你可真是吃了熊心豹子胆了，竟然敢接这个买卖！"吴权又狠狠地踢了那和尚一脚。

谢墨含闻言站起身，慢慢地走到那和尚身边，对他低沉地问："找你的那个人长什么样？你不知道那个人的身份，总知道他的样子吧？"

那和尚摇摇头："那人是夜晚找到小人的，蒙着脸，小人看不到样貌。"

谢墨含眯了眯眼睛："那你总记得那个人的声音吧？你若是心里没个大致推测，或者是不知道对方的来历底细，你敢轻易地接这笔买卖？是谁给了你胆子假扮和尚混入了法佛寺？"

英亲王妃闻言点点头："谢世子说得不错！正是这个理！"

皇帝看了谢墨含一眼，没说话。

那和尚闻言又哆嗦了片刻，说道："小人都交代，求皇上、各位大人饶小人一命！"

"你还敢求饶一命？"秦铮冷笑一声，"你的胆子的确是不小，你该求的是全尸！"

"快说！"吴权又踢了那和尚一脚，"想要全尸就快说！"

那和尚面色呈现出灰败之色，闻言流下泪来："小人还有祖母要照顾，若是小人死了，祖母就没人照顾了。祖母身体不好，常年吃药，小人若是不偷盗，就买不起药给祖母看病……"

"谁听你这些事情？若是你不交代完整，那么，别说你没有全尸，你祖母也没有全尸！"吴权凌厉地道。

那和尚闻言再不敢求饶，也不敢耽搁，连忙道："小人的确不敢接不知底细的买卖。那人离开后，小人悄悄跟踪了三四个线人，最后跟到了京城内的一处院落的后门口。那院落门前的牌匾上写着谢氏长房。"

众人齐齐一怔。

谢墨含脸色瞬间一沉。

吴权也怔了，喝道："你说的可是实情？没有半丝欺瞒？"

"小人说的是实情，没有半丝欺瞒！"那和尚灰败地道，"当着皇上的面，借给小人一百个胆子，小人也不敢欺瞒。"

吴权见他说的像是真言，抬头看了谢墨含和谢芳华一眼，又看向皇帝。

皇帝没说话，面色看不出什么情绪，难以揣测。

谢氏长房四个字从和尚口中出来，一时间，大殿内的众人都沉默了下来。

"真是可恨！"英亲王妃越想越恼怒。

秦铮冷笑一声："一个谢氏长房怕是还不够施展这连环局！"

英亲王妃闻言细细思索一番，冷静下来，点点头："不错！谢氏长房的人除了个谢林溪，其余人都是废物，自以为有些小聪明，却是没脑子，不堪大用。照我和华丫头这般遇刺来看，只一个谢氏长房不可能做得如此天衣无缝，定然还有结盟。"

"王财，朕问你，你除了跟踪那人到了谢氏长房后，还做了什么？可还知道谢氏长房与人结盟？"皇帝沉声开口。

王财摇摇头，哆嗦地道："皇上，小人不知，小人平生见过最大的官也就是知府，谢氏长房对小人来说，可是天大的富贵了。小人哪里还想到有结盟？"

皇帝见他不像说假，看向谢墨含，缓缓道："谢世子，算起来，谢氏长房是忠勇侯府的旁支。这件事情你是想谢氏族里解决，还是要朕给你做主？"

谢芳华闻言看了皇帝一眼，谢氏族里解决的话，无非是族里实行族规，也就是谢氏族长一脉出面做主。若是皇上做主，那么，便不好说了。谁知道皇上心里是什么打算？

谢墨含斟酌着，一时间没答皇帝的话。

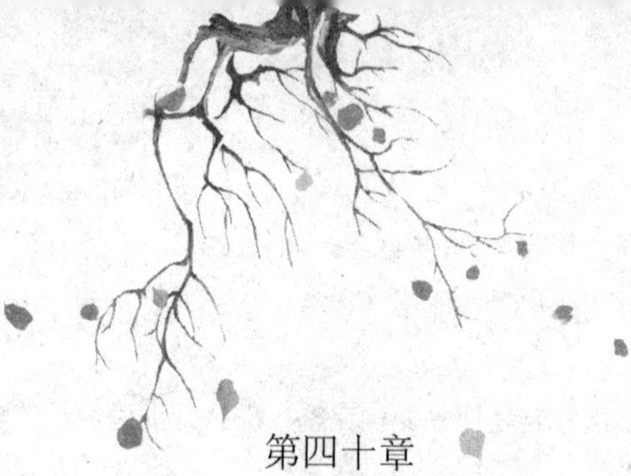

第四十章
温软

京　门　风　月

英亲王妃聪明，很快就想通了这里面的症结，顿时不干道：“皇上这是哪里话？这怎么能只是谢氏内部的事情？那四名杀手当时要杀的人可不止是华丫头一人，还有我呢。谢氏长房趁着我带华丫头出来祈福，背后里下这等手段，明摆着是连我也算上了。”

“你先别急，朕知晓这里面的道理。朕想先听听谢世子的意见。”皇帝道。

英亲王妃闻言住了口。

谢芳华想着按照英亲王妃这态度，是想要将谢氏长房交给皇上裁决了。但是她和谢林溪已经达成了协议。这才短短不过几日，谢林溪大约还未曾有动作，却出现了这等谢氏长房刺杀她的事情。不知道这件事情谢林溪可知晓?

谢墨含沉默片刻，看向谢芳华。

谢芳华见哥哥看来，想了一下，缓缓开口：“这件事情既然不止是谢氏长房要害我，还牵扯了别人，那么，就要彻底地查清楚。”话落，她看着皇上道：“皇上，没查清楚之前，不能只凭一个王财就做定论。不管是谢氏族里用族规，还是交由皇上处置，我觉得都要先查个水落石出，再做处置。”

“妹妹说得有道理！”谢墨含对皇帝道。

皇帝闻言老眼涌上一抹幽深，点点头：“华丫头说得的确是有道理，那就查明白再说。”话落，他对吴权道：“吩咐下去，即刻派五千御林军封锁谢氏长房，一个苍蝇也不准飞过去。待这件事情查出结果，再做处置。”

“是！”吴权立即走出了大殿。

“王财，你可还有什么话不曾交代完？”皇帝又问王财。

王财摇摇头："小人该交代的都交代了，再没什么了……"

"来人，将王财带下去，严加看管！"皇帝对外面吩咐。

外面顿时走进来两个侍卫。

秦铮挥手制止那两名侍卫，竖起眉头对皇帝道："皇叔你这样可不够意思。这个人在我手里，你怎么能说抢人就抢人？"

皇帝挑眉："朕怎么就抢人了？这件事情你和你娘要朕帮你们做主。难道这个人朕不能接手了？"

"侄儿咋相信皇叔看不丢人呢！"秦铮不客气地道。

皇帝顿时沉下脸："朕的手里若是连一个人都看不住，朕这皇帝不用做了！"

"皇叔恼什么？您可不是自己一个人，身边围绕着一大堆人呢！若是您亲自看着，那么侄儿自然放心。可是到你手里的人也是交下去给别人看管，难保不出纰漏。"秦铮慢悠悠地道。

皇帝冷哼一声："朕倒要看看，谁敢在朕的眼皮子底下作乱。"

"还是别了！您身份尊贵，哪里有必要操这小心。还是让侄儿的人看着吧！"秦铮话落，不等皇帝开口，对外面道："将这个人带下去，好好看管！"

"是！"青岩等在外面，听见秦铮的吩咐，也不进殿，而是从腰间抽出一个绳索样的东西，瞬间便卷了地上的王财到了手里，提着消失在了门口。

皇帝早先召唤的那两名侍卫齐齐看向皇帝。

皇帝沉着脸瞅着秦铮，面无表情地道："你的胆子真是越来越大了。以前在朕面前还不敢如此太过放肆，如今是谁给你的胆子？"

"皇叔，以前您对侄儿可是大度宽容的，可是如今呢，侄儿想娶个媳妇儿，你都给我设障碍要我苦等三年，我心里一直不舒服，所以，也不想让您舒服了。若是您不想侄儿这样下去，那么，可以改口让我们提前大婚！"秦铮道。

"就你这般样子，还想早日大婚？做梦吧！"皇帝显然是动了肝火。

秦铮对他的怒火不以为然："既然你不改口，那么侄儿也只能让您一直不快了。"

皇帝额头的青筋跳了跳。

大殿内的众人都没人言声。

"你可别再如早先那个无忘一样悄无声息地将人给看丢了！"皇帝怒哼道。

"不会！"秦铮笑了一声。

皇帝不再理他，对吴权道："吴权，你再检查一下地上这个死士。看看他有何特点！"

"是！"吴权立即点头，看了一眼地上那死士，对皇上道："老奴将这个死士带到一旁去仔细地检查，毕竟这里有太妃、王妃等女眷，以免污了眼睛。"

"准了！"皇帝摆摆手。

吴权立即带着两个小太监将那死士拖到佛像后的一个角落。

林七和听言不放心，二人对看一眼，跟了过去。

不多时，吴权带着那死士回来，对皇帝禀告："除了早先铮二公子的人拿到的那个墨珠和第二个脚趾皮层里印着一束柳条的花纹外，老奴再没什么发现，与一般死士别无二样。"

皇帝点点头："这种柳条的印纹是何等模样？"

"你将这个死士的脚趾扒开，让皇上看看。"吴权指挥着一个小太监道。

那小太监立即扒开了那死士的脚趾。

只见左脚第二个脚趾缝隙里，隐约印着一枚柳条，成柳叶状，十分隐秘浅淡，若不仔细看，根本就看不清。

"这应该是某种组织的标志。若非铮二公子的人早先查出来，老奴这一双老眼怕是也发现不了这么隐秘的东西。"吴权赞叹地道。

皇帝点点头，对秦铮摆摆手："让你的人将人带下去吧！将尸首用冰镇着，别腐烂了。"

秦铮见他这回不再要人，痛快地点头，对外面喊了一声。

很快青岩便将人带了下去。

"如今还没有人来禀告，看来是还没找到无忘的尸首。"英亲王妃道，"折腾了这么半晌，倒也不是全无所获，至少知道身上配有墨珠的人掺合了进来，另外还有一个谢氏长房。"

皇帝抿起唇，没说话。

"这件事情若是查开，怕是非同小可啊！"左相道。

右相接过话道："皇上一定要慎重啊。"

"等三皇子、五皇子来了再说！"皇帝沉声道，"朕的眼皮子底下，倒要看看是谁在作乱。无论是谁，只要查出，一律严惩不贷。这等大事儿若是不查清楚，再有人作乱第二次，朕的朝局岂不是要动荡？"

又过了半个时辰，青岩出现禀告："公子，法佛寺方圆十里内，已经着人全部排查完，除了拾到一片衣角外，再无收获。"

秦铮挑眉："拿那衣角来，我看看。"

青岩利用掌风，将那片衣角送到了秦铮的面前。

秦铮伸手接过，只见是巴掌大的一片僧袍衣角，已经被雨水淋得湿透，他问道："在哪里拾得的？"

"在后山山崖的索道上。"青岩道。

秦铮将那片衣角递给法佛寺住持："你来看看，这是不是无忘的衣角？"

法佛寺住持伸手接过那片衣角，看了一眼，立即拿给普云大师看：“师叔，您看这……”

“这是无忘的！”普云大师道。

“大师怎么判定这就是无忘的，依我看，这不过就是一块普通僧袍的衣角吗？”林太妃也凑近瞅了一眼道。

“法佛寺僧人的僧衣，也都是有规制的。无忘是戒律院的首席大师，他的僧袍自然是和别人不同的。”普云大师道，“我和住持虽然穿着颜色一样的僧袍，但你们若是凑近细看，也会发现，我们的僧袍也是不同。”

林太妃闻言对秦倾道：“八皇子，我眼神不好，你去看看，到底哪里不同。”

秦倾闻言立即凑近普云大师和法佛寺住持身边，将二人僧袍仔细地看了一遍，恍然道：“远远看着是一样，近看果然不同。”

“哪里不同？”林太妃问。

“织造花纹不同。”秦倾说着，又看了一眼普云大师手里的那一片衣角道：“这片衣角也与普云大师和住持衣服的花纹不同。这片衣角上是青山的纹理。”

“原来如此！法佛寺只有无忘大师一人是这样的青山纹理的花纹吗？”林太妃问那二人。

法佛寺住持点点头：“只有无忘一人。他是戒律院的首席大师，只在我这个住持之下，自然是有自己独特的僧袍规制的。”

“这块僧袍能证明是有人刚刚不久前带走无忘而落下的？”英亲王妃问。

普云大师点点头，凝重地道：“从今日早上开始，因要祈福开坛讲经，定要沐浴更衣。法佛寺上上下下，都换了僧袍。无忘自然也换了。这件衣袍崭新，一看便知是新僧衣。所以，这件僧袍一定是今日早上那一件。”

“这么说人已经不在你的掌控范围内了？”皇帝看向秦铮。

秦铮扬了扬眉：“南秦谁最大？还不是皇叔您？您下令方圆五百里锁查，难道还能让人飞天不成？”

皇帝哼了一声：“还以为你的手能伸得多长，原来也不过如此！”

秦铮闻言顿时笑了：“侄儿的手就算伸得再大，但也不敢大过天去。皇叔再不下命令，人怕是真出了京城地界跑远了。”

皇帝闻言对吴权道：“吩咐下去，传朕旨意，着亲羽卫方圆五百里锁查无忘，不准放过丝毫蛛丝马迹。”

“是，老奴这就去吩咐！”吴权立即出了大殿。

谢芳华伸手揉揉眉心，看来只有回京了才能脱开身，了解情况。

“可是累了？”秦铮见她揉眉头，低声问。

谢芳华手微微一顿，对他道："有点儿。"

"昨夜你没睡好，如今的确是该累的。"秦铮看着她，"这里没办法休息，我送你下山如何？"

"如今外面下着这么大的雨，山路怪滑的，怎么下山？"英亲王妃嗔了秦铮一眼，对谢芳华温和地道："华丫头，你若是累了，先倚在这里休息片刻。稍后待三皇子和五皇子来了，盘查一番，雨若是还不停，我们再想办法下山。"

谢芳华点点头："我还能坚持。"

"累了就是累了，就算大雨山滑，也有办法下山，用得着死撑着吗？"秦铮不满地道。

谢芳华瞅着他，慢声道："你身上的伤可不轻，淋雨怎么行？瞎折腾什么？我如今病好了一大半，不是闺中娇弱的女子了。再忍耐一会儿，等大雨停了。急什么。"

秦铮眸光微闪，凑近她："你在关心我紧张我怕我淋雨伤势加重？"

谢芳华收回视线，笑了笑："你是我的未婚夫，我自然是关心你紧张你的。"

秦铮没想到她竟然这般配合地承认，虽然从面色神情上看不出多少真心，但至少嘴上是这么说的，顿时乐开了："算你开窍了。果然是病好了脑子也好了许多。"

"死孩子，胡说什么？华丫头虽然病了多年，但病的可不是脑子。"英亲王妃笑骂了一句。

英亲王向二人看来，沉声道："让孙太医给你把把脉吧，看看到底伤得有多重。"

"对，孙太医，你快过来给他把脉。这个臭小子对我说没受伤，身上沾染的是别人的血，这话鬼才信！"英亲王妃立即对站在皇帝后方的孙太医招手。

孙太医应诺了一声，连忙走了出来。

秦铮懒洋洋地看了孙太医一眼，没说话。

"二公子，将手伸出来给老夫。"孙太医在秦铮面前，向来十分谨慎小心。

秦铮坐着不动。

谢芳华伸手将他的手扯过来，伸平，递给孙太医。

孙太医对谢芳华道了句谢，开始给秦铮把脉。

秦铮勾起嘴角，显然十分享受谢芳华对他如此。

孙太医刚碰触到秦铮的脉搏，便蹙起了眉头，面色看起来十分凝重。

英亲王妃不由得紧张起来："孙太医，他的伤势怎么样？"

孙太医摇摇头，没说话，继续把脉。

英亲王妃有些急，还想再问，英亲王对她道："少安毋躁，别影响孙太医把脉。我看铮儿虽然是受了伤，但应该没什么大碍。他的气色不是那么差。"

英亲王妃闻言看向秦铮的脸，点了点头。

过了许久，秦铮皱眉："你的医术越来越退步了，把一个脉而已，用得着这么久？"

孙太医看了秦铮一眼，慢慢地放下手，叹了口气，对秦铮作了个揖："铮二公子，老臣老了，没有七八成的准数，实在不敢胡说啊，免得晚节不保。"

秦铮嗤笑一声："如今你放下手了，这是有七八成准数了？说吧！"

孙太医摇摇头："您今日的脉特殊，与往常不同，老夫也不敢说有七八成准数，只探出几分的门道来。"

"啰唆！"秦铮骂了一句。

"您还别嫌弃老夫啰唆。您今日的脉象还真是与往日不同。"孙太医见英亲王和英亲王妃齐齐盯着他，不敢再绕圈子，说道，"您十日前受了伤还未调养回来，便沾染了某种药物，这药物似乎有散功的作用。偏偏您用功力抗衡，致使血脉倒行逆施。今日又受了伤，致使您胸口处血脉堵塞伤了肺腑。若是寻常人，如今怕是早已经魂飞地府了。而您如今还好模好样地坐在这里，非常人能做到啊。"

英亲王妃腾地站了起来，看着孙太医："他伤得这么严重？"

"回王妃，老夫诊脉确实如此，不敢虚言。"孙太医道。

"你十日前受了什么伤？"英亲王妃质问秦铮。

谢芳华想着十日前，那时她砍了他一剑。

秦铮对谢墨含的方向瞅了一眼，毫不客气地用他做挡箭牌："十日前我和子归兄比武，他的剑飞了，不小心砍了我一剑。"

谢墨含一怔，向秦铮看来。

秦铮不看他，一本正经地道："就是小伤，口子不大，是流了些血，当时没仔细调理在意。"

"十天前你找谢世子比武了？"英亲王妃回想。

秦铮不让她去想，摆摆手，不耐烦地道："娘，您年纪大了，瞎操什么心？我跟子归兄比武又不是见不得人的事儿，有必要对您撒谎？"

"也是！"英亲王妃觉得有道理，不再去想，看了谢墨含一眼，对秦铮骂道："那你怎么不告诉我你受伤了，我也好让春兰给你炖鸡汤补补。"

"都说了是小伤了！"秦铮见谢墨含脸色不善，蓦地笑了，"子归兄自小与我交好，不承想我有朝一日惦记着要娶他的妹妹。从除夕宫宴我请旨赐婚之后，他一直对我不满，不肯接受我，逮住机会总要找回场子。他是我的大舅兄，砍我一剑就砍一剑吧，至少承认了我这个妹婿，总比我不得忠勇侯府的人待见强。若是不招他和谢爷爷待见，那么，我三年后还如何能娶得到媳妇儿？"

谢墨含偏开头，似乎已经对他扯谎脸不红色不改的模样无语了。

英亲王妃见谢墨含如此，自然是全信了，顿时笑着骂道："活该砍你！依我看砍得还是轻的。"话落，对谢墨含道："下次他再惹你不满，你就砍得重些，姨母给你做主。"

谢墨含扫了一眼谢芳华，见她低着头，大体猜到怕是被她伤的。他扭回头，笑了笑，很是给秦铮面子地帮他担下：“墨含听王妃的，下次他再惹我不满，您给我做主。”

英亲王妃笑着点头，痛快地答应。

“除了十日前这一剑，你何时又沾染了散功的药物了？”英亲王总觉得哪里不对劲。

“我哪里知道，就是喝了半碗华儿治病的药。”秦铮不想再让英亲王盘问，皱眉反感地道，“事情已经发生了，我又死不了，问那么多做什么？”话落，对孙太医道：“你能开方子不？不能开方子就让外公给我开。估计外公开的方子比你开的方子好几倍。”

孙太医闻言连忙道：“您这身体状况如今真是比较严重，老夫不敢轻易开方子，总要斟酌半日。既然崔老在此，能给您开药方子最好不过。”

“那你就一边去吧！”秦铮将手递给崔荆，立即转了一副态度，笑得尊敬：“外公，您给我把脉。”

崔荆点点头，将手按在秦铮的脉搏上，只稍片刻，便放下手，对秦铮道：“与孙太医说得别无二致，我这里有一颗药丸，你先服下。待下山后，我再给你开一个方子。”话落，从怀中拿出一个瓶子，倒出一颗药丸，递给秦铮。

秦铮伸手接过，捏在眼前看，药丸晶莹剔透，泛着浓浓的清香，他问：“这是什么药？”

“是用灵芝制成的灵芝丸。”崔荆道。

“那可真是好药了！谢谢外公！”秦铮张口，毫不客气地吞了下去，然后对崔荆伸出手：“外公，您那个瓶子里都是灵芝丸？您功力如此高深，恐怕带在身上也没多大用处，不如都给我吧！”

谢芳华忍不住伸手悄悄地掐了他一下，连吃带要，他可真是不客气。

秦铮眉头也不皱一下，伸手遮着衣袖握住谢芳华的手，偏头对她道：“华儿别闹，我是怕你今日病好了，万一明日再严重了，这灵芝丸可是好东西。皇叔的国库里都没有。”

“你少咒我！”谢芳华瞪了他一眼。

英亲王妃也被气笑了：“臭小子，你的厚脸皮到底都是跟谁学的？”话落，对崔荆道：“荆叔叔，你别理他。这好药您就留着，怎么能随意给他。什么好东西到他手里都是糟蹋。”

“这灵芝丸虽然珍贵，但我外孙女婿要，自然是要给的。”崔荆哈哈一笑，将那个瓶子递给秦铮，“你拿去吧！不过这可是大补之物，不是十分严重的伤，不要服用。”话落，隐晦地道：“尤其如今年少，更不宜大补。”

秦铮眨眨眼睛，伸手不客气地接过瓶子，脸微微不自然了一下，还是笑道：“谨遵外公所言。多谢外公了！”话落，将瓶子揣进了怀里。

谢芳华伸手揉揉额头，有些头疼。她怎么就被这么一个脸皮比城墙还厚的人给缠住了？

“是不是在骂我？”秦铮放好瓶子，扭头对谢芳华问。

谢芳华放下手，对他温软地一笑："哪儿敢！爷爷宠着你，外公疼着你，哥哥认了你。我一个小小女子，哪里有说话的份儿。"

秦铮听她话里话外有音，明明在心里骂他，偏偏嘴上还说着好话，顿时笑开了怀，顺着她的话道："华儿最好，以后我最宠你疼你。"

谢芳华撇开脸。

"老臣看芳华小姐自从来了法佛寺，不止人精神了，气色好了，这性情也活泼了。"左相忽然道。

皇帝接过话点头："朕也看出来了，莫非法佛寺山水真有灵气？比忠勇侯府好养身子？"

"法佛寺自然是有佛祖圣灵的，早先阴阳怪者不是说华丫头身上有圣灵吗？"英亲王妃不想他们再探究谢芳华，自然地接过话，听见外面有脚步声传来，她看向外面："快看看，可是三皇子和五皇子来了？"

众人的视线顿时都被吸引到了殿外。

果然见两个人由侍从打着伞匆匆走来。

三皇子和五皇子自从四皇子被贬黜去漠北后，这半年实在是太低调，低调得让京中的人几乎都忘了还有两位皇子。

"儿臣给父皇请安！"三皇子、五皇子连忙给皇帝叩首。

"免礼吧！"皇帝面色舒缓。

"谢父皇！"二人齐齐直起身。

"三堂哥和五堂弟来得够快嘛！"秦铮挪了一下身子，将谢芳华遮住了大半。

那二人口气出奇的一致："得到父皇派人传信，我二人正在一处，便立马赶来了。"

秦铮笑了一声："改日找你们俩赛马！"

他话音转得太快，那二人又是一怔。

皇帝瞅了秦铮一眼，对三皇子、五皇子道："你们二人的玉佩可都贴身戴在身上？拿出来，让朕看看。"

那二人不明所以地看着皇帝。

"你们没戴在身上？"皇帝问。

二人立即摇头："回父皇，都戴在身上了。"话落，伸手入怀，将玉佩拿了出来。

众人看得清楚，二人的玉佩上都镶嵌着墨珠，黑得发亮。

皇帝伸手接过玉佩，仔细地逐一辨认了一番，点点头，将玉佩递还给二人："君子无故，玉不离身。你们收好吧，万不可以丢失。"

"是，父皇！"二人齐齐接过玉佩。

接下来只能往京外那几人的身上彻查了。

皇帝寻思片刻，对英亲王道："朕也多年没见王弟了，还有一个月便是王兄你的寿辰。这样吧，去派人给岭南裕谦王传信，让王弟带着两个儿子来京参加你的寿宴吧！"

英亲王点点头。

"秦浩即便请旨出去剿匪，以他的能力，也就是十天半个月之事。"皇帝又说起秦浩，"朕稍后让人去给他传旨，速度剿匪，完事儿后即刻回京。"

英亲王看了一眼秦铮，点点头。

"除了燕亭外，还有四皇子。"皇帝斟酌片刻，"漠北的局面这些日子也差不多稳定了，朕明日就下旨，让他拦截住燕亭，一起回京。"

众人齐齐地愣了一下。

"王兄、左相、右相，你们可有意见？"皇帝闲话家常一般地问身边三人。

英亲王说道："四皇子酒后纵火烧宫闱当时事情蹊跷，但苦于查不到蛛丝马迹，便只能给他定案。如今他在漠北立了大功，理当回京。"

左相沉思片刻，点点头，中肯地道："四皇子前往漠北磨练这一番，如今又立了大功，老臣觉得，皇上可以召四皇子归京了。"

右相颔首："皇上召回四皇子是应当。"

"既然你们都同意，那朕明日就下旨吧！"皇帝点点头，看了一眼外面的天色，"朕看雨小了，天色也不早了，都起程回京吧！"

众人都点点头。

"皇上，那敝寺……"事情是出在法佛寺，该如何处置，他得找皇上讨一句话。

皇帝看向法佛寺住持，对他沉声道："法佛寺发生了这么大的事情，不论是天意，还是有人暗中谋杀筹算，都是你这住持失察和监管不严。事情还没查出个水落石出来，朕也不宜追究法佛寺和你的责难。"

"多谢皇上宽宏！"法佛寺住持连忙谢恩。

"你先别急着谢恩，这过失朕先给你和法佛寺记着。"皇帝道，"朕会派一队人马留在法佛寺，再仔细地排查。你协助调查，看看可否还有疏漏的地方。"

"是，老衲一定谨遵皇上旨意，再仔细地彻查法佛寺和寺内众僧。"法佛寺住持得了皇上的准话，心里踏实了些。

皇帝转头对林太妃道："太妃，您好不容易出宫一趟，朕本来想您多在外面住些日子，却发生了这样的事情，如今外面太乱，您随朕回宫吧！"

林太妃闻言点点头。

第四十一章

坦白

京　门　风　月

“都起程吧！”皇帝站起身，当先迈出了大殿门口。

英亲王见英亲王妃坐着没动，对左右相摆了摆手。

不多时，殿中只剩下了英亲王、英亲王妃、秦铮、谢芳华、谢墨含、崔荆。

“怎么不走？”英亲王对英亲王妃问。

“我看这两个孩子没动，我也就没动。问问他们的打算。”英亲王妃回答。

“我听华儿的。”秦铮看向谢芳华。

谢芳华毫不犹豫地道：“外公好不容易回京城一趟，我要与外公好好地说说话，亲近亲近。外公若是回京城，我就回京，外公若是不想住去忠勇侯府，我就与外公一起住别处。”

秦铮闻言立即看向崔荆：“外公，您住去哪里？”

崔荆捋捋胡须：“京中太繁华，早已经不适合我这老道了。”话落，他对谢墨含问：“京外近处可有别院？”

谢墨含笑着点点头：“自然是有的，不过距离法佛寺远一些。因为爷爷不喜欢法佛寺，忠勇侯府的别苑产业都避开了寺院近处。”

“那个老东西，实在太执拗！我学道法也让他看不上，不去他面前碍眼。”崔荆笑骂了一声，“这雨如今下得不是那么大了，远些倒也不怕。”

“谢氏盐仓的云继在后山附近有一处别苑，不如我联络他，就住去他那里吧！”谢墨含道。

“不叨扰他吗？”崔荆问。

“他应该不怕叨扰的。”谢墨含微笑，“而且我娘的陪嫁丫鬟玲姨也在那里。这么多年，她总是念叨您，若是知道您回来，指不定如何高兴了。”

“原来那个小丫头也在那里，那好，就去那里吧！”崔荆点头。

“那我也一同去那里。”秦铮道。

谢芳华竖眉：“你跟着我们去做什么？你该回的是英亲王府。”

“我也想和外公亲近亲近。”秦铮道。

谢芳华瞪着他。

英亲王妃看着二人，有些好笑：“臭小子赖皮，没羞没臊。这还没娶媳妇儿呢，先粘歪上忘了娘了。你去那里，娘怎么办？”

秦铮眨眨眼睛，厚脸皮地道：“要不娘也跟着去小住？”

英亲王妃一怔：“这合适吗？”

“怎么不合适？谢氏盐仓和忠勇侯府向来关系亲近。我和华儿有了婚约，以后就是一家人了，去云继兄的地盘打扰也是应该的。”秦铮自作主张地道，“娘您这么些年一直窝在英亲王府的内院，就算出门走动，也无非是在京城内的皇宫和各府转圈，难得出来京城一趟，您不如趁机在京外多住些日子。云继兄的别苑甚是清幽，景色也好，再过些天，杏花、梨花、桃花就要开了，您也好好赏赏花。”

英亲王妃闻言立即动心了：“你说得也有理。”话落，问向谢墨含：“谢世子，我也跟着去，不介意吧？”

谢墨含笑道：“王妃赏光，云继如何会介意？我与他知会一声就是了。”

“那就这样说定了！”英亲王妃开心起来。

英亲王皱眉，有些不满地道：“你们刚出来一两日，便遭遇了刺杀，如今背后主谋未明，外面危险，怎么还在外面逗留？”

秦铮嗤了一声：“爹，有人想要刺杀我们，我们就算在府里，也不见得多安全。”

英亲王一噎，顿了顿，道：“铮儿，你得随我回府！今日事情太大，我有话与你说。”

“有什么可说的？查就是了。不回！”秦铮摆摆手。

英亲王妃笑着道：“铮儿说得对，有人想要杀我们，在哪里都一样。你明日还要早朝，趁着皇上的队伍还没走远，赶紧跟着回京吧！”

英亲王无奈：“府内再不安全，也比府外安全。”

英亲王妃嗔道：“我好不容易出府一趟，不回去！你快些走吧！”

英亲王只能叮嘱二人：“你们小心一些。”

英亲王妃站起身，温柔地帮他理了理衣襟，笑道：“大雨路滑，你也小心一些。”

英亲王顿时笑了，与谢墨含、崔荆道了别，又对谢芳华和颜悦色地说了句：“你虽然身体好些了，也不可大意，用心将养调理。”

谢芳华点头应了。

喜顺连忙打起伞，看了春兰一眼。

英亲王妃摆摆手："你将春兰带走吧！反正她胳膊受伤了，也没办法在我身边侍候了，回府好好养伤去吧！"

春兰摇头："小姐，我能跟着您侍候的，胳膊伤不碍事儿。"

"你是不碍事儿，你家的担心啊！"英亲王妃笑着摆摆手，"去吧！"

喜顺连忙笑着道："等回府后，奴才再派两个婢女来侍候您？"

"不必了！我还带了几个丫头，也不缺春兰一个。"英亲王妃道。

"奴才多谢王妃体贴贱内，那奴才就将人带走了。"喜顺递给春兰一把伞，对她道："你自己能走吧？"

春兰点头应声。

英亲王打头，一行三人出了大殿。

"咱们也走吧！"谢墨含见英亲王离开，站起身。

谢芳华刚要抬脚走，被秦铮一把拽住了手，她回头瞅他，秦铮对她笑笑："我如今比废人好那么一点儿，大部分原因都是你害的。路滑，你要牵着我，别让我摔了。"

谢芳华白了他一眼，但是这件事情的确是她理亏，倒也不说什么，伸手拉着他出门。

秦铮走在她身侧半步，勾起嘴角。

谢墨含回头瞅了秦铮一眼，不太赞同。

秦铮不理会谢墨含不赞同的脸色，颇有些得意。

一行人刚出了达摩堂，便见普云大师和法佛寺住持回来了。

普云大师和法佛寺住持齐齐道了声："阿弥陀佛。"

"别以为我不晓得法佛寺还另有机关暗道，老和尚，我不当着皇叔和别人的面点破，这个人情你们得给爷记住了，记好了。"秦铮对二人道。

法佛寺住持闻言面色一变。

普云大师呵呵一笑，不太紧张地道："法佛寺是另有机关暗道，不过也是为了生存之道罢了。毕竟法佛寺有一千二百名僧众，老衲和住持得对这些僧众负责。皇权是利剑，法佛寺在京城天子脚下讨生存，也是不易，二公子多多海涵。您的恩情老衲和住持自然会记得。"

秦铮嗯了一声，漫不经心地道："那无忘身上还有什么重要之处你们没说，现在没有外人，可以说了。"话落，他道："爷对魅族可是好奇得很。"

普云大师叹息了一声："二公子聪明绝顶，果然瞒不过你。"话落，他道："老衲是有一件事情没说。在无忘成年时，询问过他是下山还俗娶妻生子，还是有何打算。他与老衲说他早已经没家了，家族举族已经尽灭，今生尘缘已了，就准备一生待在法佛寺了。"

“举族被灭？”秦铮扬眉。

普云大师点点头：“当时他没说他的出身，老衲以为他和那死去的妇人是北齐之人。老衲是出家人，受佛门熏陶，普度众生，念那妇人和他当时困窘，妇人死后，他又孤苦可怜，便收下了他，替他隐瞒了身份。”话落，他摇摇头道：“不想老衲料错了，他不是北齐之人，是来自万里之外的外域魅族。”

“也就是说魅族在多年前被人灭族了？”秦铮道。

普云大师点点头：“应该是的，而且是二十年前。看来只逃出了无忘和他双生的弟弟。”

秦铮点点头，玩味地笑道：“这么说来可就有意思多了。”

“二公子，既然你的人在后山崖索道找到了无忘身上的衣角，想来人已不在寺中了。都说人死为大，老衲还是希望能找回无忘的尸首，给他安葬。”普云大师道。

“他刺杀于我，不管是出于什么目的，都是不可饶恕。到时如何处理，也要看爷的心情。”秦铮摆摆手，不再逗留，拉着谢芳华离开。

普云大师知晓秦铮脾性，也不阻拦。

山寺门口停着两辆马车。

谢墨含回头对侍书道：“你现在就用信鸽给云继传消息，知会他。”

侍书点点头，走到马车内，在一只鸽子上绑了个信条，放飞了它。

那鸽子与普通的信鸽看起来有些不同，转眼便飞去了后山，没了踪影。

“这鸽子飞得好高，南秦很少见到这样的信鸽。”英亲王妃道。

谢墨含笑笑，解释道：“这是朝天鸽。是外公从海山之处带回来送我的，十分有灵性。”

“怪不得不曾见过呢！”英亲王妃笑着点头。

“都上车吧！”谢墨含道，“外公和我、秦铮兄三人坐一辆车，王妃和华儿坐一辆车。”

秦铮这次倒没要求和谢芳华同车，痛快地点了头。

不多时，一行人绕过山寺，向后山走去。

马车行走得缓慢小心。

英亲王妃和谢芳华挑着帘子看着外面，雨依然下着，不太大，但有些细密。

过了片刻，英亲王妃放下帘幕，扭头看着谢芳华，对她问：“华丫头，如今这里没有别人，你与我说实话，这些年，你是不是没有病？”

谢芳华闻言收回视线，看向英亲王妃。

“今日，你在我面前做的那些，是没想隐瞒我对不对？既然你信得过我，就与我说一句实话。”英亲王妃温和地看着她。

谢芳华笑了一下：“您说得不错，我这么多年的确是没病。”

“既然你没病，为何忠勇侯府一直飘着药味，对外说你有病？毕竟你要嫁人说亲，没有一副好身子骨，任忠勇侯府门楣再富贵，也是无人敢上门求娶你的。”英亲王妃不解地道，“连老侯爷和谢世子也由着你瞒着？”

谢芳华抿了抿唇，说道：“我这些年没在府中，而是外出学艺了。爷爷和哥哥迫于无奈，才以病为由隐瞒了下来。”

英亲王妃一怔，随即恍然：“原来如此！连我这些年也以为你是真病了。因为铮儿十分在意你，我才有了疑惑。”

“如今有了疑惑的怕不止是您！”谢芳华淡淡一笑。

英亲王妃叹了口气：“不错。这京城中没几个傻子，如今怕是心里都对你的病有疑惑了。什么佛祖圣灵洗礼祛除了你的病，靠近皇权，玩弄权术，懂得筹谋的人，哪个信这些？”

谢芳华点点头，心中又将秦铮骂了一遍。

“铮儿那个臭小子是否早就知晓你不在忠勇侯府？”英亲王妃又问。

谢芳华垂下眼睫，隐晦地道：“大约是知晓的吧，我们未曾说过这些。”

英亲王妃闻言顿时笑了：“你们两个，一个比一个脾性怪。他不问，你不说。我看彼此心里都明白着呢，却揣着明白装糊涂。”话落，她道：“只要你们两个互通心意，你没病没灾，我这心也就放下了。”

谢芳华闻言浅浅地笑了一下。

英亲王妃握住她的手，和声道：“好孩子，我和你娘是手帕交，奈何她早早去了。铮儿喜欢你，我与你也有着解不开的缘分。虽然你们还要三年后才大婚，但从圣旨赐婚的那一日，我就将你当作儿媳妇儿看待了。以后，你也将我当作你娘一样，不是母女，胜似母女。”

谢芳华感觉到英亲王妃的真诚和善意，笑着点了点头。

英亲王妃心里顿时欢喜得不得了，握住谢芳华的手紧了紧，说道：“虽然不明白你为何去学艺，但是必有原由。人人都道你金娇玉贵被娇养，指不定在背后没人看得见的地方你吃了多少苦。”

谢芳华心中被触动，沉默不语。

“你是何时回京的？”英亲王妃见她情绪依然低迷，转移话题。

谢芳华抿了抿唇：“三个半月前。”

英亲王妃一怔，脑中忽然闪过什么，看着她道：“铮儿有变化也是三个半月前。这么说正是你回来之时？”

谢芳华不知道秦铮以前什么样，关于他以前在京中的行事风格都是听人传言。

“那个臭小子以前啊，做什么事情总是漫不经心，对什么事情似乎都提不起劲来。将他父王气得跳脚，皇上也拿他无可奈何，他虽然看不惯很多事情、很多人，但也不会如被扎了刺猬一样地去针对谁。尤其是左相等人，他向来都是无视。”英亲王妃道，

“他去漠北一趟回来，截住了钱家班子，收了听音……”英亲王妃说到这里，忽然顿住，仔细打量谢芳华，眸光审视，似乎有几分确定又有几分迷惑。

谢芳华笑了笑，低声坦白道：“您没猜错，听音是我。”

英亲王妃顿时被气笑了：“我听说钱家班子本来是要被谢世子请去忠勇侯府给旁支族亲的老太太和太太们唱戏的，偏偏被他劫来给我了。我当时还以为他惯于霸道，为了讨我欢心，消去我的怒意，原来却是为了劫刚回京的你。”

谢芳华伸手揉揉额头。

“这个臭小子，被他盯住，的确是让人头疼。”英亲王妃笑着道，“这么多年，我不知道为他头疼了多少回。我这个当娘的为了他，真是头发都愁白了。如今你在这里，那么英亲王府落梅居里那个听音是谁？”英亲王妃问。

“是我的一个婢女，善于易容。”谢芳华道。

“我竟然都不晓得你何时换回的身份。”英亲王妃思索片刻，对她道，“如今她在府内，可应付得过来？听音的身份被那个臭小子弄得快天下皆知了，盯在听音身上的目光可不少。至少府中的刘侧妃和紫荆苑的如梦都不是个省油的灯。”

谢芳华抿唇：“落梅居应该不是什么人都能进去的。”

“也是！”英亲王妃相信她儿子的手腕和能力，“不过，听音的身份还是不宜久留。如今你的假病借着法佛寺这场大火消除了。皇上也见了你，你就不能再行易换之事了。”

谢芳华点头：“若是有合适的机会，自然是要布一个局，让听音彻底消失。”

“嗯，回头我与臭小子商量一番，借着除去刘侧妃的爪子之机，让听音脱身吧。”英亲王妃道，“她若是派人刺杀我，又要杀听音的话，那么无论是谁，也救不了她。”

“您不用与他商量，还是您做主张来办吧！”谢芳华道。

英亲王妃疑惑：“为何不与他商议？你还是信不过他？”

谢芳华无奈，放下揉额头的手，隐隐有一丝情绪地道：“他明明知道我的身份，偏偏想尽办法，下无数圈套套住我，将我困在英亲王府。您说，您若是找他商议，让听音消失的话，他还拿什么来困住我？”

英亲王妃顿时笑了：“此一时彼一时，也不能由得他胡闹。你以后做什么，定然都会被人盯上。如今皇室和忠勇侯府的形势越发敏感了，可不能让他因为一时之欢，而引出无数麻烦。”

谢芳华点点头：“但愿他能听得进去。”

“你们两个孩子，各自打着主意，若是能坦白一点儿，凡事儿都当着彼此的面说出来，也未必会生出这么多的事情。”英亲王妃也揉揉额头。

谢芳华不说话，她和秦铮能坦白吗？是秦铮开始就没给她留有余地。

谢云继早已经得到了谢墨含的消息，等在山林外。

马车停住，英亲王妃搭在谢芳华手上，对她笑道："你虽然没病，但孙太医、荆叔叔、阴阳怪者都那般说法，可见你目前的身子也不是很好，还是要仔细一些。"

谢芳华也忍不住抿嘴笑，和英亲王妃一番谈话，让她也放开了些，语调有几分轻松讨趣："您是不老，但我扶您一下又不辛苦，哪儿能累到？"

"也是！"英亲王妃笑了起来。

秦铮下了马车后，见到她娘和谢芳华有说有笑，眸光闪了闪。

"崔老前辈！"谢云继给崔荆见礼。

崔荆打量着谢云继，摆摆手："什么老前辈？是老头子了。依着你和含儿、华丫头的关系，也喊我一声外公就罢了。"

"外公！"谢云继笑着起身，从善如流。

"老爷！"玲儿从林子内跑出来，见到崔荆，扑通一声跪在了地上，"奴婢给老爷请安！"

"起来吧！"崔荆摆摆手。

玲儿不起，哭着道："奴婢没照顾好小姐……老爷，您走了这么多年，总算回来了。"

"玉婉早殇，那是她的命数。你起来吧！"崔荆挥手，"过去的事情就不要再提了。"

玲儿站起身，擦着脸上的泪点头。

"秦铮兄，你怎么又来了？"谢云继看着秦铮，很不客气地表达对他的不欢迎。

秦铮从英亲王妃和谢芳华身上收回目光，哼了一声："这次爷负责去打山鸡，赔给你还不成？"

谢云继撇撇嘴："能劳动铮二爷大驾也是不易。还算你有些良知。"

秦铮失笑，上前一步，勾住谢云继肩膀，对他道："不过我受伤了，如今手无缚鸡之力。虽然打两只山鸡是无大碍，但是我怕我的华儿心疼。所以，这开始几日你就先给我们打些野味吧，待我的伤好个差不多了，再还你。"

谢云继闻言顿感不妙，问他："你要在我这里住几日？"

"不是几日，总也要个十天半个月吧！"秦铮慢悠悠地道。

谢云继顿时竖起眉头："你可是大爷，我这里庙小，不敢盛你。我最多容你住三日。"

"如今花刚开，总也要花期过了，三日哪够？"秦铮拍拍他肩膀，"你若是不愿意看见我，可以回你的府里。"话落，他伸手招呼谢芳华："华儿，过来。"

谢芳华对于秦铮的霸道嚣张已经习惯了，瞪了他一眼。

英亲王妃骂了一句："臭小子！"

"王妃！"谢云继给英亲王妃见礼。

英亲王妃含笑地摆摆手："出门在外，哪里有那么多虚礼。我如今跟着两个孩子出门散心，法佛寺失火了，只能就近叨扰你些日子了。云继公子切莫嫌弃麻烦。”

谢云继连忙道：“王妃来云继别苑，欢迎还来不及，哪里会嫌弃麻烦？我虽然不太欢迎秦铮兄，可是极其欢迎您的。”

英亲王妃顿时大乐：“好孩子，我就爱听你这句话。比那些虚头巴脑的话语中听多了。”

“外公、王妃、世子、华妹妹里面请！”谢云继也大笑，一番礼让下，独独漏了秦铮。

秦铮也不以为意，如进自家的地盘一般，闲庭信步地往里走。

刚走十几步远，秦铮忽然停住脚步，回头瞅着谢云继，扬眉，似笑非笑地道：“吃一堑，长一智。如今这阵法布置得精妙高绝，是为了防我了？”

谢云继眨眨眼睛：“秦铮兄如今还能轻而易举地进去吗？”

“看来爷上次的确是将你得罪得狠了。”秦铮看着眼前，唔了一声，“可惜爷的功夫如今都提不起来了。你若是不关闭机关，就目前来说，十个我摞在一起，也是进不去的。若是强行进入的话，怕是会被里面的碎石软刀剁成肉酱。爷还没活够，还不想找死。”

“我以为秦铮兄会不服气地试试。”谢云继道。

“上次你那个阵法确实是破烂玩意儿，不禁看，也不禁折腾，这次这个的确精妙。”秦铮脸不红地道，“能拿命开玩笑吗？爷可是有老子娘有准媳妇儿将来还等着大婚生子的人。”

谢芳华顿时忿了一声，撇开头。

谢云继狠狠地瞪了秦铮一眼，又气又笑：“一直就知道秦铮兄能屈能伸，今日算是见识到了。”话落，他道：“三年后能不能娶到媳妇儿还是要另说，你可别得意得太早。华妹妹如今这副模样，可不止你一个人惦记。”

秦铮脸色一沉，果然不痛快了，哼了一声：“谁敢惦记，先问问爷手里的剑。”

“有不怕你的剑的人。”谢云继故意气他。

秦铮顿时对谢云继拉下脸：“虽然现在爷闯不下你这个阵，但是爷手里可不是没东西。你的谢氏盐仓还想不想继续赚银子了？不想继续赚的话，爷可以接手。”

谢云继一噎，他竟然拿谢氏盐仓来威胁他？

秦铮见他不答话，算是心里舒服了些，对他道：“快些关闭机关！如今还下着雨呢，你是主人，我们都是客人。你因为我一个，让外公在雨中淋着，可不是待客之道，有失谢氏盐仓继承人的风范和度量。”

“好话都被你说了，到头来还成了我没有待客之道和风范度量了？”谢云继当真是被气笑了，只能对玲儿摆摆手：“玲姨，你去关闭机关。”

“是！”玲儿被二人你来我往的斗嘴给逗笑了，跑去关了机关。

秦铮在玲儿关闭机关的第一时间，迈步进了林子。

“外公，王妃，请吧！”谢云继无奈地揉揉额头。

崔荆笑着点头，看着走在前面的秦铮，偏头对英亲王妃问：“这个小子多大年岁了？”

“今年十七，比华丫头大一岁。”英亲王妃道。

“还是个少年，却这般能屈能伸，能言能语，虽然张狂，但是行事稳妥。你可真是生了个好儿子啊！”崔荆道。

“荆叔叔，您可别夸他，他最不禁夸。”英亲王妃道。

“该夸的还是要夸。但是也有一个缺点，就是刚过易折。”崔荆话音一转，见走在前面的秦铮脚步一顿，他道：“不过这一点也不怕，华丫头的柔韧足够能克制住他。他们两个，就现在看来，也是般配。”

“臭小子，听见外公说的话了吗？”英亲王妃喊秦铮。

“听到了！我以后多听华儿的。”秦铮语调愉悦。

谢芳华撇嘴，她若是真能克制住他也就罢了。这副脾性，她怎么克制得住?

“以后的日子还长，孩子们的年岁还小，慢慢来吧！”崔荆又道。

“正是！”英亲王妃笑着点头。

一行人说着话，进了院落。

谢云继的院落依然如几日前谢芳华来时一般，分外干净清幽。厨房传来香味，显然是得到谢墨含的消息，谢云继吩咐后，玲儿便已经炖上肉了。

“你们两个去厨房帮忙！”秦铮挥手，将林七和听言赶去了厨房。

二人连忙应声，跑去了厨房。

“这里虽然是山野人家，但是房舍多盖了几间，足够住了。”谢云继逐一指了指一排房舍，安排道，“最左侧一间外公住，紧挨着世子、我，这正屋是内外两间房，王妃和华妹妹住。右侧房舍住侍书、听言以及华妹妹和王妃带来的婢女。”

“爷呢？住哪里？”秦铮觉得谢云继真是该挨揍了，处处忽略他。

“秦铮兄可以睡房顶！”谢云继笑道。

“少来！爷就跟你一个房间了。我觉得，你作为华儿的堂兄，我作为她的未婚夫，我们需要好好沟通一番，今夜就促膝长谈吧！”秦铮丢下一句话，进了正屋。

谢云继嘴角抽了抽。

一行人进了正屋。

众人刚坐定，忽然一头鹰蹿进了别苑，在屋顶盘旋了两圈，径直飞进了屋，准确无误地找到了谢芳华，落在了她的肩膀上。

谢芳华偏头一看，见它腿上绑着信纸，知道是言宸来的信笺。